완월회맹연 1

완월대의 약속

현대역

완월회맹연

완월대의 약속

오늘 완월대에서 자녀들의 혼인을 굳게 약속하여 피차에 굳은 뜻을 두니 이 같은 경사가 드뭅니다. 사람이 며느리를 얻고 사위를 택하는 것이 다 뜻같이 되지는 않지요. 이 자리에 모인 이들이 함께 축하하는 뜻과 굳은 약속을 글로 지어 남기십시오.

완월회맹연 번역연구모임

조선시대 최장편 국문소설 《완월회맹연》

완월회맹연(玩月會盟宴, 달구경을 하면서 굳은 약속을 하는 모임 혹은 잔치). 이는 18세기 조선의 장편소설 제목이다. 달밤의 약속이라니, 낭만적이다. 무슨 이야기일까? 《완월회맹연》은 고전문학 연구자들에게는 익숙한 작품일 터인데, 일반 독서 대중들에게는 낯선 소설일 수도 있겠다.

《완월회맹연》의 교주본과 현대역본 출판을 앞두고 쓰는 서문은 각별하다. 궁금한 작품이었고 또 널리 알리고 싶은 작품이었지만 너무나도 방대한 분량에 압도되어 오늘날의 독서물로 번역할 엄두를 내기 어려운 작품이었기 때문이다. 번역을 하기 위해서는 원문 교주본이 필요하다. 제대로 된 번역을 하기 위해서는 원문에 대한 정확한 이해가 확보되어야 하는데, 이 긴 분량을 교감 작업을 하면서 주석하는 일 역시 엄두가 나지 않기는 마찬가지였다. 그런데 지금 그 1차 교주본과 현대역본의 출간을 앞두고 서문을 쓰고 있다. 1976년 창덕궁 낙선재에서 《완월회맹연》이 발견된 이후 첫 번째 교주 및 현대역 작업의 결과물이 이제 첫선을 보이는 것이다.

창덕궁 안에 있는 낙선재에 소장되어 있었던 장서각본 《완월회맹연》의 독자는 비빈과 상궁, 궁녀 등 궁중에 거처하는 여성들이었을

것이다. 조선시대에는 소설을 읽기도 했지만 남이 읽어주는 것을 듣
는 방식으로 즐기기도 했다. 그렇기 때문에 '독자'라는 단어를 사용
하기가 조심스러운 부분이 있는데, 180권이나 되는 작품을 듣는 방
식으로 즐긴다는 것은 엄두가 나지 않을 것으로 보이기에 이 같은 국
문장편소설의 경우는 독자라는 단어가 적합할 것으로 보인다.

이 최장편 국문장편소설의 작가는 안겸제의 어머니로 알려진 여성
이다. 이를 뒷받침하는 것은 조재삼(1808-1866)이 쓴《송남잡지(松南
雜識)》의 기록이다.

> 또 완월은 안겸제의 어머니가 지은 바로, 궁궐에 흘려 들여보내 이름과 명
> 예를 넓히고자 했다(又玩月 安兼濟母所著 欲流入宮禁 廣聲譽也).

안겸제의 어머니가《완월》을 지었는데, 궁중에 들여보내 자기 이
름이 알려지고 명예가 더해지기를 바라서 이 소설을 지었다는 내용
이다. 조선시대 소설은 작가가 밝혀진 경우가 드문데, 이 장편 거질
은 작가가 거론되고 창작 이유까지 언급되어 있다. 더구나 작가가 여
성이라니 더더욱 눈길이 가지 않을 수 없다.《완월》은《완월회맹연》
을 가리키는 것으로 보인다. 조재삼의 기록은 신뢰할 만한 근거가 있
다. 조재삼 집안과 안겸제의 모친 전주 이씨는 외가이자 사돈지간으
로, 조재삼의 외고조부가 안겸제 모친과 재종지간이며 조재삼의 큰
며느리도 전주 이씨이다. 이런 경로로 조재삼은 집안끼리의 왕래를
통해 안겸제 모친에 대한 소식을 들었을 수 있다. 안겸제의 모친 전
주 이씨는 1694년에 아버지 이언경과 어머니 안동 권씨 사이에서 태

어나 20세 무렵 안개(1693-1769)와 혼인했으며, 안겸제는 그녀의 셋째 아들이다. 지금도 파주에 가면 전주 이씨가 남편인 안개와 함께 묻힌 묘소가 있다. 무덤 앞의 비석에 새겨진 비문을 보면 전주 이씨는 부덕을 갖췄으며 여사(女史)의 풍모가 있는 여성이었음을 알 수 있다. 이런 자질은 《완월회맹연》의 작가로서 잘 어울리는 요소이다. 그뿐만 아니라 안겸제 모친 전주 이씨의 친정 가문 여성들에게 소설을 즐기는 문화가 있었다는 연구 결과도 보고되어 있다. 다만 소설 분량이 너무 방대하고 후반부에 약간 결이 다른 서술들이 발견된다는 점을 염두에 두고 볼 때 《완월회맹연》을 지은 작가가 전주 이씨 한 명만이 아닐 가능성은 있다. 중국의 장편소설인 탄사소설 《재생연(再生緣)》도 공동 창작 작품으로, 원래 작가였던 진단생이 마무리를 못 하고 죽자 후에 양덕승이라는 여성이 그 뒤를 채워 결말을 맺었다.

　《완월회맹연》은 180권으로 이루어진, 단일 작품으로는 가장 긴 서사 분량을 지닌 한글소설이다. 지금 우리가 보기에 180권이나 되는 소설 작품은 돌출적인 작품인 것처럼 보일 수도 있다. 그러나 17세기 중후반부터 조선에서는 국문장편소설을 창작하고 즐기는 여가 문화가 펼쳐졌을 것으로 보인다. 17세기 작품인 《소현성록》 연작이 그 효시가 되는 작품이며, 소위 삼대록계 국문장편소설로 불리는 다수의 작품이 있고, 이 같은 장편대하소설들은 18, 19세기까지 지속적으로 창작되고 독자들을 확보했다. 세책가라고 불리는 책 대여점에서도 국문장편소설은 중요한 비중을 차지했다. 이런 소설들은 가문소설이라고 불리기도 하는데, 그 까닭은 이런 소설에서는 대개 두세 가문이 등장하여 혼인 관계로 사건이 얽히고 삼대에 걸쳐 가문의 흥망성쇠를 보여주는 서사가 펼쳐지기 때문이다.

'완월회맹연'이라는 제목처럼 이 작품은 아름다운 달밤에 자식들의 혼인 약속을 정하는 것이 서사의 근간을 이룬다. 그 이야기의 세계는 우아하고 유장하고 섬세하고 구체적이며 때로는 격렬하며 역동적이고 선악의 길항이나 인간 내면의 여러 겹 층위를 다양하게 드러내어 보여주고 있다. 《완월회맹연》서사 세계의 정교함과 풍부함 그리고 문제적 징후를 포착해 내는 시선은 중국의 《홍루몽》에 비견할 만하다. 또 《완월회맹연》의 방대한 서사는 여느 연의소설에 견주어도 못지않은 장강 같은 흐름을 보여준다. 이 작품에는 조선시대의 상층 문화가 상세하게 재현되어 있다. 배경은 중국이지만 이 작품이 다루고 있는 내용은 조선시대 상층 양반들의 이야기이자 그들의 생활 문화이다. 180권에 달하는 서사 분량 속에 당대 문화의 규범과 일상의 디테일들이 풍부하고도 섬세하게 담겨 있는 것이다. 그러나 그렇다고 하여 이 작품이 상층의 인물만을 재현하는 것은 아니다. 《완월회맹연》은 하층 인물들 또한 구체적으로 실감나게 재현하고 있으며 하층 인물의 경우에도 인물마다 이야기를 만들어주고 있다. 이 교주와 번역 작업을 통해 《완월회맹연》의 서사 세계와 그 가치가 드러날 수 있기를 기대한다.

《완월회맹연》교주 및 현대역 작업 과정

《완월회맹연》교주 및 번역 작업은 이화여자대학교 고전소설 전공자들이 진행하고 있다. 박사 논문을 쓴 선배부터 석사과정 학생에 이

르기까지 이화여대에서 고전소설을 전공하는 이들이 모여 매주 열
너덧 명의 인원이 강독 스터디에 참여하고 있으며, 그중 국문장편소
설을 번역할 역량을 갖춘 구성원들이 주축이 되어 교주 및 번역 작업
을 담당하고 있다. 《완월회맹연》 강독은 2016년 무렵부터 시작하여
그 이후 매주 토요일에 각자 입력하고 주석한 원문과 번역문을 가지
고 와서 안 풀리는 부분을 함께 풀어가고 있다. 이 모임에는 이미 삼
대록계 국문장편소설을 번역·출판한 경험을 비롯하여 다수의 한문
소설을 번역한 경험을 지닌 연구자들 여럿이 함께하고 있는데, 《완월
회맹연》 번역은 기존에 했던 어떤 국문장편소설보다도 난도가 높은
것으로 보인다. 방학 동안에는 조금 더 집중적으로 작업을 해왔으며
코로나 이후로는 토요일마다 계속 줌(zoom)을 통해 같은 작업을 이
어가고 있다. 혼자서는 도저히 안 풀리던 구절이 여럿이 함께 의논하
면 신기하게도 풀리곤 하는 경험을 반복하고 있다. 여럿의 입이 난공
불락의 글자들을 녹여 뜻을 드러내는 듯하다. 이렇듯 노력을 기울이
고 있지만 그 과정에서 툭툭 오류들이 발견되고 수정될 때마다 아차
싶고 교차 검토에서도 오류가 바로잡히는 것을 보게 된다. 첫 번 시
도하는 《완월회맹연》 교주 및 번역 작업에 만전을 기하고자 노력하
지만 여전히 발견하지 못한 부분들이 남아 있을 수도 있다. 이어지는
또 다른 작업에서 오류가 시정되기를 바라면서 《완월회맹연》의 첫
번 교주본과 현대역본을 세상에 내보낸다.

《완월회맹연》은 180권으로 이루어진, 단일 작품으로는 가장 긴 서
사 분량을 지닌 한글소설이다. 이 작품은 현재 두 개의 완질본이 있는
데, 하나는 한국학중앙연구원 장서각본(180권 180책)이고 다른 하나는

서울대학교 규장각본(180권 93책)이다. 장서각본은 원래 창덕궁 낙선재에 소장되어 있었다. 이 두 이본은 책수가 다르고 필사 과정에서 약간의 차이를 보이는 부분들이 있으나 전체적인 내용과 분량은 서로 유사하다. 이 두 이본 중에는 장서각본이 전체적으로 더 보관 상태가 깨끗하며, 상대적으로 구개음화나 단모음화가 일어나지 않은 표기가 빈번하므로 필사 시기도 앞설 가능성이 높을 것으로 논의되고 있다. 그러므로《완월회맹연》의 교주 작업 역시 장서각본을 대상으로 했으며, 규장각본으로 교감 작업을 병행하여 장서각본의 원문이 불확실한 부분을 보완했다. 이같이 본격적으로 규장각본을 함께 검토하고 교열하면서 교주 및 번역 작업을 해오고 있다.

《완월회맹연》은 한글소설이지만 한자 어휘 및 용사나 전고 등의 한문 교양이 대거 사용되고 있다. 교주본 작업을 하면서 각주를 통해 용사나 전고 등의 전거를 최대한 정확하게 밝히고자 했다. 미진한 경우에는 맥락에 따라 추정을 하고 그 추정 근거를 밝히는 방식으로 작업했다. 각자 교열 및 주석 작업을 한 후에는 수차례에 걸쳐 서로의 교주본 파일을 교차 검토하면서 교주본의 완성도를 높이기 위해 노력했으며 오류가 발견되는 경우 강독 모임을 통해 그 경우의 수들을 공유하면서 각자 수정을 하여 교주 및 번역의 일관성을 유지할 수 있도록 했다.

국문장편소설에는 길이가 긴 문장들이 자주 보이는데《완월회맹연》도 한 문장의 길이가 매우 긴 경우들이 빈번하게 등장하며 그 안에서 초점화자가 바뀌는 경우들이 있기에 주술 관계나 수식 관계를 파악할 때 각별한 주의를 기울였다. 긴 문장 속에서 자칫하면 서술어의 주체를 놓치기 쉽고, 경우에 따라서는 인물들의 호칭도 헷갈릴 수 있기에 조심스럽다. 남성 인물들은 대개 성씨에 관직명을 더해 부르는데 두세 가문의 인물들이 주로 나오므로 같은 성씨가 반복되는 데다가 여러 인물들이 같은 벼슬을 할 수도 있고 같은 인물이라 해도 승진이나 부서 이동에 따른 호칭 변동이 있을 수 있다. 여성 인물의 경우에도 용례는 다르나 비슷한 어려움에 처할 경우가 생긴다. 친정의 맥락에서는 남편 성씨에 따라 부르기도 하기 때문이다. 예를 들어 서씨 성을 가진 여성이 정씨 집안으로 시집을 가면 시집 맥락에서는 계속 서부인으로 불리다가 친정의 맥락에서는 정부인으로 불리는 식이다. 더군다나 친족 관계 호칭도 상황에 따라 변할 수 있기에 인물들 간의 관계를 잘 따져가면서 확인할 필요도 있다.

《완월회맹연》 번역은 특히 이런저런 신경을 늘 쓰고 있어야 맥락이 풀리는 경우가 많다. 매주 하는 강독 모임에서 발견하는 즐거움이 있다면 그것은 이런 문제 해결에서 온다. 혼자서는 맥락이 잘 안 잡히던 부분이 여럿의 공동 고민을 경유하면 툭 하고 풀리는 시원함을 경험한다. 이러니 힘들지만 우리는 서로에게 책임을 느끼며 모이는 데 열심을 낼 수밖에 없다.《완월회맹연》교주와 번역은 이화여대 《완월회맹연》 번역팀의 열너덧 명이 한마음으로 진행하고 있다. 이렇게 작업할 수 있음에 감사하고 또 묵묵하게 힘든 작업을 해내는 구성원들 모두에게 존경을 보낸다. 보다 구체적인 번역 원칙은 교주본의 일러두기에 적어놓았다. 현대역본을 내면서는 별도로 두 가지 일러둘 부분이 있는데, 하나는 가계도에 대한 것이고 다른 하나는 원문 세주에 관한 것이다. 가계도의 경우, 교주본에서는 아들을 먼저 적고 그 뒤에 딸을 적었는데 현대역본에서는 밝힐 수 있는 한 정리를 해서 태어난 순서대로 적는 방식을 택했다. 또 원문 세주의 경우, 교주본에서는 원문 세주 부호를 따로 두어 구별을 했고 현대역본은 가독성을 높이기 위해 현대역 본문에 원문 세주 내용을 풀어 넣거나 세주 부호를 사용해서 번역문 가운데 삽입했다. 《완월회맹연》 작품 자체에 대해서는 《완월회맹연》 작품 자체에 대해서는 이 팀의 공동 저서인 《달밤의 약속, 완월회맹연 읽기》에 미룬다.

우리 팀은 우선 교주와 번역을 시작했는데 막상 이런 장편 거질을, 그것도 원문 입력과 주석까지 더한 학술적 성격의 초역을 출판해 줄 출판사를 만나는 것이 또 하나의 숙제였다. 이처럼 방대한 작업의 출판을 기꺼이 결정해 주신 휴머니스트 출판사에 마음 깊은 곳에서 우러나는 감사를 드린다.

이야기는 인류의 유산이자 자산이다. 지금도 새로운 이야기들이 만들어지고 있다. 《완월회맹연》은 18세기 조선에서 만들어진 유례없는 장편소설이다. 이 작품이 지니는 여러 매력적인 지점들과 의미 있는 부분들로 인해 《완월회맹연》에 대해서는 지속적으로 연구들이 쌓이고 있다. 이런 《완월회맹연》의 첫 교주본과 현대역본을 낼 수 있게 되다니 감개가 무량하다. 《완월회맹연》 교주본과 현대역본 출판은 학문적 연구의 활성화는 물론이며 다양한 문화콘텐츠의 원천으로도 충분히 활용 가능할 것이다.

조혜란 씀

차례

《완월회맹연》교주본과 현대역본을 내면서   4

인물 관계도   14

완월회맹연 권1 — 완월대의 잔치   19

정씨 가문은 대대로 훌륭하고

완월대에서 정한의 생일잔치가 열리다

완월회맹연 권2 — 달밤의 약속   73

완월대에서 혼인 약속이 이루어지고

정잠의 부인 양씨가 세상을 떠나다

완월회맹연 권3 — 정한의 죽음   123

정잠이 소교완을 부인으로 맞이하고

정한이 네 봉 유서를 남기고 죽다

완월회맹연 권4 — 정씨 일가의 낙향   173

정씨 부중 사람들이 태주로 내려가고

경왕의 흉계로 위기에 빠지다

완월회맹연 권5 — 아이들을 잃은 정씨 일가   223

장손술의 습격으로 정인성은 실종되고

정인광과 정월염은 계행산에 납치되다

완월회맹연 권6 — 소교완의 출산   269
  소교완은 쌍둥이 두 아들을 낳고
  정흠은 정인웅을 양자로 들이다

완월회맹연 권7 — 기울어가는 국운   313
  조세창은 왕진을 탄핵하다 귀양 가고
  정흠은 황제에게 간언을 준비하다

완월회맹연 권8 — 정흠의 죽음   357
  정흠은 형벌을 받다 죽고
  정기염은 아버지의 결백을 호소하다

완월회맹연 권9 — 실패한 친정(親征)   405
  정잠이 태주에서 정흠의 장례를 치르고
  조세창이 마선으로부터 황제를 구하다

완월회맹연 권10 — 조세창의 활약   451
  조세창은 마선의 회유를 거부하고
  정겸과 정염은 임기를 마치고 돌아오다

정잠과 정삼 집안

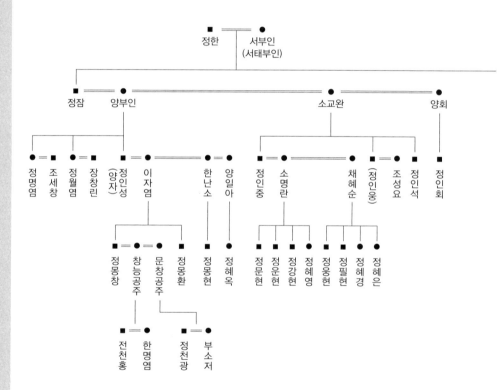

인물 관계도

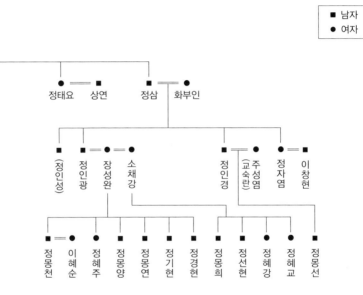

■ 남자
● 여자

정태요 ● ═ ■ 상연   정삼 ■ ═ ● 화부인

(정인성) ■   정인광 ■ ═ ● 장성완 ═ ● 소채강   정인경 ■ ═ ● 주성염 (교숙란)   정자염 ● ═ ■ 이창현

정몽천 ■ ═ ● 이혜순   정혜주 ●   정몽양 ■   정몽연 ■   정기현 ■   정경현 ■   정몽희 ■   정선현 ■   정혜강 ●   정혜교 ●   정몽선 ■

정흠과 정염 집안

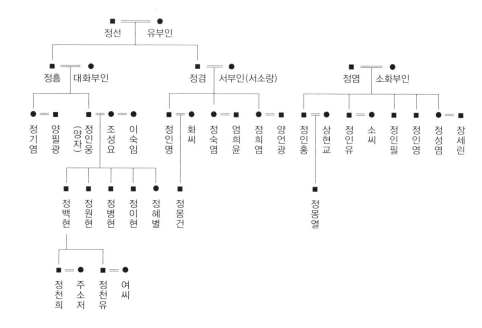

조세창 집안

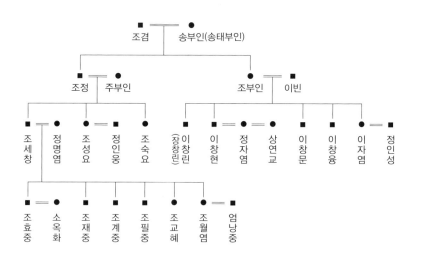

장헌 집안

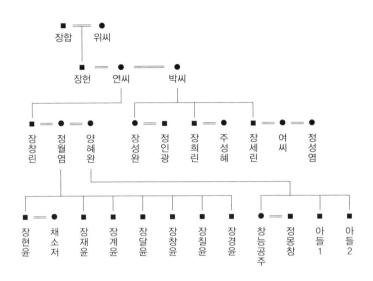

소교완 집안

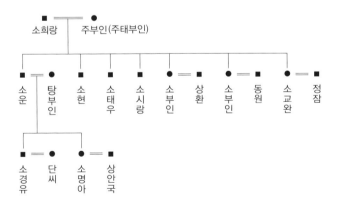

상연 – 정태요 집안

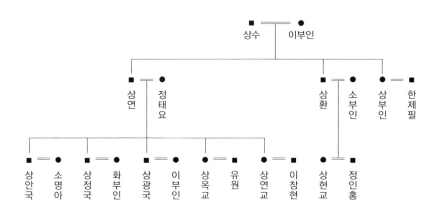

주성염(교숙란) 집안: 정인경 처가

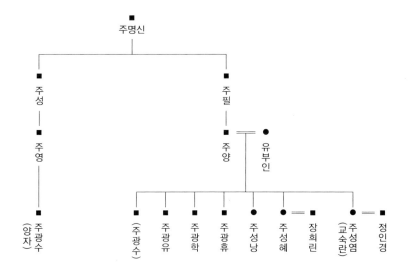

완월회맹연 권 1

완월대의 잔치

정씨 가문은 대대로 훌륭하고
완월대에서 정한의 생일잔치가 열리다

진국공 정한과 태운산 취현항

명나라 영종 때 황태부[1]·수각로·진국공 정한은 자가 계원이고 호는 문청으로, 명도선생이라 불리던 송나라의 도학자 정호의 후예이다. 훌륭한 가문의 유풍이 먼 후손에게까지 이르러 정한은 남들보다 뛰어났다. 공부하기를 좋아하여 늘 책을 읽었으며 어질고 효성스럽고 우애가 있었다. 도덕과 성품과 행동이 흐린 세태에 물들지 않았으며 이름이 널리 알려지는 것을 붙좇지 않았다. 사방의 어지러운 정세가 다스려지고 태조황제가 통일하여 너른 세상이 펼쳐졌으나 정한은 깊은 산 궁벽한 땅을 떠나지 않고 부귀를 초개같이 여겼다.

---

1 황태부(皇太傅): 황제의 사부가 되는 관직으로, 나이 많고 덕망 있는 자가 그 자리를 맡았으며 황제를 선도하는 것을 직분으로 삼았다.

성조 문황제가 즉위하여 훌륭한 신하를 구할 때였다. 성조는 주나라 문왕이 강태공을 맞이한 것과 한나라 소열황제 유비가 삼고초려한 것을 본받아 문청공 정한을 모셔 예를 갖추어 공경했다. 정한이 임금을 섬기는 충성과 온갖 덕행 또한 세상에 독보적이었고, 영종도 돌아가신 문황제가 정한을 사랑하던 뜻을 이었다.

원래 성조 문황제께서 돌아가실 즈음 정한에게 태자를 도우라고 유언하니, 태자가 정한에게 예를 극진히 차리고 정한도 태자를 지극히 보호했다. 태자가 천자에 즉위한 후에 정한은 돌아가신 황제의 유언을 가슴에 새겨 변치 않는 충성심이 나날이 새로웠다. 이윤이 태갑을 세워 상나라의 훌륭한 왕이 되도록 가르치던 것과 주공이 왕실을 위해 노력하던 일도 정한보다 더하지는 못할 것 같았다. 대대로 네 임금을 섬긴 원로 신하라 하여 영종이 정한을 예로 공경할 뿐 아니라 국가의 대소사를 그를 거치지 않고는 결정하지 않았고, 덕을 해치는 불미한 일은 행여 정한이 알까 하여 차마 말하지 못했으니, 정한을 대하는 것이 이와 같았다. 영종은 일찍이 정한의 이름을 부르지 않고 정상부[2]라 칭하며 조회에 칼을 차고 신을 신고 다니게 했으며 태자에게는 정씨 집안에 오가면서 그 학행을 본받도록 했다.

정한이 조정에 선 지 30년에 나라를 다스리는 일과 국가 기관을 관리하는 일이 엄숙하고 투명했으며 만사가 다 뛰어나니, 당나라 승

---

2 상부(相父): 황제가 전대 왕조 때부터 계속 재상을 역임했던 신하를 공경하는 뜻으로 부르는 칭호.

상 위징의 풍모와 한나라 어사 급암의 곧은 절개보다 훨씬 빼어났다. 조정의 모든 신하가 엎드려 그를 우러러보았으며 산마루처럼 높은 그의 명망과 덕스럽고 어진 행동은 온 나라에서 다 알 정도였다. 정한은 작위가 날마다 높아지고 황제의 은총이 두터우므로 더욱 겸손히 물러나 스스로 갈고닦으며 사치를 원수같이 여겨 남문 밖 태운산 취현항에 살 곳을 정했다.

그곳은 도성에서 30리 떨어진 깊고 외진 곳으로, 풍경이 빼어나고 산수가 아름다웠으며 뒤로는 푸른 산을 등지고 앞으로는 잔잔한 시내가 흘렀다. 멀리 서호(西湖)가 바라보이며 가까이에는 임조가 있으니, 오나라와 초나라의 멋진 경치를 다 모아놓은 듯한 곳이었다. 층층첩첩 높고 가파른 산은 아미산의 절경보다 나았고, 100척이나 되는 폭포는 은하수 같아 여산폭포를 압도할 정도였다. 물 있고 구름 있는 곳, 난새와 학이 나는 푸른 절벽은 무산 십이봉을 옮겨다 놓은 듯하니, 자연의 기이하고 빼어난 경치는 영주산·방장산이라 일컬어도 손색이 없을 만했다.

골짜기 깊숙하고 시내 흐르는 산은 아름다워, 왼쪽으로는 와룡탄이 있고 오른쪽으로는 완월대가 있었다. 온갖 바위와 골짜기와 봉우리가 이어지고 가파른 산이 첩첩한 이곳은 완전히 도관(道觀) 같으며 땅이 평탄하여 유리를 깔아놓은 듯하니, 진실로 선비가 은거하며 도연명이 숨을 만한 곳이었다. 과연 천지가 만들어질 때 따로 별천지를 내고 특별한 곳을 만들어 정한이 살 곳을 마련해 둔 것 같았다. 이런 자연 속에 집을 지었는데, 아홉 문이 반듯하고 여덟 창은 오히려 작으며 높은 누각을 만들지 않고 웅장하거나 화려하지도 않아 집 안팎이 겨우 일가 식구들을 들일 만한 정도였다.

이 집의 어진 안주인은 개국공신 위국공 서달의 손녀로, 얌전하고 점잖으며 엄숙하고 고요했다. 그녀의 어질고 온화한 마음은 부녀자의 도리에 합당할 뿐 아니라 타고나기를 단정하고 정중하면서도 무던하고 공손하고 또 검소하여 깊고 그윽한 분위기를 지니고 있었다. 정한은 《시경》 〈관저〉의 노랫말처럼 군자가 여인을 그리워하여 잠 못 이루던 일이 없이도 하주의 숙녀 같은 훌륭한 부인을 만나니, 부부가 서로 공경하고 소중하게 대했다. 들어오면 일어나 맞이하고 나갈 때는 일어나 배웅하니 서로 존경하는 것이 속되지 않았다. 즐겁지만 함부로 하지 않았고 사랑하지만 공경하며 중히 여겨 몸가짐이 엄숙하고 바르니, 친척과 이웃이며 종들에 이르기까지 이 부부의 어진 덕과 높은 행실을 감탄하며 우러르지 않는 이가 없었다.

정한 부부가 함께 산 지 30여 년에 2남 1녀를 두었다. 큰아들 정잠의 자는 운백이고 호는 청계였다. 수려한 용모는 맑간 옥 같고 깨끗한 풍채는 가을날 시냇물 같으니, 학을 벗 삼는 신선이 따로 없었다. 문장이 탁월하여 조자건의 〈칠보시〉와 이백의 〈청평사〉쯤은 낮춰 보니, 이른바 두보처럼 붓을 대면 비바람을 놀라게 하고 시가 완성되면 귀신을 흐느끼게 할 정도였다. 이미 성조 문황제 때 그 이름을 높이 드날려 황제의 잘못을 바로잡아 고치게 했고, 황제 앞에서 기탄없이 간언하는 곧은 신하였다. 지금 황제는 즉위 후 정잠의 품계를 높여 문연각 태학사로 임명했다. 정잠은 사양했으나 부득이하여 젊은 나이에 빼어난 풍모로 재상이 되었다. 예우를 받는 높은 작위를 받은 지 오래도록 늘 근신하고 겸손하여 행여 스스로를 중히 여기는 교만함이 없고 검약을 숭상하고 자신을 다잡으며 조정에서 황제를 섬기니 모든 일이 엄숙하게 갖춰졌다. 또 충효로 근본을 삼고 청렴함과 검소함으로 마음을 삼으니, 황제의 사랑이 정한에 버금갔고 온 조정이 존경했으며 명망과 재주와 덕행이 일세에 떠들썩했다. 정잠은 12세에 추밀사 양교의 딸과 혼인했다. 신부는 이름난 사람의 딸이자 덕 있는 집안의 자식으로, 타고난 덕이 빛나고 성정이 얌전하고 곧았다. 정잠이 젊은 나이에 부인을 맞아 공경하고 정중히 대했는데, 양씨 부인은 소생이 드물어 겨우 두 딸을 두었고 아들은 없었다.

둘째 아들 정삼의 자는 여백이고 호는 운계이다. 큰 유학자 가문에서 훌륭한 선비가 나오는 법이어서, 명도선생의 후손인 정한과 서부인은 니구산에 치성을 드리지 않고도 옥 같은 아들을 낳았다. 어렸을 때부터 배우고 익혀 하나를 들으면 열을 알고 열을 들으면 백을 알 정도로 총명할 뿐 아니라 도덕이 빛나고 행실이 엄숙하여 말과 행동이 성인의 가르침에 어긋나는 일이 없었다. 평생토록 기쁨이나 노여움을 겉으로 드러내지 않았고 가볍게 말하거나 웃거나 하지 않았으며 공손하고 검소하고 인자하고 사리가 분명하니, 선비들 가운데 독보적인 군자였다. 그 외모와 풍채는 탁한 세상에 물들지 않아 가슴속에는 하늘의 해가 비치고 행실은 맑은 물처럼 깨끗하고 옥같이 매끈했다. 마치 신선 여동빈과 이태백을 따라 장자를 벗하는 듯하고, 용눈썹과 봉황 눈에 천지의 깨끗한 기운을 모았으니, 밝고 높은 격조가 오히려 정잠보다 위였다. 엄숙한 도와 행실이 안회와 맹자를 벗 삼고, 하늘이 낸 큰 효는 증삼과 왕상을 본받았으며, 우애가 매우 두터웠다. 일찍이 부귀공명을 뜬구름같이 여겨 출세를 구하지 않겠노라고 아버지에게 아뢰고는 과거 공부를 딱 끊고 밤낮으로 성인과 현인의 경전을 읽었다. 성인의 이치를 밝히고 도행을 수련하되 스스로 고결함을 자랑하지 않으니, 세상 권력을 탐하지 않은 채 기산과 영수에서 노닐던 소부와 허유의 높은 뜻과 북송의 유학자 주돈이의 달을 가릴 듯한 기상과 비슷했다. 정한 부부는 몇 안 되는 자녀 중 둘째 아들의 사람됨이 이 같은 것을 사랑하고 소중히 여기는 것이 보통 부모가 자식을 사랑하는 것보다 더했다.

정삼은 15세에 좌각로 화첨의 딸과 혼인했는데, 신부는 건국 초기 전쟁터에서 공을 세우고 죽은 화운의 후예였다. 정삼의 아내인 화부인은 크고 높은 집안에서 나고 자라 덕행이 밝고 그윽하며 용모가 찬란하고 깨끗하여 꽃과 달이 밝게 빛나듯 아름다웠다. 시부모는 둘째 며느리가 부녀자가 갖춰야 할 사덕[3]을 두루 빼어나게 갖추었으며 맑고 요조한 행실이 첫째 며느리보다 못하지 않은 것을 크게 사랑하여 친딸처럼 여겼다. 정삼은 성인의 글을 닦아 어린아이처럼 굴지 않고 하늘이 낸 큰 효자로 부인을 연모하는 마음에 매이지는 않았으나, 남교에서 만나 사랑을 이룬 배항과 운영 같은 부부였으니 어찌 산과 바다보다 더 깊고 두터운 은정이 없겠는가? 그러나 부부가 된 지 10여 년에 서로 공경하고 소중히 대하여 일찍이 부박하게 희롱하는 웃음이 없었다. 남편은 부인을 온화하게 대하고 아내는 남편을 따르는 부부의 도를 다할 뿐 아니라 가법의 엄정함과 시어머니 서부인의 가르

---

3 사덕(四德): 여자로서 갖추어야 할 네 가지 덕. 마음씨, 말씨, 맵시, 솜씨를 말한다.

침을 본받아 아내가 남편을 섬기는 일이 신하가 임금을 받드는 것과 같았다. 온 집안이 흡사 조정(朝廷)과 같아서 말단의 천한 여종이라도 예의를 숭상했다.

딸 정태요는 방년 14세에 개국공신 상우춘의 증손자 상연에게 시집갔다. 상연은 문장과 필법이 이백·두보·종요·왕희지쯤은 가벼이 낮춰 보고 얼굴과 용모가 아름다워 미남의 대명사인 주유나 반악이 다시 태어난 듯 짐짓 당대의 옥 같은 걸출한 선비였다. 어린 나이에 과거에 급제하여 벼슬이 재상에 이르고 윗대 조상의 업을 이어 부귀가 혁혁하니, 이는 정태요가 오복을 타고났기 때문이다. 하물며 정태요는 예의 있는 집안에서 나고 자라 어머니의 어짊을 이었고 타고난 기특함에 더해 풍성한 기질이 속세를 벗어나 비범하니, 상연이 빼어나긴 해도 정태요에 비하면 두어 길 아래였다. 부부가 함께 지낸 지 10여 년에 아들 셋과 딸 셋을 두었으니, 모두 기린과 봉황같이 잘난 아이들이었다. 상연이 소중히 대하고 부모가 기뻐하는 것이 세월이 갈수록 더했다.

한편, 태사 조겸과 이부총재 소극 등이 정삼의 학행과 도덕이 일세에 독보적임을 황제에게 아뢰면서 정삼 같은 큰 현자를 불러서 종묘사직을 지키는 신하로 삼으시라고 청했다. 황제가 이미 정삼의 덕행에 대해 익히 들었기에 태자사부와 중서성 태학사의 벼슬을 내리고 극진한 예로 부른 것이 여섯 번이었지만 정삼은 죽을 각오를 하고 조정에 나가지 않으면서 사신에게 이렇게 말했다.

"요임금이 지극한 성인이었지만 소부와 허유가 양위를 거절했습니다. 지금 저는 그들의 높은 뜻을 따르고자 함도 아니고 폐하의 은

덕이 부족해서도 아닙니다. 실로 재주 없고 덕이 박하여 황제를 모셔 나라를 도울 어진 도량을 갖추지 못했으니 어찌 높은 벼슬에 나아가겠습니까? 사람됨이 어리석고 못나서 취할 만한 것이 하나도 없으니, 진정으로 세상에 태어난 것이 부끄러울 따름입니다. 제 머리를 대궐 앞에 바칠 수는 있어도 몸은 벼슬에 나아가지 못하겠으니, 원컨대 그대는 돌아가 이 일을 아뢰고 정삼이 대궐을 우러러 반역 죄명을 기다린다고 아뢰시오."

사신이 어쩔 수 없어 탄식하고 돌아가 황제 앞에 아뢰었다. 황제는 그가 끝내 나오지 않을 줄 알고 신하들을 대하여 탄식하며 말했다.

"짐이 박덕하여 정삼 같은 대현(大賢)을 등용하지 못하니 어찌 한스럽지 않겠는가?"

이에 병부상서 관화와 조현과 이빈 등이 아뢰었다.

"정삼의 사람됨을 저희가 아오니, 폐하의 은혜에 감격하지 않아서도 아니고 충의가 없어서도 아닙니다. 다만 마음이 청렴하고 결백하여 소부와 허유의 깨끗한 절개를 본받아 부귀와 출세를 원하지 않는 것입니다. 어찌 여러 번 부르시는 성은을 알지 못하겠습니까?"

황제가 탄식하고 직접 붓을 들어 금빛 글자를 쓰고 여덟 폭 병풍 가리개와 문방사우를 하사하여 정삼의 깨끗한 마음과 높은 뜻을 찬양했다. 그러고는 다시 벼슬자리에 부르지 않으니, 황제의 높은 지위로도 정삼의 굳은 절개는 굽히지 못했다. 이로부터 사방의 어진 선비가 정삼을 우러러 사모하기를 70명 제자가 공자를 따르며 모시던 것 같이 했다. 다들 정삼에게 나아가 한번 교우 맺는 것을 만금보다 낫게 여겨 정삼을 찾아오는 자가 부지기수였다. 그러나 정삼은 집 대문과 뜰이 붐비는 것을 기뻐하지 않았고 자기의 도덕과 학문이 공자와 맹자에게 견줘지는 것이 외람되다고 여겨 사람들을 만나지 않으려 했다. 그러나 천성이 본디 관대하여 비록 무지몽매한 자를 보아도 극진히 가르쳐 밝히 알게 하니, 벼슬하는 이의 분주함은 없으나 그 마음이 한가한 때는 없었다.

정삼의 온갖 행실과 도덕이 사뭇 빼어나니 공자와 맹자의 도를 잇지 못할까 부끄러워할 게 있겠는가? 하물며 하늘이 정씨 가문을 위해 정삼과 화부인에게 자식을 여럿 주시니, 불세출의 기린아들이 아름다운 나무의 꽃 같은 존재로 자랐다. 세 아들과 한 딸이 아직 젖을 떼지 못할 정도로 어렸지만 모두 배우지 않아도 저절로 깨달아 아는 성인이었고, 태어나면서 자기 이름을 말할 수 있었던 제곡처럼 명석함을 아울러 지니고 있었다. 짐승으로 말하면 기린인 셈이고 새들에 비긴다면 봉황인 격이었다. 정삼의 자식들은 정씨 가문의 맥을 온전하게 이었을 뿐 아니라 하늘이 낸 사람 중에서는 만고에 비할 만한 자가 없으니, 조부모가 사랑하고 소중히 여길 뿐 아니라 보는 이들마다 칭찬하고 부러워했다.

정한과 장헌의 인연

정한이 태평한 시절에 재상을 지내며 황제를 받들어 보필할 때, 음양을 다스리며 사계절을 순조롭게 하는 덕이 주공과 더불어 견줄 만했다. 세월이 지나가면서 황제의 예우도 더해지니, 지극한 은혜와 영광이 만대에 드물 정도였다. 정한은 만물이 성하면 쇠하는 이치를 늘 기억하며 삼갔고, 보국하고자 하는 마음에 행여 틈이 생길까 봐 쉴 틈 없이 정사를 돌보고 좋은 인재를 얻기 위해 천하의 어진 선비들을 대접했다. 또 황제의 덕을 빛내기 위해 백성들에게 선을 쌓는 일을 시시때때로 극진히 하여, 집 담장 밖에 동서로 집을 짓고 '구빈관'이라 이름 붙였다. 떠돌며 구걸하는 자와 홀아비, 과부, 고아, 독거인이며 머리 희끗한 가난한 이들에게 옷과 음식을 제공하여 기갈을 면하게 해주니, 마치 어린아이가 어미만 바라보듯 남녀노소 할 것 없이 서로 이끌며 태운산 정씨 부중으로 찾아왔다. 남녀를 구분하여 남자는 동루에서, 여자는 서루에서 지내게 했는데, 그 가운데 천인들은 아랫방에서 지내도록 했다. 옷과 음식을 한결같이 제공하니, 정잠과 정삼이 아버지가 쇠하고 핼쑥해진 것을 걱정했지만 또 감히 편하게 지내시라 말씀드리지 못하고 각자 자기 부인에게 어머니의 수고를 대신해 달라고 당부했다.

정태요가 자주 친정에 와서 양부인과 화부인 두 올케와 더불어 어머니의 수고를 덜고 남매가 부모 모시기를 노래자가 부모를 기쁘게 하던 것처럼 했다. 이때 정잠은 30세였고, 정태요는 28세였으며, 정삼은 25세였다. 정삼의 부인 화씨는 24세로 몸가짐과 태도가 극진했고 성품과 행실이 너그럽고 온유하며 지식이 통철했다. 정삼은 한결같이 맑은 행실로 안빈낙도하며 초가집 조용한 방에서 질그릇 술잔에 나물 안주로 술을 기울이고, 벼슬 없이 지내면서 뒷밭에서는 보리를 거두고 앞 시내에는 소나무를 심었다. 때때로 다니며 낚싯대를 동쪽 계곡에 드리우고, 10년이나 입어 해어진 두루마기를 부끄럽게 여기지 않으며 산천을 유람하고 돌아오기도 했다. 심성과 이치를 닦아 부모님 모시는 일을 수고롭게 여기지 않으니 효성이 지극했고, 도학을 강습하여 큰 덕이 세상에 아름답게 큰 획을 그으니 그 뜻도 무궁했다. 그러나 황제는 감히 그를 부르지 못하고 신하들은 또한 아뢰지 못하니, 그의 사람됨은 높은 대나무에 맑은 바람이 스치듯 깨끗하고 그의 마음은 기산과 영수에서 노닐던 이들처럼 벼슬에는 뜻이 없는 게 분명했다. 이른바 '한 사람의 뜻을 굽혀 천자의 벗으로 만들 수는 없다.' 하는 형국이었다. 정삼의 부인 화씨는 시속의 더러운 욕망으로 남편의 맑은 덕을 더럽힐까 근심하고 혹 눈에 허물을 보일까 늘 두려워하고 삼갔다. 그러니 어찌 왕이나 제후의 아내나 재상 부인의 부귀영화를 부러워하겠는가? 겸손함이 날로 더하고 때마다 새로운 듯 자연스럽고 찬찬하여 모든 행실이 빼어나니, 시부모의 사랑과 온 집안의 우러름이 양부인보다 못하지 않았다.

정한은 문장 재주를 자부하지도 않았고 제자를 모으려고 하지도 않았다. 그러나 친구의 자식들이나 조카들, 공자·맹자를 배우려는 사람들이 정한의 문장을 흠앙하여 자기네 아들이나 손자를 가르쳐달라고 간절하게 청하면 가벼이 물리치지 못했다. 그리하여 정한이 가르친 문하생이 100여 명에 이르렀다. 그들 모두 공자의 70명 제자처럼 문장이 탁월하고 원형이정(元亨利貞)의 네 가지 덕이 정숙했다. 그중 달나라 월계수를 꺾어 과거 방목⁴에 이름을 올려 지위가 재상

---

4 방목(榜目): 과거 합격자 명부.

반열에 오른 자가 70여 명이었고, 정삼의 도학을 흠모하여 이름나기를 구하지 않고 태평한 세상에서 한가한 선비 되기를 즐기는 자가 30여 명이었다. 이들 모두 스승의 가르침을 마음에 새겨 도학이 세상에서 빼어났다.

이들 중 태학사 이빈이 스승의 문장이며 덕행과 학행을 따라 사람됨이 충효를 고루 갖추고 두루 배우며 책을 좋아하고 사덕이 정숙하여 성품과 도량이 빼어났다. 밖으로는 봄바람 같은 온화한 기운을 띠고 안으로는 황제 헌원씨의 슬기를 가슴에 품었으니, 일세의 대장부이고 천추에 길이 남을 군자였다. 이빈은 태주 출신이며 자는 석보이고 호는 창계로 태사 조겸의 사위였는데, 여섯 살 때 정한에게 수학하여 제자 100여 명 중 으뜸이었다. 학사 소정과 상서 광사 등이 다 정한의 제자였으나 한갓 문인들은 이빈을 따르지 못할 뿐 아니라 단점이 없지 않았다.

영천 사람 장헌의 자는 후백이니 그의 아버지는 유생 장합이었다. 영천에 여러 해 기근이 들어 장합이 그 아내 위씨와 함께 약간의 밭과 집을 다 팔아서 먹고살았는데, 그 후에는 어떻게 해볼 도리가 없었다. 생계가 막막하여 오직 앉아서 죽기를 기다리던 차에 경사[5]의 태운산 정씨 부중에서 남몰래 덕 쌓기를 일삼는다는 소문을 들었다. 장합이 차마 굶어 죽을 수는 없겠기에 아내 위씨와 함께 경사로 올라와 정씨 집안 구빈관을 찾아 부부가 동루와 서루에 각기 거했다. 장

---

5 경사(京師): 서울. 한 나라의 중앙 정부가 있는 곳.

합 내외가 이제 먹고 입을 걱정은 없었으나 친척들을 이별하고 부모를 떠나온 것이 자못 슬펐다.

하루는 정한이 구빈관에 있는 남자들을 다 불러서 굶주리고 추운 사정을 위로하다가 그 가운데 장합이라는 사람의 모습이 천인이 아닌 것을 보고 근본을 물었다. 장합의 아버지는 형부낭중 장위로, 일찍 죽었으나 선비였고 돌아가신 정한의 부친이 친구로 대접하던 이였다. 정한은 장합의 사람됨이 부족함을 알았지만 아버지 친구의 자식이니 흔쾌하게 선대부터 맺어온 친분을 이어 따뜻한 마음으로 대했다. 정한은 장합이 아내와 함께 올라왔다는 말을 듣고 별당을 새로 지어 편히 지내게 한 후 서너 명 종으로 돌보게 하고 옷과 음식을 대주면서 그 아버지 장위의 신위를 모셔 올리게 하고는 다시 고향으로 내려가지 말고 과거 공부에 힘쓰라고 했다.

장합 부부는 열 번 죽다 겨우 살아났으니 이 같기를 바랄 수 있었겠는가? 고향에서 떠돌 때 부부가 서로 손을 이끌어 동쪽 집에서 밥을 구걸했지만 그릇을 채우지 못했고, 서쪽 집에서 하룻밤 묵어가기를 청했으나 주인이 난색을 표하면서 잘 데 없다고 구박하니, 머물 곳이 전혀 없어 이리저리 쫓겨 다니는 신세였다. 그러다가 천만뜻밖에 하늘이 도우신 것인지 신령이 지시하신 것인지, 천 리 먼 곳에서 이리 넉넉하고 부요하게 지내니 정한의 은혜가 뼈에 새길 정도로 감사하여 이생에 다 못 갚을 정도였다. 자기를 구해준 수나라 제후에게 구슬로 은혜를 갚은 뱀처럼, 훗날 죽어 결초보은하자고 다짐하며 다시 태어나도 정한의 말 뒤를 따르는 종이 되어 은덕을 갚고자 했다. 그러나 정한을 우러르며 산같이 높고 바다처럼 너른 덕에 한 번도 감사의 말을 하지 못한 것은 정한이 사람들이 은혜를 입었다고 말하거나 자신의 덕을 칭송하는 것을 기뻐하지 않았기 때문이었다.

장합 부부가 편히 지낸 지 수년이 지났다. 위씨가 임신한 지 열 달이 지난 어느 날 순산하여 사내아이를 낳았다. 그런데 산후에 병이 심해져서 삼칠일이 못 되어 위씨가 죽고 말았다. 장합은 아내가 죽자 너무 슬펐다. 지극히 궁한 팔자로 수삼 년 편히 지낸 엷은 복이 끝나고 세상 인연이 다해, 정씨 집안의 은택에도 불구하고 일신이 외롭게 된 것이다. 장합은 아내를 잃은 슬픔과 자식을 얻은 기쁨이 뒤섞여 밀려왔으나 십분 마음을 가라앉히고 위씨를 염하여 입관했다. 그리고 젖이 나오는 여종을 구해 아기를 보살피게 하고는 마음을 진정하지 못했다. 갑자기 먹고 자는 일이 불편하고 자주 구토하며 며칠 고통스러워하니, 다시 살지 못할 줄 알고 정한을 병든 자기 처소로 청했다. 정한이 이르자 장합이 겨우 부축을 받으며 일어나 앉아 탄식하고 눈물 흘리며 말했다.

"제가 시골에서 떠돌며 구걸하다 우마에게 밟히는 신세가 되었을 터인데, 대인의 은덕을 입어 좋은 옷과 음식으로 편안히 지낸 것이 수삼 년 되었습니다. 우리 부부가 늘 기약하기를 어르신의 바다 같은 덕을 죽을 때까지 공경하자고 했는데, 제 엷은 복이 다하여 제 처가 출산 후 죽고 저 또한 세상에서 살날이 오늘뿐입니다. 사는 것은 깃들이는 것이고 죽는 것은 돌아가는 것이니, 어찌 죽는 것을 서러워하겠습니까마는 눈을 감지 못할 한이 있습니다. 어르신의 바다 같은 은혜를 만분의 일도 갚지 못하고 이제 삼칠일도 안 된 아기를 두고 부모가 한꺼번에 죽으니, 어찌 돌아가는 마음이 슬프지 않겠습니까? 바라건대 저 외로운 어린아이를 돌보아 장씨의 후사를 이어주신다면, 제가 지하에 돌아가오나 후세에 어르신의 견마가 되어 은혜를 갚도록 하겠습니다."

정한이 스러져 가는 장합의 모습을 보니, 인자한 군자의 마음이 슬픔을 이기지 못해 좋은 말로 위로했다.

"지금 바야흐로 강성한 나이인데 죽을 걱정이 있겠는가? 아이는 걱정 말게. 내 비록 어리석고 둔하나 사람을 살리는 일에 이유 여하를 따지겠는가? 또 그대의 후사를 잇게 할 것이니 걱정 말고 병든 마음을 잘 조섭하게."

장합이 다 들은 후에 머리를 조아려 다시금 감사해하고 슬픈 마음에 계속해서 눈물을 흘렸다. 정한이 의약으로 극진히 구호했지만 장합의 병세는 조금도 나아지지 않았고 결국 아내의 뒤를 이어 죽고 말았다. 정한이 참담함을 이기지 못해 옷이며 이부자리 등과 관곽을 갖춰 부부를 함께 선영 아래 묻었다. 아침저녁으로 젯밥 올리는 일은 모시던 종들에게 받들라고 하고, 자신은 장씨의 아이를 어루만져 사랑하며 얼른 자라기를 기다렸다.

장헌은 정잠과 동년배인 까닭에 서부인도 남편의 의기와 어진 마음을 도와 장헌의 옷가지와 음식을 염려하는 것이 친자식에게 하는 것보다 못하지 않았다. 장헌이 정한과 서부인의 사랑을 입어 무사하게 자라니, 정한이 지성으로 가르치며 수고를 마다하지 않았다. 장헌은 사부가 가르치는 대로 날이 밝으면 어두워질 때까지, 그리고 불을 밝히면 밤이 깊도록 책을 읽었다. 다른 사람이 열 번 읽으면 장헌은 백 번 읽고, 다른 사람이 백 번 읽으면 장헌은 천 번 읽어 어리석고 미련한 것을 크게 깨쳐서 엄연한 유학자가 되었다. 이제 여느 재주 있는 선비들의 시구를 낮추어 보고 옛 경서와 역사책을 모를 것이 없어 문필이 넉넉할 뿐 아니라 풍모와 생김이 화려하여 봄날 버들꽃 같았다. 그러니 정한이 각별하게 사랑하며 일찍 성숙한 것을 기뻐했다. 다만 장헌은 이빈 등과는 그 사람됨이 전혀 달라서 줏대가 없었다. 여러 벗들이 관심을 가지고 바르게 인도한다면 어진 장부가 될 것이고, 그렇지 못하다면 망측하고도 해괴하며 허랑하고 신의 없는 사람이 될 것 같아 정한이 늘 정대하고 정직하라고 가르쳤다. 그러나 장헌은 끝내 엄격하거나 정중하지 못하고 부귀에 대한 탐욕이 있으니, 정한이 이를 민망하게 여겼다.

부임 도중 첫아들을 납치당한 장헌

장헌은 14세에 정한의 친구인 태사 연침의 딸을 맞아 혼인했다. 연씨는 용모와 기질과 성품과 행실 그리고 네 가지 덕이 무리 중 뛰어나고 특이했다. 그들이 처음으로 기린 같은 자식을 얻으니, 자식 사랑이 지나칠 정도였다. 새로 태어난 아이를 보는 이마다 보통 아이가 아니라고 칭찬하니, 장헌이 더욱 즐거워 아이를 자세히 살펴보았다. 왼 손바닥에 '천승(千乘)' 두 글자가 있고 오른 손바닥에는 '신군(臣君)' 두 글자가 은은하게 손금으로 보였다. 장헌이 이를 보고는 눈앞에 제후의 위엄을 갖춘 장성한 아들을 둔 것 같았다. 이에 머리를 흔들고 소매를 걷으며 기쁨을 감추지 못해 행동거지가 전과 같지 않았다. 이에 연씨가 그 사람됨을 모자라게 여겨 깊이 삼가며 정대하라고 충고했다.

아이가 태어난 지 오래지 않아서 황제가 장헌에게 소주 자사를 시키니, 장헌은 길 떠날 준비를 하고 임소를 향해 갔다. 장헌의 둘째 부인 박씨는 일세에 빼어난 미인이었지만 성품과 도량이 장헌과 거의 같았다. 장헌은 그 자색에 지나치게 혹하여 잠시도 떨어져 있을 생각이 없었다. 길을 떠나 중간쯤에 이르러 객점에 들어가 쉬는데, 한밤중에 도적이 짐을 뒤지고 또 아이를 도적질해 갔다. 장헌이 연씨와 박씨 두 부인과 숲속에 숨었다가 이 거동을 보고는 참담하고 더할 수 없이 슬퍼 눈앞에 주검이 놓여 있는 것이 더 나을 것만 같았다. 장헌이 목 놓아 통곡하고 눈물을 비같이 흘리며 말했다.

"내가 천지에 지은 죄가 많아 세상에 태어난 지 한 달 만에 부모를 여의고 부모 얼굴을 알지 못하는 것이 애통할 뿐 아니라 단 한 명의 형제자매도 없어 그림자마저 외로웠다. 외가든 친가든 친한 이 없이 외로운 한 몸이 스승의 하늘 같은 은혜와 바다 같은 은덕으로 무사히 자라 이제 몸이 영화롭게 되었으나 돌아보아 기쁨을 이야기할 곳이 없으니, 아버지가 돌아가신 아픔은 생전에 풀릴 길이 없구나. 하늘이 나의 어질지 못함을 벌하셔서 대여섯 달 된 아이를 잃어버렸으니, 죽는 게 낫고 사는 게 어려운 일이다. 이 심사를 어찌하나?"

말을 마치자 기운이 꺼질 듯했다. 박부인은 굳이 슬프지 않았으나 겉으로 서러워하는 체하며 한편으로 연부인을 위로하고 장헌을 돌보았다. 장헌이 실로 살고자 하는 뜻이 없었으나 박씨의 위로하는 말이 마음에 위로가 되었다. 장헌은 술을 마시고 비통한 마음을 억누르며 연부인을 위로하는 한편, 항주 자사에게 연락하여 도적을 찾아 아이의 사생을 알아봐 달라 했다. 그러고는 어쩔 수 없이 임소인 소주로 나아갔다.

연부인은 마음이 몹시 아프고 슬퍼 밤낮으로 눈물을 흘리며 식음을 전폐하고 만사에 관심이 없었다. 그럴수록 박씨는 더욱 기뻐 갈수록 장헌과 마음을 맞추고 사랑을 낚으니, 장헌이 박씨를 사랑하고 중하게 여기는 것이 날로 더하고 때마다 새로워 잠시도 곁을 떠나지 않았다. 박씨가 갈수록 기운이 양양하더니 옥에 꽃을 새긴 듯한 딸을 하나 낳았다. 산실에 향기로운 구름이 모여들고 상서로운 빛이 밝게 비추니, 연부인이 아기를 낳던 때와 같아 장헌이 슬픔을 이기지 못했다. 박씨가 낳은 딸의 성품과 기질이 특출하여 말로 다 표현하기 어렵고 묘사하지 못할 정도이니, 부모가 사랑하여 이름을 '애주'라 하고 기뻐하며 말했다.

"사람의 됨됨이와 생김새가 이와 같으면 남의 열 아들을 부러워하지 않아도 되겠구나. 내 무슨 복으로 이 같은 보배를 얻었는가?"

장헌이 오랫동안 술에 잠겨 지내니 잃어버린 아이는 까맣게 잊어버렸다. 박씨가 다음 해 연이어 두 아들을 낳으니, 밝은 기상은 용과 기린의 새끼 같고 난새와 봉새 같은 기이함이 있었다. 장헌이 보기에 아이들이 생각했던 것보다 더 기특했다. 그러자 박씨를 더욱 중하게 여기고 자녀를 사랑하여 조용히 연부인을 첫째 부인 자리에서 끌어내리고 싶었다. 하지만 주저되는 것은 연부인이 아이를 잃고 지나치게 몸이 상해서 병이 된 데다가, 당당한 재상 가문의 귀한 딸로 스승이 주관하신 혼인이라는 점이었다. 이에 장헌이 감히 입 밖에 내지 못하나 점점 정이 사라져 부부의 도리가 아주 끊어져 버렸다. 또 박씨가 들레고 나대는 것은 이루 말로 다 할 수 없었다.

경사에 있는 이빈 등은 장헌이 오래도록 외직에 있는 것이 안타까웠다. 비록 관포지교 같은 사이는 아니었지만 오랫동안 알던 벗의 정이 깊으므로 그가 내직으로 옮길 수 있게 도모하여 간의대부로 상경하게 했다. 장헌은 높은 선비의 풍모는 없으나 스승의 교육과 학문을 받들어 직임에 그릇되게 하는 일이 없었다. 소주 같은 큰 주에서 6년을 지냈으되 불의를 범하지 않았으며 백성을 어진 덕으로 거느렸기에 백성들이 원망하는 말이 없었다. 그런 까닭에 그가 경사로 돌아가게 되자 백성들이 눈물을 흘리며 아쉬워했다.

장헌이 상경한 후 스승 정한에게 인사하고 여러 친구들을 반겼지만 구태여 길에서 도적맞은 일과 아이를 잃어버린 일은 말하지 않았다. 벗들은 그런 사정을 알지 못했지만 정한은 편지를 받고 알았던 까닭에 끝내 아이를 찾지 못한 것을 애달프고 안타까워하니, 장헌이 슬피 아뢰었다.

"항주 심문관과 자사가 도적을 여러 해 동안 샅샅이 찾았지만 못 찾았다고 합니다. 그러니 어찌 아이의 사생을 알겠습니까?"

정한이 긴 한숨을 쉬며 말했다.

"이는 다 네 팔자이다. 태평성대에 도적을 만나 자식을 잃었으니 희한한 변고인데, 어찌 그때 그 거처를 자세히 찾아보지 못했느냐? 네 처사가 어리석구나."

장헌이 슬피 탄식하며 아뢰었다.

"제가 4, 5년 동안 자녀 셋을 얻었는데 생김새가 못나지 않았습니다. 연씨가 병이 있어서 다시 생산할 가망이 없으니, 박씨 소생으로 여러 대 조상의 제사를 이을까 합니다."

정한이 듣고 나서 정색하며 말했다.

"이 무슨 말인고? 1처 2첩은 있거니와 두 아내라는 말은 예의 밖의 일이다. 하물며 조강지처와 첩은 귀하고 천한 정도가 현격하다. 이후 수십 년을 기다려서 연씨가 다시 아들을 낳지 못하고 잃은 아들을 찾지 못하거든 마지못해서 박씨의 아들을 올려 가문의 종손으로 정하되, 외가는 연씨 집안으로 정해서 박씨의 둘째 아들이 어깨를 나란히 하지 못하게 함이 옳다. 가법을 함부로 못 하리니 아직 가벼이 발설하지 마라."

장헌이 다시 아뢰지 못하고 그리하겠다고 대답하며 물러났다.

정잠 부인의 와병과 계후 논의

정잠의 부인 양씨는 서른이 안 된 젊은 나이였지만 타고난 기질이 허약하여 병이 많고 늘 창백했다. 딸을 둘 낳은 뒤로 때로 병이 깊어 모습이 초췌해지고 몸이 수척해져 옷이 헐거워질 정도이니, 정잠의 걱정과 시부모와 친부모의 염려가 매우 컸다. 양부인이 두 딸을 낳고 나서는 다시 출산하지 못할 것 같았고, 스스로 오래 살지 못하리라 생각했다. 그녀는 화부인이 아들 낳는 것을 보고는 자기 쪽 젖어미를 유모로 정해주었고, 조카를 어루만져 사랑하는 것이 친자식에게 하는 것보다 못하지 않았다.

하루는 시어머니에게 속마음을 이야기하는데, 자기 기질이 마침내 위태하고 다시 아이를 낳지 못할 것이니 시아버지께 아뢰어 조카를 계후로 정하게 하시라고 청했다. 그 말이 슬프고 낯빛이 처량했다. 서부인은 양씨가 정씨 가문에 시집온 지 18년 만에 처음으로 큰일을 말머리에 올리는 것을 들었다. 며느리의 병세가 위태하여 점차 나아질 것을 기대할 수 없으니, 서부인은 마음이 슬프고 안돼서 손을 잡고 탄식하며 말했다.

"네 병이 고질이라 여러 해를 앓아 살이 빠지고 모습이 바뀌었지만 아직 저물 나이가 아니니 반드시 아들을 얻을 것이다. 네 어진 마음과 덕으로 자식이 없을 리 만무하다. 비록 하늘이 무심하지만 네가 오래 살지 못하고 복을 누리지 못할까 하는 염려는 없을 터이니, 모름지기 안심하고 걱정하지 마라."

양부인이 두 번 절하고 머리를 조아리며 말했다.

"그렇게 말씀하시나 제가 어리석고 박덕하여 수복을 누리지 못하는 것입니다. 화씨 동서의 자식이 곧 제 자식이니, 계후로 삼으면 제가 낳은 자식과 무엇이 다르겠습니까? 바라건대 어머님께서는 아버님께 말씀하셔서 일찌감치 대사를 정하십시오."

서부인이 속으로는 슬펐지만 낯빛에 드러내지 않고 가만히 위로했다. 그러고는 정잠의 두 딸과 정태요의 세 딸과 정삼의 고명딸을 어루만지며 소중히 여겼다.

이때 정한이 두 아들을 거느리고 들어왔다. 서부인이 일어나 맞이하고 양부인은 당에 내려가 맞았다. 정한이 자리에 앉아서 보니, 정삼의 큰아들 인성과 둘째 아들 인광은 평범한 아이들과 달랐다. 아직 어미 가슴이나 만질 나이지만 큰아이 인성은 여섯 살밖에 안 되었는데도 유달리 조숙해서 키는 열 살짜리만 하고 거동과 체격에는 대군자의 풍모가 있었다. 인성의 성인현자 같은 풍모와 인광의 영웅준걸 같은 기상은 용이나 봉황 새끼 같아서 아름다움이 비할 데 없었다. 진중한 정한이라도 손자들을 보면 벌어지는 입을 다물지 못한 채 두 아이를 나오라 하여 어루만지고 기뻐하며 말했다.

"우리 집안의 천리마들이로구나. 고지식하게 하나의 도만 따르는 둘째 삼이가 어찌 이같이 기이한 아들을 둘씩이나 낳을 줄 알았겠는가? 이는 반드시 화씨 며느리의 태교 덕분일 게다. 태임이 태교를 잘해 문왕이 성인이 되었으니, 내 아들 삼이에게 태임의 남편 왕계 같은 덕은 없지만 숙녀의 풍모가 가득한 어진 며느리가 태임의 태교를 본받았나 싶다."

정태요가 미소를 띠며 말했다.

"둘째 올케(화부인)의 담박한 아름다움에 세상 속태가 묻지 않은 것은 맞습니다. 하지만 삼이가 아니었다면 이 아이들이 기특했겠습니까? 아버지께서는 삼이를 고지식하다고 말씀하시니 제가 동생을 잘 몰랐나 봅니다. 비록 어른들께는 온화하고 부드럽지만 아랫사람들에게는 가장 엄격하지 않나 합니다."

정한이 웃으며 말했다.

"우리 딸이 자기보다 나은 사람을 싫어해서 늙은 아비가 화씨 며늘아기를 칭찬하는 게 마음에 꺼려지는 게냐? 손자들이 기특한 게 제 어미 공이 아니라고 하는 것이냐?"

정태요가 웃으며 대답했다.

"아버지께서 화씨 올케만 칭찬하시고 삼이의 기특함은 언급도 않으시기에 제가 동생의 사람됨이 화씨 올케보다 못하지 않다고 말씀드린 것입니다."

정한이 크게 웃고 서부인을 돌아보며 말했다.

"양씨 며늘아기가 만일 인성이 같은 아들을 낳는다면 우리는 죽어도 여한이 없을까 하오."

이에 서부인이 대답했다.

"며늘아기가 비록 병이 깊지만 나이가 많지 않으니 반드시 출산하는 경사가 있을 것입니다."

정한이 탄식하며 말했다.

"그 아이가 병이 많고 나도 또한 여든 살까지는 바라지 못할 것이니, 세상 인연이 다했나 싶구려. 그 아이가 만일 아들 낳는 일이 더뎌진다면 맏손자를 보지 못하는 한이 구천에 맺힐 것 같소."

정한이 이런 말을 하기는 처음이었다. 서부인이 놀라고 자녀들도 놀란 표정을 지으니, 정한이 도리어 웃으며 자녀들을 타일렀다. 정잠은 억지로 온화한 척했지만 이날부터 정삼과 함께 아침저녁 문안을 더 정성스레 했다. 아버지의 세상 인연이 다해간다고 생각하니 목이 멜 뿐 아니라 세상에 드문 효자로서 경황없고 민망하여 큰 우환을 당한 것 같았다. 그러나 애써 온화한 기운을 내어 부모님을 기쁘게 해 드리려고 했다. 부모가 비록 근심이 있다 하나 어찌 자녀들이 경황없어 하는 것을 눈치채지 못하겠는가? 그래서 정잠 형제는 각별히 가벼운 근심도 내보이지 않았다.

정잠은 인성을 볼 때마다 너무나 소중하고 사랑스러워 살뜰한 정이 어디에서 솟아나는 것인지 깨닫지 못할 정도였다. 정태요가 웃으며 말했다.

"오라버니는 조카 사랑하는 정이 과도하시니, 옥동자를 낳으시는 날이면 사람 도리는 전혀 잊으시겠습니다."

정잠이 웃으며 말했다.

"양씨가 월염이를 낳은 후 8년 동안 다시 임신한 일이 없으니, 이는 낳고 기르는 일을 그만둔 까닭이다. 내가 뜻을 정해 인성이를 계후로 삼으려 하니, 이는 큰아버지와 조카의 정으로 아비와 아들의 인륜을 맺는 것보다 더 귀하고 중요한 까닭이 있다. 이 아이의 사람됨이 세상에서 독보적이니, 우리 가문을 창대하게 함은 물론이고 훗날 국가를 보좌하며 유가(儒家)의 큰 스승이 되어 천하에 바른 도를 세우고 이를 후세에 전할 이는 오직 이 아이밖에 없기 때문이다. 그러니 세월이 오래 지나도 그 이름이 남는 사람이 되지 않겠느냐?"

정태요가 낭랑하게 웃으며 말했다.

"오라버니의 과묵한 성격에도 인성이를 이리 칭찬하시니 그 기특함은 잘 알겠습니다. 하지만 오라버니의 장년이 저물 날이 멀었고 양씨 올케의 사정은 아이를 못 낳게 된 경우와는 다릅니다. 긴긴 세월에 아들을 몇이나 낳을지 모르는데 어찌 계후를 의논하시는지요?"

정잠이 슬퍼하며 말했다.

"사람의 팔자는 관상에서 벗어나는 일이 없다. 관상을 잘 보기로 유명했던 당거처럼 관상과 운수를 점쳐 길흉을 아는 재주가 내게는 없다. 하지만 내 부인이 원래 장수하거나 복 있고 아들 많을 관상은 아니다. 동생 삼이는 지극히 어질고 덕이 있으며 화씨 제수에게는 신이한 태교가 있다. 나의 어리석음과 양씨의 평범하고 속됨으로 인해 비록 아들을 낳는다 해도 종손의 그릇이라 하기에는 모자랄 것이다. 이러므로 아버님의 명을 얻게 되면 대사를 정해 인성이를 집안의 종손으로 삼고자 한다."

정삼은 형님의 뜻이 인성에게 기울어진 지 오래되었음을 아는 까닭에, 비록 자식을 아끼지만 막을 의사는 없었다. 하지만 대사를 미리 결정했다가 훗날 얼굴 붉힐 일이 있을까 하여 이렇게 말했다.

"인성이는 아직 입에서 젖비린내 나는 여섯 살 어린아이입니다. 기상이 강하지 못하고 타고난 자질이 지나치게 깨끗하여 아무래도 장수하지 못할 듯합니다. 한낱 못나고 약한 아이로 그런 결정을 내리기는 어렵습니다. 비록 농담이라도 종손처럼 중요한 자리에 인성이를 거론하시는 것은 적당하지 않은 듯합니다."

정잠이 다 듣고 나서 안타까워하며 말했다.

"우리 형제는 평생 동안 서로 마음을 숨기는 일이 없었다. 그런데 오늘 인성이를 내 계후로 삼는 일에 대해서는 네가 문득 인성이가 미약하다며 그런 결정을 하지 말라고 하는구나. 내가 바라는 것을 끊고 다시 의논할 말을 막아버리려 하니, 자식을 아끼는 마음이 예전의 좋던 우리 사이를 상하게 하는구나. 이는 실로 내가 믿던 네가 아니다. 예전 주나라 왕자였던 태백과 우중은 막냇동생 왕계가 왕위를 계승할 수 있게 겸손히 물러났었지. 내게 태백과 우중 같은 뜻이 없었던 것이 부끄럽구나. 이후로부터 계후에 대해서는 다시 거론하지 않겠다. 나는 이제 세상 별난 사람으로 자처하며 훗날 누대봉사를 네게 맡길 것이니, 아우는 왕계의 어짊이 있음을 헤아려 사양하지 마라.

불효한 죄 삼천 가지 가운데 후사를 잇지 못하는 것이 가장 크니, 내가 아들을 두지 못한 게 조상에게 죄인 것이다. 죄 있는 자가 자리를 피하고 덕 있는 자가 자리를 잇는 게 옳지 않겠느냐?"

정삼이 다 들은 후에 급히 관을 벗고 머리 숙여 사죄하며 말했다.

"제가 비록 못나고 어리석지만 어찌 자식이 아까워서 형님 뜻을 받들지 않겠습니까? 형수가 아직 자식을 낳지 못할 나이가 아니고 인성이가 열 살이 되려면 멀었으니, 사람됨이 종손을 감당해 내지 못할 것 같아 불가하다고 말한 것입니다. 받들기 민망한 말씀을 이같이 하시니, 저의 불초한 죄는 죽음으로도 대신하기 어렵습니다. 밝히 다스려주시길 청합니다."

정잠이 못마땅해하며 말했다.

"구태여 네가 죄를 청할 일이 아니다. 모름지기 몸을 일으켜라."

이어 정한이 정삼에게 관을 건네주며 쓰라고 하고는 말했다.

"내가 너희 말을 들으니, 큰아이는 먼 장래를 내다보고 하는 말이라 인성이로 계후하고자 함이 당연하다. 양씨 며늘아기가 단산할 나이는 아니지만 혹시 그런 일이 있을까 해서 그러는 것이니, 어찌 사사로운 정을 두겠느냐? 삼이는 인성이가 명이 짧아 종손 자리를 감당하지 못할 것이라 하는데, 인성이가 팔자가 사나워 일찍 죽을 관상이 아니고 아들 많고 귀하고 복 있을 상이다. 오히려 아버지가 벼슬을 그만두고 고요한 곳에서 울적하게 지내는 걸 괴이하게 여길 것이니, 무슨 까닭으로 종손을 감당하지 못하겠느냐?"

정잠이 아버지 뜻이 이 같으심을 매우 다행으로 여기며 기뻐했다. 정한은 총명하고 지식이 통달하여 닥치지 않은 일이라도 헤아리는 것이 신령스럽고 이치에 밝았다. 이런 까닭으로 정한은 양씨 며느리가 수명이 짧고 아들을 낳지 못할 것을 알았고, 혹시 어질지 않은 여자가 들어와 아름답지 않은 씨를 퍼뜨려 못나고 어리석은 자식이 태어나게 된다면 가문의 불행이고 조상에게 욕을 끼치게 될 터이니 그나머지는 더 말할 필요도 없을 것이었다. 그러므로 정한은 며느리 양씨의 깊은 바람과 아들이 원하는 바를 마저 결론짓고 인성을 종손으로 확정하여 계후를 그르치지 않고자 했다. 정한이 큰아들 정잠을 돌아보며 말했다.

"내가 일찍 부모를 여읜 지극한 아픔이 간과 피에 맺혀 영화롭게되어도 즐거움을 알지 못했다. 또 형제가 한 명도 없어 내 그림자가외로운 신세인 것을 슬퍼하여 한 잔 술을 목으로 넘기지 못했다. 이로 인한 너희의 답답하고 우울한 속을 모르는 것은 아니지만 슬픈 마음을 억누르지 못해서 그런 것이다. 이 나이가 되어 너희의 민망하고울적한 마음을 헤아려 보니, 늙은 이 아비 생전에 한번 잔을 올려 자식의 정을 펴게 해주지 못하면 죽더라도 한이 될 것 같구나. 또 이왕이면 그날에 대사를 정해서 인성이를 네 계후로 삼았음을 조상 신위에 고하고 일가 친족이 다 알게 하는 게 마땅하겠다. 이번 달 보름에자리를 마련하여 친구들과 친척들이 다 모이도록 해라."

정잠은 감히 청하지는 못했지만 본디 바라던 바였다. 매우 기뻐하며 만금을 주고도 얻지 못할 경사로 알아 절하고 명을 받들었다. 하지만 그런 가운데서도 정잠은 아버지가 사실 날이 얼마 남지 않아 가내 평안할 때 잔치를 베풀어 자기들의 깊은 한을 덜어주고자 하는 기미도 눈치챘다. 정잠은 구곡간장이 끊어질 듯하고 속은 다 사그라들었지만 밖으로는 온화한 기운을 억지로 지어냈다. 정한은 아들의 그런 마음을 알았지만 구태여 입 밖으로 내어 말하지는 않았다. 정잠이 아버지의 명을 얻으니, 인생의 영욕이 이보다 더할 수 없었다.

정한의 생일잔치와 정잠의 계후 선언

정한은 음력 2월 보름에 큰 잔치를 열어 일가친척을 모으고 여러 벗들을 청해 즐겼다. 이때 정한의 제자들 중 수십 명은 외직으로 수천 리 밖에 있어 못 왔지만 남은 제자들은 기쁜 마음으로 참석하여 즐거워하는 것이 아들들에게 버금갔다. 40여 명이 비단 도포에 옥대를 띠고 장수를 비는 정성을 드리고자 했고, 도학을 닦아 공자·맹자를 따르고자 하는 크고 어진 선비들은 평소에는 높은 벼슬아치들과 마주치는 것을 피했으나 스승의 잔치 자리에는 참석하지 않을 수 없어 베로 지은 도포를 입고 일제히 엄숙하게 도착했다.

정잠은 겸손하고 정삼은 스스로 수행하는 조심스러운 성품이지만 평생 처음으로 부모를 위해 잔치 자리를 마련했다. 황제가 정한을 네 명의 임금을 섬긴 노신(老臣)으로 예우하는 은혜와 영광이 지극했다. 정한이 소년 시절부터 구주(九州)를 평정한 공이 산보다 무겁고 바다보다 깊어 황제가 비단으로 상을 내리는 것으로는 부족하여 그저 스승과 제자의 도리로 공경할 따름이었다. 황제가 매번 그 공로를 다 갚지 못함을 탄식하며 안타까워했는데, 신하들이 정씨 부중에 잔치가 있음을 아뢰니 사흘 동안의 잔치와 음악을 내려주었다. 그러나 태자에게 헌수하는 잔을 올리는 심부름을 보내려는 일은 미리 알리지 않았다.

잔칫날에는 외당과 계취전과 문윤각이 통하게 해놓고 수놓은 비단 자리를 가지런히 깔았으며, 안팎으로 태원전과 영일정과 봉일정에도 화려한 자리를 마련했다. 비단 차일이 반공에 이어지니, 구름과 안개가 어린 듯했다. 풍성하고 화려한 차림새를 보니 황제가 내린 잔치라는 걸 알 만했다. 이날 정잠이 아버지 명으로 인성을 후사(後嗣)로 삼았음을 예부에 고하며 대사를 정했다. 내외 빈객들이 모였으니 아름다운 수레의 붉은 바퀴가 골짜기 가운데 가득했다. 아침 무렵부터 여러 제후들이 모였으니, 금옥 관자가 휘황하고 붉은 꽃무늬는 구슬처럼 아름다웠다. 정한이 보불 문양의 일월포를 입고 자금관을 쓰고 주인 자리에 앉았다. 그 기상이 엄중하여 진나라 조둔이 그랬듯 한여름 해와 같은 위엄이 있었고 유명한 재상이었던 이윤의 풍모와 부열의 도량을 아울러 지니고 있었다. 또 손님을 대접할 때는 권하고 사양하며 삼가고 조심하는 태도가 있었다. 벼슬은 높았지만 조금도 교만하거나 자신을 중히 여기는 태도가 없으니, 비록 어진 이를 투기하고 재주 많은 이를 질투하는 자라 할지라도 정한에게는 꼬투리를 잡을 수 없을 것 같았다.

정잠이 아버지를 모시고 여러 손님들에게 인사할 때 자줏빛 도포에 검은 관을 썼는데, 재상의 관자(貫子)가 흰 살쩍에 선명했다. 그 고운 모습은 중국의 미남 주유와 진평보다 나을 정도였으니, 봄볕의 훈훈한 화기와 겨울 해의 따뜻함을 아울렀고 지극한 정성과 효성은 족히 증자를 따를 만했다. 정삼은 베옷 입은 선비로 그 자리에 함께했는데, 신선 같은 풍모의 높고 빼어난 격조는 밝고도 높으며 맑은 뜻은 찬 서리처럼 씩씩했다. 그 자리를 가득 메운 손님들은 절로 고개가 숙여져 옷매무새를 바로 하고 얼굴빛을 바로 했다. 주돈이 선생 같은 기상이 정한 부자 세 사람에게 있으니, 그 자리에 있던 사람들이 다들 칭찬했다. 정한의 문하생들은 홍문관 관원이거나 재상 반열에 오른 관리들이거나 공자와 안연의 도학을 본받아 처사로 지내는 이들이었는데, 빛나는 문장 자질을 두루 갖추었으니 마치 공자의 제자들 같았다. 정한이 자리에 나아와 친척들과 벗들에게 말했다.

"저는 박덕하고 재주 없어 쓸데없는 사람에 불과한데 외람되게 네 분 황제를 모셔 높은 벼슬을 했으니, 그 은혜를 갚을 생각을 하면 근심이 될 정도입니다. 그런데 그 은혜를 만의 하나도 갚지는 못하고 아비와 아들이 벼슬자리와 봉록을 도둑질할 따름입니다. 사물이 성하면 쇠해지는 이치를 밤낮으로 두려워하며 위로는 어머니께 효도를 다하지 못했고 아래로는 형제의 정을 이을 곳이 없는 박명한 인생입니다. 비록 아들들이 아비의 생일이라 하여 즐기고자 했지만 제 마음은 지는 해에 더욱 슬퍼지니, 어느 겨를에 술을 마셔 취하겠습니까? 그래서 잔치 자리를 여는 일이 한 번도 없었는데, 금년에는 나이 오십에 가까워졌고 못난 제 아들들이 자식으로서의 정을 펴지 못하는 것을 한스러워하니 마지못해 친척들과 벗들을 모시고 술을 나누고자 하는 것입니다. 또 큰아들 잠이는 두 딸을 두었고 아들이 없습니다. 자기네 부부가 아직 30대로 자식을 못 낳게 된 것은 아니지만, 내가 맏손자 바라는 마음이 급한 까닭에 부득이하여 둘째 삼이의 큰아들 인성이를 계후로 삼는다고 예부에 고하고 조상 신위에 인사드려 잠이의 아들로 정하고자 합니다. 모든 벗들과 친척들은 내 손자를 보십시오."

말을 마치고 인성을 불러오라 했다. 정인성이 곧 옷을 단정히 하고 당에 올라 인사하니, 키가 썩 커서 열 살 정도는 되어 보였고 용모가 탁월하며 풍채가 빼어났다. 흰 눈 같은 얼굴빛은 보옥과도 같았고 빼어난 인재가 될 대인의 기상이 뚜렷했다. 온 자리의 손님들이 매우 놀라 칭찬할 때, 정한이 차례로 인사드리라고 하자 인성이 그 말씀에 따라 절을 올렸다. 이제 새로이 외할아버지가 된 추밀사 양교가 그 손을 잡아 무릎 위에 앉히며 원래 외할아버지였던 각로 화첨을 향해 웃으며 말했다.

"문약(화첨)아, 전에는 네 손자였지만 오늘은 내 외손자가 되었구나. 이후는 문약 자네가 외할아버지인 체하지 마시게."

그러고는 정한을 향해 축하의 말을 했다.

"형장께서 종사의 지중함을 생각하여 일찍이 사위 운백(정잠)의 계후를 정하니 이는 형의 집안일입니다. 제가 간섭해서 말할 바가 아니지만 딸의 지극한 바람을 이룬 것이 천만다행한 일입니다. 이 아이로 남의 열 아들을 부러워하지 않을 것이니, 내 딸이 못난 아들을 낳지 않은 것이 도리어 다행입니다. 형의 처사가 넓고도 멀리 내다보시면서 결단력 있는 것에 탄복합니다. 이제 형의 종사(宗嗣)가 꾸준히 이어질 것입니다."

그 자리에 모인 사람들이 모두 잘한 일이라면서 칭찬이 그치지 않았는데, 화첨이 멋진 턱수염을 쓰다듬으며 기쁘게 웃고 말했다.

"양형(양교)은 하나 있는 딸이 자식을 낳는 경사를 보지 못하다가 이제 인성이가 운백의 계후로 정해졌으니, 사람 마음에 자연 사랑스러우시겠지요. 저는 딸 다섯을 두어 손자가 스무 명에 가까우니, 인성이를 운백에게 보내어 그 외가가 양씨 가문이 된들 어떻겠습니까? 하지만 따님인 양부인이 쇠한 나이가 아닙니다. 형은 계원(정한의 자)의 행사가 먼 훗날을 내다본 결단력 있는 일이라 했지만 저는 그 행사가 경솔한 게 되면 어쩌나 생각합니다.”

양교가 답하기도 전에 정씨 부중의 친척들이 한꺼번에 대답했다.

“양부인이 질환이 있으니 계후를 일찍이 정해두는 것이 마땅합니다. 불행하여 양부인이 아들을 낳지 못하시나 하늘이 정씨 문중을 일으키고자 하셔서 공자의 어머님이 했던 것처럼 니구산에 빌지도 않고 이 같은 기이한 자식을 얻으시니, 양부인이 기뻐하시는 것이 자기가 아들을 낳은 것보다 더하십니다. 태부께서 생각해서 결정하신 일이니 어찌 허술하게 하셨겠습니까? 종손이 이같이 비범하니 우리는 기쁘고 다행한 마음을 가누기 어렵습니다.”

또 이빈 등 모든 제자들이 일시에 자리에서 일어나 정인성의 특이함을 칭찬하니 조겸이 웃으며 말했다.

“내가 계원과는 오랫동안 잘 아는 사이이고 운백 등은 아들이나 조카처럼 여겨왔는데, 이 아이를 한번도 보지 못했다가 이제 보니 못난 내 손자를 세상에 둘도 없는 것처럼 여겼던 게 도리어 우습게 되었네그려.”

그러고는 손을 잡고 이리저리 어루만지니 양교가 웃으며 말했다.

“형님은 석보(이빈의 자)의 자녀들이 내 외손자보다 더 낫다고 여기셨나 봅니다. 그런데 인성이의 동생 인광이는 인성이와 한 어머니에게서 태어났으니 온화한 성품이 인성이보다 못할 게 없을 것 같습니다."

그 자리에 모인 사람들이 양교의 이야기를 듣고 한번 보여달라고 청하니, 정한이 마지못해 인광에게 오라고 했다. 정인광이 명을 듣고 자리에 나와서 손님들에게 인사했다. 그 모습이 성현의 풍모를 지녔으며 선비의 학문을 이룬 듯했다. 달같이 환한 이마에 활처럼 굽은 눈썹이 만물의 빼어난 기운을 띠었고 천지의 기맥이 조화를 이루었으며, 신장이 훤칠하고 태도가 엄중하여 여섯 살 어린아이로 보이지 않았다. 사람들이 한번 올려다보고 매우 놀라고 사랑스럽게 여기며 입을 모아 칭찬했다.

"태부가 지니신 천지 가득한 태양 같은 풍모와 하늘을 본받고 땅을 헤아리는 덕과 운계(정삼)의 유장한 큰 도로 자손을 두었으니, 기린아 같은 뛰어난 아이일 거라고는 짐작했습니다. 하지만 그 뛰어남이 아버지나 큰아버지보다 더 나을 줄은 미처 몰랐습니다."

모두 다 칭찬하니 그 찬양하는 말을 이루 다 기록하지 못할 정도였다. 정한이 감당하기 어려워 사양하고 아들과 조카와 집안 친척이며 정인성을 거느려 문묘에 올라가서 정인성으로 대를 이었음을 아뢴 후 물러 나왔다.

정한이 아들과 사위 그리고 조카 등을 거느리고 안으로 들어가니, 안채 잔치의 성대함이 사랑채의 잔치와 마찬가지였다. 양부인·상부인(정태요)·화부인이 서부인을 모시고 손님을 맞이하는데, 그중에는 정한의 조카들도 여러 명 있었다.

정한의 동생인 한림 정선은 예전에 한왕 고후의 모함을 입어 서른도 되기 전에 원통하게 죽었다. 그 아들 정흠과 정겸이 지극한 원한을 씻은 후 고후를 죽여 원수를 갚고자 했으나 그 뜻을 이루지 못한 지극한 아픔이 가슴에 엉켜 있었다. 또 죽기 전에 잊지 못할 바는 어머니 유씨였다. 정흠과 정겸의 어머니는 주원장의 책사였던 유기의 손녀였다. 그녀는 하늘이 무너지고 땅이 꺼지는 변을 당해 젖먹이 두 아이를 남겨두고 스스로 목을 찔러 죽어 남편의 뒤를 따랐다. 정흠과 정겸은 부모를 여의고 큰아버지 밑에서 자랐다. 한왕이 죽었을 때에 그들은 나이가 어려 능히 한왕을 벨 수 없었다. 그런 까닭에 그들은 스스로 세상에서 자취를 감추고자 했으나 큰아버지의 은애로 성장하여 장가를 들었다. 정흠의 부인은 화씨로 정삼 부인의 사촌이고, 정겸의 부인은 서씨이니 서부인(정한의 아내)의 조카딸이었다. 용모와 성품과 행동거지가 특이하여 정한 부부가 그들을 사랑하는 것이 친며느리와 같았고, 두 부부가 정한 부부를 받드는 정성도 친부모를 대하는 정성과 같았다.

다음 날 잔치 자리에서 정한 부부를 모시고 있었는데, 화씨는 딸 하나를 두고 서씨는 아들 하나에 딸 둘을 두었다. 이날 잔치는 위로는 황제께서 내려주신 바였고, 아래로는 정잠 형제가 아버지 생신에 장수를 비는 자리였다. 황족과 왕족들이 다 모였으니 상서로운 구름과 안개가 일어나고 비취구슬이 눈에 현란하며 옥구슬이 모래나 돌 같이 그냥 굴러다니고 붉고 고운 분가루는 진흙같이 흔했다. 그 중에는 맑고 요조한 부인도 있고 온순하고 겸손한 부인도 있었다. 그녀들은 풍성하고 우아한 태도와 덕스러운 행동과 성스러운 자질이 가지런히 빼어났으며, 안개같이 고운 옷에 옥노리개가 쟁쟁하고 구름 같은 풍채에 예의가 엄숙했다. 그중 서부인 모녀와 며느리들이 단정하게 갖춰 입은 차림새와 덕 있는 기질이 단연 돋보였으니, 여러 사람들이 서부인의 높은 풍모와 위의, 양부인의 어짊, 상부인의 상냥함, 화부인의 덕스러운 자질을 우러러 흠모하여 눈을 떼지 못했다.

정한이 안으로 들어오자 인척 부인네들은 담장 안으로 피했고, 모두 일어나 맞이한 후 자리를 정해 앉았다. 정한의 5촌 조카인 시독 정염이 먼저 인성을 시켜 정한 부부에게 절하게 한 후 정잠 부부에게 부자로서의 예를 행하게 했다. 그리고는 돌아서서 낳아주신 부모에게 절한 후 정잠의 두 딸을 불러 남매가 되는 예를 행하고 물러 나와 자리에 앉았다. 정잠 부부가 인성의 절을 받으니, 부모와 자식의 관계를 맺기 전인지 후인지 친생인지 아닌지를 모를 정도였다. 마음을 빼앗겨 사랑하고 귀하게 여기는 것이 비록 친자식이라 해도 그 특별한 은정이 어찌 이보다 더할 수가 있겠는가?

정잠은 잘생긴 눈썹에 환하고 온화한 기운을 띠고 붉은 입술에 흰 이가 드러날 정도로 흐뭇한 표정을 감추지 못했다. 양부인도 오랫동안 고질로 신음하느라 근심하던 표정이 일시에 밝아졌다. 양부인의 영롱하고 온화한 기운은 4월의 꾀꼬리처럼 새삼 명랑하여 천지에 속되지 않았고 깨끗한 얼굴은 희고 투명했다. 마치 눈 속에 핀 매화가 향기를 토하는 듯, 가을 연못의 연꽃이 푸른 잎 위로 솟아오른 듯, 복숭아꽃 같은 두 뺨에 웃음을 가득 머금은 채로 양부인이 인성의 손을 잡고 말했다.

"지난날 큰어머니와 조카 사이의 정이 친모자 사이보다 못하지 않아 늘 나를 따르던 것이 친모인 화부인을 따르는 것과 같았는데, 오늘날 어머니와 아들이라는 호칭을 정하게 되니 그 기쁨이 친자식을 낳은 것과 무엇이 다를 게 있겠느냐?"

양부인이 이렇게 한껏 기뻐하고 즐거워하다가 갑자기 슬픈 듯 눈물을 흘렸다. 이는 다른 이유 때문이 아니고 몸에 병이 있어서 이런 아들이 장성하는 것을 보지 못할까 하는 생각이 들어 슬퍼졌기 때문이다.

정잠 부부의 시원하고 깨끗한 용모와 곱고 아리따운 모습이 보름날의 붉은 달을 압도할 정도이니, 상부인 정태요가 웃으며 말했다.

"아버지께서 굳게 명하시고 오라버니와 올케가 원해서 인성이를 계후로 삼았는데, 제가 보기에는 오라버니와 올케언니 나이가 다 청춘입니다. 병 없고 꽃 같은 얼굴에 젊음이 가득하니, 만일 오라버니 얼굴에 수염이 나지 않았더라면 지난날 두 사람이 합환주를 나누고 혼례식을 마친 후 공작선을 기울이며 동방화촉을 이끌던 때와 다르지 않으십니다. 두 젊은 사람이 금슬의 즐거움이 극진하거늘 무슨 까닭으로 아들을 낳지 못할까 겁내서 양자를 얻으십니까?"

정잠이 크게 웃으며 말했다.

"내가 네 올케를 만난 지 벌써 18년이 다 되어간다. 새신랑과 새신부를 면한 지 오래되었고 기혈이 쇠했으니, 다시 자식을 낳아 기르기를 바라지는 못할 것이다. 이미 인성이로 계후를 삼았으니, 실로 누이의 우스갯말이 덕담이 되어 올케가 아들을 낳는다 해도 인성이와 더불어 형제가 가득한 것이 기쁠 뿐 경솔한 일을 했다고 뉘우칠 일은 없을 것이다. 다른 사람들의 아들이 어찌 인성이를 따라오겠으며, 너의 못난 세 아들이 어찌 내 아들보다 낫겠느냐? 내가 두 딸을 두어 그 아이들이 평범하지 않은 것을 볼 때마다 아들 없는 것을 탄식했는데, 오늘 큰일을 정해 조카를 아들로 삼았으니 마음속 근심이 오늘부터 사라질 것이다."

정씨 집안의 딸 자랑

정태요가 낭랑하게 웃으며 말했다.

"오라버니와 올케가 오늘 인성이를 얻어 남이 칭찬하기 전에 스스로 칭찬하시고 훌륭한 제 아들들을 못난 자식이라 치부하시니, 어쨌거나 오라버니의 두 딸을 불러오세요. 제 세 딸이 오라버니의 어린 딸들만 못한가 한번 보십시다."

정잠이 웃음을 머금고 말했다.

"양씨가 어둡고 못난 것은 타고난 기질이라 지금이 전보다 더 낫거나 못할 것이 없지만, 고질병을 오래 앓느라 모습은 오히려 전보다 못하게 되었다. 하지만 내 두 딸은 옥 중의 백옥이고 꽃 중의 왕이다. 네 어린 딸들이 어찌 내 두 딸을 당하겠느냐?"

정염이 웃으며 말했다.

"형님께서 두 딸 자랑만 하시고 부르지는 않으시니, 왜 그러십니까?"

정잠이 웃으며 답했다.

"어린 딸이 규방의 법도를 지켜 송나라 백희가 당에서 내려오지 않았던 일을 본받고자 하며 사람을 대하고자 하지 않으니 부르기 어렵구나. 그러나 오늘은 나오는 것도 무방할 것이다."

이에 사람들이 부르라고 재촉하니, 정잠의 두 딸과 정태요의 세 딸과 정삼의 한 딸이 앞서거니 뒤서거니 하며 나왔다. 이들은 모두 봉황의 새끼이며 교룡의 씨로, 옥 같은 기질에 연꽃 같은 걸음으로 사뿐사뿐 당 앞에 다다르니 어른들이 얼른 올라오라고 재촉했다. 다들 당에 올라서 있으니 정한과 서부인이 기뻐서 자리에 앉은 분들에게 차례로 인사드리라고 했다. 그러자 정잠의 첫째 딸 명염이 명을 받들어 예에 맞춰 절했다. 엄숙한 예모가 큰아이나 작은아이 할 것 없이 모두 다 군자의 산육과 성녀의 태교를 받았으니, 법도 있는 가문의 훈육은 묻지 않아도 가히 알 만했다.

정잠의 장녀 명염은 방년 12세로 맑고 깨끗한 얼굴은 초순을 지나 보름달이 되려는 가을 하늘 밝은 달처럼 그 광채가 휘황하여 햇살이 비치는 듯했고, 그윽하고 묘한 모습은 비길 곳이 없었다. 둘째 딸 월염은 방년 8세로 모습이 맑고 절도 있으며 깨끗한 기질을 타고났다. 달처럼 환하고 예쁜 이마는 산천의 빼어난 기운을 아울렀고, 앵두 같은 입술이 돋보이는 얼굴은 천지조화를 앗은 듯하고, 눈썹은 영롱하여 마치 자줏빛 봉우리에 상서로운 구름이 비춘 듯했다. 부상(扶桑)에 아침 해가 높이 솟고 소상강 동정호 잔잔한 물에 가을 달이 밝게 비친 듯 그 모습이 헌앙하고 기상은 늠름하니, 마치 여와씨가 환생한 것 같았다. 그리고 진중하고 바른 마음은 명염보다 나았다. 정태요의 세 딸 가운데 맏딸 현교는 9세이고, 둘째 딸 옥교는 5세이며, 막내딸 연교는 4세였다. 이 딸들은 아직 두렷하지 않은 초승달 같았지만, 깨끗하고 우아한 기질이 아름답고 특이한 것은 명염 등과 다를 바가 없었다.

나왔다 물러날 때 예를 갖춰 인사하는 것이 기특하여, 단혈[6]에 어린 봉황이 날아들고 환하고 밝은 달이 바다 위로 솟은 듯 자줏빛 치마를 끌고 푸른 소매를 나부끼며 구름 그림자처럼 모여들었다. 그 모습에 정한과 서부인이 정신이 쏙 나가, 정한이 왼손으로 자염(정삼의 딸)을 이끌고 오른손으로는 연교를 붙들며 무릎 위에 앉으라고 했다. 그러자 연교는 밝게 웃고 무릎에 올라 고사리 같은 손으로 정한의 흰 수염을 쓰다듬고 양볼의 살쩍을 어루만지며 애교를 부렸다. 그러나 자염은 무릎 위에 오르지 않고 나직이 곁에 앉아 있을 뿐이었다. 정한이 웃으며 말했다.

"연교는 내 무릎 위에 앉는 것을 좋아하거늘 너는 어찌 떨어져 앉아 할아비가 사랑하는 것을 알지 못하느냐?"

자염이 대답했다.

"제가 비록 나이는 어리나 할아버지께서 사랑하시는 것을 어찌 모르겠습니까? 하오나 제가 부모님 말씀을 들어보니, 할아버지 근력이 전만 못하시다고 근심하셨습니다. 그러니 제가 어찌 무릎 위에 올라 할아버지를 힘들게 하겠습니까?"

정한과 서부인이 못내 기뻐하고는 웃으며 물었다.

"우리가 노쇠해지는 것을 두고 네 부모가 무엇이라 했기에 무릎에 오르는 것을 어렵게 여기며, 또 네 부모가 근심한다 해서 너까지 염려하느냐?"

---

6 단혈(丹穴): 예전에 중국에서 남쪽의 태양 바로 밑이라고 여기던 곳.

자염이 대답했다.

"예전에 아버지께서 어머니에게 근심스럽게 말씀하시길 '태사 조공(조겸)은 아버지와 동갑이신데 기력이 강건하고 아직 수염이 세지 않아 젊은이를 압도하실 것 같다.' 하시며, 인성이가 매양 할아버지에게 안긴다고 하면서 수고로우실까 근심하셨습니다. 그러니 어찌 저까지 할아버지 무릎에 올라 아버지의 근심을 더하며 할아버지를 힘들게 하겠습니까?"

말을 마치는데 아름다운 얼굴에 슬픈 빛이 있으니, 곧 '치마 입은 인성'이었다. 초승달같이 상글한 두 눈썹은 산천의 정기를 띠어 아름답고 상서로운 구름이 모여 있는 듯했다. 솜털 같은 머리털이 흰 이마에 가득하고 두 눈을 가늘게 떠 말하는 모습은 햇빛이 상서로운 기운을 띠어 가을 물에 부서지는 듯 연꽃 봉오리처럼 빛났다. 친척들이 모두 입이 벌어져 선녀들을 본 듯 정잠 형제에게 치하하니 이에 정한이 말했다.

"화씨 며느리의 태교가 신이하고 아들의 정성이 곡진하여 대나무 같은 절개를 따르고자 하므로 낳는 자식마다 평범한 아이들과는 달라 조숙하고 특출하니 어찌 기이하지 않겠는가?"

이어 자염을 사랑스럽게 어루만지며 말했다.

"이런 기질로 어느 집의 며느리가 될까나?"

서부인이 실로 탄식하며 말했다.

"사람이 천지간에 뛰어나다가도 도중에 어그러질 수 있습니다. 이 아이들이 이리 숙성한 것이 평범한 아이들과 달라 도리어 걱정이 되는군요."

인광이 또한 연교를 가리켜 곁눈으로 보며 말했다.

"고모부께서 저 아이가 눈보다 희다 하여 이름을 연교라 하시고 자를 향기로운 눈이라는 뜻의 향설이라 하셨지요. 그런데 네 살짜리 아이가 철도 모르고 집안에서 사랑만 받아 할아버지 무릎에 앉는 것을 당연하게 여기니, 저게 버릇이 되면 시할아버지 무릎에도 앉겠네요. 할머니께서 우리 남매가 조숙해서 걱정이라 하시는데, 어디 고모부네 남매들만 하겠습니까?"

원래 상부인 정태요의 큰아들 안국은 12세이고, 둘째 아들 정국은 10세이며, 셋째 아들 광국은 8세였다. 6남매 중 연교가 가장 어리니 할아버지의 사랑을 받아 무릎에 올라앉아 애교를 부리다가 인광이 자기를 나무라는 것을 보고 크게 무안했다. 이에 얼굴을 붉히고 눈을 흘겨 인광을 보더니 사뿐히 일어나 자기 아버지(정국공 상연) 곁에 가서 옷소매를 당기며 말했다.

"우리 집 부귀가 남 부럽지 않을 정도인데, 아버지께서 늘 어머니를 외갓집에 머무르게 하셔서 험악한 오라비에게 저런 말을 듣게 하시나요? 그 마음 씀씀이가 사나워, 할아버지와 할머니께서 우리를 사랑하시는 것이 싫어 저리 말하는 것입니다."

상연은 만금보다도 연교를 더 사랑할 정도였다. 한 점 앵혈이 빛나고 꾀꼬리 같은 목소리로 부끄러워하며 말하는 것을 보니 사랑하는 마음을 이기지 못해 말했다.

"이제는 네 어머니를 일절 외갓집에 오지 못하게 할 것이니, 너도 오지 말거라."

그러고는 안아서 어루만지니, 천륜 중의 천륜이었다. 정겸이 자리에 앉아 있다가 정태요의 6남매가 이렇듯 번성한 것과 상연이 지나치게 연교를 사랑하는 것을 보고 장난스럽게 말했다.

"6남매가 번성한 것은 잡초가 무성한 것처럼 상씨 집안의 씨가 퍼짐이고, 그 아름다움은 청고한 외가의 기질을 닮아 형산의 정기와 벽해의 기운을 아울렀으니, 무숙(상연의 자)이 어찌 아들들이 외삼촌 닮은 것을 나무랍니까? 딸들이 매우 아름답지만 오히려 여백(정삼)의 딸 자염만 못하고 큰형님(정잠)의 딸 월염에게 미치지 못하며, 세 아들이 또한 인성 등에게 미치지 못하니, 공론으로 따져보아도 사람 보는 눈이 병들지 않은 다음에야 누가 모르겠습니까? 그러나 연교는 탁월하고 빼어나게 아름다워 자염과 비교해도 차이가 많이 나지 않습니다. 마치 공자를 그 수제자인 안회가 모시는 것 같으니, 자염이 도를 이루면 연교가 우러르고 엎드려 거의 따를 듯합니다."

인광이 말씀이 끝나기를 기다렸다가 웃으며 말했다.

"제가 연교를 혼내려 하거나 용납할 수 없어 꾸짖었겠습니까? 두루 애교를 부리며 자기 위에 오를 사람이 없는 듯 여기기에 잠깐 만족스럽지 않아 한 것인데, 요괴한 의사로 자기를 미워한다 하니 그것을 분하게 여겨 꾸짖었던 것입니다. 이제 숙부의 이 같은 가르침을 받들어 이후로는 다시 그리하지 않겠습니다. 그러나 숙부가 연교를 자염만 못하다 하시나 제가 보기에는 서로 비슷합니다. 제 뜻에는 천하의 기이한 군자를 구해 자염으로 첫째 부인을 삼아 아황을 흉내내고, 연교로 둘째 부인을 삼아 여영의 고사를 본받아 일생을 떠나지 않고 연교의 교만한 기운을 꺾는 게 상쾌하지 않을까 합니다."

정염과 정흠이 크게 웃으며 상연의 소매를 헤치고 연교를 보았다.

연교는 인광의 말이 자기 종신대사를 의논하는 것인 줄 모르고 부끄러운 줄도 몰랐지만 만날 때마다 약을 올리는 게 화가 나서 아버지 품에 얼굴을 대고 또랑또랑한 소리로 말했다.

"내가 아버지에게 안겨 있는데 짓궂은 오라비가 이렇게 약을 올리니 어찌 절통하지 않겠어요? 대체 아황이 무엇이기에 자염 언니에게 흉내 내라 하고 내게는 여영같이 되라고 하나요? 저 오라비가 범 같은 눈썹을 찡그리면 살벌한 바람이 크게 일어나고 매양 긴 눈을 찢어지게 떠서 보니 무섭더라고요."

인광이 웃으며 말했다.

"규수와는 아주 거리가 먼 인물이로구나. 네가 무서워해도 내가 어디 가서 옥 같은 기이한 군자를 구해 와서 특별히 중매 되어 네 일생이 빛나도록 해주겠다."

연교가 말했다.

"기이한 군자라 하는 것이 무슨 노리개이기에 내게 얻어 준다고 하는 건가요? 나는 욕심이 없으니 아무것도 가지고 싶지 않아요."

인광이 연교의 말을 듣고 크게 웃으며 말했다.

"네가 아무리 싫다 해도 한번 기이한 군자를 만날 것이니 두고 보아라."

그러자 연교가 화를 내며 말했다.

"기이한 군자가 무엇인지 나는 다 싫고, 그냥 아버지 따라 우리 집으로 갈 테야."

인광이 말했다.

"네가 아무리 기이한 군자를 보고 싶어 해도 아직은 멀었다. 훗날 너의 아버지 손을 이끌고 신방으로 들어갈 때, 네가 그때도 나를 무섭다고 하려느냐? 네가 내 옥 같은 얼굴을 무섭다고 하지만 내가 네 남편 구할 때는 내 듣고 보고 하여 나보다 더 무서운 장부를 고를 것이다."

연교가 화가 나 아버지 소매를 당기며 말했다.

"오라버니가 모진 눈을 흘기며 약을 올리니 아버지께서는 꾸짖어 물리쳐 주세요."

상연이 천진한 사랑으로 온몸이 으쓱으쓱하며 만면에 웃음 띤 얼굴로 어여쁜 딸의 얼굴을 자기 볼에 대고 소매를 들어 이리저리 가리면서 말했다.

"인광아, 이제 그만 그치고 내 딸을 더 약 올리지 마라."

인광이 웃으며 말했다.

"네가 지금은 나를 싫어하지만 옥 같은 좋은 남자를 데려다가 네 침소로 들여보내면 '그 착한 오라비 매양 보고 싶다'고 할 것이다."

그 자리에 앉아 있던 사람들이 그 두 아이의 거동을 재미있어 하며 모든 소저들의 기묘함을 못내 칭찬하고 정인광을 바라보았다.

인광이 양부인 앞에 무릎을 꿇고 단정히 앉아 있으니 구름도 상서로운 기운을 띠고 은혜로운 해가 봄볕에 만물을 자라게 하는 듯했다. 인광은 연교와 다투는 중에도 간간이 흰 이를 살짝 드러낼지언정 호쾌하게 웃지 않았다. 부모님 앞에서 뜻을 살피며 평안한 태도로 삼가는 것이 분명 문왕이 아버지 왕계를 모시며 무왕이 문왕을 모시는 것 같았다. 공경하고 삼가며 살얼음을 딛는 듯, 여린 옥을 잡은 듯했다. 또 가을 물같이 말쑥한 골격은 옥같이 찬란하고 황홀하여 몸의 광채가 빛나니, 험준한 태산이거나 혹은 탁 트인 넓은 바다 같았다. 이런

6세 아이는 예전은 물론 이후로 찾아봐도 다시없을 정도였다. 그 자리에 모인 사람들이 칭찬하고 사랑했으며, 조부모는 등을 어루만지며 웃는 입을 다물지 못했다. 인광이 인성과 더불어 어깨를 나란히 하고 앉으니, 인성이 몰래 미소를 지으며 말했다.

"어린아이를 그렇게나 약 올려서 고모부를 붙들고 떨어지지 않는 지경에 이르게 하느냐?"

인광이 웃으며 대답했다.

"어린아이가 아무런 철도 없으면서 그렇게 답하는 말이 우습습니다."

서부인이 웃으며 인광에게 말했다.

"너 또한 연교보다 몇 살 위일 뿐이다. 무슨 철이 들었다고 그 아이만 어리다고 하느냐?"

인광이 웃으며 말했다.

"할머니 말씀이 마땅하시지만 저는 세 살 때라도 누이 같지는 않았습니다."

정태요가 명랑하게 웃으며 말했다.

"연교가 열없는데 네가 미워하며 보는 눈길이 심상하지 않아 무서워하는 게 뭐가 이상한 것이냐? 내 자식이 못났다 함은 오라버니와 여러 친척들이 다 함께 그렇다 하지만, 나는 너희 숙성한 아이들이 부럽지 않구나. 아무렇거나 연교 같은 아이가 또 있겠느냐?"

인광이 웃으며 대답했다.

"고모께서 누이를 보고 천고에 다시없는 아이라 하시지만, 공론이 다 자염이 더 낫다 하니 이는 확실한 논의입니다. 도리어 무안하실까 합니다."

정태요가 미처 답하기 전에 정잠이 웃음을 머금고 말했다.

"오늘 잔치에 모인 여러 사람들 가운데 떨어지는 이는 없지만, 오늘은 누이가 딸 자랑하는 날이 아니다. 그만한 딸은 우리에게도 있으니 칭찬을 그만두어라."

이때 외당의 여러 손님들이 정한 부자에게 나오라고 청하니, 정잠 형제와 여러 사람들이 정한을 모시고 외당에 이르렀다. 양교가 화첨 등 여러 사람들과 더불어 서로 맞으니 조겸이 웃으며 말했다.

"주인이 손님을 버리고 들어가니 손님의 마음이 무안할 뿐 아니라 내가 다시 보고자 하는 정이 간절한 것은 손자 두 사람에게 뜻이 있어서이지 계원(정한)의 늙고 살진 얼굴을 구태여 보고자 하는 것이 아닐세."

정한이 웃으며 말했다.

"양숙(조겸의 자)은 어른을 싫어하고 아이들 곁을 떠나지 않으려 하니, 이는 어릴 적 뛰놀던 마음이 늙지 않은 것이다. 사람이 저러하고도 어찌 어른인 체하는가?"

조겸이 웃으며 말했다.

"속담에 '늙은이 변해서 아이 마음이 된다.' 했네. 내가 계원의 뛰어난 정력을 따르지 못해 늙고 혼미하니, 손자 두 사람을 보고 벗이 되고자 하는 것이 뭐가 이상할 게 있는가?"

그러고 나서 두 아이를 나오라 하여 예뻐하는 것이 양교나 이빈 등과 다르지 않았다.

날이 늦어지니 정잠이 아버지 앞에 급히 나아가 무릎을 꿇고 아뢰었다.

"아버지께서 예전에 음악을 꺼리시던 바를 제가 모르지 않습니다. 그런데 황제께서 은혜롭게도 사흘 잔치에 궁중의 음악을 보내주시니, 기녀들과 악공들이 다 대기하고 있습니다. 날이 늦었으니 음악을 연주하도록 하는 것이 어떠신지요?"

정한이 말했다.

"궁중의 음악을 빌려주심은 그 은혜가 뼈에 사무치는 일이다. 어찌 보기 싫다고 물리치겠느냐? 위로 성은을 받들고 아래로 너희들의 즐거움을 돋우리니, 풍악을 울리도록 해라."

정잠이 명을 받들고 잠시 후 기녀들과 악공들을 불러 분부하고 내당 문을 활짝 열어 부인네들이 구경하게 했다. 이때 악공들이 재주를 다하고 기녀들이 푸른 소매를 떨치며 맑은 노래를 길게 뽑는데, 봉을 아로새긴 생황과 용을 새긴 관악기가 천지를 흔드는 듯했다. 월녀 같은 흰 얼굴은 배꽃에 흰 눈이 새롭고 조비연 같은 가는 허리는 푸른 버드나무가 봄바람에 흩날리는 듯했다. 기녀들이 화려한 치마를 착 감아 〈예상우의곡(霓裳羽衣曲)〉에 맞춰 춤추고 〈양춘백설곡(陽春白雪曲)〉을 노래하니 호랑나비가 날고 흰 눈이 날리는 듯하고, 꾀꼬리가 아리따운 소리로 연리지에서 우니 그 위엄이 찬란하여 봉황이 날갯짓을 하는 듯했다. 향기로운 바람이 부는 듯하고 고운 빛이 눈에 가득하고 즐거움이 온몸을 흔들었다. 그 자리에 있던 젊고 호기로운 선비들은 말할 것도 없고 지위 높고 중한 재상 반열이라도 기녀들의 아름다운 얼굴과 우아한 자태를 마주해서는 흔쾌한 마음으로 강렬한 눈길을 보냈다.

그런데 정한은 조금도 어울리는 일이 없고, 정잠 또한 어른을 모시고 기뻐하는 기운이 무르녹되 행여 눈길을 보내는 일이 없었다. 이빈 등 제자들도 다 어린 나이에 성인의 도에 점점 깊이 들어서는 군자인 까닭에, 늘 삼가고 조심하여 마땅한 자리가 아니면 나아가려 하지 않고 몸을 머무르려 하지 않았다. 그래서 저마다 눈길을 낮추고 예의 있는 모습을 유지했다. 다만 장헌 한 사람만이 기녀들과 어울리며 자리가 어지러우니, 어사 신후가 웃으며 말했다.

　　"같이 공부하고 교유를 맺은 우리 중에 저같이 음탕한 자는 없는데, 잔치 자리에서 아름다운 기녀들의 노랫소리를 마주했구나."

　　학사 이운이 웃으며 말했다.

　　"사람이 다 그대의 매형 장상최같이, 부인과 더불어 살아서 화락하고 죽어 수절하여 여자에게 다시 뜻을 두지 않기는 쉽지 않은 일입니다. 형은 어찌 사람마다 다 그렇게 하지 못한다고 질책하십니까?"

　　신후가 웃으며 말했다.

　　"세상 사람들이 모두 장상최같이 되라고 함이 아니다. 하지만 어찌 저같이 음란하고 경박하게 굴 수가 있단 말이냐? 만일 매형의 일부분만 본받아도 저렇지는 않을 게다."

　　이운이 웃고는 말이 없었다. 원래 정한의 제자 가운데 이운과 신후 그리고 양두의 나이는 이빈보다 열 살 위였다. 정한이 관직에 나간 때부터 도학이 공자·맹자와도 같았기에 양두·이운·신후·광야는 7, 8세 때부터 정한에게 수학했다. 그런데 정한은 그들의 나이가 자기와 열 살도 차이나지 않아 사형이라 부르라고 했다. 그러나 광야·소정·서유정 등이 다투어 사부로 칭하고 100여 명이나 되는 이들이 나이 많고 적음을 따지지 않으니, 사이 좋기가 형제 같았다. 그런데 그중에서 이운은 홀로 성격이 과격하여 동학들과 사이가 아주 좋지는 못했다.

이윽고 술잔을 올리는데 진수성찬이 좌르륵 펼쳐졌다. 좋은 술에 저마다 크게 취해 내외 상하를 막론하고 즐기지 않는 이가 없었다. 하지만 정잠은 입에 잔을 자주 대지 않아 안색이 평상시 같고 행동거지는 갈수록 예의가 정중하고 발랐다. 사람마다 탄복하며 비록 배우고자 하나, 이는 그가 평생 익힌 선비의 예이기에 갑자기 본받지 못했다. 아들을 거느리고 온 자가 자기 자식의 버릇없음을 비로소 깨닫고, 아비를 모신 자가 행실이 경박함을 스스로 부끄러워했다. 그러나 술이 이르면 사양하지 못하고 기녀들의 노래와 춤을 보면 또한 무심하지 못해 부채를 치며 창기들의 노래에 박자를 맞추고 황홀해 마지않았다.

문득 높은 이의 행차를 알리는 벽제 소리가 높은 하늘에 진동하더니 모시는 자가 급히 아뢰었다.

"동궁마마 납시옵니다."

정한과 그 자리의 모든 사람들이 크게 놀라 급히 조복을 갖추고 맞이하는 가운데 태자가 전에 올랐다. 모든 사람들이 차례로 전 앞에 허리 굽혀 예를 갖추니 태자가 황제의 뜻을 전했다.

"과인이 여기에 온 것은 군신 간의 체면을 차리기 위해서가 아니라 황제의 뜻을 받들어 재상가 생신에 헌수를 하기 위함입니다. 그러니 여러분들은 예를 천천히 갖추서도 됩니다."

이리 말하며 황제의 뜻을 전했다. 대개 재상의 생일에 황제가 친히 임할 것이지만, 정한이 매우 겸손하고 학문과 덕행을 닦는 사람이기에 편치 않게 여기고 부담스럽게 여길 것이므로 태자를 보내 헌수하게 하고 정한을 청하여 높은 자리에 앉게 한 것이었다. 이에 정한이 머리를 땅에 조아리고 눈물을 흘리며 말했다.

"신은 보잘것없는 무용지물입니다. 전후로 황제의 은혜를 과도하게 입어 고관대작으로 국가의 녹을 허비하옵거늘, 오늘 동궁께서 친히 왕림하시니 신이 무슨 공덕이 있어 성은이 여기에까지 이른 것입니까? 신은 죽어도 외람되게 황제의 뜻을 받자와 분수를 모르는 신하는 되지 못하겠습니다."

그러고는 계단 아래에 엎드려 일어나지 않으니, 태자가 친히 계단 아래로 내려가 정한을 붙들어 권하며 말했다.

"노선생은 황제의 사부로 공덕이 우주와 맞먹습니다. 과인이 황제의 뜻을 받자와 재상 생신에 백수(白壽) 헌수를 드리고자 하는 것은 황제의 뜻을 대신하여 선생의 곧은 충성과 높은 덕을 조금이나마 드러내고 황제가 사제 간의 도리를 갖추게 하시는 것입니다. 이는 곧 선황제께서 몸소 행하신 바이거늘 노선생이 어찌 이같이 지나치게 겸손하신지요? 노선생이 이리하셔도 과인이 황제의 명을 저버리지 못할 것이니, 노선생은 고집하지 마십시오."

태자가 정한을 계단 위로 모시면서 먼저 올라가지 않으니, 정한이 황공하고 민망하지만 마지못해 감읍하며 명을 받들었다. 그러자 태자가 칭사하고 정한과 함께 전에 올라가서 옥잔에 향기로운 술을 가득 부어 절하고 헌수했다. 정한이 황공하여 감격의 눈물을 흘리며 태자가 주는 옥잔을 두 손으로 받아 엎드려 마신 후 물러나서 머리를 조아리고는 아뢰었다.

"신이 일찍이 조정에서 뵈온 지 30년에 천지 같은 성은을 받았는데, 네 임금의 조정에 만분의 일도 갚지 못하고 한 조각 공도 없이 이같이 망극하고 융성한 은혜를 받으니, 뼈가 부서지도록 한다 해도 어찌 폐하의 은혜를 갚을 수 있겠습니까? 엎드려 바라건대, 폐하의 밝은 지혜로 종묘사직이 만세토록 복을 내려주시면 불충하고 보잘것없는 신은 죽도록 노력하겠습니다. 또 성은을 갚기 위해 죽음도 마다하지 않을 것이며 죽더라도 그 혼이 폐하를 모실 것입니다."

아뢰기를 마친 후 감격한 눈물이 자리에 연이어 떨어졌다. 태자가 온화한 음성으로 다정하게 위로하며 조용히 말하다가 이윽고 궁으로 돌아가니, 모든 신하들이 문 밖에 나와 예의를 갖추어 전송했다.

다시 잔치 자리에 나아와 정잠과 정삼이 옥잔과 금잔에 자하주를 부어 정한에게 헌수하고 물러 나와 중후한 음성을 높여 우뚝한 남산과 넓은 북해에 비겨 장수하시기를 기원한 후 물러나 자리에 앉았다. 이어 제자 70여 명이 차례로 헌수했다. 이빈·신후·양두 등 당대의 이름난 선비들이 벽사의 오색실을 갖춰 앞에 나아가 헌수하고 낭랑하고 아름다운 음성을 높여 축수가를 부르고 물러났다. 차례가 장헌에게 이르자 옥잔에 천일주를 가득 부어 앞으로 나아가 잔을 드린 후 물러 나와 무병장수하시기를 빌었다. 장헌이 비록 군자들이 모인 자리에서 행동거지가 남달랐으나 헌수는 또한 무던했다. 장헌이 물러나 자기 자리로 가자 정한이 드디어 자손들을 거느리고 곧장 내당으로 들어갔다.

이날은 내당과 외당에서 다 잔치가 벌어졌다. 서태부인이 양·상·화 세 부인과 조카며느리 서·화·화 세 부인이며 혼인으로 맺어진 친족 부인네들과 함께 자리를 만들어 손님을 맞았다. 서부인의 정숙한 몸가짐과 양·상·화 세 부인의 시원하고 깨끗한 태도며, 서·화·화 세 부인의 상냥하고 아담한 품성이 당대의 보물을 마주한 것 같았다. 모든 손님들이 다 칭찬하느라 진수성찬의 맛을 모를 지경이었다. 이때 정한이 모든 자손들을 거느리고 안으로 들어오자 인척 손님들은 방 안으로 피하고 모든 부인들이 맞아 딸과 며느리들이 쌍으로 나아가 헌수하고 물러났다.

(책임번역 조혜란)

완월회맹연 권2

달밤의 약속

완월대에서 혼인 약속이 이루어지고
정잠의 부인 양씨가 세상을 떠나다

내당에서 연이어 펼쳐진 생일잔치

　이때 정한이 아들과 조카 등을 거느리고 들어오니, 인척 손님들은 방 안으로 피하고 여러 부인들이 맞이했다. 딸과 며느리들이 쌍쌍이 나와 인사하고 물러나자 정잠과 정삼이 부모님을 기쁘게 해드리려고 색동옷을 입고 정흠·정겸과 함께 쌍쌍이 마주하고 춤을 추었다. 붉은 소매와 푸른 도포가 섞여 돌고 멋진 그림자들이 겹쳐지니, 수양버들 가지가 가볍게 날리는 듯하고 상서로운 구름 속에서 난새와 봉황이 나는 듯했다. 정잠의 고운 얼굴은 이날 더욱 빛이 났으며 금빛 허리띠는 쟁그랑거리고 손에 든 홀은 산뜻했다. 날아오르는 봉황 같은 두 어깨는 산봉우리가 솟은 듯하고, 이리처럼 늘씬한 허리를 굽혔다 쭉 폈다 하니 미앙궁 봄버들이 거센 바람에 마구 흔들리는 듯했다. 원숭이처럼 긴 팔을 쭉 뻗을 때는 한 자 남짓한 비단 소매가 어지럽게 나부껴 안개가 일어나니, 마치 용이 하늘에서 노닐고 학이 날다가 바다로 뚝 떨어지는 것 같았다. 노래를 시작하자 계단 위에 있던 조정 관리들은 술잔을 돌리는 것도 잊을 지경이었다. 정잠과 정삼이 고개를 돌리더니 온갖 악기에 맞춰 두 곡조를 신나게 추었는데, 절조가 맑고도 높고 동작은 가지런했다. 보는 사람들은 정신이 어려 언제 나아가고 물러나는지를 알아차리기조차 어려웠다. 한 발자국 뒤로 물러나 발을 구르고 앞으로 나아오면서 살대 같은 날렵한 허리와 너른 소매를 치켜드니, 정삼과 사촌동생들도 공중으로 소매를 번쩍 들어올렸다. 오색실을 가져다가 부모님께 절하고 물러 나와 자리에 앉으니, 정한이 기뻐서 흐뭇하게 말했다.

"우리 아이들이 열다섯 어린 나이가 아닌데 색동옷을 입고 춤을 추니 마치 동자 같구나. 어찌 삼정승의 자리에 앉을 위엄 있는 모습이겠느냐? 둘째 아이가 춤사위를 펼치는 것은 내가 처음 보았다. 필시 춤추는 동작이 서툴지 않을까 했는데, 평생 익힌 사람보다 나으니 재주가 없다고는 못 하겠구나."

그러더니 또 서글프게 말했다.

"너희들은 부모가 다 살아 있어 오늘날 즐기는 일에 정성을 다했는데, 나는 부모님 생전에 미미한 정성도 펼치지 못했고 돌아가신 후에도 길이 산소를 지키지 못한 채 세상에서 떠돌고 있구나. 어찌 불효의 고통과 남는 한이 없겠느냐?"

정한은 슬픈 마음에 즐기지 못하다가 도로 외당으로 나왔다. 이빈 등의 제자들이 춤과 노래를 돌아가면서 바치고 술잔을 올리니, 흐뭇하고 기쁜 풍류가 극진했다. 청아한 시가를 노래하니 여러 악기들이 연주하기 시작했다. 한 떼의 학들이 무리를 부르는 듯, 진나라 현악기가 음계를 맞추고 초나라 생황은 노래에 화답했다. 스물다섯 줄 현악기를 연주하자 아황과 여영의 남은 넋을 조문하는 듯하고, 열두 마디 옥퉁소 소리에 소사와 농옥이 돌아오는 듯 심신이 흩어지며 푸른 일산은 흰 구름에 닿을 듯하니, 그 자리에 오른 흥이 기이하고 짙었다. 상서로운 안개가 곤륜산 꼭대기에 일어 잔치 자리에 흩어지고 저녁 이내는 푸른 산에 짙게 피어오르는데, 휘영청 둥그런 보름달이 동정호에 떠올라 하늘 높은 곳에서 빛을 흘리고 있었다. 맑은 바람이 건듯 불어와 뜰의 소나무와 대나무를 스치니, 즐거운 흥이 다하지 않았고 노랫가락과 악기 소리는 아직 계속되었다. 손님들은 바야흐로 술기운에 얼굴이 불콰해져 각자 자기 집으로 돌아가고, 오직 아들이나 조카 같은 젊은이들이 자리에 남아 있었다.

완월대에서 맺은 혼인 약속

정잠과 정삼이 아버지 앞에 나아와 아뢰었다.

"하루 종일 고생하셨으니 일찍 쉬지 못하시면 몸이 상하실까 걱정됩니다. 이제 편히 자리에 드시지요."

정한이 웃으며 말했다.

"종일 술 마시고 모여서 즐기니 무슨 근심이 있겠느냐? 봄날이 따뜻하고 대(臺) 아래에는 보리가 다시 자라 봄빛을 띠고 있을 터이니, 조공(조겸)과 이빈 등이며 너희들과 함께 남은 술병을 들고 완월대에 올라 달빛을 우러러보는 게 어떠하겠느냐?"

정잠과 정삼이 절하고 명을 받들어 잠깐 내당에 들어가 저녁 인사를 드린 후 밖으로 나와 아버지를 모시고 완월대로 향했다. 조겸이 양교·화첨과 함께 그 자리에 있었다. 조씨·양씨·화씨 세 집안의 사람들이 각기 대나무로 만든 가마를 대령했지만 여러 공들은 이를 다 물리치고 걸어서 완월대에 다다랐다. 푸른 산에는 아직 봄기운이 한창이어서 기이한 꽃들과 풀들은 빛이 변하지 않았고 가지를 드리운 큰 소나무와 새로 자라나는 붉은 앵두와 푸른 잣나무가 무성했다. 앞에 흐르는 맑은 시내는 서호로 향하고 가까이로는 임조 지역이 눈앞에 보이니, 오나라와 초나라의 빼어난 경치를 다 모아놓은 듯했다. 겹겹이 둘러 있는 산봉우리는 아미산의 기이한 경치를 낮춰 보는 듯하고, 100척이나 되는 은하수는 여산폭포를 압도했다. 가장 높은 봉우리의 큰 골짜기 왼쪽에는 와룡탄이 있고 오른쪽으로 완월대가 있었다. 온갖 바위와 골짜기가 성곽처럼 둘러 있는데, 꾀꼬리와 파랑새는 시냇가에 깃들이고 검은 원숭이와 흰 학은 사람을 향해 왔다 물러갔다 하는 것 같았다. 숲속 까막까치는 달빛을 받으며 사방으로 날아가고 기러기는 앞서거니 뒤서거니 섞여 돌며 정한 부자를 반기는 듯했다. 맑은 바람은 소슬하여 옷소매를 나부끼고 향기는 산들산들 사람에게 풍겨오니, 여기가 이른바 별유세계요 신선들이 산다는 봉래산이나 방장산과 다름없었다. 여러 공들이 쭉 앉자 아들과 조카들이 각각 자기 아버지를 모시고 이야기를 나누었다. 이때 인성과 인광 두 공자가 아버지와 할아버지를 모시고 이르렀다. 조겸은 보면 볼수록 정씨네 두 아들의 성품과 기질이 사랑스러웠다.

"너희들을 보니 창린이 등을 불러 너희와 함께 앉혀보고 싶구나."

이빈이 웃으며 부질없다고 하자 정한도 웃으며 말했다.

"여태 너의 자녀들을 보지 못했으니, 딸은 데려오지 못하겠지만 아들은 불러 내게 보여다오."

이빈이 사부의 명을 받들어 하리(下吏)에게 조씨 부중에 가서 공자들을 데려오라고 했다. 원래 이빈의 집은 성안에 있고 조겸의 집이 태운산 아래 있어서 정한의 집과 매우 가까웠는데, 때마침 이빈의 부인(조부인)이 자녀와 함께 친정에 와 있었다. 조겸이 그의 외손 남매를 천만고에 없는 뛰어난 인물로 알았다가 오늘 인성 등을 보니, 체형과 기질은 다르지만 성격과 품성이 우열을 가리기 어려움을 보고 황홀하고 기이하여 마음속에 깊은 생각이 있어 손자들을 부르고자 했던 것이다. 이윽고 하리가 두 공자를 데리고 대청 아래에 이르렀다. 한 아이는 키가 열 살 남짓 된 듯하고, 다른 한 아이는 인성과 몸집이 거의 비슷했다. 원래 작은아이는 이빈이 낳은 자식이고 큰아이는 남의 자식인데, 얻어서 기르게 된 이야기는 뒤에 나온다.

조겸이 두 외손자를 보며 애정이 가득하여 절하라고 손짓하니, 두 공자가 명을 받들고 그 자리에 나아와 절하며 인사했다. 정한 이하 어른들이 일시에 살펴보는데, 이씨 집안 아이들의 행동거지가 반듯하고 예절에 맞는 몸가짐은 매우 공손할 뿐 아니라 잘생긴 풍채와 수려한 골격이 깨끗한 가을 하늘 같고 아름다운 나무가 우뚝 서 있는 듯하며 가을 서리같이 늠름한 기상이었다. 소나무와 잣나무가 푸르듯 맏이의 뛰어난 기질과 세상에 물들지 않은 거동은 공자 제자들의 뒤를 이을 만했고, 덕을 갖춘 도량은 한나라 때 이름난 승상 병길이나 당나라 때 대인인 자기와 흡사했다. 훤칠하고 둥근 이마는 옥을 깎아놓은 듯하고 네모난 각진 턱은 시원스러웠으며, 검은 눈썹은 풍성하여 달빛이 빛나는 듯하고 맑은 눈은 거울을 걸어둔 듯했다. 걸출하고 빼어난 기운이 골상에 어리니 얼굴에서 훤하게 빛이 나, 한 아이는 교룡 같고 다른 한 아이는 기산의 봉황 같았다. 큰아이 이창린의 근엄하고 씩씩한 풍모는 노련한 호랑이가 풍운을 일으키니 온갖 짐승이 두려워 떠는 기상을 지닌 모습이었다. 작은아이 이창현의 부드러운 거동은 온전하게 성자의 기운을 타고나서 성인의 풍모를 갖추고 있었다. 곱고 기이하며 광채가 찬란하고 풍채가 빼어나니, 완월대 위에 비친 달이 빛을 잃고 금빛 촛대의 촛불이 정기를 빼앗길 정도였다. 두 아이의 특이함이 아니라면 인성 형제와 맞설 자가 없었다. 안목 높은 정한도 이 두 아이를 보더니 시원하게 숨을 길게 쉬고 천천히 그 손을 잡으며 이빈을 향해 말했다.

"이 두 아이는 한낱 집안을 일으킬 뿐 아니라 훗날 반드시 나라를 보필할 든든한 신하이고 삼정승 재상이 될 것이다. 너희 집의 융성함이 이보다 더함이 없을 것이로다."

이빈이 어쩔 줄 몰라 하며 감사를 표했다.

"어린아이들의 모습이 속된 것을 겨우 면한 정도인데, 사부께서 이같이 과장하시니 어찌 감당하겠습니까?"

정한이 웃으며 말했다.

"내가 본래 사람 과장하는 것을 못 하니, 두 아이가 그렇게 자라나지 않을 것 같으면 칭찬하지 않았을 것이다."

이빈이 정중한 태도로 감당하기 어렵다고 하자 조겸이 매우 유쾌하게 정한을 향해 웃으며 말했다.

"계원(정한)아, 내 두 손자의 성품과 기질이 자네의 두 손자에게 다 미치지는 못하나 십분의 칠이나 팔 정도는 될까 하네."

정한이 웃으며 답했다.

"자네 말이 이치를 갖추지 못했네. 내 두 손자의 기품이 이빈의 두 아들을 따르지 못할 바는 없다고 하겠지만 실로 더 나은 것은 없네. 복록으로 말할 것 같으면 이빈의 자식들이 내 손자들보다는 낫지 않겠나 싶으니, 어찌 인성 형제보다 못하겠는가?"

정잠과 정삼은 예전에 이빈의 자식들을 여러 번 본 적이 있지만 그 자리의 여러 사람들은 처음 보는 것이었다. 여러 사람들이 이빈의 두 아들을 바라보며 인성 형제를 자세히 살폈지만 우열을 가리지 못한 채 그 이름과 나이를 물었다. 큰아이는 창린으로 올해 8세였고, 작은아이는 창현이고 올해 5세였다. 기질이 나면서부터 신령하여 만사가 시속을 벗어나 비범하니, 공자와 안회의 도덕을 이은 것은 창현이 오히려 창린보다 나았다. 창린과 창현이 정씨네 두 아이와 더불어 한 나무에서 핀 꽃 같으니, 체형과 덕의 자질이 비슷해 보였다. 화첨과 양교가 매우 감탄하며 이빈에게 잘난 자식을 두었다고 입이 닳도록 칭찬하자 이빈이 감당하지 못하겠노라며 겸양했다. 조겸은 기쁘고 즐거운 마음에 산뜻하고 보기 좋은 수염을 어루만지며 정한을 향해 웃으며 말했다.

"계원아, 훗날 그대 손자가 혼인했는데 만일 내 손자 창현만 못하다면 어떨 것 같은가?"

정한이 또한 웃으며 말했다.

"남녀의 품성과 타고난 기질이 다르거니와 만일 손자며느리가 자네 손자 같은 성인이라면 보지 않아도 저의 집이 창성하리라 하겠지. 스스로 내 손자를 칭찬하고 이빈의 어린 자식을 성인이라 말하는 것이 도리어 헛되거니와, 인성이와 이빈의 둘째 창현이는 타고난 기질이 실로 학문 깊은 군자가 되기에 부족하지 않네. 또 인광이와 창린이는 풍채가 영웅이 될 만하니, 말세 탁한 세상에 이 아이들 네 명이 있음도 희한하거늘 딸아이 중에 어찌 창현 같은 아이가 있겠나? 다만 내게 손녀가 셋 있으니 큰아이의 장녀(명염)는 올해 12세로 성품과 도량이 부끄럽지는 않을 정도이기에 옛날 덕요가 남편의 밥상을 높이 받들었던 일을 본받을 만하네. 둘째(월염)는 또 8세이니 제 부모의 온화한 성품을 닮아 어디를 가도 패악하고 어질지 못하다는 말은 듣지 않을 정도이지. 막내 정삼의 딸아이(자염)는 아직 젖먹이지만 총명하고 지혜로워 못나지는 않을 듯하고, 외손녀인 상씨네 세 명은 다 온순하고 어질다네. 그러니 내 어리석은 뜻으로 생각해 보자면 손자 며느리를 얻었는데 그 사람됨이 내 집 손녀들 정도 될 것 같으면 지덕이 뛰어난 성녀의 기상과 어질고 밝은 철부의 견식은 굳이 바라지 않네."

조겸이 듣고 나서 유쾌하게 말했다.

"형의 말을 들으니 손녀들이 세상에 없는 귀한 자질을 지녔구나 싶네. 형이 만일 나의 못남과 집안의 한미함을 나무라지 않는다면 우리 손자 세창이로 운백(정잠)의 사위를 삼게 하고, 차례로 혼인 약속을 하여 운백의 딸과 여백(정삼)의 딸로 창린과 창현의 짝을 맺어 두 집안의 자녀들이 자라거든 차례로 혼인시키는 게 어떻겠나? 창린이 형제는 형이 지금 보는 바이고, 내 손녀는 형이 보지 못했으니 바른대로 말하겠네."

이빈의 장녀는 올해 여섯 살인데 타고난 자질이 속되지 않고 성품과 행동과 예모가 매우 특출하다면서 창현보다 못할 것이 없다고 자랑했다. 이때 두 뺨에는 기쁜 빛이 어렸고 양 눈썹은 기분 좋은 듯 찡긋거리며 칭찬하는 말이 쌓이니, 귀한 체통을 잃을 정도였다.

정한이 비록 이빈의 딸을 보지 못했지만 큰 현자의 기상을 지닌 이빈과 아름다운 조부인 사이에서 태어난 자녀이니, 기린이나 봉황 새끼 같을 터이고 평범한 새들의 새끼와는 다를 것이라고 짐작했다. 그러나 채 열 살이 안 된 자녀들을 두고 혼인 약속을 하는 것은 훗날 무슨 일이 일어날지 알 수 없고 또 혹시 피차에 처음 뜻과 달라질까 싶기도 하여 부드럽게 사양했다.

"형이 나의 가문이 낮은 것과 손자들이 못난 것을 꺼리지 않고 혼인 약속을 맺고자 하니 감사한 일이네. 하지만 아직 열 살도 안 된 어린아이들을 데리고 혼인을 정할 수는 없네. 이빈과 우리 집 아이들은 비록 몸은 다르나 마음은 하나여서 관중과 포숙, 유백아와 종자기 같은 지기지음의 관계를 본받고자 하니, 비록 자녀들의 혼인을 약속하지 않아도 훗날 두 집안 아이들이 자라면 저들이 서로 의논하여 혼례를 이룰 것이네. 그대와 나는 손자가 자라나서 각각 자기 아비가 자녀들 혼인시키는 것을 볼 따름이고 우리가 의논할 바는 아닐세. 그러나 자네 손자 세창이는 열여섯 살로 대장부의 틀을 갖췄을 뿐 아니라 지난가을 장원으로 봉각에서 관끈을 늘어뜨리고 대궐에서 붓을 잡아 역사를 기록하는 신하가 되어 충효가 가득하니, 마땅히 지덕이 뛰어난 현숙한 여자를 골라 가문을 빛내야 할 일이지 우리 손녀처럼 어리고 미약한 아이를 취함 직하지는 않다네. 만일 자네 손자가 너그러운 관대한 도량으로 나이 어린 여자의 불민함을 책망하지 않는다면 조용히 생각해서 각각 자녀의 사람됨을 헤아려 결정할 일이고, 그 할아비가 혼약을 정해서는 안 될 것이네."

조겸이 듣고 나서 실망한 듯 말했다.

"내가 창현 등의 외할아버지이고 그대가 인성 등의 할아버지인데 각각 제 아비가 있다 하여 이같이 좋은 인연을 정하지 않는 것이 도리어 답답하네. 내가 비록 관상은 볼 줄 모르지만, 그 사람됨이 생각이 짧고 박복한지 아니면 존귀하고 복 있는지는 거의 짐작한다네. 창현 남매가 박복하여 요절할 아이들은 아니고 형의 손자들도 또한 범상치 않은 복록이 나타나니, 위험한 지경에 빠져도 위태할 염려는 없을 게야. 형의 손녀들이 반드시 특출한 것은 내가 보지 않아도 알겠기에 미리 좋은 인연을 맺어 오늘 완월대에서 여러 혼인을 정하고자 한 것이네. 그런데 형이 우리 손자들을 부족하게 여기는지 흔쾌하게 허락하지 않고 자라기를 기다려서 그 부모가 정혼하게 하자 하니, 그간 어떤 사고가 있을지를 어찌 알겠는가? 형은 큰 도량을 지닌 군자이니 흔쾌히 허락하여 무슨 일이 있어도 오늘 일에 대해 신의를 잃지 않게 하는 게 어떻겠는가?"

정한이 답하기 전에 조정이 자리를 피해 무릎을 꿇고 말했다.

"제가 두 어른이 의논하시는데 어리석은 의견을 올리게 되어 황공합니다. 보잘것없는 제 아들 세창이가 장부의 큰 식견이 없는데도 운백 형의 작은딸을 며느리 삼고자 하는 것은 분수에 넘치는 일입니다. 하지만 아저씨(정한)께서 각각 자녀들의 인물을 헤아려 인연을 맺으라 하시니, '아들을 아는 것은 아비만 한 이가 없다' 하지요. 제가 미미하나 세창이의 사람됨을 아니, 여자에게 없어서는 안 될 정도로 훌륭한 사람은 아니나 사납고 막되어 여자의 앞날을 그르치게 하지는 않을 것입니다. 아저씨께서 허락하시고 운백이 나무라지 않는다면 혼인의 아름다운 인연을 얼른 이루고자 합니다."

정한이 웃으며 말했다.

"성방(조정)은 사회에서 자리를 잡은 아들을 두었으니 혼인을 서두르는 것이 이상하지 않네. 하지만 자네(조겸)는 어린 외손자의 혼인을 굳게 정하지 못해 답답하게 여기는 것이 이와 같으니 어찌 이상하지 않겠는가? 혼인은 석보(이빈)가 결정할 일이지 우리가 간섭할 일이 아니네. 자네는 마음을 진정하지 못할 정도로 답답하게 여기는데, 내 생각에는 훗날 무슨 일이 있어도 이씨 집안에서 인성이를 물리치지는 않을 것이네. 이제 그대는 그 정도로 하고 성방은 아들 일을 의논하여 정혼하거라."

조겸 부자가 미처 답하기도 전에 양교와 화침이 웃으며 말했다.

"양숙(조겸)은 이씨 집안 아이들을 위해 정혼하고자 함인데, 우리도 인성이 등의 외할아버지이니 어찌 참여하지 못하겠는가? 양숙의 말을 들어보면 석보(이빈)의 딸로 인성이의 짝을 삼으려 하는데, 무정한 세월은 물처럼 흘러가니 기다린다고 해서 얼마나 오래 걸리겠는가? 양숙의 청을 좇아 계원이 흔쾌히 허락하고 운백 형제와 이빈이 굳은 언약을 하는 것이 마땅하다. 그리고 성방은 입신한 아들을 두고 며느리 보는 일이 바쁠 것이니, 이 자리에서 혼담을 굳게 정해서 곧 혼례를 이루는 것이 옳지 않겠느냐?"

조겸이 두 공의 말이 지당하다 하고 정잠 형제와 이빈을 향해 정혼을 굳게 약속하라 하니 정한이 웃으며 말했다.

"어린 자녀들을 두고 혼인을 의논하는 것이 그럴듯하지는 않지만, 두 집안의 형편과 자녀들의 사람됨이 서로 기우는 바가 없으니 두 아저씨 앞에서 굳은 약속을 해서 훗날 약속을 지키지 못할 일이 없게 해라."

정잠 등이 공손하게 다 듣고 나서 머리 숙여 명을 받들었다. 이때 정국공 상연이 웃으며 말했다.

"오늘 밤 장인과 여러 공들을 모시고 완월대에서 달빛을 구경하고자 했더니, 예상치 않게 아이들의 혼인 약속을 하게 되었습니다. 우리는 정씨·이씨·조씨가 모여 맹세한 일의 증인이 되어 훗날 혼인하거든 축하주를 많이 받고, 만일 그사이에 하나라도 약속을 어기는 자가 있거든 오늘 일을 일컬으며 본데없음을 꾸짖고 사람 축에 끼지 못하게 하겠습니다."

여러 공들이 칭찬하고는 웃으며 말했다.

"상연의 말이 정당하고 이치에 합당하니, 여기 모인 우리가 함께 증인이 되겠다."

이빈이 가만히 웃으며 말했다.

"증인이 없다고 해도 군자의 한마디는 천 년이 가도 바꿀 수 없는 것입니다. 오늘 밤에 제가 사부의 명을 받들어 운백·여백과 어린 자녀를 두고 혼인을 약속했으니, 피차에 죽는 화가 있어도 어찌 신의를 잃고 약속을 저버리겠습니까?"

정잠이 웃으며 말했다.

"석보는 이리 말하지 말고 다만 인성이를 사위로 여기며 내 딸(정월염)과 조카딸(정자염)을 며느리로 여겨 길흉화복과 걱정과 근심과 슬픔과 기쁨을 함께한다면 어찌 오늘의 약속이 헛되겠는가?"

정삼이 이어서 대답했다.

"아버님께서 명하시고 형이 석보 형과 함께 굳게 약속하셨으니 저 또한 귀댁의 따님(이자염)을 이미 얻어놓은 며느리로 알고 귀댁 아드님은 이미 얻어놓은 사위라고 생각하겠습니다. 혹시 그동안 예상치 못한 일이 생겨도 결국은 대수롭지 않을까 합니다."

각각 혼인을 결정하니, 정잠의 장녀 정명염은 조세창과 결혼하고, 정인성은 이빈의 딸 이자염과 정혼하고, 정삼의 딸 정자염은 이창현과 정혼했다. 군자의 언약은 천 년이 가도 변하지 않고 좋든 아니든 간에 바뀌지 않을 터인데, 조겸은 기뻐하면서도 조바심을 내며 며칠 안으로 혼인시키지 못하는 것을 안타까워했다.

정한 부자가 이창린이 이빈의 친자식이 아닌 것을 모르지 않았고 이빈 또한 사부 정한과 정잠 형제에게 창린이 친자식이 아님을 분명히 말했으나 이때 구태여 말하지 않은 것은 효성 지극한 창린이 이 일을 알게 되면 친부모를 모르는 고통이 병이 될 것이기 때문이었다. 그러므로 아직은 좀 더 참고 그가 장성할 때까지 함께 천하를 두루 다니며 그 부모를 찾아 천륜을 온전하게 해주겠노라고 생각을 정했기에 아직은 말하지 않은 것이었다.

정한 부자는 사람의 생김새와 목소리로 그 사람의 길흉화복의 기미를 알 수 있었다. 창린이 비록 부모를 잃어버리고 이빈의 수양아들이 되었지만 박복하고 수명 짧은 사람이 아니고 무궁한 복록과 긴 수명에다 부귀가 지극한 것은 오히려 인성보다 나을 것이라 생각했다. 또 그 근본이 천하지 않으리라는 것도 밝히 짐작할 만했다. 이빈의 딸 자염은 정잠이 몇 해 전에 보았던 까닭에 그 비범하고 세속적이지 않은 면에서는 피차 자녀들이 서로에게 떨어지지 않는 것을 기뻐했다. 죽마고우로 함께 공부한 사이이고 관중과 포숙 같은 지기인데다가 다시 자녀로 겹겹 두터워진 정을 맺게 된 것이 기쁘고 즐거워 화목한 말과 웃음 어린 말이 그치지 않았다. 조겸은 손자들이 혼인을 맺은 것이 몹시 기뻐 만면에 웃음을 띠고 창린 형제와 인성에게 각각 다시 절하게 하여 장인과 사위의 예를 행하라고 하니 정한이 웃으며 말했다.

"창린이 형제와 인성이가 각각 결혼 소식을 전하는 날이면 장인과 사위 사이의 예를 물론 행할 터이지만 양숙(조겸)이 아이들 놀이를 좋아하니 무엇이 어렵겠는가? 너희들은 얼른 절하고 오늘 밤의 굳은 약속을 저버리지 않겠다는 뜻을 밝혀라."

세 공자가 명을 받들고 각각 절을 하는데 그 뛰어난 격조가 우러를 만하고 또 깨끗하여 볼수록 뛰어난 아이들 같았다. 정잠은 단정하고 이빈은 차분한 사람이었지만 얼굴에 기쁜 빛이 돌며 각기 손을 잡고 사랑스러워하여 '어여쁜 사위, 마음에 드는 사위'라고 불렀다. 정숙한 정삼도 창현을 어루만지며 말했다.

"자염이와 네가 언제 자라서 오늘 밤 약속을 온전히 이룰까?"

정한과 조겸·양교·화첨이 못내 기뻐하며 세 아이에게 명해 '오늘 밤 좋은 모임'이라는 제목으로 글을 지으라고 했다. 세 아이가 명을 받들자 술잔을 나누며 즐기는데, 조겸이 인광의 손을 잡고 웃으며 말했다.

"운계(정삼)가 네 살 딸아이의 혼인은 언약하면서 여섯 살 된 아들 혼사는 의논하지 않으니, 신랑 재목이 인성이만 못해서이냐? 내가 보기에는 그 형보다 못하지 않은데, 성방(조정)에게 인광이와 나이가 걸맞은 딸이 없어서 가문의 광채를 이루지 못하는 것이 탄식할 만하구나. 어디 가서 훌륭한 숙녀를 찾아서 특별히 중매를 서야겠다."

말을 마치기도 전에 장헌이 자리에서 일어나 정한 앞에 나아가 절하며 말했다.

"제가 미천한 가문과 비천한 됨됨이로 감히 운계의 아들을 사위 삼고자 하는 것이 외람되지만, 사부의 산같이 높고 바다같이 넓은 가르침이 제게 덮여 있습니다. 제 딸을 아침저녁으로 보시면서 그 못나지 않은 것은 거의 아실 터이니, 인광이와 혼약을 맺고자 합니다. 사부님의 뜻을 알지 못하고 운계의 생각 또한 몰라서 주저하고 미처 말하지 못했는데, 조태사(조겸) 아저씨께서 성방에게 딸이 없는 것을 아쉬워하시고 숙녀를 구해서 인광이를 혼인시키고자 하시니, 감히 외람됨을 무릅쓰고 아룁니다. 제 딸과 정혼 약속을 하라고 운계에게 말씀해 주십시오."

말을 마치고 말과 낯빛이 몹시 급해지며 혹시 허락하지 않을까 매우 초조해했다. 잃어버린 아들이 눈앞에 있었지만 알아보지 못했으니, 이는 부모와 자식이 만날 때가 아직 아득했기 때문이다. 정한이 장헌 딸의 비범하고 특출함을 볼 때마다 선뜻 칭찬하며, 천하를 널리 다녀도 장헌의 장녀(장성완) 같은 숙녀를 찾기 어려울 것이라고 하던 바였다. 어찌 장씨 가문이 정씨 가문만 못하고 장헌의 사람됨이 이빈 등과 다르다고 하여 이같이 간절하게 구하는 것을 물리치겠는가? 하지만 정한은 장헌의 성정이 굳지 못한 것과 부귀를 흠모하는 위인임을 헤아려 보니, 비록 지금 언약한다 해도 훗날 약속을 지키지 못하기 쉬우리라는 것을 알고 허허롭게 웃으며 말했다.

"너는 이빈 등과 달라서 나와 스승과 제자의 관계가 있을 뿐 아니라 집이 담을 사이에 두고 붙어 있고 쪽문으로 안팎식구들이 아침저녁으로 왕래하니, 잠이나 삼이와는 친형제나 마찬가지이고 나 또한 너를 아들로 여기고 있다. 또 걱정과 근심과 기쁨을 늘 함께하니, 어찌 내가 너를 친자식과 다르게 생각하겠느냐? 네가 인광이를 사위 삼고자 하니, 어떤 재빠른 자가 있다 해도 빼앗기지 않을 것이다. 또 네 딸로 삼이의 며느리를 삼고자 하면 미리 혼인 약속을 해두지 않아도 연분만 있으면 그 인연을 벗어나지 못할 것이다. 그러니 너는 이리 촉급하게 굴지 말거라."

장헌이 고개를 조아리며 듣고 나서 초조하고 민망한 마음을 이기지 못해 다시 절하며 청하고자 했다. 정한은 장헌의 성정이 침착하지 못해서 어떤 일이라도 뜻대로 이루지 못하면 병이 되는 것을 알았다. 반드시 청하고 빌고 하여 생각지 못한 행동을 할 수도 있겠다는 데 생각이 미치자 차라리 허락하여 우스운 행동을 하지 않도록 하는 게 옳겠다 싶어 웃으며 말했다.

"네 조급함이 양숙과 같구나. 내 어찌 허락하지 않아서 네가 답답해하는 것을 보겠느냐? 모름지기 삼이와 의논해서 혼인 약속을 하게 하마. 네 딸은 영롱하고 빼어나 내 도리어 과분하다고 여긴다."

장헌이 사부 정한의 높은 은혜와 큰 덕에 감사하며 두 번 절하고 말했다.

"저의 낮은 가문과 더러운 사람됨을 허물하지 않으시고 제 딸을 감히 인광이의 짝으로 허락해 주시니, 매번 사부의 은덕을 뼈에 새겨 감사할 따름입니다. 어찌 많은 말이 필요하겠습니까? 다만 여백(정삼)은 저를 비루하다고 여겨 제가 장인이 되는 걸 기쁘게 여기지 않을 것 같습니다."

정삼이 미처 답을 하기 전에 상연이 웃으며 말했다.

"후백(장헌)은 부질없이 은덕을 칭송하는 일은 뒤로 미루고 언약을 굳게 하게나. 우리를 증인으로 삼아 피차에 약속을 어기지 못하게 하면 여백이 인광이를 자네의 사위로 삼지 못하게 될까 겁낼지언정 형을 나무라는 일은 없을 게야."

장헌이 호탕하게 웃고 손을 들어 하늘을 가리켜 맹세했다.

"한갓 상연이 증인이 될 뿐 아니라 이 장헌이 완월대 위에서 제 딸 성완이와 여백의 아들 인광이의 혼인을 약속하는데 밤하늘의 별들과 낮처럼 환히 비추시는 밝은 달이 증인이 되니, 장부의 말 한마디는 천 년이 가도 바꿀 수 없는 것입니다. 이 같은 굳은 약속을 두고 어기고 지키지 않는다면 인면수심은 말할 것도 없고 닭이나 원숭이, 소나 말, 돼지나 양 같은 부류가 될 것이니 어찌 사람이라고 하겠습니까?"

말을 마치고는 눈썹이 춤추는 듯하고 양어깨를 으쓱거리며 즐겁고 유쾌한 마음을 이기지 못했다. 정흠 형제와 정염이 웃으며 말했다.

"후백이 사랑하는 딸의 혼인을 약속하면서 먼저 무거운 맹세를 말하며 어떤 일이 있어도 변치 않을 듯이 하는데, 말이 지나쳐서 헛될 지경이구나. 이빈부터 장헌까지 다 굳게 약속한다고 글을 지어 다시 거듭 약속을 해두어라."

장헌이 웃으며 말했다.

"형들의 말이 마땅합니다. 제가 가르침을 받들어 글을 지어 바치겠습니다."

정삼이 태연하게 웃으며 말했다.

"장형이 인광이의 불초함을 몰라서 천금 같은 딸을 허락하니 감격함을 이기지 못하겠습니다. 어찌 부질없이 글로 남겨 소중한 언약을 가볍게 여기는 것이 옳겠습니까?"

정한의 8촌 동생이 장헌의 사람됨을 우습게 여겨 웃으며 말했다.

"일이란 것은 허술하게 하면 안 되는 것이고 혼인은 인륜지대사이다. 비록 말로 굳세게 약속한다 해도 결국은 글만 못하니, 맹세의 글을 쓰자는 장헌을 말리지 마라."

상연이 이어서 권하고 정한의 외사촌 조카인 송학사 등도 권했다.

"오늘 외숙부 생신에 경사가 겹쳐서 운백이 후사를 정하고 또 완월대에서 자녀의 혼인을 굳게 약속하여 피차에 굳은 뜻을 두니, 이 같은 경사가 드뭅니다. 사람이 며느리를 얻고 사위를 택하는 수고를 다한다 해도 다 뜻같이 되지는 않지요. 운백 등이 복이 있어 수고를 허비하지 않고, 사위 재목이 옥 같은 인물에 어진 선비이고 며느리 될이는 요조숙녀라 하니, 우리가 글을 지어 외숙부에게 하례하고자 합니다. 이 자리에 모인 이들이 함께 축하하는 글을 짓고 장헌과 이빈두 형은 여백과 함께 정혼의 굳은 약속을 글로 지어 남기십시오."

말을 하는 사이에 창린 형제와 인성 등이 글을 지어 정한 앞에 나오니, 사람들이 그렇게 빨리 지은 것에 놀라고 그 문장을 구경하고자 일시에 읊조렸다. 인성의 시문이 드날려 산천의 빼어난 기운을 가져 오고 뜻이 기이하여 조화옹의 정기를 앗았으니, 조화와 격조가 맑고 높아 푸른 용이 강물에서 떨쳐 오르는 듯하고 말간 가을 달이 푸른 물 위에 밝게 떠 있는 듯했다. 군자의 격조가 종이 위에 벌여 있고 온 전한 덕화가 시 가운데 완전하여 봄기운이 따뜻하고 만물이 살아나 는 것 같았다. 인광의 문장은 툭 트여 푸른 바다에 교룡이 출몰하는 듯, 밝은 달이 맑은 바람에 스치는 듯했다. 생각은 높고 확실하여 바 람과 구름이 가득한 험준한 태산에 늙은 호랑이가 웅크린 듯하고, 신 령한 기운이 발동하여 용이 구름으로 변한 듯 변화를 헤아릴 수 없으 니, 학문이 두루 넓은 것은 비할 자가 없었다. 창린은 문채가 높고 건 장하여 태산의 말들이 다투어 달려 나가고 큰 바다의 늙은 용이 물결 에 조는 듯했다. 창현의 글은 드넓어서 지는 해가 가을 물에 비친 듯, 상서로운 구름이 길한 조짐에 화답하는 듯했다. 또 온화하기는 봉황 이 기산에 내려앉은 듯하고, 기린이 들판에 내려온 듯 상서로운 기운 이 지극하니, 어찌 열 살이 안 된 아이의 글이라 하겠는가? 앉았던 이 들이 휘둥그레 칭찬하며 도리어 희한하게 여기고, 말수 적은 정한도 재삼 읊조리며 칭찬했다.

"열 살도 안 된 아이들의 문체가 이러하니 그 미래를 알겠구나."

그 자리에 모인 이들이 한목소리로 막상막하라고 칭찬하니, 이빈 이 감당하기 어렵다고 겸양했다. 정한이 붓을 들어 위아래를 정하려 는데, 인성과 창현의 글이 비슷하고 창린과 인광의 글이 또한 비슷해 서 막상막하였다. 그러자 모든 이들이 붓과 벼루를 내와서 글을 짓는 데, 일시에 붓을 휘두르니 이 어찌 성당의 문체와 진풍의 깨끗한 문채 정도이겠는가? 각자 잘하는 바가 있어서 시의 품격이 빼어났는데, 정한의 복록을 축하하며 자손의 영광과 효심을 부러워하는 것이 서로 다르지 않았다. 그러나 홀로 장헌만은 문장이 경박하여 아첨하는 말이 있었고, 또 중한 맹세를 했으니 어기지 말라고도 했다. 정한은 장헌의 사람됨을 안타깝게 여기면서도 그 타고난 바를 어쩔 수 없다고 생각했다. 정삼은 며느리 될 장성완의 기특함만 생각하고 그 아비 되는 이가 그렇지 못한 것을 거리끼지는 않았지만, 그 사람됨에는 못내 웃음이 났다.

밤늦도록 즐기다 보니 곧 새벽이 가까워졌다. 정잠 형제가 아버지에게 이제 주무셔야 한다고 하니 정한이 마지못해 침소로 갔다. 조겸·양교·화첨은 베개를 나란히 하고 같이 잤으며, 이빈은 두 아들을 거느리고 조씨 부중으로 향했다. 정한이 창린 등을 어루만지며 또 오라고 하니, 창린 형제가 절하며 그렇게 하겠다고 한 뒤 작별 인사를 고했다. 그리고 난간에 나와 인성과 작별하는데, 그새 사이가 돈독해져 피차 떠나는 것을 아쉬워했다. 장헌은 더 머무르며 정잠 등과 밤을 보내는데, 인광을 지나치게 사랑하여 계속 업고 괜히 괴롭히니 인광이 매우 괴로워했다.

조세창과 정명염의 혼인

다음 날 아침 정한이 두 아들과 여러 친족들을 거느리고 정침헌에 돌아와 여러 날 크게 잔치를 벌이다가 다 마친 후 기녀들과 악공들에게 사례금을 주어 보냈다. 그리고 대궐에 나아가 조회에 참석하여 머리를 조아려 황제에게 감사 인사를 하는데, 충성스러운 말이 절절했고 성은이 망극하여 눈물이 흘러 뺨에 가득했다. 황제가 지극히 위로하며 말했다.

"이는 선생 공덕의 만분의 일 정도를 갚은 것에 불과하오."

정한은 더욱 황공해하며 은혜에 감사했다. 대궐에서 물러나 부중에 돌아와 자식들과 조카들에게 황제의 은혜를 이야기하면서도 충성스러운 마음에 눈물이 흘렀다.

조씨 부중에서 혼인하자며 재촉하니 정한의 생각으로는 명염의 나이가 어려 혼례를 서두르는 것이 합당하지 않은 줄 알았지만 양부인 병세가 깊은 것이 염려되었다. 이에 정잠에게 명해서 날짜를 정해 혼례를 거행하기로 했다.

한림 조세창의 자는 자보로, 작년 가을에 과거에 합격해서 한림원과 예문관의 관리를 맡았으며 올해 16세였다. 빼어난 절개와 맑은 덕망은 나이 많고 이름난 관리들조차 압도할 정도였고, 풍채에서 발하는 빛은 상서롭고 깨끗했다. 이른바 관옥같이 잘생긴 승상이요 어질고 우아한 선비라 할 만했다. 문장은 강물처럼 넉넉하고 성품은 매우 신중했지만 대단히 강직하여 비판을 할 때면 아주 작은 잘못이라도 용서하지 않았다. 또 격절하고 뜨거운 해 같아서 기운이 세차고 말이 명백하니, 악을 미워하기를 원수처럼 여겼다. 부드럽고 공손한 태도는 부족했지만 문장이 뛰어난 열렬한 선비의 기풍이 가득했다.

수레 백 대로 정명염을 맞아 오니, 봄날은 따뜻하고 부드러운 바람이 여유롭게 스쳐 만물이 다시 피어나고 온갖 꽃이 만발하여 풍요롭고 화려함을 더했다. 조씨 부중에 다다라서 신랑과 신부가 서로 절하여 혼례를 마친 후 동방화촉을 밝히니, 이는 군자와 숙녀의 아름다운 만남이었다.

다음 날 조씨 부중에서 큰 잔치를 열고 신부가 시부모에게 인사드리는 예를 올리니, 친척들과 동네 사람들이 모두 모여 높은 가문의 어진 숙녀를 구경했다. 신부는 진실로 군자의 생생한 교훈과 성스러운 가문의 가르침을 받으며 자랐고, 타고난 자질이 빼어나고 덕스러운 성품이 그윽하여 교양을 갖춘 반소의 행실과 왕의 유혹을 거절한 나부의 지조를 다 지니고 있었다. 아름다운 낯빛은 조비연을 낮춰 볼 정도이고 양귀비를 별로라고 여길 정도이니, 위나라 왕후였던 장강의 미모와 덕을 족히 갖추었음을 알 수 있었다. 조겸 내외와 조정 부부가 흐뭇하고 기쁜 마음에 여러 손님들의 축하를 사양하지 않으니, 이는 정씨 부중에서 마음에 드는 사위를 얻어 기뻐하는 것과 마찬가지였다. 명염이 시댁에 머무르면서 새벽에 일찍 일어나고 밤늦게 잠자리에 들면서 효성으로 시부모를 모시며 남편에게는 어질고 순하게 대하니, 온갖 행실에 여자의 네 가지 덕이 다 갖추어졌다.

이때 정잠 부부가 큰딸 명염의 혼례를 치러 조세창 같은 좋은 사위를 얻었으니 기쁨과 즐거움이 넘치는 중에, 또 인성을 아들로 얻은 것이었다. 인성은 효성과 우애가 빼어나며 만사에 매우 조숙하여 친부모와 양부모, 조부모를 섬기는 예절이며 명염·월염 자매에게 우애 있으면서도 존중하는 살뜰함이 진심에서 비롯하니, 동복 남매가 아님을 깨닫지 못할 정도였다. 이뿐 아니라 어머니 양부인이 병을 여러 해 동안 앓으면서 고질이 되고 위독해지니, 애가 타고 걱정스러워 조심스럽게 신경을 쓰며 약 시중을 드는 정성이 낮과 밤으로 이어져 한시도 게을리하지 않았고 병상을 잠시도 떠나는 일이 없었다. 인성이 양부인의 손발을 주무르며 이마를 짚어보고 자기 뺨을 양부인 뺨에 대며 말했다.

"제 한 몸은 아무 데도 아픈 곳이 없는데 어머니는 이렇게 신음하시고 몸이 하루도 상쾌하실 때가 없으시니, 제 성한 몸에 어머니의 병을 옮겨오지 못하는 게 어찌 안타깝지 않겠습니까? 부디 약을 자주 드시고 할아버지와 할머니의 문안은 이따금만 하시며 주로 편안히 누워 계시면서 침식을 오래 거르지 마세요."

미음의 온도를 맞추며 다 드시라고 간곡하게 말하고 때때로 좋은 말과 명랑한 구변으로 어머니의 울울한 마음을 즐겁게 하니, 정잠과 양부인의 한없는 사랑과 귀히 여기는 마음이 비길 곳이 없었다. 그러나 어린아이가 만사에 너무 기특하여 노성한 군자라도 미치지 못할 바가 많으니, 도리어 타고난 수명에 해가 될까 근심했다. 양부인이 아이가 이렇게 걱정하는 것을 덜고자 하여 병을 억지로 참고 메스꺼운 것을 삼켰다. 또 아침저녁 식사를 한 상에서 먹었는데, 양부인이 상 앞에 앉은 후에야 인성이 비로소 밥을 먹고, 인성이 평소처럼 먹고 마신 후에야 양부인이 마음을 놓고 염려를 덜었다. 모자의 특별한 정이 이같이 지극했다. 양부인이 인성의 정성에 힘입어 더욱 몸을 보전하여 병이 조금 낫기를 바랐으나 백약이 무효하니, 시부모의 걱정과 남편의 근심을 어찌 말로 다 할 수 있겠는가? 정삼과 화부인은 아이를 정잠에게 양자로 보냈으나 정잠 부부가 자기네보다 더 귀히 여기니 무슨 거리낌이 있겠는가? 그러나 양부인 병 걱정으로 침식이 편안하지 않으니, 그 우애가 돈독한 것이 이루 말할 수 없었다.

아! 나라가 불행하여 한여름인 음력 5월 10일 즈음에 양교가 죽었다. 조정에 선 지 40년 동안 한결같은 그의 충성은 한나라 제갈량을 따랐고 어진 덕은 소하와 조참의 뒤를 이은 것 같았다. 영화로운 이름이 사방에 드높았고, 얼굴은 기린각에 초상화로 빛나며, 황제의 사랑이 넓고도 융성했다. 마치 은나라 고종 때 재상을 지낸 부열과 주나라 무왕의 천하통일을 도운 여상과도 흡사하니, 태산과 북두칠성 같은 두터운 명망은 일세에 드물 정도였다. 황제가 그가 세상을 떠났다는 소식을 듣고 깊이 애도하여 눈물이 옷을 적시고 백성들까지도 어진 재상의 죽음을 슬퍼하니, 그 친척들과 친지들의 슬픔은 말로 다 표현하기 어려울 정도였다.

그는 아들 다섯을 두었고 손자는 40여 명이 되었는데 모두가 다 특출한 인재들이었다. 살아서 한없는 복을 누렸고 죽어서는 황제가 내려주는 영예와 장례에 사용된 물건들이 웅장하고 화려한 것은 말할 것도 없고, 다섯 아들이 다 입신출세해서 삼공(三公)과 구경(九卿) 벼슬이 아니면 예문관의 학사였다. 후손들이 과거에 급제한 일과 자손들의 기특한 이야기는 《양가 본전》에 있기에 여기에서는 기록하지 않는다. 양부인이 어머니를 여읠 때는 정잠이 양주 자사를 하던 때여서 남편 임소에 따라가느라 어머니 장례에 직접 가지 못했는데, 그것이 한이 되어 죽기 전에는 잊기 어려운 일이 되었다. 그런데 그 아버지가 세상을 마칠 때 유언을 하면서 양부인을 부르지 않았다.

"내가 며칠 전에 저를 보고 왔으니 다시 부르는 것도 부질없고 또 저승에서 서로 볼 날이 그리 머지않을 터이니, 지금 그 얼굴을 못 본다고 하여 얼마나 이별한 채로 있겠느냐?"

　이런 유언을 남기고 세상을 뜬 까닭에 양부인은 또 임종을 지키지 못했고 다시 한으로 남았다. 부고가 태운산에 도착했을 때 양부인은 더위까지 먹어 병이 더욱 심해지던 중에 부친상을 당하여 임종을 못 한 안타까움으로 마음이 아파 외마디 소리를 지르며 울다가 기운이 꺾여 정신이 흐려지더니 기절해 버렸다. 갈팡질팡 정신이 없는 자녀들과 시부모와 동서들의 참담하고 더할 수 없는 슬픔을 어찌 말로 다 하겠는가? 겨우 부인을 살려내니, 양부인이 정신을 차려 시부모에게 사정을 슬피 아뢰고 빈소에서 모시고 싶다고 청했다.

　정한은 아픈 며느리를 보내는 게 염려스러웠지만 안 보내기도 어려웠다. 마지못해 성복(成服)만 하면 즉시 돌아오라고 하니, 양부인은 바로 친정으로 가려고 했다. 이때 명엽과 인성이 모시고 가려 했는데, 양부인이 갈수록 심히 애통해하다가 갑자기 자꾸 혼절하며 얼굴에 피눈물이 가득했다. 그 참혹한 거동과 슬픈 곡소리는 옆 사람도 슬프게 만들 지경이니, 자녀들의 경황없음과 남편의 걱정을 어찌 다 짐작하겠는가? 양부인이 통곡하면 인성이 또한 곡하고 양부인이 마시지 않으면 인성 또한 먹지 않아, 불볕더위에 어린아이가 장차 병이 생길 정도가 되었다. 정한은 더욱 놀라 미음을 가져와 며느리에게 먹으라고 간절히 권하면서 지극하게 위로하며 손을 잡고 몸을 보전하라고 당부했다. 진중하고 어진 말씀은 목석이라도 감동시킬 만하며 쇠도 녹일 정도였다. 양부인이 부모의 죽음을 슬퍼하여 아득히 따라가고 싶은 마음이 있었지만 시아버지의 간곡한 당부에 감사한 마음이 들어 잠깐 지극한 슬픔을 누그러뜨리고 친정으로 갔다. 초상이 난

지 나흘째가 되어 상복을 입었다. 이에 시아버지가 다시 태운산에 돌아와서 병 조리를 한 후에 빈소를 지키라고 하니, 양부인이 스스로 헤아려 빈소 앞에 곡하여 이별하고 태운산으로 돌아왔다.

양부인의 죽음

온 집안 친척들이 새삼 양부인을 위로하고 시부모님이 지극하게 보호하니, 어찌 천지의 신이한 기운이 감동하지 않겠는가마는 양부인의 병이 더 버티기 어려워졌다. 편작의 신이한 의술과 화타의 신령한 치료도 효험이 없을 듯하니, 인성의 지극한 정성과 깊은 효성으로도 그 수명을 늘리지는 못할 것이었다. 병세가 점점 위중해져서 시부모가 곁에 와도 알지 못하고 정신이 가물가물한 채 이부자리에 누워 쇠진해 가는 모습은 마치 시든 꽃이 미친바람에 날리고 늘어진 난초가 계단 위에 널브러져 있는 듯했다.

양부인이 한 종지의 미음도 목구멍으로 넘기지 못한 지가 며칠이나 되었다. 길게 흐느끼며 근심하는 탄식과 긴 한숨 섞인 탄식에 혼절한 지 반나절이 되도록 회복하지 못하니, 인성 공자와 두 딸이 망극한 마음으로 어머니의 손발을 붙들었다. 인성은 양부인에게 얼굴을 대고 가슴을 어루만지며 슬프게 어머니를 불렀다. 정한 내외가 그 모습을 차마 보지 못해 정잠을 불러 하릴없다고 이르고 세 아이를 붙들어 내라 하니, 세 아이가 모두 기운이 다해 죽을 것만 같았다. 정잠이 너무 슬픈 마음을 간신히 참고 세 아이를 꾸짖었다.

"너희가 어미만 알고 아비를 모르니 이 무슨 도리냐?"

명염은 설움에 숨이 막힐 듯해 아버지의 말을 정신 차려 듣지 못했고, 월염과 인성은 일어나 잘못을 빌다가 인성이 급히 밖으로 나가 비수를 빼서 팔을 찌르고 월염은 손을 짓찧어 인성과 함께 그 피를 양부인 입에 넣었다. 정잠이 이 모습을 보고 혼비백산하여 급히 인성의 팔을 붙들었고 정태요는 월염의 손을 잡고 울며 말했다.

"너희 남매는 여덟 살 어린아이와 여섯 살 꼬마에 불과하다. 이 어찌 차마 할 짓이겠느냐? 하늘이 너희의 정성과 효심에 감동하지 않으시겠느냐?"

인성 남매는 천지가 아득하여 흐르는 피를 양부인 입에 넣어드리니, 문득 양부인이 혼미한 소리로 자녀들을 다 불렀다. 시부모와 시누이며 동서가 놀라움을 이기지 못하는 가운데 인성 남매가 어머니를 부르며 기운이 좀 어떤지 여쭈었다. 양부인이 눈을 떠 시부모가 와 계시는 것을 보고 슬프고도 황공하여 고개를 돌리며 슬프게 아뢰었다.

"못난 제가 어린 나이에 들어와서 사랑하심을 받고 길이 모시며 엷은 정성이나마 다할까 했는데, 하늘이 죄를 내리시어 명을 급히 재촉하시니 시부모님께 불효하고 돌아가신 부모님 영전에 다시 곡하며 절하지 못해 쌓이고 쌓인 불효가 산 같습니다. 아버님과 어머님께서는 못난 저를 마음에 거리끼지 마시고 길이길이 몸을 보전하시길 바랍니다."

목소리가 이어질 듯 끊어질 듯 곧 숨이 다할 것 같았다. 서태부인이 그 머리카락을 어루만지며 손을 잡고 눈물을 흘리니, 흐르는 눈물이 양부인 침상을 적셨다. 정한은 철석같이 굳은 마음이지만 칼을 삼키고 돌을 머금은 듯해 무성한 수염이 세어버리니, 정잠이 민망해하며 말했다.

"화와 복은 운명에 따른 것이고 장수와 단명은 하늘에 달린 것이니, 사람의 힘으로 어찌할 수 있는 일이 아닙니다. 양씨가 본디 수명이 짧은 것은 이미 신행하는 날 아버님께서 아신 바입니다. 어찌 오늘 황천길을 재촉하는 것이 괴이하겠습니까? 다만 부모님께 무한한 불효를 끼치니 전날 어질고 효성스러웠던 것이 병통이 된 것 같습니다. 비록 그러하나 저 사람이 나이 서른에 높은 지위의 존귀를 누리고, 비록 아들이 없지만 인성 같은 양자는 남의 열 아들을 부러워할 바가 아닐 것이며, 옥 같고 구슬같이 보배로운 사위는 훌륭한 신하로 풍채가 빼어나고 사람됨도 세상 욕심 없이 소박합니다. 세상에는 아들 없이 가난하게 살다가 젊은 나이에 요절하는 자도 있으니, 저 사람의 팔자가 유복하다고는 못 하겠지만 그리 박복하지도 않습니다. 이렇듯 지나치게 슬퍼하셔서 몸을 상하게 하지 마시고 방으로 돌아가셔서 그 숨 거두는 것을 보지 마세요."

서부인이 슬피 곡하고 눈물을 흘리며 말했다.

"며느리의 기질이 맑고 약했지만 인자한 덕으로써 족히 복을 받으며 수를 누리지 않을까 바라왔다. 그런데 며느리의 어진 덕으로도 아들을 두지 못하니, 하늘의 뜻을 알 길 없어 하다가 인성이로 양자를 삼은 후로는 아들 없다고 한탄하지 않았다. 또 명염이를 혼인시키는 데도 신랑의 뛰어남이 세상에서 빼어나니 행복과 기쁨이 지극했지. 흐르는 세월이 얼마쯤 지나 완월대에서 한 군은 약속이 다 이루어져 천고에 아름다운 일이 될까 바랐더니, 오늘날 며느리가 황천길을 재촉하니 슬픔을 어찌 참을 수 있겠느냐? 아, 저 하늘은 어찌 내 며느리를 이리 빨리 데려가시는가!"

서부인은 슬픔으로 목이 메었다. 뒤이어 정한이 눈물을 뿌리고 길게 탄식하며 말했다.

"예로부터 현인·군자와 철부·숙녀 중 그 명이 궁하고 팔자가 박한 자가 한둘이 아니었다. 며느리가 병을 회복하지 못함은 우리 가문이 그릇되는 조짐이로구나. 우리 두 늙은이로 며느리의 명을 대신하지 못하는 것이 어찌 한스럽지 않겠느냐?"

양부인이 시부모의 은혜에 감사하고 방으로 돌아가시라고 재삼 청했다. 정삼 또한 아버지를 부축하며 형수가 평안하게 있을 수 있게 방으로 돌아가시라고 했다. 또 정태요가 어머니를 안아 일으키며 들어가시라고 청하니, 서부인이 양부인의 손을 놓고 슬피 울며 말했다.

"이제 시어미와 며느리가 영원히 이별하는구나. 긴긴 세월에 이 지극한 아픔을 어찌 견디겠느냐?"

그러고는 방으로 돌아갔다. 양부인이 시부모가 지나치게 슬퍼하시는 것을 보니, 가물거리는 정신이 아득한 가운데 연이어 눈물이 뚝뚝 귀밑으로 흘러내렸다. 이에 화부인 손을 잡고 정태요를 청하며 오열하고 눈물을 흘리며 말했다.

"제가 두 분과는 시누이와 동서 사이지만 형제자매나 다름없었습니다. 제가 박명하고 흠이 많아 인성이 같은 아이의 효도를 보지 못하고 월염이를 시집보내지 못한 채 이제 저승을 바라보게 되었습니다. 시부모님께 한없는 불효인 것은 말할 것도 없고 세 아이에게 한

없는 슬픔을 끼치니, 이 설움은 영원토록 풀릴 날이 없을 것입니다. 부인들은 명이 박한 저를 본받지 마시고 오래도록 시부모님을 모시면서 장수를 누리며 평안히 지내시길 바랍니다. 월염이와 인성이는 각별히 따로 부탁하지 않겠습니다. 군자가 어진 가문의 숙녀를 배필로 맞이하면 그 아이들이 어미가 없어도 어미가 있는 것이고 의지할 곳이 없어도 의지할 곳이 있는 것일 뿐 아니라, 두 부인이 두 아이를 조카들과 다르게 생각하지 않을 것이고 피차 마음을 안 후에는 많은 말이 무익할 것입니다. 죽음을 앞둔 넋이 갈 길이 바쁘니 가득한 말씀을 다 못 하겠습니다."

그리고 서부인과 화부인이며 온 집안 친척들에게 일일이 말을 남긴 후 명염을 어루만지며 시부모께 효도와 정성을 다하고 남편은 편안하고 순순하게 대해서 부모에게 욕이 미치지 않게 하라고 당부했다. 또 월염의 손을 잡고 말했다.

"네 어미는 비록 죽지만 작은어머니와 고모가 친자식같이 사랑해 주실 것이고 새어머니가 오게 되면 태산처럼 의지가 될 것이다. 그러니 효도하고 순종하는 예를 다하거라."

인성을 안고는 정신을 놓을 정도로 슬피 울며 말했다.

"화부인이 너를 낳던 날부터 내 침소에 옮겨 6년 동안 길렀지. 큰어머니와 조카의 정이 친어미와 아들 사이와 다른 것을 알지 못하다가 실제로 어머니와 아들이라고 부르게 된 지 너덧 달 만에 네게 지극한 아픔을 끼치게 되니, 죽음을 앞둔 내 가슴이 턱 막히는구나. 훗날 새어머니가 들어와서 혹 자애롭지 않다 해도, 네게 족히 당부할 바는 아니지만 순임금이 우물을 팔 때 아버지와 동생의 흉계를 눈치채고 미리 통로를 만들어 모면한 것을 본받아야 할 것이다. 천하에 악한 부모는 없으니 민자건 같은 이가 계모의 편애 때문에 추위를 참아야 했던 것을 슬퍼하지 말고, 간절하게 효성을 다하면서도 천금 같은 몸을 잘 보전해서 효성 높았던 순임금을 본받고 본인이 가문의 장손이라는 중함과 양쪽 부모의 만금 같은 바람과 할아버지와 할머니께서 귀중히 여기시며 사랑하시는 걸 헤아려 지나치게 몸을 상하게 하지 마라. 남매가 서로를 위하며, 삼년상을 마치고는 어진 아내를 맞아 집안의 도를 더욱 번성하게 하고, 동기끼리 우애하여 구천에 있을 영혼을 위로해 다오. 예전에 조씨 부중 잔치 자리에서 이학사(이빈)의 자녀를 보니 진실로 만고에 드문 딸과 아들이더구나. 내 기쁜 마음이 이미 며느리를 얻은 듯하구나.”

인성 남매가 어머니의 유언을 듣고는 더욱 망극하여 흐느끼며 슬피 울부짖었다.

“어머니께서 우리를 버리시고 장차 어디로 가려 하십니까?”

양부인이 주위 사람들에게 미음을 가져오라고 하여 자녀들에게 권하며 말했다.

“어미와 자식의 정을 펼치는 건 오늘뿐인가 한다. 너희들이 내가 권하는 걸 지금 받지 않으면 다시 어디 가서 어미가 권하는 걸 보려 하느냐?”

그러고는 팔을 떨며 미음을 인성의 입에 대고자 하니, 인성이 가슴이 막히나 어머니의 명을 따르려고 바삐 받아먹는 시늉을 했다. 그런데 부인이 인성을 보니 팔을 싸매고 있었고, 다시 월염을 보니 손을 동여매고 있었다. 이를 보자 칼을 삼키고 돌이 걸린 듯 안타깝고 애처로웠다. 양부인이 두 아이의 손을 잡고 울며 말했다.

"부인들이 어찌 살피지 못하고 내 자녀들이 이렇게 다치도록 두셨는가?"

이리 말하며 울기를 그치지 않으니, 정잠이 부인이 지나치게 슬퍼하는 것이 더욱 몸에 안 좋을까 싶어 친히 위로하고자 하는 마음이 간절했다. 그러나 양부인은 그저 엎드린 채 말없이 있다가 이윽고 딸에게 말을 전하게 했다.

"제가 감히 당신이 오시는 게 괴로워서 이러는 게 아닙니다. 아버지의 장례 전에 남편과 이야기를 나누는 것이 예에 어긋날 뿐 아니라 이제 죽음이 가까워 정신이 어지럽고 병상이 누추하니 군자가 오실 만한 곳이 아니어서 그런 겁니다. 부탁이니 서재로 나가시고, 내가 죽었다고 지나치게 슬퍼하지 마세요. 그래서 위로는 시부모님의 마음이 흔들리지 않게 하시고 아래로는 자녀들의 외로움을 보살펴 제가 구천에서 느끼며 바라는 바를 위로해 주세요."

그러고는 양부인이 다시 말이 없으니, 정잠이 눈물을 떨구고 길게 탄식하며 말했다.

"아, 하늘이 내 부인을 이토록 빨리 앗아가시는가! 사는 건 잠시 깃들이는 것이고 죽는 것은 본래대로 돌아가는 것입니다. 비록 먼저 가고 나중 가는 차이는 있지만 이리 총총하게 떠난다고 슬퍼한들 무엇 하겠습니까? 하지만 부모님이 너무 슬퍼하시고 또 세 아이가 어머니를 부르는 소리를 어찌 차마 들을 수 있겠습니까? 삶과 죽음을 사이에 두고 영영 이별을 고하지 않을 수 없어서인데, 부인의 뜻이 이러한즉 내가 어찌 머물러 그 심회를 나누겠습니까? 세 아이를 보호하는 건 부인이 당부하지 않아도 내가 먼저 하겠지만 데면데면한 아비가 어미처럼 요긴하지는 않겠지요. 하지만 만사가 다 하늘의 뜻입니다. 슬퍼해도 무익하니 지나치게 슬퍼하지 마십시오."

이리 말하며 연연해하다가 밖으로 나갔다. 양부인이 눈물을 흘리며 탄식하고 인성의 손을 잡고 말했다.

"네가 책을 두루 읽었으니 상 당하는 슬픔을 이기지 못하는 것이 불효이고 몸을 잘 간수하는 것이 큰일임을 모르지 않을 것이다. 곧 죽게 될 어미가 절박한 마음을 품지 않게 하려거든 보전할 도리를 똑똑히 말해보거라."

인성은 천지가 아득했지만 어머니가 이같이 이르는 말에 대답하지 않을 수 없었다. 일어나 절하고 눈물을 흘리며 말했다.

"제가 비록 일만 가지 못 견딜 일들이 있어도 어머니의 이 같은 말씀을 저버리지 못할 것입니다. 할아버지의 사랑하심과 두 아버지의 자애를 받고 생모가 지극한 정을 다하시니, 제 몸은 실로 조금도 염려가 없습니다. 부디 어머니는 못난 저를 염려하지 마시고 병을 이겨 몸을 보전하실 생각을 하세요."

양부인이 자녀들과 얼굴을 대고 시누이와 동서의 손을 잡고 흐느끼며 몇 마디 탄식을 하고는 기운이 미치지 못해 다시 말을 하지 못하고 죽음을 맞이했다. 향내가 집안을 두르며 상서로운 빛이 침전에 가득하여 하늘까지 이어지다가, 숨을 거두자 상서로운 빛은 사라지고 향내는 오히려 짙어졌다. 양부인은 그 맑고 높고 우아한 기질이 티끌 같은 세상과 거리가 멀어 장수를 누리지 못하고 겨우 서른 해 정도를 살았다.

자식들의 지극한 슬픔

정인성은 자기도 죽어 어머니와 한 몸이 될 듯한 지경이어서 슬피 부르짖는 소리가 들리자 갑자기 정신을 잃었다. 명염과 월염 소저 또한 참담하고 슬피 부르짖으니, 정태요와 화부인이 두 소저를 붙들어 냈다. 정잠이 급히 들어와 부인 시신을 채 살피지 못하고 인성을 안아 약물을 먹여 간호했다.

한참 지난 후 인성이 정신을 차리고는 다시 소리를 내어 슬피 울었다. 정잠이 슬프고 참혹하여 매우 고통스러웠지만, 위로는 부모가 너무 슬퍼 상하시게 할 수 없고 아래로는 자녀를 지극히 보호해야 했다. 죽은 사람은 이미 죽은 것이지만 아이를 보전하지 못할까 하여 정태요에게 당부하여 자녀들이 지나치게 슬퍼하지 말게 하라고 당부했다. 그리고 초혼 의식을 하고 상이 난 것을 알리니, 인성 남매가 하늘을 우러러 부르짖으며 마음 아프게 슬퍼한 것은 말할 것도 없고, 정한과 서부인이 몸을 상할 정도로 슬퍼하여 한 번 통곡에 기운을 잃을 정도였다. 정잠의 처연하고도 애달픈 곡성은 산천도 슬퍼할 정도였고, 일가친척과 종들에 이르기까지 모두 양부인의 덕과 의로움에 마음속 깊이 감동한 것이 서부인에 버금갈 정도였다. 그러므로 오늘 일을 당하여 저마다 슬퍼하는 것은 말로 다 하기 어려웠다. 곡성이 천지를 흔들고 사람마다 슬퍼하니, 그 광경을 보면 어느 누가 공감하지 않겠는가?

정삼과 화부인이 두 조카딸과 인성이 머리를 풀어헤치고 곡하며 슬퍼하고 하늘을 향해 부르짖으며 피눈물을 흘리는 모습을 보니, 한갓 죽은 이를 위해 슬퍼할 뿐 아니라 이 조카딸과 천금 같은 아이를 위한 비통함에 마음이 무너지고 간담이 찢기는 듯했다. 이에 아이들에게 미음을 권하며 '지나치게 슬퍼하면 몸을 상하게 된다'고 타일렀지만, 인성 남매가 지극한 슬픔을 참지 못해 한참이나 아득해하다가 까무룩 정신을 잃어 자주 기절했다. 이러하니 정잠이 도리어 슬픈 마음을 잊고 부모를 위로하며 자녀를 어루만져 어머니의 요긴한 정과 아버지의 위엄 있는 모습을 겸하여 그 애통해하며 몸이 상하는 것을 꾸짖고 보호하기를 지극하게 했다.

인성이 비록 여섯 살 어린아이였지만 성인의 자질을 타고난 데다 하늘이 낸 정성과 효성이 서너 살 때부터 다른 아이들과 전혀 달랐던 까닭에 의리를 생각하여 두 아버지의 가슴을 더 이상 아프지 않게 하고자 했다. 잘라낼 듯 끊어낼 듯한 고통은 가슴속에 서리서리 담아두고, 비록 슬프고 경황없었지만 초상을 치르는 데 정성을 다했는데, 그 모습이 노련한 군자라도 미치지 못할 만했다. 정한과 정잠 형제는 인성이 너무 조숙하며 기이한 것이 도리어 천수를 누리는 데 해가 될까 염려했다.

이미 상복 입는 절차를 다 지내니, 인성 남매는 슬픔이 뼈에 사무쳐 그지없이 애통해했다. 그 모습을 본다면 쇠 같은 심장과 돌 같은 마음을 가진 이라 해도 콧잔등이 시큰해지며 눈물을 떨구지 않을 수 없을 것이었다. 양부인의 정성과 맑은 덕으로도 그 명이 짧고 복이 두텁지 못했던 것을 일가친척들과 종들에 이르기까지 매우 마음 아파했으니, 하물며 사랑하던 시부모와 우애 좋던 형제자매와 공경하며 소중히 여기던 남편의 슬픔이야 어찌 다 이르겠는가? 슬픈 소리가 마을 입구까지 들리고 하늘조차 근심하는 듯 무겁게 드리웠는데, 쓸쓸하게 부는 바람에 가랑비가 비껴 내렸다. 초목도 짐승들도 다 양부인의 죽음을 슬퍼하는 것 같았다.

이날 조세창이 상복을 갖춰 입고 사위의 예를 다하며 장모의 온화하고 맑은 마음으로도 수를 누리지 못한 것을 슬퍼했다. 조세창은 인성의 모습을 차마 보기가 어려워 때때로 위로했고, 조겸과 조정은 명염이 약한 것을 늘 염려했던 까닭에 며느리가 관 앞에서 원대로 애도하다 몸이 몹시 상할까 걱정되었다. 그래서 조정이 조용히 정잠을 만나 며느리를 데려가겠노라고 하니 정잠이 탄식하며 말했다.

"딸이 오늘 어미 상복을 입었는데 시댁으로 돌아가야 하는 것이 더욱 슬프겠지만, 저 역시 세 아이가 애통해하는 모습이 보기 민망하니 형께서 데려가고자 하신다면 제가 굳이 막지는 않겠습니다."

조정이 즉시 가마 채비를 하여 명염에게 돌아가자고 재촉했다. 명염이 어머니 빈소를 떠나게 되자 더욱 애가 끊어지는 듯 슬펐지만, 아버지가 머물지 못하게 하고 시아버지도 재촉하니 감히 사사로운 정을 내비치지 못한 채 울며 돌아가려 했다. 그러자 서부인이 더욱 측량할 수 없는 슬픔으로 월염을 품에 안고 오래도록 목메어 울고 나서 말했다.

"네 어미가 어질고 효성스럽고 정성스러워 우리 눈앞에 이런 설움을 겪게 할 줄은 생각지도 못했구나. 네 아비가 이제 아내를 잃은 슬픔을 당해 비록 겉으로는 너무 슬퍼 보이지 않지만 속으로는 참담하여 몸이 상하게 될 것이다. 너는 죽은 어미만을 위해 지나치게 슬퍼하지 말고 살아 있는 아비의 심사를 헤아려 더 슬프게 만들지 마라."

월염이 눈물을 흘리며 대답했다.

"할머니가 이런 말씀을 하시지 않아도 제가 어찌 무익한 슬픔을 지나치게 하여 할머니와 아버지께 걱정을 끼쳐드리겠습니까? 하지만 어머니의 덕성을 생각하면 장수와 복을 누리기에 충분할 것 같은데, 저희 죄가 중해서 이렇게 됐다고 생각하니 사무치는 고통을 이기지 못하겠습니다."

서부인이 처참하고 슬픈 마음을 견디지 못해 월염을 여린 옥처럼 소중히 어루만지며 사랑했다.

정삼의 형님 걱정

정잠은 양부인이 죽은 후 인성을 더욱 귀중히 여기고 모든 일을 그냥 지나치지 못했다. 아버지이면서 어머니처럼 세심한 데까지 신경 쓰니, 정삼이 형의 노고가 민망하여 충고했다.

"인성이가 형수를 여의고 지극한 아픔이 마음속에 맺혔지만 오히려 제 생모가 있어 먹는 것과 입는 것에 어긋나는 일이 없고 또한 어머니께서 너무 사랑하시니, 형님께서는 부자의 정으로 귀중히 여기시기만 하면 될 것 같습니다. 그 밖에 인성이를 염려하실 일이 없는데 매양 부질없는 염려로 저 아이가 앉고 눕고 먹고 자고 하는 것을 무심히 보시는 일이 없어, 아이가 자고 먹는 일이 약간만 못하다 싶어도 과하게 신경 쓰시니 제가 속으로 민망합니다. 지금 저 아이가 어머니 상을 당한 와중이라 흥이 날 때가 아닌 데다 바야흐로 자라나는 아이인데, 온갖 일에 그렇듯 마음을 쓰시면 오히려 방자한 마음을 기르는 겁니다. 형님은 자애를 알맞게 하시고 엄숙한 태도를 잃지 마셔서 아이가 방자하게 되지 않게 하십시오."

정잠이 슬피 탄식하며 말했다.

"아우의 밝고 맑고 어진 마음으로 어찌 이런 말을 하는가? 아이가 어린 나이에 지극한 슬픔을 당해 미음을 삼키지도 못하고 피눈물이 상복을 적셔 한 걸음 디디는데 두 번 엎어지는 것을 보니 내 심장이 찢기는 듯하다. 비록 무심하고자 하나 내 엷은 덕과 쌓인 재앙 때문에 인성이 같은 기특한 아들을 보전하지 못할까 싶으니, 자연스레 장부의 웅대한 뜻이 다 없어지고 부인네의 어질고 약한 마음을 본받게 되는구나. 하지만 아비가 이렇다고 저 아이가 나를 업신여겨 방자하게 되겠는가? 아우가 비록 지혜롭고 사리에 밝지만 인성이 알기는 이 형만 못하구나."

정삼이 인성을 향한 형의 마음이 간절한 것을 보고 가만히 웃으며 말했다.

"형수가 세상을 떠나신 것이 마음에 복받치고 절박하기는 합니다만 형님께서는 남편 잃은 여자같이 어찌 스스로를 박복한 사람으로 칭하십니까? 또한 인성이가 비록 평범하고 속되지는 않지만 그리 말씀하시는 것은 정말 가당치도 않습니다."

정잠이 역시 미소를 띠며 말했다.

"내가 비록 못났지만 아내를 잃었다고 해서 어찌 남편 잃은 박복한 여자같이 처신하겠느냐? 하지만 하늘이 내가 어질지 않은 것을 벌하셔서 조강지처를 앗아가시니 마음이 몹시 절박하다. 또 내가 복이 옅은 것을 헤아리니, 내게 자녀가 서너 명도 못 되는 게 아닐까 하는 두려움도 없지 않다. 사정이 그러한데 아우는 어찌 가소롭게 여기는가?"

정삼이 사죄하며 말했다.

"제가 어찌 형님의 말씀을 가소롭게 여기겠습니까? 다만 형수가 단명하신 것이 형님 탓은 아닌데 어찌 스스로 해한 것같이 말씀하십니까? 공자가 큰 성인이셨지만 100세를 누리지 못했고, 안회도 지극한 성인이셨으나 곤궁하여 술지게미도 마다하지 않다가 일찍 세상을 떠났습니다. 옛날부터 현인과 군자 그리고 지덕이 뛰어난 여자와 아름답고 온유한 여자 가운데 수복을 다 누린 자가 드뭅니다. 형수가 비록 오래 살지는 못하셨으나 높은 집안에서 존귀함을 누리셨고 곤궁하게 지내지 않았으며 남긴 한이 없으십니다. 슬퍼한다 해도 닿을 길이 없으니, 형님은 슬픔을 억제하는 일을 으뜸으로 삼으십시오."

정잠이 길게 탄식하고 얼굴에 슬픈 빛을 띠며 말했다.

"내게 장부의 풍정과 호걸의 쾌활함은 없으나 그래도 남자이다. 어찌 일개 여자의 죽음을 구구하게 슬퍼하겠느냐? 하지만 심사가 자연 흔들리는 것은 인성이가 장성하기 전에 저에게 슬픔을 겪게 했기 때문이다. 또 내 나이 서른 살이 넘지는 않았지만 내게 여자는 실로 뜬구름과 같다. 부모님께서는 홀아비로 지내는 것을 허락하지 않으실 터이니, 혹시 올바르지 못한 여자를 얻어 내 천금 같은 세 남매에게 해를 미칠까 하는 염려가 없지 않다. 그러니 내 박복함이 자연 한스럽고 심사가 처절하여 먹고 자는 일이 불안하구나."

정삼은 형이 이렇게 생각하고 있었다는 사실에 또한 슬펐지만 내색을 하지 않고 좋은 말로 위로했다.

양부인의 장례 행차

세월이 흘러 가을의 한가운데인 음력 8월이 되었다. 정씨 부중의 선산이 태주에 있으니 수천 리 길이었다. 정한은 인성이 수천 리를 왕복하는 일이 걱정되어 영궤를 따라가지 말라고 했다. 하지만 인성은 머리를 땅에 두드리고 눈물을 흘리며 말했다.

"자식 된 도리로서 차마 집에 편히 있으면서 어머니께서 땅에 묻히시는 것을 모를 수 있겠습니까?"

인성이 보여주는 조심스러우면서도 지극한 효성과 당연하고 담담하게 지키는 예의는 어른으로 하여금 다시 막을 말이 없도록 만들었다. 그 애통해하는 모습이 양부인이 임종할 당시와 똑같았다.

이빈이 인성을 사위로 정하고 두 아이가 장성하기를 고대하다가 천만뜻밖에 상을 당하니, 매일 가서 인성을 위로했다. 인성이 슬퍼하는 모습은 옛사람을 본받은 것이었다. 이빈이 인성의 거동을 보고 애처롭고 불쌍한 마음을 이기지 못해 정한에게 말했다.

"인성이가 비록 나이는 어리지만 태어나면서부터 깨달아 아는 자질과 뛰어난 효성은 옛날 제곡이 태어나면서부터 자기 이름을 알고 말했던 것과 노자가 세 살에 자기 수명을 알았던 신령함을 아우르고 있습니다. 사람이 가르치지 않았지만 행동과 처신이 법도에 딱 맞으니, 노성한 어른의 마음을 가지고 있는 아이입니다. 그런데 나이가 어리다고 해서 상례를 폐하게 되면 도리어 병이 될 것이니, 차라리 초교에 태워 영궤를 따르게 하십시오."

정한에게는 정말 어려운 결정이었지만 형세가 부득이하여 허락했다. 그러자 인성은 비로소 설움을 참고 고향으로 가서 장사 지내기까지 몸을 보전해야 한다는 생각을 했다.

장사 지내는 날이 가까워지자 정잠이 제문을 지어 제사를 지내는데, 종이에 가득한 좋은 말들이 다 양부인의 풍부하고도 영민한 덕과 맑고 아름다운 행실을 일컬었다. 이런 양부인이 장수와 복을 누리지 못한 것은 하늘의 이치가 어그러진 것이라며 애석해했다. 산 같고 바다 같은 가슴속 생각이 글 위에 빛날 뿐 아니라 글의 뜻이 씩씩하고도 정숙하니, 정씨 집안의 재주와 학식이 당시 재주 있는 자 정도의 부박한 문체와는 전혀 다름을 알 만했다. 다 읽고 나서 정잠이 통곡하니, 눈물이 얼굴을 덮었고 자녀들의 애절한 곡성은 갈수록 더했다. 인성이 문득 소리를 내어 슬피 부르짖고는 피를 토하며 기절하니, 모든 사람들이 울음을 그치고 급히 간호했다. 얼마 뒤 인성이 겨우 정신을 차렸고 제사를 마쳤다. 정잠이 장례에 사용하는 물건들을 정삼과 사촌동생들에게 갈무리하게 한 후 인성을 붙들고 눈물이 옷깃을 적시며 말했다.

"여섯 살 아이가 무슨 상례를 안다고 하루 여섯 번 기운이 다할 때까지 곡을 하고 날마다 더욱 애통해하여 스스로 어미 뒤를 따르고자 하느냐? 나로 하여금 아내 잃은 설움에 더해 아들 잃은 슬픔에 눈이 멀게 될까 걱정하게 하니 이 무슨 도리냐? 하물며 몸 상하지 않고 목숨을 보전하는 것이 효라고 했다. 네 어미가 너와 모자지간이 된 것은 대여섯 달 정도에 불과하나 네가 태어나던 날부터 기른 정은 친모보다 못하지 않다. 그러니 네가 진실로 어미가 너를 사랑하던 은혜를 생각해서 자식 된 도리를 다하려 한다면 지나치게 슬퍼하여 목숨이 위태로운 지경까지는 이르게 하지 마라."

인성이 흘리던 눈물을 거두고 온화한 목소리로 대답했다.

"할아버지와 할머니께서 몹시 사랑해 주시고 아버지께서 이같이 걱정하시니, 어찌 죽을 지경에 이르도록 지나치게 슬퍼하겠습니까? 그러니 부디 아버지께서는 못난 자식을 위해 무익한 걱정은 그만하십시오."

말을 마친 후 낯빛은 온유하고 행동거지는 편안하여 뼈에 사무치는 슬픔을 나타내 보이지는 않았다. 하지만 속으로는 온몸 가득 다 서러움뿐이었다. 모습이 점점 참혹해져 살갗에는 뼈만 남아 마치 해골이 걸려 있는 것 같았다. 깨끗하고 맑은 것이 오히려 더욱 보기 위태로워 바람 앞에 날릴 듯하니, 정잠은 이 모습을 보고 가슴이 막혔다. 이 때문에 도리어 부인이 일찍 죽은 것이 한스러워, 위로는 부모에게 불효를 끼치고 아래로는 자녀에게 이같이 못 할 노릇을 했음을 몹시 슬퍼하며 아파했다.

장례를 지내는 날 정한을 비롯하여 여러 사람이 제문을 지어 영결을 고했는데, 글이 다 훌륭했지만 너무 번다하기에 여기에 기록하지는 않는다.

이미 양부인 관을 붙들어 태주로 향하는데, 붉은 명정이 가득하여 하늘에 닿을 듯했다. 헤아릴 수 없이 많은 만사는 양부인의 훌륭한 덕을 기렸으며, 하늘이 선한 사람에게 복을 내리는 이치가 어그러졌음을 애석하게 여기며 쌍쌍이 앞을 인도했다. 내외 친척들과 정한 부자의 여러 벗들과 지인들 가운데 어린 상제가 이같이 아파하는 것을 보고 슬퍼하면서도 칭찬하지 않는 사람이 누가 있었겠는가? 정잠은 슬픔을 억누르고 마음을 누그러뜨려 마치 뭔가 여유 있는 태도를 취하고 있었다. 그러나 곧 숨이 끊어질 듯한 인성이 초교에 실린 채로 '어머니'를 부르는데, 그 소리가 이어지지 못하는 것을 보면서 정잠의 속은 점점 재로 변하고 있었다. 정삼 역시 인성의 거동을 차마 보지 못하고 얼굴을 가렸다. 여러 날 길을 가서 태주 선산에 이르러 안장한 후 위패를 모시고 돌아오는데, 인성의 지극한 아픔과 정한의 참혹한 슬픔은 말할 것도 없고 정잠의 마음속 슬픔은 그 어디에도 비할 곳이 없었다.

정잠이 아들을 힘써 돌보며 본부에 도착하니, 위엄 있는 모습은 진정 혼례 때 부인을 맞이해 오던 날의 영화롭고 빛나던 모습과 다르지 않았다. 그러나 이미 지난날과 달라지고 환경도 변해서 무릇 남녀 종들의 슬픈 곡성이 동네 어귀까지 들려왔다. 양부인의 깨끗한 자태와 아름다운 자질 그리고 꽃 같은 얼굴은 이미 지하로 돌아가 저승에 이르렀으니, 집안사람들이 저승에서 만날 것을 기약했지만 이승에서는 영영 이별이었다. 어머니같이 자애로웠던 시어머니가 부르짖으며 통곡해도 한 조각 위패는 대답이 없고 형제자매 같은 정태요와 귀한 두 소저가 영궤를 향해 목놓아 통곡했으나 한마디 반기는 말도 들을 수 없었다. 이미 위패를 정침에 봉안한 후 인성 남매가 서로 붙들어 다시 위패를 쳐다보며 슬프게 곡을 했다. 구슬픈 소리가 이어질 듯 끊어질 듯, 기운이 다하면 혼미해져 소리가 그치고 피를 토하다가 나으면 다시 울기를 그치지 않았다. 이 광경은 목석같은 심장을 가진 사람이라도 차마 바로 보지 못할 정도였다.

조세창을 바라보는 정태요의 시선

부모의 슬픈 마음이 더 상하지 않도록, 또 자녀들의 지나친 슬픔이 더 과해지지 않도록 정잠이 명염에게 정색을 하고 '맏이면서 두 동생이 위태로워질 것을 염려하지 않고 지나치게 군다'고 꾸짖으며 그만 그치고 돌아가라고 했다. 명염이 열두 살 어린 나이에 조세창과 혼인한 지 아직 1년도 되지 않았는데, 신랑의 성격이 엄격하고 강해서 깊이 두려워하고 진정으로 꺼렸다. 비록 천만 가지 설움과 백 가지 괴로운 속마음이 있어도 감히 신랑 앞에서는 그런 티를 낼 수가 없었다. 이런 까닭에 시부모와 시조부모의 사랑은 뼛속 깊이 감사했지만 신랑을 매우 꺼려 시가에 돌아가기가 아주 싫었다. 그렇지만 또 감히 아버지의 엄한 말씀을 거역하지 못해 상복을 입은 후 즉시 돌아갔다가 장사 지내는 날에 다시 온 것이었다. 그런데 아버지가 자기가 상할 정도로 슬퍼하는 것을 차마 보지 않으시려고 또 가라 하시는 것을 듣게 되니, 매우 놀라고 두려워 지극한 아픔을 누르고 나직하게 사죄할 뿐 마음속 사정을 감히 말씀드리지 못했다. 정잠은 그 어린 생각을 참담하게 여겨 손을 잡고 어루만지며 말했다.

"너희 세 사람 중 팔자가 유복하기로는 실로 네가 으뜸이다. 네 어미가 월염이를 혼인시키고 또 인성이를 장가보내 며느리를 보는 날에라도 죽었다면 내가 그리 서럽지는 않을 것이다. 그러니 너는 스스로 잘 헤아려 할아버지와 할머니의 슬픔을 돋우지 말고 내게 근심을 더하지 마라. 일찌감치 돌아가 부인의 덕을 닦아 죽은 어미와 살아 있는 아비에게 자식을 사랑하기만 하고 가르치지 않았다는 시비는 듣게 하지 않는 게 효이다. 하물며 조서방(조세창)은 늘 크고 우뚝한 대장부이자 군자이니 그에게 밉보이지 않도록 해라."

정태요가 보기에 명염은 매우 연약한데 그 남편 된 자는 너무 엄하고 매섭고 고상하여 여자의 소소한 사정을 돌아볼 사람이 아닌 것이 마음에 차지 않았다. 정태요가 명염을 사랑하여 정잠에게 말했다.

"명염이는 가는 버들같이 연약하여 조서방 같은 활달하며 섬세하지 못한 남편의 위세를 누그러뜨리지 못합니다. 명염이가 올케언니(양부인)의 마음속 사랑을 생각하면 어찌 어미가 죽은 슬픔을 참을 수 있겠습니까? 오라버니는 그 사정을 가엾게 여겨 너무 급히 시댁으로 쫓아내듯 돌려보내지 마세요."

정염이 웃으며 말했다.

"조서방은 이른바 천하의 너른 땅에 서고 천하의 큰 도를 행할 군자이며, 늘 엄하고 매서워 곧은 말과 바른 논쟁으로는 한나라 때 강직한 신하였던 급장유와 벗할 만합니다. 황제께서 예로 존중하고 사랑하셔서 나이 어린 신하로 대하지 않으시니, 어찌 상무숙(정태요의 남편 상연)같이 규방에서 머리도 들지 못하고 부인의 말을 순순히 받들어 따르는 실없는 사람 같겠습니까?"

서부인이 탄식하며 말했다.

"남자가 규방에 머물면서 애처가가 되는 것은 장부의 위엄 있는 풍모가 아니지만 서로 공경하고 화목한 것이 또한 집안을 다스리는 일 가운데 으뜸이다. 그러니 자기 수하의 처자라 하여 너무 기세 있고 엄하고 매섭게 하면 그 또한 남자의 풍채라고 하겠느냐? 임금이 신하의 낯빛을 살피는 너그럽고 어진 도량과 가장이 조용한 가운데 화목하게 하는 것이 또한 본받을 바이니, 딸아이와 상군(상연)이 화락하고 조용한 가운데 부부 사이가 화목한 것이 또한 아름답구나. 사람이 각기 중요하게 여기는 것이 다르니, 다 같아야 할 것은 아니다. 그런데 다르다고 하여 잘못됐다고 하는 건 아닌 것 같구나."

정염이 웃으며 말했다.

"태요 누이가 사람마다 상연 같지 않은 것을 한스럽게 여겨 조서방을 흠잡는 게 놀랍고 이상해서 그렇게 말한 것입니다."

정잠 남매가 탄식하고 말이 없었다.

집안사람들의 정잠 재취 의논

화부인이 아침저녁 제사 음식을 지성으로 받들어 인성 남매의 빼어난 효를 펼치게 했으며, 월염을 아끼고 사랑하는 것이 인성보다 못하지 않았다. 그러니 월염 등이 할머니와 숙모를 우러러 어머니처럼 대했지만 추모하는 아픔이 갈수록 더했다. 비록 슬픈 마음을 여러모로 억눌렀지만 점점 쇠하여 뼈만 앙상해져 매우 위태로운 지경에 이르니, 조부모와 정잠의 걱정을 어디에 비기겠는가? 서태부인은 집안일을 화부인에게 맡기고 밤낮 인성 남매를 보호하느라 겨를이 없었고, 정잠은 나랏일과 부모님을 모시는 일 외에 집안일은 일절 아는 체하지 않고 인성에게 지극한 정을 쏟았다. 인성이 만사를 제쳐두고 곡하다가 몸을 상하게 될까 걱정되어 정해진 때 외에는 곡을 못 하게 했다. 인성은 지극한 슬픔에 오장이 찢어졌지만 꾹꾹 억누른 채 시와 붓글씨에 마음을 붙여 슬픔을 가라앉혔다. 그는 본디 태어날 때부터 스스로 깨달아 아는 성인이었다. 문장이 기발하고 배움이 빠를 뿐 아니라 높고 기개 있는 문장은 성인의 계보를 이을 정도이니, 정한과 정잠·정삼의 기쁨이 비할 데가 없었다.

이러저러하여 가을과 겨울이 다 지난 어느 봄날, 만물이 도로 피어나고 초목과 여러 생물들이 모두 절로 즐거운 때였다. '봄풀은 해마다 푸른데 그대는 돌아올지 못 돌아올지.'라는 옛 시구가 있는데, 이 어찌 효자의 마음에 느끼는 바가 아니겠는가? 상갓집 세월이 빠르게 흘러 한여름에 양부인의 아버지 추밀사 양교의 첫 제사를 지내고 초가을에 또 양부인의 첫 제사를 지내니, 인성 남매가 하늘을 향해 부르짖으며 느끼는 끝없는 슬픔은 차마 기록할 말이 없고 정한 부부가 새삼 몹시 슬프고 가슴 아파하는 것과 정잠의 슬픔이 갈수록 더했다. 정태요와 화부인과 정삼이 슬퍼하는 것이 양씨 집안 여러 공들보다 못하지 않으니, 어찌 형제자매보다 덜 슬프겠는가?

이미 첫 제사를 지냈으니 일가의 모든 의논이 정잠이 홀아비로 지내지 못할 것이라면서 후취를 힘써 권했다. 그러나 정잠은 달이 사그라지듯 새장가 들 뜻이 사라져 연연해하지 않으니, 정한이 탄식하며 말했다.

"네가 구태여 후취를 얻지 않으려 한다면 애써 권할 일은 아니라고 생각한다. 그러나 인성이가 장성하려면 아직 멀었고 너도 아직 마흔이 안 되었다. 남자가 공연히 홀아비로 지내는 것이 사리에 온당하지 않을 뿐 아니라 네 몸이 가문의 장손이라는 중요한 위치에 있으니, 제사 예절과 손님 접대하는 도리를 늘 화씨 며느리에게만 미루지는 못할 게다. 남자는 여자와 다르니, 아내가 죽었다고 하여 어찌 그 사람을 위해 홀아비로 지내겠느냐?"

정잠이 공경히 다 듣고 나서 일어나 절하고는 말했다.

"제가 본데없이 부모님 모시는 것을 생각하지 못하고 새 부인을 구하려 하지 않겠습니까마는, 혹시 어질지 못한 여자를 만나 집안이 어지럽게 될까 근심해서 그러는 것이지 구태여 양씨를 위해서 그런 것은 아닙니다. 어찌 아버지의 말씀을 어기겠습니까?"

정한이 이빈 등을 돌아보며 말했다.

"내가 구하는 며느리와 잠이가 구하는 아내는 단지 누렇게 바랜 머리카락에 허리는 펑퍼짐한 박색 정도라도 모름지기 덕을 갖춘 여자라면 되겠네. 원래 미모와 덕이 다 빼어난 이는 드물지. 하지만 마음이 어질고 선하며 총명하지는 않으나 무던한 품성에 꾸밈없고 자연스러운 사람을 가려 선택하는 것은 어렵지 않을 듯하구나. 너희들도 혹시 아는 곳이 있으면 빈부를 따지지 말고 각별히 천거하거라."

사람들이 대답했다.

"마땅히 널리 구하겠습니다만 운백(정잠)이 오히려 나이 젊지 않고 지위가 판서와 삼공에 이르러 맑고 어질고 우아한 명망은 조야에 잘 알려진 바이며 또 귀한 가문의 장손입니다. 집안과 국가에 무용한 사람이 아니라서 황제께서 중히 대하시고 한 가문의 큰 그릇인데, 그 배우자를 평범하고 한미한 집안에서 얻는 것은 가당치 않습니다. 첫 번째 혼인보다 더 각별하게 고르는 것이 옳습니다."

정한이 슬픈 표정으로 기꺼워하지 않으며 말했다.

"현숙하고 아름다운 며느리를 어찌 사양하겠느냐? 그러나 양씨 며느리가 너무 깨끗하고 아름다워 속세의 모습을 벗어났기에 수명을 다 누리지 못한 것이다. 그러니 실로 미모가 중요한 것은 아니다. 게다가 미모와 덕을 두루 갖추기 어렵고 또 재주와 풍모가 빼어나다면 장수와 복록이 부족한 법이다. 저 아이가 처복이 박해 요조하고 어진 아내를 잃었으니, 이제 어디 가서 미모와 덕을 두루 갖춘 사람을 구하겠느냐? 이런 까닭으로 시골 한미한 집안의 딸이라도 성품이 과히 악하지 않은 사람을 구하는 것이다."

사람들이 그 말에 그저 주억거릴 뿐 믿는 분위기가 아니니, 정잠이 이내 미소를 지으며 말했다.

"형들이 나를 위해 배우자를 특별히 가려서 선택하라 하는데, 내 이미 사위를 얻고 손자를 볼 때가 되었으니 어느 집에서라도 탐나는 신랑으로 생각하지는 않습니다. 아버님 말씀이 지당하십니다. 제가 비록 제갈량 같기를 바라지는 못하지만 어디에 황승언 같은 자가 있어 머리카락 누런 딸을 나에게 시집보낼지 물어보십시오."

정염이 웃으며 말했다.

"신랑이 이렇게 완고하고 말씀이 다 아름답지 못하니, 딸 가진 부모들은 결코 사위 삼지 않을 듯합니다."

(책임번역 조혜란)

완월회맹연 권3

정한의 죽음

정잠이 소교완을 부인으로 맞이하고

정한이 네 봉 유서를 남기고 죽다

계속되는 정잠의 재취 의논

이때 시독 정염이 웃으며 말했다.

"신랑이 이렇게 완고하고 말씀이 다 아름답지 못하니, 딸 가진 부모들은 결단코 사위 삼지 않을 듯합니다."

시랑 정흠이 웃으며 말했다.

"신랑감이 흠이 있다면 수염이 무성한 것 정도이지, 형님이 그 밖에는 더 억세거나 고집스럽고 그런 것은 없습니다."

태사 조겸이 웃으며 말했다.

"수염이 무성한 것은 잠깐 다듬으면 아름다운 얼굴이 드러날 것이다. 대충 하고 신랑 소임을 할까 싶어서 그러느냐?"

학사 조정이 웃으며 말했다.

"운백(정잠)은 오늘부터 난새 그려진 거울과 봉황 문양이 그려진 함을 들여다보며 수염을 고르고 용모를 가꾸고, 이백과 두보의 호방

한 풍채가 오히려 형만 못함을 사람 만날 때마다 말해서 무수한 중매쟁이들이 문 앞에 북적이게 하시게."

말을 마치자 좌중이 다 웃었다. 정잠 또한 웃었으나 새장가 드는 일은 뜬구름같이 여겨져 털끝만큼도 기쁘지 않았다.

정잠과 소교완의 혼례

미산 사람 소희랑의 자는 충중이니 송나라 소동파의 후예였다. 사람됨이 진중하면서도 인품이 높고 학문이 넓어 고금을 꿰뚫고 사리에 통달했다. 지혜와 총명이 자연스레 드러나니, 조정 신하들이 힘써 이뤄지게 하여 호부 원외랑이 되었다. 부인 주씨는 송나라의 성리학자 염계 주돈이 선생의 후예이자 참지정사 주효의 딸로, 요조숙녀의 덕이 맑고 우아했다. 소희랑이 주씨를 공경하고 중히 대하여 4자 3녀를 낳았으니, 위로 네 아들과 두 딸을 아비 뜻대로 혼인시켰다. 아들의 풍모와 딸의 풍채가 빼어난 것이 세상에 드물 정도였다.

맏아들 소운과 둘째 아들 소현은 지위가 높아 재상 반열에 올랐다. 그들은 문장 재주와 밝은 식견을 지녀 학문이 옛사람보다 못하지 않았고, 뜻과 기개가 맑아 깨끗한 이름과 우아한 명망으로 당대의 존경을 받았다. 맏사위 상환은 정국공 상수의 둘째 아들로, 일찌감치 과거에 합격하고 관직에 올라 봉각에서 임금의 문서를 담당하는 관리가 되었다. 둘째 사위 등원은 개국공신 등욱의 후예이자 위국공 등협의 맏아들로, 아직 서생을 면치 못했지만 문장 재주가 당대에 이름나 있었다. 막내딸 교완은 15세였는데, 타고난 자질이 탁월하며 빛나고 예쁜 모습은 천고를 돌아봐도 다시없을 정도였다. 또 성품과 행실이 뛰어나 온갖 면에서 보통 사람들보다 나으니, 부모가 그 딸을 너무 사랑했다. 소희랑은 사위를 고르는 기준이 남달라 각별히 기개와 도량이 굳센 장부를 구하며 그 가풍을 밝히 안 연후에야 정혼을 하려 하므로, 소저의 나이 15세가 되도록 뜻을 정한 곳이 없었다.

원래 위국공 등협은 정한의 이종사촌 형이었고, 어사 상환은 정국공 상연의 동생이었다. 그러니 등원의 아내 소씨가 요조하고 조용한 것은 정한 부부가 친히 보아 알고 있었고, 상환의 처 소씨는 자연스럽고 현숙한 성품으로 상부인 정태요가 그녀를 친자매같이 아껴서 동서 사이의 서먹함이 없으니 소씨 집안 아들딸들의 성품과 기질을 익히 알았다. 정태요가 부모에게 소희랑의 막내딸이 천고에 독보적인 미색과 성품과 행실을 지녔다고 하면서 청혼하시라고 했다. 그러자 정한이 말했다.

"내가 등형의 맏며느리를 보니 실로 기특할 뿐 아니라 소운과 소현의 탁월함은 세상에서 알아주는 바이다. 미산 소씨 중에는 용졸한 사람이 하나도 없으니, 소희랑의 막내딸 또한 못나지 않았을 것이다. 하지만 규수를 한갓 소문만으로는 알 길이 없고 또 소희랑이 재취 자리로 혼인을 허락하지 않을 것 같으니, 갑자기 청혼하기가 어렵구나. 조용히 정염에게 소운을 찾아보고 의논하라고 해야겠다."

원래 정염과 소운은 막역한 사이였다. 정태요가 다시 말했다.

"규방 소저를 부모님께서 직접 보시기 전에 소문으로 아는 것이라면 소씨 집안만큼 잘 알 수 있는 곳이 없을 것입니다. 저쪽에서 허락하지 않을까 근심되지만 시독(정염) 오라버니가 언변이 좋아 세객(說客)의 풍모가 있고 중매 소임을 가장 잘 해낼 듯하니, 소공이 기꺼이 허락할지 또 어찌 알겠습니까?"

말을 하고 있는데 정염이 들어왔다. 정한은 비록 흔쾌하지 않았지만 다른 곳에 구혼할 사람이 많아도 그 현숙함 여부를 알지 못해서 주저되는 바가 있었다. 그러나 소씨 집안 규수들은 이름이 났기에 교완 소저도 그 언니들 정도는 될 것이라 믿어 정염에게 중매 소임을 맡아달라고 했다.

정염이 명을 받고 즉시 소희랑 부자를 만나 정씨 집안에서 구혼하고자 하신다고 전했다. 소희랑은 평생 정한을 깊이 존경해 왔고 정잠을 아꼈으므로 후취 자리라도 거리끼지 않고 일언지하에 흔쾌히 허락했다. 정염이 기쁜 마음으로 돌아와 정한에게 아뢰었는데, 정한과 서태부인이 기쁘기보다는 서글픈 마음이 들었지만 그저 소씨가 어질기를 바랐다.

택일하고 혼례식을 하는데 정잠이 비록 통렬한 슬픔이 더했지만 마지못해 수레 백 대로 신부를 맞아 왔다. 대례를 마친 후 화촉을 밝혀 신방으로 나아가니, 신부의 화사한 미모가 만고에 빼어나 목석같은 마음이라도 꿈틀거리게 할 만한 빛이 있었다. 그러나 정잠은 홀로 기쁜 낯빛이 없이 답답하게 말없이 있다가 새벽이 되자 밖으로 나가 버렸다.

비록 집안이 즐겁지는 않았지만, 맏며느리를 맞는데 너무 초라하게 할 수는 없어 다음 날 중당에 돗자리를 펼치고 친척들과 마을 사람들을 모으고 신부가 시부모에게 인사를 드리는 의식을 행했다. 향기로운 바람에 휘장이 나부끼고 아름답게 장식된 초를 밝혀 대나무 자리로 인도하는데, 신부의 자질이 특별하여 바로 월궁 먼 자손이 뚝 떨어진 것 같았다. 그 행동 또한 온화하여 실로 요지(瑤池)의 제일가는 선녀가 하강한다 해도 오히려 이보다 더 아름답지 못할 것 같았다. 풍성한 머리 모양은 아리땁고, 눈썹은 가늘고도 짙었으며, 낭랑한 음성은 꾀꼬리 같으며, 앵두 같은 입술은 아름답고 태도는 자연스러우니, 눈길을 돌리기 아까울 정도였다. 한 줌 가는 허리에 빼어난 치장은 가볍게 부치는 부채와 어울리고 비단 치맛자락과 맞춤한 것이, 시인 송옥에게 묘사하라 해도 다 그려내지 못하고 또 조식에게 글로 지어보라 해도 써내지 못했을 것이다. 고금을 꿰뚫는 문장과 지식, 기개 있고 세상을 구할 만한 재주와 학문은 손강이 한겨울 쌓인 눈빛으로 공부하며 은둔한 것을 우습게 여기고 소약란의 회문시를 너무 꾸민 것이라며 나무랄 정도이니, 만 폭 비단에 수놓은 글자가 절로 미간에 나타나고 문채가 떨쳐나 환하고 맑아 당대에는 짝을 이룰 이가 없었다. 주위에서 구경하는 눈들이 아찔하고 칭찬하는 소리가 자자하여 '정잠이 아내 복 있다'고 치하하는 소리로 자못 시끌벅적했다. 정한 부부가 주위에 답례를 하는데, 오직 온화한 기운을 잃지 않았을 뿐 특별히 기뻐하는 빛이 없었다. 손님들은 아마 양부인을 생각해서 슬퍼하는가 여겨 도리어 숙연해졌다.

날이 저물자 손님들은 돌아가고 조세창의 부인 정명염이 두 동생을 데리고 소교완의 침소인 취일전에 이르러 저녁 문안을 드렸다. 소교완이 만일 평범한 사람 같았으면 인성 남매가 어머니라 부르며 자식으로 온순하게 뜻을 받드는 것을 일단 어렵게 여겨 불편해했을 것 같고, 명염·월염 두 소저의 아름다운 자질과 천지를 놀라게 할 인성의 풍모를 황홀히 여기며 사랑했을 것이다. 그러나 소교완은 심지 견고하기가 철감옥보다 더한 까닭에, 두 딸과 아들이 어머니라 불러도 뭐 별로 부끄러운 것도 없고 괴롭게 여기지도 않았다. 모습은 자연스럽고 눈길은 담담하여 아는 듯 모르는 듯 말이 없는 가운데 강렬한 기운이 자연스레 감돌았다. 그런 사람됨과 성품이 고금에 드물지만, 다만 양부인의 은근하고 겸손하며 얌전하고 정숙한 자취와 자연스레 배어 나오는 태고의 풍모를 따르기는 어려웠다. 재주와 외모로 말할 것 같으면 어찌 양부인에게 견주지 못하겠는가마는, 만사가 꾸밈없는 양부인을 우러르지는 못할 것이었다.

소교완은 정씨 집안에 머물면서 시부모를 효성으로 모시며 남편을 잘 따르고 제사 지내는 예절과 손님 대접하는 일을 총명하고 민첩하게 하여 날마다 많은 사람들을 대접하며 관장했지만 조금도 막힘이 없었다. 손을 놀리면 능숙하고 기묘하지 않은 것이 없으며, 눈길 가는 곳마다 영민하게 하지 않는 것이 없어 집안일을 잘 다스리고 상벌 내리는 일도 두루 잘했다. 시누이와 화목하고 친척들과 돈독하게 지내며 인성 남매를 사랑하고 중히 여겨 자기 자식인 듯 대하니, 시종일관 이렇게만 할 것 같으면 어찌 전처 자식을 자기 자식처럼 사랑한 목강의 인자함을 족히 귀하다고 하겠는가? 소교완은 앉은 자리가 뜨뜻해질 겨를이 없을 정도로 편히 앉아 있지를 않으니 칭찬하는 소리가 자자했다. 들고 보는 사람들 가운데 누가 칭찬하지 않겠는가마는, 정한과 서태부인은 오직 태연히 지켜볼 뿐이었다.

소교완이 마뜩잖은 정잠

이때 정잠은 친영하던 날만 신방을 비우지 않았을 뿐이고 행여라도 발걸음이 취일전에 이른 적이 없었다. 서재에서 인성을 품고 자거나 아버지 곁에서 잠자리 시중을 들지 않으면 정삼이나 정흠과 더불어 넓은 이부자리에 긴 베개를 함께 베고 형제의 정을 펼 뿐 아내와의 정은 서먹했다. 양부인의 현숙하던 바와 자녀들의 외로움을 생각하면 가슴이 턱 막혀 홀아비로 지내는 괴로움 정도야 개의치 않았다. 정한이 그 뜻을 모르는 게 아니었지만 자기가 말하기는 괴로워 부인에게 '남녀 음양이 조화롭지 않으면 만물이 질서를 잃게 된다'고 아들을 타일러 달라고 했다. 서부인이 마지못해 정잠에게 '집안이 순편하게 되는 바'와 '죄 없는 부인을 박정하게 대하지 말라'는 말을 하니, 정잠이 문득 얼굴빛을 바로 하고 대답했다.

"저는 본디 안채 출입에 게을렀는데, 이제 어찌 새로 맞은 부인이라 하여 정실을 첩같이 함부로 사사로운 정으로 대하겠습니까? 어머니 말씀이 의아하여 잘 못 알아듣겠습니다."

서부인이 탄식하며 말했다.

"내 구태여 너에게 이같이 하라고 하는 게 아니다. 인심이 예와 지금이 다르니, 네 성정을 모르는 자는 이상하게 여기지 않을 사람이 없을 게다. 군자의 행동은 조화롭고 관대하고 하늘의 밝은 해같이 행해야 하니, 사람들이 의심스럽게 여기는 일을 하지 않는 것이 옳다. 네가 양씨를 배필로 맞이했을 때는 열두 살에 불과해서 부부방에 가는 일이 잦지 않았어도 우리가 굳이 권하지 않았으며 또 의심하지도 않았다. 지금은 네 기품이 미약하지 않은데 어찌 쓸데없이 괴이한 행동을 하며 죄 없는 부인을 박대하느냐? 하물며 며느리의 덕행이 아직은 흠잡을 데 없어 보인다. 며느리가 우리를 효로 받들고 자녀를 사랑으로 기르는 것이 젊은 여자가 미처 생각하지 못할 바를 많이 챙기니 어찌 마음에 감동하지 않겠느냐?"

정잠이 도리어 환하게 웃으며 말했다.

"어머니 말씀이 지당하시니 받들어야 하겠지만 평소 제가 부인 대하던 방식과 다르게 하지는 못하겠습니다. 실상 없는 텅 빈 칭찬이 뭐 귀하겠습니까?"

서부인이 말했다.

"사람을 지내보지 않고 어찌 실상 없이 헛된 명성이라 하면서 흠을 잡느냐? 모름지기 쓸데없는 말은 다시 하지 마라."

정잠이 말씀을 듣고 물러나서 저녁 문안을 마쳤다. 그 후 서재로 돌아와 인성을 품에 안고 한밤중까지 누웠다가 마지못해 인광을 옮겨 인성 옆에 뉘었다. 그러고는 인성의 볼에 자기 얼굴을 대며 슬픈 듯 말했다.

"발길이 내키지 않는 곳에 가야 하는 구슬픔이 이리 괴로울 줄 몰랐구나. 인성이가 잠을 깨면 아비가 없다고 이상하게 여기겠네."

말을 마치고 재삼 미적거리다가 취일전으로 향했다. 인성은 아버지가 나가는 것을 알지 못했다. 뼛속까지 스민 슬픔으로 연일 잠을 이루지 못하다가 오늘에야 겨우 눈을 붙였기에 즉시 깨지 못했기 때문이다. 인광은 큰아버지가 하는 말을 다 들었지만 잠자코 있었다. 자기 때문에 취일전으로 가시는 길이 더뎌질까 하여 짐짓 자는 척하고 있었던 것이다.

정잠이 부모의 잠자리를 살피고 비로소 발길을 돌이켜 취일전에 이르렀는데, 소교완은 오히려 잠자리에 들지 않고 촛불 아래서 바느질을 하다가 나직이 일어나 맞이했다. 예쁜 얼굴에 아름다운 빛이 볼수록 빼어나 방 안이 훤하니, 촛불이 빛을 잃고 가을 달이 모양 없다고 부끄러워할 정도였다. 정잠은 그 고운 빛에는 더욱 무심했다. 그러나 어머니 말씀을 어기지 못해 여기에 들어왔는데, 사랑하는 정이 충분하지 않으니 어찌 마음에 없는 말을 하겠는가? 꽃 같은 신부를 대하니 옥 같았던 죽은 부인 생각이 더욱 간절했다.

취일전은 영일전과 마주한 건물이었다. 맑은 부인의 모습은 스러지고 영일전 가운데 한 조각 신주만 탑 위에 말없이 놓여 있을 것을 생각하니 통렬한 슬픔이 그지없었다. 요조하고 현숙한 부인을 잃고 현란한 미인을 마주하고 보니, 결단코 집안 법도가 어지럽게 되리라는 생각이 들었다. 한낱 못생기고 못났어도 어진 사람을 만나지 못한 것이 매우 애달프고 안타까웠지만 그런 속내를 얼굴에 드러내어 좋을 건 없을 일이었다. 정잠이 말없이 한동안 바로 앉았다가 천천히 침상에 오르면서 속으로 생각했다.

'내 여복이 뜬구름 같으나 만난 지 거의 서너 달이 되었는데 운우지정을 나누지 않는다면 또한 박대한다고 원망할 듯하다. 오늘 이미 들어왔으니 싫은 걸 참고 잠깐 마음을 굽히는 게 뭐 어려우랴?'

그러고는 마지못해 긴 팔을 뻗어 소교완을 이끌어 동침했다. 자다가 생각지도 않았던 인재 얻을 길몽을 꾸었는데, 무언가가 소씨 품 안에서 나오는 것이었다. 처음에는 너무 놀라 승냥이거나 뱀 같은 것인 줄 알았는데, 괴이하게 생긴 모진 짐승이 있고 또 그 뒤에 기이한 모습의 짐승이 있었다. 그 기이한 짐승은 마치 춘추 난세에 공자를 위해 나타났던 기린 같은 모습이었다. 두 짐승이 같이 내닫는데 그 기이한 짐승은 인성을 따라다니며 보호하고 그 모진 짐승은 꼬리를 펼치고 곧장 인성에게 달려들어 해치려 했다. 그러자 기린이 공자의 몸을 자기 등으로 보호하며 사방으로 가려 온갖 방법으로 흉한 짐승을 물리쳤으나 그 흉한 짐승은 갈수록 강한 힘을 발휘하며 인성을 삼키려 했다. 인성이 거의 위태로운 즈음에 문득 한 떼의 상서로운 구름이 일어나며 허다한 별들이 인성을 호위하여 흉한 짐승을 막았다. 그 흉한 짐승이 천만 가지 방법으로 인성을 죽이려 했지만 미치지 못하고 마침내는 함정에 떨어져 죽게 생겼다. 인성이 놀라 그 흉한 짐승을 붙들어 평지에 올리려는데, 소씨가 문득 노한 표정으로 맹렬한 소리를 지르더니 짧은 칼날을 번득이며 인성을 찌르려 했다. 순간 기린이 막고 맞서다가 가슴에 칼을 맞았다. 인성이 망극하여 울며 부인과 기린을 붙들어 구호하려 했지만 소씨는 오히려 계속 발악했고 그 소리가 매우 억세고 모질어서 놀라울 지경이었다.

정잠이 깜짝 놀라 깨니 꿈이었다. 마음속으로 더욱 불길한 느낌을 주체하기 어려웠는데, 마침 소씨도 잠에서 깨어나는 듯했다. 이 꿈은 필시 길하지 않은 징조이기에 심히 언짢은 가운데 기린의 거동과 인성이 위태롭던 일을 생각하니 그저 아찔할 뿐이었다. 장부가 꿈을 믿을 바는 아니지만 혹시 인성에게 해로운 일이 생길까 크게 걱정되어 다시 눈을 붙이지 못하고 새벽에 일어나 나왔다. 인성은 벌써 일어나 세수하고 머리 빗고 양씨 어머니 신주에 인사를 드렸다. 아침 문안을 하기에는 아직 이른 시간이기에 도로 서재로 향했다. 정잠은 인성을 볼 때마다 사랑하는 마음이 뼈에 사무치고 귀히 여기는 마음을 이기지 못해 아들의 손을 잡아 앞에 앉히고 머리를 쓰다듬으며 말했다.

"날이 찬데 어찌 이토록 일찍 일어나 바삐 움직이느냐? 밤에 혼자 자니 섭섭했느냐?"

정잠은 동자에게 묽은 죽 한 그릇을 가져오라고 하여 두어 번 마시고는 인성에게 주며 먹으라 했다. 그 곡진한 자애와 무한한 사랑은 비록 정삼과 화부인이라도 미치지 못할 정도이니, 인성이 황공해하며 은혜에 감사했다.

태부 정한의 유언과 죽음

황태부·수각로·문청선생 정한은 키우고 길러내는 덕과 재주가 남다를 뿐 아니라 엄정하고 씩씩하며 도를 닦고 예를 가지런히 하여 어려서부터 장자의 풍모와 군자의 자질이 있었다. 말을 했다 하면 요순을 일컬으며 하늘을 우러르고 땅을 굽어보아 부끄러움이 없고, 선계에서 노닐 듯 편안하게 다스리며 자연을 즐겼고, 툭 트이고 상쾌한 그의 정신은 탁한 세상에 물들지 않았다. 대궐에서 붓을 휘두르고 봉각에서 관끈을 떨치며 조정 일을 하니, 남쪽 오랑캐는 머리를 조아리며 천자의 은혜를 흠뻑 입고 동쪽 오랑캐는 천자의 은혜에 보답하고자 하며 감동했다. 정한이 수레를 타고 구주에 두루 다니면서 사방을 편안하게 살피며 초나라를 교화하여 깨우치고 연나라와 위나라를 평정하며 진나라를 흔들어 멸망시키니, 덕이 온 세상에 덮이고 공이 우주에 드리워져 얼굴이 기린각에 빛났다. 기린각에 들어 벼슬한 지 15년 동안 사계절이 별 탈 없이 돌아가니, 이는 한나라 때의 이름난 재상이 었던 위상과 병길이 음양을 다스리고 자연의 운행을 거스르지 않았던 것과 비슷하여, 모든 이의 스승으로 그의 큰 공훈과 훌륭한 덕이 온 나라에 떠들썩했다. 천하의 큰 도를 행하며 넓은 천하에 서니, 실로 공손하고 겸손하여 덕이 온 세상을 비추고 또한 중도를 잡았다 하겠다. 요임금의 크고 높은 덕을 밝힌 고사를 정한의 덕행에 비겨 말한 다면, 덕행이 완전하여 세 자녀가 모두 눈부시게 빼어나고 부인 서씨는 온갖 복을 두루 갖추었으니 무슨 흠이 있겠는가? 다만 정한이 슬퍼하는 것은 며느리의 죽음인데, 그 슬픔이 마음에 맺혀 있었다.

정한은 평생토록 갈수록 검소했으며 응당 나아갈 곳이라도 조심하는 덕을 길렀다. 하지만 속세와의 인연이 거의 없어서 얼굴에는 속된 기운이 없었다. 그러니 하늘이 어찌 천지의 고갱이와 조물주의 정기를 계속 빌려주겠으며, 명도선생 정호의 후예인 큰 현자가 또 어찌 오래 이 세상에 머물겠는가? 정한은 갑자기 병이 들어 열흘 남짓 되자 스스로 천명이 다했음을 깨달았다. 그는 슬퍼하지 아니하며 놀라지 않았으나 정잠 형제가 놀라고 걱정하는 것이야 어찌 말로 표현할 수 있겠는가? 밤낮으로 옷을 벗지 않고 간호하는 정성은 하늘을 감동케 할 정도였지만 정한의 천수가 다한 것이니 어찌 나을 수 있겠는가? 보름 만에 정잠 형제의 모습이 딴사람같이 되어버려 먼저 위태로울 지경이었다. 서부인의 애타고 아득한 심사를 어찌 말로 표현하겠는가마는, 정잠 형제의 위태로운 모습이 더욱 염려되어 서부인이 미음을 가져다가 권하며 눈물 흘려 탄식하면서 말했다.

"네 아버지는 본디 혹심한 추위와 더위에도 조금도 아픈 적이 없으셨다. 이제 환후가 가볍지 않으시니 그 처자식 된 도리로 어찌 음식을 먹고자 하겠느냐? 그러나 너희들이 이리 놀라고 걱정하여 긴 밤에 눈을 붙이지도 못하고 식음을 전폐하니 장차 위태롭게 될 것 같구나. 늙은 어미도 오히려 음식을 끊지 못하고 삼키는데, 너희가 나를 위한다면 그리하는 것은 안 되지 않겠느냐?"

정잠 형제가 어머니 앞에서 슬픈 표정을 드러내지 못해 억지로 온화한 낯빛을 지으며 편안한 목소리로 대답했다.

"아버님 환후가 여러 날 동안 나아지지 않으시지만 대단한 증상이 있는 것은 아니니 깊이 염려하실 일은 아닙니다. 저희가 한때 속이 타고 걱정했어도 어찌 음식을 먹지 않겠습니까? 어머니께서 잘못 아셨습니다."

서부인이 흐느끼며 말했다.

"애써 괜찮은 척하지 마라. 병환이 위중하시다는 것은 내 이미 짐작하고 있었다."

정잠 형제는 나직이 어머니를 위로하고 바삐 병상으로 갔다. 정한이 군이 신음을 하지는 않았지만 기운을 수습하지 못하고 정신이 아득하여 말하는 것을 힘들어했다. 때때로 맑은 물을 달라 하여 마실 따름이고 곡기를 끊었으니, 그런 채로 점점 보름께가 되자 아주 정신을 놓아버린 것 같았다. 정잠 형제가 갑자기 어찌할 바를 몰라 지녔던 단도를 꺼내 손가락을 자르려고 하니, 정한이 여린 소리로 다급하게 말했다.

"너희가 부질없는 일로 아비의 마음을 놀라게 하지 말고 잠깐 붙들어 일으켜라."

정잠 형제가 얼른 다가가서 일으키니, 정한이 종이와 붓을 달라고 하여 죽음을 앞두고 황제께 올리는 글을 친히 써서 정염에게 주며 자기가 죽은 후에 바치라고 했다. 또 조카인 정흠과 정겸의 손을 잡고 편치 않아 하며 말했다.

"네 아버지가 원통하게 죽은 것은 세월이 지나고 정신이 쾌할수록 너희와 나의 지극한 아픔이다. 둘째 조카는 수복을 타고났으나 첫째 조카는 너무 고상하고 격렬하여 수명이 부족하며 복이 옅으니 내가 깊이 염려하는 일이다. 모름지기 몸가짐과 행실을 지극히 조심하도록 하거라. 흠이는 아들이 없으니 나중에 대를 이을 일이 걱정이다. 내 손자들을 보고서 네 스스로 가려 후사를 정해라."

정흠 형제가 큰아버지의 유언을 들으려니 가슴이 막혀 한마디도 대답하지 못하고 그저 맑은 눈물이 하얀 얼굴을 적실 뿐이었다. 정한이 잠깐 식구 아닌 이들을 다 나가라 하고 부인과 딸과 며느리를 모두 불러 손녀 등의 손을 잡고 부인에게 말했다.

"내가 오래 살지 못할 줄은 지혜롭고 사리 밝은 부인이 이미 짐작하셨을 것이오. 이미 오십이면 요절이라 하지는 않지요. 박덕하고 재주 없는 내가 부귀가 몸에 넘치고 세 자녀가 불초함은 면했을 뿐 아니라 인성이와 인광이 등은 우리 가문의 훌륭한 기린아들이고 손녀들은 귀한 보물 같은 존재들이지. 50년 세월에 울컥하는 일 없이 영화와 복을 누렸으니 무엇을 슬퍼하겠소? 인생에 한번 죽는 일은 하늘의 이치에 당연한 일이라 먼저 가고 나중 가는 차이만 있지요. 먼 훗날 부인과 함께 같은 무덤에서 티끌이 되리니, 부인은 내가 죽는 것을 슬퍼하지 말고 자식들을 보호하여 삼년상을 마치게 하고 천복을 편히 누린 후 저승으로 돌아오시오."

그리고 조카며느리 두 사람과 정염의 아내, 딸과 두 며느리를 어루만져 각각 부귀와 복록을 누리라고 당부하고 정흠의 아내 화씨를 불러 말했다.

"자네는 아들이 없으니 내 손자들 가운데 하나를 가려 후사로 정해라. 소씨 며느리가 이마에 상서로운 기색이 있으니 반드시 태기가 있을 것이다. 소씨가 아들을 낳아 아름답거든 너의 후사로 해라."

며느리들과 딸이 정한의 유언을 들으니 슬프며 경황이 없었다. 서부인은 가슴이 아프고 숨이 막혀 능히 한마디를 못 하니, 정한이 부인에게 말했다.

"부인은 어찌 이리 지나치게 슬퍼해서 내 심신을 어지럽게 하고 자식들을 더 슬프게 합니까? 부인은 세상 인연이 아직 많이 남아 있으니 내가 죽음을 앞두고 한 부탁을 저버리지 말고 자녀들을 경계하여 지극한 슬픔을 알맞게 절제하고 집안의 법도를 온전히 하여 훗날 지하에서 서로 만날 때 빛나는 말을 할 수 있게 하시오."

서부인이 겨우 소리를 내어 대답했다.

"제가 비록 무뚝뚝하나 남편의 목숨이 이토록 위태로운 것을 보며 마디마디 애간장이 끊어지는 것을 어찌 참겠습니까? 말씀하시는 바는 제가 어리석고 둔하나 실낱같은 목숨이라도 보전하고 있다면 저버리지 않으리다."

정한이 정잠에게 명하여 어머니를 모시고 들어가라고 하니, 서부인이 더 머무르지 못하고 일어났다. 정한이 손자들을 각각 어루만져 잘 크라고 당부하여 들여보내고 아들과 조카들 그리고 여러 친척들을 불러 낱낱이 유언한 뒤에 장헌의 손을 잡고 두 아들을 돌아보며 말했다.

"내가 헌이를 사랑하는 뜻을 너희들이 모르지 않을 것이다. 그러니 어찌 긴말로 당부하겠느냐? 인심과 권세는 한결같지 못해도 너희들은 처음부터 끝까지 변치 마라."

또 이빈의 손을 잡고 말했다.

"너는 충의의 후손【송나라 휘종과 흠종 때 절개를 지키다 죽은 이약수의 후예】이다. 안연과 자기의 어짊과 미자와 주공의 덕이 갖춰져 공자의 제자인 자유와 자하의 학문을 이루었지. 충효가 밝히 나타나 나라의 동량지재가 되고 선비들이 추앙하는 사람이 되어 한결같이 행실을 닦는다면 내 당당하게 저승에서 웃음을 지으며 조상님들께 칭찬할 것이다."

이빈이 엎드려 말씀을 듣는데 눈물이 옷을 적셨다. 두 번 절하고 명을 받드는데, 그 슬퍼하는 것이 친부모가 병들었을 때보다 덜하지 않았다. 장헌은 더욱 망극하여 목 놓아 우니 정한이 도리어 위로했다. 그리고 나서 두 아들을 경계하여 말했다.

"잠이는 나라에 몸을 허한 바이니 내 구태여 사사롭게 말하지 않겠다. 모름지기 충성을 먼저 하고 효를 나중에 두어 내 삼년상을 마치는 날이라도 황제를 모시러 가거라. 사사로운 정 때문에 한때 가족과 이별하는 것에 연연해하면 안 될 것이다. 삼이는 어머니를 모시고 깊은 산으로 가서 스스로 자취를 7, 8년만 세상에 알리지 않으면 자연히 10년 내에 다시 어머니와 자식들과 형제들이 즐겁게 만나 헤어졌던 정을 펴게 될 것이다. 물러가며 나오는 것과 떠나며 모이는 것에 대해서는 내 말하지 않아도 잠이가 스스로 밝게 헤아려 할 것이다. 유서 네 장을 봉인하여 상자 속에 넣어두었다. 겉봉에 각각 볼 때를 써두었으니 때가 되거든 떼어 보아라."

그러고는 인성 등을 어루만지며 가문을 일으키며 조상을 빛나게 하는 것이 이 아이에게서 비롯할 것이라 했다. 정잠 형제가 아버지의 유언을 받들면서 구곡간장이 끊어질 듯하며 오장육부가 떨어져 나가는 듯해 목 놓아 크게 우니 눈물이 마구 흘러내렸다. 정한이 그 손을 어루만지며 말했다.

"너희들이 서러워하는 것을 보니 내 모진 목숨이 더 부끄럽구나. 내가 아버지와 어머니를 동시에 여의었지만 능히 따라 죽어 모시지 못하고 죽은 동생과 서로 목숨을 의지하여 삼년상으로 낳고 기르시느라 애쓰신 하늘같이 큰 은혜를 만분의 일이라도 갚고자 했지만 하지 못했다. 너희들의 마음이 어떠한지 모르겠지만 살아야 할 때 죽는 게 불효인 줄 어찌 생각하지 못하느냐? 하물며 네 어머니의 세상 인연은 아직도 많이 남아 있다. 자식 된 도리로 홀로된 어머니의 지극한 슬픔을 위로하기는커녕 더 슬프게 만들 수 있겠느냐? 모름지기 격한 슬픔을 너그럽게 조절하도록 힘써라."

두 아들이 눈물을 흘리며 아버지의 말씀을 들으니, 정한이 편안하게 눕겠다고 했다. 다시 베개를 돋워 편안하게 누우니, 정잠은 머리를 짚고 정삼은 손을 잡았으며 손자들은 그 주위에 있었는데, 마음이 무너지고 찢어지는 슬픔을 견디기 어려웠다.

정한이 숨을 거두자 큰 별이 동남쪽에서 떨어지고 상서로운 구름과 안개가 정한이 누웠던 침상에서부터 대궐 정문에까지 이르며 기이한 향내가 방 안에 가득하니, 당대 성인 반열의 유자이자 천하의 큰 현자임을 알 수 있었다. 명나라 영종 12년(1447년) 음력 10월 17일 오후 7시에서 9시 사이에 넋이 하늘로 돌아가니, 향년 50세였다. 나라의 불행과 모든 이들의 복 없음이 이보다 더한 경우가 없었다. 조겸 부자가 초혼하고 상이 났음을 알리니, 정잠 형제가 하늘을 부르며 가슴을 치고 머리를 풀어헤치고 슬퍼한 것은 물론이고, 제자 100여 명이 모두 매우 슬프게 통곡한 것이 친부모가 상을 당했을 때보다 못하지 않았다. 안팎으로 곡하는 소리가 천지를 흔들고 동네 입구까지 울리니, 기운이 약한 사람은 어지럼증이 날 정도였다.

정씨 가문의 슬픔과 황제의 애도

서태부인이 천지가 무너져 내리는 변을 당했지만 자녀들을 위해 지극한 슬픔을 억지로 누르려 했다. 그러나 가슴에는 온갖 칼날이 걸려 있는 듯하고 가슴속에서는 불이 일어났다. '하늘아, 하늘아! 내 죄악이 어찌 이토록 재앙을 받는가?'라며 한마디 소리를 지르더니 갑자기 정신을 잃었다. 정태요가 바삐 두 오라비를 오라고 하여 서로 붙들어 피눈물을 흘리고 목놓아 울며 말했다.

"우리가 천지에 아주 무거운 죄를 지어 이제 망극한 변을 당하니, 어찌 살고자 하는 마음이 있겠습니까? 다만 어머니를 돌보지 않을 수 없으니, 오라버니와 동생은 지극한 슬픔을 억누르고 어머니의 잘 려 나가는 듯한 슬픔을 위로하고 삼년상을 치를 때 과하게 슬퍼하여 몸을 상하게 하지 말라던 아버지 유언을 저버리지 마세요."

정잠 형제는 천지가 아득하고 해와 달이 빛을 잃은 듯 캄캄하니, 정 태요의 말에 얼른 대답을 못 하고 우선 어머니를 돌보았다. 잠시 후 서태부인이 비로소 정신을 차려 두 아들을 붙들고 하늘을 부르짖으며 목놓아 우니, 두 아들이 피눈물을 흘리고 간곡하게 위로하며 말했다.

"저희의 죄악이 하늘을 뚫어 아버지를 여의니, 바라볼 것이라고는 밝고 너르신 어머니의 성덕으로 저희를 돌아보실까 하는 것이었습니 다. 그런데 어찌 이토록 하셔서 저희로 하여금 지극한 슬픔 위에 슬 픔을 다시 더하게 하십니까? 어머니께서는 슬픔을 억누르셔서 우리 의 심사를 살펴주세요."

서태부인이 왼손으로는 정잠을 잡고 오른손으로는 정삼의 머리를 어루만지며 슬피 부르짖어 울다가 말했다.

"너희들의 지극한 효성이 하늘을 어찌 감동시키지 않겠느냐? 그러 나 나의 박덕함과 모진 심성으로 이런 화변을 당했구나. 내 이미 지 극한 슬픔을 견뎌 칼이나 불에 몸을 던지지는 않기로 결심했다. 그러 니 너희들도 늙은 어미를 위해 지나치게 슬퍼하여 몸을 상하는 일이 없을 것이라고 밝히 말하거라."

두 아들이 연이어 대답했다.

"어머니께서 의리를 관대하게 생각하셔서 저희 사정을 염려하시는 데 저희가 어찌 기꺼이 죽어 가없는 불효 죄인이 되겠습니까? 어머 니께서는 저희의 생사는 신경 쓰지 마시고 몸을 지극히 편안하게 하셔서 아버지의 유언을 저버리지 마세요."

서태부인이 구곡간장이 마디마디 끊겨져 다시 기운이 막힐 듯했지만 스스로 진정하여 가슴에 응어리진 지극한 슬픔을 가라앉힌 후 두 아들을 어루만져 조용히 몸을 보전하라고 타일렀다. 두 아들도 어머니 앞에서는 지극한 슬픔을 참고 눌러 순순하게 명을 받들었으나 나온 후에는 어찌 오래 참을 수 있겠는가? 슬픔으로 땅을 두드리고 하늘을 향해 울부짖으며 기절하기를 자주 하고 한 모금 물도 입에 대지 않았다.

정흠 등이 그 부모를 여의었을 때는 깊은 슬픔을 미처 모를 때였고, 사람의 일을 알게 된 후로는 끝 모를 서러움이 있었다. 그러나 큰아버지를 우러르며 의지하여 슬픔을 참아왔다. 그런데 오늘 큰아버지를 마저 여의게 되니 가슴 아픈 심사를 어찌 측량하겠는가? 하지만 정잠 형제가 이렇듯 지탱하기 어려운 것을 보고는 지극한 슬픔 가운데 근심이 깊어 밤낮으로 보살폈다.

상연이 마침 가벼운 병으로 외출을 못해 두어 날 정도 정씨 집안에 오지 못했다. 그러던 중 장인의 상이 났음을 듣고 임종을 지키지 못한 것이 매우 가슴 아파 병을 억지로 참고 빈소에 이르러 정잠 형제를 보살피고 장인의 죽음을 슬퍼하며 사위의 도리를 다했다.

다음 날 정한이 남긴 유표를 대궐에 올리고 그의 죽음을 아뢰었다. 황제가 크게 놀라 슬퍼하며 그 유표를 살펴보았다. 종이 가득히 쓴 말씀들이 다 일관되게 곧은 충심에서 나온 것이니, 한마디 글과 한마디 말이 주옥 아닌 것이 없었다. 부디 요임금·순임금·탕왕·무왕의 덕을 길이 이어 성스럽고 신묘하고 크나큰 덕을 밝혀서 덕을 세상에 널리 펼 것을 갖추어 아뢰는 내용이었다. 충성스러운 마음이 황제에게 닿게 하는 것은 제갈공명의 〈출사표〉나 가의의 〈만언소〉보다 낫고, 말씀이 온화하고 생각이 넓고 쾌하여 문장 이치가 세속과 다른 것은 성인의 도통을 이을 만했다. 황제가 내시 무리를 총애하며 등용하는 것이 정사에 크게 해로움을 일컬으며, 은나라의 덕과 주나라의 정사를 생각하여 하·은·주 삼대의 정치를 세우고 따르라고 하면서 자신은 세운 공이 없으니 누추한 이름이 역사책에 오르지 않게 해달라고 슬피 빌었다. 죽음을 앞두고 정신이 아득한데도 기이한 필법과 지극한 표현은 위나라 조식처럼 뛰어난 시인들도 감탄할 문장이고 산도 거꾸러뜨릴 만한 필법이었다.

황제가 매우 슬퍼하여 눈물이 어의를 적셨다. 상소를 거두어 가까이 둔 후 그를 임종에서 영결하지 못한 것을 더욱 한스럽게 여겨 자신이 입었던 두어 벌 옷을 보내서 정한의 몸을 염할 때 쓰라고 했다. 부의하는 시자와 조문 인사를 전하는 내시가 도로에 이어져 은혜와 영광이 사나 죽으나 유별했을 뿐 아니라 정한의 장례에 스승과 제자의 도로 임하여 상복을 입기 전에 흰 부채를 내리라고 하고는 매우 슬피 애도했다. 성복하는 날 황제가 친히 정씨 상가에 가려 하고, 천하 모든 사대부와 평민들이 문청선생 정한의 죽음을 듣고는 서로 이어 전하고 눈물을 떨구며 말했다.

"나라가 불행하고 사람들이 복이 없으니 슬프고 슬프구나!"

이제 명나라의 문장이 쇠하고 성인의 자취는 더욱 멀어졌다며 자기 가족의 상이 난 것같이 슬퍼했다. 망극한 슬픔이 때때로 더해졌지만 정잠과 정삼은 어머니를 생각하여 죽을 생각은 하지 않았다. 비록 슬프고 경황없었으나 장례 지내는 일을 예법에 맞게 하여 효자의 정성이 오히려 아버지의 가르침을 넘어서는 바가 많았다.

이미 성복을 했으니 황제가 모든 신하들을 거느리고 정씨 집안에 왔다. 황제가 정한의 관을 어루만지며 슬피 애도하는데 눈물이 어의를 적셨다. 정한의 영혼이 지각이 있다면 어찌 감격의 눈물을 흘리지 않았겠는가? 황제가 영연 앞에서 곡을 하고는 이별하고 궁으로 돌아가니, 정잠 형제가 성은에 대한 황공함과 감사를 뼈에 새기며 피눈물이 상복을 적셨다. 모든 신하들이 황제의 수레를 호위하며 뒤따라 궁궐로 향하니, 사나 죽으나 신하로서는 얻기 어려운 가없는 영광과 무궁한 복을 누렸다고 하겠다. 다들 정한의 죽음과 상제들의 뼈에 사무치는 슬픔을 듣고는 눈물을 흘리지 않는 이가 없었다. 그러나 헤아릴 수 없을 만큼 큰 은혜와 영광과 떳떳한 귀한 복에 대해서는 저마다 부러워했다.

정잠 형제는 성복을 지내고 어머니를 위해 지극한 슬픔을 가까스로 억눌렀다. 그러나 죽 한 술도 삼키지 못하고 하루 여섯 때 곡하며 울고, 종일 그치지 않는 문상객들의 조문을 받으며 슬피 울부짖고 피눈물을 흘리니, 사람이라면 견디지 못할 지경이었다. 하물며 날이 점점 더 추워지고 있었다. 여막이 비바람을 가리지 못하는데 두 상제가 밤낮으로 눈과 서리를 무릅쓰는 가운데 치우는 것은 생각지도 못했다. 인성이 할아버지를 여의고 망극한 가운데 두 어른이 이 같은 상황을 보고 속이 타들어 갈 정도로 몹시 걱정되었다. 그래서 밤낮으로 모시면서 두 어른을 돌보았는데, 이는 성숙한 군자라도 미치지 못할 정도였다. 정잠이 지극한 슬픔에 빠져 북당의 홀어머니만 아니면 스스로 세상을 버리고자 했지만 이렇듯 뛰어난 인성과 인광을 보니 절로 기특하다는 생각이 들었다. 정잠은 동생 정태요에게 어머니를 보살펴 달라고 당부한 후 인성의 음식과 의복에 대해서도 당부했다. 그러자 정태요가 탄식하며 말했다.

"제가 비록 못났지만 어머니를 모시는 일은 화씨 올케와 소씨 올케가 게으르지 않으니 제가 자연히 그 뒤를 따를 일이고, 인성이의 옷과 음식 등은 저 두 어머니가 극진히 염려하니 제가 근심할 게 없어요. 오라버니가 자꾸 염려하시는 것은 도리어 생각이 많아서 그래요. 화씨 언니의 효성과 덕행은 새삼 말할 것도 없고, 소씨 언니의 효행과 제사를 받드는 정성은 사람을 감격하게 합니다. 오라버니는 이런 아내를 두고 자녀 거느리는 일을 염려하면 안 되십니다."

정잠이 길게 탄식하고는 다시 말을 하지 않았다. 정태요는 소교완의 사람됨이 양부인과 다르다는 것을 모르지는 않았으나 그녀가 집안일을 잘하는 것과 제사를 지성으로 받드는 것이 기뻐 이렇게 말한 것이었다.

태주로 향하는 정한의 장례 행차

더운 여름과 서늘한 가을이 훌훌 화살같이 빨리 지나가 겨울도 다 가고 이듬해 설이 되니, 온 집안의 겹겹이 쌓인 지극한 슬픔이 세월 따라 더해졌다. 정한의 장례를 제후의 상례에 따라 다섯 달로 지내려 하여 음력 2월로 장례일을 정했다. 정잠 형제가 목 놓아 부르짖는 깊은 슬픔이 무궁하고 망극한데, 하물며 정한의 장례를 지내고 곧이어 삼년상을 지내기로 정하니 온 집안사람들이 일시에 태주로 내려가려 했다. 그런데 천만뜻밖에 좌각로 화첩 내외가 한 달 안에 모두 죽으니, 화부인의 첩첩한 슬픔을 어디에 비할 수 있겠는가? 화씨의 선산이 의양에 있기에 화씨 형제들이 의양에 가서 장례를 지내고 나서 식구들을 거느려 묘 아래에서 삼년상을 마치고자 했다.

의양이 태주에서 까마득하게 멀어 서로 한번 이별하면 이승과 저승만큼이나 먼데, 화첩의 상에 성복하는 날이 정한의 영궤를 발인하여 선산에 장사 지내는 날이었다. 화부인이 매우 슬프고 경황이 없어 어떻게 해야 할지 모르는 채 그저 땅을 두드리고 하늘을 향해 울부짖으며 밤낮 피눈물을 흘릴 따름이니, 약질이 거의 죽게 생겼다. 인광 등이 외가에서 돌아온 후 어머니 화부인의 상태가 위태로워 수천 리 먼 길을 가지 못할 것이라 아뢰고 잠깐 있다 내려가시라고 하며 쉬어 가시길 권했다. 정삼은 세상사와는 연루되지 않겠다고 하여 상례 제도와 어머니를 받드는 효 외에는 입을 열지 않았으므로 화부인이 위태로운 데다가 거취를 정하지 못해 마음 놓기 어렵다는 말을 들었지만 아는 척하지 않았다. 정잠은 비록 황망하고 슬픈 와중이었지만 화부인을 중하게 여겼는데, 이는 단지 위로하는 마음이 각별해서일 뿐 아니라 화부인이 아니면 서태부인을 모실 사람이 없을까 여겼기 때문이었다.

그런데 화부인이 한 달 안에 변고를 거듭 만나 친정으로 가니, 여러 가지 형세가 얽혀 마음대로 할 수 없는 게 많았다. 그러므로 좋은 방법을 의논하여 정태요가 서태부인을 모시고 경사에 머물다가 장례를 지낸 후 자기 형제 중 하나가 상경하여 서태부인을 모셔 가는 것으로 결정했다. 그리고 발인하는 길에 조상 신주를 다 모아 가기 어려우니 나중에 서태부인을 모셔 갈 때 신주도 수레에 같이 모셔 가기로 했다. 소교완은 함께 내려가 아침저녁 제사를 관장하게 함이 마땅하다 했으며, 화부인은 아직은 친정에 머물러 있다가 화첨 내외 발인이 의양으로 향하는 것을 보고 돌아와 서태부인을 모시고 태주로 내려오는 것이 마땅하다 했다. 정흠 등과 서태부인이 그게 편하겠다고 하여 그렇게 하기로 결정했다.

정겸에게 소교완을 배행하여 먼저 가게 하니 소교완이 눈물을 흘리며 시어머니에게 하직 인사를 하고 정태요와도 작별했다. 서태부인과 정태요 등이 수천 리 먼 길에 무사히 도착하기를 천만 당부하고 형편상 동행하지는 못하나 머지않아 모이게 될 것이라 말하며 지극한 사랑으로 어루만졌다. 조세창의 부인 명염과 어린 소저 월염이 인성과 소부인에게 절하며 작별하게 되니, 마음에 피멍이 맺힌 듯 진정 슬퍼하며 먼 길에 편안하기를 기원했다. 효성스러운 말과 온화한 목소리에는 효자로 유명한 증자의 뜻과 왕상의 어짊이 갖춰져 있었다. 이 모양과 이 거동을 본다면 삼대에 걸친 원수와 백 년 동안 송사 중일 정도로 크게 척진 이들이라 해도 어여쁨이 뼈에 녹는 듯해 미운 뜻이 없어질 것이었다.

소교완이 왼손으로 명염의 어깨를 어루만지고 오른손으로 인성의 머리를 쓰다듬으며 뺨을 월염의 얼굴에 비비면서 차마 떠나기 어려워하는 모습은 친모자와 다름이 없으니, 보는 이마다 칭찬하며 탄복하지 않을 이가 없었다. 소교완이 길을 떠나며 이제 막 영궤를 받들어 발인하려 하는데, 문득 황제가 친히 제문을 지어 태자를 보내 제사를 지냈다. 그 지은 내용을 보면 스승의 평생 사적과 도덕과 성품과 행실로 그 수를 누린 것이 덕의 반에도 미치지 못했음을 슬퍼하는 것이었다. 글의 뜻이 자못 길고 지극히 정성을 기울였는데, 총애로 대하는 말씀이 은나라 고종이 부열에게, 주나라 무왕이 여상에게 했던 것보다 훨씬 더했다. 가히 기록하여 볼 만하되, 이미 정한이 별세하여 어제부터 친히 교유하던 이들이 제문을 기록하고 행장과 기리는 글을 올렸기에 뺀 것이다.

태자가 정잠 형제를 극진히 조문하고 제사를 마친 후 환궁하니, 황제가 정잠 형제가 상을 당해 슬퍼하다가 심히 몸을 상해 보전하기 어려워 보이더라는 말을 듣고 정한의 관을 다시 보지 못함을 슬퍼하면서 시호를 '충혜공'이라 했다.

정잠 형제가 어머니를 하직하며 몸을 편안하게 잘 보전하시라고 신신당부하고 아버지 영궤를 받들어 선산으로 향했다. 황제가 명을 내려 정한의 영궤가 출발할 때 황족과 황제의 인척과 문무백관으로 하여금 곡하며 이별하라 하셨다. 정한이 조정에 선 지 30년간 황제를 보필하며 성리학의 도로 황제를 섬기고 나라에 충성을 다했기에 순임금 때의 어진 신하 후직과 설처럼 잘못을 바로잡았고 판관 고요처럼 바르고도 충성스러웠기에 세월이 가도 변치 않을 충성은 재상 이윤에 다름없고 주나라의 문공과 소강공이라도 이보다 더하지 못할 바였다. 그러니 어린아이들과 여염의 백성들도 문청선생 정한의 궤연을 바라보고는 눈물로 영결하고자 하지 않겠는가?

모든 신하들이 강가 나루에서 배웅하고 멀고 가까운 친척들은 다투어 곡하며 이별했다. 제자 100여 명 가운데 큰 변고를 당하지 않은 자들은 상복을 갖추니, 그중 60여 명은 작위가 재상 반열이 아니면 풍속 문란을 바로잡는 관리이거나 혹은 홍문관 관리였다. 그 훌륭한 것이 볼만했으며, 정한의 서열이 제후와 왕 중 으뜸가는 위치인 까닭에 영궤가 출발할 때 그 장례 도구의 웅장하고 화려함이 국장에 버금갈 정도였다.

정인성이 먼저 날씨가 따뜻하기를 기원했고 다들 강을 건너느라 북적이며 천 자루 횃불과 만 개 초롱이 백 리나 되는 길에 이어져 불을 밝혔다. 춘풍에 날리는 만장은 본가에서부터 강가까지 뻗어 정한의 넓고 높은 공덕과 충의와 대효와 검소함과 절개를 자자하게 찬양하고 떠들썩하게 칭송하며 쌍쌍으로 나뉘어 앞을 인도하고 붉은 명정은 높은 하늘에 닿을 것 같았다. 정잠 형제가 땅을 두드리고 하늘에 울부짖으며 애통해하고 피눈물을 흘리니 듣는 이들이 절로 눈물을 떨구었다. 조정의 신하들은 물론 제후와 문하생 및 하급 관리 등이 정잠 형제를 붙들어 슬피 통곡했는데, 그러다 위태로워질까 하여 염려하지 않는 사람이 없었다.

이미 강에 다다라 제후와 여러 공들은 장례 기구들이 무사히 강을 건너는 것을 보고 도성으로 들어왔지만 제자들과 친척들 중에는 뒤를 따라 태주까지 가는 사람이 많았다. 태주에 이르러 선산에서 장례를 치르는데 모두 황제께서 내린 일품 장례 물건들이었다. 또 각 군의 주와 현에서 지낸 제사도 이루 기록하지 못할 정도였다. 이미 달 밝고 좋은 밤이 되니, 묘 아래 옛집에 영연을 모시고 정잠이 머무르며 묘를 지켰다.

소교완의 임신과 어머니를 모시러 떠나는 정잠

정겸이 소교완을 배행하여 먼저 와서 집 안을 청소했고, 소씨가 아침저녁 제사를 받들 때에는 공경하고 삼가는 정성과 효심으로 한시도 게을리하지 않았다. 소교완은 이때 임신한 지 여섯 달째였지만 스스로 몸가짐을 기특하게 했고 태중 아이를 유달리 보호하지는 않아 다른 사람들이 눈치채지 못했다.

정잠 형제가 장례를 지낸 후로 미음도 더 못 삼키고 어머니를 떠나면서는 슬픔을 참지 않아 몸이 상하게 되니, 피눈물이 상복에 흥건하여 상복이 붉은 옷이 되었다. 하늘의 해 같던 모습과 가을 달 같은 광채가 점점 사라져 한 발자국 뗄 때 두 번 넘어지고 한 번 통곡할 때 두 번 피를 토하니, 기절하지 않으면 기진할 것만 같았다. 소교완이 보기에는 하늘이 살리려 하지 않는다면 사람의 힘으로는 몸을 보전하기 어려울 것 같았다. 이에 근심하고 슬퍼하여 시녀에게만 맡기지 않고 미음을 반드시 친히 만들며 온갖 방법으로 마시게 했다. 그러나 두 공은 하루에 한 종지를 다 못 마시고 밤낮으로 피눈물을 흘렸다. 이 상황에 소교완은 경황없고 마음이 타는 듯해 다른 일을 생각할 겨를이 없었다. 하지만 태중 아이를 깊이 믿으니, 어찌 앞서 태어난 아이들을 기쁘게 받아들이며 더욱이 정인성을 용납하고자 하겠는가?

그러나 소교완은 사람됨이 넉넉하고 재주가 뛰어나 여자 가운데 진정 옥 같은 인물일 뿐 아니라 웅대한 뜻과 큰 계략이 있었다. 6척 단신의 작은 몸에다 하얗고 부드럽고 섬약하지만 그 가운데 생각하지 못할 간악하고 교활한 면모가 있었던 것이다. 정잠이 비록 사광의 총명함과 이루의 밝은 눈을 가졌다 해도 개인 처소에서 두어 번 보았을 뿐이고 상중이라 내외 사이가 소원하여 편지글이나 말도 건넸던 일이 없었다. 다만 교화하기 어려운 상대임은 짐작했는데, 흉악하고 간악한 계략으로 그렇게나 빨리 만금같이 소중한 아이를 사지로 밀어 넣고자 하는 줄 어찌 알았겠는가?

장례를 지내고 나서 정잠 형제가 의논하기를 한 사람이 상경해서 서태부인을 모셔 오고 또 아이들도 데려오자고 했는데, 슬픔으로 몸을 상한 것이 병이 되었다. 정잠이 몇 달을 더 고통스러워하여 숨이 넘어갈 듯했다. 미음을 겨우 목구멍으로 넘기면 곧장 구토해 버리고, 옛일을 생각하기 시작하면 피를 섞어 토해 병세가 가볍지 않았다.

정삼이 차마 형을 보내지 못하고 좀 차도가 있기를 기다렸는데, 얼핏 몇 달이 지나갔다. 여름이 되어 날이 덥고 비가 지루하게 내려 음력 4월이 지나 5월에 이르러도 나아지지 않았다. 하층민이라도 노약자들은 기세 좋은 여름비를 힘들게 여기는데, 하물며 천금같이 존귀한 서태부인과 어린 공자와 소저에게 어찌 장마 지는 더운 여름에 길 떠나는 고통을 겪게 하겠는가? 그래서 날이 서늘해지기를 기다려 어머니와 조상 4대의 신주를 모시며 아이들을 데려오기로 결정했다. 어머니 곁을 떠난 지 네댓 달 만에 그리워하는 정이 간절할 뿐 아니라 양부인의 두 번째 기일이 가까워지니 정잠이 정삼에게 말했다.

"내 병세가 이제 살 만하니 상경해서 사당에 절한 후 양씨의 기일을 지내고 날이 좀 시원해지기를 기다려 어머니와 조상의 신주를 모시고 제수씨와 아이들을 거느리고 오려 한다. 네가 그사이 외로이 있는 걸 더욱 견디지 못할 터인데, 석보(이빈)가 자주 왕래하고 사촌동생들이 자주 내려오니 스스로 마음을 굳게 잡아 몸을 잘 보전하고 있거라."

원래 이빈 집안의 선산이 태주에 있는 까닭에 이빈이 조상 묘소에 비석을 갖추는 일로 일고여덟 달 말미를 얻어 정한의 장례 행차를 따라왔다가 지금 상경하지 못하고 머무는 까닭에 정삼 등을 자주 찾아와서 봤다.

정삼이 어머니 얼굴을 뵙고 싶은 마음이 간절했지만 형제가 함께 영연을 떠나지는 못해 부득이 태주에 머물게 되었다. 정잠과 이별할 때 정삼이 말했다.

"제가 어머니를 그리는 마음이 사무칩니다. 그런데 경사와 지방이 이렇듯 갈라져 내려오지 못하고 있군요. 화공(화첩) 내외가 세상을 떠나시면서 형님이 두루 편하게 하시려고 남의 사정을 살피시다가 우리가 도리어 어머니를 떠나온 지 오래되었으니 어찌 한스럽지 않겠습니까? 금년은 절기가 자못 일찍 들었고 초여름부터 더위가 심하니, 반드시 늦더위는 대단하지 않을 것 같고 초가을이면 서늘한 기운이 제법 날 것입니다. 젊은이들과 기운이 피어나는 아이들은 7월만 돼도 길을 떠나기 어렵지 않을 겁니다. 형님께서 아이들을 먼저 데려오시면 제가 바삐 올라가 어머니를 모셔 오겠습니다."

정잠이 말했다.

"내가 올라가서 형편을 보아가며 날씨를 헤아려 초가을이라도 늦더위가 괴롭지 않고 서늘한 바람이 여행 중 열병을 씻어줄 것 같으면 어머니를 모시고 올 것이다. 그사이 왕복하며 다시 의논하도록 하자."

정잠이 영연에 절하고 곡하며 형제가 이별하니, 마음이 새삼 꺾어질 듯해 차마 말을 재촉하기 어려웠다. 하지만 어머니를 뵐 생각이 바쁜 까닭에 정잠은 아우에게 잘 참고 버텨줄 것을 당부하고, 정삼은 형이 먼 길에 무사히 몸을 잘 보살피라고 부탁했다. 보내는 마음과 가는 정이 슬프고 참혹하여 누가 더하거나 덜하다고 하기 어려웠다.

경사에 남은 서태부인과 가족들

정한의 장례 도구들이 떠나고 아들과 조카도 뒤쫓아가서 집안에 의관을 갖춘 남자라고는 한 명도 없었다. 이때 서태부인은 남편을 잃고 의지할 데가 없어 외로움과 조각조각 가르는 듯한 슬픔을 이기지 못했다. 정태요가 자녀들을 거느리고 명염과 함께 서태부인의 마음을 위로했다. 화부인도 친정 부모님 상에 성복을 마친 후 즉시 시댁으로 돌아왔다. 그녀는 자신이 당한 변이 세상에 드문 경우임을 생각하며 슬퍼했지만 본디 천하의 크고 어진 사람이었다. 죽은 남편과의 약속을 지켜 시어머니를 봉양한 진나라 과부 같은 효성이 있어 자신의 지극한 슬픔으로 서태부인의 마음을 흔들지 않았으며 받들고 따르는 효행이 날로 새로웠다.

서태부인이 딸과 며느리의 지극한 효를 의지하여 나날을 보낼 뿐 아니라 인광이 끊이지 않는 입담과 온화한 기운으로 슬픈 사람을 즐겁게 하고 근심하는 사람을 기쁘게 하니, 서태부인이 인광을 앞에 두고 한시도 그 곁을 떠나지 않았다. 월염은 여자이지만 성품이 인광과 매우 비슷하여 효도를 다 못한 슬픔을 가슴에 서리담고 할머니를 위로하니, 나긋하고 온화한 말이 봄볕의 온화한 기운을 머금었으며 총명하고 민첩했다. 인광과 월염이 이야기할 때면 서태부인과 화부인이 그 입만 보면서 아름답게 여기고 기쁨을 이기지 못해 자연 눈물을 거두게 되었다.

그러던 중 인성을 돌아보니, 인성은 세월이 지날수록 두 어머니의 얼굴과 아득한 목소리가 그리웠다. 봄바람과 여름날에 만물이 회생하여 곤충도 다 생기를 떨치는 것을 보고는 세상 끝날 때까지 사모하는 지극한 슬픔이 더욱 깊고 할아버지를 여의어 사무치는 슬픔이 더욱 커졌다. 비록 서태부인 앞에서는 애통해하는 티를 나타내지 않았지만, 양부인이 죽은 후로는 행여 희미하게라도 입을 벌려 웃는 일이 없고 아이처럼 장난치는 일도 없었다. 상례를 치르고 애도하는 모습이 옛날 기록에 있는 '피눈물 3년'이라고 해도 이보다 더하지는 못할 것이었다. 이는 구태여 그렇게 하고자 해서 그러는 것도 아니었고 남들이 상례의 도리를 말해서 그렇게 하는 것도 아니었다. 범사에 순편하며 결백하고 정직한 게 남다르니, 어찌 사람들의 칭찬을 듣고자 이렇게 하겠는가? 타고난 성품과 자질이 시정의 어린아이와는 뚜렷하게 달랐기 때문이다.

양씨 어머니를 여읜 후로는 밤에 자고 일어나면 침상에 핏자국이 낭자하여 몇 날만 지나도 짚베개를 모두 적셨다. 이에 정잠이 더욱 참혹하고 불쌍하게 여기고 슬피 애도하며 혹시 눈이 상할까 하여 극한 슬픔을 억제하라고 온갖 방법으로 타이르고 깨우쳤다. 그러나 벌써 인성의 두 눈동자에서 흐르는 피를 어찌 없애버리겠는가? 인성도 스스로 매우 민망하여 눈에 다른 것을 대고 자며 베개에 핏자국이 생기지 않도록 했다. 혈기가 안정되지 않은 어린아이가 슬픔을 과도하게 품어 기이하고 괴상한 어떤 웃긴 이가 와도 한결같이 슬픈 빛을 하고 있고, 침상 옆에서 우스운 이야기를 하는 어떤 사람이 있어 그 소리가 들려도 귀 기울여 듣지 않고 대꾸하지도 않았다. 옥 같은 용모가 늘 수척하고 석양 같은 두 눈빛은 시선을 비스듬히 내리깔아 예절 갖춘 모습을 점점 더 엄숙하게 하니, 서태부인이 길게 탄식하고 가련하게 여기며 말했다.

"내가 인광이의 끊이지 않는 이야기와 월염이의 화려한 말을 들으면 서러운 심사가 꽤 어지간하게 풀려 한때나마 위로가 되다가도 네 거동을 보면 가슴 아픈 것을 참기 어렵구나. 양씨 며느리가 어찌 차마 너에게 그토록 못 할 노릇을 할 줄 알았겠느냐? 네가 비록 양씨 며느리가 어루만지며 길러준 은혜를 두터이 받았지만 모자의 큰 인륜이 아니면 이렇듯 애휘하는 것이 뼛속에 사무칠 리가 없다. 지금 같아서는 부모와 자식의 인륜을 정한 게 해롭다고 할 수 있지 않겠느냐?"

인성이 머리를 숙이고 다 들은 후에 얼굴에 온화한 기운을 띠며 편안한 목소리로 대답했다.

"제 못난 사람됨이 본디 인광이의 상쾌한 활기와 월염 누님의 부드럽고 즐거운 성향에는 미치지 못합니다. 늘 온화한 기운을 잃어 할머니의 슬픔을 돋우니 둔한 죄가 큽니다. 이후로는 마음을 고치고 명심하여 그렇게 하지 않겠습니다."

서태부인이 근심스레 탄식하며 손을 잡고 다시 말이 없었다. 상부인·화부인이 위로하고 인성이 만사에 열의 있게 하기를 바랐다. 그리고 날마다 태원전에서 월염 소저와 상씨 소저 등과 이야기하며 할머니의 지극한 슬픔을 풀어드렸다.

　이미 정한의 장례를 지내고 정흠 등이 돌아와 뵈니, 집안 사람들이 새삼 부르짖으며 슬피 곡하여 완연히 아비 잃은 자식이 되었음을 망극하게 여겼다. 정흠 등이 서태부인을 지극한 효성으로 위로하고 모든 일에 친자식이 친어머니를 모시는 것과 다름없이 했다. 서태부인이 본디 조카들을 정잠 형제와 차이 없이 대한 까닭에, 큰어머니와 조카 사이지만 모자의 정을 다했다. 하지만 아들이 장례 후 시제를 마치고 즉시 올까 여겼는데, 아들은 여러 달이 되도록 상경하지 않고 그새 정흠과 정염이 한 번씩 다녀갔을 뿐이었다.

　정잠 형제가 어머니에게 편지를 올려 '집이 허물어져서 갑자기 여러 식구들이 머물 곳이 없을 뿐 아니라 정당을 하루 이틀 내에 수리하지 못하게 되었으니 일의 형편상 봄에 모셔 오겠노라'고 아뢰며 그 사이 몸을 편안하게 하시라고 간곡하게 부탁했다. 서태부인이 정잠의 병이 중해서인 줄은 알지 못했으나 모일 기약이 봄여름 사이에는 쉽지 않으리라는 생각에 더욱 우울하게 여기고 슬퍼했다. 또 장마가 지루하여 오가는 일을 오랫동안 못 하니, 서태부인이 두 아들의 소식을 몰라 애태웠다.

　이럴 즈음에 정잠이 올라와 어머니 앞에 절하고 제수와 누이를 만났다. 피차에 지극한 슬픔이 복받치니 목놓아 울 뿐이었다. 그러다가 정잠이 어머니 안부를 묻고는 어머니가 수척해지고 기력이 쇠진해진 것을 알고 더욱 슬프고 망극했다. 서태부인이 아들의 손을 잡고 몸을 의지하려다 잠시 정신을 잃었는데, 아들이 그간 목숨을 부지한 것을 다행으로 여겼지만 여지없이 삐쩍 말라서 해골 같은 모습이 된 것을 슬퍼하니, 모자가 서로 위태로운 지경을 서러워하는 것이 누가 더하거나 덜하다 하기 어려웠다. 정잠은 감정을 억제하여 어머니를 위로하며 자녀와 여러 조카들을 같이 나오게 했다. 그동안 더욱 잘 자란 것에 감격하고 기뻐하며 눈길 닿는 곳마다 애통해하다가 어머니를 모시고 인성을 곁에 두니, 우리를 어머니와 의지할 아들이 함께 있기에 한 종지의 미음이라도 무사히 삼킬 수 있어 토하고 각혈하는 증상이 조금 나아졌다.

세월이 흘러 양부인의 두 번째 기일이 다가오니, 집안사람들 모두가 슬퍼하는 것이 작년 첫 번 기일을 지낼 때보다 훨씬 더했다. 기일에 온 집안사람들이 모여 제사를 마치니, 인성 남매가 서로 붙들고 말했다.

"우리의 화복은 그대로인데 집안 사정은 몇 년 사이에 어찌 다른 집처럼 된 것인가?"

그러고는 뼈에 사무칠 정도로 슬피 울며 아침저녁 제사를 마쳤다. 인성 남매는 어머니 신주가 조상 문묘에 들어가 천추의 옛일이 됨을 그지없이 슬퍼하여 다시 한바탕 울부짖으며 통곡했다. 인성이 기운이 어둑어둑하여 정신을 잃으니, 모두 약을 먹이며 간호하여 반나절이나 지난 후 정신을 수습했다. 이리 극진하게 했지만 시종일관 슬픈 것을 어찌 늘 억제하겠는가? 드디어 병이 나니, 정잠의 끝없는 염려를 어찌 말로 다 하겠는가? 온갖 의술을 다 힘써 시도해 보고 극진히 간호하여 보름쯤 후에 겨우 큰 증상이 나았는데, 실은 뼈에 박힌 슬픔 때문에 생긴 병이었다. 가벼운 증세가 아니라 일찍 깨어나기가 어려웠지만 아버지가 애태우고 걱정하며 대신 앓지 못하는 것을 애달파하시는 모습이 매우 민망하여 억지로 참고 먹고 마시며 아픈 것을 견뎌 일어났다. 정잠이 그 증상이 가볍지 않은 것을 걱정했지만 고통스러워하던 것이 나아 다시 일어난 것을 매우 다행스럽게 여겼다.

소교완의 악한 계교

이때 소교완이 잉태한 지 만삭이 되어 음력 6월 초순에 옥동자 쌍둥이를 낳았다. 정삼이 슬픔이 뼈에 사무쳐 만사에 아무 생각이 없었지만 형수가 두 아들을 순산한 것을 매우 다행하게 생각했다. 친히 소부인 거처에 이르러 소부인 유모에게 '국과 밥을 때에 맞게 어김없이 하라'고 당부하고 소부인의 기운을 자주 물어 약을 손수 마련하여 들여보냈다. 이리 정성을 다하니 형수와 서방님 사이의 예도가 엄할지언정 두터운 우애와 자애는 한 어머니에서 태어난 남매보다 못하지 않았다.

정삼은 기쁜 소식을 경사에 있는 본가에 알리고 7일이 지난 후 산실에 들어가 새로 태어난 두 조카를 보았다. 먼저 태어난 아이는 어머니의 풍모를 물려받아 옥 같은 얼굴과 화려한 용모에 두 눈이 맑고 앵두 같은 입술이 산뜻했다. 총명한 정신을 머금고 영리한 재기를 띠어 벌써 지각이 있는 것처럼 말을 할 듯했다. 나중에 태어난 아이는 풍채가 활달하고 눈빛이 밝아 넓은 강물에 횃불이 비치는 듯했다. 용모는 곤륜산의 티 없는 구슬을 솜씨 있게 가다듬고 바다 밑의 밝은 구슬을 거둔 듯, 진실로 맞춤한 때의 기린이고 성세의 봉황이었다.

어찌 선동이 학을 타고 인간 세상에 내려와 청담했던 왕이보의 들에서 날던 풍채에 그치겠는가? 얼핏 정한의 풍채를 우러르고자 하며 정인성과 닮은 곳이 있었다. 정삼이 한번 보고는 뜻밖의 기쁨이 솟아나고 슬픔이 꺾이는 듯해 손으로 두 아이를 어루만지며 입으로는 소부인을 향해 칭찬의 말을 했다.

"형수의 높은 복덕으로 이 같은 기린아를 둘이나 낳으시니, 가문의 기쁨과 집안의 경사를 어찌 비할 곳이 있겠습니까? 하지만 무궁한 기쁨을 아버지께서 알지 못하시니 제 심담이 새삼 떨림을 이기지 못하겠습니다."

말을 마치고 피눈물이 이어 떨어져 상복을 적시니, 슬픈 얼굴과 끊어질 듯한 기운이 아침저녁 사이에 위험할 지경이었다. 소교완이 또한 근심하며 울어 구슬 같은 눈물이 연꽃 같은 두 뺨을 적셨다. 정삼이 도리어 위로하며 산후 기운이 허약하니 과도하게 슬퍼하지 마시라고 하고 즉시 나갔다. 소부인이 이미 어느 한 곳도 아픈 곳이 없으므로 3일 후 일어났다. 7일이 되어서는 기운이 씩씩하고 마음이 후련할 뿐 아니라 정히 배짱을 배로 키워 큰 계획을 도모했다. 스스로 두 아이의 성품을 볼 때마다 기쁘고 즐거움을 이기지 못했지만 선후를 바꾸지는 못하기에 탄식하며 말했다.

"먼저 난 아이를 따로 보면 매우 아름다워 흠잡을 것이 없지만 나중에 난 아이와 함께 뉘여놓고 보면 타고난 기질과 성품이 미치지 못하는구나. 어찌 두어 시각 나중에 나오게 되었느냐?"

유모 육난이 웃으며 말했다.

"제가 보기에는 두 공자의 아름다움이 고하를 정하지 못할 뿐 아니라 황홀하게 어여쁜 건 먼저 난 공자가 더합니다. 부인이 어찌 이리 말씀하십니까?"

소교완이 이에 웃으며 말했다.

"자네가 늙은 눈으로 어찌 사람을 제대로 알아보겠는가? 사람이 얼핏 보면 손에 든 노리개 같아 어여쁜 건 먼저 난 아이가 더한 것 같지만, 큰 그릇과 높은 골상으로 말하자면 나중에 난 아이가 제 형보다 만 배는 낫다."

소교완은 밤낮으로 심사가 한가하지 못해 심복 시녀 녹빙·계월과 함께 흉악한 계획을 도모하는데, 온갖 소리가 잦아든 적막한 밤과 사람 없는 때를 타 눈물을 흘리고 길이 탄식하며 말했다.

"내 옛일을 다 생각해 보니 계집의 질투와 악행이 나라를 그릇되게 만들고 집안을 엎은 경우가 왕왕 있는데, 그 사나움은 실로 사람의 마음이 아니다. 의붓어머니와 의붓아들 사이로 말해보면 상(순임금의 의붓동생) 어머니의 어리석음이 순임금 같은 효자를 해하고자 했으며, 민자건 의붓어머니의 사나움이 민자건 같은 의붓아들에게 얇은 옷을 입혀 추위를 겪게 하니, 목강의 인자함으로 견준다면 실로 공자와 양화 사이 같은 것이다. 여희가 신생을 죽인 것과 여후가 조왕을 짐독으로 죽인 것은 더욱 차마 말할 바가 아니다. 그 밖에 사나운 어미와 효성스러운 자식이 무수하여 지금까지 전해오는 바이지만, 고금의 인심이 다르고 지금 같아서는 천하를 다 살펴봐도 대순과 증자 같은 높은 효는 있지 않을 뿐 아니라 민자건과 왕상 같은 효성스러운 부류도 있지 않을 것이다. 정홍 같은 부류가 가득하지만 사람마다 목강 같기는 어려울 게다. 내 평생 소꼬리가 되는 탄식이 있을까 두렵고 차라리 닭 머리 되기를 원하니, 생각이 도리어 마음속에서부터 배척해 오던 투악과 교특에 미치는구나. 그러나 가군이 매우 소중하게 여기며 태산같이 믿는 자식은 인성이뿐이다. 하지만 상공의 아들이니 어찌하겠는가? 나를 기러기 털같이 가볍게 여길지라도 내 도리는 자애한 마음을 극진하게 하여 모자간의 정을 완전하게 하는 것이겠지. 인성이는 상공의 친아들이 아니니, 시아버님이 서방님 부부의 큰아들로 계후를 삼으신 것이었다. 이제 어찌 후사를 위해 자기 친자식을 해롭게 하겠는가? 그러나 가만히 너희들과 함께 기이한 계교를 써본다면 설마 뜻을 이루지 못하겠느냐?"

녹빙과 계월이 연이어 바삐 일어나 절하고 머리를 조아리며 말했다.

"저 계월은 외람되게 부인과 함께 젖을 먹었습니다. 또 녹빙은 나이 다섯 살이 못 되어 부인의 은택을 입었습니다. 휘하에 두시고 믿고 맡겨주시는데, 주인과 노비의 귀천을 언급하지 않으시고 천한 아랫것들의 어둑한 심지를 시원하게 관통케 하시니, 한나라 소열제 유비와 제갈공명 그리고 당 태종과 위징 관계도 저희보다는 못할 것입니다. 저희 여종들이 평생 충의에 온 힘을 써서 외람되게도 주공이 왕실을 위해 수고한 것과 이윤이 태갑을 가르친 것을 본받고자 합니다. 하지만 여군께서는 태갑처럼 어리석지 않으시고 또 아직 나라가 정비되지 않은 상태에서 등극한 성왕처럼 불안정하지도 않으시니, 저희가 장차 미미한 정을 펼 길이 없는 걸 탄식하던 차였습니다. 여군이 총명하시고 통달하시나 먼 훗날을 생각지 않으시는 걸 민망하고 궁색하게 여겨 어리석은 계교를 바치고자 했는데, 용납하실지 몰라 망설였으나 비로소 여군이 말씀하시니 저희가 소견을 아뢰겠습니다. 주군(정잠)은 말단의 속세 인품이 아니시고 도리어 담백한 성품으로 그림 속 신선 같고 세상과 어울리지 못해 인간 세상 밖의 인물 같으시니, 물욕과 세상 사정을 가져다가 귓가에 들리게 하지 못할 바입니다. 둘째 상공(정삼)께서는 안연과 증자의 뒤를 이으실 도학군자이시니 얼굴 표정이 온화하고 처신이 온량한 듯하나 그 속은 예측하기 어렵습니다. 반드시 후덕하다 해도 주나라 무왕이 은나라 주왕을 벌한 재략을 겸했을 것이고 사나운 것은 더욱 말할 필요도 없으니, 처사의 도리를 지키는 데 머무르지 않을 것입니다. 하물며 돌아가신 큰 어르신과 서태부인의 한결같은 자애를 얻고 온 집안의 명예를 온전히 모아 정씨 가문의 먼 친척부터 다스리는 노비에 이르기까지 머리를 두드려 화부인의 성덕을 칭찬하고 탄복하니, 인심이 돌아가는 것이 물이 동쪽으로 흐르는 것 같습니다. 돌아가신 주인님이 주군의 나이 정정하신 때에 당치 않은 계후를 정하신 일은 여군이 말씀하시는 바와 같아서 처사(정삼) 부부에게 부탁하신 것이지요. 우리 주군은 기이한 사람으로 물욕이 없으셔서 왕이 될 조카를 위해 스스로 멀리 떠나버린 주나라 태백과 우중을 본받는 것도 가능하다고 여기시며 인성 공자의 풍채와 기질을 지나치게 사랑하실 뿐입니다. 이제 부인께서 쌍둥이 두 기린아를 낳으셨지만 인성 공자가 장손의 중함과 주군의 자애를 한 몸에 받으시니 새로 태어난 두 공자는 있으나 없으나 상관없는 존재들입니다. 처사 어르신이 인사치레로 사랑하는 척하여 기쁨을 드러내시는 것이 또 어찌 진정이겠니까? 지금 인성 공자를 덜어버리지 않는다면 후에 어렵게 되실 겁니다. 부인께서 기이한 계교를 말씀하시기 바라니, 저희가 개나 말처럼 온 힘을 다해 큰 근심을 없애고자 합니다."

소교완이 두 여종의 손을 잡고 몸을 낮춰 말했다.

"너희 말이 이렇게 지혜롭고 밝으니 내 다시 이를 말이 없다. 다만 때가 되면 계획할 따름이다. 화부인이 아무리 기이하고 지략이 빼어나다 해도 나의 묘한 생각과 비밀스러운 계획을 관통하지 못할 것이다. 그 가는 길에 이리이리 변고를 만든다면 부질없이 속을 따름일게다. 계월은 맹추를 시켜 이리이리하게 하고 아무도 나의 뜻을 모르게 해라. 녹빙은 왕술위를 시켜 또 이리이리하면 큰애나 작은애가 어찌 벗어날 수 있겠느냐? 속절없이 강에 빠져 물고기 밥이 되지 않으면 화염에 휩싸여 몸이 불살라질 것이고, 월염은 왕궁에 바치면 맹추가 당당히 높은 관직을 얻을 것이다. 그렇게 된다면 구태여 마음과 힘을 허비하지 않고도 뜻을 이룰 수 있을 것이다. 사광의 총명함과 이루의 밝은 눈이 있어도 우리가 계획하는 것을 깨닫지 못할 것이니, 너희는 큰일을 그르치지 말고 각각 지아비에게 신신당부하여 성공했다는 말을 듣게 해다오."

두 여종이 두 번 절하여 명을 받들고는 물러 나왔다.

계월과 맹추, 녹빙과 왕술위

계월이 맹추에게 가만히 계교를 말했는데, 소교완의 지휘가 아니고 제 스스로 주인 모르게 기이한 계교를 내어 맹추의 관직을 도모하고자 하는 것같이 했다. 맹추는 본디 한심한 천민이 아니라 벼슬하지 못한 선비의 아들로 여러 대 동안 형편이 피지 못했다. 그러다 맹추에 이르러서는 용맹이 빼어나고 만사에 뛰어나 경사에 올라와 무과에 응시하고자 했다. 그때 경왕이 우연히 맹추의 용맹과 재능이 남들보다 뛰어나다는 말을 듣고 즉시 불러 군관을 삼아 총애했다. 맹추는 구태여 무과에 나아가지 않고 고향에서 올라와 소씨 집안의 행각에 머물렀는데, 계월은 올해 열여섯 살이지만 벌써 아이를 낳아 그 아이가 벌써 몇 살이 되었다. 맹추가 나이 서른에 아내의 정을 안 지 3년이 안 되었고, 겸하여 자식을 과도하게 사랑하는 까닭에 다른 데 정을 옮기지 않고 경왕에게 말미를 얻어 여기에 내려와 처자식을 보며 반가워하던 중 계월의 말을 듣고 크게 기뻐하며 말했다.

"경왕께서 나를 각별하게 위하시는 은혜가 두터운데 조금도 갚지 못하고 있었다. 그런데 그대가 이런 묘한 계책을 가르쳐주니 어찌 즐겨 행하지 않겠는가? 다만 그대 주모인 소부인이 그대를 거느려 종과 주인의 존비를 잊고 동기의 정을 다하신다 하는데, 그대가 주모의 자녀를 해치는 것이 도리에 불가할까 싶다."

계월이 웃으며 말했다.

"낭군은 그런 일일랑 걱정 마시오. 우리 여군이 목강의 인자함을 본받아 전부인 자식을 친자식같이 여기시나 우리 소견에는 공자와 소저가 있는 게 없는 것만 못하다오. 내 한갓 그대의 관작을 도모하고자 할 뿐만 아니라 충심이 간절하여 여러 가지로 앞날을 생각하고 이리 말하는 것이니 의아하게 여기지 마시오. 다만 우리 주군은 경왕을 매우 배척하셔서 그대가 경왕께서 가까이 여겨 신임하는 군관임을 아시면 결단코 왕래하지 말라 하실 것이니, 한결같이 소문을 내지 말고 빨리 돌아가 일을 성사시키시오."

맹추는 계월의 말이 이치에 합당하다고 칭찬하며 계교를 정하고 열흘 동안 머무르다 돌아갔다.

녹빙은 왕술위를 대하여 흉한 계획을 의논했다. 원래 왕술위는 한낱 흉패하고 천한 도적이었다. 예전에 관동 지역 큰 상인의 화물을 싣고 온 바다와 땅으로 두루 다니며 이윤 늘리기를 흉악하게 잘하더니, 나이 스물이 넘으면서는 불측한 뜻이 매우 흉악하여 무뢰한 악당에 들어가 차마 하지 못할 일을 마구 행했다. 고적한 마을에 부유한 집이 있으면 번번이 무리를 지어 들어가 재물을 빼앗고 사람을 풀 썰듯 죽이기도 했다. 그 악한 무리가 지금에 이르러서는 천여 명에 이르니, 두려울 것이 없는 듯 강호에 배를 띄워 온 바다로 떠다니며 노략질하고, 읍현이라도 피폐하면 관사를 불 지르고 재물이 많고 적고 간에 헤아리지 않고 모두 다 빼앗아 갔다. 그뿐 아니라 물정 모르는 어린아이를 후려다가 도적들이 나눠 길러, 얼굴이 미려하면 귀천을 따지지 않고 기생집에 팔고, 남자면 불의한 일을 가르쳐 같은 무리로 삼았다. 또 사람됨이 연약하여 차마 몹쓸 일을 행하지 못하는 잔약한 아이는 술병 들리는 동자를 삼아 부리다가 조금이라도 뜻에 맞지 않으면 즉시 머리를 베어 위엄을 세우니, 더할 나위 없이 흉하고 극악한 짓을 어찌 다 이르겠는가? 무리 천여 명이 정처 없이 다니며 사해로 집을 삼아 그 자취가 홀홀하여 사람이 따라잡기 어려웠다.

왕술위는 곳곳에 절세의 아름다운 아내를 두어 즐기기를 다하니 녹빙에게 미련을 두지 않을 것이었다. 하지만 가장 먼저 정을 맺어 녹빙이 방년 스무 살에 술위를 섬기니 당시 이미 7년이 되었다. 왕술위는 늙은 어머니를 녹빙에게 의탁하여 불의하고 흉한 일을 하러 나간 사이에 혹시 어머니가 죽으면 옷가지와 관곽을 구비하여 장례를 지내달라고 당부했다. 그런 까닭에 왕술위의 어머니가 도적을 따라다니지 못해 녹빙이 가는 대로 쫓아 태주까지 내려오게 되었다. 왕술위가 녹빙의 말을 듣고 뛸 듯이 좋아서 무릎을 치고 웃으며 말했다.

"기쁘고 즐겁도다. 바다에 배를 띄워 정잠 일행을 죽이고 재물을 취하는 것이 무엇이 어렵겠느냐? 그대는 다시 말하지도 마라. 내 반드시 이 정도만 들어도 잊지 않을 것이다."

녹빙이 정색하며 말했다.

"그대는 한갓 강한 용맹만 자랑하고 일을 당하여 계획을 세우지 않지. 그런 까닭에 혹시라도 그대 무리의 몹쓸 온갖 무기가 우리 주군과 서태부인을 상하게 하는 일이 있으면 그대와 여러 사람들이 주륙을 면치 못할 것이요 또 이 일을 지휘하는 나도 백골이 남지 못할 것이오. 그러니 모름지기 어리석은 기운을 나는 대로 하지 말고 조심하여 주도면밀하게 하는 것을 으뜸으로 하시오. 인성 공자를 살려두어서는 후환이 반드시 있을 것이니, 무기로 해치지 못할 형편이거든 물에 밀쳐 시신도 찾지 못하게 하시오."

왕술위가 기분이 좋아 더러운 구레나룻을 쓰다듬으며 말했다.

"장부가 하는 일을 아녀자가 뭘 안다고 그리 말이 많으냐? 그 정도 말했으면 내 의기로 살려두고 싶은 이는 살려두고 죽이고 싶은 사람은 정잠 아니라 만승천자라도 빠져나가지 못할 것이다. 작은 행차를 범하는 게 뭐 그리 큰일이겠느냐?"

녹빙이 도리어 근심되어 눈썹을 찡그리며 말했다.

"성인도 내조의 공이 중하다고 말씀하시건만 그대처럼 내 말을 용납하지 않으며 여자를 심히 깔보는 사람이 있으랴?"

왕술위가 녹빙의 손을 잡고 호탕하게 웃으며 말했다.

"네 꽉 막힌 말 듣기 싫다. 성인이 무엇이냐? 내 아들이냐? 아무리 그대 말을 들으려고 하나 6척 작은 몸과 한 줌 고운 허리에 무슨 든 것이 있어 소견을 취하겠는가? 내 팔자가 괴이하여 지금 정씨네 행랑에서 구차하게 지낼지언정 한번 머리를 돌리면 부귀함이 남모르는 만호후이고 한번 소매를 떨치면 우주를 널리 도울 기틀이다. 조정에 사람이 없고 황제가 귀가 어두워 왕술위를 대장군으로 예물을 갖춰 불러들이지 않는 것도 애석한 일이다. 내 아무리 공이나 덕으로 세상에 이름이 나지 못했다고 해서 일개 여자를 뭐나 되는 것처럼 여기겠는가? 그저 너와 내가 만나면 뜻과 정을 합하고 장부의 풍류나 도울 뿐이다."

녹빙은 교묘히 남을 속이고 간사하고 흉악하며 교활하고 사특한 것이 남다를지언정 문자에 정통하고 언어가 논리정연했다. 그런 까닭에 왕술위의 미친 말과 어리석은 거동이 참혹하고 사특한 것을 보면서 긴 탄식으로 저의 남자복이 박함을 슬퍼하고 큰일을 맡기는 게 매우 위태하여 염려가 많았다.

간파하기 어려운 소교완의 속내

소부인이 두 여종을 대하여 왕술위와 맹추에게 이른 말을 물었다.

계월은 맹추와 차분하게 상의하여 틀림없이 부탁했다고 아뢰었고, 녹빙은 탄식하며 이렇게 아뢰었다.

"제가 술위를 보고 이리이리 말하니, 매우 즐거워하고 기뻐했습니다. 다만 술위의 사람됨이 맹추도 믿지 못하니, 큰일을 부탁하려니 매우 위태합니다. 일을 이루는 날에나 제 마음을 놓을지언정 그 전에는 한시도 마음을 놓을 수 없겠습니다."

소부인이 그 조심스러움을 더욱 아름답게 여겨 웃으며 말했다.

"술위의 사람됨이 언사가 위태하나 저 또한 사람이니 주군에게야 해롭게 하랴?"

소교완은 하늘을 우러러 몰래 기원하며 맹추와 왕술위가 크게 성사하여 인성 등을 속히 없애기를 바랐다.

그러나 소교완은 온순함과 겸손함이 날로 더해 밤낮으로 공경하며 삼가고 매우 조심스러워 마음을 놓지 못하는 것같이 보였으나, 아침저녁 제사를 받드는 나머지 시간에는 정삼이 죽기를 진정으로 바라는 듯했다. 또 서태부인을 흠모하고 인성 남매를 못 잊어 근심하고 몹시 슬퍼하며 천 가지 어진 마음과 만 가지 덕 있는 거동을 다 갖춰하니, 사광의 총명함과 이루의 밝은 눈을 가진 자라도 저 소씨의 속마음을 알기 어려웠다. 자고로 흉악하고 간악하고 교활한 위인이 안팎을 달리하여 사나운 것을 감추고 어진 것을 내보이는 법이다. 그런데 소교완의 거동은 어짊을 나타내고자 하는 사람과도 같지 않아서 자연스럽고 편안하며 고요하여 청정한 듯했고, 남이 자기를 칭찬하면 진정으로 감당하지 못하는 듯했다. 종이라도 혹 자기가 생각하지 않은 일을 하여 거두어 쓸 만하면 넉넉하게 용납해 주었다. 또 입을 열었다 하면 효우와 예절의 말씀이고 움직이면 법도가 갖춰져 만사가 이치에 맞고 정대하며 명석하고 어진 덕을 베푸니, 왕망이 자신은 낮추고 남은 높여 스스로를 단속한 것과 견줄 만했다. 그 품성과 기질이 옛날 간사한 영웅과 소인보다 몇 배나 더 나으니 누가 능히 그 흠을 잡겠는가? 여종들은 소교완의 효성과 우애가 빼어난 것과 덕행이 맑고 진실된 것을 탄복하여 저절로 감격하고, 그 명석하고 꼼꼼하기가 귀신같다고 여겨 무릇 모든 일에 속일 엄두를 내지 못했다.

잠깐 사이에 석 달 여름이 다 가고 초가을이 되니, 뜨겁던 무더위가 다 끝나고 새로 시원한 기운이 일어나 열기를 씻어버렸다. 원래 금년은 절기가 일찍 들어 초여름부터 본격적인 여름 날씨가 시작되니, 음력 7월 날씨가 예사 가을 날씨와 같았다. 그러니 경사의 정씨 집안사람들의 마음이 고향으로 향하는 것이 마치 시위 떠난 화살과도 같았다. 이는 구태여 경사를 버리고 고향으로 내려가는 것을 즐겨 그런 것이 아니라 일의 형세가 마지못해 어머니와 아들 그리고 형제가 흩어져 지내지 않으려고 한 것이었다.

서태부인은 소교완이 쌍둥이 아들을 순산하여 신생아가 기골이 비범하다는 말을 듣고는 남편이 보지 못한 것을 슬퍼했지만 정잠의 자식이 많은 것을 마음 가득 다행으로 여겼다. 하지만 즉시 보지 못해 매우 답답하게 여길 뿐 아니라 정삼을 그리워하는 회포는 더욱 막힌 듯했다. 정잠은 소교완의 쌍둥이 아들을 바삐 보고자 하는 뜻이 적었다. 하지만 어머니가 궁금하게 여기시고 아우가 어머니를 그리는 정이 간절함을 생각하니, 경사에 잠시 머무는 것이 삼추 같았다. 그러던 차에 정흠 형제와 정염이 벼슬을 버리고 함께 귀향할 뜻이 급하니, 정잠이 더욱 든든하여 마음에 귀중한 보배를 얻은 듯했다.

이때 조정 일이 날로 해이해지고 황제의 총명이 점점 흐려져 환관 왕진을 총애하며 등용하는 것이 조정 공경대부에게 비길 바가 아니었고 그의 소원은 모두 들어주었다. 정한과 양교가 세상을 떠나자 왕진이 제 시절을 만났으니, 기운을 떨쳐 점점 제 분수에 넘치게 정사를 논하려고 했다. 삼공육경을 능멸하고 언로를 마구 잘라 모든 관리들을 제 노예같이 호령했는데, 황제가 왕진에게 현혹되니 해와 달이 뜬구름에 가려지는 것을 면치 못했다. 황제가 왕진을 갈수록 총애하고 신하들이 그 허물을 감히 말하지 못하게 하니, 정잠이 국사가 해이해지는 것을 개탄하고 안타깝게 여겨 사촌동생 두 사람(정흠·정겸)과 육촌동생(정염)을 대하여 탄식하며 말했다.

"세 동생이 각기 맡은 벼슬을 버려 귀향할 뜻이 급하니 나도 처음에는 기쁘다고 말했다. 그런데 지금 국사가 날로 그릇되는 것을 보니 나라의 녹을 먹는 조정 신하가 물러날 때가 아니다. 몸을 이미 나라에 허락했으니 어찌 사적인 일에 뜻을 두고 또 편안하기를 위해 어지러운 것을 피해 고향으로 돌아가겠느냐? 비록 경사와 고향으로 나뉘는 심사야 말할 것이 없고 여러 가지로 슬프고 민망하나, 세 동생이 아직은 경사에 있으면서 직무상 임무를 다하고 황제께서 시골로 내치지 아니하거든 스스로 물러나기를 억지로 청하지 마라."

정흠이 슬픈 표정을 지으며 몸을 일으켜 절하고 명을 받들었다.

(책임번역 조혜란)

완월회맹연 권4

정씨 일가의 낙향

정씨 부중 사람들이 태주로 내려가고
경왕의 흉계로 위기에 빠지다

동생들의 귀향을 말리는 정잠

이때 정흠이 얼굴빛을 환하게 고치고 몸을 일으켜 절하며 정잠에게 말했다.

"저희가 불충하고 못나서 국사가 요란한 것을 보고는 자기 몸을 지킬 것만 생각하여 벼슬을 버리고 귀향할 뜻이 급했습니다. 이제 형님의 밝은 가르침을 들으니 마땅히 그렇게 해야 함을 알겠습니다. 저희의 부족한 충렬이 부끄럽습니다. 어찌 다시 물러날 뜻을 두겠습니까? 마땅히 도성에 있으면서 황제께 실덕하신 부분을 간언하고 환관 왕진의 양양한 의기를 누르며 직분을 다하겠습니다."

시독 정염과 한림 정겸도 일어나 절하고 감사해하며 말했다.

"형님의 가르침이 매우 마땅하시니 저희가 어찌 구태여 귀향하겠다고 우기겠습니까? 삼가 가르침을 받을 것입니다. 저희가 어리석고 부족하여 왕진을 제어하지 못한다면 황제의 덕을 돕지는 못하고 속절없이 국록만 허비하는 자신을 부끄럽게 여길 것입니다. 그러나 군자가 충성스러운 간언을 자임해도 군신 간에 뜻이 맞아야 당 태종과 위징같이 될 수 있습니다. 당 태종이 위징의 간언을 허락하고 광무제가 엄자릉의 충언을 높인 것같이 한 후에야 비로소 물과 물고기가 어울리는 즐거움이 있게 됩니다. 그래야만 임금을 요순이라 이르고 신하가 스스로 직(稷)과 설(契)처럼 될 것을 기약할 수 있을 것입니다. 만약 불행하여 임금을 위하려다 오히려 기름솥에 삶겨 비명에 죽은 역이기처럼 되거나 간언을 했다가 심장을 뽑혀 일곱 개의 구멍을 확인했던 비자처럼 되면 임금의 허물을 드러내고 자신의 이름만 천추에 전하게 될 것입니다. 그러니 차라리 기자처럼 거짓으로 미친 척하고 숨어 지내며 미자처럼 제사 도구를 갖고 봉지(封地)로 달아나는 것이 더 나을까 합니다."

정잠이 정흠의 손을 잡고 정염과 정겸의 팔을 어루만지며 말했다.

"수백(정겸)과 은백(정염)은 마음가짐과 몸가짐이 완전하여 마침내 위태로운 곳에 나아가지 않을 것이라 생각하네. 이 형의 걱정을 어찌다 이르겠는가? 단지 만백(정흠)은 너무 격렬하여 돈후함을 잃으니, 돌아가신 아버님께서도 생전에 염려하여 근신하라고 경계하셨던 바이네. 모름지기 맡은 일을 조심히 하고 각별히 하여 선친이 남긴 가르침을 거스르지 마시게. 내가 벼슬을 버리지 말자 하는 것은 신하의 도리를 다하여 어지러운 때에 사직을 붙들고 임금의 허물을 가리기를 바라서이지 부질없이 언사를 각박하게 하며 분노를 나는 대로 드러내어 미움을 받자고 하는 것이 아니네. 아우는 은백과 수백을 높은 스승으로 삼아 몸과 명예를 모두 보전하시게."

세 사람이 다시 일어나 절하며 그 명을 받들었고 이로부터 귀향할 뜻을 접었다.

정흠에게 쌍둥이 중 하나를 계후로 허락하는 정잠

정흠은 형수 소교완이 쌍둥이 사내아이 낳은 것을 듣고 큰아버지 정한의 유언을 말하며 그중 하나를 계후로 삼겠다는 뜻을 드러냈다. 정잠은 조금도 거리끼는 기색이 없이 말했다.

"아우, 제수씨(대화부인)가 금년에 서른 살이 되었지? 만약 끝내 아들을 두지 못하게 된다면 내 어찌 쌍둥이 중 하나를 자네의 계후로 정하게 하지 않겠는가? 그러나 갓난쟁이의 성품을 내가 아직 알지 못하고 아우 또한 아이가 어떻게 생겼는지 보지도 않고 대사를 결정하지 못할 것이네. 혹시 갓난쟁이가 사람 구실을 할 만하다면 다행이지만 못나고 어리석은 기질이라면 어찌 차마 아우의 종사를 욕되게 하겠는가? 아무 때라도 아우가 직접 보고 마음에 들거든 계후로 삼고, 흡족하지 못하면 내 동생 삼이의 둘째 아들 인경이를 아들로 삼으시게."

정흠이 껄껄 웃으며 말했다.

"형님께서야 저에게 갓난쟁이 주는 것을 어렵게 여기지 않으시겠지만 여백(정삼)은 세 아들 중 하나를 형님께 드리고 두 아들을 만금같이 귀하게 여기는데 저에게 허투루 내어주려 하겠습니까?"

정잠이 탄식하며 말했다.

"삼이가 인광이만 두었다면 자네가 오히려 계후를 의논하지 못하겠지만 인경이가 또 있지 않은가? 쌍둥이가 태어나지 않았다 해도 셋이 하나씩 나누어 가지지 못할까 근심하겠는가? 이제는 이러나저 러나 자네의 아들 재목이 여럿이니, 자네가 골라서 마음에 마땅한 아 이로 정하는 것이 좋겠네."

정흠은 정잠의 뜻이 이와 같은 것을 보고 더욱 감복했지만 구태여 말로 감사를 표하지 않았다. 이는 돈독하고 화목한 정이 친형제 간이 나 다름없었기 때문이다. 피차에 다른 뜻이 없어 구태여 말마다 고마 움을 표현하지 않으니, 그들의 성품과 기질을 알지 못하는 사람은 도 리어 괴이하다 여길 것이다.

귀향을 허락받은 정태요

정씨 집안사람들의 출발일이 음력 7월 가을 초순으로 정해졌다. 상부인 정태요는 차마 모친 서태부인을 떠나보내지 못할 뿐 아니라 부친 초상과 제사를 함께 지내지 못하게 된 것을 지극히 애통한 일 로 여겼다. 그래서 시부모님께 사정을 슬피 고하며 모친을 모시고 귀 향하여 돌아가신 부친의 초기(初朞)나 함께 지낸 후 돌아오고 싶다고 말씀드렸다. 시부모는 며느리가 떠나는 것을 서운하게 생각했지만 태부 정한의 초기를 지낸 후 데려올 것을 생각하고 마지못해 허락했 다. 정태요는 시부모님의 큰 덕에 감사하며 하직하고 돌아왔다.

이때 정태요는 다른 자녀들이 어리지 않으므로 다 집에 머물게 두 었다. 그러나 연교는 나이가 겨우 6세로 막내이기 때문에 정태요가 각별히 사랑했다. 연교가 모친을 잠시도 떠나지 않으려 했고 정태요도 연교를 두고 갈 수 없기에 데리고 태주로 향하려 했다. 정태요의 남편 상연은 여섯 자녀 중 연교에 대한 사랑이 으뜸이었다. 천만년에 다시없을 보물처럼 귀중하게 여기며 성 15개와 맞먹는 화씨벽[7]이나 수레 12대를 비추는 위혜왕의 구슬에 비유했다. 그런데 아내가 멀리 데려간다고 하니 이를 안타깝게 여겨 날마다 정씨 집안에 이르러 연교를 무릎에 앉히고 입술과 뺨을 대며 말했다.

"장인어른의 초기가 이제 서너 달 남았으니 내 마땅히 초기에 맞춰 내려가 제사에 참여하고 우리 딸을 데려올 것이지만, 그사이 그리운 정을 어찌 참을 수 있겠는가?"

아무 철도 모르는 어린 딸을 데리고 이별의 정을 아쉬워하며 하소연하는 것이 도리어 실없어 보이기까지 했다. 이에 정태요가 매우 민망해하고 정흠 등은 그 모양을 흉내 내며 웃었다. 상연이 연교를 사랑하는 것은 진실로 병이 될 정도여서 정흠 등이 웃는 것을 보고도 연교를 무릎에서 한시도 내려놓지 않았다.

정명염의 귀향을 반대하는 조세창

학사 조세창의 부인 정명염은 고모 정태요가 함께 귀향하려는 것

---

7 화씨벽: 초나라 화씨의 벽옥(璧玉). 벽옥은 크고 둥근 옥의 원석.

을 보고 자기도 따라가 할아버지의 초기를 지낸 후 숙모 화부인을 모시고 돌아오고 싶었다. 이에 정흠에게 청해 시아버지의 허락을 얻어 달라고 했다. 정흠이 조정에게 서태부인이 차마 손녀 명염을 떠나보내지 못해 잠깐 태주로 데려가고자 한다는 뜻을 말하고 허락해 주기를 청했다. 조정 또한 며느리의 마음을 헤아려 부모인 태사 조겸 부부에게 말하고 허락을 받았다. 그러나 조세창이 나갔다가 돌아와 아내가 태주로 가려 한다는 말을 듣고 대단히 불쾌해하며 부모 모르게 명염의 유모를 불러 정색하고 엄히 가르쳤다.

"여자가 출가하면 부모와 형제를 멀리해야 하는 것이고 상례가 있어도 급히 달려가지 않는 법이다. 그러나 마침 처갓집이 가까이에 있기 때문에 너의 아씨가 장모님의 삼년상에 자주 왕래했었다. 하지만 태주는 길이 머니 마땅히 시댁을 버려두고 갈 것이 아니다. 네 주인이 정녕 가고자 한다면 내가 굳이 막지는 않겠지만 이는 여자가 시댁 섬기는 도리가 아니다."

유모가 황공해하며 용서를 빌고 명염에게 이 말을 아뢰었다. 명염은 아쉬웠지만 감히 다시 가겠다는 뜻을 내지 못하고 밤낮으로 울며 우울해했다. 음식을 먹어도 맛을 모르고 잠을 자도 편안하지 않아 꽃처럼 곱고 달처럼 밝았던 모습이 나날이 쇠잔해졌다. 서태부인은 이것을 보고 마음이 베이는 듯해 명염을 데려다 손을 잡고 어루만지며 말했다.

"이 이별이 그다지 오래지는 않을 것이다."

명염이 눈물을 머금고 슬퍼하며 엎드려 명을 받들었다. 이때 조정은 며느리가 지나치게 몸이 상하고 수척해지는 것을 가련하게 여겨 가마를 보내 데려다가 보살피는데, 그 사랑이 비할 데 없었다.

정잠이 집안일을 정리하고 짐을 꾸렸다. 이때 명염이 와서 할머니와 아버지를 이별하게 된 것을 슬퍼했다. 명염은 옥 같은 눈물을 하염없이 흘리며 연꽃 같은 두 뺨을 적시고 말을 이루지 못했다. 서태부인이 길게 흐느끼며 손을 잡고 탄식했다.

"오늘 부모·형제와 숙부·조카가 아득히 멀리 헤어지니, 언제 다시 만날지 알 수가 없구나. 이제는 내가 너의 고운 목소리를 듣고 싶어도 들을 수 없을 것이고, 너 또한 내 얼굴을 보고 싶어도 볼 수 없을 것이다. 꿈속에서나 혼이 서로를 그리워할 따름이겠지. 이 마음을 장차 비할 곳이 없지만, 아내는 남편을 따라야 하니 부모를 멀리 떠나야 하는 것은 누구라도 피할 수 없는 일이다. 우리 명염이는 소소한 감정을 다잡고 부녀자의 네 가지 덕을 꽃처럼 닦아 멀리 있는 부모에게 아름다운 말이 돌아오게 하거라."

명염은 별 같은 눈에 눈물이 또르르 굴러 붉은 뺨을 적실 뿐이고 목이 메어 말을 할 수가 없었다. 동생 월염 또한 명염을 붙들고 소리를 죽이며 슬피 울었다. 정잠이 정흠 등과 인성을 데리고 들어와 서태부인께 안부를 여쭈었다. 고개를 돌려 두 딸이 슬퍼하는 것을 보고 마음이 더욱 안타까웠지만 어머니의 슬픔을 돋울 수 없어서 도리어 두 딸을 꾸짖었다.

"명염이가 홀로 떨어지는 마음이 좋지는 않겠지만 너는 마땅히 갈 곳이 있고 태산처럼 무겁게 의지할 데가 있으니, 사사로운 감정으로 작은 이별을 슬퍼할 것이 아니다. 월염이는 어미를 여의고도 오히려 슬픔을 견디고 살았는데, 지금 잠깐의 이별은 사별이 아니고 만날 기약이 머지않은데도 어찌 이처럼 애통해하며 할머니의 슬픔을 돋우는 것이냐? 모름지기 어지러운 거동을 다시는 하지 마라."

명염과 월염은 슬픔으로 목이 막힐 듯했지만 억지로 참고 눈물을 거두며, 못난 행동에 대해 잘못을 빌었다.

대화부인·소화부인과 이별하는 화부인

이윽고 정국공 상연과 학사 조세창이 이르러 서태부인께 인사를 드렸다. 집안의 모든 사람들이 다 태원전에 모여 이별의 슬픔을 이야기하는데 얼굴마다 슬픈 기색이었다. 다시 만날 날이 아득하여 눈물을 흩뿌리니, 슬픈 바람이 일어나고 가랑비가 보슬보슬 내리는 듯했다. 지난날 즐겁던 집안이 하루아침에 변해 더없이 슬픈 풍경이 되었다. 하물며 화부인은 부모를 한꺼번에 여의고 그 애통한 슬픔이 구곡간장까지 사무쳐 있는데, 이번 이별로 동기와 친척의 생사가 아득하게 되었으니 그 마음이 사별하는 것보다 덜하지 않아 새로이 오장육부가 찢어지는 듯했다. 또 자매인 정흠의 부인(대화부인)과 정염의 부인(소화부인)을 이별하게 된 것을 지극히 슬퍼했다. 원래 화부인의 8남매는 부친 화첨의 초상을 지내기 위해 함께 의양에서 시묘살이를 하는 중이고 오직 소화부인이 정삼의 부인(화부인)과 더불어 한집에 머물고 있던 터였다. 그러다 이제 경사와 시골로 나뉘어 헤어지게 되니 그 슬픔은 이루 다 말할 수 없을 지경이었다. 하지만 화부인은 오히려 시어머니를 공경하고 편안하게 해드려야 했기에 사사로운 마음을 돌아볼 겨를이 없이 심사를 관대히 하고 애통함을 참는 것에 힘썼다. 소화부인은 무르디무른 간장이 마디마디 잘라지는 듯한 슬픔을 이기지 못해 화부인의 손을 잡고 울며 말했다.

"세상에 이런 사람이 없겠습니까마는 제가 쌍둥이로 태어나 부모의 한결같은 사랑을 받다가 시집에 온 후로는 언니와 동서 간의 도의를 겸하게 되었습니다. 나오고 물러갈 때마다 한 집안에서 그림자가 그 몸을 따르는 것과 같이 하여 피차 거리를 두는 일이 없다가 하늘이 벌을 내리시어 겹겹 변고를 만나게 되었습니다. 부모를 잃은 애통함이 하늘과 땅처럼 끝이 없는데 언니마저 태주로 향하시니, 저는 장차 누구를 의지하여 마음을 위로하며 세월을 보낸단 말입니까?"

이렇듯 흐느끼니 화부인이 소화부인의 손을 잡고 목이 메어 말을 이루지 못했다. 그러나 서태부인이 있는 곳에서는 눈물을 가리며 슬픈 기색을 드러내지 않았다. 정염이 두 눈을 흘겨 뜨며 아내를 탓하듯 한참을 보다가 정색하고 말했다.

"고향에 내려가시게 된 비통한 마음이야 형수가 그대보다 몇 배는 더하실 텐데도 오히려 마음을 널리 하고 힘써 참으시며 숙모님(서태부인)의 애통한 마음을 돋우지 않으려 하시는데, 그대는 어찌 슬픔을 생겨나는 대로 드러내며 어른 앞에서 감정을 절제하지 않는단 말이오?"

소화부인은 매우 송구하고 황송하여 슬픈 빛을 거두며 머리를 숙이고 아무 말도 하지 않았다. 정태요가 참다못해 웃으며 말했다.

"동생이 오늘처럼 올케를 책하는 것은 실로 보기 드문 일이네. 올케는 분명 마음이 분하고 노하여 못 들은 체하는 것이야."

원래 정염은 부인 화씨를 만난 후부터 지금까지 사랑이 산 같고 바다 같았으며 시간이 지날수록 그 마음이 더해갔다. 화씨도 은은한 행실과 맑고 우아한 덕성으로 남편을 공경한 덕요와 자식을 사랑한 진희의 어진 마음을 겸했고 외모까지 매우 아름다웠다. 산처럼 높은 안목과 태산같이 단단한 마음을 가진 이라도 아름답게 여기지 않을 수 없었을 것이다. 이 때문에 평생 사랑을 잃은 적이 없었다. 부부간 금슬의 즐거움은《시경》〈관저〉 시에 응답할 정도였기에 정태요가 이렇듯 농담을 한 것이다. 정염이 온화하게 웃으며 말했다.

"누님이 저보고 아내에게 미쳤다고 하시는군요. 저는 원래 가장의 소임은 보고 듣지 못하는 사람 같아야 한다고 여겨 일찍이 온 집안의 화목함을 잃은 적이 없었습니다. 이것은 안사람을 기특하게 여겨서가 아닙니다. 안사람도 사리를 알지는 못하지만 어찌 저를 노예처럼 생각하겠습니까?"

정태요가 다시 웃으며 말했다.

"올케가 설령 동생을 노예같이 여겨도 동생은 모든 일을 하나같이 칭찬하니, 깨닫지 못하고 알지 못하는 것이 진짜 보고 듣지 못하는 것 같네."

정염이 흔연히 웃고 즐겁게 대화하여 서태부인의 슬픈 마음을 위로했다.

남은 가족들과 이별하는 서태부인

정씨 일가가 떠날 채비를 하고 길을 나서려고 했다. 정흠도 몇 달

말미를 얻어 조상의 신위와 서태부인을 모시고 태주로 향하기로 했던 터라 먼저 조상의 위패를 모시고 말에 올라 출발했다. 정잠은 서태부인과 제수 화부인 그리고 누이 정태요를 챙기며 아이들을 거느리고 길을 떠났다. 이때 서태부인은 명염을 안고 세 명의 조카며느리를 앞에 앉혀 한탄하며 오열하고 흐르는 눈물을 가리며 차마 떠나지 못하고 있었다. 월염과 인성도 명염의 손을 붙들어 이별 길의 슬픔을 가라앉히지 못했다. 마음이 끝없이 애통하여 죽을 곳을 향하는 듯 눈물이 빗물 같고 한숨이 슬픈 바람을 일으켰다. 그 모습이 참담하여 햇빛마저 어둑어둑한 듯했다. 명염은 생모 양부인의 사당에서 곡을 하여 이별하고 할머니와 숙모·고모와 남동생을 붙들어 통곡하며 슬피 우니 기운이 다할 듯했다. 정잠이 그 거동을 차마 보지 못해 서태부인을 붙들어 위로하며 말했다.

"서로 이별하는 회포를 나누려 하시면 날이 다하고 밤이 다해도 끝이 없을 테니, 어머님은 마음을 널리 하시고 수레에 오르십시오."

또 제수와 누이를 향해 가마에 오르라고 재촉하니, 화부인과 정태요가 길 떠남을 더디게 하지 못해 서태부인을 받들어 수레로 모셨다. 서태부인은 슬픔을 억지로 참으며 명염을 향해 잘 있으라고 당부했다. 떠나는 사람과 남는 사람이 돌과 나무가 아닌데 이별하는 한을 어찌 참을 수 있겠는가? 명염 또한 할머께 먼 길에 몸을 보중하고 평안하게 도착하시기를 청했지만 목이 메어 말을 자세히 이르지 못했다. 정태요도 명염의 손을 잡고 울며 말했다.

"이번 이별 후에 다시 만날 날이 없지 않을 것이다. 우리 조카는 마음을 굳게 잡아 슬픔을 참고 시부모님을 친부모 이상으로 알아 의지하고 정성으로 받들고 순종하여 효도하면 사사로운 마음을 둘 겨를이 없을 것이니 자연 친정 일을 잊게 될 것이다. 출가한 여자는 마땅히 부모형제와 멀리해야 하는 것이고, 이 같은 이별은 조카만 혼자 당하는 일이 아니라는 것을 생각하여 잘 참도록 힘쓰고 사사로운 정은 베어버려라."

명염은 가르침을 듣고 오열하며 눈물을 흘리고 이별의 절을 했다. 인성과 월염을 붙들고는 목소리를 죽이며 슬피 우니, 정잠이 자녀를 달래어 잡은 손을 놓게 한 후 월염을 가마 안으로 올리고 인성과 인광을 같은 수레에 타게 한 뒤 돌아서서 명염을 어루만지며 말했다.

"부녀의 정과 천륜의 사랑으로써 먼 이별이 어찌 마음 아프지 않겠느냐? 그러나 네 아비는 무지하고 무뎌서 할아버지를 여의고 뼈에 사무치는 아픔이 하늘처럼 끝이 없어도 견디고 있는데, 하물며 너는 살아 있는 아비를 다시 보지 못할까 하여 슬퍼하는 것이냐? 모름지기 시부모를 지극한 효성으로 받들고 남편을 순하게 따라 아침에 일어날 때부터 밤에 잠들 때까지 남편의 뜻을 어기지 마라."

명염이 절하고 명을 받들었다. 벌써 조씨 집안에서 가마를 보내 명염에게 말을 전해 '태주 가는 행차가 출발한 후 공연히 빈집에 있으면서 마음을 상하지 말고 얼른 돌아오라.'라고 재촉했다. 정잠이 이것을 마땅히 여겨 딸을 잘 달래 돌려보내고 비로소 두 제수씨인 정염 부인 화씨와 정겸 부인 서씨를 이별하고 말을 재촉했다.

강머리에 도착하니 일가친척과 문생들과 관리들이 구름처럼 모여 이별의 회포를 폈다. 부인들의 가마를 잡아 세워 잠깐 모신 후 정겸과 정염 그리고 조세창이 상연 및 서씨 집안 사람들과 함께 서태부인

을 뵙고 먼 길의 고된 여정에 건강하고 평안하시기를 청했다. 서태부
인이 정염과 정겸의 손을 잡고 떠남을 슬퍼하는데, 그 정이 모자간의
정과 같았다. 또 상연과 조세창을 향해 이별의 슬픔을 말하며 서씨
집안사람들을 돌아보아 눈물을 흘리고 다시 만날 기약이 아득함을
슬퍼했다. 그 사람들은 서태부인과 가까운 집안사람들이었기에 이별
하는 눈물이 이어지며 옷을 적셨다.

딸 연교와 이별하는 상연

상연과 조세창 또한 헤어짐을 슬퍼했다. 특히 상연은 연교를 안고
깊은 사랑과 간절한 정을 드러냈는데, 부녀 사이의 정이 특별하여 예
의를 잃을 정도였다. 연교도 옥으로 만든 잎사귀같이 고운 손으로 아
버지의 삼각 턱수염을 만지며 꽃 같은 얼굴을 아버지의 뺨에 대고 별
같은 두 눈에 구슬 같은 눈물을 머금고 말했다.

"아버지가 외할아버지 초기 때 와서 저를 데려가겠노라 하셨지만
저는 그동안 아버지가 그리워 어찌 견딘단 말입니까? 청컨대 아버지
의 부채에 달린 옥 장식을 끌러 주시면 제가 옷고름에 차고 있겠습니
다. 아버지가 아끼시던 것이니 자주 만지며 보다가 태주로 오시면 도
로 드리겠습니다."

낭랑한 목소리가 아름답고 기이하여 붉은 굴혈에서 어린 봉이 울
고 금쟁반에서 큰 구슬 작은 구슬이 구르는 듯했다. 아름답고 빼어난
태도는 만고를 기울여도 다시 있지 않을 풍모와 기질이었다. 상연이

즉시 비단부채를 들어 옥 장식을 끌러 주며 두 눈에 눈물이 어리는 것을 참지 못하고 말했다.

"어린아이가 차마 아비를 떠나지 못해 이같이 하니 어찌 가련하지 않는가?"

여러 사람들이 도리어 웃으며 말했다.

"무숙(상연)을 씩씩한 장부로 알았더니 어찌 저토록 말마다 용렬하며, 어린 딸이 어미를 좇아 잠깐 떠나는 것을 두고 슬퍼하고 눈물 흘리는 것이 이 정도란 말입니까? 아이를 떠나보내 그러한 것이 아니라 아이의 어미가 멀리 가므로 이러한가 싶습니다."

상연이 난처해하면서도 온화하게 웃으며 말했다.

"아이 어미는 태주가 아니라 만 리를 간다 해도 마음에 아쉬움이 없지만 연교는 나의 귀한 보물이므로 잠시 떠나는 데도 참으로 마음이 절박하니 내가 어찌 눈물을 멈추겠습니까?"

사람들이 웃으며 말했다.

"그 어미를 사랑하여 자식을 아낀다는 말이 있습니다. 아이를 안고 저렇듯 슬퍼하는 것은 아이의 어미를 지나치게 사랑하는 데에서 비롯된 것입니다."

상연은 구구한 상황을 속으로 쑥스럽게 여겼지만 그립고 애틋한 마음을 억제하지 못했다. 여러 사람들이 정태요와 화부인을 찾으니, 두 부인이 나와 서로 인사하고 뵈었다. 상연은 아내를 대하고는 문득 얼굴빛이 근엄하고 엄숙하게 변해 눈바람이 겨울 하늘에 은은한 듯했다. 아까 어리석은 사람 같던 것에서 돌연 바뀌어 남들이 보기에도 어렵고 두려운 기풍이 있었다. 정태요는 비록 눈길이 상연에게 미치지 않았으나 자연히 발걸음을 조심스럽게 하는 빛이 있었다. 이를 보고 정염이 그윽이 웃으며 상연에게 말했다.

"형은 어찌 누이(정태요)에게 이별의 회포를 펴지 않으십니까? 이제 행차가 한번 돌아가면 만 겹으로 쌓인 회포가 있어도 펴지 못하고 속절없이 관산의 날아가는 새를 바라보며 한이 길어지고 남쪽 하늘 지저귀는 제비 한 쌍을 좇아 마음속 정이 깊어질 것입니다. 지금 비록 주위에 사람이 많지만 속정을 드러낸다고 해서 누가 괴이하게 여기겠습니까?"

상연이 빙그레 웃으며 말했다.

"할 말이 있다면 어찌 주위 사람이 많은 것을 꺼리겠습니까마는 진실로 할 말이 없습니다. 그리고 관산의 날아가는 새와 남쪽 하늘의 제비 한 쌍을 바라보며 그리워하는 정을 더할 일도 없습니다."

말을 끝내고 연교의 유모를 불러 단정한 목소리로 엄히 가르치며 딸아이 보호하는 일을 소홀히 하지 말 것을 당부했다. 그러나 부인 정태요를 향해서는 한마디 덧붙임이 없었다.

서태부인께 작별을 고하는 장헌

이때 태부 정한의 제자 장헌이 서태부인 뵙기를 청했다. 이에 화부인과 정태요가 휘장 안으로 피하고 서태부인이 장헌을 맞아 보았다. 장헌은 끝없이 눈물을 흘리며 진심으로 이별을 슬퍼했는데, 그 모습이 정염 등에 못지않았다. 서태부인이 또한 장헌을 자식이나 조카와 같이 아끼고 보살폈기 때문에 보통의 문하생들에게 거리를 두는 것처럼은 하지 않았다. 눈물을 뿌리고 말씀을 내어, 자녀를 잘 거느리고 오래오래 복록을 누리라고 일렀다. 이에 장헌이 눈물을 머금고 아뢰었다.

"사부님께서 돌아가시고 백모님(서태부인)께서 고향으로 내려가시니 제가 장차 의지할 곳이 없습니다. 만일 하찮은 벼슬이 아니었다면 태주에 내려가 백모님을 모시며 운백(정잠) 형제와 서로 의지하며 지낼 것인데, 뜬구름 같은 직책으로 뜻처럼 하지 못하니 슬프고 애절함을 더욱 견디지 못하겠습니다."

그러고는 인광을 어루만지며 황홀한 듯 귀하고 사랑스럽게 여겼다. 그 모습이 친아들에게 하는 것보다 못하지 않았고 말마다 사위라고 불렀다. 상연과 정겸이 웃으며 말했다.

"후백(장헌)이 시골로 돌아가는 아이를 이렇듯 사랑하니, 완월대의 약속이 중한 것을 알겠습니다. 그러나 형의 마음이 굳지 못하니 훗날 약속을 저버리지 않을 줄 어이 확신하겠습니까?"

장헌이 탄식하며 말했다.

"옛사람이 자신을 알아주는 친구가 귀하다고 말한 것을 오늘에서야 더욱 깨닫게 되는군요. 이것은 무숙과 수백(정겸)이 나를 알지 못해 하는 말입니다. 저를 알아주는 것은 오직 운백과 여백(정삼)이니 그 마음이 어찌 귀하지 않겠습니까? 천지가 개벽하고 바다가 뽕밭이 된다 해도 완월대의 맹약을 저버리지 않을 것이니, 인광이가 내 사위가 아니면 그 누구이며 내 딸이 여백의 며느리가 아니면 그 누구이겠습니까?"

상연과 정겸이 장헌의 속없음을 우습게 여기며 말했다.

"우리는 군자의 부류가 아니라서 후백과 지기가 되지 못하지만 형은 다만 신의를 지켜 우리가 오늘 한 말을 두고두고 꾸짖기 바랍니다."

장헌이 다시 다투지는 않았으나 상연과 정겸의 이러한 말에 정곡을 찔린 듯했다. 그러나 이때까지는 그래도 마음으로 약속 어기는 것에 가책을 느껴 언약을 지킬 것처럼 말했다.

이윽고 장헌이 두 번 절하고 물러났다. 정잠은 출발이 늦었다고 말하며 어머니를 부축하여 가마에 오르시게 했다. 정겸과 정엽이 가마 앞에서 눈물을 흘리며 이별의 인사를 올리니, 서태부인이 슬프게 울며 어서 집으로 돌아가라고 일렀다. 정태요와 화부인과 월염도 가마 안으로 들어갔다.

상연은 연교를 안고 못내 연연해하다가 정겸의 재촉으로 마지못해 유모에게 맡겨 아내의 가마 안으로 들여보내는데, 마음이 너무도 애석하고 우울하여 어디로 갈지 방향을 잡지 못하는 듯했다. 아내를 떠나보내는 것이 애석해서가 아니라 오로지 딸아이 때문이었다. 이는 한갓 자식에 대한 사랑이 각별해서가 아니고 사람의 마음이 지극히 신령한 까닭이다. 부녀의 정과 천륜의 사랑으로서 이 한 번의 이별은 불과 네댓 달이지만 그사이에 아득히 잃어버려 사별보다 더한 슬픔을 겪게 될 것을 미리 감지했던 것이다.

정잠은 정겸 등과 벗들 무리와 눈물 흘려 이별하고 가마를 수행하여 태주로 향했다. 비록 아비 잃은 아들과 남편 잃은 지어미의 행차가 즐겁지 않으며 가는 마음에 슬픔이 가득하지만, 당당한 재상 부인의 행차이며 문벌 높은 집안의 식구들이니 그 위엄과 모습이 어찌 평범하겠는가? 가는 길에 지나는 고을마다 사람들이 나와 떠들썩하게 예물을 드리고 명함을 올리며 인사하여 행차의 위엄을 높였다. 여관에 머물 때는 각 현의 수령이 찾아와 인사하고 황금과 옥으로 치장한 수레와 여섯 마리 말을 갖추어 드렸다. 그 말들은 온몸이 윤기 나는 푸른 털로 된 청은구와 털이 흰 백설총이었는데, 바다의 성난 용 같고 태산의 뛰는 범 같았다. 예물의 웅장함은 다 적기 어려울 정도였다. 정잠은 어머니를 모시고 여관에 머물며 얼굴을 밖에 내보이지 않았다. 정흠은 앞뒤로 이어진 선물과 인사를 사양하며 털끝만큼의 작은 물건에도 마음을 두지 않았다. 그러자 여러 읍의 관리들이 오직 환영과 전송이 부족할까 걱정할 뿐 다시는 예물을 드리지 못했다.

정월염 납치 계획을 세우는 맹추와 경왕

이에 앞서 맹추가 돌아가 경왕에게 정잠의 둘째 딸이 나이 10세인데 하늘이 낸 절세미인으로 달이 숨고 꽃이 부끄러워할 정도의 자태와 물고기가 가라앉고 기러기가 떨어질 정도의 용모를 가지고 있다고 낱낱이 고했다. 더하여 남달리 성숙한 자질이 만고에 비할 데 없다고 칭찬했다. 경왕은 본래 여자를 좋아하고 행동도 거리낌 없을 뿐 아니라 생각이 교활하여 그 마음을 헤아리기 어려운 사람이었다. 스스로 기운이 남달리 장대하다고 여기며 평소에 두려워하고 조심하는 일이 없었는데, 황제가 지성으로 대우하고 각별히 총애하니 더욱 방자해져 거리끼는 일이 없었던 것이다.

　조정의 모든 신하들이 그를 두려워했으나 정한은 살아 있을 때에 경왕을 어렵게 여기지 않았다. 정잠도 도어사로 있을 때에 경왕을 음란하고 방자하다고 논핵했으며, 그의 마음이 어린 황제를 보필한 주공과 소공의 충성심과는 다르다는 것을 아뢴 바 있었다. 이에 황제가 비록 지극한 대우로 사랑했지만 그 방자함을 꾸짖으며 이후로는 잘못이 없게 하라 하고 정잠을 죄주지 않았다. 경왕은 원통함을 이기지 못했지만 황제가 정한을 예우하는 것과 정잠을 특별히 대우하는 것이 은나라 고종이 부열을 존대하는 것이나 주나라 문왕이 여상을 우대하는 것보다 더하니 감히 해칠 뜻을 내지 못하고 분한 마음을 머금고 있었다. 그러던 차에 정삼은 그 형 정잠이 경왕을 논핵한 말이 오히려 평범하다고 이르며 '어찌 주공과 소공을 들어 경왕에게 비유하겠는가?'라고 한 것이다. 발 없는 말이 천 리를 간다고, 이 말이 경왕의 귀에 들어가니 경왕이 이를 갈았다.

　"과인이 정잠 형제를 죽여 원수를 갚는다면 이번 생에 남은 한이 없을 것이다."

　그러다가 정한이 죽고 정잠 형제가 상중에 있으므로 원수를 갚을 기회가 없어 분함을 참고 있던 차에 맹추의 말을 듣게 된 것이다. 정월염의 미모는 실로 버리기 아깝지만 그 부친 정잠과 숙부 정삼을 다 죽이고자 하면서 그 딸을 납치해서 정을 맺는 것은 절대 불가한 일이었다. 경왕은 한참을 생각하다가 계교 하나를 떠올리고 몰래 맹추에게 말했다.

　"경은 본래 날램과 용기가 빼어나고 두 팔에 천 근의 힘이 있으니,

군사 300명만 데리고도 족히 정잠의 무리를 도륙할 수 있을 것이다. 각별히 용맹한 군사를 뽑아 정잠 일행을 공격하여 남녀노소를 가리지 말고 모조리 죽이되 정잠의 딸을 남겨 이렇게 저렇게 하여 납치해 오거라. 그러면 과인이 마치 의로운 마음으로 그녀를 구하는 듯이 꾸며 여자의 마음을 감동하게 할 것이다. 경은 나의 충직한 신하이니 여러 말 당부를 안 해도 일을 잘못되게 하지 않을 것이다. 성공하여 돌아오면 과인이 크게 갚도록 하겠다."

맹추가 순순히 명을 받고 장정으로 된 군사 300명을 거느리고 정씨네 일행을 따라갔다. 낮이면 각각 흩어져 서너 명 혹은 대여섯 명씩 평범한 나그네의 모습으로 나아가거나 걸인의 모습으로 길가에서 밥을 빌면서 형세를 살펴 공격할 생각이었다. 맹추는 지모가 넉넉하기 때문에 가볍게 행동하지 않고 10여 일을 따라갔다.

은교역 점사에 불을 놓는 맹추

은교역에 이르러 보니 역점의 집들이 불과 100여 호이고 산길이 구불하며 깊은 물과 높은 산과 그윽한 골짜기가 복병을 둘 만했다. 양릉 자사 추관이 역점에 나아가 행차를 맞이하는데, 그가 거느리고 온 무리는 쓸모없는 관청 아전들에 불과했다. 이날 맹추는 정잠 일행이 점사로 들어가는 것을 보고 비로소 군사들을 모아 의논했다.

"오늘 밤을 헛되이 보내지 못할 것이다. 자네들은 차림새를 날래게 하여 부디 일을 이루어 전하가 기뻐하는 것을 보도록 해라."

맹추는 스스로 참혹한 병자의 모습으로 꾸몄다. 한 눈을 감고 한 팔을 떨며 한 다리를 절고 막대를 짚어 역점에 내려와 밥을 비니, 사람들이 저마다 불쌍히 여겨 밥을 주었다. 맹추가 거짓으로 먹는 체하며 눈을 둘러 정씨네 일행이 들어간 점사를 살핀 후 밤이 되기를 기다려 화약을 가지고 위아래 점사에 불을 놓는데, 행동이 귀신같아서 남들이 알 수 없었다. 30여 호 점사에 불이 일어나니 불길이 걷잡을 수 없고 연기가 하늘에 닿을 듯 넘쳐 점점 여러 점사로 번져갔다. 각 점사의 주인들이 어찌할 바를 몰라 물로 불길을 잡고자 하나 이른바 '붉은 화로 위에 눈을 조금 뿌린' 정도였다. 순식간에 점사가 타들어 가 어떤 사람들은 미처 피하지 못했다. 불길이 맹렬하여 능히 구할 길이 없었다. 모두들 천지가 아득하여 늙은이를 붙들고 어린이를 이끌어 손을 휘젓고 발을 구르며 통곡하는데, 슬픔에 숨이 끊어질 듯했다. 사람들이 저마다 어미를 부르고 자식을 찾으며 남편을 부르고 아내를 찾았다. 불길 가운데서 몸이 타버렸는가 하면서 끝없이 애간장이 미어질 듯 하늘을 부르며 겨를 없이 뛰어다녔다. 온전한 마음과 병 없는 사람이라도 이런 상황을 당해서는 당황함을 견디지 못할 것이다.

이날 마침 정잠은 몸이 대단히 불편하여 서태부인의 잠자리를 살피고 물러 나와 한번 토하고는 한참을 정신이 까무룩하여 인사를 알지 못했다. 인성이 초조함을 견디지 못해 붙들어 구호하며 정흠이 약을 달여 먹여 겨우 진정이 되어가던 참이었다. 그즈음에 점사에 불빛이 비치니 정잠이 매우 놀라 급히 일어나며 말했다.

"어머님이 반드시 놀라실 것이니 내가 들어가 어머님을 모시고 산 위로 가 불을 피하겠네. 아우는 제수씨와 누이와 아이들을 데리고 뒤따라오게."

이에 정흠은 인성 등과 정잠의 서기(書記) 홍윤 등을 찾아 바삐 피했고, 정잠은 급히 들어가 서태부인에게 고했다.

"역점 마을 위아래에 불길이 급하여 점사가 불타 재가 되는 것을 피하지 못할 것이니, 어머님은 잠깐 가마에 오르십시오. 산 위로 피하셔야 합니다."

서태부인은 놀란 가운데에도 아들의 심려를 허비하지 않게 하려고 급히 가마에 올랐다. 이때 화부인은 기운이 신령하여 귀신을 족히 예측할 정도였다. 점사 위아래에 불이 일어나는 것을 보고 문득 월염의 옷을 벗겨 어린 시비 섬옥에게 입히고 월염에게는 인성의 옷을 입혔다. 월염이 몹시 의아해하니 화부인이 말했다.

"저 불길이 심상치 않은데, 불을 피할 때에 너는 규수의 몸이라 처신하기 더욱 불편할 것이다. 섬옥으로 너를 대신하게 하고 너는 잠깐 남장을 하여 유모 춘파를 데리고 먼저 피하거라."

월염은 내켜 하지 않으며 말했다.

"예부터 곧은 선비와 어진 부인은 환란을 만나서도 바름을 고치지 않고 절개를 바꾸지 않았습니다. 그래서 증자는 임종할 때 화려한 깔개 자리를 바르게 교체했고, 백희는 한밤중 불길 속에서도 당 아래로 내려가지 않은 것입니다. 이제 제가 여자의 몸으로 남자의 옷을 입으니 그것은 도리가 아니고, 또 한밤중에 나가라 하시니 자로가 갓끈을 고쳐 매다가 죽은 일과 백희가 불에 타 죽은 것을 생각하면 실로 부끄럽습니다. 불의 형세를 보아가며 피할지언정 미리 움직이지 않는 것이 옳을까 합니다."

화부인이 다급하게 말했다.

"너의 말이 예의와 사리에 당연하지만 공자도 위기 상황에서 남루한 차림으로 변장하고 송나라를 지나가셨으니, 성인의 문하에도 임시방편이 없지 않은 것이다. 공자께서 '떳떳한 상도와 임시방편의 권도를 행할 때가 있다.'라고 하셨으니, 성인도 위태한 때를 당해서는 권도를 쓰신 것이다. 지금 불길이 심상치 않으니, 어찌 공자가 미복(微服) 차림으로 송나라 지나시던 것을 본받지 않는단 말이냐?"

이렇게 말하며 한편으로는 춘파에게 여염집의 하인 차림을 하게 하여 월염을 업고 피하라고 했다. 춘파는 다급한 가운데 화부인의 사려 깊음을 탄복하며 나는 듯이 월염을 업고 내달렸다. 화부인이 또 섬옥에게 당부했다.

"네가 나이 13세에 모든 일에 총명하고 일반 노비들과 달리 무식하지 않으니, 모름지기 기신 장군이 한고조의 모습을 하고 적을 속인 일처럼 너도 소저를 대신하여 도적들이 알아채지 못하게 하거라."

섬옥이 어떠한 곡절인 줄 알지 못하면서도 머리 숙여 말씀을 받드니, 정태요는 도리어 대단하다고 여겼다. 정흠은 조상의 위패를 모시며 화부인과 정태요와 월염을 가마에 오르라 했다. 정흠이 정신없이 황급해할 즈음에 섬옥이 가마 안으로 들어갔으나 오히려 깨닫지 못한 채 인성 등 아이들을 거느리고 정잠이 서태부인을 모시고 올라간 산 위로 향했다. 이 산은 맹추의 병사들이 주둔한 산의 맞은쪽이었다.

이때 맹추가 점사들에 두루 불을 놓고 정씨 가문의 일행이 머무는 점사를 살피는데, 정잠이 소장(素帳) 두른 가마를 붙들고 10여 명의 사내종과 6, 7명의 여종으로 둘러싸여 먼저 산 위로 올라가는 것이 보였다. 비록 경왕이 정씨네 사람들을 남녀노소 없이 다 죽이라고 분부했으나 아내 계월의 계획은 인성을 죽이고 월염을 납치해 갈망정 주인을 조금도 다치게 할 생각은 내지도 말라는 것이었다. 그러므로 감히 서태부인을 해칠 생각이 없었기에 산 위에 오르는 것을 그대로 두고 인성 등과 월염이 나오기만 기다렸다.

이윽고 정흠이 가마를 보호하며 공자들을 거느리고 조상의 위패를 받들어 산 위로 향하고자 하는 것이 보였다. 맹추가 비로소 한번 고함소리를 내며 300명 장정의 군대를 거느리고 나는 듯 내달렸다. 흰 칼날이 밤빛을 비추고 군사마다 비로소 기운을 발하여 곧바로 인성 형제를 납치하니, 정흠이 천만뜻밖에 이변을 만나 어찌할 바를 몰랐다. 도적들이 칼을 휘두르고 크게 외치며 달려들었다.

"인성 등 아이들은 파리 같은 머리를 굽혀 내 칼을 받아라."

이때 섬옥이 탄 가마는 지키는 사람이 적을 뿐 아니라 앞쪽에 있었고, 화부인과 정태요의 가마는 뒤에 있어 소장을 두른 상태였다. 앞의 가마 휘장이 벗겨지자 노복이 황급히 말했다.

"소저의 가마를 도로 역점으로 모시자."

맹추가 손에 작은 깃발을 들어 군사들을 가리키며 앞의 가마를 먼저 빼앗아 가라고 하고 흰 칼날로 막 인성 등을 해치려던 참이었다. 천만뜻밖에 인광이 긴 팔로 자신에게 이르려는 칼을 빼앗아 들고 봉새 같은 눈을 치뜨며 곱고 풍성한 눈썹을 치켜올리고는 도적들을 향해 성난 소리로 크게 꾸짖었다.

"우리 가문이 본래 남과 원한을 맺은 적이 없는데, 너희는 어떤 흉적이기에 감히 우리 일행을 공격하느냐? 우리가 비록 나이 어린 아이들이지만 너희 같은 도적을 두려워하지 않는다."

이어 앞뒤로 어지럽게 쳐서 도적들이 가까이 범하지 못하게 했다. 이때 맹추는 얼굴에 붉은 칠을 하고 한쪽 눈을 찌그러뜨리며 소리를 드세고 찢어질 듯하게 지르고 있었다. 이는 정씨네 종들 중 아는 사람이 있어도 자신을 알아보지 못하게 하기 위해서였다. 그는 다른 사람은 해치지 않고 다만 인성을 죽이고 월염을 납치하여 돌아가려고 했다. 그러면 계월의 부탁을 이룬 것이 되고, 경왕에게도 정잠은 해치지 못해 미진하지만 뛰어난 미모의 여아를 바치게 되니 공이 무거울 것이기 때문이다. 또한 정인성 같은 아이들을 없애는 것이야 파리떼 다루듯 손쉬울 것이라 생각하고 있었다. 그러다 무심결에 칼을 뺏기고 꾸짖는 말을 들은 것이다.

인광은 맹추를 본 적이 없으나 맹추는 인광을 여러 번 본 적이 있었다. 그는 이처럼 비상하고 재주 있는 사람을 죽이면 하늘의 재앙이 있을까 두려웠지만 상황이 계란을 쌓아놓은 듯 위급했기에 군사를 호령하여 인성과 인광을 죽이라고 했다. 도적의 흉악한 형세와 인성 등의 미약함이 어찌 서로 겨룰 만한 상대이겠는가? 그러나 모든 종들과 정흠은 도적의 말을 듣고 혹시 인성 등이 적의 손에 목숨이 떨어질까 놀라고 당황하여 죽음을 생각하지 않고 각각 차고 있던 칼을 빼 도적을 막아섰다. 홍윤도 날래고 용감한 사람인지라 떨치고 나가 긴 칼을 빼 들고 달려들었다. 맹추가 매우 노하여 맞아 싸우는데, 여러 종들이 맹추의 칼에 찔려 중상을 입고 저마다 목숨을 구하고자 하는 중에 도적 무리가 홍윤을 겹겹이 둘러싸고 급히 쳤다. 맹추의 사나욱은 점점 거세지고 홍윤의 기력은 점점 약해져서 위급함이 경각에 있었다. 이때 정잠은 산 위에서 적의 형세가 사납고 강한 것을 보고 매우 초조했다. 이때 서태부인이 마차 바퀴를 두드리며 말했다.

"적의 형세가 빠른 것이 역점 마을의 불길보다 더하구나. 조카 흠이 글은 잘하지만 조그마한 용맹도 없으니, 아이들을 구하지 못하고 제 몸도 위태할 것이다. 네가 비록 상복을 입고 도적들과 싸우는 것이 도리에 어긋나지만 네가 안 가면 아이들을 적의 손에 뺏길 것이니, 예의를 고집하며 하나의 도를 지키려다가 참화를 맞을 것 같구나. 네가 이 늙은 어미를 살리려고 하거든 손자들을 구해 오거라."

정잠이 대답했다.

"제가 어찌 하나의 도를 지키겠다고 아이들을 구하지 않겠습니까? 그러나 어머니를 모실 사람이 노복밖에 없으니, 제가 떠나는 것이 마음에 편하지 않습니다."

서태부인이 재촉하며 말했다.

"네가 어찌 한가한 말을 하며 아이들과 너의 제수 그리고 누이의 위급함을 생각하지 않느냐? 늙은 어미는 위태함이 없으니 빨리 가거라."

정잠은 '어머니가 다급히 재촉하시고 실로 내가 안 가면 귀한 아이들이 적의 손에 죽게 될 것이다.'라고 생각했다. 이에 비복들에게 잠시도 떠나지 말라고 당부하고 30여 명의 종을 거느려 몰아치는 비바람처럼 산 아래로 내려갔다. 이때 정흠은 도적의 창에 왼쪽 팔뚝을 심하게 찔려 붉은 피가 옷을 적셨다. 홍윤은 인성 등을 보호하며 긴 칼을 휘둘러 대적했으나 한 몸으로 어찌 300명 도적을 당해내겠는가? 맹추의 칼을 맞아 어깨가 심하게 상하고 여러 종들도 힘에 부쳐 홍윤을 구하지 못했다. 그저 인성 등을 에워싸고 창과 검으로 가리고 있었다. 맹추는 기어코 인성을 죽이려 했기에 무리를 호령하여 홍윤을 버려두게 하고 바로 인성을 공격했다. 인광이 분노를 참을 수 없어 한편으로 칼을 들어 앞에 오는 도적 두 명의 배를 찔러 거꾸러트렸다. 위엄 있는 풍채가 헌걸차고 용기와 날램을 모두 갖춘 모습이었다. 그 거동은 종종 예측할 수 없었는데, 바람과 구름을 만드는 교룡과 같고 높고 험한 태산에서 온갖 짐승을 두렵게 만드는 범과 같았다. 그 상서로움은 기산에 깃든 붉은 봉새이고 교야 들판에 나타난 기린이었다. 한편, 인성은 천지의 호연지기를 한결같이 타고나서 오악의 정기를 거두어 온 세상을 두루 통하고 만방의 조화를 이룰 듯 위엄이 있으면서도 온화했다. 그 성품과 기질이 공자와 견줄 만하니 동생 인광의 기품과는 조금 달랐다. 그는 차분하고 분명한 목소리로 말했다.

"우리 가문이 조상 대대로 남들과 원수진 일이 없고 우리는 더욱이 열 살도 안 된 어린아이라 일찍이 초목이나 곤충도 상하게 한 적이 없는데, 너희는 우리를 잡아다 죽이겠다고 하니 내가 실로 그 까닭을 알지 못하겠다. 그 곡절을 밝게 말하면 죽고 사는 것을 흔쾌히 결정하여 죄악이 죽을 만하면 너의 칼을 피하지 않을 것이요, 구태여 죽을 일이 없다면 네가 일만 대군을 거느리고 와도 내가 당연히 피할 것이다. 하늘이 비추시고 신명이 곁에 계시는데 너희 흉적은 이와 같은 불의를 저지르는 것이 스스로 두렵지 않느냐?"

적들이 우러러 한번 바라보고는 심신이 놀라 감히 범하지 못했다. 정잠이 이르러 도적들을 헤치고 직접 칼을 들어 싸우고자 하나 힘이 미치지 못할 뿐 아니라 상중에 있는 사람의 도리로써 절대 불가한 일이었다. 이에 가만히 하늘을 우러러 진언을 외웠다. 그러자 홀연 구름과 안개가 자욱해지며 거센 바람이 크게 일어나는 가운데 귀신 병졸들이 겹겹 이어 나타나서 적들을 때렸다. 또 모래와 돌이 날아가 적들을 다치게 했다. 맹추가 크게 놀라 질린 얼굴로 일시에 무리를 물리고 사방으로 흩어져 서둘러 도망갔다. 정잠이 비로소 사람들을 찾아보았다. 이때 정흠은 왼쪽 팔뚝이 상한 틈에 도적이 작은 가마를 빼앗아 간 것을 알고 마음 가득 놀라 손으로 가슴을 만지며 말을 못하고 있었다. 인성이 앞으로 나와 붙들고 나지막하게 고했다.

"작은 가마를 비록 도적이 뺏어 갔지만 여종 한 명을 잃은 것뿐이니 걱정하지 마십시오. 할머니께서 산 위에서 기다리시니 바삐 올라가십시오. 고모(정태요)와 어머니(화부인)의 가마는 제가 호행하겠습니다."

정잠이 급히 물었다.

"그렇다면 월염이는 어디 있느냐?"

"잠깐 피했습니다. 춘파가 충성스럽고 성실하니 월염 누님을 위태롭게 하지 않을 것입니다."

정잠은 비로소 심신이 안정되어 정흠을 보며 말했다.

"어머니가 간절히 기다리셔서 아우의 상처를 당장 치료하지 못하니, 모름지기 위패를 모시고 제수씨와 태요를 데리고 빨리 오시게."

정잠은 즉시 산 위로 향했다. 정흠도 아픔을 참고 화부인과 정태요와 아이들을 호행하여 산 위로 향했다. 접사 100여 호가 다 재가 되고 정잠 일행을 맞이했던 자사와 추관이 쑥대머리에 헐벗은 몸으로 겨우 불을 면했으나 그 모습이 해괴했다.

정월염을 구한 화부인의 기지

이때 춘파는 월염을 업고 어두운 구석을 찾아 들어가 거친 풀이 무성한 밭 가운데 숨어 있었다. 두렵고 위태했지만 도적이 물러간 후 서태부인 계신 곳을 찾아 향했다. 이때 서태부인은 도적의 세력이 흉하고 강한 것을 보고 정잠을 재촉하여 보냈지만 걱정이 되어 초조해하고 있었다. 문득 정잠이 올라와 부드러운 표정과 목소리로 도적이 물러갔음을 아뢰었다. 이어서 정흠이 일행을 거느리고 도착하여 서태부인의 안부를 물었다. 그런데 핏자국이 옷에 가득하고 얼굴빛이 오히려 보는 사람을 놀라게 할 정도였다. 서태부인이 매우 놀라 그 상한 팔을 붙들고 안타까워하며 슬픔을 이기지 못하고 눈물을 뿌리며 탄식했다.

"조카가 뜻밖에 흉적을 만나 이렇게 중상을 입으니 어찌 놀라지 않을 수 있겠느냐?"

정흠이 온화한 기색과 목소리로 대답했다.

"제가 부족하여 왼팔을 다쳤으나, 인(仁)을 용맹으로써 이기지 못하고 의(義)는 힘으로써 어쩌지 못한다 했습니다. 흉적이 비록 포악하지만 강도의 무리가 아니기 때문에 선비를 함부로 죽이지 않을 줄 알았는데, 형님이 도착하여 여차여차 귀신 병졸들로 도적을 물리친 덕분에 적들의 해침을 면했습니다. 조금 다친 것이니 무슨 대단한 걱정이 있겠습니까?"

서태부인이 그 팔을 어루만지며 애처롭고 안타깝고 놀란 마음을 가라앉히지 못했다. 정잠이 좋은 말로 염려 마시라고 말씀드렸다. 서태부인은 한참 후에 정태요와 화부인을 대하여 도적이 드세고 흉악했던 말을 이르며 서로 위로하고 월염을 찾았다. 정태요가 나지막하게 고했다.

"조카는 올케(화부인)가 여차여차하여 먼저 피했고, 가마 안에는 몸종 섬옥을 넣었는데 도적이 납치해 갔습니다. 조카가 비록 올케의 말대로 하여 욕을 면했으나 그 놀람이야 오죽했겠습니까?"

서태부인이 더욱 놀라 말했다.

"도적이 일행의 재물은 탐하지 않고 월염의 가마를 빼앗아 간 것은 심상치 않은 뜻이 있는 것이다. 어찌 생각지 못할 변이 이렇듯 심하단 말이냐?"

그러고는 화부인의 지모를 칭찬하니 화부인이 몸 둘 바를 몰라 했다. 화부인은 월염을 아주 잃어버렸다고 하고 거짓으로 두루 찾는 척하며 헛소문을 내어 앞날을 살피면 좋겠다고 생각했다. 그러나 정씨 집안 사람들은 본래 신중하고 조심스러워 나아갈 때도 앞에 가로막는 것이 있는 것처럼 행동하고, 여자의 의견은 남자의 생각보다 뛰어나지 않아야 한다고 여겼다. 또한 여자는 살림을 잘할 정도의 재주만 있으면 되고, 문장과 지식을 논할 때에도 《열녀전》을 벗어나서는 안 된다고 생각하기 때문에, 부인네의 식견과 재주가 뛰어난 것을 좋아하지 않았다. 이것을 아는 화부인은 월염을 잃지 않았다는 소문을 내지 말자는 자신의 뜻을 비치면 시숙 정잠이 자신을 과한 사람으로 여길 것이라 생각했다. 하지만 시숙을 걱정해서가 아니라 남편 정삼을 가장 두려워하여 자신의 의견을 드러내지 못했다. 이때 정잠이 화부인을 칭찬하여 말했다.

"제수씨의 신기로운 지혜가 아니었다면 월염이는 적들의 해를 면하지 못했을 것입니다. 이제 도적이 여종 섬옥을 월염으로 알고 데려가 욕된 말이 가볍지 않을 텐데, 섬옥이 차라리 자신의 정체를 빨리 말하면 다행이겠지만 그렇지 않으면 치욕스러운 일을 예측하기 어려울 것입니다. 월염이가 돌아오면 그 옷차림을 다시 고치고 마을에서 가마를 얻어 가던 길을 그대로 가겠습니다."

정흠이 말했다.

"형님은 범사에 바른 도를 주장하시고 임시방편을 생각하지 않으십니다. 흉적이 우리 일행에게 보화가 없음을 알면서도 갑옷과 무기를 갖추고 쳐들어와 조카의 가마를 탈취해 갔으니 그 의도가 흉측합니다. 벌써 간사한 계략과 못된 계획을 실행하여 우리 일정을 늦춘 지 오래되었습니다. 이제 여기에서 그만두려 하지 않을 것입니다. 만일 조카 대신 섬옥을 잡아갔다는 것을 안다면 그 화가 더욱 위급해질 것입니다. 모름지기 헛소문을 내어 조카를 잃었다고 하고 넌지시 큰어머니(서태부인)의 가마에 조카를 태워 가는 것이 옳을 것이니, 원컨대 형님은 잘 생각하시어 가는 길에 다시 놀랄 일이 없게 하십시오."

정잠이 말했다.

"아우는 어릴 때부터 바르지 않고 거짓된 것을 취하지 않더니 오늘은 이런 말을 하는구나. 팔을 다친 일로 기운이 꺾여 도적을 두려워하게 된 것인가? 임시방편의 도리를 생각하여 가는 길에 무사하고자 하는 것인가?"

정흠이 웃으며 대답했다.

"팔을 크게 다쳐 기운이 꺾이고 도적을 두려워하는 마음이 깊어지긴 했으나, 일이 평안하고 도중에 일행들이 무사하기를 바라는 것이 괴이하지 않은데 형님은 어찌 이상하게 여기십니까?"

정잠이 말했다.

"아우의 말이 마땅하지만 오는 재앙은 성인도 피하지 못하시는데 우리가 뭐 대단한 사람들이라고 피할 수 있겠는가? 도적이 우리 일행을 따라오며 소란을 피우는 것은 심상치 않은 흉악한 의도이니, 이 정도에서 물러나지 않을 것이다. 반드시 작고 하찮은 일이라도 다 빌미를 삼을 것이니, 비밀스럽게 꾸민다고 모를 리가 있겠는가? 월염이를 잃어버렸다고 해도 허사가 될 것이다. 다시 사고를 만나더라도 구차함이 없고 싶다네."

정흠이 웃으며 말했다.

"형님이 만사에 광명정대함을 주장하시니 제가 남을 속이자는 계교를 말씀드린 것이 도리어 부끄럽습니다. 원하는 대로 하십시오."

서태부인이 정잠과 정흠을 보고 말했다.

"인성이와 아이들이 매우 놀랐을 텐데, 상한 데는 없느냐?"

정흠이 인광의 용맹하고 강인한 모습과 인성의 온화하고 신중하면서도 단단한 태도를 입에 가득 칭찬했다. 그리고 인성이 도적을 꾸짖던 말과 인광이 칼로 도적의 배를 찔러 죽인 것을 모조리 아뢰었다. 서태부인은 인성의 사람됨을 이루 말할 수 없이 기뻐했으나 인광이 여덟 살 어린 나이로 사람을 죽인 일에는 놀라서 말했다.

"도적이 이유 없이 우리를 공격한 것은 만 번 죽여도 아깝지 않은 죄악이지만 인광이가 나이 어린 아이로 손에 칼을 잡아 도적을 죽인 것은 도리어 놀라운 일이구나. 인광이는 삼가고 조심하여 아비의 엄숙한 도학을 따르고 망령된 행동을 다시는 하지 마라.”

인광이 매우 당황해하며 두 번 절하고 말했다.

“제가 어린 나이에 사람의 목숨을 상하게 한 것이 집안의 가르침에 어긋나는 것임을 어찌 모르겠습니까? 그러나 도적들이 저희 형제를 기어코 죽이고자 하기에 지은 원한 없이 그렇게 당하는 것이 억울하고 분해, 저들의 손에 저의 목숨을 빼앗기느니 제가 먼저 저들을 죽여보고자 시험 삼아 배를 찌른 것이 그리되었습니다. 그 죄는 마땅히 죽을 만하지만 악행을 행한 것과는 다르니, 할머니는 지나치게 염려하지 마십시오.”

서태부인이 그 손을 어루만지며 말했다.

“너의 굳고 강함이 고금에 드무니 할미의 마음이 어찌 기쁘지 않겠느냐? 하지만 우리 집안은 본래 명현의 후예로 도학을 수련하므로 너의 뛰어난 용맹을 내가 듣고 놀란 것이다. 돌아가신 할아버지께서 출장입상하시고 위엄이 온 세상에 뜨르르하셨지만 일찍이 직접 손으로 사람을 죽이신 일이 없고 칼로 찌르셨다는 말을 듣지 못했단다. 가법은 조상을 따르는 것이고 국법은 전례에 의지하는 것이다. 네가 설령 항우 같은 용력이 있어도 스스로 감추고 공자와 맹자처럼 처신하여 성인 가문의 빛이 되어야 할 것인데, 어찌 어린아이가 사람을 찔러 죽인단 말이냐? 군자의 덕이 넓고 크면 오랑캐에게도 교화를 행할 수 있다. 도적이 매우 흉악하지만 역시 사람이니, 어찌 반드시 찔러 죽인 후에야 물러나겠느냐? 이후로는 그런 행동을 다시 하지 마라.”

인광이 절하고 말씀을 받드니 정잠이 이어서 말했다.

“어머님 말씀이 지당하시니 가히 받들어 따를 것입니다. 그러나 만일 말로써 물리치지 못하고 저들에게 해를 당하게 될 지경에 이르면 구태여 용맹함을 숨길 일이 아니니, 한번 시험하여 도적으로 하여금 가볍게 침범하지 못하게 하는 것도 괴이하지는 않을 듯합니다. 저는 이 아이의 아비지만 오히려 꾸짖지 않으려 합니다."

서태부인도 그렇게 여겼지만 인광을 경계하여 기운을 나는 대로 부리지 말도록 했다. 인광이 공손히 명을 받았다. 이렇게 말하는 사이에 춘파가 월염을 업고 이르렀다. 서태부인과 정잠이 기뻐하며 피했던 곳을 물으니, 월염이 그다지 편치 않은 빛으로 말했다.

"숙모께서 재촉하여 남복을 입혀 내보내시니 부득이 유모를 데리고 밭 가운데 숨어 있었습니다. 그러나 불이 나도 당 아래로 내려가지 않았던 백희에게 죄인이 되었으니 어찌 부끄럽지 않겠습니까?"

정잠이 그 머리를 쓰다듬으며 말했다.

"제수씨의 지혜가 아니었다면 너는 벌써 적의 손에 참혹한 치욕을 면하지 못했을 것이다. 잠시 험한 곳에 숨었던 것은 수치로 여길 것이 아니니, 너는 놀란 마음을 진정하거라."

그런 후 서태부인 가마 안으로 들어가게 하고 노복에게 명하여 산 위에 자리를 펼치고 잠깐 쉬도록 했다. 정잠은 정흠의 상처를 어루만지며 안타까워하느라 자기 몸이 아픈 것은 깨닫지 못했다.

본읍의 수령이 다시 관복을 갖추고 아침 식사를 내어오며 놀란 것을 위로했다. 정잠은 비록 여러 읍의 수령이 주는 예물을 하나도 받지 않았지만 오늘의 아침 식사는 사양할 수 없어 서태부인께 드리고 일행도 다 요기를 하게 했다. 그러나 모든 노비들이 흉적에게 넋을 잃어 수리에게 쫓긴 병아리같이 어리바리하니, 정흠이 갈 길을 걱정하여 말했다.

"우리가 아직 갈 길이 멀었는데 일행이 피로하고 시종들과 하리들은 먼 마을에서 떠드는 소리만 나도 놀라 겁을 내니, 차라리 두어 척 배를 얻어 수로로 평안하게 가는 것이 낫겠습니다. 순풍을 만나면 육로로 10여 일 갈 길을 수일 만에 태주에 도착할 수 있을 것입니다. 형님 생각은 어떠십니까?"

정잠이 말했다.

"내가 길을 떠날 때부터 수로로 가려고 했으나 물살이 위태하여 육로로 행한 것이다. 이제 일행이 편하고 쉽게 가려면 수로로 행하는 것이 마땅하지만 조상의 위패와 어머니를 모시며 아이들을 거느려 아득한 바다 위에서 두어 조각 널판에 오르는 것이 어떨지 모르겠구나."

아! 정씨 가문이 맑은 덕으로 이와 같은 낭패를 당하니 어찌 하늘의 뜻을 헤아릴 수 있겠는가? 앞으로 다가올 재앙과 정인성 등의 목숨은 어찌 될 것인가?

이때 정흠이 웃으며 말했다.

"위태하지만 지난밤의 난리보다 더하겠습니까? 그러나 형님이 결정하지 않으시니 제가 우기지는 못하겠습니다."

정잠이 말했다.

"일단 갈 길을 의논하는 것은 천천히 하고 남은 여관이 있으면 일행을 잠깐 쉬게 한 뒤 내일 출발하세. 100여 호 점사가 다 재가 되었으니 머물 곳이 없어 민망하구나."

이렇게 말하는 사이에 본읍의 수령이 읍의 관저 근처에 숙소를 정했다고 아뢰었다. 일행이 숙소에 이르러 며칠을 편히 쉬었다. 장차 출발하려고 할 때 본읍의 수레를 빌려 월염을 태우고 지난번처럼 길을 나섰다. 도로에서 구경하던 사람이 노복에게 물었다.

"이번 행차에서 도적들의 화를 만나 작은 가마 하나를 잃어버렸다고 하더니 어찌 가마가 이전과 같은가?"

노복이 이미 정잠의 명령을 들었기 때문에 바로 대답했다.

"그것은 병든 노비의 수레이니 있든 없든 상관없는데 잃어버린 것이 무슨 큰일이겠습니까?"

화부인이 가마 안에서 그 답하는 말을 못내 민망하게 여겼지만 정잠의 엄격하고 곧은 뜻을 어기지 못할 것을 알았다. 또 이로부터 작변이 더할까 걱정하며 신령한 심지로써 적들이 소홀히 하지 않는 것을 알고는 염려가 많아서 마음이 편치 않았다. 잠시 가다가 여관에 도착해서는 서태부인을 모셔 쉬게 하고 정태요와 화부인은 아이들을 거느려 둘러섰다. 서태부인은 정잠에게 명하여 정흠과 함께 외실에 나가 편히 쉬라고 했다. 정잠은 정흠만 내보내고 자기는 힘들지 않다고 말하며 물러나지 않았다.

섬옥을 월염으로 오인한 맹추

앞서 맹추의 무리는 정잠의 귀신 병졸들에게 쫓기어 황망하게 도망하다가 10여 리를 물러나 산골짜기에 모였다. 월염의 가마를 세워 둔 후 졸병 한악의 처 교씨로 하여금 보살피게 했다. 섬옥은 월염인 척하고 가마 휘장에 머리를 부딪쳐 죽고자 했다. 맹추가 민망하여 교씨에게 '월염이 위태한 지경에 이르지 않도록 하라'고 당부하고, 한편으로 영리한 군사 네댓 명에게 자세히 소식을 알아 오게 했다. 그들이 즉시 돌아와 아뢰었다.

"정잠 일행은 읍의 관저에 집을 잡아 머물고 있고, 소저를 잃어버린 것이 아니라 병든 여종을 잃어버렸다고 합니다."

맹추가 이 말을 듣고 의혹을 풀기 어려워 즉시 교씨를 불러 가마 안 소저의 용모와 복색을 물었다. 교씨가 보고는 칭찬하며 말했다.

"그 자태가 고운 것은 서시와 왕소군에 못지않고, 옷차림은 예사 규수의 복색이지만 상중에 있는 사람이어서 화려한 것을 입지 않은 것 같습니다."

맹추가 마음속으로 생각했다.

'우리의 계획은 귀신도 예측하지 못할 것인데 정잠이 먼저 알고 딸을 바꾸어 여종으로 대신했을 리가 만무하다. 이것은 필연 재상 가문의 규수를 도적들 손에 잃어버렸다고 하는 것이 부끄러워 일부러 병든 시비를 잃었다고 한 것이다. 가마 안에 든 사람이 정씨가 아닐 염려는 없지만 정인성 등을 죽이지 못했으니 여기에서 그만두고 돌아가지는 못할 일이다. 정씨네 일행이 떠날 즈음 다시 따라가 일을 만들어야겠다.'

그는 한악 등 10여 명과 교씨에게 정소저를 호행하여 상경하게 하면서 매우 조심히 보호하며 데려가 경왕을 맞이하라고 했다. 그런 후 남은 군사들을 거느려 정씨 일행을 따라가 기어코 정인성 등을 죽이고자 했다. 그 이유는 첫째 계월의 당부를 저버리지 않기 위해서이고, 둘째 경왕의 분부를 시행하기 위해서였다.

두 번째 화재를 만난 정씨 일가

　이때 정씨네 일행은 읍의 관저에서 며칠을 머물며 정흠의 상처를 조리하고 노복과 말을 쉬게 한 뒤 3일 차에 출발했다. 정흠 등은 수로로 가고자 했으나 정잠이 배로 천릿길 가는 것을 위태하게 여겨 육로로 갔다. 출발한 지 사오일쯤이었다. 화부인은 줄곧 방심하지 못하면서도 남자들보다 뛰어난 지혜를 나타내지 않느라고 다시 계교를 말하지 않았지만 마음속은 불편했다. 6일째에 계람현의 점사촌에 이르렀다. 큰 산을 등지고 월청강을 앞에 둔 곳이었다. 매우 적막했지만 이미 해가 저물어 강을 건너지 못할 상황이었다. 일행은 첫 번째 점사를 잡아 머물렀다. 점사는 계람현 읍내와 30리가 떨어져 있었다. 태수는 병이 들어 목숨이 위태한 지경이었으므로 정잠 일행을 나와 맞이하지 못했다. 정흠이 정잠에게 고했다.

　"형님은 천 리 뱃길을 위태하게 여기시나 저는 내일 월청강을 잠깐 건널 일이 위태하게 여겨집니다. 순풍을 만나면 다행이지만 혹 바람이 순하지 않으면 저 강물이 여러 곳으로 통해 있으니 어느 곳으로 갈지 모를 뿐 아니라 본읍 태수가 공교롭게도 병이 들어 나와 맞지 못하고 마을의 가게가 이처럼 적막하니 겁 많은 노복들을 데리고 밤을 보낼 일이 걱정입니다."

　정잠도 눈썹을 찡그리고 말했다.

　"우리가 어려서부터 타향을 왕래하여 수륙으로 다닌 것이 한두 번이 아닌데 이번처럼 위태하고 염려스러운 적이 없구나. 월청강을 건너는 것이 또한 어찌 될지 헤아리지 못하겠다. 구태여 아우의 의심이 없더라도 이 상황에 다다라서는 염려가 마음에 가득하여 자연 안심하지 못하니, 내가 어찌 방심하겠는가? 만일 월청강을 무사히 건너면 태주가 불과 오륙일 거리가 되겠지만, 도중에 있던 변고도 전혀 생각지 못했던 것이니 또 무슨 괴이한 일이 있을 줄 알겠는가?"

말하는 사이에 인광이 급히 나와 서태부인의 기운이 좋지 않다고 아뢰었다. 정잠과 정흠이 다급하여 빨리 들어가니, 서태부인은 화부인의 부축을 받아 구토하고 정태요는 손을 받들고는 초조해했다. 정잠이 황급히 화부인에게 물러나 앉으라고 하고 나아가 어머니를 붙들고 정태요에게 말했다.

"이 오라비가 어머니께서 식사를 전처럼 하시는 것을 보고 물러간 것이 불과 두어 시각 정도인데, 그사이 어찌 안 좋아지셨느냐?"

정태요가 대답했다.

"어머니께서 식사는 문제없이 하셨으나 오라버니가 나가신 직후 으슬으슬 춥다고 말씀하시기에 올케가 이불을 내오고 더운 차를 드렸는데, 한기가 가라앉지 않고 이처럼 계속 불편해하시니 당황스럽고 민망합니다."

정잠이 정흠에게 약을 갈라 하고 놀랍고 두려운 마음을 이기지 못해 봉새처럼 큰 눈에 눈물이 어렸다. 서태부인은 정잠이 초조하고 걱정하는 것을 보고 민망하여 애써 말했다.

"갑자기 비위가 거슬려 구토를 한 것이지 깊은 병은 아니다. 잠시 추위를 느꼈으나 아픈 데는 없으니 놀라지 마라."

정잠이 서태부인의 말씀을 들었지만 어찌 놀란 마음을 진정하겠는가? 허둥대며 안색이 재와 같아져서 말했다.

"불효하고 천박하여 어머니를 길에서 편안하게 받들지 못했으니, 저의 죄로 인해 몸 둘 곳이 없습니다."

말을 마치자 눈물이 비처럼 흘렀다. 서태부인은 아들의 마음이 동요하는 것을 절박하게 여겨 병이 대단하지 않다고 재삼 일렀다. 정흠이 갈아 온 약을 서둘러 마신 후 구토는 그쳤으나 한기는 참을 수 없어 팔다리가 떨리는 것을 진정하지 못했다. 정잠이 붙들어 누우시게 하고 손과 발을 주무르는데, 초조하고 두려운 마음에 금방이라도 쓰러질 듯했다. 정태요와 화부인과 인성 등의 초초함도 이에 비할 수 없었다. 밤이 늦은 것도 깨닫지 못하고 있는데 춘파가 다급히 들어와 고했다.

"위아래 점사에 불이 일어났습니다."

말을 마치기도 전에 함성이 크게 울리며 수천수만의 말 탄 병사가 당장이라도 쳐들어올 듯했다. 서태부인은 불편한 중에 이런 일을 당하자 망극함을 이기지 못해 급히 이불을 물리치고 일어나려고 했다. 정잠이 황급히 붙들고 말했다.

"제가 남달리 못나고 부족하니 혹 원한을 맺은 사람이 있을지도 모릅니다. 그렇더라도 실로 이처럼 심하게 미워할 정도인지는 알지 못하겠습니다. 못난 제가 비록 쓸모는 없지만 이와 같은 흉적은 두렵지 않습니다. 어머님은 몸을 편안히 하고 계십시오. 제가 나가서 도적을 물리치겠습니다."

서태부인이 미처 답하기 전에 정흠이 급히 들어오며 말했다.

"도적이 산 위에서부터 점사 밖을 겹겹이 에워싸고 또 외실에 불을 질러 장차 내실까지 이르게 되었으니 이를 어찌합니까?"

서태부인이 다 듣기도 전에 손으로 가슴을 치며 말했다.

"저 하늘이 우리 가문에 화를 내리시어 도중에 이처럼 세상 드문 도적의 변을 만나는구나. 한낱 목숨을 보전하지 못할까 슬퍼하는 것이 아니라 정씨 가문의 기린 같은 세 아이를 위태한 곳에서 버리게 될까 슬퍼하는 것이니, 아들은 어미를 붙들고 앉아 있지 말고 빨리 나가 손자들의 위태함을 구하거라."

말을 마치고 슬픈 눈물을 흘리며 기운이 막힐 듯하니, 장량과 진평의 지모와 항우의 용력이라도 능히 어찌할 방도가 없었다. 정잠은 만일 점사 마을에 불이 난 것이 아니라면 천군만마가 쳐들어올지라도 당해낼 수 있을 것이다. 그러나 불길이 내실을 범하여 누란지세처럼 위태하니, 황급히 몸을 일으켜 서태부인을 업으며 말했다.

"도적은 오히려 놀랍지 않지만 화재가 다급하니 피하지 않을 수 없습니다. 흉적이 함부로 사람을 해치지 못할 것이니, 어머님은 과도하게 놀라지 마십시오."

서태부인이 급한 소리로 말했다.

"이 늙은 어미가 불을 피하는 것은 중대사가 아니니, 너는 너의 제수와 누이와 아이들을 생각하거라."

정잠이 정흠을 향해 말했다.

"제수가 물에 빠졌으면 시숙이라도 손을 잡아 구해야 하는 법이다. 이런 급한 때를 당하여 예절을 돌아보지 못할 것이니, 모름지기 조상의 위패를 받들고 제수씨와 누이를 붙들어 내 뒤를 따라오너라."

정흠이 미처 답하지 못하고 위패를 작은 채여에 모시고 친히 붙들며 정태요와 화부인과 아이들을 재촉하여 정잠의 뒤를 쫓았다. 이때 인성과 인광은 정잠과 부인 행차 사이에 들어가고, 춘파는 월염을 업고 대월은 연교를 업으며, 추홍과 빙섬은 인경과 자염을 업어 일시에 불을 피했다. 이러는 사이에 불길이 안채로 옮겨와 연기와 불꽃이 하늘에 닿고 도적들이 정사의 앞뒤 좌우로 철통같이 에워싸고 창검이 서리 같아서 나는 새라도 빠져나가기 어려운 상황이었다. 정잠이 서태부인을 업고 앞서가는데, 만일 적이 정잠을 해칠 뜻이 있어 맹추와 왕술위의 군사가 한마음으로 힘을 모은다면 아무리 그의 용기와 굳셈이 천하무적이라도 능히 칼날을 벗어나지 못할 것이었다. 그러나 적들은 벌써 흉계를 내어 공자들만 해치려 했으므로 일부러 멀리서 소리치며 요란하게 할 뿐이고 가까이 나와 공격하지는 않았다. 이로 인해 드디어 정잠과 정흠은 부인들과 어린 소저를 데리고 함께 무사히 문 밖으로 나왔다. 그러나 산의 위아래에 적들이 겹겹 에워싸고 있어서 잠시도 머물 곳이 없었기에 참으로 걱정스러워 어찌할 줄 몰라 했다. 그때 홀연 월청강 모랫가에 두어 척 작은 배에서 큰 소리로 오르라고 청하는 사람이 있었다. 이들은 과연 어떠한 사람일까?

정잠 일가를 해치려는 왕술위와 장손술

이에 앞서, 왕술위가 녹빙의 말을 듣고 정잠 일행을 해치고자 했다. 도적의 우두머리인 장손술은 신이한 법술이 뛰어난 까닭에 도적들이 신명처럼 받들었다. 왕술위가 장손술을 만나 정잠 가족이 고향으로 가는 길에 일으킬 변고를 의논하자 장손술이 뛸 듯이 기뻐하며 말했다.

"이는 참으로 쉬운 일이다. 혹시 정삼을 모시는 노비를 아느냐?"

왕술위가 답했다.

"영재와 계충이라고 합니다."

장손술이 기뻐하며 몸을 박차 날짐승으로 변해 공중에 올라 태주에 이르렀다. 집안 건물의 안팎으로 다니며 영재와 계충을 눈여겨보고 돌아오는데, 정삼의 바르고 맑은 기운은 견디기 어려워 여막에는 감히 다가가 보지 못했다. 급히 돌아와 왕술위를 보고 말했다.

"내가 이미 영재와 계충을 보고 왔으니, 정잠 일행을 해치는 것이 족히 근심이 되지는 않을 것이다."

왕술위가 말했다.

"제 처가 천 번을 당부하며 정잠과 서태부인은 해치지 말고 정잠의 큰아들인 정인성만 죽이라고 했으니, 삼가 일을 행하는 것이 좋겠습니다."

장손술이 웃으며 말했다.

"그렇다면 그렇게 하거라. 내가 법술을 한번 발하면 물 위에 뜬 기름처럼 의지가지없이 떠도는 아이를 쓸어버리는 일은 손바닥 뒤집는 것과 같을 것이다."

그런 후 적들과 함께 강 가운데 출몰하여 정씨 일행을 기다리고 있었다.

이날 장손술은 정씨네 일행이 월청강 근처 점사에 들어가는 것을 보고 즉시 몸을 흔들어 새로 변해 정씨네 일행이 머물고 있는 점사로 날아갔다. 점사 안으로 뚫고 들어가고자 했는데, 뜻밖에 정잠의 빛나는 기운이 점사를 두르고 있었다. 이에 요술로 부정하고 사악한 기운을 발하지 못해 겨우 외실에 있는 모자의 사이에 끼여 앉았다. 안으로부터 정흠이 두어 명 아이와 함께 나오는데, 그 공자들의 풍채와 어리는 기운은 만고의 역사를 두루 살펴도 다시 있지 않을 정도였다. 한 번 보면 눈이 어릿하고 두 번 보면 정신이 황홀하여 변화술이 온전히 유지되지 못할 듯했다. 이에 바삐 날개를 저어 돌아와 왕술위를 보고 말했다.

"잘 모르겠구나. 너의 처가 정인성을 기어코 죽이라고 한 것은 어찌 된 뜻인가?"

왕술위가 대답했다.

"제가 못나 처에게 자질구레한 곡절과 속사정을 묻지 못하므로 그 의도는 알지 못하겠습니다."

장손술이 한참을 생각하다가 웃으며 말했다.

"너의 처는 정상서 부인 소씨의 몸종인데, 주인의 심복인가?"

왕술위가 대답했다.

"소부인(소교완)이 한갓 복심으로 삼을 뿐 아니라 노비와 주인이 규방의 막역지우가 되었다고 합니다."

장손술이 말했다.

"그렇구나. 너의 처가 정인성을 기어코 죽이라고 하고 정상서 모자는 해치지 말라고 한 것은 이미 소씨의 지시를 들은 것이 분명하다."

왕술위가 말했다.

"소부인이 어찌하여 대를 이을 계후자를 죽이라고 했겠습니까?"

장손술이 웃으며 말했다.

"너 같은 무식한 필부가 어찌 그 계교를 깨달을 수 있겠는가? 자고로 계모가 양아들을 좋아하는 일은 드물다. 소씨가 반드시 정인성을 없애려고 너의 처를 시켜 큰일을 네게 부탁한 것이다. 그렇지 않다면 공자만 죽이라고 할 리 만무하니, 이것은 묻지 않아도 알 일이다."

왕술위가 말했다.

"제가 어리석어 깨닫지 못했는데, 말씀을 들으니 과연 소씨의 지시인가 합니다."

장손술이 또 말했다.

"내가 정씨네 아이를 없애는 것은 파리를 죽이는 것과 같을 것이라고 생각했는데, 아까 정씨네 아들을 보니 실로 성인의 상이고 크게 귀하게 될 품격이었다. 범속하고 평범한 아이와 달라 잡된 사술로 없애지 못할 것이다. 계교를 쓰지 않으면 해치우기 어려우니, 여차여차하여 그 일행을 속일 것이다."

왕술위가 그 계교를 따라 즉시 도적들과 함께 점사에 불을 놓았다. 이때 공교롭게도 강포한 도적과 요악한 부류가 서로 만난 것이다. 왕술위는 점사 마을 위에서부터 불을 놓고 맹추는 마을 아래에서부터 불을 놓았는데, 왕술위가 처음에는 아래에서 올라오는 이들을 자신의 무리로만 여겼다가 점점 가까워져 서로 본 후에는 놀라 손을 잡고 기뻐하며 말했다.

"이것은 하늘이 우리를 만나게 한 것입니다."

맹추도 반기며 말했다.

"저는 부득이 여기에 올 일이 있지만 왕군은 무슨 연고로 여기에 오셨습니까?"

왕술위가 웃으며 말했다.

"다름이 아니라 지난번 태주에 갔을 때 내 처가 당부하여 여차여차 하라고 했습니다. 계집의 말을 따를 것은 아니지만 대장부가 힘을 이런 곳에 쓰지 않고 무엇 하겠습니까? 이런 까닭에 여기에 이른 것입니다."

맹추가 손을 저으며 말했다.

"낮말은 새가 듣고 밤말은 쥐가 듣는다고 하니, 왕군 곁에 사람이 없다고 목소리를 거침없이 하십니까? 나도 역시 처의 말을 들어 부득이 정씨네 일행을 따라 은교역에서 여차여차 사고를 만들었는데 성사하지 못하고 괴롭게 여기에 이르렀습니다."

왕술위가 박장대소하며 말했다.

"정상서가 귀신 병졸이 아니라 하늘의 성인들과 옥황상제를 부리는 술법이 있다고 해도 오늘 우리가 마음과 힘을 합하고 장손술 어른이 기이한 계교와 신통한 법술로 속인다면 저들이 피할 수 없을 것입니다. 정인성은 어린애이니 파리와 무엇이 다르겠습니까? 바삐 점사를 에워싸고 그 일행을 놀라게 하는 것이 좋겠습니다."

맹추가 웃으며 말했다.

"우리가 들레지 않아도 점사 마을에 놓은 불이 정씨네 숙소까지 이어졌으니, 정상서가 분명 모친과 일행을 위태한 곳에 두지 않으려고 자연 불을 피할 것입니다."

왕술위가 말했다.

"그러나 정씨 일행이 놀라고 겁나도록 천병만마가 요란히 쳐들어가는 듯 하십시오."

맹추가 드디어 병졸들에게 명령하고 왕술위도 자기 무리에게 지시하여 위아래 점사를 에워싸고 창검을 옆에 끼며 일시에 소리 질러 강한 기세를 보였다.

이때 정잠은 도적을 두려워해서가 아니라 서태부인을 모시며 일행을 거느려 불을 피하느라고 한창 초조하고 다급해하던 차였다. 그런데 월청강 모랫가에서 몇 명 노비가 무릎을 꿇고 머리를 조아리며 배에 오르라고 청한 것이다. 얼굴과 목소리가 노비 영재와 계충이었다. 그들이 아뢰었다.

"저희가 처사 나리의 명을 받고 여기에 배를 대고 점사 마을로 들어가고자 했는데, 뜻밖에 행차가 이곳에 이르시고 도적의 환란을 만나시니 처사 나리의 말씀이 틀리지 않으십니다. 바삐 배에 오르시기를 바랍니다."

정잠이 답하기도 전에 정흠이 요사한 도적의 변화술을 알지 못하고 크게 기뻐하며 정잠을 향해 말했다.

"적의 형세가 흉포하고 잠시 머물 곳이 없으니 배에 오르는 것이 좋겠습니다."

정잠이 말했다.

"아우가 영재 등을 보냈다면 반드시 편지가 있을 것이니 찾아보도록 하게."

정흠이 두 노비에게 명하여 편지를 올리라고 하자 두 노비가 대답했다.

"다급한 가운데 편지를 배 안에 두고 미처 가져오지 못했습니다. 배에 오르시어 보십시오."

이렇게 굴 때 도적들이 떠들며 얼굴에 나무 탈을 쓴 자가 소리를
질렀다.

"너희들은 다른 사람은 함부로 해치지 말고 저 비단 보자기를 뒤집
어쓰고 늙은 여인에게 업혀 있는 여자를 빼앗아 가마에 넣어라."

춘파는 점사 안에서 소저를 업으려고 급히 달려들다가 황망한 중
에 엎어져 무릎을 심하게 다쳐 걸음이 온전하지 못하던 가운데 이 말
을 듣고 더욱 놀라며 두려워했다. 서태부인이 가슴을 치고 통곡하며
말했다.

"흉적이 처음부터 월염이를 해치려 한 것이 심상치 않으니 이를 어
찌하느냐?"

정흠 또한 발을 구르며 말했다.

"형님이 오히려 빨리 움직이지 않으시고 배에 오르는 것을 조심스
러워하시니 그 뜻을 알지 못하겠습니다. 몇몇 노복이 어찌 도적들을
감당하며 저마다 넋을 잃었으니 이를 장차 어찌하고자 하십니까?"

정잠은 매우 꺼려졌지만 부득이 배에 올랐다. 영재와 계충은 행차
가 오르는 기구를 차렸는데, 서태부인이 매우 급하여 월염을 먼저 건
네라고 했다. 정잠이 즉시 가마를 가져오라 하여 월염을 배에 올리는
데 연교가 말했다.

"나는 유모에게 업힌 것이 매우 무서우니, 언니의 가마 안에 함께
들어가겠습니다."

정잠이 즉시 배에 올리고 이어 서태부인을 모시면서 정태요에게
말했다.

"어머니가 과도히 놀라시니, 가마 안이 비록 좁지만 누이는 가마

안에 들어가 어머니를 보필하시게."

정태요가 즉시 가마 안에 들어가고 휘장을 쳤다. 화부인도 자염을 데리고 배에 오르는데, 정잠이 정흠에게 말했다.

"어머니와 제수씨와 누이는 내가 살필 것이니, 아우는 인성이와 다른 아이들을 데리고 앞의 배에 오르게."

정흠은 그 말에 따라 위패를 정잠에게 맡기고 아이들을 거느려 배에 올랐다. 이때 인경이 어머니와 할머니를 떠나지 않으려고 하며 울음을 터뜨렸다. 정흠은 심사가 좋지 않은데 아이의 울음소리 듣는 것이 싫어서 인경을 정잠이 탄 배로 보냈다. 이에 사공이 재촉하여 두 배를 함께 띄우려고 하는데, 정잠이 탄 배는 뒤에 있고 정흠이 탄 배는 앞에 있을 뿐 아니라 영재와 계충이 함께 올랐다. 흉적들이 서로 키를 맞추어 정잠이 탄 배는 어느새 건너편 모랫가에 닿았다. 그런데 정흠이 탄 배는 거짓으로 움직이는 체하면서 아득하게 강물에 띄워 다만 노를 젓는 척할 뿐이었다. 정잠이 매우 의심하여 서동에게 영재와 계충을 불러 배를 어서 건너게 하라고 전했다.

(책임번역 김수연)

완월회맹연 권 5

아이들을 잃은 정씨 일가

장손술의 습격으로 정인성은 실종되고

정인광과 정월염은 계행산에 납치되다

장손술에게 해를 입은 정흠 일행

정잠이 크게 의심하여 서동에게 영재와 계충을 불러 배를 어서 건너게 하라고 전하면서 자세히 보니, 강의 폭이 겨우 수십 간 정도였다. 또 어찌 그 부정하고 음흉한 기운이 얼굴에 나타난 것을 모르겠는가? 마음 가득 놀라 어머니와 제수와 누이를 모랫가에 내리게 한 후 직접 배를 타고 정흠 일행을 데려오려 했다. 이때 일부러 영재의 말을 듣고자 하여 서동을 시켜 큰 소리로 편지를 내오라 하니 영재가 외쳤다.

"배 안에 두었으니 건너가서 드리겠습니다."

공자들이 이 말을 듣고 즉시 편지를 내오라 했다. 원래 영재는 장손술이고, 계충은 장손술의 동생 장손설이었다. 모두 여의개용단[8]을

---

8   여의개용단(如意改容丹): 마음대로 얼굴을 바꿀 수 있는 신비한 약.

삼켜 영재와 계층으로 변한 것이다. 공자가 편지 찾는 것을 보고 그의 바르고 밝은 기운을 괴롭게 여겼지만 나이가 어리기에 업신여기고 웃으며 말했다.

"편지를 찾아서 보기에는 경황이 없으니, 잠깐 놀란 것을 진정하시고 물이나 건너간 뒤에 보는 것이 어떠합니까?"

인광이 문득 봉의 눈썹을 치켜올리고 왈칵 화를 내며 꾸짖었다.

"천한 노비가 대인의 서찰을 받들어 왔으면 즉시 올리는 것이 옳은 일인데 온갖 핑계를 대고 그 하는 말이 괴이하니, 속이는 것이 있음이 분명하다."

이렇게 말하며 두 공자가 커다란 눈을 흘겨 살폈다. 장손술은 요술이 신이하고 특출했지만 공자들이 무심히 보지 않는 것을 좋지 않게 여겨 즉시 서로 눈길을 주어 선창 밖으로 나가며 말했다.

"서찰이 어디에 들어 있는지 찾아보겠습니다."

인광이 성화같이 재촉하니 장손술이 속으로 비웃었다.

'이 어린 것은 기어코 내 손에서 명을 마치겠구나.'

그런 후 장손설에게 눈길을 주었다. 장손설은 법술이 장손술에는 미치지 못하지만 물속에서 자맥질하는 것은 도적들 중에 제일이었다. 그는 일부러 배 가장자리에 위태하게 서 있다가 발을 헛디디는 체하고 고의로 빠졌다. 장손술이 급히 붙드는 척하다가 함께 휩쓸려 빠지니, 정흠이 매우 놀라 뱃사람들에게 급히 건지라고 했다.

이즈음에 정잠은 물을 건너 일행을 편히 쉬게 하고 배를 도로 타정흠 등을 구하려고 했다. 뱃사람들은 본래 도적 무리로 장손술의 지휘를 따르고 있으니 어찌 정잠의 명령을 따르겠는가? 정잠이 여인들을 보살피는 사이에 배를 뒤집어 물에 잠기게 하고 저희는 일시에 물로 뛰어들었다. 정잠은 자맥질을 할 줄 모르기 때문에 건널 방법이 없었다. 하물며 서태부인이 구토하고 어지러워하니, 정잠은 당황하여 천지가 아득한 상황이었다. 다만 시종들을 시켜 정흠의 배를 건너오게 하라고 외쳤지만 정흠과 자녀들이 무사히 건너올지는 기약하지 못해 타들어 가는 속이 다 없어질 지경에 이르렀다. 정태요와 화부인도 걱정되고 놀란 마음에 자못 황급했다.

이때 공자들은 할머니가 오르신 배가 무사히 건넌 것을 다행으로 여겼다. 그러다 뱃사람들이 배를 가라앉히고 일시에 물로 들어가는 것을 보고는 이미 그 예측할 수 없이 흉한 마음을 알고 크게 놀라 정흠에게 말했다.

"아까 영재와 계충이 공연히 물에 빠진 것을 괴이하게 여겼는데, 이제 저 거동을 보니 흉적과 내통하는 무리가 분명합니다. 우리가 저들의 간계에 속아 누란지세의 위급함에 있고, 누이는 여자라서 변을 만나면 그 욕됨이 비할 데 없을 것인데 이를 장차 어찌합니까?"

정흠이 하얗게 질려서 말했다.

"아까 영재 등이 눈앞에서 물에 빠졌지만 뱃사람들이 전혀 동요하지 않기에 극악하다고 여겼더니, 필연 자맥질을 할 줄 아는 무리가 분명하구나. 그 흉한 마음이 어디에 미칠 줄 알지 못하고 월염이 욕을 면할 도리가 아득하니, 이렇게 끔찍한 변을 당할 줄 어찌 생각이나 했겠느냐?"

월염이 가마 안에서 울며 말했다.

"흉적의 간악한 꾀가 이와 같아서 흉악한 일이 어느 곳에 미칠 줄 알지 못하니, 제가 차라리 저 강물에 몸을 감추어 괴로움과 놀라움을 모르고 싶습니다."

정흠이 말했다.

"어찌 이런 말을 하느냐? 네 목숨을 버려 치욕을 면할 수 있다면 이 못난 숙부가 구태여 말리지 않겠지만, 흉적은 물속에 숨는 것을 평지같이 하기 때문에 네가 만일 물에 들어간다면 건져내는 것을 손쉽게 여길 것이다. 그렇다면 몸이 열 번 죽어도 씻지 못할 참욕이 될 것이다. 일단 일의 형세를 보아 치욕이 미치기 전에는 네 몸을 편안하게 하거라."

월염은 눈물을 참지 못했다. 연교 또한 놀라 크게 우니, 정흠이 참담하여 연교를 가슴에 품고 넓은 소매로 두루 감싸며 달랬다. 홀연 한바탕 괴이한 바람이 일어나니, 정흠의 관이 벗겨져 선창으로 굴렀다. 정흠이 더욱 놀라 관을 주워다 다시 썼는데, 마음이 초조하여 갈증이 심해졌다. 우연이 눈을 들어 살피니 술병 하나가 곁에 놓여 있었다. 부주의한 마음에 독주인지 살피지 못하고 노비가 가져온 것인가 생각하여 한 그릇 마셨다. 연교도 물을 찾는데 다른 물은 없는 데다 술맛이 매우 달기에 참으로 무심하게 두어 술 떠서 먹였다. 그런 후 장연을 재촉하여 배를 바삐 저으라고 했다. 장연 등이 그 말을 따르는 체하고 짐짓 지체할 즈음에 문득 정흠과 연교가 얼굴빛이 흙빛이 되고 눈을 감으며 입으로 무수히 구토하는데 어찌 된 영문인 줄 알지 못했다. 두 공자가 이 모습을 보고 더욱 놀라 급히 손발을 주물렀지만 한 알의 약도 없으니 어찌할 바를 몰랐다. 이때 또 한바탕 찬 바람이 불더니 배 안의 촛불이 모두 꺼지고 번쩍이는 빛이 자주 번뜩였다. 대월과 춘파 등이 놀라 기절하고 홍윤은 겨우 정신을 차려 선창에 들어가 공자를 보호했다. 인성과 인광은 과도히 놀라거나 겁내는 빛이 없이 침착한 목소리로 말했다.

"요사함은 어진 덕을 이기지 못하고 사악함은 올바름을 침범하지 못한다. 흉적이 간교한 꾀와 요술을 온갖 방법으로 발하지만 무죄한 사람을 함부로 해치지 못할 것이니, 홍윤은 과하게 겁먹지 말고 창검을 가져다 도적을 막아라."

말을 마치기도 전에 물속에서 창과 칼이 번뜩이며 크게 소리 지르고 배를 붙들고 올라오는 자가 30여 명이나 되었다. 그들은 한결같이 키가 8척이나 9척쯤 되고 몸집이 세 아름이나 되었다. 낯이 붉으며 더러운 구레나룻은 누렇고 길어 장부의 용모와 장수의 거동이었다. 홍윤도 용맹하지만 이 거동을 보고는 감당할 의사가 없어지고 정신이 흐릿해졌다. 적들이 올라와 배를 다시 저으며 한편으로는 가마를 빼앗아 가려 하는데, 조금도 거리낌이 없었다. 두 공자가 죽음을 무릅쓰고 가마를 둘러막아 도적의 칼을 막아낼 즈음에 문득 한마디 괴이한 소리가 나며 정흠과 연교를 거두어 데리고 갔다. 순식간에 그 간 곳을 알지 못했다. 인성은 분하고 놀라 온화하고 신중하며 공손한 천성을 버리고 고함을 지르니, 그 소리가 뼈를 뚫을 듯하고 하늘까지 닿을 듯했다. 그러고는 빨리 선창 밖을 향해 공중을 우러러보았다. 범인이 누구인지 비록 알지 못하지만 공자의 눈빛은 매우 특출하기에 요적이 벌써 정흠과 연교를 거두어 옆에 끼고 곤두쳐 계람 모랫가에 이른 것을 보았다. 그 거리가 불과 100여 걸음 정도였다. 급히 홍윤이 차고 있던 활과 화살을 빼앗아 힘을 다해 요사한 기운을 향해 쏘았다. 여덟 살 아이의 활 쏘는 법이 이처럼 기이하단 말인가?

정인성을 물에 던져버린 장손술

이때 장손술이 물속에 들어갔다가 부하들에게 창검을 가지고 배에 오르라 하고 자신은 먼저 괴이한 바람을 만들어 정씨네 노비와 유모를 놀라게 하여 기절시킨 후 정흠과 연교가 독주를 마시고 정신을 잃은 틈을 타 가볍게 끼고 나오려고 했다. 그런데 공자의 눈빛이 실로 두렵고 정흠과 연교의 위인이 또한 평범하지 않아 무거움이 태산같아서 멀리 가지 못하고 모랫가에 내려다 놓은 것이다. 이렇게 하고 주저하는 사이에 날아오는 화살이 어깨를 꿰뚫었으니, 그 아프고 놀란 마음을 어디에 비하겠는가? 평범한 악당이라면 살기를 바라지 못할 것이지만, 장손술은 비할 데 없이 흉하고 독한 악당인 데다가 또 저의 아저씨 태허도인(장손활)이 만든 온갖 환약을 가지고 있었다. 화살을 맞아 뚫린 곳이라도 한번 바르면 효험이 있는 신기한 약이 있으므로 즉시 꺼내어 상처에 바르고 부하들을 불러 말했다.

"정흠은 구태여 죽일 필요가 없으니 독주에 정신을 잃은 채로 내버려 두어라. 이 소저는 길러내면 천금은 군말 없이 받을 것이니 해독약을 먹여 구하여라."

그러고는 화살 맞은 어깨를 보이며 말했다.

"내가 동서남북으로 돌아다녔지만 일찍이 몸을 상한 적이 없는데, 오늘 이처럼 어깨를 다쳤으니 어찌 분하지 않겠는가? 저 선창에서 나를 쏜 자를 찾아 만 갈래로 찢을 것이다."

그러고는 도로 그 배에 달려들며 소리를 크게 질러 활 쏜 자를 찾는데, 그 형세가 매우 흉악했다. 인성은 성난 눈을 찢어질 듯 뜨고 사나운 소리로 크게 꾸짖었다.

"이 극악무도한 강도 놈아! 너는 분명 악당들을 모아 촌가의 재물을 노략질하는 더러운 도적일 텐데, 무슨 연고로 우리 일행이 가는 길에 소란을 만들고 숙부와 누이를 납치해 갔느냐? 그 죄악은 만 번 죽여도 애석하지 않다. 어찌 한쪽 어깨를 쏠 뿐이겠는가? 내가 비록 어리지만 한칼로 너를 만 조각으로 썰어버리겠다."

말을 마치고 장검을 비스듬히 하여 장손술을 죽이고자 했다. 정인성의 위풍이 헌걸찬 것은 동해 큰 바다의 구름과 무지개를 만드는 푸른 용 같았고, 엄중한 것은 눈 내리는 북쪽 하늘의 뜨거운 태양 같았다. 이에 적들은 심경이 오싹하여 비록 독사 같은 대악한이지만 칼을 들고 나오지 못했다. 정인광이 또한 앞으로 나가 도적들을 꾸짖는데, 장엄한 기상과 존엄한 기풍에는 조둔이 지녔던 여름 해의 위엄과 당 태종이 지녔던 천자의 기품이 있었다. 흉적 장손술이 신기하게 여기며 생각했다.

'이런 비상한 아이들을 일시에 죽이면 하늘의 재앙이 있을 것이니, 정인성만 물에 빠뜨려 내 위엄을 보이고 정인광은 잡아다가 아저씨께 드려야겠다.'

그런 후 도적들을 호령하여 말했다.

"이 아이가 나를 쏘았으니 그 죄는 열 번 베어도 시원하지 않을 것이다. 너희들은 빨리 정인성을 잡아 물에 넣어라."

이에 도적들이 일시에 에워싸니, 홍윤과 인광이 죽기를 각오하고 인성을 구하려 했다. 하지만 홍윤은 장손술이 밀치는 바람에 물에 떨어지고, 인광은 여러 번 물에 떨어질 뻔하다가 겨우 적들을 뚫고 형을 붙들어 생사를 함께하려고 했다. 인성은 적들이 이처럼 하는 것을 보고 또한 삼갈 일이 없어 칼을 날려 적들 네다섯 명을 찔러 거꾸러뜨렸다. 비록 죽지는 않았지만 모두 쓰러졌기 때문에 장손술이 크게 노하여 직접 달려들어 그 칼을 빼앗고 적들을 호령하여 정인성을 잡아 물에 던졌다. 아! 인성 공자는 신령하고 신중하며 정대하여 그 사람됨이 인류가 생겨난 이래로 독보적이지만 나이는 8세 어린아이라서 아직 혈기가 안정되지 않았으니, 장성한 사내 만 명도 이길 수 없는 장손술과 강하고 사나운 도적들을 어찌 당해내겠는가? 홍윤이 물에 빠지고 노비들이 기절한 가운데 인광이 홀로 힘을 다해 달려들어 형을 구하고자 했다. 그러나 달리 도울 사람이 없으니 속절없이 악독한 도적들의 해를 피하지 못해 물에 빠지게 된 것이다.

아, 애석하구나! 정잠이 양부인을 잃은 후 다시 혼인할 생각을 두지 않고 새로 아내를 얻어도 좋아하지 않은 것은, 비록 이 정도의 참변이 있을 것이라고는 생각하지 않았으나 혹시 선량하지 않은 사람을 아내로 삼아 자녀들에게 괴로움이 생길까 염려해서였다. 그런데 간흉하고 교활한 소교완이 한번 계획을 내자 정잠의 귀하고 귀한 아들과 딸이 한순간에 물고기의 배 속에서 장례를 치르게 되었으니 애통하고 애석하구나! 소교완은 인성 남매를 향해 칼을 품으며 살을 겨눈 마음만 아니라면 모든 행실이 매우 뛰어나고 온갖 일 처리가 남보다 빼어나니, 무엇을 탓하며 지아비의 훌륭한 행실을 그릇되게 할까 염려하겠는가? 그러나 제가 낳지 않은 자녀를 없애고자 하는 마음이 여태후가 조왕을 독살한 것과 여희가 신생을 죽인 것보다 더했다. 만일 인성이 살아나지 못한다면 한갓 정씨 가문의 불행은 말할 것도 없고, 나라에도 더할 나위 없는 불행이고 백성에게도 불운한 일이 될 것이다. 소교완이 한없이 정씨 가문을 망치는구나! 여태후가 한나라 종실을 기울어뜨린 것과 측천무후가 당나라 왕업을 무너뜨린 것과 어찌 다르겠는가?

수신(水神)의 도움으로 목숨을 구한 정인광

이때 도적들이 인성을 물에 던지고 인광과 월염이 탄 가마를 바로 납치하려고 하는데, 문득 물속에서 무엇인가가 솟아 나와 발톱을 벌리고 장손술을 물어 거꾸러뜨렸다. 장손술은 낯가죽과 온몸이 크게 다쳐 흥건히 피가 흐르니, 사나운 기운과 요사한 술법으로도 어쩌지 못하고 정신을 잃었다. 그것이 장손술을 물어 강물에 던질 때 도적들은 스스로 살기를 도모하여 강물로 뛰어들었다. 이때 인광은 형이 물에 빠진 것을 보고 한번 불러 통곡하다가 거꾸러져 혼절하고 월염 역시 급작스러워 어쩔 줄 몰랐다. 그러니 배 가운데 누가 있어 이들을 구한단 말인가?

이때 수신이 조화를 부려 도적들을 물리치고 인광의 위급한 화를 구한 것이다. 사람들이 모두 시체가 되었고 세찬 바람과 하얀 물결이 산과 같아서 돛은 떨어지고 배는 강 가운데서 잠겼다 떴다 하여 위태함이 경각에 있었다. 얼마의 시간이 지난 후 인광이 스스로 깨어 눈을 들어보니, 배 안이 황량하고 도적들은 간데없었다. 노비들을 불렀으나 한 명도 대답하는 사람이 없었다. 형 인성이 물에 빠진 것을 생각하니 가슴이 막혀오고 애간장이 끊어지는 듯해 홀로 살고 싶은 생각이 없었다. 그러다 월염의 생사를 알지 못해 가마의 주렴을 들어보니 혼절해 있기에 춘파를 먼저 깨워 월염을 구하고자 했다. 광풍은 그치지 않고 돛 없는 배가 탕탕히 바람을 타고 거꾸로 행하여 흐르는 별같이 달렸다. 그렇지만 물에 잠기지도 않고 어지럽게 행하지도 않으며 가는 속도도 빨랐다. 춘파가 겨우 정신을 차려 인광 공자를 붙들고 말했다.

"이 배는 어찌하여 이처럼 가고, 시랑(정흠) 나리와 인성 공자는 어디로 가셨습니까?"

인광은 가슴을 어루만지며 전후의 일을 말해주었다. 춘파가 몹시 망극해하며 큰 소리로 울자 인광이 급히 말렸다.

"누님을 구호하는 것이 대단히 급하다. 그런 후에 내가 직접 강물에 들어가 형의 시신을 찾으려 하니 어지럽게 굴지 마라."

그러고는 배 가운데를 더듬어 초를 구해 간신히 불을 밝히고 강물을 떠 월염의 입에 넣었다. 그 행동과 태도는 물론 난리 중에 사촌누나를 위한 정이 친동기보다 덜하지 않았다. 그뿐만 아니라 남녀의 몸가짐을 혼잡하게 할 수 없어서 불을 밝히기 전에는 붙들어 구호하지 못하고 춘파에게 명했다. 그 삼엄한 예절이 성현의 후손이며 법도 있는 가문의 출신임을 알게 했다. 한참이 지난 뒤에야 월염이 정신을 차려 인광과 춘파를 붙들고 통곡했다.

"흉적이 인성이를 물에 던지는 소리에 넋을 잃었는데, 인성이의 생사는 어찌 되었느냐?"

인광이 통곡하며 말했다.

"사람이 한번 망망한 물속에 떨어졌으니 어찌 무사하기를 바라겠습니까? 물 밖으로 나오기 전에는 속절없이 죽을 것이지만, 형님의 위풍과 자질로 힘없이 쓰러지지는 않을 것입니다. 그러나 아득한 하늘의 뜻을 어찌 알겠습니까? 눈앞에서 흉한 화를 당할 때에 제 몸을 대신 던지라고 적들에게 빌어보지 못한 것이 한입니다."

말을 마치자 남매는 길이 애통해하며 인성을 슬프게 불렀다. 그 소리가 애절하여 가을의 외로운 기러기가 무리를 잃은 듯했고, 대숲의 어린 봉새가 어미를 잃은 듯했다. 소리는 애절하고 그 입술은 처량하니, 춘파도 통곡하며 멀고 먼 하늘을 원망할 뿐이었다. 이렇듯 비통한 가운데 배는 한없이 달려서 동쪽 하늘이 밝아올 때까지 멈추지 않았다. 인광과 월염은 다만 죽기를 작정했지만 아득한 물 가운데에 이같은 위험을 당하니 어찌 두렵지 않겠는가? 하지만 인광이 도리어 월염을 위로하며 말했다.

"하늘이 우리 남매와 춘파를 남기고 배를 뒤집히지 않게 하고 한없이 가게 하는 것은 오히려 살 땅을 빌려주고 죽지 말라고 명하신 것입니다. 모든 일은 다 하늘의 뜻입니다. 형님이 물에 빠진 재앙과 부모님이 가슴 깊이 참혹해하실 것을 생각하니 애간장이 무너지고 오장이 잘리는 듯해 차라리 강물에 빠져 형님의 뒤를 따라 슬픔을 모르고 싶지만, 이 몸이 죽는 것은 더욱 불효입니다. 참으로 슬프고 두렵고 난처한 상황에서도 우리 남매의 몸을 여린 옥같이 하여 할머니와 부모님께 산 얼굴로 배알하는 것이 효일 것입니다."

월염은 인광의 수척한 모습과 울먹이는 소리를 대하니 인성의 슬프고 마른 얼굴을 보는 듯 애통하여 넋을 잃고 울부짖었다.

"아우는 남자의 몸이라서 하늘이 부디 죽이지 않으시면 천금같이 귀한 몸을 보전하여 부모님 곁으로 돌아가겠지만, 나의 처신은 매우 어렵다. 만일 백희를 따라 맑은 절개를 지닌 여자가 되고자 한다면 은교역 화재에서 구차하게 피하지 않았을 것이니, 내가 예를 행하는 것이 실로 부끄럽다. 변고를 당해 마침내 어떻게 될 줄 알지 못하는데, 동생이 나를 살리고자 하는 것이 옳겠느냐?"

이에 인광과 춘파가 오열하며 말했다.

"누님의 말씀이 마땅하지만 범사를 일률적으로 지키지 못할 것이니, 백희가 화염 가운데 불탄 것은 예를 지켰다는 점에서는 기특하나 저는 한쪽으로 치우침을 괴이하게 생각합니다. 성인도 정도와 권도를 두시어 공자도 미복으로 송나라를 지나셨으니, 신체발부가 그 얼마나 중대한데 구태여 불에 타 죽는 것이 옳겠습니까? 일단 앞날을 보아 생사를 결정하는 것이 옳다고 생각합니다."

말을 마치고 남매가 서로 붙들고 통곡하니, 울음소리가 참담하여 청산이 슬퍼하는 듯하고 태양이 흐느끼는 듯했다.

계행산에 이른 정인광과 정월염

하늘이 빛을 잃고 먹구름이 사방에서 일어났다. 이날 정오쯤에 배가 한곳에 닿았다. 인광이 살펴보았지만 어디인지 알지 못했다. 사방으로 4, 5리쯤 뒤로 일련의 산들이 의연하게 공중에 이어져 있었다. 춘파가 인광에게 아뢰었다.

"이곳이 어느 땅인지는 모르지만 저 산을 넘으면 혹 인가와 암자와 도관이 있을 것이니, 잠깐 머물렀다가 태주를 찾아 향하시지요."

인광이 눈썹을 찡그리며 말했다.

"일반 사람을 만나면 좋겠지만 암자와 도관을 만나면 내가 거처하기 어려울 것이니, 잠깐 산골짜기에 머물렀다가 태주를 찾아가겠다."

그러고는 모래밭에 내렸다. 월염이 말했다.

"이곳이 계람에서 몇 리나 되는지 모르는 데다가 인성이가 물에 빠진 후 아버지가 우리의 거처를 몰라 극도로 걱정하며 계람 근처에 머무르실 것이다. 이 배는 불과 하룻밤 한나절을 왔으니 멀리는 오지 않았을 것이다. 계람을 찾아가는 것이 옳겠다."

인광이 말했다.

"사람을 만나면 물어 이 땅의 이름을 알고 계람이 가까우면 그곳으로 가겠지만 배가 화살처럼 별처럼 달리며 잠시도 지체하지 않았으니, 제 생각에는 육로로 수십 일 거리를 하룻밤 한나절에 왔을 듯합니다."

월염이 울며 탄식했다.

"그렇다면 즉시 돌아가는 것이 좋겠다."

이렇게 말하는 사이에 산 위에서 약초 캐는 여자 도인 수십 명이 무리를 지어 내려왔다. 모두 용모가 뛰어나고 의복이 단정했다. 춘파가 마주 나아가 절하고 말했다.

"세속 나그네가 길을 잘못 들어 신선의 땅을 침범했습니다. 외람되지만 이곳 지명을 알고자 합니다."

그 무리가 놀라 일시에 인사하고 말했다.

"이곳 지명은 조주입니다. 저 산은 계행산인데 일찍이 나그네의 자취가 이르지 않아 세상과 단절되었으니 저승 세계로 들어가는 관문과 다름이 없습니다. 말로는 길을 잘못 들었다 하시지만 참으로 괴이한 일입니다."

춘파가 물었다.

"이곳에서 태주가 얼마나 멉니까?"

도인 무리 중 한 명이 태주라는 말을 듣고 쓸쓸히 반기며 말했다.

"부인께서 태주라는 말을 하니 매우 반갑고 슬픕니다. 나의 고향이 태주이지만 이곳에서 거리가 만여 리가 되니, 작은 몸으로 어찌 고향에 돌아가기를 바라겠습니까? 속절없이 조주의 외로운 혼이 되기를 기약할 뿐입니다."

말을 마치고 애상하게 눈물을 흘리니, 춘파가 그 슬퍼하는 모습을 보고 마음이 홀연 움직여 눈을 들어 자세히 보았다. 아마도 제가 잃어버렸던 아우 경파인 듯했다. 애통하고 처절하여 혼잣말로 '얼굴이 경파와 닮았구나.'라고 말했다. 그 여자가 춘파의 말을 듣고 크게 놀라고 당황하여 세차게 붙들고 다급한 소리로 말했다.

"나는 화음현 만홍곡 정각로댁 수노비 황은복의 딸인데, 언니 춘파와 더불어 소주군 입장에 일을 하러 상경했다가 도적을 만나 부모와 동기를 잃어버리고 조주의 산 위에 머물러 산 지 20년이 거의 다 되었습니다. 내 이름을 아는 사람이 없고 얼굴을 희미하게나마 아는 사람도 없었는데, 부인께서 이렇듯 밝게 아시니 이전에 나를 본 적이 있습니까?"

춘파가 이 말을 듣고 얼굴을 대고 크게 통곡하며 말했다.

"내가 과연 춘파란다. 내 나이 열두 살이고 네가 겨우 열 살 되었을 때 괴이한 도적을 만나 너를 잃어버렸는데, 그때 죽은 줄로 알았더니 오늘 타향에서 가족이 상봉할 줄 어찌 알았겠느냐?"

그러고는 서로 붙들고 울기를 마지않았다. 도인 무리가 일시에 위로하며 자매의 상봉을 축하했다. 두 여인이 슬픈 회포를 진정하고 경파가 춘파에게 물었다.

"저는 깊은 산 궁벽한 곳에 묻히어 산새나 동물과 벗이 되고 온갖 나무나 풀의 뿌리를 캐는 것을 소임으로 삼아 세상과 단절하고 산 지 10여 년입니다. 그사이 눈에 익숙한 것은 도관이고 귀에 익숙한 것은 법문입니다. 부모와 동기라도 모습을 기억하지 못할 텐데, 언니가 능히 저를 알아보시니 눈이 특별히 밝으신 것을 알겠습니다. 그러나 제가 여기에 머물러 사는 것도 원통하고 망극한 일인데, 언니는 무슨 일로 이곳에 이르러 세상과 이별하고자 하십니까?"

춘파가 놀라 되물었다.

"사람이 설혹 길을 잘못 들어 여기에 왔다고 하여 어찌 돌아가지 못한다고 하느냐?"

그리고 주인 정한이 세상을 떠나고 양부인의 삼년상을 지낸 것과 태주로 향하다가 은교역에서 도적을 만나고 또 계람현에 이르러 고생한 이야기와 인광 남매를 모시고 표류하여 여기에 이르렀음을 전했다. 경파는 말마다 놀라고 일마다 슬퍼하는 중에 앞으로의 일이 순조롭지 못할 것을 생각하자 더욱 근심이 깊었다. 이에 춘파를 이끌고 나아가 인광에게 인사하는데, 인광의 성스러운 의표와 월염의 덕스러운 기질을 우러러보고는 무리 사람들이 몹시 놀라며 신선이 하강한 것으로 여겼다. 경파가 울며 인광과 월염에게 아뢰었다.

"천비가 박복하여 도적을 만나 이곳에 묻히게 되니, 화려한 곳에서 주인을 모시지 못하고 살아 있음을 아비에게 알리지 못했습니다. 저승에서 사는 고초를 겪으며 수십 년이 되도록 고향으로 돌아갈 생각을 못 했었는데, 오늘 언니를 만나게 되고 공자와 소저께 인사를 드리니 지금 당장 죽어도 한이 없을 듯합니다. 다만 이곳에 오셨으니 돌아가기 어려우실 것이기에 이것을 근심합니다."

인광과 월염은 모래밭에 한참을 앉아 있어도 사람을 만나지 못하여 이곳 지명을 알 수 없어 답답했는데, 도인 무리 중에 춘파의 동생이 있어 자매가 기이하게 상봉한 것을 기뻐하며 덕분에 돌아갈 방도를 쉽게 얻을까 생각했다가 이 말을 듣고 놀라 물었다.

"어찌 돌아가기가 어렵다고 하느냐?"

경파는 자기 무리가 듣는 것을 민망하게 여겼지만 마지못해 대답했다.

"이곳은 이름이 조주이나 세상과 단절되어 있어서 세속 사람의 자취가 거의 이르지 않으니, 실로 하늘과 닿은 끝입니다. 계행산과 태항산이 하늘 끝에 이어져 약초 캐는 자취뿐이고 세상 사람의 자취는 미치지 않습니다. 오히려 태항산에 오는 사람은 순하게 돌아갈 수 있지만 계행산 아래로 온 사람은 저마다 도인이 되어 돌아가지 못합니다. 저 산을 넘어가면 청선관과 태청관이 있습니다. 태청관 수도사의 법호는 태허자이고 성명은 장손활이며, 청선관 법사의 별호는 운화선이고 이름은 진소아이며 진우량의 손녀입니다. 신이한 행적과 법술이 만고에 독보적인데, 태허자의 신법은 거의 운화선을 따른 것입니다. 이로 인해 생각이 외람되고 분수를 잊어 천하의 억만 중생을 모아 자기 무리로 삼으려고 하며, 남녀와 귀천을 막론하고 이곳에 오는 사람은 모두 데려다 제자로 삼습니다. 그 말을 따르지 않으면 참형을 행하여 제자가 되도록 보채고 동굴이나 더러운 방에 가두어 썩게 합니다. 그러니 어찌 공자와 소저를 순순히 돌려보내겠습니까?"

말이 채 끝나기 전에 남자 도인 십여 인과 여자 도인 수십 인이 산 위에서 내려오고 있었다. 경파가 이것을 보고 얼굴빛이 흙빛이 되었다. 모든 무리가 일시에 내려와 인광에게 예를 하고 태허자가 청한다는 말을 전했다. 여자 도인들은 갑자기 달려들어 경파를 결박하고 경파와 함께 왔던 도인들을 향해 말했다.

"사형들이 어찌 태만하게 있으면서 경파의 헛된 말만 듣고 있느냐? 이 일이 벌써 도관에 알려졌으니, 사부가 노하여 경파를 잡아 오고 사형들은 정소저의 가마를 메어 오라고 하셨다."

도인들이 일시에 허리를 굽혀 명을 받들고는 가마를 빼앗으러 달려들었다. 그러자 인광이 매우 분하여 눈을 부릅뜨고 크게 꾸짖었다.

"태허자는 어떤 사람이기에 이렇듯 무례한가? 경파는 내 집 종이고 너희 도가의 종이 아닌데 어찌 마음대로 결박한단 말인가? 하물며 우리가 표류하여 여기에 이르렀으나 인가를 찾아 쉬고 도관에는 가지 않으려고 하는데, 너희가 어찌 함부로 가마를 메려고 하느냐? 진실로 이처럼 방자하게 군다면 본읍의 수령과 절도사에게 연락하여 관군을 빌려 도관을 무찌를 것이다."

목소리가 맹렬하고 위풍이 당당하여 이를 본 사람들은 두려워 몸을 움츠릴 정도였다. 그 모습은 푸른 바다의 커다란 용과 같고 빈 산의 사나운 범과 같았다. 무리 사람들이 매우 당황하고 불안하여 어쩔 수 없이 물러섰다. 인광이 다시 재촉하여 경파의 결박을 풀게 하고 물었다.

"태청관과 청선관은 잠시도 머물 곳이 아니니, 어느 곳에 인가가 있느냐?"

경파가 대답했다.

"계행산 아래에는 인가가 없고 태항산 아래에는 인가가 있으나 어찌 가시겠습니까?"

인광이 또 그 까닭을 묻자 경파가 아뢰었다.

"이곳에서 30리만 가면 인가가 있지만 가려 하시면 계행산을 넘어야 합니다. 표류하여 오실 때 경설암이 있었을 텐데, 이것은 배가 자주 부딪치는 유명한 바위입니다. 그런데 경설암을 지나 취운암에 배가 닿았으니 매우 신기합니다."

이렇게 말하고 있을 때 문득 한바탕 괴이한 바람이 일어나며 검은 구름이 얼핏 하는 사이에 경파의 몸을 둘러 사라지고 월염의 가마가 갑자기 공중으로 떠가려고 했다. 인광은 일전에 요사한 일을 보고 분통을 느끼던 중이라 급히 몸을 움직여 가마채를 눌러 앉으니, 비로소 가마가 움직이지 못했다. 이때 월염은 가마 안에 있으면서 경파가 간데없이 사라진 것과 가마가 움직이는 것을 보고 또 무슨 괴변을 만날까 하여 매우 놀랐고, 춘파 또한 놀라 죽을상이 되었다. 인광은 비록 성숙하지만 나이 어린 아이기에 겹겹이 쌓인 요사한 무리를 물리칠 계교가 없어 어찌할 줄 모르고 있었다. 이때 문득 남자 도인 10여 인이 각각 창검을 빗겨 차고 내려와 태허자의 말을 전했다.

"만일 도관으로 안 온다면 즉각 죽여 백골도 남기지 않을 것이고, 소저를 데려다가 유구국과 몽골에 천금을 받고 팔 것이다."

그런 후 인광을 잡으려 달려드는 거동과 말이 참혹하여 차마 보고 듣지 못할 정도였다. 인광이 분노를 이기지 못해 앞뒤 좌우로 무리를 꾸짖으며 물리치고자 했지만, 여덟 살 아이가 무슨 힘으로 저 강포한 50여 명의 요사한 무리를 당하겠는가? 장차 가마를 빼앗기게 될 상황이었다. 이때 월염이 이러한 상황을 당하여 은교역 화재에서 불타 죽지 못한 것을 백 번 뉘우치고 천 번 애달파했으나 어찌 되돌리겠는가? 급히 인광의 칼을 가져다가 목 놓아 슬피 울며 말했다.

"우리의 죄악이 잔혹하여 하늘이 이렇게 벌을 내리시는가? 구차히 목숨을 구하고자 하나 차마 성인 집안의 유학을 상하게 하지 못하고 재상 집안의 명성을 더럽히지 못할 것이니, 오늘이 내 목숨이 끝나는 날이다. 삶은 잠시 머무는 것이고 죽음은 원래대로 돌아가는 것이니 무엇을 거리끼겠는가? 다만 참지 못할 것은 지난밤에 인성이 물에 빠져 죽은 일과 우리의 거처를 몰라 할머니께서 애통해하실 일이다. 할머니께서 자하가 서하 땅에서 자식을 잃고 울다가 눈이 먼 것을 본받으실까 걱정이다. 저 하늘이 어찌 이처럼 무심하시어 덕이 높은 우리 할머니와 부모님을 이러한 지경에 이르게 하시는가?"

말을 마치고 흰 손에 서릿빛이 번뜩하더니 하얀 기름덩이 같은 가슴에서 붉은 피가 솟아났다. 인광이 미처 붙잡지 못하고 이러한 광경을 당하자 구곡간장이 마디마디 끊어지고 오장이 무너지는 듯했다. 한바탕 통곡에 가슴이 막혀 모래밭에 거꾸러졌다. 도인 무리도 놀라고 참담하여 낯빛을 고쳤고, 춘파는 그 슬픔에 금방이라도 따라 죽을 듯했다. 무리가 빨리 돌아가 월염이 자결했음을 고하려 하는데, 문득 공중에서 운화선이 내려와 말했다.

"청혜 등은 정소저의 시신을 가마에 실어 오고, 원앙의 무리는 정공자가 숨이 막힌 때를 타 태청관으로 데려가라."

무리가 일시에 엎드려 명을 듣고 원앙 등은 인광을 업어 태청관으로 향하고 청혜 등은 월염의 가마를 메고 청선관으로 들어갔다. 춘파가 통곡하며 뒤를 따라 높고 험한 산길을 엎어지고 넘어지며 고생스럽게 행하여 청선관에 이르렀다.

정인광과 정월염을 제자 삼으려는 장손활과 운화선

태청관 수도사 장손활은 태사 유기의 아들로 재주와 풍모가 뛰어나고 기개와 도량이 빼어났다. 그러나 먹은 마음이 바르지 않아 성인의 유학을 배척하고 깊은 산 요사한 무리의 제자가 되어 삼강오륜을 폐하고 부모와 동기를 저버렸다. 사악한 요술과 귀신의 법술을 공부했고, 산천을 떠돌며 온갖 풀을 모아 약을 만들었다. 한갓 사람의 원기를 보충하고 뿌리 깊은 병을 고치는 것뿐만 아니라 수많은 처방과 약을 모두 요사하고 흉악하게 만들어서, 사람의 성정을 바꾸고 얼굴을 변하게 하며 목숨이 일찍 끊어지게 하는 것이 이루 다 셀 수 없이 많았다. 이 탐욕스러운 자는 욕심이 흉악하여 세간의 투기하는 여자와 어질고 능력 있는 사람을 시기하는 소인을 두루 사귀어 요약으로 어진 이를 해치고 반대편을 없게 했다. 이렇게 하여 수많은 금은이 모였지만 갈수록 그칠 줄 몰랐다. 제자를 구하는 것에는 기풍과 기질을 두루 보아 둔하거나 평범한 사람은 왕공이나 제후의 자제라도 머물게 하지 않고, 태도와 모습까지 빼어나면 매우 사랑하여 제자로 삼았다. 장손활은 그 조카 장손술이 악착한 도적들을 거느리고 재물을 탈취할 뿐 아니라 인가의 어린 자녀를 도적하여 혹 하인으로 삼아 술잔을 잡게 하고 혹은 청루에 값을 받고 파는 것을 알고 종종 비상한 아이를 구해달라고 청했다. 장손활은 이미 신이한 법술로 만 리를 코앞 보듯 하고, 미래 일을 다 알고 하늘의 천문과 별자리에 능통했다. 지난밤에 하늘을 올려다보니 남두규성과 문월성이 자신의 주성과 운화선의 주성이 지닌 살기에 둘러싸여 검은 기운이 가득한 것을 보고 의아해하고 있었는데, 운화선이 여동을 보내 말을 전했다.

"빈도가 하늘을 잠깐 살펴보니, 규성과 문월성이 계행산으로 향하여 규성은 존사의 주성 살기에 둘러 있고 문월성은 빈도의 주성 살기에 에워싸여 있으니, 이는 범연한 일이 아닙니다. 빈도가 별자리로 점을 쳐보니, 규성은 정씨네 아들이고 문월성은 정씨네 딸로서 바람을 타고 표류하여 내일 사시와 오시 사이에 취운암 모래밭에 이를 것입니다. 존사와 빈도가 밤낮으로 축원하여 어진 제자 얻기를 바라던 바가 헛되지 않게 되었습니다. 규성과 문월성을 우리 두 관에 나누어 둔다면 우리 도문의 큰 보배가 될 것입니다. 내일 각별히 잘 지켜서 마땅히 잃어버리지 않아야 할 것입니다."

태허자는 크게 기뻐하며 운화선의 생각이 일반 사람은 미치지 못할 정도라고 일컫고 다음 날 꼭 지키어 데려오자고 약속했다. 참으로 운화선의 총명이 장손활보다 나은 것이다.

다음 날 운화선이 청혜 등 제자들에게 일부러 약초를 캐 오라고 보내고 자신은 구름안개에 싸인 채 문월성과 규성이 이르렀음을 기뻐했다. 그러나 그들의 뜻이 도관에 머물지 않으려는 것을 알고 매우 화가 나서 태청관에 가서 원앙 등의 무리로 하여금 정인광을 데려오게 하고, 여도인 10여 인을 시켜 경파를 잡아 오며 정월염이 들어 있는 가마를 빨리 메어 오게 했다. 그런 후 공중에 올라 그 거동을 보는데, 당당하고 깨끗한 기운은 빼어난 천지의 기운과 일월의 광채를 온전히 거두었고, 두 개의 빛나는 명주 고리가 연꽃 같은 귀뿌리를 꿰고 있었다. 또 우임금 같은 여덟 빛깔 눈썹은 청산에 맺힌 정기를 거두었고 상서로운 안개와 빛나는 기운이 어리어 있었다. 고귀한 품격에 성공할 관상으로, 오로지 정대하고 바른 것을 주장하는 기품이었다. 운화선의 요술이 비할 데 없었지만 인광과 월염의 성스러운 정기를 범하지 못해 경파를 끌어올리고 평생의 신통을 다하여 가마를 서둘러 공중으로 올리려고 했는데, 인광이 채를 눌러 앉힌 것이다. 남매의 정기가 어우러지니 다시 범할 길이 없었다. 차라리 요술을 물리치고 위력으로 데려오는 것이 나아서 태청관 도인에게 칼날 붙은 창을 주며 말했다.

"정공자를 죽지 않을 만큼만 때리고 데려오도록 하라."

그런 후 월염을 데리고 오라고 했는데, 월염은 차라리 죽는 것을 낫게 여겨 스스로 칼로 찌르고 인광은 숨이 막혀 기절하니, 그때를 타 즉시 도관으로 그들을 데려간 것이다.

운화선은 월염을 아랫집 작은 방에 데려다 두고 살폈다. 황망한 중에 가슴을 잘못 찔러 상처가 깊지 않고 아주 목숨이 끊어지지 않았으며 기운만 막혀 있었다. 칼을 빼고 상처에 약을 붙여 구호하며 한편으로 회생할 약을 갈아 입에 넣었다. 운화선이 청혜 등으로 하여금 월염을 구호하고 달래어 도문에 돌아오게 하라고 한 후 안으로 들어갔다. 청혜 등은 온갖 방법으로 보살피어 이윽고 월염이 정신을 차리자 좋은 말로 달랬다. 이에 월염이 분통함을 이기지 못해 정색하고 말했다.

"나의 운명이 기박하여 몸이 가족을 떠나 만 리 해외를 표박하나 근본이 대대 명문가의 사람이고 유학자의 후손이다. 어찌 살기를 탐하여 조상의 가르침을 저버리며 집안의 유풍을 욕되게 하겠는가? 이러므로 부모가 낳아 길러주신 몸을 칼끝에서 마치려 했는데, 누가 나를 데려다가 살려내며 꿈에서도 듣기 싫은 말을 하는 것인가? 이미 죽기로 결정했으므로 혼백은 저승으로 돌아갔으니 자취가 어찌 도가에 이르겠는가? 진시황과 한무제의 위엄으로도 불사약을 구하지 못하고 신선을 보지 못했는데, 요사하고 허무맹랑한 도사가 깊은 산에서 약초를 캐어 부정한 풀과 더러운 술법으로 환란을 지어내어 사람을 속이고 오랑캐가 모습을 바꾸는 변화를 신통한 일이라 일컫지만, 군자와 선비에게 감히 요사한 자취를 드러내 보이지 못할 것이다. 나를 어린 여자라고 생각하여 좋은 말로 달래지만 내 몸이 성인의 도에서 나고 내 뜻이 유학의 도에 있으니 어찌 긴말을 하겠느냐?"

말을 마치는데 기운이 강렬했다. 청혜는 다시 할 말이 없어 능히 달래지 못할 줄 알고 돌아가 운화선에게 월염이 한 말을 세세히 고했다. 운화선이 크게 화를 내며 말했다.

"이 여자가 태을진인으로 더불어 인연이 있기에 내가 데려다 제자를 삼으려고 하는데, 저의 말이 거만하여 우리의 큰 도를 존중하지 않고 도리어 욕을 하니 어찌 분하지 않겠느냐? 며칠 동안 보살피면서 그의 뜻을 살펴보려 했으나 우리를 이처럼 무시한다면 어찌 다스리지 않겠느냐? 빨리 정씨 등을 석굴에 가두고 경파는 한 차례 중형을 내려 그 입을 찢어 도문의 위엄을 보인 후 굴에 함께 가두어라."

무리가 일시에 명을 받들고 경파에게 형벌을 시행하는데, 잔인하여 한 조각 인정이 없었다. 경파가 참형을 받아 입이 찢기고 주검이 되다시피 하여 땅에 꺼꾸러지니, 그 모습이 참혹하여 눈으로 차마 보지 못할 정도였다. 그럼에도 무리들은 아무렇지 않은 듯 괄시하니, 저의 머리를 베어 들이라고 해도 운화선의 명이라면 거역하지 못할 듯했다.

무리가 경파와 춘파를 닦달하고 월염을 구박하여 가둔 후 돌문을 닫았다. 이곳은 계행산 아래 바위에 구멍을 뚫고 몇 칸짜리 집을 만든 것으로, 죽을죄를 지은 자를 가두는 석굴이었다. 사시사철 태양이 비치는 일이 없고 겨울에 쌓인 눈이 3, 4월에도 녹지 않았다. 봄바람과 여름 더위 속에서도 석굴에는 냉기가 뼛속을 파고드니, 한겨울 매서운 추위 때라면 어찌 한순간이라도 견디겠는가? 어둡기는 한밤중 같아서 지척을 구분하지 못하고, 독사의 소굴이 되어서 사람이 앉을 틈이 없고 흉한 뱀과 더러운 벌레가 무더기로 쌓여 있으며, 돌문 밖에는 호랑이와 표범이 소리를 내고 멧돼지와 사슴이 왕래하며 간간이 돌문을 밀고 머리를 들이미는 것이었다.

이때 경파는 주검과 같았고 춘파는 정신을 잃지 않았으나 어두운 굴속에서 방향을 알 길이 없어 앉지도 서지도 못했다. 경파를 찾아보고자 했지만 어느 구석에 있는지 알지 못해 여기저기 더듬었다. 손에 닿는 것은 얼음같이 차거나 흉한 모양의 독사들이고, 그 밖에는 빈틈 없이 쌓인 더러운 벌레들이었다. 춘파가 비록 하층의 노비지만 좋은 집에서 지위 높은 분들을 곁에서 모시며 살았으니, 이처럼 누추하고 흉한 것을 꿈속에서라도 보았겠는가? 무섭고 더러움을 이기지 못해 크게 한 소리를 지르고 혼절했다.

월염 또한 곱고 귀한 몸이 더러운 곳에 갇히니, 사방이 칠흑 같아서 춘파 형제가 어디 있는 줄 알지 못하고 있었다. 이때 월염의 몸을 둘러싼 상서로운 빛과 두 눈의 영롱한 광채가 마치 지는 해가 푸른 물결에 부서지는 듯하므로 석굴이 환하게 밝아져 일월이 떨어진 것과 같았다. 몇 칸짜리 돌집에 쌓인 것은 다 흉한 짐승과 사람의 주검이었다. 백골만 남은 것도 있고 혹 머리가 없는 것도 있어서 참혹하고 놀라운 중에 춘파가 혼절해 있고 경파가 참형을 받아 주검이 되어 있었다. 독사와 구렁이가 경파의 몸을 덮었고 좌우로 둘렀으니, 월염 역시 놀랍고 무서워 기운이 막힐 듯하고 터럭이 쭈뼛하여 숨을 크게 쉬지 못했다. 이윽고 춘파가 스스로 깨어 홀연 굴 안이 밝은 것을 보고 의아하여 눈을 들어 월염을 보다가 갑자기 붙들고 통곡했다.

"하늘이 차라리 우리 노주로 하여금 강물에 몸을 감추게 하셨다면 이같이 험하고 더러운 곳에서 치욕을 당하지 않았을 것입니다. 소저는 정신을 차려 앉아 계실 수 있습니까? 지금 사는 것이 죽는 것만 같지 못하지만 소저가 자결하셨다가 기특히 회생하시니, 이것으로 본다면 요절하시거나 박복한 운명은 아닐 것입니다. 이번 환란을 벗어나 태양을 다시 보시기를 바랍니다."

월염이 춘파를 붙들고 눈물을 흘리며 탄식할 뿐 말을 잇지 못했다. 춘파는 월염의 눈빛이 밝은 촛불을 대한 듯하여 비로소 흉한 백골과 무서운 짐승을 자세히 보았다. 손으로 뱀을 만지고 얼굴빛이 질린 것은 오히려 평범한 일이었고, 금방 죽을 듯이 놀라며 더럽고 눅눅하여 구역질이 끝없이 났다. 홀연 흉한 뱀과 더러운 벌레가 각각 구멍을 찾아 뭉게뭉게 나아가는데, 역하고 불쾌한 냄새가 코를 찔렀다. 춘파가 치마를 벗어 깔고 월염을 앉힌 후 매장된 뼈들을 쓸어 한쪽으로 치우고 한 구석에 마침 짚방석 하나가 있기에 그것을 가져다 덮었다. 그런 후 비로소 경파를 주물러 깨웠지만 호흡이 점점 약해지며 숨이 끊어지려고 했다. 춘파가 놀라고 슬펐지만 월염을 위해 설움을 애써 참고 있었다.

정월염을 구호하는 묘혜선

운화선은 월염을 가둔 후 하루에 두 번 보리죽을 굴로 들여보냈다. 월염은 먹을 생각이 없고 춘파 역시 차마 먹지 못해 노주가 굶어 죽기를 기약했다. 운화선의 제자 중 묘혜선은 자비심과 어진 마음이 남보다 뛰어났는데, 경파가 참형을 받은 것과 월염과 춘파가 굶고 있는 것을 불쌍하게 여겨 몰래 밥과 국 그리고 육포를 준비해 가지고 틈을 타 석굴 밖에 이르렀다. 이때 월염은 석굴 좁은 곳에 갇혀 곡기를 끊은 지 대여섯 날째였는데, 그 상황이 수양산에서 고사리를 캐 먹던 백이·숙제를 부러워할 정도였다. 왜냐하면 백이와 숙제는 성인 중의 성인으로 만고의 빼어난 절개가 억만년 동안 사라지지 않고 고고하고 맑은 기풍이 후세에까지 일컬어져서 초부와 목동이라도 그들이 수양산에서 굶어 죽은 것을 지금까지도 한결같이 슬퍼하기 때문이다. 그런데 월염 노주는 이 같은 지하 감옥에 갇혀 있는 것을 부모와 할머니도 알지 못하고 있으니, 누가 있어 굶주림을 슬퍼하며 요사한 무리의 핍박을 돌이키겠는가? 속절없이 석굴에서 초목같이 사라지게 됨을 원통하고 분하게 여기며 차라리 빨리 죽어 긴 세월 동안 괴롭고 욕됨을 당하지 않고 싶은 마음이었다. 그러나 인광의 생사를 알지 못해 더욱 슬픈 마음이 무궁하니, 고운 모습이 비쩍 마르고 꽃 같은 얼굴이 초췌하며 기운이 까무룩 꺼져갔다. 춘파는 월염이 천금처럼 귀한 몸으로 지초와 난초같이 약한 몸을 지금까지 보전하고 있는 것이 도리어 천지신명의 보호라고 여겼다.

하루는 홀연 밖에서 문을 여는 사람이 있었다. 놀라 살펴보니 한 여도인이었다. 웃는 얼굴이 환하여 흰 눈 같고 눈썹이 초승달처럼 곱고 진했다. 두 눈이 영롱하여 맑은 정신을 담았으니, 의기 있는 거동과 어진 성정이 외모에 나타났다. 그녀는 밥과 국, 육포와 미숫가루를 받들어 석굴 안에 넣고 월염을 향해 공손히 예를 하고 말했다.

"귀인이 잠시 엄한 액운으로 미친 무리의 핍박을 당해 이곳에 갇혀 계시는데, 빈도가 힘이 미약하고 말에 효험이 없어 스승에게 능히 간하지 못하고 이목이 번다하므로 한번 나와 뵙는 것을 마음처럼 하지 못했습니다. 길이 탄식하고 애석해하며 소저를 위해 근심함을 잠시도 내려놓지 못하던 바를 어찌 다 아시겠습니까? 비천한 저는 천한 신분은 면한 사람으로, 국초 한국공 태사 이선장의 증손녀입니다. 증조부가 참사를 당하신 후 조부가 자연으로 돌아와 세월을 보냈는데, 부친 대에 이르러서는 강호를 떠나 낙양으로 옮겨갔습니다. 그때 빈도는 겨우 14세였습니다. 박명하고 기구한 팔자여서 주씨 집안의 혼인 예물을 받은 후에 주랑이 죽었습니다. 충신은 두 임금을 섬기지 않고 열녀는 두 지아비를 섬기지 않는다고 하니, 충신 명문가 출신에다 다시 금지옥엽을 겸한 훌륭한 조상의 후손으로 어찌 차마 혼서와 예물을 두 번 문호에 들이는 더러움이 있도록 하겠습니까? 그러므로 다시 혼인하지 않기로 결단했는데, 운화선이 낙양 길 가운데에서 신이한 법술로 저를 잡아채 왔습니다. 저는 찬 서리를 압두하고 흰 옥을 닮은 소저의 씩씩한 열절을 따르지 못하고 한갓 미친 무리의 험악한 위엄을 두려워하여 힘없이 제자 되기를 면하지 못했으니, 유가의 큰 도를 어지럽히고 문호를 욕되게 한 것이 매우 심합니다. 스스로 사는 것이 죽는 것만 못함을 압니다. 또한 몸이 심산궁곡에 있으면서 수년 동안 요사한 도를 존숭했으니, 어찌 물드는 것을 피할 수 있었겠습니까? 세상 생각을 끊고 타인의 번화함과 부귀를 듣고 보지 않으니, 도리어 황량한 땅에 있는 것과 같아 거리낀 근심은 없습니다. 하지만 때때로 부모님이 슬퍼하실 것과 동기의 모습을 생각하면 가슴이 막히고 눈앞이 깜깜해집니다. 소저는 하물며 앞길이 만 리이고 저의 기구함과는 다르십니다. 요사함은 덕을 이길 수 없고 사악함은 바름을 이길 수 없습니다. 미친 무리가 이곳에 가두었으나 함부로 해치지 못할 것이니, 소저는 마음을 널리 하여 무사히 돌아가실 때를 기다리는 것이 마땅할까 합니다."

그러고는 춘파를 향해 그 고생과 슬픔을 일컬어 마음의 놀람을 말하며 밥과 국을 내어와 소저에게 요기할 것을 간청했다. 월염이 처음에는 요사한 무리가 들어와 자기를 달래려 하는 것으로 여겨 놀라고 화가 났다가 그의 말을 듣고 나서는 근본이 대단하고 비록 미친 무리에 부득이 끼어 따르게 되었지만 본심은 요사한 무리와 다름을 헤아려 즉시 일어나 답례했다. 의로운 기운과 어진 마음을 사례하는데, 그 수려한 풍모와 침착하고 고운 빛이 석굴을 환하게 밝혔다. 푸른 눈썹은 먼 산을 향하고 맑은 눈빛은 깨끗한 물을 아득히 바라보는 듯하며, 귀밑머리는 무르녹은 옥 같아 향기로운 구름을 희롱하며 밝게 빛나는 얼굴빛은 화씨의 벽옥을 다듬은 듯했다. 백 가지 태도가 오묘하며 아름답고 만 가지 광채가 빼어나고 아름다운데, 슬픈 빛이 갈래머리를 둘렀고 애원하는 듯한 마음이 옥 같은 모습에 어리었다. 묘혜선이 황홀하고 탄복함을 이기지 못해 위로하고 눈물을 흘리며 밥을 드시라고 청했다. 월염이 죽고자 하는 마음이 있고 살고자 하는 기운이 없으나, 인광의 생사를 알지 못하고 또 미친 무리의 거동을 보아 이보다 더한 치욕이 없다면 한 가지 흠을 견디어 할머니와 부모님 곁에 살아 있는 얼굴로 절을 올리고자 했기에 묘혜선의 권함을 거절하지 못하고 탄식하며 울었다.

"나는 여기에 갇혀 있으므로 사나운 무리가 주는 더러운 음식을 먹지 않고 빨리 굶어 죽어 내 뜻을 세우고자 했습니다. 그런데 어진 도인이 좋은 음식을 권하시니, 백이와 숙제가 주나라 곡식을 먹지 않았던 탄탄하고 맑은 마음과 고고한 절개를 따르지 못할 것입니다. 이 것이 도관 음식이라 하여 어찌 물리치겠습니까? 마땅히 후의를 받들 것이지만 저의 간절한 마음을 도인에게 고하니, 남동생 인광이가 반 드시 사나운 무리의 해를 면하지 못할 것입니다. 도인은 그 사생을 알아 저에게 전해주시기를 바랍니다."

묘혜선이 문득 환한 빛을 띠며 말했다.

"빈도가 어제 들으니 정공자가 목숨을 끊지 않으셨고, 태청관 수도 사인 태허자가 말로 달래어 제자로 삼을 길이 없으므로 독약을 먹여 석갑[9]에 가두었다고 합니다. 빈도의 어린 제자 유란이 청허자의 서질 녀[10]이니 두어 줄 글을 정공자께 부치시면 빈도가 유란을 시켜 답서 를 얻어 보시게 하겠습니다."

월염이 급히 사례하고 즉시 춘파의 흰 치마 한 폭을 떼어내 손을 깨물어 전후로 겪은 고난을 썼다. 그리고 귀한 몸을 보전하여 부모님 께 돌아갈 기회를 얻기 바란다고 천만 당부했다. 다 쓴 후 단단히 봉 하여 묘혜선에게 맡기니, 묘혜선이 받아 들고 경파를 향해 쓸쓸히 탄 식하며 말했다.

"도관은 본래 삶을 함께하고 죽음을 함께하기에 같은 스승의 제자 라면 근본과 신분의 고하를 따지지 않습니다. 지금 경파가 당한 재앙 이 어찌 제 몸이 당한 것과 다르겠습니까? 모름지기 상처를 조리하

---

9 석갑(石匣): 돌로 만든 우리.
10 서질녀(庶姪女): 첩의 형제자매가 낳은 딸.

고 마음을 넓게 하여 살기를 으뜸으로 삼고 소저를 보호하여 좋은 때를 만난 후 잘 돌아갈 것을 계획하십시오.”

이때 경파가 잠시 정신을 차려 비로소 몸이 석굴에 갇혔음을 깨닫고, 묘혜선의 덕과 의리에 감격하여 머리를 조아리며 자비로움과 어진 마음을 칭사했다. 묘혜선은 감사 인사에 몸 둘 바를 몰랐다. 그리고 돌문을 이전대로 잠근 후 빨리 돌아와 제자 유란에게 월염 소저의 서간을 주어 태청관으로 보냈다.

장손활과 논쟁하는 정인광

이때 인광은 정신이 까무룩하여 인사를 알지 못하는 중에, 무리가 업고 돌아와 도관 안에 누이고 구호했다. 태허자는 인광의 성품과 기질을 살펴 높이 칭찬하고 매우 기뻐하며 도관에 참으로 태허진인[11]이 하강했다고 말했다. 이윽고 인광이 눈을 떠 좌우를 보니, 벌써 자기가 도관에 와 있음을 묻지 않아도 알 수 있었다. 매우 불쾌하고 깊이 통분했으나 한번 돌려보내 줄 것을 부탁하여 무리의 답을 듣고 다시 월염의 생사를 알고자 하여 몸을 일으켜 무리를 향해 말했다.

“내 몸이 어떻게 여기에 왔는지는 알지 못하겠지만 그대 등이 실로

---

11 태허진인(太虛眞人): 태허는 ‘하늘’, 진인은 ‘도를 깨쳐 진리를 깨달은 사람’을 이르는 말. 즉 ‘하늘에 사는 진인’을 뜻함.

나를 머물게 해도 도관에 유익함이 없고 오히려 해가 될 것이니, 모름지기 일찍 돌아갈 수 있게 하시오."

태허자가 자리에 있다가 인광의 깨끗한 음성을 듣는데, 마치 단혈에서 봉새가 부르짖는 듯했다. 또 금종이 울리는 듯 음률의 팔음이 조화를 이루며, 선학이 잠교에서 울음을 발하는 듯 힘 있고 웅장하고 밝고 엄숙했다. 여기에 어찌 8세 어린아이의 미약함이 있겠는가? 태허자가 한참을 생각하다가 빙그레 웃으며 말했다.

"아이가 망령되고 인사를 모르는 것이 이와 같아서 도문의 인연이 산과 바다처럼 무겁고 깊음을 알지 못하는구나. 유교를 존숭한다고 하지만 그 미혹함이 하나를 알고 둘은 모르는 것이다. 요임금이 성인이시나 '자식이 많으면 두려움이 많아지고 장수하면 욕됨이 많아진다.'라고 하셨으니, 요임금 같은 큰 성인도 장수하고 자식 많이 두는 것을 두려워하신 것이다. 지금 말세의 풍속은 교화가 두텁지 않고 무식하여 물욕에 가려졌는데, 어지럽고 깨닫지 못해 하루살이의 삶이고 나그네의 신세임을 분변하지 못한다. 그러면서 남자는 유자의 복색을 하고 거짓 공씨의 유자라고 칭하며, 여자는 화려한 관과 비녀를 꽂고 저마다 주 문왕의 모친인 태임과 그 아내 태사의 덕을 세울 듯이 하는 것을 내가 실로 우습게 여긴다. 진짜 성인과 군자라도 도를 체득한 자가 드물다고 탄식했는데, 하물며 너희 같은 어리고 미숙하고 박명한 사람은 말할 것이 있겠느냐? 내가 이미 큰 도를 닦아 세상에 대한 생각과 물욕을 끊고 때때로 저 흰구름을 타고 학과 난새가 끄는 수레 모는 것을 어렵게 여기지 않으니, 하늘의 별자리와 인간 억만 중생의 고통과 어려움을 아는 것이 눈앞에서 보는 것과 같다.

너는 정씨 집안에 태어나기 이전 전생이 도솔천에서 요리하던 동자였다. 상제가 너를 정삼에게 태어나도록 하실 때 나이 7세가 지나면 나의 제자가 되어 극진히 도를 닦아 전생의 죄를 갚은 후 옥경에 조회하고 도솔천의 으뜸 도군이 되어 태상노군과 품계를 같게 하라고 하셨다. 하늘의 뜻을 거스르는 자는 망하고 따르는 자는 번창할 것이니, 네가 만일 하늘의 뜻을 거슬러 돌아가고자 한다면 천 가지 병이 자취를 따르고 백 가지 도깨비가 몸을 쫓아 죽기도 마음대로 하지 못하고 남은 화가 네 부모와 동기에게 미칠 것이다. 이익과 손해를 잘 생각해 보거라. 너는 학과 봉새 같은 모습으로 선도의 기골이 있어서, 도관에 머물러 공부에 힘쓰면 구름을 타는 것쯤은 쉬울 것이다. 그렇지만 공명을 이루어 현달할 골격이 아니기 때문에, 만일 유자의 복색으로 성인 문하의 제자가 되고자 한다면 해로움이 무궁할 것이다. 털끝만큼도 뜻을 이루지 못하고 비할 데 없이 궁한 사람으로 천지에 떠돌이가 될 것이며, 마침내는 편히 누워 죽지도 못하는 신세가 될 것이다. 가히 두렵지 않겠느냐?"

인광은 다 듣기도 전에 노한 머리털이 곤추서고 눈꼬리가 찢어지며 성난 목소리로 크게 꾸짖었다.

"내가 첫말에 순순히 돌아가기를 청했는데, 요괴로운 도사 놈이 감히 긴 부리를 놀리며 뱀의 혀를 날름거리고 쥐의 이빨을 드러내어 요사한 말이 물처럼 끊이지 않으니 어찌 분하지 않겠느냐? 나의 본뜻은 성리학을 따라 효제와 충신으로 몸가짐을 하는 것이다. 빈천하게 되면 공자의 제자 안연이 술지게미도 싫어하지 않고 안빈낙도했던 것을 본받고, 부귀하게 되면 이름을 조정에 걸고 공적을 역사에 남기며 곧은 충성과 절개로 사직을 보필하고 교화를 이루어 팔황을 모조리 맑게 하고 만고의 역사를 다시 밝히고자 한다. 동시에 한갓 조정의 요사한 자취를 용납하지 않을 뿐 아니라 심산의 너 같은 요도를 일일이 탕멸하여 파리와 같은 머리를 남기지 않을 것이다. 네가 비록 6국의 재상이 되었던 소진의 언변과 합종을 깨뜨리던 장의의 말솜씨를 가졌더라도 나를 달래어 너의 제자로 삼지 못할 것이니, 모름지기 부리를 닥치고 있어라. 도라고 하는 것을 내가 또한 일러줄 테니, 너는 마땅히 헤아려 옳은지 아닌지 생각하여라. 도사는 속세 밖에서 소유하며 아침에 동해에서 놀고 저녁에 서쪽의 창오에 돌아오며, 북쪽의 요얼을 관장하고 남쪽의 어린 새를 깃들여 서쪽으로 곤륜산을 찾고 남쪽으로 형산에 이르며 북쪽으로 항산에 자취를 부치고 동쪽으로 숭산에 다다르며 다시 태산에 올라 넓은 천하를 좁은 듯 다니며 깊은 바다를 얕은 듯 보는 것이 옳다. 그런데 거짓으로 도사의 이름을 훔쳐 몸에 도사의 옷을 입었으나 심술이 헤아릴 수 없이 흉측한 것은 진정으로 물외에서 떠돌며 고고하고 맑은 마음으로 세속에 대한 마음을 더럽게 여기는 무리와는 다른 것이다. 네가 섬뜩한 눈빛으로 나를 보는 것이 쥐어 잡을 듯하고, 불같은 욕심이 어떤 몹쓸 노릇이라도 사양하지 않을 듯하니, 이는 결단코 예사 도인도 아닌 것이다. 약간의 신이한 술법이란 것도 또한 요악한 것에서 비롯된 것으로 양주[12]의 허무하고 망령된 것을 배웠는가 싶으니, 군자가 똑바로 쳐

---

12 양주(楊朱): 전국시대 초기 도가 철학자.

다볼 것이 아니다. 내 힘이 약해 지금 당장 도륙하지 못하는 것을 한탄할 뿐이다. 네가 열 배 더 험악한 말을 한다 해도, 나의 명도(命途)는 결단코 도교에 있지 않을 것이니, 다시는 이르지 마라."

말을 마치고 눈을 부릅떠 좌우를 바라보니, 위풍이 늠름하고 기색과 위엄이 삼엄했다. 그 모습은 마치 봄날의 태양이 변해서 삭풍이 세차게 불고 북쪽 하늘에 검은 구름이 일어나며 몹시 추운 날에 흰 눈이 날리는 듯했다. 또 세찬 파도 속에서 용이 바람을 일으키고 울창한 태산에서 호랑이가 꾸짖는 듯했다. 거센 비바람에 천둥이 내리치는 듯하니, 장손활이 정인광의 탁월한 사람됨과 빼어난 기질을 매우 사랑하고 탄복했다. 그렇지만 자기를 꾸짖으며 한 조각 너그러운 태도와 이해하는 마음이 없는 것을 보고 매우 화가 나서 무리들에게 호령했다.

"무례한 아이가 나를 업신여기는 것이 이와 같아서 참람한 욕을 나오는 대로 하니, 이 자리에서 만 갈래로 찢어야 분이 풀릴 것이다. 하지만 오히려 옥황상제에게 아뢰지 않고 죽이지 못할 것이니, 너희는 이것을 먼저 먹여 그가 잡말을 못 하게 하라."

이에 소매에서 두 알 푸른 환약을 꺼내어 바삐 갈아 정인광의 입에 부어 넣으라고 했다. 사람이 이 약을 일단 목 안으로 넘기면 수삼일 후 내장이 칼로 써는 듯 아프고 쓰리며 정신이 흐릿해져 어리석게 된다. 또 언어가 분명하지 않아 하고 싶은 말도 못 하고 기운이 날로 쇠진한 듯 혼미하고 멍한 상태가 되어 어떻게 되는지 모르다가, 잠깐 나으면 생각이 바뀌어 아무리 철석같은 마음이라도 장손활의 도를 존숭하게 되는 것이다. 세상에 전하는 도봉잠이나 회심단의 종류가 아니라 각별히 음화와 지초와 요괴로운 재료를 모아 환을 만든 것인데, 약 이름이 환장변정단[13]이다.

무리가 일시에 정인광을 붙들고 우격다짐으로 약을 부어 넣으려 하니 공자가 생각했다.

'저 요도 놈이 오히려 나를 아주 죽이는 것을 아쉬워하는 빛이 있어 이 약을 주니, 결단코 먹고 죽는 약은 아닐 것이다. 저에게 강제로 붙들려 마시느니 내가 차라리 저희가 보는 데서 시원스럽게 먹어야겠다.'

그런 후 왈칵 무리를 밀쳐 치우라고 하고 약을 스스로 달라 하며 말했다.

"내 비록 어린 나이지만 장부로서 요사한 무리의 핍박을 벗어나지 못해 독약을 먹는 것은 어리석고 졸렬한 짓이다. 그러나 몸을 여기에서 벗어나지 못할 바에야 차라리 죽는 것이 사는 것보다 상쾌한 일이다. 어찌 괴롭고 구차하게 목숨을 빌겠는가?"

말을 마치고 약 그릇을 가져다 머뭇거리지 않고 들이켰다. 태허자는 마음속으로 크게 기뻐하며 반드시 수삼 일 후에는 마음이 변하리라 생각하고 여러 도인들에게 정인광을 끌고 석갑으로 가게 했다. 이때 용맹한 도인 40여 명이 함께 가니, 인광이 안 가려 해도 피하지 못할 것이므로 가연이 몸을 움직여 석갑에 이르렀다. 이 석갑은 다름 아니라 굴 가운데 감옥을 만들어 죽을죄 지은 죄인을 넣어 썩혀 죽이

---

13 환장변정단(換腸變情丹): 내장을 바꾸고 마음을 변화시키는 알약.

는 곳이었다. 그 누추함을 어찌 말로 표현하겠는가? 사람의 주검이
쌓이고 더러운 짐승이 소굴로 삼았으니, 마치 청선관 석굴과 같았다.
인광이 태어나 지금까지 이렇게 흉하고 무서운 곳을 보았겠는가마
는, 다행히 타고난 기질과 본성이 견고하고 신명하며 속마음이 정숙
하므로 가볍게 슬픈 빛과 설설한[14] 모습을 나타내지 않았다. 사람의
시신을 석갑 안에 던지고 그 골수를 더러운 짐승이 파 먹는 것을 한
탄하여 무리를 돌아보고 말했다.

"여기 참혹하게 죽은 이들의 죄악이 어느 정도에 미쳤는지 모르지
만, 한 조각 흙구덩이에 백골도 감추지 못하고 석갑에 던져졌으니 사
람의 마음이 참담하다. 그대 무리가 비록 사람의 마음을 가지고 있지
않다 해도, 나의 주머니에 백옥으로 된 비녀가 있으니 그대들이 가져
다가 여러 장 삿자리로 바꾸어 오면 저 시신들을 싸서 땅속에 묻어줄
까 한다. 그대들의 생각에는 저 시신을 내버려두고 싶은가?"

말을 마치고 비단 주머니를 끌러 비녀를 주었다. 비녀가 네댓 냥
은자는 받을 만했다. 무리가 인광의 어진 말을 듣고 또한 시신들을
보니 슬프고 안되어 삿자리를 얻어 와 여러 시체들을 동여매 석갑 밖
으로 꺼내어 묻으려 했다. 이때 인광이 부채로 바람이 잔잔하고 양지
바른 곳을 가리키며 말했다.

"주검이 태양빛을 보지 못하고 석갑 안에서 생을 마친 것이 잔인하
니, 그 백골이라도 태양빛을 보게 묻어라."

---

14 설설(屑屑)한: 설설하다. 자질구레하다. 침착하지 못하다.

하나하나 다 땅속에 묻은 것을 보고는 미련 없이 소매를 떨쳐 석갑에 들어갔다. 이때 험하고 기구한 운명을 애석해하고 비분강개하게 여기던 원통함이 웃음으로 변했다. 인광은 길고 차갑게 웃으며 말했다.

"주 문왕 서백이 유리에서 7년의 곤액을 겪으시고 탕이 감옥에 갇혀 계셨지만 훗날 오히려 임금의 자리에 올랐으니, 족히 한스럽거나 참담하지 않으셨다. 그러나 내가 오늘 사나운 무리의 핍박을 만나 이곳에 갇힌 것은 더욱 애통하고 참담하여 비록 살아도 사람을 대할 낯이 없을 것이다."

정인광을 구호하는 청허자

도인 가운데 청허자라는 사람이 있었다. 근본 출신이 처사 두청의 증손이고 이름은 보현이며 자는 약익으로 나이는 16세였다. 태허자가 공교로운 언변과 간교하고 교활한 꾀로 두보현의 숙부를 보고 보현을 제자로 삼겠다고 하니, 보현의 숙부는 부모 없는 조카를 긴 세월 데리고 있는 것이 괴로워 선뜻 내어준 것이다. 보현은 나이 8세에 부모를 모두 여의고 12세에 친형이 죽으니, 형수가 어질지 않고 착하지 않았으며 숙부 부자 또한 사나워 장차 의지할 곳이 없었다. 또 죽은 형의 천첩에게서 태어난 유란이 적모의 해를 받아 죽게 될 것이 애처로워, 비록 천한 신분이지만 죽은 형의 하나뿐인 골육이라 거두어 와서 청선관 도인 묘혜선이 기특하다는 말을 듣고 일단 제자를 삼아두라고 했다. 두보현은 태청관에 있지만 태허자가 하는 일마다 불복하고 세상과 단절됨을 남몰래 슬퍼하며 공교로이 도인을 따를 뜻이 없었는데, 정인광의 특이한 사람됨과 위엄 있고 맹렬한 말을 듣고는 감복함을 이기지 못했다. 석갑이 음습하고 차고 누추하여 사람이 발을 디디지 못할 곳임을 알아 힘써 구호하여 대나무로 엮은 상과 침구를 얻어 석갑 안에 들여보내고 자기의 근본을 아뢰며 심정을 말하니, 피차 각별함이 이전부터 알던 것과 같았다.

인광이 만일 평범했다면 환장변정단을 먹어 목구멍으로 넘겼으니 한갓 얼음장이 되어 속을 앓을 뿐이고 겉으로 말을 쾌히 못할 터였다. 하지만 아무리 요사하고 황탄한 정기와 바르지 않은 풀을 모은 재료로 60일 동안 고아 만든 환약이라 해도, 어질고 밝은 귀인의 바르고 환한 영기를 침범하지는 못했다. 목구멍을 넘어갔지만 약이 도리어 못 견디어 하나하나 모두 토해내게 되니, 인광의 씩씩한 정신과 편안한 기운은 전일과 다름이 없었다. 그러나 태평한 시절에 공연한 난리를 만나 부모와 헤어지고 이처럼 귀신이 사는 어두운 곳에 갇히게 된 것과 동기와 지친이 각각 흩어져 생사와 존망을 서로 알 길이 없는 것이 애통하고 마음 아팠다. 또 월염의 생사를 무리 사람들에게 물었지만 모두 건성으로 대답하니, 성난 기운과 원한으로 가슴이 막힘을 면하지 못했다.

청허자는 틈이 나면 자주 와서 정성으로 위로하고 음식을 권했다. 인광은 급히 서둘러 죽지는 않으려 했으므로 청허자가 권하는 것은 기꺼이 먹었다. 그리고 간절히 청하여 월염의 생사를 알려달라 했다. 청허자가 바로 청선관에 나아가 알아보려 할 즈음에 유란이 정월염의 편지를 가지고 이르렀다. 청허자가 즉시 석갑으로 가 편지를 전하니, 인광이 매우 반기며 떼어 보았다. 월염이 살아 있음은 다행이지만 고생이 끝없고 요사한 무리의 핍박이 자기보다 더한 것이 슬프고 원통했다. 편지에는 원망과 처절함 가운데에도 이치에 통달한 마음이 드러나며, 밝고 순수한 의리가 넓고 깊고 원대하고 뛰어났다. 성리학을 공부하는 군자도 생각하지 못할 바가 많은 것을 보고 문득 깨달아 공경하고 감복했다. 재삼 살펴보는데, 손을 깨물어 혈서를 쓴 것을 알고는 더욱 애통하여 편지를 잡고 눈물 흘리기를 마지않더니, 천천히 눈물을 거두고 슬픔을 가라앉힌 후 답서를 써서 단단히 봉했다. 또 청허자에게 종이와 붓을 얻어 보내며 차후로는 손을 상하게 하지 말도록 청했다. 그런 후 두보현에게 사례하며 말했다.

"저는 현사가 정성으로 보살펴 주신 음덕을 깊이 뼈에 새길 것이니, 혹시 태양을 다시 보지 못하게 되어도 결초보은하겠습니다. 현사는 한갓 저만 구하지 말고 청선관 여도인 중에 아는 사람이 있으면 제 누님의 위태함을 구해주십시오. 그러면 훗날 큰아버지께서 또한 현사의 덕을 뼈에 새겨 갚을 것입니다."

두보현은 크게 기뻐하지 않는 빛으로 말했다.

"제가 비록 불인하지만 사람의 위태하고 잔인한 형세를 애처롭게 여겨 구하고자 하는 것입니다. 훗날 보답받기를 바라지 않는데 공자는 어찌 이런 말씀을 하십니까? 청선관 여도인 중에 서질녀의 스승 묘혜선이 있습니다. 어진 성격인 것을 아니, 공자의 누님이 되는 소저를 보호하라는 말을 전하겠습니다."

인광은 그 사람됨이 속세의 교활하고 삿된 무리가 아닌 것을 밝게 알고 다시 사례하는 말을 꺼내지 못했다. 다만 답서를 전해달라고 청하자 두보현이 즉시 유란에게 주어 보냈다. 이때 두어 필 비단을 보내어 묘혜선으로 하여금 동료 여도인에게 팔아 정소저의 식량값에 보태라고 했다. 묘혜선은 청허자가 정공자를 보호하고 있음을 유란의 말을 통해 알고 현인을 돌봐줄 사람이 있음을 다행으로 여겨 기뻐했다. 그러나 비단 보낸 것을 보고 심히 불쾌하여 생각했다.

'정소저의 매서운 절개와 눈서리 같은 마음으로 남자 도인이 보태는 식량값을 기뻐하지 않을 터이니, 이것을 도로 청허자에게 보내고 오직 정성과 힘을 다해 보살필 것이다.'

이에 비단을 즉시 돌려보내고 틈을 타 석굴에 나아갔다. 이때 두어 장 짚자리를 얻고 비단으로 된 좋은 이부자리를 간신히 만들어 직접 들고 갔다. 춘파와 경파가 반기는 것은 말할 것도 없고 월염이 급히 인광의 답장을 받아 왔는지 물었다. 묘혜선이 빨리 답장을 꺼내놓으며 청허자의 어진 마음을 전하니, 월염은 인광이 살아 있음을 천만다행으로 여기고 편지를 급히 뜯어 보았다. 사나운 무리의 핍박으로 인해 누추한 감옥에 갇힌 비분함과 원통함은 자기 마음과 다르지 않았다. 그런데도 오히려 남자라고 살 마음이 굳고 죽을 뜻이 없어 요사한 무리를 물리치고 돌아갈 시절을 기다리라고 했다. 또 자기 몸을 보전할 도리를 천만 가지로 생각하고 가볍게 죽을 생각을 하지 말라 청했다. 이어 춘추시대 노나라 사람 악정자춘이 발을 다치자 두 달 동안 근심한 것은 부모가 남겨준 몸을 공경하는 뜻이었으니, 손가락을 상하게 하여 피를 내는 것은 도리상 할 바가 아니라고 간했다. 그리고 부모님과 할머니께 생존을 고하지 못해 무한한 슬픔을 끼치게 된 불효가 죽어서도 묻힐 땅이 없을 정도이니, 훗날 산 낯으로 인사를 드리는 것이 조금이나마 불효의 죄를 갚는 것임을 갖추어 나열하며 수많은 근심과 한을 덜어내고 스스로 살기를 으뜸으로 하라고 간절히 빌었다. 그 말에 환하게 꿰뚫는 것이 있어서 가슴이 상쾌히 트이는 듯하니, 족히 참담했던 슬픔과 원통함을 잊을 듯했다. 필법의 기이함과 발췌한 구절의 특이함이 공자의 사람됨과 방불하여, 지상에 창룡이 서리고 봉황이 춤추며 기린이 새벽안개를 토하는 것 같았다.

월염은 편지를 다시금 보았으나 인광의 모습을 만날 길이 없으니, 어느 날 음습한 감옥을 벗어나 남매가 직접 만나 부모 계신 곳으로 돌아가기를 의논하겠는가? 이에 편지를 붙들고 탄식하며 눈물을 흘리니 기운이 막히는 듯했다. 묘혜선이 위로해 마지않고 차후는 편지를 주고받는 것이 어렵지 않을 것이라고 말하며, 공자의 말이 지극히 마땅하니 과도하게 마음 상해하지 말기를 청했다. 월염이 길게 탄식하고 슬픈 눈물을 거두며 말했다.

"제가 현도(賢道)와 일면식의 연분과 조그마한 은혜도 없는데 저를 이렇듯 보살펴 주시니 도리어 이상한 일입니다. 그런데 청허자란 도인은 또 어떤 현사이기에 제 사촌동생을 구해주는 것인지요? 그 의롭고 어진 마음이 기이합니다. 이 은혜는 우리 남매가 생전에 다 갚지 못할 것이니, 다음 생에라도 개나 말이 되어 조금이나마 갚기를 원합니다."

묘혜선이 감당하기 어려운 말이라고 일컫고 새로 만든 침구를 물리치지 말아달라고 청했다. 월염이 공손히 사례하고 이후는 묘혜선의 어진 마음에 힘입어 배고픔을 면하고 침구가 있으므로 앉고 눕는 것이 조금 편했다. 이를 본 춘파와 경파의 감사함이 그 무엇에 비하겠는가? 그저 결초보은하기를 기약했다. 청선관의 묘혜선과 태청관의 청허자는 하늘이 정씨 남매를 위해 내신 것과 같았다. 그들은 밤낮으로 인광과 월염을 위해 보전할 도리를 생각하고 비바람과 눈서리를 무릅쓰고 석갑에 음식을 가지고 왕래하는 것을 그치지 않았다.

태허자는 간교하고 불인한 인물이지만 정인광을 기이하게 여겨 깊이 사랑하는 마음이 있었다. 위엄을 보이려고 석갑에 넣었지만 약간의 측은지심이 있었다. 그런데 환장변정단을 먹었으나 앓는 곳이 없고 평소와 같이 편안하게 지내니 더욱 이상하게 여겨, 만일 석갑 안에서 살지 못하면 저에게 재앙이 적지 않을까 두려웠다. 그러므로 청허자가 보살피는 것을 구태여 막지 않았다. 그러나 운화선은 심술이 흉측하고 잔인한 정도가 장손활보다 더했기에 묘혜선이 월염을 위해 정성을 들이며 죽음도 돌아보지 않는 것을 알고 매우 밉게 여겼다. 하지만 길이 명운의 이치를 살펴보니, 정인광의 주성에는 청허자의 주성이 호위하며 아득히 멀리 뻗친 곳에 좋은 때가 있고 상서로운 운무가 짙으니, 일시 석갑에 갇힌 것은 탕임금이 하대에 갇혔던 것과 같은 것이었다. 정월염의 주성 문월성에는 묘혜선의 주성이 좇아 정기를 받들고 당당하고 귀한 복은 묘혜선이 아니더라도 천지신명이 보호하는 것이었다. 운화선이 천상을 올려다보고는 길게 탄식하며 말했다.

"내가 천수와 사람 팔자의 길흉을 모르지 않는데, 정씨네 남매를 돌려보내지 못하는 것은 차마 그 기특함을 놓아버릴 수 없기 때문이다. 또 나의 위엄이 조그마한 아이 둘을 구속하지 못해 순순히 돌려보내면 무리들이 업신여기게 될 것이니, 일단은 가두어 여러 세월 동안 내보내지 않는 것이 마땅하다. 두 아이가 고생이 점점 심해져서 혹 견디지 못해 흉노에 투항한 이릉처럼 거짓 항복이라도 하게 되면 일의 형세가 진짜 항복한 것과 다르지 않을 터이니, 일절 내보낸다는 말을 꺼내지 않는 것이 좋겠다."

이렇게 하여 갈수록 석굴을 에워싸 나는 새라도 드나들지 못하게 했다. 묘혜선에게는 하루에 한 번씩 오가도록 시키면서도 묘혜선을 특히 미워하여 겹겹으로 쌓인 일을 겨를 없이 시켜 견디지 못하게 했다. 그러나 묘혜선은 능수능란하여 원망하지 않고 다만 월염을 위한 지극한 정성으로 제 몸의 괴로움을 잊었다. 운화선은 묘혜선이 정월 염을 위하는 정은 하늘이 시킨 것인 줄 깨닫고 비록 미워할지언정 경파같이 참형을 가하지는 않았다. 인광 또한 청허자의 은혜로 굶어 죽는 일을 면할 뿐 아니라 남매가 자주 서찰을 주고받으며 서로 살기를 당부했다.

정흠 일행의 생사를 몰라 슬퍼하는 정잠

앞서 정잠은 서태부인의 기운이 위태한 것을 보고 놀라고 걱정하여 어쩔 줄 모르고 있었다. 게다가 정흠은 아이들을 거느려 오지 않고 거센 바람이 크게 일며 소나기가 내리고 천둥번개가 어지럽게 치며 천지가 울리니, 비록 3, 4리 거리라도 무사히 건널 수 있을지 장담할 수 없었다. 정잠이 더욱 초조히 마음 졸이며 노비를 계속 보내 정흠이 월청강을 무사히 건넜는지 알아 오라고 했고, 잠시 후 친히 월청강을 보려고 나갔다. 물이 7, 8보를 넘지 못했는데, 정흠이 아이들을 거느리고 무사히 오는지 보러 갔던 종이 슬프게 울부짖었다. 그 종은 손을 휘젓고 발을 구르며 가슴이 막힌 듯 땅을 두드리고 서러워하면서 스스로 죽고자 하다가 정잠이 오는 것을 보고 겨우 울음을 그쳤다. 그러고는 정잠 앞에 엎드려 탄식과 눈물로 아뢰니, 정잠이 다 듣기도 전에 구곡간장이 무너지고 가슴이 꽉 막혔다. 그러니 무슨 말이 나오겠는가? 한번 소리를 내어 길게 흐느끼다 정신을 잃고 말 아래로 떨어질 뻔했다.

정잠이 정신을 수습하여 강변에 이르렀는데, 이미 왔던 배는 간 곳이 없었다. 비바람은 그쳤고 운무가 개었으나 정흠과 아이들의 거처는 물을 곳이 없었다. 정잠의 마디마디 잘리는 듯한 슬픔과 측량하지 못할 마음을 무엇에 견주겠는가? 영재와 계충이 진짜 노비가 아닌 것을 알아채고 흉적의 간악한 모략이 흉측하고 잔인하여 정씨 집안의 천리마와 기린 같은 아들과 자기의 만금처럼 귀한 딸을 일시에 사지에 밀어넣은 것을 생각하자 오장이 잘려 나가는 듯하고 온몸이 무너져 내리는 듯했다. 정태요와 화부인에게 정흠이 아이들을 데려오던 배가 간곳없이 사라졌음을 말하고 어머니는 아직 모르게 하라고 하며 나직하게 일러 들여보냈다. 비록 흉적을 따라가지는 못하더라도 정흠과 아이들의 생사를 알기 위해 강가에 머물려고 노복에게 배를 얻도록 했는데 쉽게 구할 수 없었다.

(책임번역 김수연)

완월회맹연 권6

소교완의 출산

소교완은 쌍둥이 두 아들을 낳고
정흠은 정인웅을 양자로 들이다

왕술위에게 납치된 상연교

정잠은 정흠과 아이들의 생사 여부를 알기 위해 강가에 머물고자 노복에게 배를 구해보라 했지만 쉽게 구하지 못했다. 한참 뒤에 뱃사람이 작은 배 한 척을 가져왔다. 정잠이 급히 배에 오르면서 뱃사람에게 '만금의 상을 줄 테니 강물에 내던져진 시체가 있거든 건져 오라' 했으나 한 사람도 찾지 못했다. 정잠은 배를 모래사장에 대라 하고는 슬픔을 참지 못해 흐느껴 우는데, 그 소리가 애절하고 슬퍼 위로는 하늘을 뚫고 아래로는 땅끝까지 미쳤다. 그 모습은 늦가을에 무리 잃은 외로운 기러기와 깊은 산속에 새끼 잃은 학과 같았다. 그 소리가 딱하고 슬퍼 차마 듣지 못할 정도여서 애달파하지 않는 사람이 없었다. 모든 종들이 따라서 소리 내어 울며 슬퍼하니, 그 모습이 참담하여 차마 보지 못할 지경이었다. 눈물이 울음소리에 막혀 흐르지 못하자 파도가 세차게 치고 청산이 슬퍼했다. 하늘도 슬퍼하는 듯 상서로운 구름과 빛나는 해가 그 모습을 드러내지 않았다. 높은 하늘이 밝히 살피시는 것을 알 수 있었다.

그때 장손술의 남은 무리와 맹추 등 도적들은 비바람이 어지럽고 천둥번개가 사나운 것을 보고 각기 자신이 지은 죄가 가볍지 않은 것과 일생 동안 거침없이 저질렀던 못된 짓이 생각나 두려운 마음에 자기도 모르게 머리털이 솟구쳐 일어섰다. 한참 지나서 천둥이 그치자 잠시 마음을 가라앉히고 모래사장에 모여서 살펴보았다. 정흠과 네댓 살 된 어린 소녀가 정씨 집안 종들과 유모 한 사람과 함께 정신을 잃고 기절해 있었다. 그뿐 아니라 장손술이 온몸에 피를 흘린 채 모래사장에 쓰러져 있었다. 도적들은 의아하고 당황하며 두목이 저 지경이 되었음을 보고 놀라지 않는 사람이 없었다. 왕술위가 자기 부하들을 보고 말했다.

"주공의 지모와 용력은 이 세상에서 으뜸이니 결코 사람에게는 해를 당하지 않았을 것이다. 반드시 하늘의 진노를 받아 몸이 상하신 것일 게다. 우리가 놀라고 당황하여 부질없이 허둥대다가는 정씨네에게 해를 당하기 쉬울 테니, 빨리 배를 구해서 주공을 싣고 모두 자취를 감추는 것이 마땅하겠다."

도적들이 즉시 명령을 받들어 날이 새기를 기다렸다가 도망가자고 했다. 왕술위가 즉시 대포를 쏘았다. 원래 도적들은 멀리서 배를 대고 기다리는 중이었는데, 대포 소리가 나자 자기들을 부르는 신호로 알고 즉시 배를 저어 백사장에 왔다. 배가 오자 왕술위는 장손술을 배에 싣고 상연교와 유모 대월도 함께 배에 올렸다. 도적들이 의아해하며 말했다.

"우리가 함께 주공을 모시고 가 구호하는 일이야 어쩔 수 없는 일이지만 다 죽게 된 아이와 유모를 데려가서 무엇에 쓰려 하십니까?"

왕술위가 웃으며 말했다.

"우습게 보지 마라. 이 어린 소저는 만고에 빼어난 미인이니, 낙양 근처에 가서 포주에게 팔면 힘들이지 않고 돈을 넉넉히 받을 수 있을 것이다. 이 젊은 여자는 기껏해야 서른 살쯤 되어 보이고 미모가 시들지 않아 얼굴이 아름다우니, 우리 중에 홀아비가 되어 아내를 잃고 슬퍼하는 사람이 한둘이 아닌데 그들의 소원을 들어서 인연을 맺어 주면 그보다 좋은 일이 없을 것이다. 그러니 어찌 잠시 구호하는 수고를 어렵게 여기겠느냐?"

맹추는 아직도 정인성 등의 죽음을 눈으로 보지 못한 까닭에 마음이 미덥지 않아 왕술위에게 물었다.

"왕군은 정인성의 주검을 확인해 보지 않고 그냥 물러가려 합니까?"

왕술위가 웃으며 말했다.

"우리 주공의 재주로 파리떼 같은 무리를 쓸어버렸을 텐데 이를 근심하겠습니까? 이미 물고기의 밥이 되지 않았으면 어찌 우리가 머리를 보전했겠습니까? 맹군은 염려 말고 빨리 돌아가는 것이 마땅할 것입니다."

맹추도 옳게 여겨 군대를 거두어 돌아가 쥐가 숨듯 자취를 감추었다. 왕술위는 자기 부하들과 함께 배를 저어 깊이 들어갔다. 상연교가 적의 소굴에 들어가 수많은 슬픔과 고생을 당하며 대월과 더불어 험난한 일을 겪은 사연은 다음에 갖추어져 있으므로 여기서는 기록하지 않는다.

아이들 실종 소식에 슬퍼하는 정잠

정잠은 계람의 모래사장에 이르러 종들이 쓰러져 있는 모습과 8척 장신인 정흠이 주검처럼 거꾸러져 있는 것을 보고 슬픔이 더욱 지극해졌다. 그렇지만 시신이라도 있는 것을 다행으로 여겨 빨리 나아가 맥을 짚어본 뒤에 생각했다.

'잠시 독기를 이기지 못해 쓰러져 있지만 아주 희망이 없는 것은 아니다. 주막이 모두 타버려서 잠시 머물 곳도 없으니, 차라리 나루터에서 구호하는 것이 옳겠다.'

정흠을 몸소 배에 올려 싣고 약을 먹이며 손발을 주물러 구호했다. 정흠이 살아 있는 것은 다행스러웠지만 아들과 딸의 거처를 모르니 마음이 꺾어지고 미어지는 듯했다. 한참이 지나서 정흠이 입으로 무수한 독기를 토했다. 눈을 떠 정잠을 보고는 놀라 의아해하며 정신을 수습하고는 겨우 소리 내어 말했다.

"형님, 조카들은 어디로 갔는지요?"

정잠이 가슴을 어루만지며 말을 못 하다가 뒤이어 아이들이 어디로 갔는지 모른다고 이야기하는데, 슬피 울어 목소리가 나오지 않았다. 정흠은 정신을 잃어 죽다가 깨어났기에 심신의 어지러움을 가라앉히지 못했다. 인성 등이 간곳없다는 말을 듣고 놀라 겨우 일어나 한바탕 통곡하고 정잠을 향해 말했다.

"제가 어리석고 모자라서 흉악한 도적의 극악한 뜻을 알아차리지 못하고 형님이 배에 오르기 꺼리시는 것을 도리어 의심이 많다 여겼습니다. 도적들이 에워싸는 바람에 다급하여 조카들을 데리고 배에 올랐었지요. 제 몸이 위태하게 된 것은 작은 일입니다. 조카들의 거처를 모르니, 반드시 적의 손에 죽임을 당해 강물에 떨어지지 않았으면 날카로운 칼날에 아까운 목숨을 마쳤을 것입니다. 네 아이가 한꺼번에 죽임을 당했으니 그 불쌍하고 슬픈 심정을 무엇에 비할 수 있겠습니까? 인성이로 말할 것 같으면 가문의 가벼운 인물이 아니지요. 큰아버님 살아 계실 때 가장 소중히 여기고 사랑하셨던 것은 말할 것도 업고 온 가문의 큰 희망이었는데, 오늘날 생사와 거처를 모르니 아마도 가문의 운수가 불행한 것이 이보다 더할 수는 없을 것입니다. 제가 살아서 조카들을 찾지 못한다면 지극한 슬픔과 아픔에 저승에 가서도 눈을 감지 못할 뿐 아니라 큰아버님 내외분과 조상들을 뵐 낯이 없을 터이니, 아득한 천지에 슬픔과 아픔을 둘 곳이 어디 있겠습니까?"

말을 마치고 다시 목놓아 통곡했다. 정잠도 붙들고 통곡하기를 그치지 않다가 차츰 슬픔을 억지로 참고 정흠에게 울음을 그치라 하며 하염없는 눈물을 거두고는 말했다.

"아이들을 잃은 것은 내가 쌓은 악행이 많은 까닭이지 아우님이 소홀히 한 탓이 아닐세. 그런데 어찌 슬픔을 참지 못해 이 못난 형의 마음을 아프게 하는가? 내가 어머님을 생각하지 않는다면 바닷물에 배를 띄워 온 세상을 두루 돌아다녀서라도 아이들의 시신이나 찾아볼 테지만, 어머님께 무한한 불효를 끼칠 수 없어 이를 차마 결단치 못하고 있다네. 이제 어머님이 계신 곳으로 돌아가 고할 말씀이 없으니 이를 장차 어찌하겠는가?"

정흠도 서태부인께 고할 말을 생각하지 못해 슬피 통곡할 뿐이었다. 그동안 기절해 있던 종이 깨어나서 '어젯밤 이후로 정신을 차리지 못해 공자 등과 소저의 거처를 알지 못합니다.'라고 했다. 이 말을 듣고 정흠은 다시 정신을 잃고 통곡할 뿐이었다. 정잠은 곧장 강물로 뛰어들어 변고를 당한 지극한 슬픔을 잊고자 했으나 어머니께 한없는 불효를 끼치지 못해 오장이 무너지는 고통을 억지로 참았다. 그리고 종들을 사방으로 풀어 보내면서 말했다.

"공자와 소저의 생사 여부를 알아 시체라도 찾아오는 자에게는 종의 신분을 풀어주고 천금 상을 주겠다."

종들은 태부 정한과 서태부인의 높은 덕과 어진 마음씨에 감화되어 따로 주는 것이 없더라도 그 은혜에 감격하고 우러러 어린아이가 어머니를 대하는 것같이 해오던 이들이다. 정한이 세상을 떠났을 때도 한없이 애통해하기를 효성스러운 아들이 부모를 여읜 것같이 했다. 정잠도 너른 은혜와 지극한 자애로 아무리 천한 종이라도 화를 내어 꾸짖거나 엄하게 벌을 주는 일이 없었으므로 종들이 공경하기를 부모를 대하듯 했다. 그런 상황에 어찌 공자와 소저의 생사와 거처를 알아내고자 하는 마음이 천금 상을 받고 종의 신분을 벗어나 귀하게 되기 위해서이겠는가? 종들은 울며 하직하면서 10년이 걸리더라도 공자와 소저의 생사를 알아 돌아오겠노라 결심했다. 정잠은 종들의 충성을 아는 까닭에 힘을 다해 찾느라 도중에 돌아오지 않을까 염려하여 다시 분부했다.

"아이들의 생사를 알아내지 못해도 우리가 갈 길을 지체하기 어려우니, 며칠 동안만 찾아보고 부질없이 멀리 가지는 마라."

정흠이 또한 수레를 몰고 갈 방법이 없다는 것을 이르며 속히 돌아오라 하니, 종들은 마지못해 명을 따르기로 했다. 그중 운학과 경용은 일생을 두루 돌아다니더라도 공자와 소저의 소식을 듣지 못하면 기꺼이 죽어 설움을 잊을지언정 다시 집으로 돌아오지 않겠노라고 아뢰고 바로 떠났다. 정잠이 붙잡지 못하고 정흠과 함께 통곡하며 다시 월청강을 건너 숙소로 왔다. 그때 정태요와 화부인은 종이 전해준 소식을 통해 인성과 인광 두 공자와 월염과 연교 두 소저 그리고 정흠의 거처를 알지 못한다는 말을 듣고 놀라고 슬퍼 간장이 부서지는 듯하고 가슴이 막혀 정신을 잃었다. 천지가 어둡고 캄캄하여 해와 달이 빛을 잃으니, 갑자기 넘어질 듯 한없이 슬픈 마음을 어찌 말로 다할 수 있겠는가? 그러나 서태부인이 이를 알고 마음이 상하게 될까봐 소리를 죽이고 눈물을 흘리며 지나친 행동을 하지 않았다. 그럼에도 자연히 평안한 기운이 사라지고 슬퍼하는 빛이 나타나는 것을 어찌할 수 없었다. 서태부인은 정잠이 아이들을 데리러 간 지 오래되었는데도 소식이 없고 딸과 며느리의 말과 얼굴빛이 변하는 것을 의아하게 여겨 말했다.

"잠이가 아이들이 더디 오는 것을 궁금하게 여겨 나가서는 날이 밝아오는데도 소식이 없고 너희 둘의 얼굴빛이 매우 슬퍼 보이니 이 어미의 마음이 당황스럽구나."

두 부인은 정잠이 오기 전에 자기네가 미리 고할 수 없기에 다만 받들어 모시는 정성이 태만하여 평안함을 잃게 한 것을 사죄했다. 서태부인이 다시 묻지 못하고 의아해할 뿐이었다. 아침밥이 나왔으나 정태요와 화부인이 어찌 차마 밥을 목에 넘기겠는가? 한 술도 먹지 못했다. 서태부인은 심기가 불편하여 밥상을 물리고 죽을 내오게 하여 두어 모금 마셨다. 정태요가 나아가 앉아 한 종지라도 마시기를 청했다. 이때 여종들이 '상서와 시랑이 돌아온다'고 먼저 고했다. 정태요와 화부인은 '시랑'이란 두 글자에 반가움이 도리어 두려운 마음이 되어, 혹시 아이들이 정흠과 함께 돌아오는가 싶어 마음이 조마조마하고 간장이 타서 재가 되는 듯했다. 이윽고 정잠과 정흠이 들어오는데 아이들은 하나도 따라오지 않을 뿐 아니라 정흠의 초조하기 그지없는 모습은 하룻밤 사이에 다른 사람이 되어 뛰어난 풍채와 옥 같은 모습이 초췌하게 변해 있었다. 정잠은 부친을 잃은 슬픔으로 몸이 상한 데다가 다시 참지 못할 슬픔까지 더하여 평소의 위엄 있는 모습이 금방 쓰러질 듯하니, 목에 실낱같은 목숨이 걸려 있는 것이 이상할 지경이었다. 두 부인이 한번 바라보고 한눈에 아이들을 찾지 못한 줄 알고 말할 수 없이 슬펐지만 억지로 참고 천천히 일어나 맞이하여 자리를 잡고 앉았다. 서태부인이 자기도 모르게 다급하게 물었다.

"조카와 아들은 돌아왔는데 어찌 아이들은 돌아오지 않느냐?"

정흠은 머리를 숙이고 꿇어앉았는데 눈물이 하염없이 흘러 대답을 못 했다. 정잠도 눈물을 흘리며 꿇어앉아 먼저 어머니의 안부만 묻고 아이들의 일은 말씀드리지 않았다. 서태부인이 더욱 놀라고 슬퍼하며 물었다.

"조카는 무슨 까닭으로 이렇게 슬퍼하며, 아들은 또 어찌 아이들과 함께 오지 않은 일을 대답하지 않는가?"

정잠이 몸을 일으켜 절을 하고 말씀드렸다.

"제가 못나고 모자라서 어머님께 위로될 일을 한 가지도 생각지 못했는데, 이제 여러 아이들을 한꺼번에 잃은 변고를 말씀드리게 되어 슬픔을 끼치니 저의 불효한 죄는 세상에 다시 없을 것입니다. 어머님께서는 너그러우신 덕으로 세상에 비길 데 없는 저의 딱한 사정을 굽어살피시어 행여라도 다른 일이 없기를 바랍니다. 여러 아이들을 극진히 사랑하셨는데 한꺼번에 아이들이 슬하를 떠났으니, 비록 아이들의 성품과 기질을 생각해 볼 때 박명하여 일찍 죽을 염려는 없사오나 어머님이 슬픈 마음을 진정치 못하시어 몸이 상하실까 애타고 근심하는 마음을 이기지 못하겠습니다."

서태부인이 이 말을 다 듣기도 전에 크게 놀라서 손을 들어 가슴을 치며 말했다.

"하늘이 무심하구나! 어찌하여 정씨 가문을 이다지도 과도하게 벌하시고 열 살도 안 된 어린아이들을 죽이신단 말인가? 이는 반드시 이 늙은 어미가 어질지 못한 것을 신명이 그르게 여겨서 사람으로서는 견디지 못할 참혹한 지경을 당하게 하는 것이다. 내 목숨이 모질어 죽지 못하고 구차히 살아서 하늘이 무너지고 땅이 갈라지는 변을 당하는구나. 이러고도 못 죽고 살아 있는 것이 한스럽다. 이 슬픔은 내 마음이 쇠나 돌이 아니고서는 참지 못할 일이로다."

말을 마치고 공자와 소저 등을 부르짖으며 애통하게 울었다. 정태요와 화부인도 참지 못하고 한바탕 슬프게 우니, 곁에서 모시는 종들도 모두 통곡했다. 정잠은 이러한 모습을 보고 더욱 당황하여 바삐 어머니를 붙들고 두 부인을 대하여 말했다.

"옛사람이 '낳지 않은 자식을 위해 울지 않는다.'라고 했습니다. 아이들이 살아 돌아오면 다행이고 불행히 죽어 시신을 찾지 못한다면 애초에 안 낳은 것으로 알고 슬퍼하지 않는 것이 마땅할 것입니다.

누이와 제수씨는 슬픔을 참고 어머님의 근심을 더하지 마십시오."

두 부인이 참혹하고 애절한 뜻을 만의 하나라도 펴겠는가마는, 실로 참지 못해 소리 내어 운 것이었다. 그런데 정잠의 말이 이러하니 쓸데없이 지나치게 슬퍼하여 서태부인의 근심을 더하는 것이 옳지 않다고 생각하여 마음을 쇠처럼 단단히 잡아 울음을 그쳤다. 그러나 일만 개의 창칼이 내장을 찌르는 듯한 슬픔과 뼈를 바수는 듯한 아픔을 어찌 참겠는가? 별 같은 두 눈에 눈물이 줄줄 흘러내려 꽃 같은 뺨을 적실 뿐 아무 말도 못 했다.

정태요가 조용히 정흠을 보고 아이들을 잃은 곡절을 물었다. 정흠이 먼저 배에서 영재와 계충이란 놈이 괴이한 거동을 보이고 물에 뛰어들던 것과 연교를 안고 앉았다가 문득 정신이 까마득하여 어찌 된 영문인지를 모르게 된 일을 대강 이야기했다. 이어서 계람의 모래사장에 주검처럼 버려져 있는 것을 정잠이 구해 겨우 정신을 차렸음을 말하고, 조카들이 어디로 갔는지 모르는 것은 여기 있던 누이와 다름이 없다고 했다. 정태요는 들을수록 슬픔을 참지 못했다. 서태부인은 울음소리가 끊겼다 이어졌다 하면서 금방이라도 기운이 다할 듯하더니, 기절하여 손발이 얼음 같고 얼굴에 핏기가 사라졌다. 정잠은 정신이 아득하여 급히 약으로 구호한 후에 누이와 제수를 보고 가슴을 치며 슬피 울었다.

"못난 나도 철석같은 심장이 아니니 만금 같은 아들과 천금 같은 딸의 생사를 모르는 마음이 꺾어지며 무너짐을 어찌 면하겠습니까? 그러나 차마 어머님의 슬픈 마음을 더할 수 없어 좋은 얼굴을 하고 돌아온 것입니다. 누이와 제수씨는 마음을 너그럽게 하고 인내하여 효도를 완전하게 하십시오. 다른 아이는 혹시라도 살았을 것을 만의 하나라도 바라겠지만 인성이와 월염이는 죄 많은 나의 악행 때문에 죽었을 것이 확실하니, 넓은 천지에 이 슬픈 한을 둘 곳이 어디 있겠습니까? 내가 어리석고 밝지 못해 깨닫지 못하는지 모르겠지만 아무리 생각해 봐도 오늘까지 남에게 원한을 맺은 일이 전혀 없습니다. 아마 내 운수가 기구하여 가문을 망치고 집안을 어지럽히는 장본인을 만나서 이렇게 된 것 같습니다."

말을 마치자 분하고 안타까운 마음이 더해졌다. 그 말이 비록 간악한 사람을 찾아내려는 뜻을 분명히 하지는 않았지만 은근히 의심하는 마음이 담겨 있었다. 정태요의 밝은 지혜와 화부인의 뛰어난 총기로 어찌 정잠의 말귀를 깨닫지 못하겠는가마는, 스스로 아는 체하여 그렇지 않다고 다투는 것이 도리어 죄과를 드러내는 꼴이 되므로 짐짓 모르는 체했다. 다만 사소한 정에 끌려 처참한 슬픔을 억제하지 못해 서태부인의 슬픈 마음을 더하게 된 자신들의 부족함을 사죄할 뿐이었다. 한참이 지난 뒤에 서태부인이 깨어나서 정신을 수습하더니 다시금 손자들을 부르짖어 통곡하기를 그치지 않았다.

이때 정잠은 잃은 자녀는 도리어 잊고 초조하고 급한 마음에 가슴에 불이 나서 내장을 태우는 듯 서태부인의 울음소리를 차마 들을 수가 없었다. 이러하니 또 어찌 진정하여 견디며 마음속 가득한 슬픔 때문에 병이 나지 않겠는가? 문득 목구멍에서 역한 냄새가 올라와 입을 벌리니 무수한 피가 쏟아져 나왔다. 서태부인이 볼까 민망해서 고개를 돌려 자주 피를 삼켰지만 나오는 것을 막지 못해 얼굴에 한 조각 생기가 없었다. 서태부인이 이 모습을 보고는 놀라고 슬픔이 더해져 몸소 정잠을 붙들고 어찌할 줄 몰라 했다. 정잠은 하는 행동마다 한없이 조심스러워 겨우 피를 삼키고 소리를 부드럽게 하여 말했다.

"제가 근래에 피를 토하는 일이 종종 있으니 갑작스러운 게 아닙니다. 이러다 그치면 괜찮으니 어머님은 걱정하지 마십시오."

서태부인이 붙들고 울며 말했다.

"사람의 속이 온전하면 어찌 이렇게 피를 흘리겠느냐? 반드시 큰 병이 날 것 같구나."

정잠이 거듭 그렇지 않을 것이라고 하며 가슴이 찢어지는 슬픔을 간신히 억제하고 어머니를 위로하느라고 다른 일은 조금도 생각할 겨를이 없었다. 평안한 기운을 억지로 지어 보이며 부드러운 말을 그치지 않았으나, 서태부인의 애끓는 마음과 슬픈 회포를 어찌 진정시킬 수 있겠는가? 정신을 놓고 통곡하여 기운이 다할 듯하니, 참으로 죽기를 바라고 살기를 원치 않았다. 또 정태요와 화부인의 쌓이고 쌓여 찢어질 듯한 슬픔을 어디 견줄 곳이 있겠는가? 이때 정흠이 서태부인께 고했다.

"조카들의 생사를 몰라 뼈에 사무치게 아프고 슬프니, 제가 나가서 사흘만 찾다가 돌아오겠습니다."

정잠은 정흠이 나가도 찾지 못할 줄 알았으나 어머니가 아이들을 찾고자 하는 마음을 막을 수 없었다. 정흠은 슬픈 마음을 참지 못하고 조카들을 찾겠다고 하며 서태부인과 정잠에게 하직한 후 나가 사방을 찾았지만 생사와 거처를 알 길이 없었다. 날이 저물고 밤이 새도록 초조하여 며칠 동안 밥을 먹지 않고 흐르는 술로 목을 적시니, 그 모습이 몰라보게 바뀌고 피부가 까칠해지며 놀랄 정도로 쇠약해졌다. 결국 여러 날을 다니지 못하고 돌아왔다. 종들도 공자와 소저의 소식을 알아내지 못하고 그저 고생만 하다가 되돌아왔다.

그러나 운학과 경용은 돌아오지 않았다. 서태부인은 정흠과 종들이 빈손으로 돌아온 것을 보고는 더욱 희망이 사라져 오장이 끊어질 듯하고 간장이 타는 듯한 애통함을 견디지 못했다. 정잠과 두 부인은 혹시 네 아이들 가운데 하나라도 생사를 알아 시신이나 찾아올까 만분의 일이나 바라다가 아무런 소식도 모르고 돌아오니, 차라리 눈앞에 시신이라도 놓여 있다면 이렇게 슬프지는 않을 것이라고 생각했다. 그들은 한유가 층봉역에서 죽은 딸을 묻고 울었던 것을 오히려 부러워했다. 자식을 잃고 슬픔 때문에 눈이 먼 자하처럼, 시신도 보지 못하는 이들의 마음을 무엇에 견줄 수 있겠는가? 진실로 세상을 버려 슬픔을 잊고자 하나 차마 서태부인의 비회를 더하지 못해 참느라 심장을 한 조각 돌로 찧는 듯했다.

잃어버린 자녀들의 성품과 기상이 맑고 단단하여 저녁에 태어나 밤이 되면 죽는 하루살이나 여름에 태어나 가을이 다 못 가서 죽는 매미와는 같지 않을 것이라고 고하며 온갖 방법으로 서태부인의 슬픔을 위로했다. 정잠 남매는 죽을 맛있게 마시는 모습을 보이며 어머니에게 죽을 드시도록 권하고 지극한 효성과 간절한 정성으로 어머니를 공경하며 즐겁게 해드리느라 자식 잃은 자신들의 슬픔은 돌아볼 겨를이 없었다. 서태부인도 아들과 딸, 며느리의 지극한 효성을 돌아보아 음식을 물리치지 못하고 슬픔을 참고 견디었다. 모자와 형제가 서로서로 의지하며 목숨을 이어갔지만 가슴에 수만 개의 칼이 박힌 듯한 슬픔은 죽기 전에는 풀릴 길이 없고 비록 죽어도 눈을 감지 못할 것 같았다.

　세상살이에 대한 미련이 조금도 없으니 고향 태주인들 돌아갈 뜻이 있겠는가? 그러나 중도에 부질없이 머물 수는 없어서 길을 떠나기로 했다. 계람현 수령은 병이 있어 송별을 하지 못했으나 여러 고을 수령들이 정잠 일행이 도적떼를 만나 자녀를 참혹하게 잃었다는 소식을 듣고 저마다 놀람을 이기지 못해 관군을 풀어서 도적을 잡으라 하며 한편으로 방방곡곡에서 정공자 등의 거처와 생사 여부를 알아 오라 했다. 이들이 각각 마음을 다하고 힘을 다해 자신의 피붙이를 잃은 것처럼 생각한 것은 정잠의 간절한 바람을 이루어주기 위해서였다. 하지만 회오리나 소나기처럼 순식간에 바다로 피하고 산속으로 도망하여 경사로 올라가 버린 맹추와 왕술위의 무리를 잡을 길이 없고, 바다의 부평초 같은 인성·인광과 월염·연교의 거처를 알도리가 없었다. 서태부인 행차도 전송하고 도적떼에게 흉한 해를 당해 인성 형제 등을 참혹히 잃은 것도 위로하기 위해 멀고 가까운 곳을 가리지 않고 여러 고을의 수령들이 모였다. 정잠이 막막한 심사에 요란하게 모이는 것을 더욱 기뻐하지 않아 정흠으로 하여금 여러 고을 수령들을 대접하여 돌려보내게 했다. 정태요에게는 어머니를 부축하여 한 수레에 타게 하고 화부인에게는 인경과 자염을 거느려 가마에 오르게 했다.

　아이들의 생사와 거처를 모른 채 이곳을 떠나는 심사가 어떠하겠는가? 서태부인은 수레 안에서 소리 나는 것을 깨닫지 못하고 통곡하고 화부인은 시어머님이 들으실까 두려워 소리를 죽여 슬피 우니, 흐르는 눈물이 피가 되고 한숨은 바람이 되었다. 정태요는 슬픔을 억지로 참으며 서태부인을 붙들고 앉았으나 말을 하고자 하되 목이 메었다. 또 자염이 어미를 부르는 소리를 들으니 연교가 더욱 생각나 구곡간장이 열두 번이나 끊어졌다. 경사에 변고를 알릴 말이 없어 정잠은 상연과 정염에게 편지를 부쳤으나 정태요는 차마 편지를 부치지 못했다.

일행이 태주로 향하는데 산골짜기가 점점 험해지니, 정잠과 정흠은 서태부인을 평안히 모시지 못할까 근심하느라 다른 일을 돌아볼 겨를이 없어 온갖 슬픔과 근심을 잊은 듯했다. 그러나 아이들의 생사도 모르고 거처도 찾지 못한 채 수레를 돌리려고 생각하니, 간장이 마디마디 끊어지고 가슴이 미어졌다. 근심스러운 구름은 골짜기에 무르녹고 안개는 자욱하여 푸른 산이 잠긴 듯하고, 시름겨운 해가 골짜기를 겨우 엿볼 뿐 시름에 찬 하늘은 정기를 발하지 않았다. 슬픈 바람이 일어 나무들이 흔들리니 그 소리가 목이 멜 듯 슬펐다. 온갖 새들이 지저귀고 짐승들도 울부짖었다. 붉은 새와 푸른 짐승, 검은 원숭이와 흰 너구리가 피눈물을 흘리며 근심 많은 사람의 간장을 사르고 원수의 한을 더했다. 수레바퀴 소리가 울려 가을 물결이 옹옹거리며 잔잔히 흐르니, 눈길 닿는 곳마다 애간장이 찢어지고 가슴이 미어질 것 같았다. 그럼에도 정잠은 그 슬픔을 만에 하나도 드러내지 못하고 참으며 서리서리 담아두려고 힘쓰니, 안에서 체증과 감기가 일어나 죽 한 종지도 제대로 삼키지 못하고 수시로 피를 토했다. 잃어버린 아이들은 다시 말할 것도 없고 정잠이 능히 살지 못하게 될 지경이었다. 정흠이 더욱 애통하고 안타까워하며 정잠을 보호하면서 태주로 향했다.

정흠의 계후가 된 정인웅

이전에 정삼은 부친상을 치르며 슬픔이 뼈에 사무치고 한없는 그리움으로 모습이 여위어 볼품이 없더니, 슬픔으로 몸이 상한 것이 병이 되어서 그 병세가 가볍지 않았다. 그럼에도 날마다 네 차례씩 곡을 하는 예를 폐하지 않았다. 이빈이 자주 왕래하여 보며 그 위태함이 살기 어려운 지경에 이르렀음을 안타까워하며 '상례에 슬픔으로 몸을 상하지 않는 것이 예의 시작이다.'라고 이르며 간절히 위로하면서 죽을 권했다. 지극한 정이 친형제에 못지않았으나 정삼은 슬픔을 참지 못해 병세가 점점 더해졌다. 몸은 소금에 절인 듯 마르고 머리를 가누지 못해 짚베개에 던져지며 정신이 자주 혼미해졌다. 기운은 실낱같아서 때때로 정신을 제대로 차리지 못했다.

이때 노비가 들어와 정잠 일행이 도중에 도적의 변고를 만났다고 아뢰고 인성·인광과 월염·연교의 생사와 거처를 모른다고 전했다. 이 말에 정삼은 너무 놀라 도리어 자신의 슬픔을 잊고 어머니와 형이 애타고 비통해할 것을 생각했다. 이에 절박한 근심으로 가슴이 미어지고 어이없고 끔찍하여 눈물도 쉽게 나오지 않았다. 한낱 어리석은 사람이 되어 겨우 일어나 앉아 어머니의 기운과 형의 안부를 묻고 오래도록 말이 없다가 천천히 상복을 끌며 걸음을 옮기는데, 엎어질 듯 겨우 내당에 들어가 형수 소교완에게 아이들이 길에서 당한 변고를 전했다.

흉인 소교완은 흉계를 짜고 간계를 세운 터라 속으로 이러한 소식을 기다린 지 이미 오래였으니, 이 말을 듣고 어찌 기쁘지 않겠는가?

그러나 총명하고 노련하며 꾀가 많고 담대할 뿐 아니라 지략이 상당하고 말솜씨가 뛰어나 온갖 행실이 매우 기특했으니, 어찌 가볍게 현숙하지 못한 속내를 나타내겠는가? 정삼이 전하는 말을 다 듣기도 전에 쉴 새 없이 떨어지는 눈물이 마치 진주가 부용꽃 가지에 흩어지듯 하는데, 그 모습이 얼핏 양귀비가 마외역에서 죽고 왕소군이 단봉을 하직하던 것과 흡사했다. 고상한 모습과 맑은 정신은 양귀비와 왕소군을 비루하게 여길 정도이니, 총애하던 대규와 이별하고 연연해하던 위나라 제후의 얼굴과 방불했다. 속이 잘려 나가는 듯이 슬퍼하는 것은 구곡간장이 마디마디 끊어지는 형상이고, 녹아내리는 듯이 안타까워하는 것은 오장이 무너지고 부서지는 모양이었다. 화부인이 인성과 인광을 잃고 애통해하며 절절해하는 것과 정태요가 특별히 사랑하는 딸 연교를 잃어버리고 참담해하며 슬퍼하는 것도 이보다 더하지 못할 것이었다. 이러하니 소교완이 공손한 척했던 왕망이나 아첨을 일삼았던 이임보처럼 속내가 다르다는 것을 알아챌 수 없었다. 하지만 정삼의 두 눈은 한 쌍의 조마경과 같아 눈빛이 스치는 곳마다 온갖 사악한 기운의 자취까지 비추니 소교완의 흉한 마음을 어찌 모르겠는가? 그러나 흉적과 작당하여 길에서 변고를 저지른 것은 귀신도 생각하지 못할 일이었다. 하물며 예의가 삼엄하여 사내종이 중문을 넘지 않고 내당에서 모시는 계집종이 마음대로 대문을 벗어난 적이 없으니 어디에서 흉적의 무리를 사귀어 변고를 일으킬 수 있었단 말인가?

이때 정삼이 천천히 밖으로 나오는데 소교완이 일어나 전송하고 방 안으로 들어와 슬프게 통곡하며 마디마디 간장이 끊어질 듯했다.

녹빙과 계월이 또한 소교완을 따라 생겨난 요물이고 간악한 종년들이어서 일시에 목놓아 통곡하니, 이 울음이 못된 계략을 실행하여 소원을 쾌히 이룬 축하의 소리인 줄 누가 알겠는가? 정삼은 마음이 미칠 듯해 저녁 곡을 끝낸 후에 돌아가신 부친의 유서를 넣어둔 상자를 받들어 상 위에 놓고 공경히 살피는데, 봉투에 '인성 등을 잃어버린 후에 열어보라.'라는 말이 적혀 있었다. 부친의 선견지명에 더욱 슬프고 감격해서 피눈물을 뿌리며 봉투를 열어 보니, 그 글에 이렇게 쓰여 있었다.

자고로 성현도 찾아오는 액을 면하지 못하시어 문왕이 유리성에서 7년의 고난을 겪으셨고 공자가 수레를 타고 천하를 떠돌며 도를 전하다가 광인의 핍박을 받고 진나라와 채나라 사이에서 식량이 끊어지는 일을 당하셨다. 그윽이 생각해 보면 만물이 교화되어도 하늘이 기뻐하지 않는 것이 있으니 그 사람이 귀하다면 어찌 천리(天理)의 시기함을 면하겠는가? 이 또한 역수[15]에서 밝혀놓은 것이다. 인성 등이 우리의 유학을 잇는 성인으로서 공자를 계승하는 덕이 있고 안회와 맹자를 잇는 학문이 있어 멋진 풍채와 고운 얼굴이 만고와 천하를 다 아울러 살펴도 다시 있지 않을 정도이니, 어찌 어린 시절의 괴로움을 면할 수 있겠는가? 그러나 위험을 겪고도 무

---

15 역수(易數): 역학(易學)과 상수학(象數學)을 결합한 것으로, 사람의 길흉화복을 미리 알 수 있는 법.

사한 것이 문왕이 병이의 난을 만나신 것과 공자가 화산에서의 위급함을 벗어나신 것과 같을 것이니, 일시적으로 잃어버린 것을 과도하게 애통해하지 말 것이다. 그러하지 않는다면 인성이부터 월염이까지 살지 못할 것이다. 연교 어린 것 또한 초년에 제 부모 슬하를 떠나지 않는다면 평안하게 장성하지 못할 것이다.

정삼이 공경히 보기를 마치고 부친의 밝고 통달한 식견이 이와 같음에 새롭게 사무쳐서 추모하는 마음으로 밤새도록 피눈물을 흘리며 애통한 마음을 억누르지 못했다.

새벽이 되어 곡배를 하고 또 아침 제사를 마쳤다. 그러고는 힘없이 말에 실려 달려가 어머니와 조상의 신위를 맞았고 형을 바삐 반겼다. 이때의 오는 마음과 맞이하는 심정이 어떠하겠는가? 정삼이 황망히 말에서 내려 급히 서태부인의 수레 앞으로 종종걸음하여 나아가서 여정에서의 안부를 물었다. 정잠과 정흠이 또한 말에서 내려 정삼과 악수하며 상봉하는데, 흐르는 눈물이 오월 장맛비 같았다. 정삼은 두 형에게 절하여 인사하는데, 어머니와 형님의 기력이 약해진 것을 한 번 보고도 알 수 있었다. 가슴이 갈라지는 듯한 마음이 더해져 손을 붙들고 목메어 말을 잇지 못했다. 그 참담한 광경을 어찌 비할 곳이 있겠는가? 서태부인이 수레 안에서 아들을 보고 반기는데, 그 정이 슬픈 회포를 더욱 일어나게 하여 넋을 잃고 눈물을 흘리며 말했다.

"노모가 쌓은 재앙 때문에 아이들을 보전하지 못했구나. 너를 대해도 이를 말이 없다. 더욱 모습이 바뀌어 수척하고 초췌한 거동이 매우 힘없어 보이니, 네 형이 약해진 것을 걱정하던 차에 네 거동까지 보니 노모의 심장이 꺾어지는 것을 참지 못하겠구나."

정삼이 부드러운 목소리와 온화한 기운으로 대답했다.

"아이들을 잃은 것은 참담하고 놀랄 일이지만 저들의 기질을 생각하면 물과 불 속에 빠져도 위태함을 면하여 필경 살아 있는 모습으로 부모를 반기고 어른들께 인사드릴 것입니다. 어머니는 걱정하지 마시고 아이들을 없던 것으로 여기십시오. 훗날 살아 돌아올 때의 기쁨은 잃지 않았던 때보다 더할 것이라고 생각하시기 바랍니다. 이것으로 어찌 과도히 마음 상해하십니까? 불초자가 수고하는 것은 본래 힘든 일이 아니고 조금도 위태함이 없을 것이니, 어머니는 이런 일에 근심을 번거롭게 하지 마십시오."

서태부인이 탄식과 오열을 참지 못하니, 정잠과 정삼은 애가 타는 것을 견디지 못해 집을 잡아 잠깐 쉬었다. 화부인은 딴 방에 쉬게 하고 모자와 형제가 서로 붙들어 애통하고 절절해하는데, 참으로 형용하기 어려운 광경이었다. 눈에서는 쉼 없이 눈물이 나고 목이 메어 말을 이루지 못했다. 미처 살피지 못하는 사이에 자염과 인경이 이미 예를 올리고 슬퍼하는데, 그 거동이 두루 기특했다. 예닐곱 달 사이에 키가 남달리 자랐고 예를 차리는 모습이 진보하여 완연히 다 큰 어른과 규수가 되어 있었다. 구름 같은 머리카락이 달 같은 이마에 풍성하고 봄산 같은 눈썹은 아연하여 여덟 빛깔 아름다움을 띠었으며, 고운 안색은 화씨의 둥근 옥으로 얼굴을 만들어놓은 듯했다. 고상한 자품은 연꽃이 바람에 흔들리는 듯하고 청고한 기상은 눈 속에 피어난 매화 같았다. 또 상서로운 성인의 품격과 봄산의 온화한 빛이 있어 진실로 작은 인성이었고, 밝은 눈빛과 영롱한 광휘가 환하게 뿜어져 나오는 것은 치마를 입은 인광이었다. 정삼이 마지막에 비로소 눈을 들어 자녀를 보고 새삼 아름다움을 이기지 못했다. 그러나 두 아들과 두 조카딸의 모습이 아득해서 마음이 비통하고 슬퍼 손을 잡고도 서글퍼서 좋은 빛이 없고 말도 하지 않았다. 이에 정태요가 눈물을 뿌리며 말했다.

"내 심장이 돌과 나무가 아닌데 자염을 볼 적마다 연교를 차마 잊을 수 있겠느냐?"

정삼이 탄식하며 말했다.

"설마 어찌하겠습니까? 누님이 세 아들과 두 딸이 있으니, 연교는 누님에게 없었던 것으로 아십시오."

그런 후 정삼은 돌아가신 아버지의 유서가 이러저러함을 전하고 울며 어머니와 형과 누이와 더불어 아버지가 맑고 통달한 식견으로 아직 이르지 않은 일을 미리 아신 것 같다고 감탄하며 애도했다. 마음으로 그 말을 깊이 믿으며 인성 등 남매가 죽지 않았기를 바라는 것이 중요하다 하면서도 흉적이 매우 사나운 까닭에 10세 전 아이를 죽이는 것이 힘들지 않을 것이고 월염은 스스로 죽었을 것이기에 차라리 잊기를 힘쓰고 생각하지 말자고 했다. 그러나 그 속이 하염없이 타들어 가는 것을 어쩌지는 못했다. 정삼이 형의 상태가 위태하여 차마 보지 못할 정도인 것을 근심하니 정잠이 탄식하고 말했다.

"아우가 자신의 맥없는 거동은 보지 못하고 이 형의 수척함만 말하는구나. 아우의 모습은 이 형의 몇 배는 더한 것 같다."

남매와 형제가 마주 앉아 이렇듯 수고롭고 힘없음을 서로 염려하며 어머니의 기력이 위태함을 걱정했지만 잃어버린 자녀에게는 말이 미치지 않고 근심이 없는 듯했다. 서태부인이 두 아들의 사랑이 이 같은 것이 자기를 위한 것인 줄 어찌 모르겠는가? 이에 눈물을 흘리며 말했다.

"인성이처럼 사람됨이 탁출한 아이도 노모가 쌓은 재앙으로 헛되이 잃어 생사와 존망을 알 수 없으니, 이러한 때에 태어난 아이들을 물어 어찌하겠는가마는 능히 더위를 무사히 지내고 잘 자랐느냐?"

정삼이 무릎을 꿇고 대답했다.

"이제 가시면 보시겠지만 쌍둥이는 진실로 정씨 가문의 기린입니다. 나중에 나온 아이가 오히려 더 기이하니, 형수의 큰 복이 문호를 흥기시킬까 하여 기쁨을 이기지 못하겠습니다."

서태부인과 정태요는 크게 기뻐했지만 오직 정잠은 쌍둥이가 태어났건 아니건 혹은 성품이 좋건 나쁘건 간에 조금도 유의함이 없었다. 두어 시각을 쉬고 집으로 돌아가는데, 한 조각 흥겨움이 없고 반점 세상 생각이 없었다. 그러나 인심은 권위를 붙좇아 따르는 법이다. 정잠이 비록 부친의 상중에 있으나 삼년상을 마친 후에는 조정이 충신열사를 오래 시골에 버려두지 않을 것이었다. 한번 화려한 적거사륜[16]을 타고 경사에 이른다면 천하의 백성을 잘 다스리고 온 세상의 문사를 거느려 옥당의 명예로운 자리, 이를테면 조정 내각의 머리가 되는 태학사나 사헌부 장관의 높은 위망이 아니면 옥당 한원의 맑은 물망에 오를 일이었다. 그것은 돌아가신 태부 정한의 곧은 충심과

---

16 적거사륜(翟車四輪): 꿩깃털로 장식한 사륜마차.

훌륭한 덕망이 아니라도 그에 대한 추앙과 존경이 평범하지 않은 까닭이다. 하물며 부친 정한의 덕화가 주공·소공과 이윤·부열의 자취를 이었던 바이니, 초부와 목동이라도 그 부인과 자녀의 행차를 맞이하고자 했다.

고향의 관리와 친척과 벗들이 구름처럼 모여들고 각 도의 방백과 각 읍의 현령이 천 리를 멀다 않고 이르렀다. 이것은 실로 왕발의 〈등왕각서〉에 나오는 모습이었다. '남창의 옛 고을이 아니고 홍도의 새 마을이 아닌데 별자리는 익성과 진성으로 나뉘었고, 땅은 형산과 여산이 접했으며, 세 강을 옷깃으로 삼고 다섯 호수를 띠처럼 둘렀으며, 만형 땅을 두드리고 구월 땅을 끌어당겼다. 화려한 물산은 하늘이 준 보배로서 용천검의 광채가 두우성을 쏘았고, 인물의 걸출함은 땅의 기운이 신령해서이니 덕 있는 서유에게 태수 진번이 의자를 내렸다. 웅장한 고을이 안개처럼 나열하고 준걸들의 빛은 별이 달리는 듯했다.'라는 것이다.

정씨 일가는 집으로 돌아가 바로 사당에 들어가 신령 아래 엎드려 절했다. 슬픈 곡소리가 하늘을 울리고 지극한 아픔이 가슴을 찢었다. 화부인과 정태요와 정잠은 애통함을 참을 수 없었지만 서태부인의 상태가 좋지 않은 것을 걱정하여 슬픔과 고통을 누르고 어머니를 정당으로 모셨다.

이때 서태부인이 소씨의 쌍둥이 아이들을 먼저 찾으니, 시녀가 안고 와서 앞에 놓고 태어난 순서를 고했다. 한번 눈을 들어 보니 먼저 나온 아이는 옥 같고 꽃 같은 용모로 밝고 고운 빛이 사람의 마음을 움직이고 골격이 아름다워 학을 탄 선동이 하계에 내려온 듯했다. 뒤에 나온 아이는 기골이 훌륭하며 몸체가 장대하여 신기함이 천 리를 달리는 망아지요 풍운을 가다듬은 교룡과 같았다. 기운이 크게 일어나 만 리나 되는 바다의 구름안개를 싹 쓸어 티끌이 끼지 않을 거동이었고, 백운이 크게 일고 달이 빛나는데 가을 서리 같은 기운으로 만리를 통일할 기상이었다. 오뚝한 코에 용의 눈썹과 봉의 눈을 했고, 흰 팔에 붉은 입술을 지녔다. 본성이 탁월하고 무리 중에 뛰어나니, 들짐승 중의 기린이고 날짐승 중의 봉황과 같아 짝할 데가 없었다.

서태부인이 새롭게 낯빛을 고쳤고, 화부인과 정태요는 기이함을 이기지 못하며 사랑해 마지않았다. 그러나 정잠은 갓난쟁이들을 볼수록 인성 등이 생각나 심장이 처절하니, 사랑하는 마음이 조금도 일어나지 않았다. 그뿐만 아니라 먼저 태어난 아이는 용모와 골상이 그 어미를 닮아 더 기쁘지 않았다. 허탄한 태몽을 마음에 둔 것은 아니지만, 먼저 태어난 아이가 분명 가문의 밝은 지혜와 인자함과는 다른 것을 근심스럽게 여기니 어디에서 천륜의 정을 느끼겠는가? 한번 보고는 눈을 내려 다시 보지 않았다. 서태부인이 쌍둥이를 안고 희비가 교차하여 말했다.

"갓난쟁이의 아름다움을 노모가 보니 애틋할 뿐 아니라 어린아이가 크게 우니 애처로운 마음이 일어나는구나. 그런데 잠이는 어찌 천륜의 자애와 부자의 정으로써 쌍둥이의 아름다움을 조금도 사랑함이 없느냐?"

정잠이 자리를 고쳐 앉으며 대답했다.

"제가 비록 불인하지만 호랑이가 제 새끼를 사랑하는 마음만 못해서 자식을 무심하게 보겠습니까? 단지 그윽이 생각건대 없던 자식이 안 생겼다면 있던 아이를 잃어버리는 일이 없었을 것입니다. 이는 전적으로 제 운명이 기구한 까닭입니다. 세 아들을 온전히 두지 못한 것이 어찌 한스럽지 않겠습니까? 그러므로 아이를 보아도 기쁜 사랑이 생기지 않는 것입니다."

서태부인이 이 말을 듣고는 매우 놀라며 기뻐하지 않았다. 그러나 이렇다 저렇다 따지거나 설득하려 하다가 집안의 온화한 분위기를 해칠까 염려하여 그냥 지나치듯 말했다.

"잃어버린 아이를 생각하면 마음이 베이는 듯하지만 이 아이들이 그나마 위로가 될 것이니 무슨 일로 기쁘게 사랑하지 못할 일이 있겠느냐?"

정잠이 아무 말 없이 듣고 있다가 정흠을 돌아보고 말했다.

"이 두 아이는 나와 더불어 부자의 친함과 천륜의 정이 있지만, 그 중 누구든 관계없으니 아우가 직접 계후를 정하시게."

정흠은 쌍둥이를 한번 보자 정신과 생각이 황홀하여 뒤에 나온 아이를 계후로 삼으려는 뜻이 급했다. 그런데 정잠이 한 조각 세상 뜻이 없어 하니 감히 먼저 발설하지 못하고 있었다. 그러던 차에 이 말을 들으니 다행하고 감사하여 급히 두 번 절하고 서태부인께 나아가 무릎을 꿇고 말했다.

"형님 말씀이 이와 같으시니 제가 다시 큰어머님의 말씀을 기다립니다."

서태부인이 탄식하며 말했다.

"선군이 임종하실 때 조카의 후사를 염려하시어 명령이 계셨고 큰아이의 말이 또 이와 같으니 노모에게 어찌 다른 의논이 있겠는가?"

정흠이 절하여 사례하고 돌아서 정잠을 향해 말했다.

"형님이 쾌히 허락하시니 나중에 난 아이를 아들로 삼겠습니다. 형제 항렬을 따라 먼저 태어난 아이의 이름을 지어주시면 저도 이름을 짓겠습니다."

정잠이 말했다.

"아우의 아들은 아우가 이름을 지으시게. 이 형이 산란한 마음으로 어찌 이름을 짓겠는가? 그러나 먼저 난 아이의 이름은 '인중'이라 할 것이니 아우도 짓도록 하게."

정흠이 즉시 뒤에 난 아이의 이름을 '인웅'이라 하고 자를 '상보'라 했다. 마침 붉은 먹이 유리 종지에 담겨 있는 것을 보고 붓을 들어 먹을 흠뻑 찍어 인웅의 왼쪽 팔에 '모년 월일에 양부 문계가 아이에게 이름을 주노라.'라고 썼다. 오른쪽 팔에는 '인웅상보' 네 글자를 썼다. 정태요가 말했다.

"오라버니의 처사가 소활하시더니 후사를 정하는 일에 있어서는 매우 착실하시군요. 강보에 싸인 아이의 팔뚝에 주필로 글씨를 쓰시니, 이 아이가 남자의 몸으로서 도리어 규방 여자의 주표가 있게 되었습니다."

이 말에 정흠은 인웅을 안고 지극한 정을 표하며 말했다.

"숙부와 조카가 다시 부자가 되는 일은 사소한 일이 아니다. 이 오라비가 비록 소활하나 자식의 일이니 대충 할 수 없는 것이네. 아이가 글을 알게 되었을 때 오늘 부자의 대륜이 정해졌음을 알게 하려는 것이니, 누이는 괴이하게 여기지 말게."

서태부인이 말했다.

"아이가 벌써 남의 아들이 되었는데도 인웅이의 어미가 알지 못하니 이는 불가한 일이다. 그리고 내가 온 지도 오래되었는데 보지 못했으니, 잠이는 그만 나가도록 해라."

정잠이 마지못해 물러나자 소교완이 비로소 시어머니께 인사드리고 시누이와 서로 보았다. 정흠이 또한 예를 마치고 자리에 앉았다. 소교완은 광채 나는 눈썹에 슬픈 빛을 두르고 별같이 밝은 두 눈에 맑은 눈물이 그렁하여 겨우 시어머니의 안부를 물었다. 아이들을 잃어버린 일에 이르러서는 목이 메어 말을 잇지 못했다. 그뿐만 아니라 옥 같은 용모가 적막하고 꽃 같은 얼굴이 수척하여 배꽃이 봄비를 맞아 거센 바람에 떨어지고 가을 달이 시름겨워 안개를 띠고 있는 듯했다. 아름다운 옥처럼 남전[17]에서 빛남을 자랑하던 모습은 고달픔에 수척해지고, 가는 허리는 헐렁해져 표연히 신선이 되어 날아갈 듯 가슴속에 슬픔이 얽혀 있었다. 서태부인의 얼굴을 우러러 반기는 것은 지극한 효성에서 비롯하니, 낳아준 친어머니를 대한 듯 정성스럽고 간절했다. 나무 위에 앉은 듯 조심히 삼가고 두려워하며 살얼음을 밟는 듯한 예절과 마음씀이 도리어 어질고 순약한 모습에 가까웠다. 외모마저 빼어나게 고와서 볼수록 아름답고 대할수록 정신이 어리었다. 서태부인이 또한 반기는 빛을 내어 눈물을 흘리고 길에서 도적의 변고를 만났던 일을 말하며 갓난쟁이의 아름다움을 칭찬하고 인웅을

---

17 남전(藍田): 중국 산시성 서안시 동남방에 있는 현(縣)의 이름. 그 동쪽의 남전산에서 아름다운 구슬이 났다.

정흠의 아들로 삼았음을 알렸다. 소교완이 미처 말을 하지 못하고 있는데, 정흠이 몸을 일으켜 무릎을 꿇어 모은 후 말했다.

"제가 형님의 허락과 큰어머님의 명을 받아 갓난쟁이와 부자의 인연을 정했으니, 제 생각에는 참으로 다행입니다. 쌍둥이의 성품이 빼어나고 특이하여 평범한 세속의 아이들과 다르니, 형수님의 특별하신 태교가 문왕의 어머니 태임과 같으신 것을 묻지 않아도 알겠습니다. 가문의 번성이 이보다 더한 것이 없고 제가 죽은 후의 일도 걱정 없으니, 오늘 저녁에 죽어도 한이 없겠습니다."

그런 후 인성 등을 잃어버린 것을 슬퍼하고 서태부인과 정잠의 기력이 약해진 것을 걱정했다. 소교완이 공경히 듣기를 마치고 자리를 고치며 정흠의 칭찬을 감당할 수 없다는 말로 사양하고 인성 등을 잃어버린 것을 슬퍼했다. 온화하고 순한 거동은 봄날의 복숭아꽃이 평화로이 춘풍을 띤 듯하고, 곱고 붉은 입술과 희고 깨끗한 치아며 빼어난 눈썹과 별 같은 두 눈은 산 그림자가 강물에 떨어진 듯하며, 예쁜 잇소리는 청아하고 깨끗하여 제비가 말하고 꾀꼬리가 우는 듯했다. 백 가지 태도가 아름다움을 다하고 천 가지 모습이 선함을 다하여 인성 등을 잃어버린 일을 슬퍼하고 애도할지언정 인웅을 정흠의 계후로 삼은 것은 조금도 거리끼지 않는 듯했다. 또 지극한 효성으로 서태부인의 기력이 위태한 것을 근심하여 그 마음이 서태부인 대신 자신의 살이라도 헐기를 바라는 것으로 보였다. 엎어질 듯 들뜨지 않으며 서둘지 않아도 자연히 기이함이 드러나고 남달리 편안한 가운데 만사가 특출하니, 대개 타고난 기질이 평범하고 속된 사람과는 달랐다. 만일 마음가짐을 예사롭게 했다면 이와 같이 예쁜 모습과 기질이 어찌 한 세상을 통틀어 살피고 천고의 역사를 따져보아도 그 짝이 여럿이 되겠는가? 그러나 한 조각 마음속 현숙함을 얻지 못해 흉악한 일을 아무렇지도 않게 행하니 가히 한스럽지 않겠는가?

정씨 집안 남자와 여자는 하나같이 사광지총과 이루지명이 있으므로 소교완을 임사와 같은 성녀에 비유하지 않았고, 마침내는 겉과 속이 가을 물과 얼음처럼 투명하고 처음과 나중이 한결같이 인자했던 양부인을 따르지 못할 것으로 여겼다. 그러나 평범한 세속의 눈과 마음으로 우연히 보게 된 사람들이야 어찌 소교완의 용모와 재주와 기질이 양부인의 위에 있다고 하지 않으며 정잠에게 과분하다 하지 않겠는가? 정흠도 마음속으로 소교완이 남달리 뛰어나고 총명한 부인이라고 생각했다.

정태요와 화부인은 이별 후 회포를 나누며 슬픔을 이기지 못했다. 정흠은 인웅을 아들로 삼자 온갖 걱정이 풀어져 기쁘고 다행함이 이보다 더할 바가 없어서 돌아갈 뜻이 있었지만, 일단은 머물러 태부의 소기[18]를 지내고 가려 했다.

인웅은 태어난 지 서너 달 된 아이지만 마치 지각이 있는 듯했다. 정흠이 무릎 위에 두고 쓰다듬으면 옥으로 된 나뭇잎같이 작은 손으로 정흠의 푸른 수염을 쓰다듬고 두 뺨을 어루만져 웃고 즐거워하는 것이 남들과는 눈에 띄게 달랐다. 하늘이 맺어준 정이 아니면 이렇게 하지 못할 것이었다. 정흠의 끝없는 정과 측량하지 못할 사랑은 마치

---

18 소기(小朞): 죽은 지 1년 만에 지내는 제사. 소상(小祥)이라고도 함.

정잠이 인성을 아끼고 어루만지는 것과 같았다. 정삼은 쌍둥이를 지극히 사랑하지만 형 정잠과 어머니가 계신 곳이 아니면 입을 열지 않았다. 인성 등을 잃은 후로 아이들의 거동을 보려고 하지 않아 인경이 앞에 이르러도 가차없는데, 저 태어난 지 서너 달 된 어린아이를 본 체나 하겠는가? 다만 형과 더불어 들어오며 나가기를 한 몸처럼 하고 정태요와 정흠과 슬픔을 위로하며 세월을 보내고 있었다.

정삼은 정신과 생각이 나날이 희미해지고 슬프고 두려운 가운데 절통한 마음이 때때로 심해지니, 몸에 병이 들어 풀베개에 머리를 던져 누우면 고통스러워 일어나고 걸음을 옮기면 쓰러져 기운을 수습하지 못했다. 정삼이 두 아들을 잃고 절절히 처참하여 칼을 삼키고 돌을 머금은 듯, 앉고 눕고 자고 먹는 사이에도 슬픔이 맺혔다. 하지만 어머니와 형의 슬픔을 돋울 수 없기에 한결같이 너그럽게 참으려고 힘쓰고 정잠에게 과도하게 애통해하지 말 것을 간했다. 그래도 뼈를 빼고 살을 녹일 듯 간장이 점점 쇠약해지니, 온몸이 아프고 고통스러운 것은 정잠보다 더했다. 정잠이 또한 아우를 위해 스스로 몸을 돌보아 죽기에 이르지는 않으려 했다.

이빈은 인성 남매를 잃은 일을 듣고 놀라며 참혹하여 정잠 형제를 만나 슬퍼했는데, 마치 친자식을 잃은 것 같았다. 그러나 흉적의 손에 인성 등이 죽을 것이라는 염려는 하지 않았고, 훗날 산 낯으로 돌아올 때가 있을 것이라고 했다. 정잠과 정삼이 탄식하며 말했다.

"망망한 미래사를 미리 알기는 어렵지만 돌아가신 아버지께서 이러저러한 글을 남기신 바가 있으니, 죄 많은 우리도 만분의 일이나마 살아 돌아오지 않을까 하는 바람이 있다네. 하지만 흉적들이 우리를 이다지 심하게 미워하여 아이들을 기어이 해치고자 하니, 어찌 화를 벗어나 살기를 바라겠는가?"

이빈이 정한의 유서를 달라고 해서 보고 또한 몹시 마음이 아파 시큰한 눈물을 흘리며 말했다.

"선대인께서 미래의 일을 헤아리시어 이렇듯 글을 남겨두신 것은 집안의 참혹한 슬픔을 덜게 하시려는 뜻이니, 이것을 믿고 아이들의 목숨이 잘못될까 걱정하지 마십시오."

정흠이 탄식하며 말했다.

"성인은 관상을 보지 않는다 하지만 인성 등의 기질과 품수가 결단코 하루살이같이 사라지지 않을 것이니, 훗날 살아 돌아오리라는 것은 지혜 있는 사람이 아니라도 알 것입니다. 그러나 지금의 참담한 상황은 세상에 다시 있지 않은 것입니다. 큰어머님이 인성 등을 잃은 후로 식음을 전폐하시어 과도히 마음 아파하시니 더욱 초조함을 이기지 못하겠습니다."

이빈이 통탄해하며 근심과 걱정으로 눈썹이 일그러졌다.

정한의 초기(初朞)

어느새 세월은 흰 망아지가 문틈 사이로 휙 지나는 것같이 흘러 태부 정한의 초기 때가 이르렀다. 경사에서 정염과 조세창과 상연이 내려와 혼령 아래 엎드려 절하고 서태부인께 인사를 드리며 정잠 형제와 서로 보았다. 피차 마주 대하자 슬픈 생각이 첩첩하여 가슴이 막히니, 이러한 상황에서 무슨 말을 하겠는가? 한갓 눈물만 비 오듯 하여 수척한 얼굴과 긴 수염을 적실 뿐이었다. 주인과 객이 아무 말도 하지 않고 위로하는 말도 내지 않았다. 하물며 천상과 지상을 다 찾고 고금의 내력을 상고해도 비할 데 없을 만큼 귀하게 여긴 딸의 생사와 존망을 모르는 상연의 슬픔은 장차 견줄 것이 없었다. 이미 잃어버렸다는 소식을 들은 후로는 참담하고 비통하여 눈앞에 주검을 놓은 것 같아서 침식을 이루지 못했고, 여러 달을 거의 취한 듯 미친 듯해 흐르는 술로 타는 속을 적셨다. 비통함에 애가 타는 눈물은 자하가 자식을 잃고 눈이 먼 것과 같았다. 풍채가 변하고 피부가 초췌하여 놀랄 정도로 마르고 약해졌으니, 서태부인이 더욱 슬퍼하고 참을 수 없이 근심하며 두 줄기 눈물을 흘리고 말했다.

"죽지 못한 내 인생이 천지신명께 미움을 받아 도로에서 도적을 만나니, 그러한 변은 천고에 다시 없을 일이었다. 네 명의 손주를 일시에 잃어버려 생사와 거처를 지금까지 알 길이 없으니, 이것은 분명 내가 쌓은 악행이 치우치고 미혹되어 이 지경에 미친 것이다. 한 가닥 끊지 못하는 목숨을 애통해할지언정 천지신명을 원망할 것이 없다. 잃어버린 아이를 부르며 밤낮으로 흉금이 막히어 크게 몸이 상한 것을 보니, 나의 심사가 더욱 끊어지는 듯하고 참담함이 더해지는구나. 딸아이가 나를 따라오지 않았던들 어찌 연교를 잃어버리는 일이 있었겠는가? 딸아이가 돌아가신 부친의 초기가 가까워지자 어미를 쫓아 여기에 내려오다가 도적들에게 아이를 잃게 되었으니, 내가 스스로 연교를 없앤 것과 무엇이 다르겠는가? 그러나 눈앞에서 아이들의 죽음을 본 것은 아니니, 혹시 살아 돌아올 날이 있을까 만분의 일이나마 안타깝게 바란다네. 상공(상연)은 넓고 큰 도량으로 화복이 운수에 달려 있고 만나고 헤어짐에 때가 있음을 생각하여 과도히 애통해하지 않는다면 다행이라 여기겠네."

상연이 무릎을 꿇고 말씀을 들은 후에 일어나 절하고 자리를 옮겨 두 손을 모아 공경하며 말했다.

"가을에 존안을 이별하고 고향으로 내려가시는 행차가 남쪽으로 떠난 뒤에 외지고 먼 땅에서 그리워하는 마음과 서글퍼하는 회포를 이기지 못했습니다. 하지만 보잘것없는 제가 하찮은 벼슬로 명리에 싸여 능히 가시는 길을 함께하지 못하고 장인어른의 초기에 임하여 내려와 알현하기를 기약했습니다. 그사이가 불과 서너 달인데, 도중에 도적의 환란이 매우 참담하여 인성 등을 잃었다는 소식을 듣고 놀라고 두려웠습니다. 그러나 장인어른의 상으로 장모님과 운백(정잠) 등의 슬픔이 망극한 가운데 애통함이 더해졌을 것을 생각하니 참담한 마음을 견디지 못했습니다. 그러다가 이제 이르러 장인어른의 혼령에 절하고 장모님을 뵈오니, 슬프고 사모하던 회포를 위로할 바이지만 인성 등과 연교의 모습이 아득합니다. 저들의 기질과 성품을 생각하면 박명하여 요절할 아이들은 아니지만, 그중 연교는 어리기 때문에 흉적에게 해를 만난다면 결단코 살지 못할 것입니다. 참혹한 저의 심정이 높은 봉우리 위의 구름을 도리어 부러워하는 것은 그 백골도 찾지 못할까 해서입니다. 그러나 화와 복은 하늘에 달렸고 생사는 운명에 정해져 있으니, 잃어버린 아이들이 만약 신령의 은총으로 장수할 운명이라면 하늘이 죽게 하지 않을 것이고, 만일 단명할 운수라면 비록 도적의 환란을 만나지 않았어도 보전하지 못할 것이니 설마 어찌하겠습니까? 어린 연교가 기구한 것은 운명 때문이지, 집사람이 고향으로 돌아온 탓은 아닙니다. 바라건대 장모님께서는 걱정하지 마시고 몸을 편안히 보호하시어 운백 등의 걱정과 근심을 살피십시오."

서태부인이 피눈물을 흘리며 다시 말을 못 하니, 조세창과 정염이 말을 내어 인성 등의 품성과 기질을 칭찬하며 맥없이 적의 손에 끝나지 않을 것이라고 위로했다. 서태부인은 애통한 가운데에도 조카들과 사위가 오니 퍽 든든하여 위로가 되었다.

이미 초기가 다다르자 황제가 환관을 보내어 초기가 가까워졌음을 새로이 슬퍼하고 제사를 도왔다. 황제의 은혜가 생전과 사후에 이와 같은 것은 보통 사람이 얻기 어려운 큰 복이고 영광이었지만, 정잠 형제는 갈수록 꺾어지며 미어지는 고통을 참지 못했다. 원근의 친척과 문생과 관리 등이 일시에 모여 초기를 지내는데, 정잠과 정삼은 몸이 상할 정도로 슬퍼하고 이를 보는 사람들도 눈물이 흐르는 것을 깨닫지 못했다. 서태부인의 위태한 기력과 소교완과 화부인과 정태요가 애통해하는 모습에 사람들도 슬픔으로 마음이 느꺼워졌다. 특히 소교완은 빼어난 효성에, 제사 예절에 보이는 조심성과 정성은 말할 것도 없고 서태부인을 받드는 예법이 갈수록 신이하여 평범한 세속 사람은 생각하지도 못할 것이 많았다. 정태요가 비록 정한의 친생 자식으로 인물됨이 특이하고 공경하는 효성이 동한의 효녀 조아보다 나았지만 봉양하는 도에 이르러는 소교완에 미치지 못했다. 소교완은 신기하게 어른의 뜻을 맞추고 밤낮으로 갖추어 받드는 것을 한때도 게을리하지 않았다. 그 총명하고 기민함이 영민하고 신이하므로 집안일을 잘 다스리고 친척들과 화목했다. 손님을 접대하는 것은 새로이 일컬을 바가 아니니, 부귀한 집에서 나고 자라서 세상의 괴로운 근심과 사람의 절박한 고난을 모를 것 같았는데, 수많은 사람들을 얼핏만 대해도 그 마음속 생각과 근심을 신통히 헤아렸다. 여기에 온후에는 금은과 명주를 내어 생활이 어려운 사람들을 구제한 것이 하나둘이 아니었는데, 특별히 명예를 취하려 해서도 아니고 스스로 덕을 자랑하려는 것 같지도 않았다. 온순하고 인자한 것이 한결같으니, 마을의 친척들이 소교완의 덕화와 성의를 대단히 칭송했다. 또 사람들이 소교완의 은혜에 고무되고 감동하니, 기리는 소리가 사람들 사이에 퍼졌다.

그러나 서태부인은 그윽이 소교완의 안과 밖이 같지 않음을 어렴풋이 알았다. 정태요와 화부인도 비상하고 총명하기 때문에 얼핏 심지를 헤아렸지만, 그 밖의 사람들이야 어찌 깨닫겠는가? 입마다 칭송하고 눈마다 용모와 자질을 감상거리로 삼아 기이하게 여기고, 효우와 훌륭한 행실에 감복하여 초기에 모였던 친척들 중에 존경하여 따르지 않는 사람이 없었다.

경사로 돌아가는 정태요

이미 초기를 지내고 정흠 등과 상연이 돌아가려고 할 때 정태요도 부득이 상경하게 되었다. 모녀와 남매, 숙질과 형제의 한없는 비회와 참담한 이별의 정을 어찌 말로 다 기록할 수 있겠는가? 하물며 초거울 날씨를 당하니, 서태부인은 딸 정태요가 먼 길 가는 것을 염려하여 여러 가지로 심사가 베이는 듯했다. 이때 떠나보내는 슬픔은 딸아이가 경사에서 이곳으로 오지 않은 것만 못했다. 이에 정태요는 오라비들과 더불어 선산에 나아가 절하고 부친의 묘 앞에서 통곡하고 하직했다.

누대의 선릉은 여러 개 봉분이 누르스름하고 누렇게 덮인 이끼가 무성하며 나무가 창창하여 하늘빛을 가렸다. 봉우리가 우뚝하고 기맥이 빼어난데 풍수가 절승하니, 천추 명문의 은혜로 만대 성인이 태어나 문호를 일으킬 것을 알 수 있었다. 해 그림자 없는 언덕에 3척의 돌[19]이 부드럽고 선영 주변에 세운 석인상(石人像)과 석수(石獸)와 제상과 향탁과 제구가 다 풍부했다. 석인상은 위엄 있어 짐짓 사람과 같았다. 정태요가 슬프게 부르짖으며 통곡하여 기운이 막힐 듯하니, 정흠과 조세창이 붙들어 그치라고 일렀다. 정염이 손을 들어 양부인 묘 앞을 가리키자 그를 따라 절을 하며 너무도 슬프게 울었다. 양부인이 젊음이 쇠하지 않은 나이에 속절없이 지하로 돌아가 신선같이 기이한 자질과 정숙하고 어진 덕을 길이 감춘 지 어느새 3년이 지난 것이다. 생전의 아름다운 목소리가 아직도 귓가에 머물러 있는 듯한데 이제 와 묘소 앞을 두드리며 슬퍼하지만 한마디 대답도 듣지 못하고, 아름다운 모습이 눈 가운데 뚜렷한데 벌써 천추의 옛사람이 되어

---

19 3척의 돌: 봉분 앞 비석의 머리 부분인 이수(螭首)의 높이가 3척이다. 보통 비석의 너비와 귀부(龜趺)도 3척이다.

얼굴을 반길 길이 없으니 그저 마음만 지극히 아파할 뿐이었다. 만약 정령이 있다면 눈물을 머금었을 것이다.

슬픈 생각에 가슴이 막혀 쉽게 일어나지 못하니, 정잠이 날이 늦었다고 말하며 재촉하여 돌아와 서태부인께 하직을 고했다. 모녀와 남매가 대하자 회포가 암암하고 눈물이 어려 능히 말을 이루지 못했고, 다시 만날 날이 아득한 것을 더욱 애통해했다. 상연은 아내의 고집이 상도를 어그러뜨리지는 않았지만 여자의 행사가 남자 같음을 도리어 괴로이 여겨 마뜩잖아 하던 바였다. 그러나 이때를 당해서는 아내가 연교를 잃고 슬픔이 망극하여 간과 위를 낱낱이 사를 지경인데, 다시 부친의 초기를 지낸 후 3일 만에 모친을 이별하고 남매가 아득히 헤어지며 상측²⁰을 떠나는 심사가 모두 슬프니, 본래 산보다 높고 바다보다 깊은 정으로 어찌 부질없이 고집하겠는가? 이에 불편해하던 기색을 풀고 천천히 말했다.

"떠나보내시는 장모님의 마음이 떠나가는 부인의 마음보다 더 슬프실 텐데, 어찌 위로하여 하직하지 않고 무익한 슬픔을 과도히 하십니까? 게다가 첫째 안국이의 혼사를 정한 곳이 없지만 올해 말에서 내년 봄 사이에는 며느리를 볼 것이니, 며느리를 얻어 부인의 소임을 전하고 내년 재기²¹ 때 또 내려와 장모님을 모십시다. 그사이가 얼마 오래지 않은데 잠깐의 이별을 참지 못하는 모습이 사리와 체면을 모

---

20 상측(喪側): 상례를 치르는 곳.
21 재기(再朞): 죽은 지 만 2년째 지내는 제사. 대기(大朞) 혹은 대상(大祥)이라고도 함.

르는 지경에 가깝습니다."

정태요가 얼굴빛을 차분히 하고 들었다. 비록 말은 없으나 연교를 잃은 것이 남편에게 큰 죄를 지은 듯해 다시 시댁으로 돌아가기를 바라지 않았었는데, 남편의 말이 이와 같으니 마음속으로 다행이라 여겼다. 서태부인이 눈물을 흘리며 관대하고 인자한 덕을 사례하니, 상연이 감히 그 사례의 말을 들을 수 없다며 사양했다.

이에 날이 늦어 무궁한 정을 참고 이별하는데, 정흠은 인웅을 안고 능히 떠나지 못했다. 아이는 태어난 지 여섯 달에 조숙하고 기이하여 능히 말을 하려고 하며 걸음을 배우려고 했다. 뿐만 아니라 정흠을 각별히 따르는 것이 오히려 병이 되어 멀리서 정흠의 소리가 난 듯만 해도 기어코 찾아갔다. 이날 정흠이 무릎에서 내리지 못해 연연해 마지않으니, 정삼이 아이를 옮겨 안고 정잠이 정흠을 재촉했다. 그러자 인웅이 두 팔을 치며 박속 같은 손을 벌려 정흠을 오라고 하는데, 지저귀는 말이 어순이 분명하며 아름답고 특이했다. 낭낭하고 맑은 목소리는 단혈에서 어린 봉이 울고 취죽[22]에서 난새가 춤추는 듯하니, 조화가 신기하고 탁월하여 바야흐로 세 살은 된 아이 같았다. 정흠이 차마 걸음을 돌리지 못해 세 번 도로 앉아 아이를 쓰다듬으니 상연이 웃으며 말했다.

"만백(정흠)의 거동을 보니 아마도 오늘 이별은 어려울 듯하네. 오늘은 혼자 남아 있다가 오고 싶을 때 오시게."

---

22 취죽(翠竹): 푸른 대나무.

정잠이 재촉하며 말했다.

"10년을 더 있다가 떠나도 서운한 것은 한가지니, 그만하고 일어나시게."

정흠이 마지못해 조세창과 정염과 더불어 서태부인께 두 번 절을 올려 하직했다. 정삼과 정잠이 나가기를 청하여 마루 가운데서 작별 인사를 하는데, 서태부인은 딸의 얼굴을 대고 세 명 조카의 손을 잡아 차마 떠나보내지 못했다. 정태요가 다시금 말했다.

"몸을 지극히 평안하게 하십시오."

서태부인은 먼 길 가는데 무사히 하라고 당부하며 모녀와 형제, 숙모와 조카가 쉽게 이별의 회포를 다 펴지 못했다. 상연이 서태부인께 하직하며 소교완과 화부인에게 인사하고 잠시 걸음을 돌려 정한의 영궤에 하직하는데, 새로이 슬프게 애곡했다. 정태요의 끝없는 아픔과 정흠의 끊는 듯한 심사가 비길 곳이 없었다. 밖으로 나와 남매와 형제가 천 줄기 눈물을 뿌리며 겨우 이별하고 정태요가 가마 안에 오르니, 정흠 등과 상연이 일시에 출발하여 경사로 향해 갔다.

서태부인이 사위와 세 명의 조카를 보내고 심사가 향할 곳이 없어 새롭게 통곡해 마지않았다. 정잠 형제가 근심을 이기지 못해 자신들의 지극한 슬픔과 무한한 아픔을 서리서리 담아두고 어머니의 마음을 풀어드릴 방법을 여러 가지로 생각했다. 소교완과 화부인도 효성을 지극히 하니, 서태부인은 며느리의 효도를 의지하여 세월을 보내고 쌍둥이와 인경과 자염으로 위로를 삼았다. 하지만 잃어버린 손주들을 생각하면 칼을 삼킨 듯 그 사생과 거처를 모르는 마음이 장차 미칠 듯해 능히 마음을 가라앉히지 못했다.

이때 정태요는 정흠·정염·조세창, 남편 상연과 함께 수천 리 험한 길을 지나 무사히 도착했다. 정흠 등은 태운산으로 돌아가고 상연은 아내와 본가로 돌아와 이태부인을 찾아뵈었다. 이태부인이 며느리를 지극히 반긴 후 연교 잃은 것을 뼈를 깎는 듯 애통해하고, 세월이 훌쩍 흘러 정한의 초기가 덧없이 지난 것을 일컬었다. 정태요는 구슬 같은 눈물을 계속해서 흘리며 말을 못 했다. 이때 상연의 큰아들 안국은 나이가 13세에 아름다운 풍채가 깨끗하고 문장의 재주는 이백과 두보를 압두했다. 그뿐만 아니라 사람됨이 후하며 효우 있고 인자한 것이 세상을 뒤덮을 만한 군자의 기풍이었다. 부모가 가장 중히 여기고 지나치게 사랑하며 조모 이태부인이 편애했다. 널리 아름다운 아내를 택하여 어사 소운의 딸을 취하니, 이는 곧 상연의 제수인 소씨의 조카딸이었다. 신부는 꽃 같고 달 같은 모습이 매우 특출하여 완연히 달나라의 항아가 인간 세상에 내려온 듯했고, 그 모든 말과 행동에 예절이 빛나며 온갖 예의와 절도가 가득했다. 차분하고 곧아서 시속에 물들지 않았으니, 시조부모와 시부모가 마음 가득 사랑하고 친딸같이 아꼈으며 부부간 정이 〈관저〉의 노래와 어울렸다.

황제의 친정(親征)을 반대하는 조세창

이러저러하여 해가 바뀌고 다음 해 신정이 되었다. 세월을 따라 태주에 있는 정씨 집안 사람들과 경사에 있는 정태요의 지극한 아픔도 더해졌다. 인성 등을 잃어버리고 해가 바뀌었는데도 생사와 거처를 알지 못해 침통하고 슬픈 마음이 때마다 심해진 것이다.

이때 학사 조세창의 곧은 절개와 맑은 명망이 조야를 들레어 벼슬이 어사대부·비서각 태학사·체찰사를 겸하여 봉각[23]에서 관끈을 떨치고 난좌[24]에서 붓을 잡아 석실과 금궤[25]에 만세의 역사를 남겨 전했다. 황제의 총애가 깊으니 한마디 말로 죽을 사람을 능히 살리고 살 사람을 쾌히 죽여 천추의 큰 법으로 삼고, 한 자루 붓으로 기록하매 천하의 문장이 그의 손 아래에서 나왔다. 날마다 황제의 제도를 정리하고 국가의 복록을 꾀하는데, 먼 훗날 반드시 조정의 큰 그릇이며 동량지재가 될 것이었다. 정대한 논책으로 요사한 것을 누르고 총명한 안목으로 요악한 것을 척벌하며, 하루도 거르지 않고 진언과 상소를 올려 교화를 가다듬어서 예의의 정치를 맑게 했다. 일찍 조회에 임할 때면 조정 대신들은 기운에 압도되고 황제는 기대하니, 그 강직한 풍모를 우러러 한나라의 급장유가 환생하고 당나라의 장구령이 다시 돌아왔다고 했다. 하물며 조세창의 부친 조정이 벼슬을 옮겨 집금오·중서령에 있으니, 부자의 위엄과 명망이 일세를 놀라게 했다.

조세창의 조부인 태사 조겸은 공손하고 검소하며 학문과 덕행을 부지런히 닦아 삼가고 근면하며 사리에 통달한 사람이었다. 용백고의 돈후함을 본받고 두계량의 호협함을 꺼리어 매양 조정과 조세창

---

23 봉각(鳳閣): 조정의 내각.
24 난좌(鸞座): 옥당. 궁중의 경서, 문서 따위를 관리하고 임금의 자문에 응하는 일을 맡아보던 관아.
25 석실(石室)과 금궤(金櫃): 사관의 기록 등 나라의 장서를 보관하는 곳.

부자를 경계하며 말했다.

"너희들은 나의 하나뿐인 아들과 손자로서 늙은 내가 매우 귀하게 여기며 의탁하는 바이다. 생전에 의지하고 사후에 제사를 받는 것이 다 너희 부자에게 달려 있다. 관리가 몸을 나라에 허락하면 사사로운 일을 돌아볼 것이 아니지만, 나는 너희 부자를 목숨처럼 여기고 있기에 조회가 길어져 늦게 돌아오면 왕손가의 어미가 문에 기대어 기다릴 때의 마음이 된다. 말세의 풍조가 드날려서 화와 복이 때 없이 비롯되니, 붕당을 따라붙어 사람의 시기와 모함을 받지 않는 것이 마땅하다. 부디 남들이 눈 흘기는 정도의 혐의와 원망도 몸을 망치고 가문을 멸하게 한다는 것을 알아라. 나무가 높으면 바람을 근심하고 꺾어지기 쉬우며 물이 깊으면 반드시 풍랑이 몰아치니, 천하의 가득한 명망을 받는 것이 좋은 노릇은 아니다. 너희 부자는 벼슬이 높고 중하며 사람됨이 엄격하여 직언하기를 주장하니 사람들의 미움을 받지 않겠느냐? 하물며 세창이는 뜻이 곧고 강렬한 선비들과 붕당을 지어 부정하고 속이는 사람을 용납하지 않으니, 생각이 아름답지 않은 것은 아니지만 과도히 엄격한 태도로 살피는 것은 넓고 큰 도량이 아니기에 내가 깊이 우려하는 바이다. 모름지기 겸손하게 물러서며 낮추고 미약한 듯하되, 강렬하고 곧은 분기는 나오는 대로 하지 말거라."

조정과 조세창이 가르침을 듣고 쓸쓸히 깨달아 절하며 명을 받들었다. 조정은 이로 인해 병이 있다는 핑계를 대고 벼슬에서 물러나 옛날의 효자가 부모를 받들어 색동옷을 입고 놀며 빠르게 종종걸음으로 모셨던 일을 본받았다. 누이인 조부인(이빈의 아내)도 자주 왕래하여 부모를 모시고 즐겼다. 어사 조세창은 이유 없이 직무를 버리지 못해 조정에 나갔지만, 강직하고 올곧은 천성을 능히 고치지 못했다.

이때 북흉노 마선이 들어와 도적질을 하니 환관 왕진이 황제를 권하여 친정하기를 청했다. 조세창은 황제가 왕진을 총애하는 것을 깊이 애달파하던 차에, 지금 왕진이 중대사를 주장하며 친정을 주청하는 것을 보고 놀라고 분하여 황제 앞에서 왕진을 죽이라고 아뢰며 원통한 심정을 드러냈다. 그가 한나라 급장유의 당당함과 당나라 위현성의 곧은 기개를 겸하여 황제의 면전에서 간언을 하자 황제가 크게 노했다. 그럼에도 조세창은 안색이 변하지 않고 한결같이 왕진을 죽이라고 아뢰었다.

이때 왕진은 황제의 총애를 받아 그 세력이 일세를 기울일 정도였다. 조세창 한 사람만 왕진을 죽이라고 다툴 뿐이고 그 나머지는 일반 소인이거나 오직 이해득실을 따져 주저하는 비루한 사람들이며, 혹은 재앙과 난리를 고의로 의도하는 좀스러운 무리였다. 학사 이빈이 병이 있어 집에 있고 간의대부 정흠 등이 수개월 말미를 얻어 한식 제사를 지내러 선산에 갔으니 누가 있어 조세창을 구하겠는가? 이미 황제의 분노가 크게 일어났으니, 전일 총애하시던 마음이 없을 뿐 아니라 왕진의 무리가 문득 조세창의 죄를 논하며 무상하고 부도덕한 말이 신하의 도리가 아니라고 하면서 반역죄로 다스릴 것을 청했다. 황제는 분노가 한순간에 폭발하여 조세창을 대리시 감옥으로 내려보냈다.

앞으로 조세창의 목숨은 어떻게 될 것인가?

(책임번역 김수연)

완월회맹연 권7

기울어가는 국운

조세창은 왕진을 탄핵하다 귀양 가고

정흠은 황제에게 간언을 준비하다

환관 왕진을 비판하는 조세창

일순간에 만세[26] 황제의 노여움이 일어나 조세창을 대리시의 감옥에 가두었다. 조세창은 조정의 홀을 받들어 궁궐을 지키던 관리였다가 오사[27] 관복이 형구로 바뀌고 자주색 도포가 죄수의 옷으로 변하며 상아 옥을 던지고 나무 형틀을 받았다. 우러러 궁궐을 올려다보고 굽어 자기 몸을 살펴보니, 순식간에 용이 변해 메기가 되고 신선이 변해 귀신이 된 것이다. 의기가 끝없이 북받치고 왕진을 원통해하는 분함이 뼈에 사무쳤다. 화가 나 머리털이 곤두서고 사나운 눈매가 찢어질 듯해 손으로 왕진을 가리키며 성난 소리로 크게 욕을 했다.

---

26 만세(萬歲): 영원한 생명과 번영을 기리기 위해 황제 앞에 붙이는 말.
27 오사(烏紗): 검은빛이 도는 비단.

"자고로 환관이 정사에 간여하여 나라가 그릇되지 않은 적이 없었다. 이제 수염 없는 도적이 일세의 어진 이를 모두 없애고 황제의 총명을 가려 밝은 일월이 구름에 막혀 어두워지게 하니, 정사가 어찌 전일과 같기를 바라겠는가? 비록 도끼로 주살을 당하고 큰 솥에 팽형을 당한다 해도 너 같은 흉적을 베어 사직의 근심을 덜 수 있다면 혼백이라도 즐거운 웃음을 머금을 것이다. 너의 간사함과 흉악함이 더욱 심해져 지록위마의 지경에 미쳤는데도 황제께서 깨닫지 못하시니, 어찌 간언하지 않겠으며 어찌 원통하지 않겠느냐? 너는 진실로 진나라 조고의 마음을 가졌으니, 우리 태조 고황제가 힘겹게 얻으신 천하가 수염 없는 흉적으로 인해 그릇될 것을 생각하면 너를 만 갈래로 찢고 오장육부를 날로 먹어도 죄를 다 용서치 못할 것이다. 내가 반드시 너의 삼족을 멸하겠다."

왕진은 조세창이 황제 앞에서 간언하는 말과 충절이, 멀리는 하나라 관용방의 자리를 밟으며 은나라 비간의 자취를 따르고 가까이는 한나라 급장유의 강직하고 굴하지 않음과 당나라 장구령의 절절했던 충성을 본받고 있음을 알았다. 또 송백 같은 절개는 팽형을 당해 기름솥에 던져지더라도 꺾이지 않을 것 같았다. 그러나 황제의 진노가 천둥과 번개가 치듯 해서 오사 관복이 삼목(三木)으로 바뀌고 자줏빛 도포가 죄수의 옷으로 변하며 상아홀을 던지고 나무 형틀을 받게 되었다. 하지만 말의 기운이 한결같이 당당하고 가열하여 용납할 수 없을 만큼 왕진을 욕하니, 왕진은 독사 같은 성품과 이리 같은 사나움이 함께 드러나 지금 당장 조세창을 물어 삼키지 못하는 것을 한할 뿐이었다. 그러나 그 사람됨을 두려워하여 감히 다툴 생각을 못 하고 한갓 황제 앞에서 슬픈 눈물을 흘리며 명을 기다리고 죄를 청했다. 그 말이 요약하여, 조세창이 자신을 조고에게 비유하는 것은 짐짓 현 황제를 진나라 2세 황제에게 견주는 것이라 하며 황제의 마음을 여러 가지로 돋우었다. 황제는 더욱 노여워하여 왕진을 위로하며 안심하고 물러가 있으라 했다. 도리어 조세창의 직간이 상도를 잃은 말이라고 하며 대리시에 가두라는 명을 거두고 바로 형구를 차려서 대신과 여러 관료들을 모으고 황극전에 자리를 마련하여 조세창의 무상하고 부도한 말을 대역죄로 다스리라고 명령했다. 여러 어진 선비들과 관료들이 서로 돌아보며 탄식했다.

"국가의 기강이 해이하여 환관이 조정의 권세를 잡아 백관의 머리가 되었구나. 간언하는 신하와 절개 있는 선비가 죄를 받게 되니, 세상사가 거의 끝난 것이다. 조후암【후암은 조세창의 별호. 직언과 절개가 한 나라 급암의 후신이라 하여 황제가 전일에 호를 내린 것이다.】이 어찌 목숨을 보전할 수 있겠는가?"

사족 가문 사람들이 죽마고우처럼 다들 낯을 가리고 차마 보지 못하며 조세창을 위해 한숨을 지었지만 감히 입을 열어 구할 뜻을 두지 못했다. 왕진의 무리는 의논을 모아 조세창의 죄를 만들어냈는데, 그것이 극악한 역모로 다스리기에 부족하지 않았다. 벌써 형구를 갖추고 황제가 조세창을 친히 국문하는데, 조세창은 말과 얼굴빛을 태연자약하게 하며 황제의 물음에 대답했다.

"신이 비록 불초하고 무상하나 일찍이 행실에 어그러짐이 없었습니다. 악독한 역모의 죄를 범할 것은 천만 꿈속에서도 생각지 못했으니, 엄히 물어보시는 것에 대답할 것이 없습니다. 다만 신이 비루한 기질과 재주를 헤아리지 못하고, 한 조각 당당한 뜻으로 하늘에 오르는 것이 불가능한 줄 모른 채 외람되게 구름의 청량함을 사모했습니다. 어린 나이로 비루한 몸이 조정에 출입하여 폐하의 큰 사랑을 받은 것이 망극한데, 조금도 성은에 보답하지 못했습니다. 폐하께서 환관의 무리를 중용하실 때 불가함을 아뢰었으나 효험을 얻지 못해 왕진 같은 흉적을 없애지 못했습니다. 그런 까닭으로 폐하께서 실덕하시는 것이 지금에 미치시어 간관을 죽이고 언로를 막고자 하시니, 이 또한 신의 불초함이고 무상함입니다. 스스로 죄를 청해 죽는 것이 옳지만 폐하 앞에서 부도한 말을 꺼낸 일은 없사오니 무엇을 죄라고 하겠습니까? 또 본뜻이 흉적 왕진을 만 갈래로 썰고자 함이고 다른 뜻이 없으니, 근본은 아릴 것이 없습니다."

다 고하고 나서 왕진을 가리켜 크게 욕하는데, 언사가 갈수록 당당하고 거세어 성난 머리카락이 위로 곤두서고 노한 눈이 찢어질 듯 위엄 있는 기풍이 헌걸차서 번연히 영웅호협의 풍채를 아울렀다. 늠름한 기상은 노나라와 제나라의 회맹에서 환공을 위협했던 조말 장군보다 더하고, 홍문연 잔치에서 항우를 노려보며 범아부의 기운을 물리쳤던 번쾌 장군보다 나았다. 몸은 비록 형틀에 매인 일개 죄수로서 독한 매를 면하지 못하지만, 표일한 거동은 달리는 범을 따르고 나는 매를 움켜잡듯 굴하지 않으며 엄하고 격렬했다. 목을 늘이어 칼을 받고 가슴을 헤쳐 화살을 받으며 기름솥에 드는 것을 개연히 두려워하지 않을 바였다. 마치 하나라의 관용방이 다시 살고 은나라의 비간이 돌아온 것 같았다. 왕진은 간사하고 악독했지만 그윽이 두려움에 몸이 움츠러들며 말을 못 했다. 황제는 더욱더 노기를 띠어 용상을 치며 말했다.

"흉적 조세창의 언사가 갈수록 부도하고 패악하여 왕진을 조고에 비유하고 짐을 진나라 2세 황제에 빗대었다. 군신의 분수와 도의를 알지 못하니, 이다지 부도덕하고 패려한 말을 하는 흉신을 죽이지 못하면 후세에 역적을 징계하지 못할 것이다."

이렇게 재촉하여 형벌을 엄히 하셨다. 조세창은 기개와 도량이 준엄하고 몸가짐이 도도하여 대장부의 차림새를 다했으나 눈처럼 희고 옥처럼 귀한 골격에 비단처럼 연한 살가죽과 수정처럼 맑은 몸이었다. 한순간에 독한 형벌을 받아 살이 터지고 피가 멀리까지 뿌려지니 어찌 능히 견디겠는가? 그러나 견고하고 강맹한 것이 평범한 사람들과 달리 뛰어나니, 한마디도 구구하게 불평하며 아픔을 드러내는 바 없이 태연하고 차분했다. 그 의로운 기개와 어진 마음과 직언하는 성격으로 만일 타인이 이처럼 억울하고 지독한 장형을 당했다면 황제의 실덕을 간언하여 옳고 그름을 다투었을 것이다. 하지만 자기에게 당한 화를 자기 입으로 말하면 황제의 분노가 한층 더 거세어질 것이기에 원통하고 미혹됨을 일컬어 황제의 마음을 돌이킬 길이 없었다. 이에 부모님께서 낳아주신 몸이 헐어 죽게 될 슬픔을 영영 모르는 것처럼 기색이 태연자약하고 한마디 소리도 내지 않으니, 대궐 상하에 가득하게 모여 보는 사람들이 모두 도리어 이상하게 여겼다. 나졸은 매를 드는데 팔이 무겁고 몸이 말을 듣지 않았으나 황제가 계속해서 화를 내시니 한 조각 인정을 두지 못했다. 조세창은 이미 살기를 구구히 바라지 않았으나 오히려 분노를 풀어낼 길이 없어 소리를 바로 하여 다시 아뢰었다.

"자고로 어진 신하를 멀리하고 소인을 가까이하는 것은 어리석은 임금이 국가를 망하게 할 징조입니다. 양영과 양사기와 양부 등이 죽고 늙어 국사를 돕지 못하고 정한이 죽어 하늘을 굳게 지킬 자물쇠가 있지 않고 하늘을 받칠 기둥이 없으니, 이제 폐하는 '빛나는 태사여, 백성들이 우러러보네.'라고 노래할 상황을 다시 못 볼 것입니다. 일세의 백성을 위해 비육지탄을 점칠 보신[28]이 있지 않으니, 음양이 다스려지지 않고 사계절이 질서를 잃어 하늘 끝의 재앙이 지독한데도 폐하는 모르고 계십니다. 또 솥 위에 꿩이 우는 것[29]은 두려워하면서 정사가 더욱 적막하게 되는 것을 생각하지 않으시고 흉적 왕진을 조정 백관 중의 최고로 총애하고 중용하여 말하면 들어주고 계책을 모두 써주시니, 저 흉적은 옛날의 조고이고 오늘날의 유용입니다. 아직은 폐하의 총명이 일월의 빛을 갖고 계시므로 조정 정사가 망국의 군주와는 같지 않으시나 점점 충신과 열사는 비치지도 못하고 아첨하는 흉적은 나날이 성하여 황제의 수레가 직접 오랑캐를 치러 가고자 하시니, 국가의 안위가 매우 위태롭게 되었습니다. 신이 이것을 생각하면 땅을 칠 정도로 분합니다. 흉적을 베어 폐하의 근심을 덜고 종사에 큰 복을 이룰 수 있다면 신이 죄를 받아 죽더라도 쾌한 넋이 될 것입니다. 폐하는 지난 일들을 자세히 살펴보십시오. 환관의 무리

---

28 보신(輔臣): 보필지신(輔弼之臣). 임금을 보좌하는 신하.

29 솥 위에 꿩이 우는 것: 정치(鼎雉)의 변. 은나라 고종이 융제(肜祭)를 지낼 때 꿩이 정(鼎)의 귀에 앉아 우는 이변이 있자 현신 조기(祖己)가 "먼저 왕의 그릇된 마음을 바로잡고 그 일을 바르게 하라."라고 했다는 데서 유래함.

를 총애하고 중용한 임금 중에 누가 요순 같은 시절을 얻었습니까? 실로 흉적 왕진을 아끼실 것이 없사오니 빨리 내어 베십시오. 소인을 가까이하고 충신을 죽이는 것은 곧 망할 나라에 나타나는 불길한 징조이니, 이를 덜어내시고 지혜와 용기가 가득한 장군으로 하여금 마선을 쳐 물리치게 하십시오."

황제가 더욱 크게 노하여 성난 소리로 꾸짖었다.

"흥신이 갈수록 언사가 패악하여 짐에게 어진 신하를 멀리하고 소인을 가까이하는 혼군이라고 하며 종사가 망할 것이라고 여기는구나. 이 무례하고 거만하며 극악한 역적은 조조와 동탁보다 더하다. 이 역적의 죄를 어찌 다스려야 옳겠는가?"

조세창이 분에 차서 차갑게 웃으며 말했다.

"신이 무슨 죄입니까? 다만 사람됨이 불충하고 부족하며 용렬하고 어두워 역적 왕진을 일찍 베지 못한 까닭에 황상의 총명이 구름에 가리게 됨을 막지 못했습니다. 폐하를 해하는 흉적을 총애하고 중용하시며 간언하는 신하의 언로를 죽여 없애고자 하시니, 신 한 사람이 억울하게 죽는 일은 파리의 죽음으로 알겠지만 폐하의 실덕은 만대에 전해질 것입니다."

황제가 조세창의 말을 들을수록 더욱 분노하여 용상을 자주 치며 금위의 병사들을 명령하여 각별히 힘을 다해 조세창을 벌주라 하니, 전일 은혜와 영광으로 총애하던 바가 털끝만큼이나 남아 있겠는가? 황제가 진노하여 생사를 돌아보지 않으니, 세 차례 중형을 한 번에 더해 뼈가 부서지고 피가 흘러넘쳐 나졸의 소매부터 땅까지 붉은 꽃이 이어진 듯했다. 옆에 서 있는 신하들과 허다한 나졸들이 낯을 돌려 차마 보지 못했다. 그러나 조세창은 당당함과 씩씩함이 아직 한 가닥 목숨줄에 걸려 있으므로 간간이 황제의 실덕을 간하여 왕진의 머리를 베라고 청하는데, 거세게 따지는 말과 강개한 기운이 한결같이 변하지 않았다.

조세창을 구명하는 장보와 조정

이럴 즈음에 벌써 날이 어두워졌다. 황제는 노여움이 더욱 거세져서 수라도 폐하니, 신하들이 일시에 지나치다고 아뢰며 수라를 청했다. 영국공 장보와 상서 광야와 학사 조정 등 10여 명의 유학자가 마침 교외에 있다가 일시에 대궐에 도착하여 뵙기를 청하고 이마를 박으며 피 흘려 간언을 아뢰었다. 그들은 조세창의 충의와 곧은 절개를 아뢰고 참형을 더하는 것이 훌륭한 군주가 차마 하실 바가 아님을 일컬어 조세창의 목숨을 빌었다. 한갓 조세창을 위한 뜻이 아니라 황제의 실덕을 슬퍼하며 종사를 위해 통곡하고자 한 것이다. 절절한 충의와 애틋한 마음에서 비롯한 바른 주장은 모두 황제를 위해 죽기를 돌아가는 것처럼 여기고 사직을 지킬 인재를 살리고자 하며 목숨을 바쳐 대신 죽고자 하는 내용이었다.

원래 장보는 사람됨이 신의를 주장하고 사리에 통달하며 돈후하고 인자했다. 그는 황제를 도우면서도 말씀과 안색이 온화하고 조심스러웠으며 요순의 도로써 아뢰어 어진 정사를 닦게 하고, 천하의 고통을 들려드려 괴로움을 알게 하여 패도의 정치를 하지 않게 했다.

그렇게 은은히 황제의 덕에 유익하고 아래로 백관들을 감복하게 하되 구태여 황제 앞에서 의리를 고집스럽게 다투는 일을 자신의 임무로 삼지 않으니, 황제가 매우 중히 여기는 신하였다. 조정과 광야 등은 황제가 하는 정사에서 빠지고 부족한 것을 수습하는 보필의 임무를 충실히 하면서도 황제의 뜻을 꺾어 직간하기를 자신의 역할로 삼지 않으니, 황제가 또 그 온량함을 기뻐하던 바였다. 그런데 금일은 조세창의 목숨을 구하는 것에 모두 이처럼 지극하고 간절하며 종사를 위해 자신의 실덕을 간하는 것이다. 황제는 한참을 말없이 있다가 장보를 붙들어 과도하다고 이르고 조정과 광야 등과 함께 피 흘리며 간하는 것을 그치라고 했다. 그러고는 조세창의 거만하고 부도한 말을 일러 말했다.

"짐이 세창을 총애하던 것은 온 조정이 다 아는 바이다. 어찌 무고하게 죽이려고 하겠는가? 그러나 그의 말이 거칠고 오만하여 살리고자 하는 뜻이 없었다. 그런데 그대들이 이렇듯 역적을 살리라고 청하니 짐이 능히 죽이지를 못하겠다. 일단 대리시에 가두었다가 조용히 풀어주겠다."

장보가 머리를 숙여 성은에 감사하니, 황제가 이에 조세창을 대리시에 내려보내라 하고 내전으로 들어갔다. 신하들이 비로소 물러나는데, 대궐문 밖에 금오 조정이 거적을 깔고 앉아 명을 기다리고 있었다. 황제가 물러가라고 두 번 명하니, 계속해서 명을 기다리는 것이 도리어 역정을 살 것 같기에 궐문 밖에 집을 잡아 결말과 자초지종을 보려 했다. 부모 된 마음과 부자간의 정으로 외아들의 목숨이 형장에서 마친다고 생각하니, 마음이 마디마디 잘린 듯하고 혼백이

널뛰어 부모님만 아니라면 아들과 함께 죽을 뜻이 시위를 떠난 화살 같았다. 그러나 지극한 효성으로 어머니가 혹시 자식 잃은 슬픔에 눈이 머는 고통을 겪으실까 두려운 마음이 아들의 참형보다 더 슬픈 바였다. 취한 듯 미친 듯 아무런 생각이 없이 종자가 마실 죽을 가지고 오면 맛의 유무와 양의 다소를 모르고 다만 그릇이 빌 때까지 마셨다. 그리고 바삐 누이인 조부인(이빈의 아내)에게 서간을 보내 이빈이 비록 병이 있으나 믿을 만한 여종들로 보살피게 하고 급히 부모님께 가 모시되 이런 변을 아직 아뢰지 말라고 했다.

조부인은 태운산으로 가 태사 조겸과 송태부인을 모셨다. 하루 사이에 이변이 일어났고, 조정이 부모를 모시고 있다가 처분을 기다리러 가면서 부모님께 수일만 다녀오겠다고 일컬으며 좋은 말씀으로 하직하니, 조겸 부부는 이 일을 알지 못했다. 조정의 부인 주씨는 그 부친 주각로의 기일이어서 성안 주씨네 집에 와 제사를 마치고 미처 태운산에 돌아오지 못한 상태였는데, 아들의 변을 듣고는 천지가 아득하고 일월에 빛이 없어진 듯했다. 참지 못해 갑자기 부르짖으며 기절할 뿐이고 한 조각 살 마음이 없으니, 가슴에 걸린 흰 칼을 빼지 못하고 흩어진 혼백을 모으지 못했다. 그러한 상태로 태운산에 나아가면 시부모가 알게 되어 끝없는 불효를 이루게 될 것이므로 차마 태운산으로 돌아가지 못했다. 조부인이 홀로 부모를 모시고 그 아득히 모르시는 것을 더욱 슬퍼하며 일의 결말을 염려하는데, 마음이 무너지고 간담이 찢어져 진정하지 못했다. 그러나 조부인은 사람됨이 치마 입은 영웅이고 비녀를 꽂은 군자여서 스스로 온화하고 정숙한 태도를 다했다. 사리 밝은 철부(哲婦)의 식견을 추구하지 않았지만 심지가 크고 넓어 어둡고 무지한 부인네와는 같지 않았다. 그러므로 세창의 인품과 본성이 결단코 억울하게 요절하지 않을 줄 헤아려 스스로 위로하고 참으며 괴이한 빛을 나타내지 않았다.

조세창의 부인 정명염도 이 일을 아득히 모르고 있었다. 명염이 비록 범사에 아는 체를 하지 않는 성정이지만 만일 사람들이 있는 곳에 나와 여종 등의 모습과 기색을 본다면 어찌 망극한 재앙이 우레가 치듯 하고 조세창의 몸이 사지에 빠진 것을 모르겠는가?

효성과 우애가 지극한 명염은 친정 식구들이 고향에 내려가다가 아우 월염과 남동생들을 모두 잃어버려 생사와 거처를 모른다는 말을 듣고 오장육부가 잘리는 듯하고 구곡간장이 찢어지는 듯한 상태였다. 참통한 슬픔은 한갓 잃어버린 아이들을 위해서일 뿐 아니라 할머니와 부친과 숙부가 과도히 비통해하실 것을 헤아려서이다. 명염은 밤낮으로 흉금이 막혀 숙식이 편치 않았고 시간이 지날수록 점점 심해지니, 지초와 난초 같던 연약한 몸이 야위고 수척해져 바람 앞에 쓰러질 듯 위태했다. 그 모습은 보기에도 두려울 정도였다. 조겸 부부와 조정 부부 또한 명염을 위해 마음 아파하고 슬퍼하며 위태한 거동을 보고는 밥을 먹어도 단맛을 모르고 잠을 자도 편안하지 않았다. 조세창은 아내의 사정이 그러한 줄 모르지 않았지만 어른들 앞에서 사사로운 고통을 참지 못하고 무익한 걱정을 허비하며 먹지 못하고 자지 못해 조부모와 부모께 걱정을 끼치게 된 것을 좋게 여기지 않았다.

그러다 2월 16일 태부 정한의 생일이 되니, 명염은 몇 년 전 조부 생신에 인성을 부친(정잠)의 계후로 정하고 부모가 즐기셨던 일을 생각하고 애통함을 이기지 못해 침소에서 탄식하며 흐느꼈다. 이때 주부인이 이르러 보고 어루만져 위로하며 역시 눈물을 흘리고 슬퍼해 마지않았다. 명염 또한 시어머니를 우러르는 정성이 친어머니에 못지않으므로 나직이 사정을 아뢰고 사랑해 주시는 은혜에 감사했다. 조세창은 조정에서 돌아와 어머니가 명염의 침소에 가신 것을 듣고 취경각에 이르렀다. 어머니는 아내의 슬픔을 위로하며 마음 아프게 눈물을 흘리고, 아내는 옥 같은 모습이 슬픔에 가득 차 아름다운 목소리가 끊어질 듯하며 간간이 목메어 말을 하지 못해 샛별 같은 두 눈에 맑은 눈물이 떨어졌다. 서로 만난 지 4년에 간혹 어른의 방에서 낮에 대한 적은 있으나 피차 눈을 마주치는 일이 없이 무심하게 지냈기에 그녀가 어떤 줄 알지 못했다. 내실에서는 낮에 들어와 마주 대한 적이 더욱 흔하지 않았으므로 오늘 그 비절한 사색과 목멘 소리를 얼핏 듣고 명염의 슬픈 심정을 애처롭게 여겼다. 하지만 어머니 앞에서 부드럽고 온화한 말과 기색으로 어른의 안색을 받들어 기쁨을 드리는 도를 잃고 사사로운 감정을 참지 못한 것을 깊이 부족하게 여겼다.

조세창이 이날 저녁 식사 후 명염의 유모를 서헌으로 불러 소저에게 말을 전하며, 어른 앞에서 눈물을 흘리며 흐느끼어 어른들이 우려하시느라 편히 잠을 못 주무시고 음식도 달게 못 드시게 하는 것은 가볍지 않은 불효가 된다고 꾸짖었다. 또 차후로는 부모와 조부모께 올리는 문후를 그치고 침실에 깊이 있으면서 불효를 자책한 후 사람들의 자리에 나오라 했다. 명염이 문득 깨닫고 놀라 부끄러운 마음에 몸을 움츠리며 스스로 편안하지 못해 감히 침실에도 있지 못하고 협실로 내려가 석고대죄하느라 어른을 뵙지 못한 지 수삼 일이 되었다. 주부인은 명염이 석고대죄하기 전에 취경각에서 고부가 속마음을 말한 뒤 본가로 갔기 때문에 이러한 사정을 알지 못했고, 조겸 부부는 명염이 병이 있는 것으로 알아 자주 아픈 곳을 물었다. 세창은 거의 짐작했지만 명염이 이것을 계기로 슬픈 것을 억지로 참아 숙식에 마음을 두면 수척하고 야윈 것도 조금 나을까 하여 아는 체를 하지 않았다. 그러다 조세창이 참화에 떨어지자 명염이 연약한 기질로 애를 태우다 기운이 다할까 걱정되어 시녀와 종들에게 엄하게 당부하여 이번 변을 명염 귀에 들어가게 하지 말라 했다. 그러므로 명염이 아득히 모르고 한갓 엄정한 군자의 꾸짖음으로 인해 협실에서 석고대죄하고 있을 뿐이었다.

그런데 마음은 신령하여 공연히 자주 놀라고 어지러우며 이유 없이 두렵고 팔이 떨리며 정신이 혼란했다. 끝없는 두통은 전염병에 걸린 사람보다 더하고 기운은 두려움에 처졌다. 고요히 누워 있고 싶으나 가슴은 잔나비가 뛰노는 듯 놀랍고 두려워 가만히 눕지도 못했다. 두 무릎을 붙들어 안고 마음을 가라앉혀 앉아 있으려 해도 두통부터 시작하여 사지와 온몸에 안 아픈 곳이 없으니, 마음대로 앉아 있기도 어려웠다. 종일토록 심신을 추스르지 못하고 있는데, 조부인이 이르러 보고 실로 그 고통이 가볍지 않은 것을 염려하여 미음을 가지고 와 권하여 먹였다. 또 협실에서 예에 안 맞게 관과 옥패도 없는 옷차림을 하고 있고 거처가 괴이한 이유를 주변에 물었다. 유모가 어사의 꾸짖음 때문에 편안히 있지 못한다고 대답했다. 명염은 경황이 없고 심신이 어지러운 가운데에도 부끄러움을 이기지 못했다. 조부인은 조카 세창의 사람됨이 너무 엄숙하고 성격이 강해 온화한 덕이 부족하므로 명염 같은 고운 아내를 얻어 조용히 화락함이 없이 예의 있는 몸가짐을 중하게 여기고 여자의 사랑을 살피지 않으며 묵묵히 가열하게 행동할 것을 주장한다고 여겼다. 그러다 이제 참화에 떨어져 형장에서 곧 죽을 목숨이 되어 도끼와 기름솥을 벌여놓고 그중 어디에 미칠지 알지 못하니, 비록 그 기질과 성품과 명염의 복록이 완전할 것임을 믿으나 칼을 삼키고 돌을 머금은 듯 가슴이 아프고 앞이 어두웠다. 하지만 명염이 영리하고 민첩하여 혹시 의심할까 봐 힘써 억지로 참아 괴이한 사색을 드러내지 않고 그저 명염을 어루만지며 친딸같이 사랑할 뿐이었다.

이날 밤에 조겸이 내헌에서 자므로 조부인이 자녀에게 외조부를 모시고 자도록 하고 자기는 명염이 있는 곳에서 함께 밤을 지냈다. 명염은 매우 황공하고 불안해했는데, 조부인이 곁에서 자주 어루만져 아픈 곳을 물으며 어질고 온화한 기운과 부드러운 말로 그 마음을 위로하니, 또한 든든하여 친어머니가 곁에 누워 있는 것과 다르지 않았다.

다음 날 황제의 몸이 불평하여 조회를 받지 않으니, 장보 등이 조세창의 사면을 청하지 못했다. 그다음 날 황제가 조회에 임하니, 장보 등이 다시 조세창을 살려주십사 힘써 청했다. 조세창이 곧은 절개로 억울하게 죽는다면 황제의 교화에 큰 흠이고 하물며 사직을 지킬 인재와 조정의 재상감을 잃는 것이라고 연이어 아뢰었다. 황제의 노여움이 잠깐 풀려 사형을 줄여 정배하고 절도에 안치하라 하니, 장보 등이 성덕에 감사했다. 왕진은 깊이 불만스러운 의사가 있었지만 장보는 왕진이 구태여 없애고자 하는 사람이 아닌 까닭에 장보가 구호하는 바를 제가 감히 반대하며 죽이기를 다투지 못하고 다만 유배지를 북방 변경으로 정할 것을 결단했다. 이것은 북흉노가 변경까지 도적질하는 즈음이니, 조세창을 비록 죽이지 못하지만 자연 흉노에게 죽게 될 것이고, 혹시 흉노가 죽이지 않아도 조세창이 북흉노에게 투항했다는 말을 지어내어 황제의 뜻을 어지럽힌다면 조씨 가문의 구족을 섬멸할 구실이 되리라 생각한 것이다. 북방 변경에 유배지를 정하고 조씨 집안을 해할 바탕으로 삼고자 하니, 그 의사가 지극히 흉악하고 간계가 교묘했다.

정배형에 처해진 조세창

이때 조세창은 참형을 받고 남은 목숨을 북방 먼 곳에 정배하라는 명령에 따라 옥문 밖으로 나왔다. 친척들과 친구들이 작별을 위해 구름처럼 모여 슬퍼하는 한편 불행 중 다행이라 이르며 한 가닥 목숨을 보전한 일을 기뻐했다. 반기고 슬퍼하는 것이야 다시 말할 것이 없고 죽었던 사람이 돌아온 듯하나, 천금처럼 귀한 몸에 참형 받은 것을 보고 눈물을 흘리지 않는 사람이 없었고, 북방으로 가게 된 일을 염려하느라 살아난 것을 기뻐할 겨를이 없었다. 범연한 남의 마음과 등한한 먼 친척의 마음도 이러한데, 하물며 부모 심정이야 그 어떠하겠는가? 그러나 조정과 조세창은 진실로 보기 드문 부자였다.

황제가 노여움이 가득한 중에 조세창의 아비가 집금오를 지내었으므로 나졸이 한 조각 인정을 둘까 의심하여 각별히 살피니, 곤장 한 대에 피륙이 떨어지고 수삼 대에 뼈가 부서질 정도였다. 모질고 무지한 천인이라도 서너 차례를 한 번에 맞고 견디지 못할 것인데, 세창은 부드러운 살가죽에 피륙이 낱낱이 떨어지고 골절이 부서지는 것을 면치 못했지만 당당한 기운으로 아픈 것을 견디었다. 추운 계절에도 서리와 눈을 피하지 않고 사계절 내내 빛을 변하지 않는 송백의 기개와 절조를 따르는 듯했다. 왕진의 머리를 베지 못해 분한 마음이 적지 않으니 다른 괴로움은 느끼지 못했다. 황제의 실덕을 슬퍼하는 마음과 종사를 위한 근심으로 사사로운 일을 잊어 열 달 품속에 길러준 은혜와 슬하에서 살펴주신 부모님의 사랑을 끊어내었다. 부자간의 친함은 만물 가운데 비길 곳이 없을 만큼 귀중하지만, 홀연 망극한 은혜를 까맣게 잊은 듯 한갓 우국하는 충의와 시름뿐이라 사사로운 근심이 미치지 않아 반점 애통해하는 마음이 없었다.

조세창은 일찌감치 옥문 밖으로 나와서는 여러 친우와 일가친척을 만났으나 반가움을 말하지 않았다. 조정도 여기에 와 있었다. 효자의 마음이 좋은 일로 나갔다가도 아버지를 보면 반가움이 지극할 것인데, 하물며 황제의 엄한 심문 아래에서 지극한 노여움을 받아 살기를 꿈에도 생각지 못했던 상황에서야 더 할 말이 있겠는가? 진실로 부자가 산 얼굴로 마주한 것이 대단한 복이라 하겠다.

조세창이 몸을 움직여 아버지 앞에 두 번 절하고 온화한 얼굴과 부드러운 말투로 며칠 사이의 안부를 물었다. 또 불초자가 불효하고 못난 까닭에 부모를 놀라게 했으니 불효가 쌓을 곳이 없다고 하며 죄를 청했다. 지극히 공경하며 반기는 가운데에서도 엄한 예절과 효성은 주나라 문왕이 부친 계력을 모시며 무왕이 문왕을 모시는 것과 같았다. 서너 살 된 어린아이처럼 순하고 부드럽고 온화한 기색과 기쁜 목소리로 불충과 불효를 일컬을 뿐이었다. 조정은 차마 그 상처를 보지 못하고 묻지도 못했다. 조세창의 외삼촌 내사 주성과 시랑 주필이 세창을 붙들어 한바탕 통곡한 후 정신을 겨우 수습하고 곤장 맞은 곳을 보자고 했다. 세창은 자기 상처를 드러내어 사람들의 마음을 놀라게 하는 것도 불가하고, 하물며 아버지가 자리에 계시는데 처참한 모습을 보일 수 없어 부드럽게 대답했다.

"피와 살로 된 몸이 세 차례 곤장을 맞아 상하지 않을 리가 없는데 보셔야 무익합니다. 또 옛사람 악정자춘이 발을 다치고 두 달을 근심했던 일을 생각하면, 불초하고 비루한 제가 부모님의 낳고 기른 은혜를 잊고 몸을 스스로 상하게 했으니 불충한 죄에 다시 불효를 더한 허물이 무겁습니다. 감히 상처를 드러내어 외숙께 보이지 못하겠습니다."

주공 형제는 그 뜻을 알고 다시 보이라고 말 못 했다. 국청을 열고 황제가 심문할 때 입시했던 동생들은 이미 참혹한 상처를 보았기 때문에 한 가닥 목숨을 보전한 것이 오히려 이상할 정도라고 여겼다. 그런데 하물며 태연하고 편안하며 시원한 용모와 깨끗하고 당당하며 뛰어난 풍류는 물론, 범이 달리며 용이 나는 듯한 거동은 일세를 압두하고 하늘을 찌를 듯하며 건장한 기운도 여전했다. 그런 모습을 잃지 않은 세창을 보고 헤아릴 수 없을 정도로 놀랐다. 저마다 세창의 기상을 칭찬하며, 아픈 것도 잊은 듯 당당하고 위엄 있는 모습은 태산을 옆에 끼고 북해를 건너는 것처럼 대단한 일이라고 이야기했다. 조정은 가마를 가져오라 하여 세창을 실어 태운산으로 나아가 비로소 부모님께 귀양 가는 이유를 고하려 했다. 이에 세창이 가마에 올라 본가로 돌아갔다. 이때 친구와 동료와 친척 등이 함께 따라 태운산으로 행한 것은 말할 것도 없고, 여항의 사람들도 세창을 에워싸고 엉엉 울며 위로했다.

"상공은 15세에 황제를 모시는 벼슬에 올라, 세상 사람들을 놀라게 할 문장과 만고의 역사를 다시금 맑게 할 기질로 대궐에서 붓을 휘두르고 조정에서 일을 논했습니다. 명성이 사해에 넉넉하고 네 가지 덕이 선비 중에 뛰어나며, 간관의 직무를 맡아 정대한 논책으로 음란하고 사특한 것을 쓸어버리고 신기한 안목으로 요사한 것을 물리쳤지요. 하루도 쉬지 않고 만언소를 올려 교화를 가다듬고 예의의 정치를 밝혔습니다. 그리하여 우리 백성들도 나리의 곧은 절개와 교화력을 우러러 감복하고 기쁨으로 칭송하며, 한나라의 어사 급암의 덕도 상공의 넓고 큰 도에 비해서는 좁고 미치지 못할 것으로 여겼습니다. 그런데 어찌 하루아침에 수염 없는 환관의 죄를 논하다가 이런 화를 만나셨단 말입니까? 천금처럼 귀한 몸에 참혹한 형벌을 받아 북방의 오랑캐 땅으로 멀리 귀양을 가시게 되니, 저희 백성들도 원통하기 그지없습니다. 원컨대 상공께서는 천금처럼 귀한 몸을 보중하시어 저희가 부모처럼 바라는 마음을 끊어지게 하지 마십시오."

이렇듯 슬퍼하는 말이 끊이지 않으니, 마치 골육이 화를 당한 것과 같았다. 조정은 아들의 저 같은 덕망이 더욱 화를 불러올까 하여 종으로 하여금 백성들에게 분란을 그치라고 전하게 했으나 그치지 않았다. 백성들이 전후좌우로 따라와 태운산까지 나아오니 대로가 좁을 정도였다.

주부인은 아들이 한 가닥 목숨을 보전했다는 소식을 듣고 겨우 정신을 수습하여 바야흐로 태운산에 도착해 있었다. 세창이 타고 오는 가마를 보고 새롭게 가슴이 막혀 일백 줄 슬픈 눈물을 드리우고 있는데, 가마가 집 대문 앞에 도착했다. 조겸은 내헌에 있었다. 조부인이 아직 고하지 않았으므로 잠깐 진정하고 알현코자 내헌 가까운 송죽헌에서 조정 부부와 세창이 내렸다. 조세창이 평소의 기운을 다하여 어머니께 절을 올리려고 하자 주부인은 아들이 절하는 사이를 기다리지 못해 황망히 붙들고 편히 앉히며 바삐 손을 잡고 얼굴을 대더니 갑자기 숨이 막혀 기절했다. 며칠 사이에 주부인의 고운 모습이 초췌하게 마르고 용모가 변해 위엄 있는 거동이 장차 기운을 다할 듯했다. 세창은 이에 다다라 자기의 불효가 쌓을 곳이 없음을 깨닫고 어머니를 대하여 두 눈에 눈물이 가득한 채 말했다.

"불초자가 부모의 기르신 은혜와 낳으신 사랑을 저버리고 천지간에 쌓을 곳 없는 불효를 끼치니, 비록 몸이 일만 번 죽어도 죄를 갚기 어렵습니다. 그러나 신하 된 몸을 나라에 바쳤으니 사사로운 일을 돌아보기 어렵습니다. 제가 설사 처참한 형벌을 받아 도끼 아래에서 죽임을 당하고 기름솥에서 삶기게 되더라도 불충은 죽어 마땅하니, 어머니는 위로 조부모님의 애통하심을 위로하시며 아래로 저의 불효한 죄를 더하지 않도록 몸을 편히 보전하셔야 합니다. 그런데 과도히 마음을 허비하시어 며칠 사이에 얼굴이 상하여 차마 뵙지 못할 정도가 되었습니까? 이 아들은 우러러 바라보며 놀라고 슬픈 마음을 견디지 못하겠습니다."

주부인이 가슴을 치며 슬퍼했다.

"하루 사이에 참화가 망극하여 내 아들이 사지에 떨어지니, 네 어미의 심장이 쇠도 아니고 돌도 아닌데 스스로 그 참혹함을 진정코자 하나 오장이 백 개의 칼날에 잘리고 온몸이 천 개의 검으로 나눠지는 듯한 억울하고 슬픈 마음을 어찌 참을 수 있겠느냐? 만일 내 아들이 목숨을 보전하지 못해 형장에서 죽게 된다면 어미는 뒤를 좇아 쾌히 죽기를 결심하고 살기를 바라지 않을 것이다.”

말을 마치고 세창의 다리가 온전하지 않은 것을 비통해하다 머리를 벽에 기대더니 갑자기 기절했다. 조세창은 참형을 당해 뼈가 부서지고 피가 흐르지만 씩씩하고 맹렬한 모습으로 한 번도 낯빛을 변한 적이 없고 엄정한 태도였는데, 어머니가 이와 같은 것을 보자 구곡간장이 찢어질 듯해 불효를 슬퍼하는 눈물이 이어졌다. 몸을 빠르게 움직여 물약으로 구호하며 좌우를 돌아보아 바삐 환약을 가져오라 하고 급히 갈아 입에 넣어드리는데, 창황한 심정을 어이 비할 곳이 있겠는가? 한참 후 주부인이 정신을 차리자 남편 조정이 눈썹을 찡그리며 말했다.

“부인이 비록 어미의 약한 마음으로 외아들의 화액을 슬퍼하나 거조가 도리어 예에서 벗어납니다. 부모님을 돌아보지 않고 내가 있는 것을 생각하지 않으니 실로 괴이합니다.”

이어 세창에게 말했다.

“네가 어미를 위한 정이 지극하여 슬픈 눈물을 참지 못하나 네 아비의 심사가 또한 좋지 않으니 무익한 슬픔으로써 아비의 마음을 아프게 하고 너의 기운을 해롭게 하는 것이 옳겠느냐?”

조세창이 엎드려 말씀을 듣고 나서 고개를 조아리고 사죄했다. 주부인은 비할 데 없이 억울한 슬픔을 억눌렀으나 처참한 마음을 가라앉히지 못했다. 이에 세창이 민망하고 비통하여 자기의 몸은 조금도 위태하지 않다고 말하며 위로했다.

　조정이 정당에 들어가 부모 슬하에 절하고 덧붙여 그간의 안부를 여쭈었다. 또 누이 조부인에게 반기는 정을 다하는데, 부드러운 표정과 목소리가 봄날에 훈풍이 부는 듯했다. 이어 부모의 안색을 살피며 기쁘게 해드리느라 자기의 사사로운 마음을 생각할 겨를이 없었다. 그러니 어찌 조정이 참화에 빠진 외아들 때문에 며칠 동안 간과 위를 사르며 마음속이 재가 될 지경에 미쳤던 것을 알겠는가? 단지 잠깐 수고하여 살이 빠진 것 같았다. 조겸 부가 며칠 사이지만 10년이나 떠나 있었던 자식을 만난 듯 반가워하며 손을 잡고 말했다.

　"세창이가 비서각에 입번한 지 3일째인데 돌아오지 않고 너희 부부도 집을 떠나니, 딸아이(조부인)가 비록 창린이 형제들을 데리고 여기에 와 있으나 우리 부부가 갑작스러운 마음에 어찌할 바를 몰랐었다. 이제 너희가 돌아오니 정히 마음을 위로할 수 있겠다."

　조정이 부모의 이 같은 말을 듣고는 더욱 세창이 형벌 받은 것을 고하지 못했으나 일을 끝까지 숨기지는 못할 것이라 여겼다. 이에 자리에서 일어나 절하고 말했다.

　"불초자가 세창이의 유배를 삼가 절하여 아뢰옵니다. 세창이가 한 가닥 목숨을 보전한 것은 황제의 호생지덕 덕분입니다. 신하의 직분을 다하다가 일시 황제의 뜻을 거슬러 잠깐 먼 곳에 귀양 가는 것이니 무슨 놀라움이 있겠습니까?"

　조겸 부부는 이 말을 듣고 얼굴색이 바뀌며 크게 놀라 말했다.

　"세창이가 귀양을 간다는 것이 어찌 된 말이냐? 무슨 변이 있었느냐?"

조정이 낯빛을 더욱 온화하게 하며 소리를 밝게 하여 아들이 북방에 귀양 가게 된 일을 고했다. 그리고 세창의 사람됨으로 때를 잘못 만나 이런 화를 당하는 것은 놀랍지 않은 일이라고 아뢰었다. 조겸이 다 듣고 나서 길이 탄식하고 근심하며 말했다.

"우리 부자가 세창이의 사람됨을 알면서도 일찍이 과거에 참여하게 하여 이 화를 당하니, 스스로 그 화를 부른 것이다. 누구를 원망하고 누구를 한하겠느냐?"

송부인은 목이 메어 말을 이루지 못했다. 조정은 마음이 급하고 두려워 좋은 말씀으로 어머니를 위로하고, 조부인은 조카 세창의 성품과 기상을 일컬으며 얼굴에 염려하는 빛을 보이지 않았지만 칼을 삼킨 듯했다.

주부인이 시부모를 뵈었다. 세창은 내일 죽더라도 살아 있을 때 놀라게 할 거동을 보이지 않으려고 중문까지 부축을 받아 걷고자 했다. 그러나 진실로 걸음을 걷는 것이 어려웠다. 조부인이 그 기색을 알아채고 참혹하고 슬픈 마음에 가슴이 터지는 듯해 바삐 몸을 일으켜 맞이하러 나와 세창을 붙들었다. 조부인은 버들가지같이 약한 허리와 6척의 가는 몸으로는 생각지도 못할 정도로 힘이 남보다 뛰어났다. 사람들은 이것을 몰랐으나 조정은 누이를 밝게 알고 여자 중의 역사(力士)라고 웃어왔던 터였다. 오늘 세창을 붙드는 데 힘을 다하니, 세창이 또한 걸음을 배우는 아이가 어른에게 손을 잡혀 걷듯 두 발을 고모의 발 위에 얹어 고모를 의지하여 당에 올라 절을 드렸다. 이때 온화한 낯빛을 지으니 몸가짐과 겉모습에 수척함이 없었다. 조겸 부부가 조금 마음을 진정했으나 만 리 떨어진 변방으로 이별을 하게 된 회포가 참혹했다. 바삐 손을 잡고 등을 어루만지며 눈물을 하염없이 흘렸다. 그러고는 오래 말을 이루지 못했다. 세창이 불효를 슬퍼하나 온화한 기색을 바꾸지 않으며, 잠시 귀양 가 작별하는 것을 과도히 슬퍼하지 마시라고 청했다. 봄바람 같은 기상에 유쾌한 듯한 말이 사람의 마음을 즐겁게 하니, 조겸 부부가 또한 슬픔을 억제하고 길이 탄식하며 말했다.

"말세라 어지러워 화와 복이 때없이 일어나니, 우리 부부가 너의 강개한 절개가 화를 부를까 염려했는데 오늘 귀양을 가게 되었구나. 만 리나 떨어지게 되어 다시 볼 것을 장담할 수 없으니, 이 심사를 어찌 위로하겠느냐? 하물며 북흉노가 들어와 도적질을 한다는데, 그 기세가 강폭하고 흉악하여 아마도 너의 일신이 흉노의 화를 받기 쉬울 것이다. 우리 부부가 너를 보전하지 못하면 너의 부모 또한 보전하지 못할 것이니 누구를 의지하겠느냐? 원래 늙은이가 쇠하지 않고 건강하며 젊은이가 일찍 쇠하여 강하지 않은 것은 좋은 징조가 아니다. 우리 부부는 나이가 예순인데 머리카락 하나도 쇠지 않았거늘 너의 부모는 마흔도 안 된 나이에 일찍 심하게 쇠하니, 이는 내가 가장 두려워하는 것이다. 너와 하늘 끝 멀리 이별하고 간과 위를 사르며 참아낼 일은 뒤로하고, 지금 당장 네 모친의 모습이 저리되었으니 큰 근심이 아니겠느냐?"

이에 조정 남매가 좋은 말과 유창한 말솜씨로 재삼 위로했다. 조세창도 슬픈 빛을 보이지 않고 옛날의 현인과 군자가 충성을 다했던 일과 모질게 고생했던 일들을 갖추어 말하며 자기가 귀양 가는 것은 놀라운 일이 아니라 했다. 또 북방이 비록 만 리 떨어져 아득하지만 죽을 땅이 아니며, 북흉노가 해치고자 하나 사람의 목숨은 하늘에 달려 있으니 설마 어찌하겠느냐고도 했다. 그리고 훗날 사면을 받는 날에 슬하에서 모시면서 효를 완전히 할 것이라고 여러 가지로 말씀드렸다. 이치에 통달한 말과 명쾌한 의견이 진실로 북방을 지키는 군사로 마치지는 않을 것이었다. 조겸 부부는 그 얼굴을 우러러 더할 나위 없이 아름답게 여기고 고모와 부모는 한숨 지며 애통해하고 슬퍼했다. 주부인이 시누이 조부인을 돌아보고 말했다.

"우리 며느리는 어디가 아픕니까? 보지 못할 정도입니까?"

조부인이 애써 웃으며 말했다.

"언니는 아들이 한 일을 알지 못한다지만 며느리가 협실에서 석고대죄하는 것도 모르고 계십니까?"

주부인이 미소를 지으며 말했다.

"며늘아기가 무슨 연고로 석고대죄를 한단 말입니까? 제가 어리석어 알지 못했습니다."

조부인이 그 연유를 자세히 전하고 세창의 용서하는 말이 있어야 나올 것이라고 했다. 송태부인이 세창을 어루만지며 말했다.

"너의 관대함으로써 네 아내를 용서한다고 이르지 않아도 이 늙은 할미의 뜻이 그 아이를 아끼고 불쌍해하니, 이후는 큰 허물이 있어도 용서할 것이다. 하물며 저의 탁월한 효성으로써 그 부모를 오래도록 사모하고 동기 잃은 것을 슬퍼하니, 자나 깨나 잊힐 바이겠느냐? 나의 손자며느리는 성인 가문에서 태어났고 존경받는 어른의 딸로, 평소 성품이 아름답고 그 위에 다시 보고 자란 바가 인과 효와 가족 간의 화목과 예절과 선행이다. 그 빛나고 기특한 것이 옥을 갈고닦은 듯하고 고운 구슬이 상서로운 아지랑이를 끼고 있는 것 같아서 우리를 받드는 효행이 너보다 더하니 무엇을 흠잡을 수 있겠느냐? 바삐 용서하여 자리에 나오게 해라."

조겸도 용서하라고 재촉하니, 세창이 명을 받아 명염의 유모를 불러 어른들 계신 방으로 들어올 것을 명했다. 조정은 다른 말이 없이 아들의 상처를 근심하여 심사가 참담한 중에 조부인이 웃으며 말했다.

"오라버니가 매양 며느리 사랑이 아들보다 더하시더니, 아들이 온량하지 못해 며느리를 힘들게 했는데 아끼고 애석해하는 의사가 없고 오히려 아들의 몸가짐이 강한 것을 기뻐하시니, 시아버지와 며느리 사이가 거짓인 듯합니다."

조정이 애써 쾌한 웃음을 짓고 말했다.

"누이의 말이 옳지만, 이 오라비는 며느리를 사랑하는 정으로 며느리가 아들의 위엄을 두려워하여 슬픈 것을 참아 침식을 예사로이 하기를 바랐다. 그제 일을 당해 내 며느리가 모르는 것이 다행이라 생각하여 짐짓 부르지 말라 한 것이다. 누이는 이것을 자애하지 않는다고 여기니, 동기 사이에 마음을 모르는 것이 심하구나."

조부인이 다시 웃으며 말했다.

"오라버니가 원래 세창이 사랑하는 것을 쑥스럽게 여겨 평생 크게 이른 적이 없지만, 행사를 속으로 칭찬하고 사랑하며 기뻐하시기에 부친의 사랑을 아이가 알고 의기양양하여 아내 대접이 박절하고 인정에 옳지 않은 점이 있습니다."

조정이 웃고 답했다.

"내가 밝지 못해 내 아이의 장점은 알고 단점을 몰랐는데 이제야 깨달았구나. 그러나 만릿길 이별을 하게 되었으니 지난 일을 꾸짖기 어렵구나."

그러고는 부모께 고했다.

"세창이가 수일 감옥에서 고생했으니 그 몸이 분명 불편할 것입니다. 송죽헌이 가까우니 그곳에서 쉬게 하고 모레 출발하게 하겠습니다."

송부인이 말했다.

"취성각에 가 편히 쉬게 하면 이 노모가 왕래하여 보고자 한다."

조정이 세창을 취성각에 머물게 할 생각을 하지 못한 것은 아니지만 며느리의 약한 심정에 그 상처를 보고 기절할까 두려워 송죽헌에서 조리하고자 했던 것이다. 모친의 명이 이와 같으니 다시 우기지 못하고 받들었다.

조세창이 아뢰었다.

"할머님이 이 손자를 움직이지 말게 하고자 하시니, 취성각에서 가까운 휘각에서 쉬고자 합니다."

원래 세창은 몸 위에 참형을 받고 하늘 끝 먼 곳으로 귀양 가게 된 심사가 좋지 않았다. 그러니 명염의 침소에 가 부부의 정을 설설히 말할 것이 없으므로 다른 방에서 쉬려고 한 것이다. 부모는 그 뜻을 더욱 슬프게 여겼고, 송부인은 가까이 두고 며칠 동안이나마 볼 수 있어 기뻐했다. 조겸은 천금같이 사랑하고 만금처럼 중한 외동 손자가 먼 곳으로 안치될 것을 슬퍼했으나 몸에 참형을 받은 것을 알지 못해 손자며느리 명염의 이부자리를 휘각으로 옮기고 세창을 그리로 보내라 했다. 그 사이라도 부부가 함께 있는 것을 보려고 하며 전일 세창이 아내에게만 빠져 있을까 염려했던 일을 뉘우쳤다. 조정과 주부인은 아들이 견디고 앉아 있는 일을 이상하게 여겨 재촉하여 휘각으로 가 쉬라고 했다. 조부인이 이끌어 지게문을 나서자 세창의 유모와 조부인이 붙들어 휘각에 이르렀다. 조부인이 슬피 울어 마지않으니 세창이 도리어 위로했다. 유모가 이부자리를 펴자 세창이 고모에게 들어가시라고 청했다. 조부인이 일어나니, 세창이 즉시 머리를 베개에 던져 눈을 감고 정신이 가물가물하여 인사를 알지 못할 지경이 되었다.

정명염은 오늘에서야 조세창이 중형을 당해 북쪽 변방에 안치된 일을 들었다. 맑은 하늘에 갑작스러운 우레와 비를 맞은 것같이 놀라서 일신이 저리고 떨렸다. 그러나 그윽이 남편의 기질과 성품을 헤아려보니, 북변에서 수졸로 마칠 사람이 아니었다. 또 이미 황제의 노여움이 극에 이르렀다가 다행히 사면이 되었으니, 이제 물과 불에 잠겨도 위태하지 않을 것이었다. 마음을 금석같이 단단히 정하고 시조부모와 시부모께 인사를 드렸다.

시조부모는 명염을 강보에 든 어린아이같이 아끼고 사랑했고, 시부모는 온 마음이 나뉜 듯 잘린 듯 백 개의 칼이 침노하는 듯 형용할 수 없이 애통한 상황에서도 명염을 대할 때는 온화한 안색과 단일한 거동으로 아무 일도 없고 아무 걱정도 없으며 세상의 근심과 염려를 깨닫지 못하는 듯했다. 그들은 며느리의 그윽한 덕과 중도에 맞는 일처리와 극진한 복력을 보건데 세창의 생사가 근심되지 않는 듯 잠깐 위로가 되었다. 그러나 저와 같은 성품과 기질로 초년이 남들 같지 않은 것을 더욱 슬퍼했다.

조정은 서헌에 손님이 가득 모였기에 밖으로 나가고 주부인과 조부인이 종일토록 명염과 함께 조겸 부부를 모셨다. 야심한 후 조정이 들어와 누이와 더불어 부모의 잠자리를 바로 하고 편히 쉬실 것을 청했다. 조겸 부부가 잠자리에 들자 조정이 물러 나와 아내와 며느리를 휘각으로 오라 하고 친히 와서 아들을 보았다. 이때 세창은 바야흐로 상처가 써는 듯한 아픔을 이기지 못해 간간이 정신을 수습하기 어려운 때가 많았다. 간혹 유배지에도 가기 전에 불효를 더할까 우려하여 남이 권하지 않아도 미음을 자주 내오게 하고, 좌우에 시종이 없는 때에 상처를 친히 싸매느라고 어지러워 눈을 감고 있어서 사람이 출입하는 것을 알지 못했다. 조정이 이 거동을 보고 애통한 심사가 미칠 듯해 능히 엄한 아버지의 몸가짐을 지키지 못하고 바삐 얼굴을 대고 손을 잡아 길이 흐느껴 말했다.

"우리 아들이 정신을 차리지 못하느냐? 어찌 아비가 이른 것을 알지 못하느냐?"

말을 마치고 눈물이 하염없이 쏟아지니, 조세창이 정신이 가물가물한 중에 부친의 소리를 듣자 아픈 것이 나은 듯 정신을 씩씩하게 하여 급히 일어나 앉으려 했다. 조정이 베개를 이어 눕고는 뺨과 입술을 가까이하고 말했다.

"할아버지와 할머니 앞에서는 차마 형벌 받은 것을 고하지 못했으나 네 아비는 우리 아들이 죽을 만큼 힘든 것을 알고 있다. 그런데 어찌 기운을 억지로 내어 일어나 앉으려 하느냐? 부자가 이처럼 정을 나누는 것도 며칠뿐이니, 내 마음이 조각난 듯하고 취한 듯 미친 듯한데 천륜 사이의 극진한 사랑을 펴지 않고 꽉 막힌 예법으로써 마음과 다르게 하는 것이 옳겠느냐?"

조세창이 부친의 말씀을 듣자 구곡간장이 끊어지고 잘려 나가는 듯했다. 또한 부친의 얼굴을 대고 부친 몸을 붙들어 울며 대답했다.

"불초자가 네 살부터 성현의 글을 배우고 아버님의 가르침을 받들어 스스로 불충과 불효에 빠지지 말고자 맹세했습니다. 그런데 이제 황제에게 득죄한 것이 매우 심하고 부모에게 불효한 것이 무궁하여 충과 효 두 가지를 벗어나게 되오니 슬픔이 가득합니다. 그러나 다시 생각하옵건대, 제가 형벌을 받은 것은 신하의 분수를 다하고자 하다가 화에 빠진 것이니, 몸 위에 죄를 받았으나 마음 가운데 죄는 없습니다. 제가 또 부모의 낳아주신 큰 은혜를 받아 남다른 근력이 있어 물과 불에 빠져도 다시 살아날 듯하고 요절하여 단명할까 하는 근심이 있지 않으니, 어이 유배지까지 지탱하여 가지 못하겠습니까? 또 일만 번 어려운 일이 있다 한들 맥없이 한목숨을 버려 부모님께 자하가 자식을 잃고 눈물로 시력을 잃었던 애통함을 드리지 않고 돌아올 것입니다. 원컨대 아버님은 근심을 끊어버리십시오. 7, 8년 세월이 그 얼마나 되겠습니까? 불초자가 돌아올 날이 분명 10년 안에 있을 것이니, 부모님 앞에 절을 드리는 날에는 그 즐거움이 애초 이런 화를 안 만났을 때보다 더할 것입니다."

조정이 슬픔을 억지로 참고 어루만지며 말했다.

"네 말이 다 지극히 통달하다. 금년 초에 내가 우리 부자의 운수를 추정하니, 네 몸에 놀라운 화가 있으나 나중은 길하고 또 6, 7년 이별할 액이 있다 하여 마음속에 놀람이 없지 않았다. 그러나 허탄한 점괘를 일컬어 집안사람들의 마음을 놀라게 하는 것이 옳지 않아 이르지 않았는데, 내 아이가 마음이 밝으니 다시 염려할 바가 아니지만 사사로운 감정이 괴로워 잘라내기 어렵구나. 비록 세월이 물같이 흐른다 해도 7, 8년 세월이 아득하니, 그사이 이별한 회포를 견디기 어려울까 싶다."

이어 먹은 것을 묻고 어루만져 사랑하나 차마 다리 즈음에는 손이 미치지 못하고 상처를 보지 않았다. 부자가 한 베개를 베고 근근한 사랑과 간절한 정을 나누는데, 주부인이 명염의 손을 잡고 방에 들어왔다. 조정이 천천히 일어나 베개맡에 앉으며 손으로 아들을 눌러 일어나지 말라 했다. 주부인이 또한 곁에 나아가 손을 잡고 슬피 울며 말했다.

"네가 종일 죽을 찾는 횟수가 잦으니, 속이 잘못된 것을 알겠구나."

조세창이 슬프고 당황한 중에도 편안하고 즐거운 듯한 목소리와 기색으로 대답했다.

"스스로 허할까 두려워 음식 보충을 각별히 하려고 한 것이니 염려하지 마십시오."

주부인이 명염을 가리켜 말했다.

"며늘아기가 오늘에야 너의 화변을 알았으니 그 심사를 묻지 않아도 알 것이다. 하지만 차분하고 부드러운 태도로 우리의 마음을 동요하게 하지 않으니, 네 어미의 어두운 심사로도 며늘아기를 보면서 그 복록이 완전할 관상과 맑은 덕으로 나중이 매몰차지 않을 것을 바라고 있다. 지금에 와서 책할 바는 아니지만 그 성한 덕을 모르고 책망이 과도하여 괴롭게 하다가 이제 이별하는 슬픔을 당하고 이후 언제 다시 만날지 알지 못하게 되었구나. 더욱 애통한 것은 너희 부부의 화락함을 보지 못하고 손주 보는 재미가 아득한 일이다. 너 또한 사람의 마음으로 어진 처의 사정이 딱하지 않느냐?"

조세창이 부드러운 목소리로 대답했다

"불초자가 평소에 삼강과 오륜이 뚜렷하기를 생각하고 스스로 몸을 닦아 충성으로 임금을 섬기고 부모를 사랑하고 어른을 공경하는 도의를 어기지 않으려 했습니다. 이제 무궁한 불효를 하게 되니 지극히 삼가던 바가 그림의 떡 같습니다. 하물며 부부는 인륜의 대사입니다. 비록 불초하오나 인도하여 화목하고 온화한 기운을 잃지 않으려 했고 여자에게 위엄을 풀어버리는 것을 기쁘게 생각하지 않았으니, 구태여 집사람의 작은 허물을 과하게 책망하려 하지 않았습니다. 단지 그 대의와 사체(事體)를 모른다고 잠깐 이른 것인데, 이것 때문에 어머니께 걱정을 끼쳤으니 또한 제가 못나서입니다. 그러나 제가 옛사람이 말한 어린 나이가 아니고 집사람도 계례를 올릴 나이가 아니며 검푸른 머리가 바야흐로 풍성하고 앞길이 만 리입니다. 부모 곁을 아득히 떠나는 것이 자식으로 참지 못할 바이지만 부부의 이별은 족히 말할 바가 아니니, 언젠가는 다시 만나지 않겠습니까? 제가 불인하고 박덕하지만 또 사람의 신세와 운명을 파묻히게 하지 않을 것입니다. 집사람이 만일 철부의 식견이 있다면 작은 재앙을 슬퍼하지 않고 진효부의 효성을 본받아 조부모님과 부모님께 삼가며 조심스럽게 효성을 다할 것입니다. 그렇게 한다면 그것이 저를 저버리지 않는 것이고, 저 또한 저버리지 않아서 지아비가 영화로운 시절에 그 처가 귀하게 되는 것으로 갚을 것입니다."

말을 마치니 분위기가 온화해져 웃을 정도가 되었다. 조정 부부도 슬픈 마음을 진정하여 한밤중이 되도록 어루만져 귀애하고 참담한 회포를 드러내지 않으니, 세창이 자주 들어가 주무시라고 청했다. 조정 부부가 일어나자 명엽이 모시고 계단까지 내려왔다. 주부인이 어루만져 도로 들어가라고 하니, 명엽이 거역하지 못하고 도로 방 안으로 들어갔다.

유배 전날 밤을 보내는 조세창과 정명엽

이때 세창은 부모님이 방으로 들어가시자 다시금 상처가 잘려 나가는 듯하고 아픈 마음까지 더해져 좋지 않았다. 잠이 들어 잊고자 하여 침실 병풍을 끌어다 촛불을 가리고 벽을 향해 누웠다. 명엽은 멀리 자리하고 숨소리도 높게 하지 않았으므로 세창은 명엽이 있는 것을 알지 못했다. 한참 후 세창이 목이 말라 차를 찾으려고 사람이 없는가 주저하다가 상처를 싸맨 데가 피로 흥건해지자 약을 바르려고 겨우 일어나 앉아 싸맨 것을 풀었다. 그 처참한 모습은 능히 보지 못할 정도였다. 급히 약을 바르는데 저도 모르게 앓는 소리가 나오자 길게 탄식하며 말했다.

"화와 복은 운명에 달려 있고 만남과 헤어짐에 때가 있으나 내가 만난 화는 일시적인 흉함이고 고난이니 족히 슬퍼할 바가 아니다. 비록 도마에 오르며 기름솥에 임하지만 신하의 직분을 다한다면 남은 한이 없고 슬픔이 없을 것이다. 어찌 크고 가득한 근심과 서리서리 무궁한 슬픔을 쌓아 남아의 기운이 끊어지게 하고 부인네의 용렬함을 본받겠는가? 내 평소에 그런 사람을 괴이하게 여겼다. 어찌 이런 작은 고난에 흐느끼겠는가? 그러나 우리 부모가 낳고 기른 몸을 혹독히 다치게 하여 악정자춘에게 죄인이 되었다. 스스로 보호하기를 여린 옥처럼 했다면 우리 부모님께 지극한 아픔을 더해드리지 않았을 텐데, 이제 한 가닥 목숨을 보전하여 훗날에 충효를 다할 것이다.”

말을 다 한 후, 유모가 장막 밖에서 잠들었기에 깨우기 곤란하다고 생각했다. 명염은 세창이 목마를 것을 짐작하고 차를 내오려고 했다. 그러나 그가 찾지 않는데 지레 그러는 것이 과하므로 몸을 일으켜 화로에 불을 헤치고 미음을 데웠다. 세창은 명염이 있는 것을 알고 천천히 병풍을 물리고 두 눈을 잠깐 돌려 보았다. 명염의 고운 얼굴이 마치 연꽃이 푸른 물결에 솟아 거센 바람을 맞아 시름하는 듯하고, 동정호에 비친 가을 달이 어둠을 근심하는 듯했다. 새벽별 같은 두 눈이 화관 아래 고요하고, 세심하며 한결같아서 근심과 슬픔을 얼굴에 드러내지 않았다. 그 속도 티 없는 얼음과 흠 없는 빙옥 같아서 티끌 하나 묻지 않은 듯했다. 세창이 비록 부인의 아름다운 얼굴과 모습을 좋아한 것은 아니지만 그 현숙하고 지혜로운 덕과 특이한 효순함을 공경하고 사랑했다. 그러나 타고난 품성이 굳세고 격렬하여 규방 내의 구구한 것을 괴이하게 여기므로, 서로 만난 지 4년 동안 기쁘게 많은 이야기를 한 적이 없어 서로 대할 때는 주인과 손님보다 더 서먹한 점이 있었다.

이때 먼 이별을 당하여 부모 곁을 떠나는 회포가 두루 애통하므로 부부의 이별을 족히 의논할 바가 아니었는데, 명염이 진심으로 여러 가지 슬픔을 헤아리자 세창이 추연하고 애석해했다. 세창은 한참을 생각한 후 미음을 달라고 하여 마시고 명염을 불러 가까이 앉으라고 말했다. 명염이 크게 당황했으나 세창의 모습에 희롱하는 태도가 없고 까닭 없이 말하지 않는 사람이기 때문에 부득이 나아갔다. 하지만 군자는 엄숙하고 묵묵하며 숙녀는 맑고 곧은 모습으로 있었다. 좌우에 다른 사람이 없을수록 더욱 예를 갖추고 깊은 밤에 삼가는 것이 지극했다. 두 사람은 자리가 가까울수록 눈을 나직이 하고 기운을 엄하게 했다. 온화한 빛은 봄바람 같았으나 조심하고 엄숙하게 법도를 지키니, 규방이 마치 조정과 같았다. 세창이 말을 꺼냈다.

"내가 불충하고 불효하여 간관의 소임을 다하고자 하다가 황제께 득죄하여 몸 위에 참형을 받고 다시 북방에 유배 가는 죄인이 되었습니다. 신하가 조정의 관리가 되어 이런 화를 만나는 것은 놀랄 바가 아닙니다. 주나라 주공은 동관에 머무셨고, 진나라 사안은 청탁에서 슬피 울었으며, 한나라 소하는 하옥되었고, 당나라 방현령은 사저로 돌아갔으며, 우리 시조는 보승에 출진하셨고, 송나라 장손은 회남에 적거했으며, 당개는 청해로 귀향했고, 정이천은 먼 곳으로 좌천되어 축출되었으니, 이것이 다 운명이 아닌 것이 없습니다. 정해진 운수를 막지 못하는 것은 아니지만 참언이 망극하고 혹 여러 사람이 참소하는 변이 있어 황제를 어리석게 만드니 후세 사람들이 이것을 시비할 것입니다. 이제 내가 어찌 주공을 우러러 바라며 기량이 또 어찌 이 사람들을 따르겠습니까? 하지만 스스로 급암의 강직함과 장구령의 절절한 충성을 본받고자 하는데, 호랑이를 그리려다 제대로 안 되어 도리어 개를 그리는 데에 이르렀으니 부족한 사람이라 하겠습니다.

황제의 하늘 같은 은혜로 한목숨을 빌렸으니, 오늘 이후의 목숨은 황제께서 주신 것입니다. 몸이 다하고 뼈가 부서지더라도 성은을 다 갚지 못할 바입니다. 북변에 귀양 가는 것을 친척들과 친구들이 다 근심하지만 내가 마음으로 기뻐하는 것은 조금이라도 국은에 보답할까 해서입니다. 다만 돌아오려면 7, 8년은 걸릴 것이니, 그사이 부모님이 걱정하실 것을 생각하면 불효가 더욱 큽니다. 그대가 다행히 나의 뜻을 알아 일시 이별로 서운한 것을 마음에 두지 말고 부모님을 받들어 효성을 힘써 한다면 내가 결단코 그대로 하여금 남편이 죽어 제나라 성을 무너뜨릴 정도로 울게 하지는 않을 것입니다. 내가 돌아오는 날은 그 즐거움이 이 일을 당하지 않은 때보다 더할 것입니다. 내 당부가 이러하지 않더라도 그대가 어찌 나의 심사를 모르겠습니까? 그러나 그대가 아직 15세 어린 나이이기에 심중이 굳지 못하고 사사로운 정을 절제하지 않으므로 내가 불가하게 여긴 것입니다. 장인이 상중에 계시고 인성 형제와 그대의 동생 월염을 참혹히 잃어버려 생사와 거처를 모르니 그 마음이 애통할 것이나, 장인도 오히려 견디시고 운계공 내외께서도 그대의 조모이신 서태부인을 위해 참는 도리가 있으십니다. 범사에 경중이 있으니, 우리 조부모와 부모님이 만일 지극한 덕이 없는 분들이라면 어찌 그대가 다른 일을 돌보지 않고 사사로운 감정만 중시한 것을 불편하게 여기지 않으시겠습니까? 그러나 여러 세월 동안 한결같이 그대에 대한 자애가 깊으시니, 그 사랑은 강보에 있는 나의 어린 누이보다 더할 정도입니다. 그런데도 그대는 홀로 은혜에 감사함이 없으며 앙보하는 정성이 박한 것입니까? 어머니가 혈기가 쇠하신 후 누이를 낳으셔서 지난겨울 이후로 질환이 잦으십니다. 내가 이제 이별을 고하고 받들어 모시는 정성을 펼 길이 없기에 그대를 믿는 것이 가볍지 않으니, 그대는 나의 부탁을 저버리지 마십시오."

명염이 공경히 말을 듣고 나서 자리를 피해 옷을 다시 여미고 대답했다.

"부군이 간관과 곧은 선비의 소임을 다하시어 황제 앞에서 직언을 하고 보필하는 것이 급장유와 위현성에 부족할 바가 아니었는데, 하루아침에 황제의 뜻을 거슬러 문득 귀한 몸에 참혹한 화를 당하셨지만 첩이 혼암하여 아득히 깨닫지 못하고 무익한 근심도 나누지 못했습니다. 이제 환란이 예측할 수 없을 정도에 이르러 북변에 귀양 가시는 것이 더욱 위태하니, 부모님이 슬퍼하고 근심하며 일가가 걱정하는 것이 가볍지 않을 것입니다. 제가 비록 불민하지만 어찌 두려운 근심이 없겠습니까? 그러나 어리석은 소견으로 생각하건대, 사악함은 바름을 범할 수 없고 요사함은 덕을 이길 수 없습니다. 부군은 위대한 덕을 잘 밝혀 오랑캐의 흉악한 해를 면할 수 있을 것입니다. 곤액이 다하고 좋은 운수를 기다리는 것밖에 다른 방도가 없으니, 어른들을 모시는 것은 제가 비록 불초하나 어찌 사사로운 정으로써 부군의 경계를 저버리겠습니까? 바라건대 부군은 만사를 벗어나 귀체를 보전하고 훗날 영화롭게 돌아오시기를 간절히 바랍니다."

세창이 명염의 옥같이 고운 팔과 가늘고 고운 손을 잡아 가까이 자리하게 하고 파의 하얀 밑동같이 기다란 손가락과 초나라 옥으로 깎은 듯한 팔로 그녀의 손을 잡았다. 혼인한 지 4년인데도 여전히 휘어 꺾어질 듯 연약한 모습이어서 도리어 염려하여 말했다.

"그대가 점점 더 마르고 약해지니, 먹는 것과 자는 것이 편치 않은 까닭입니까? 아니면 무슨 병이 있어서 그러한 것입니까?"

명염이 크게 부끄러운 중에 나직하게 대답했다.

"병이 없고 음식과 잠자는 것도 줄어든 것이 없습니다."

세창이 참을 수 없이 애련해하면서 오래도록 손을 놓지 않고 그윽하게 맥을 보고는 명염 또한 병이 있는 것 같다고 염려하며 쉬라고 말했다. 명염이 침구를 옮겨온 것이 없다고 대답하니 세창이 말했다.

"할아버님이 그대의 이부자리를 여기에 옮겨오라 하셨는데, 그대에게 전하지 못하신 듯합니다."

그러고는 서안에 있는 책을 네댓 권 꺼내어 베개 밑에 놓고 머릿병풍에 있는 저포를 달라고 한 후 명염에게 누울 것을 재촉했다. 명염이 진실로 민망하고 당황해 어쩔 줄을 몰라 했다. 세창은 두 팔에 힘이 있으니 두어 번 눕기를 재촉하다가 개연히 팔을 들어 쉽게 쓸어 누이기를 어린아이같이 하고 허리에 저포를 덮어주며 말했다.

"봄추위가 심하니 연약한 몸으로 앉아 있는 것이 괴로울 것입니다. 저포의 부드러움은 나의 정이니, 내 몸에 입던 것이고 다른 사람이 입지 않았으니 물리치지 마십시오."

이렇게 이르며 그 옥 같은 자질이 초췌하게 마른 것을 애련하고 안쓰럽게 여길지언정 조금도 음란하고 방탕한 태도가 없었다. 명염도 가득 부끄럽고 두려워할지언정 감히 떨치고 일어나지 못했다.

새벽닭이 울자 명염이 휘장 밖으로 나와 한 움큼 물로 세수하고 시부모님께 문안을 여쭈러 들어갔다. 세창은 혼자 눕게 되자 심사가 더욱 홀홀히 초조하여 진정하지 못했다. 날이 밝은 후 조부모가 친히 나와 보고 며칠 밤을 감옥에서 지냈으니 조리를 잘 하라고 천 번 당부하니, 어찌 끔찍한 형벌 받은 것을 알겠는가? 조정은 부모가 깨닫지 못한 것을 다행으로 여겨 갈수록 좋은 말씀으로 위로하고 틈날 때마다 들어와 아들을 어루만졌다.

유배길에 오르는 조세창

조세창이 떠나기 전날, 집안 사람들이 촛불을 밝히고 헤어지는 것을 길이 애달파하고 유배지까지 잘 도착하지 못할까 염려하여 참담히 슬퍼했다. 세창은 공손히 부모와 고모를 위로하여 과도히 걱정하지 마시라고 청했다.

동쪽 하늘이 이미 밝고 공차인이 벌써 문에 이르러 길에 올라 떠날 것을 알렸다. 출발 시간이 엄히 정해져 있으니, 세창이 조반을 마치고 조부모와 부모와 고모 등과 한량없는 정과 참연한 슬픔을 누르고 이별하는데, 목이 메어 말을 이루지 못하니 무사히 갈 것을 당부하지도 못했다. 그 얼굴을 보려고 하나 천 줄기 이별의 눈물이 두 눈을 가로막았다. 태양도 빛을 잃었고 근심 띤 구름이 사방에서 일어나며 봄눈이 가랑비를 따라 내려 날씨마저 더욱 원통한 심사를 도왔다. 세창은 마음을 굳게 잡아 슬픔을 드러내지 않으려 했다. 그러나 조부모가 백발 머리에 서리가 내린 모습으로 슬피 우시고 부모가 칼로 베는 듯한 심사로 있는 것을 보니, 철석같은 마음이지만 구곡간장이 찢어질 듯했다. 저절로 눈물이 옷을 적시며 조부모에게 길이 평안하시고 불초손을 거리끼지 마실 것을 단단히 당부하고 부모와도 작별을 고했다. 조정은 잘 도착하라고 이르며 또 한숨을 쉬고 말했다.

"내 아이는 결단코 부모를 저버리지 않을 것이니, 네 아비는 오직 문에 기대어 무사히 돌아올 때를 기다릴 것이다."

주부인은 가슴이 막혀 한마디도 못 하고, 고모 조부인은 만 리 험한 길에 무사히 가서 잘 있다가 즐겁게 돌아오라고 말하는데 백여 줄 눈물이 비같이 떨어졌다. 그 슬픈 광경은 사람이 살러 가는 길이라고 생각하지 못할 정도였다. 세창이 어린 누이를 안아 얼굴을 대고 말했다.

"남녀 간 형제자매의 정을 모르다가 어머니가 다행히 너를 뒤늦게 얻으시니, 기질과 용모가 만고의 역사를 기울여도 다시 있지 않을 터이다. 네가 기특하게 자라는 것을 보지 못하고 이 오라비가 만 리에 유배 가니, 어느 날 돌아와 부모님께 절을 올리고 너를 볼 줄 알겠느냐?"

말을 마치자 젖먹이가 문득 지각이 있어 기묘하고 아름다운 손으로 세창의 얼굴을 만지며 흐느껴 울었다. 조정이 그것을 기쁘게 여기지 않아 유모를 불러 젖먹이를 맡기고 말했다.

"사람이 남달리 뛰어나면 중도를 어기는 것이 된다. 제곡은 태어나며 자기 이름을 말했고 노자는 3세에 천수를 통했으니 이는 곧 대인이다. 딸아이를 비록 늦은 나이에 얻어 지극히 사랑하지만 아이가 신이한 것을 보면 실로 기쁜 생각이 사라진다. 태어난 지 다섯 달 된 강보에 싸인 아이가 어찌 능히 이렇게 하는지 알지 못하겠구나."

그러고는 날이 늦었다고 말하며 세창을 재촉했다. 세창은 천만 가지 슬픔과 눈물을 쥐어 잡고 조부모와 부모께 하직했다. 태사 조겸은 정신없이 눈물을 흘리고 송부인은 큰 소리로 오열했다. 조정과 조부인은 부모를 붙들어 진정하게 하며 백방으로 위로했다. 주부인 또한 눈물을 거두어 시부모의 슬픔을 더하지 않으니, 세창이 겨우 몸을 빼어 모든 곳에 하직하고 고개를 돌리자 명염이 옷소매를 나직하게 붙이고 단정하게 서 있었다. 세창이 말없이 길게 읍하자 명염 또한 조용하게 답례할 뿐이었다.

세창은 명염을 연연해하는 빛이 조금도 없이 함거에 올라 북쪽으로 행했다. 이때 하리 몇 명과 창두 5, 6인이 수레를 따랐다. 유배지에 안치되는 죄인임에도 일세의 이름난 선비들이 모두 강 밖에서 전별하며 이별의 정을 나누고 세창의 충렬을 일컬었다. 또 술과 안주를 가지고 와 술잔을 나누며 영화롭게 만날 것을 기약했다. 세창은 술을 단단히 끊었기에 한 잔도 마시지 않았다. 많은 백성들 또한 노소를 불문하고 10리 장정에서 이별하고 슬퍼하는데, 그 모습이 마치 갓난아이가 어머니를 떠나보내는 것 같았다. 세창의 일가친척과 친구들이 서로 돌아보고 말했다.

"후암(세창)이 조정에 들어온 후로 기개와 명망이 사서인(士庶人) 가운데 뜨르르하고 강인하고 열렬한 논의가 자주 황제의 뜻을 꺾으며, 도의에 어긋나고 패악한 말을 책망하는 것이 매우 지나쳐 악을 미워하기를 원수처럼 여겼지. 우리는 그의 교화와 절개를 공경하면서도 백성들이 바라보는 것이 저 정도일 줄 생각지 못했는데, 이번에 그가 재액에 떨어진 것 때문에 여항과 시정이 한결같이 슬퍼하는 것을 보니, 강렬하고 엄숙하면서 덕이 넓고 커서 가히 조정의 큰 그릇이고 사직의 좋은 재목이며 간관이나 직신일 뿐 아니라 족히 한나라 때 재상 병길처럼 음양을 이롭게 하는 재주와 덕을 가진 사람인 줄 알겠네."

그러고는 저마다 눈물을 드리워 송별했다. 관직의 높고 낮음과 나이의 많고 적음을 따지지 않고 왕진의 당이 아닌 이들은 다 모였는데, 홀로 장헌만 유배길에 대한 위로도 없고 송별에 참여하지도 않았다. 세창이 고위 관료와 제후와 친구들과 학자들을 하나하나 이별하며 후의에 사례하면서 죄인의 행거가 너무 번다한 것이 편하지 않다고 이르고, 이별의 시문은 받았지만 술은 입에 대지 않았다. 날이 늦어 사람들과 길을 나누어 헤어지는데, 각각 눈물을 비처럼 뿌리며 만리 험한 길에 무사히 도착하기를 바랐다. 그리고 나서 세창은 북쪽을 향하고 사람들은 도성으로 들어왔다.

이때 왕진이 조세창을 마음과 같이 죽이지 못했으나 북변에 보내게 되어 그 위태함이 누란지세와 같으니, 죽을 것이 분명하여 마음속으로 몰래 기뻐함을 이기지 못했다. 그러나 세창의 명망과 절개가 빛나고 문덕과 재주가 대단하기에 일세의 명사들과 여항의 백성들이 그가 멀리 유배 가는 것을 마치 골육이 액화를 당한 것같이 슬퍼한다는 말을 듣고 못마땅해하는 생각이 일어났다. 그래서 태사 조겸의 부자마저 경사에 머물지 못하게 하려고 언관을 부추겨 '전 태사 조겸과 전 금오 조정이 조세창의 유배로 인해 나라를 원망하는 것이 신하의 도리를 잃었다.' 하여 변방에 안치할 것을 청하는 글을 써서 올렸다. 황제가 조세창의 과격한 언사에 분노하여 중형을 얹어 북변에 유배 보냈으나 조겸과 조정을 총애하는 것은 평범하지 않으므로 유배를 보내라는 상소를 끝내 윤허하지 않았다. 그러나 왕진이 수시로 청하는 바람에 결국 황제가 조겸 부자를 시골로 돌아가게 했으나 유배를 보낼 의사는 없었다. 이에 왕진은 일의 형세를 보아 조세창을 함정에 빠뜨려 죽이고, 만약 북흉노에게 죽임을 당하지 않더라도 역적의 죄를 씌우려고 일단은 참기로 했다.

이때 조씨 집안에서는 세창을 보내고 상하 사람들의 애통한 마음과 두려운 걱정이 무궁했다. 그러던 중에 조겸과 조정을 먼 곳에 유배 보내라는 상소가 있으니, 부인들은 비분함을 이기지 못하고 조정은 도리어 어이없어 일이 되어가는 상황을 지켜볼 뿐이었다. 그러다 황제가 '시골로 돌아가 편안히 지내게 하라'는 전교를 내린 것이다. 신하 된 도리로 잠시나마 머물 수 없어 고향인 여강 청옥현으로 급히 내려가게 되었다. 이때 이빈의 병이 가볍지 않아 조겸 부부가 우려했다. 조정은 이빈의 기질에 그런 병을 염려할 것이 없다고 아뢰어 부모를 위로했다. 조부인은 부모와 형제를 이별하려니 마음이 까마득했으나 일의 형편상 따라갈 수 없었다. 그저 이별 눈물을 흘리며 슬퍼할 뿐이었다. 조겸 부부는 딸과 멀리 이별하는 회포가 암암하고 눈물이 하염없이 흘러내려 마음을 잡지 못했다. 조부인이 위로하고 조정이 부모를 받들며 주부인은 며느리 명염과 함께 길에 올라 출발했다. 친척들과 벗들이 술병을 들고 와 이별하는 눈물이 한삼을 적셨다. 조겸 부자는 사람들의 후의에 감사해하고 표연히 떠났다.

조정 일행은 도중에 정자에 이르러 한식 제사를 마치고 돌아오는 정흠 일행을 만나 피차 무궁히 반가워했다. 정흠은 세창이 유배 간 것을 위로하고 조정이 고향에 돌아가게 된 것을 탄식했다. 뿐만 아니라 변방에 재앙이 지독한데 마선이 틈을 타 도적질을 할 때에 황제가 왕진의 말을 들어 친정하신다면 종사가 위태하게 될 것을 걱정하여 근심 띤 이마를 펴지 못했다. 조정과 정흠은 하룻밤을 여관에서 베개를 연하고 누워 정을 폈다. 정흠은 강개하고 격한 의논이 형제 중 과격하여 악을 미워하기를 원수처럼 하는 성품과 황제의 허물을 죽어서라도 간하고자 하는 마음이 있었다. 그는 충의에 간절할 따름이고 사사로운 것은 털끝만큼도 돌아보지 않았다. 조정이 탄식하며 말했다.

"만백(정흠)의 곧은 절개와 교화가 아름다우나 이때를 당해 말을 나오는 대로 하여 황제를 보필하는 것을 극진히 하고자 한다면 도리어 우리 아이와 같은 화를 만나기 쉬우니, 모름지기 너무 격하고 강렬하게 하지 말고 삼가시게."

정흠이 쓸쓸하게 웃으며 말했다.

"성방(조정)은 본성이 굳세고 의리에 밝더니, 금번 아들의 액화로 인해 심히 풀이 죽었습니다."

(책임번역 김수연)

완월회맹연 권 8

정흠의 죽음

정흠은 형벌을 받다 죽고
정기엽은 아버지의 결백을 호소하다

정흠 형제들과 조정의 대화

정흠이 씁쓸하게 웃으며 조정에게 말했다.

"성방(조정)은 본성이 굳세고 의리에 밝더니, 금번 아들의 액화로 인해 심히 풀이 죽었습니다. 저는 기름 끓는 솥이나 목을 베는 도끼 따위가 두렵지 않습니다. 간악한 무리를 두려워하여 머리를 숙이고 낯빛을 꾸며 아첨하고 부귀와 벼슬을 구하여 일생을 편하게 보낼 뜻이 없다는 것이지요. 소인배들에게 좋은 말로 아첨하느니 차라리 직언을 다하다가 황제의 뜻을 얻지 못하면 죽는 것이 옳을까 합니다."

정염이 탄식하며 말했다.

"형님 말씀이 옳으시나 제 생각은 이렇습니다. 한 자루 흙으로는 바다를 막지 못하고 하나의 기둥으로는 무너져 가는 집을 괴지 못합니다. 이익을 탐하고 살기를 구하라는 것이 아니라, 말을 해도 효험이 없고 힘이 약하여 나라를 떠받칠 수 없다면 차라리 세상에서 물러나 산야에 살며 백운마을에서 붉은 영지를 캐고 저녁 달빛에 《황정경》을 외우는 것이 더 나을까 합니다. 어찌 구태여 직간하다가 심장을 뽑히거나 기름솥에 던져져서 누명을 천추에 전하며 임금의 허물을 만대에 이르도록 꾸짖게 하는 것이 충렬이겠습니까?"

정겸이 그렇다며 말했다.

"정염 형님의 말씀이 옳습니다. 정흠 형님은 매양 매섭고 격렬한 것을 으뜸으로 여기셔서 충의에 있어서는 죽고 사는 것을 돌아보지 않으시는데, 은나라 현인 세 사람의 명성은 다 한가지입니다. 미친 척하고 사로잡힌 기자와 종사를 위해 제기를 품고 달아난 미자의 충심이 어찌 구태여 간언하다 죽은 비간에 크게 못 미치겠습니까?"

정흠이 웃으며 말했다.

"더 이상 말하지 마라. 형제와 가까운 친척이라도 성정이 다 각각이니 자기 마음대로 살아갈 뿐이다. 다만 시대가 다르고 사람이 또 그 사람이 아닌 것이다. 간언하다 죽는 것을 본받아 의연히 죽는 것은 충신과 열사가 마땅히 할 바이지만 기자가 미친 척하고 사로잡혀 종신토록 더러운 이름을 가지고 동방으로 도망한 것과 미자가 송나라에서 세월을 보낸 것이 무엇이 영화롭겠느냐? 은나라 세 현인을 다 같다고 일컬으며 속세의 못난 자들이 기자와 미자처럼 품은 뜻이 있어 미친 척하거나 제기를 품고 도망갔다 돌아올 것이라고 하지만 이는 범을 그리려다 이루지 못하면 오히려 개가 되고 마는 것과 같다. 그들이 어찌 기자나 미자의 넓은 뜻에 미치겠느냐?"

조정이 탄식하며 말했다.

"천성을 고칠 수 있는 것이 아니니 자네 마음대로 할 것이지만 내

자식이 액화를 당했다고 굳세던 내 기가 꺾인 것은 아니라네. 자네의 큰아버지이신 태부 정한 어른이 일찍이 살아 계실 때 만백 자네를 경계하시던 바를 생각하여 자네의 너무 격앙되고 매서운 기운을 조금 누르려고 한 것이라네."

이렇게 이야기를 나누며 밤을 보냈다.

조성요를 정인웅의 배필로 정하는 정흠

날이 밝자 정흠과 정염·정겸·조정이 정명염을 찾아가 보았다. 명염이 마침 어린 시누이(조성요)와 함께 있다가 세 숙부를 뵈니, 반기는 정이 말에 나타나고 슬픈 마음이 가슴에 일었다. 그러나 시아버지가 같이 들어와 있었으므로 감히 슬픈 기색을 드러내지 못하고 가만히 모시고 앉아 있었다. 세 숙부에게 안부를 물으면서도 여러 형제자매들이 살았는지 죽었는지도 모르는 것이 이승과 저승이 서로 달라 소식을 통하지 못하는 것과 같아 더욱 애통했다.

정겸과 정염이 이 와중에도 장난스럽게 말했다.

"우리 조카가 천만뜻밖에 액운을 만나 남편을 만 리 변방에 멀리 보냈으니, 산호장막 안에 먼지가 쌓이고 둥근 섬돌 앞에 떨어진 꽃을 쓸 일이 없겠구나. 다시 만날 날이 언제일지도 정하지 못하니, 그 이별에 넋이 얼마나 놀랐느냐? 알지 못하겠구나. 푸른 물결에 비치는 달이 되고자 하느냐, 고갯마루에 걸린 구름이 되고자 하느냐? 분명히 호박 베개와 붉은 비단 이불에 눈물이 아롱졌을 것이다. 하물며 너의 꽃 같은 얼굴이 초췌하고 옥 같은 모습이 쓸쓸한 것이 이별의 수심에 잠겨 있으니 우리가 근심하지 않을 수 없구나."

명염이 고개를 숙이고 눈길을 낮추어 오직 시아버지 앞에서 삼가는 예를 지킬 뿐이요 숙부의 말씀은 못 들은 것처럼 했다. 조정이 개의치 않고 웃으며 말했다.

"자네들은 참 실없는 농담도 하네그려. 우리 아들이 언제 돌아올지 알 수 없지만 며느리는 정숙한 숙녀이며 깨끗한 열부이니 어찌 이별을 슬퍼하겠는가? 아들이 유배를 떠난 뒤 며느리의 효성이 새삼 빛나니, 내가 며느리를 잘 얻었다고 하면 아니라고는 못 할 것이네."

정흠이 명염 곁에 앉아 있는 어린 여자아이를 보고 크게 놀라며 물었다.

"이 어떤 아이이기에 품격과 자질이 저다지 빼어납니까?"

조정이 미소 지으며 대답했다.

"내가 나이 스물에 세창이를 낳고 그 후 해를 연하여 두어 명을 낳았지만 일찍 죽는 슬픔을 보았는데, 안사람이 단산한 지 16년 만인 지난겨울 초에 딸아이를 낳았지. 집안에 아이가 없던 터라 비록 딸이지만 부모님이 너무 사랑하시고 나 또한 사족을 못 쓸 정도라네. 그러나 너무 속세의 모습이 없으니, 혹 층봉에서 어린 딸을 잃었던 한유의 슬픔을 겪을까 두렵다네."

이 말을 듣고 정염과 정겸이 모두 어린아이를 보니, 진실로 보통이 아니었으므로 온갖 말로 칭찬했다.

"이 아이는 우리가 보던 중 처음입니다. 남들의 그저 그런 열 아들과 바꾸지 못할 것입니다. 성방의 복이 높아서 자의(조세창) 같은 아들과 이렇게 뛰어난 딸을 둔 것이니 아름답지 않습니까?"

조정이 극구 사양하며 너무 뛰어난 것이 수명에 해롭지 않을까 두려워했다. 정흠이 더욱 자세히 보며 기이하게 여기다가 깊이 생각하더니 웃음을 머금고 말했다.

"딸이 이렇듯 뛰어나니 반드시 아이에게 아름다운 이름을 지어주었겠지요?"

조정이 웃으며 말했다.

"어린 자식들을 잃은 끝이라 지금 이름 없이 '애기'라 부르고 있네."

정흠이 웃으며 말했다.

"그럴 수는 없지요. 이같이 뛰어난 아이의 이름을 어찌 빛나게 짓지 않겠습니까? 원래 아이의 이름은 그 아비가 지어주는 것이니, 외람되지만 제가 시아버지로서 친아버지를 대신하여 이름을 지어주겠습니다."

조정이 눈살을 찡그리며 말했다.

"무슨 말인지 모르겠군. 어린아이를 보고 스스로 시아버지라고 하다니 어째서인가?"

정흠이 다가앉으며 말했다.

"저는 진실로 빈말을 하지 않습니다. 정잠 형님의 막내아들 인웅으로 저의 후사를 정했는데, 아이의 성품과 기질이 과연 비상하여 속세 사람들보다 뛰어납니다. 따님을 보니 훗날 무사히 장성하면 그 짝이 될 만합니다. 형이 이미 정잠 형님과 혼인의 연을 맺었으니, 저를 나무라지 않는다면 혼인의 두터운 인연을 맺어 겹겹으로 사돈지간이 되고 싶습니다. 형의 뜻은 어떠합니까?"

조정이 듣고 나서 크게 웃으며 말했다.

"젖먹이 아이들을 두고 혼인을 정하는 것은 어려운 일이네. 뿐만 아니라 정잠은 이빈과 정삼은 장헌과 혼인의 두터운 인연을 언약한 것이 금석같이 굳었지만 지금 불행히도 자네 집안의 조카들을 다 잃어버렸네. 이빈은 마음을 정하기를, 정인성의 생사를 모른다면 딸(이자염)의 혼사는 그만둘 것이고, 아들(이창린)은 스물이 될 때까지 정월염의 거처를 모르면 다른 가문에서 아내를 얻을 것이라고 했네. 장헌은 그 무거운 맹세와 약속을 잊었는지 행동거지가 점점 더 기이하여 자네 집안의 은혜를 많이 잊었는가 싶고. 그러니 피차에 불행한 정약은 처음부터 안 하는 것만 못하네. 완월대에서 한 언약으로 좋은 인연을 이룬 것은 내 아들과 우리 며느리뿐이고, 훗날 무사히 장성하여 성례를 기약할 수 있는 것은 이빈의 아들 창현과 정삼의 딸 자염일 뿐이네. 그 밖은 성품과 기질이 믿을 만하니 빨리 찾으면 좋게 예를 이룰까 싶지만 망망한 장래사를 미리 알기 어려우니 지금 혼약을 하는 것은 절대 안 될 일일까 하네. 훗날 두 아이가 장성하기만 한다면 우리 사이에 서로 뜻을 묻고서야 인연을 맺겠는가?"

정흠은 그 말이 옳다고 여겼지만 혼사를 이루고 싶은 마음에 몹시 답답하여 다시 자기 자식의 뛰어남을 일컬으며 어린 딸이 이같이 비상하니 조금도 염려할 것 없다고 하면서 자잘한 걱정을 하지 말고 결단하라고 했다. 조정이 웃으며 말했다.

"내가 정말 말을 꾸며서 물리치고자 한 것이 아닌데 자네는 이렇듯 참지 못하는가? 훗날 두 아이가 무사히 자란다면 내가 자네의 말을 저버리지 않을 것이야. 다른 곳에서 신선 같은 신랑감을 두고 구혼한다 해도 뜻을 바꾸지 않을 것이니 자네도 나처럼 뜻을 정하게."

정흠이 바람에 넘치는 것을 매우 기뻐하며 흔쾌히 감사의 말을 하고 손으로 어린아이를 가리키며 눈으로는 정염과 정겸을 보면서 말했다.

"이 아이의 초년 성품이 엄연히 성인의 풍모이니 한갓 규방의 모범에 그칠 것이 아니다. 어찌 여자 된 것이 아깝지 않겠느냐? 반드시 요임금의 하늘 같으신 어짊과 순임금의 덕이 있을 것이니 그 이름을 '성요'라고 하고 자를 '혜순'이라고 하는 것이 마땅하겠구나."

두 아우가 좋다고 대꾸하니 조정이 웃으며 말했다.

"안 되네. 여자의 기상과 덕행으로 아황·여영이나 주나라 왕실의 세 어머니만 한 사람도 만에 하나가 없는데 어찌 요순 같은 사람이 있겠는가? 그런데 자네는 어찌 외람된 이름자를 주는 것인가? 내가 또 천고의 역사를 두루 살피고 지금 세상을 널리 살펴도 시아비 될 자가 며느리 이름을 지어준다는 말은 듣지 못했네."

정흠이 기분 좋게 웃으며 말했다.

"형은 고집부리지 마세요. 따님의 품성과 기질은 결단코 여자들 가운데 요순과 같으니 마땅히 요순으로 이름을 지어주는 것이 옳을까 합니다."

그러고는 성요를 안으려고 하자 아이가 갑자기 명염의 무릎에 얼굴을 묻고 정흠에게 가지 않아서 정흠이 갖가지로 달래는 말을 다급하게 쏟아냈다. 한참 후에야 성요가 드디어 낯을 드니, 얼굴에 어린 온화한 기운과 시원스러운 광채가 하늘과 땅의 정맥과 산천의 정수를 오롯이 모아 상서로운 덕을 이루었다. 얼핏 보아서는 두 눈이 별처럼 빛날 뿐 이목구비를 자세히 알 수 없었지만 자세히 살펴보면 그 골상이 평범한 여자와 아주 달라 천태만염이라고 하지 않을 수 없었다. 정흠이 매우 황홀하고 사랑스러워서 부채에 달았던 난초 문양의 백옥 장식을 끌러 성요의 옷고름에 채워주었다.

그 백옥 장식은 범상한 물건이 아니었다. 옥은 화씨벽이라는 귀한 옥인데, 난초와 꽃을 새겨 만듦새가 기묘하고 오색이 영롱했다. 정흠이 매양 반짝거리는 것을 좋아하지 않아서, 선대로부터 전해오는 보화이지만 일찍이 부채에 단 적이 없었다. 그런데 전에 정잠이 정한의 영궤를 모시고 태주로 내려가 있을 때 이런 일이 있었다.

정흠이 선조의 무덤에 한식 차례를 마치고 돌아와서는 말이 처연하고 얼굴빛이 슬프니, 정잠이 더욱 슬픔이 가득하여 부채 장식을 정흠에게 달아주며 말했다.

"이것은 본래 이천공(정이)이 얻으신 것인데 여러 대를 거쳐 자네에게 전해졌으니, 자네가 비록 보화를 싫어하더라도 한번 부채에 달아보지 않을 수 없을 것이네."

정흠이 대답했다.

"부채 장식이 이천 선조【명도선생과 이천선생이 형제인데 이천선생의 자손에 이르러 두 번 양자를 들여 대를 이으면서 다 명도선생의 후손으로 대를 이었다. 그래서 정흠의 아버지가 이천선생의 제사를 받들게 되었고, 정흠에 이르러 또 인웅을 입양하니 세 번 다 명도선생의 후손으로 계후한 것이다.】께서 얻으신 것이라면 저는 갈수록 지닐 날이 적으니 마땅히 아들 인웅에게 주는 것이 좋겠습니다."

정잠이 말했다.

"인웅에게 주더라도 때가 되어 주는 것이 옳지. 자네가 죽을 날이 가까운 노인도 아닌데 불길한 말 하지 말게."

정흠이 쓸쓸하게 말했다.

"인생이 나그네 같고 하루살이 같습니다. 여치가 여름에 나 가을이 되지 못해 죽는 것처럼 짧은 인생에 구태여 나이의 많고 적음이 있지 않습니다."

그러더니 부채 장식을 두고 갈 수는 없어서 달기는 했지만 인웅을 안자 자연히 말이 서글펐다. 정잠과 정삼이 깊이 근심하고 슬퍼하는 것이 부모를 잃은 크나큰 슬픔과 끝없는 비통 중에서도 한층 심함이 있어서 이별을 하게 되자 슬픔이 가슴 가득 얽히는 것을 어쩔 수 없었다.

정흠이 자신의 앞일을 잘 알았기 때문에 부채 장식이 귀중한 보물이지만 오늘 강보에 싸인 어린아이에게 굳은 맹약을 하면서 그것을 채워주는 것이었다. 그런데 어린 성요는 보통 아이들이 고운 것을 취하여 가지려고 하는 것과 달리 아무 생각 없이 부채 장식을 바라볼 뿐이었다. 정흠이 성요를 정신없이 예뻐하느라 쉽게 일어나지 못했지만 피차 다 갈 길이 급했으므로 헤어져야 했다. 정흠·정염·정겸 세 사람이 조카딸 명염을 애석해하는 것이 친아버지보다 못하지 않았는데, 정흠은 성요를 떠나는 것이 안타까워 조정을 돌아보며, 여자 가운데 요순 같은 성요를 조심히 잘 길러 훗날 자신의 바라는 바를 끊지 말라고 하면서 또 명염을 보고 웃으며 일렀다.

"부채 장식이 우리 가보라는 것을 명염이 너도 알 것이다. 이제 너의 시누이에게 그것을 주는 것은 내가 오늘날 저를 사랑하던 정을 알아서 훗날 비록 내 얼굴을 보지 못하더라도 내가 그저 그런 시아비가 아니었다는 것을 알게 하려는 것이니, 너는 잊지 마라."

명염이 공손히 듣고 나서 매우 놀라 눈을 들어 숙부를 바라보고 놀라며 슬퍼하는 빛이 있었다. 정흠이 더욱 그를 사랑하여 따뜻하게 위로하며 무사히 돌아가 잘 지내라고 당부하고 길을 떠나 경사로 향했다.

낙향한 조겸 일가

조겸 집안 사람들이 여강으로 가서 옛집에 이르렀는데 풍경이 예전과 같았다. 푸른 산들이 집 뒤에 둘러 있고 한 줄기 시냇물이 앞으로 흐르는데, 푸르른 봉우리가 멀리 흰 구름에 잠겨 첩첩산중이 아득했다. 새롭게 봄 경치가 일어나는 듯하니, 봄꽃은 다투어 피어 붉은 꽃과 흰 꽃이 어우러지고 향기로운 풀들이 무성하여 향기가 짙었다. 폭포는 잔잔하여 음률을 맞추는 것 같고, 간드러지는 살구꽃과 선명한 복숭아꽃 사이에서 삽살개와 백구가 머리를 끄덕이고 꼬리를 돌리며 컹컹 짖는 것이 옛 주인을 반기는 모습이고, 기르던 비둘기와 키우던 닭도 반기는 것 같았다. 띳집이 시내를 임해 있고 소나무 울타리가 한가함을 자랑하는데, 사립문을 활짝 여니 향당의 여러 사람들이 구름처럼 모인 곳에 닭들이 향기로운 풀 위에서 춤추고 닭 우는 소리가 봄날에 멀리까지 들렸다. 그 사이에 점심밥이 올라왔는데 그릇에 담긴 죽순채와 생강채며 금붕어탕과 잉어회와 영계찜이 다 맛이 정갈하고 시원했다. 태사 조겸이 문득 긴 수염에 슬픈 눈물을 떨어뜨리며 말했다.

"내가 이곳을 오래 지켰다면 세창이가 유배 가는 일은 없었을 것이다. 진나라 승상 이사는 무고를 당해 죽게 되자 고향에서 아들과 누런 개를 데리고 사냥이나 다닐 걸 그랬다고 슬퍼했다지. 내가 이제 와서 이사처럼 후회한들 무엇 하겠느냐?"

송부인이 갑자기 눈물을 흘리며 말했다.

"우리는 낙향했지만 거처가 이같이 편하고 먹고 입는 것에 근심이 없습니다. 그런데 나의 천금같이 소중한 손자는 오히려 고향 땅에 발을 디디지 못할 뿐 아니라 그 가는 곳이 계란을 포개놓은 것보다 더 위태로우니, 이 슬픈 마음을 어찌 비할 곳이 있겠습니까?"

조정도 고향에 돌아와 아름다운 봄 경치를 대하나 아들이 먼 길 가는 것이 간절히 염려되어 심사가 꺾어지며 미어질 듯했다. 하지만 부모님의 슬픔을 더하게 할 수 없어서 온화하게 위로하고 성요에게 마음을 붙였다. 또 마을의 친척 아이 두어 명을 집에 두어 문자를 가르치고 장기와 바둑을 두면서 부모님의 마음을 위로했다. 조정이 부모님의 식사를 살피는 것은 증삼이 부모의 뜻을 받들었던 것과 같았으며, 부모의 마음을 기쁘게 해드리는 것에 온 정성을 쏟아 자신의 마음을 돌아볼 겨를이 없었다. 주부인도 아들에 대한 근심과 그를 그리워하는 회포를 누를 수 없었지만 시부모님 봉양은 한결같이 온화하고 기쁜 빛으로 하여 슬픈 기색을 보이지 않았다. 게다가 정명염이 지극한 효성으로 시부모를 공경하고 따르는 것은 남편이 경계하며 부탁한 것에서 조금도 어긋나지 않았다. 늘 자기 방에서 혼자 쉬는 일이 없이 시어머니를 모시고 어린 시누이를 품고 밤을 지내며 어린 몸종들이 맡은 일까지 다 하니 그 몸이 수고로웠다. 스스로 일시도 한가하게 지내지 않았는데, 하늘이 낸 효성이라 힘겨움이나 괴로움을 알지 못했다. 그러니 시어머니가 사랑하고 시아버지가 소중하게 여기는 것이 친부모와 자식 사이보다 덜하지 않았다. 향당의 친척들도 명염을 칭찬하여, 그 지극한 효성이 한나라 때 남편이 죽은 후에도 개가하지 않고 홀시어머니를 정성으로 봉양한 진효부보다 더하다고 일컬었다.

조정이 부모를 모시고 고향에서 한가롭게 지내니, 제대로 끼니를 해결하지 못하는 중에도 즐거움이 그 안에 있어 자연에 묻힌 한가로움을 노래했다. 그 한가로움이 죽림칠현과 벗하되 혜강[30]이 동쪽 저자에서 처형될 때 〈광릉산〉 한 곡조를 연주하고 신선이 되었던 일을 오히려 우습게 여길 정도이니, 북쪽에 있는 아들에 대한 염려만 없다면 거리낄 근심이 없을 것이었다. 그렇지만 만금처럼 소중하게 의지하는 아들이 참혹한 형벌 끝에 겨우 목숨을 건져 험한 길에 올랐으니, 머나먼 곳까지 무사히 도착할 수 있을지 기약할 수 없을 뿐 아니라 바야흐로 북쪽 오랑캐가 한창 난을 일으키고 있으니 그 해를 벗어날 것이라 어찌 믿겠는가? 양친의 앞에서 물러나면 깊은 원망이 칼로 베일 듯하는 것을 견디지 못했고, 하늘의 재난이 무궁하니 나라에 장차 변고가 있을 것을 미리 알았다. 그러니 비록 시골에 내쳐진 몸이지만 나라를 걱정하는 시름이 또 범연하겠는가? 위아래 온 집안사

---

30 혜강(嵇康): 죽림칠현 중 한 사람.

람들이 조세창이 형을 받아 멀리 유배 간 것을 슬퍼하기를 저마다 살을 깎는 듯이 하되 미천한 종일지라도 감히 나라를 원망하는 말이 없으니, 조씨 집안이 나라를 원망한다는 죄로 시골에 내쳐진 것은 더욱 원통한 일이었다.

죽음을 예감하는 정흠

정흠의 형제 세 사람이 상경하여 태운산에 돌아오니 어린 자녀들이 문에 나와 맞이했는데, 절하여 뵙는 예를 마치자 옷깃을 붙들고 각각 아버지의 얼굴을 우러러 반가움을 이기지 못했다. 집으로 들어가 두 화부인(대화부인과 소화부인)과 서부인(정겸의 아내)이 시아주버님과 남편을 맞이하여 예를 마치고 좌정하니, 정흠이 여러 조카들과 딸 아이 기염을 어루만지며 그사이 빼어나게 더 성장한 것을 흐뭇해하고, 두 제수와 부인을 향해 여러 달 탈 없이 편안하던 것을 일컬으며 기뻐했다. 두 화부인과 서부인이 또한 무사히 돌아온 것을 치하하고 서태부인 존후와 집안에 별일이 없었는지 물으면서 인성 등의 생사와 거처를 모르는 것을 슬퍼하는 것이 마치 친자식을 잃어버린 것과 같았다. 그 가운데 인웅이 유달리 뛰어난 것이 실로 평범한 아이가 아니라는 것을 듣고 대화부인이 아들을 두지 못한 것을 한스러워하지 않고 한껏 기쁨을 이기지 못했다. 정염이 중도에서 고향으로 돌아가는 조씨 일가를 만나 명염을 본 것과 조정의 어린 딸과 인웅을 두고 훗날 부부의 가연을 맺기로 언약한 것을 대화부인에게 알렸다.

대화부인이 듣는 말마다 기뻤으나 전에 완월대에서 혼인을 기약하고 좋은 연분이 두터움을 이르며 기뻐하던 일을 생각하니, 어릴 때 혼인 약속을 정하는 것이 반드시 좋은 일은 아닌 듯싶었다. 정흠이 그 기색을 알아보고 웃으며 말했다.

"조정의 딸을 보니 진실로 인웅의 짝이었소. 하늘이 뜻을 두어 내신 듯하오. 강보에 싸인 어린아이를 두고 혼인을 의논하는 것이 불가한 것을 내 모르는 것이 아니오. 하지만 지금 굳은 맹약을 두지 않으면 훗날 좋은 인연을 이루기 어렵기 때문에 성방(조정)이 나를 이상하게 여길 것을 모르지 않지만 이렇게 혼약을 청했소. 이제 기염이를 위해 옥인군자를 마저 고를 것이오."

대화부인이 비록 속으로 좋지 않게 여겼지만 대사에 간여하지 않으려고 했으므로 말을 하지 않으니 정염이 웃으며 말했다.

"형님이 어린 자녀를 두고 급하게 며느리와 사위를 고르시는 것이 마치 혼기를 놓친 자식을 두신 것같이 하시니 어찌 그러십니까?"

정흠이 탄식하며 말했다.

"사람의 마음이 그렇다. 너는 그것을 알지 못하겠느냐?"

정겸과 정염이 고개를 숙이고 속상한 빛을 감추지 못했고, 대화부인은 놀란 표정으로 말없이 있었다. 정흠은 자신의 운명을 눈앞의 손금을 보듯 알았다. 하지만 다다르지 않은 일을 미리 특별하게 대비하지 않으며 천수와 운명을 원망하는 것이 좋지 않다고 여겨 일찍이 드러내 말하지 않았는데, 금년에 이르러서는 말하는 중에 무심코 그런 마음을 내비치지 않을 수 없게 된 것이다. 그런데 정겸과 정염이 슬퍼하고 부인이 놀라는 것을 보고 자신이 경솔하게 말한 것을 뉘우치는 얼굴을 했다. 그러더니 여러 아이들을 가까이할 뿐이었다.

정흠과 두 동생의 이별

정겸과 정염은 먼 길을 달려왔으므로 며칠을 쉬고 조정에 나갔다. 그런데 보름이 되지 않아서 황제가 시독 정염에게 강서 안무사를 맡게 하고 한림 정겸을 어사대부로 벼슬을 높여 다시 남월국에 사신으로 보내고자 했다. 이때에 남월 왕이 흉노의 제어를 받아서 조공을 폐하고 흉노를 돕는다고 하므로, 조정에서 죄를 물을 것을 의논하다가 재능과 덕을 갖춘 군자를 보내어 죄를 묻고 타이르는 뜻을 보여 남월 왕이 과오를 뉘우치게 하는 것이 좋겠다고 한 것이다. 또 강서 지방은 여러 해 태평하다가 흉년이 들어 크게 동요하고 어지러웠다. 그러므로 황제가 정염의 재주와 덕화를 알고 특별히 사신의 징표인 절월과 조서를 주어 강서 안무사를 제수하여 굶주린 백성을 다스리고 그 지역의 민심을 달래어 안정시키라고 한 것이다.

두 사람이 황제를 하직하고 수레를 돌려 강서와 남월로 향했다. 이때 정흠이 두 동생을 멀리 보내는 심사가 뒤숭숭하고 걱정스러워 그 마음이 몹시 구슬프고 애달팠다. 눈물이 쉬 떨어지는 것을 참지 못하니, 여러 벗들이 너무 그러지 말라고 위로하며 술잔을 잡아 가는 사람을 이별하고 남아 있는 사람의 마음을 달랬다.

남월국 사신 정겸과 강서 안무사 정염이 가는 곳에는 황제의 은혜로운 영광이 인끈과 절월에 나타나고 수많은 위엄 있는 행차가 늘어서 안무사의 맑은 덕과 사신의 강한 위엄이 높고 무거웠다. 그러므로 크게 근심하거나 슬퍼하지 않아도 될 일이었다. 하지만 강서 지방의 흉악하고 참혹한 인심과 남월국의 간사함이 어떠할지 짐작하기 어려우니, 그곳으로 떠나는 두 사람은 자신의 몸이 위태할 뿐 아니라 남아 있는 정흠을 생각하는 심사가 각별히 서글프고 두려웠다. 이 또한 사람의 마음이 영이한 까닭이다.

정흠은 비록 강보에서 부모님을 여의고 부모를 모시지 못한 슬픔이 하늘과 땅에 사무쳤지만 백부모의 지극한 사랑을 받았다. 그래서 춘추시대 초나라의 노래자와 같은 효도를 다하지 못한 데 대한 아쉬움은 없었다. 또 우러러 의지할 곳이 두텁고 여러 종형제들이 화목하여 고아 된 외로움을 알지 못했다. 그러다가 하루아침에 백부를 여의고 백모와 사촌 형제들과 멀리 떨어져 그리워하던 중에 동생과 육촌 동생을 또 머나먼 험한 땅으로 보내게 된 것이다. 침상에 누우면 이불이 넓게 느껴져 외로웠고, 아침저녁으로 어울리던 형제간의 즐거움을 얻지 못하는 것이 슬플 뿐 아니라 여기저기 몰려다니며 어깨를 나란히 할 사람이 없으니, 기러기가 길게 줄지어 날아가는 것이 부러웠다. 이번 이별이 아득하여 다시는 웃는 얼굴과 기쁜 소식으로 그들을 반기지 못할 것을 이미 훤히 알고 있었기 때문에 아프도록 슬픈 마음을 억제하지 못해 두 아우를 붙들고 눈물을 뿌리며 슬프게 울었다. 그러다가 정겸과 정염의 떠나는 심사가 베이는 듯하고 깎아내는 듯할 것을 헤아려 겨우 눈물을 거두고 험한 땅으로 가는 먼 길에 몸을 보중하여 국사를 잘 다스리고 어서 돌아오라고 당부하며 말했다.

"인생이 나그네 같고 죽음이 돌아감 같아서 장수와 요절에 정함이 없으니, 달인의 입장에서 크게 보면 오래 사는 것이나 일찍 죽는 것이나 매한가지다. 그러니 급하게 세상을 떠났다고 슬퍼하는 것은 무익하다. 또 즐거움이 한결같기 어려우며 흥함이 이르고 원망함이 지극하나 궁하고 통하는 것에 때가 있으니, 매양 천운이 안 좋은 것은 아닐 것이다. 너희들이 돌아왔을 때 혹시 인사가 변했더라도 조금도 한스러워하지 말고 과도하게 슬퍼하지 마라."

정염과 정겸이 다 듣고 나서 피를 토하며 울부짖지 않을 수 없었다. 서로 헤어지는 슬픔이 병이 될 지경이라 장부의 기운이 가벼워지고 영웅의 큰 뜻이 물러지니, 평범한 사람들이 보면 부인들 같은 짓이라 하여 나무랄 것이었다. 하지만 여기에 모인 사람들은 덕 있는 군자와 사리에 통달한 장부들이라서 정흠 등이 아프게 슬퍼하는 까닭을 거의 짐작할 수 있었기 때문에 괴이하게 여기지 않았다.

그러다 날이 늦어져 무한한 정과 끝없는 회포를 억누르고 서로 헤어졌다. 떠나는 심사와 보내는 정이 다 한가지로 매우 슬펐지만, 정흠이 마음을 굳게 먹고 두 아우를 재삼 위로하여 남월과 강서로 길을 떠나게 했다. 그러고는 여러 벗들과 더불어 집에 돌아와 술동이에 남은 술을 기울이며 처연하게 슬픈 심회를 스스로 위로하여 괴로이 근심하고 시름하지 않기로 했다. 그러나 밤이 되자 긴 베개에 남은 모서리가 있으며 넓은 이불에 빈 구석이 많아 헛헛했다.

정흠은 평소 부인을 공경하고 정중하게 대하여 금슬이 화락하고 눈을 흘기거나 매서운 말을 하지 않았다. 지아비는 성실하고 지어미는 정숙해야 한다는 도리를 지킬 뿐 구구하게 내당에 빠져 있지 않는 성품인 까닭에, 서재에 외로이 처하여 여러 종형제와 하나 있는 동생을 생각하니 쓸쓸하게 눈물이 흘러 베개와 이불을 적셨다. 소화부인과 서부인이 정흠의 마음을 헤아려 각각 어린아이들을 서재로 내보내 곁에서 모시고 자게 했는데, 정흠이 친조카와 종조카의 차이를 두지 않고 한결같이 사랑함이 지극했다.

양필광과 정기염의 혼약을 정하는 정흠

정흠이 딸아이의 혼처를 미리 정해두고 싶었는데 용이나 기린 같은 훌륭한 기질의 인물을 찾을 수 없으니, 기염과 짝할 만한 옥인군자가 없을까 근심했다. 하루는 문청공 정한의 제자 한림 양선을 만나러 그의 집에 갔는데, 양선은 바로 청계공 정잠의 처남이다. 양선은 형제들 중 막내였는데, 그의 막내아들 양필광이 올해 8세로 만고를 기울일 풍치 있는 신체와 일세를 놀라게 할 글재주와 필력이며 재주와 학식이 있었다. 뿐만 아니라 화려한 풍채에 한나라 개국공신 진평의 부귀한 관상과 송홍의 조강지처를 버리지 않는 덕스러운 모습이 있어, 많은 아들을 둔 주나라 문왕이나 자손들이 늘어선 분양왕 곽자의와 같은 복록의 상이었다. 정흠이 온 세상을 두루 보고 겪어본 사람들이 무궁했지만 이같이 갖추어 생긴 기이한 아이는 진실로 처음 보는 것이었다. 신기하고 묘하게도 바깥문에서 그 아이를 만나 데리고 들어가서 양선을 보고 공자의 나이를 묻고 성품이 보통 사람들보다 빼어나다고 온갖 말로 칭찬했다. 그러면서 자기 딸이 7세라고 하며 훗날 자라기를 기다려 혼인의 좋은 인연을 맺자고 청했다.

양선이 비록 누이가 세상을 떠난 후로 정씨 집안의 내당 왕래를 그쳤으나 양부인 살아 계실 때 영일정에 갔다가 정기염이 미처 얼굴을 감추는 예를 차리지 못했을 때 우연히 본 적이 있었다. 특이한 기질과 남다른 품성이 진실로 정월염 등만 못하지 않았던 것을 헤아려 흔연히 사례하고 쾌히 허락하면서 금석같이 굳은 정약을 서로 변치 말자고 하니 정흠은 크게 기뻤다. 이후로 정흠이 더욱 자주 양씨 부중에 다니면서 양필광을 찾아 다정하게 사위라 부르며 딸아이가 옷고름에 찼던 금으로 만든 물고기 장식을 끌러 넌지시 주고 양필광이 가지고 있던 비단부채와 바꾸었다. 양필광이 비록 나이가 어리지만 성스럽고 신이하며 밝게 빛나는 기질이 성인 가운데 영웅이요 호걸 무리의 군자였다.

장래를 논하는 정흠 부부

정흠이 양필광의 비단부채를 가지고 집으로 돌아와 기염의 유모 난성에게 주며 소저의 상자에 넣어두라고 했다. 그러고 나서 대화부인을 대하여 양필광의 기특함을 칭찬하니 부인이 다만 이렇게 물었다.

"양씨네 아들이 인성이와 비교해서 어떠합니까?"

정흠이 말했다.

"품성과 기질이 신기한 것은 조금 떨어진다 하겠지만 수명과 복록으로 말하면 오히려 나은 점이 많을까 합니다."

대화부인이 또 물었다.

"군자께서 인웅이를 흠 없다고 칭찬하셨는데, 양씨네 아들과 비교하면 높고 낮음이 없겠습니까?"

정흠이 다른 곳을 보며 묵묵히 있다가 천천히 대답했다.

"인웅이가 세상에 없는 기린아이지만 양씨네 아들의 드넓고 영화로운 복록과 부귀에는 미치지 못할 것이오. 또 인웅이가 우리 집안의 보배로서 진실로 그 이름을 만세에 전하기는 하겠지만 지금 세상에서 누리는 수명과 복록은 인성만도 못할 것이오. 그러니 어찌 인웅이가 양씨네 아들만 하겠소? 그러나 훗날 보면 알겠지만 인웅이가 이룬 학문의 경지는 양씨네 아들보다 높을 것이오. 양씨네 아들은 정잠 형님이 사위로 정하신 창린이와 같은데, 인웅이는 돌아가신 백부의 기질을 많이 물려받았지만 빼어난 미간에 천지의 호연지기를 한꺼번에 모아 오히려 조화에서 벗어남이 많소. 하늘과 땅이 양립하는 것과 같이 만물은 양극이 조화를 이루는 법인데, 아무리 뛰어나다고 해도 조화에서 벗어나면 역학에서 꺼리는 것이라 걱정이 끝없습니다. 하지만 때를 얻을 때도 있고 잃을 때도 있으며 운명도 막힐 때가 있고 뚫릴 때가 있으니, 길흉화복이란 하늘에 달려 있고 사람의 힘으로는 어찌할 수 없는 것이지요. 사람이 비록 부귀할지라도 재상들 사이에서 황금을 자랑하며 여우가죽 옷을 떨쳐입고 빛나게 차린 살진 말을 타고 다니며 먹고 마실 줄만 알면 무능한 고기 주머니나 술 자루와 같겠지요. 그렇게 일생을 꽃과 달 같은 미인들 속에서 늙어가는 것을 즐겁다고 한다면, 누백 세를 살아 팽조만큼 오래 산다고 해도 그것은 족히 땅강아지나 개미와 다를 것이 없소. 그런 인생은 흡사 개나 말처럼 천하고 죽은 후에는 초목처럼 이름 없이 사라질 것이오.

내가 알기로는 이부나 주공·소공의 충의와 덕행을 따르지는 못해도 용방이 기름솥에 던져진 것과 비간이 심장을 뽑혀 죽은 것은 충렬을 다한 것이니, 한 번 태어나서 한 번 죽는 것은 이치상 늘 그런 것입니다. 높은 관과 비단옷에 부드러운 쌀죽과 원기를 돋울 음식이며 영지와 규초 같은 신이한 풀로 약제를 갖추어도 다한 명을 늦추지 못하며 다한 기력을 붙들지 못해 봄날 같은 젊음을 회복하지 못할 것이니, 혼백이 구름같이 흩어지고 백골이 땅속에 묻히는 것입니다. 이 한낱 죽음이요 별다른 것이 아니라오. 세상에 살면서 세운 일이 없다면 그 이름 없음이 금수와 한가지지요. 어진 군자와 충신열사가 몹시 곤궁하고 어려운 것은 때를 만나지 못해서입니다. 그래서 거친 음식을 먹기도 하고 도끼를 베개 삼기도 하며 화염에 떨어져 포락의 형을 당하기도 하는데, 그 죽음이 열절을 다한 것이라면 누워서 편안하게 죽지 못한 것을 슬퍼할 필요가 없소. 그러니 나는 무사하기를 원하는 것이 아니라 사람으로 태어났으니 금수와 다르고자 하는 것이오. 임금과 신하의 만남이 당제가 위징의 간언을 받아들인 것과 광무제가 엄자릉을 대우한 것과 같지 못하다 해도 신하 된 자가 목숨을 버려 임금의 은혜를 갚는 것이 충렬이니 죽어도 혼과 넋이 시원할 것입니다. 좋은 집에서 즐겁게 마친 영혼보다 더 나을 수 있지 않겠소?"

대화부인이 정흠과 만난 지 수십 년에 부부간의 은정이 산이 낮고 바다가 얕다고 할 정도였으니, 서로의 마음을 자기 마음처럼 알아서 말을 하지 않아도 그 뜻을 알 수 있었다. 그러나 오직 부부 사이가 화목할 뿐이요 공경하는 예를 지켜 서로를 손님처럼 대하니, 일찍이 잔소리와 자질구레한 사연을 말하는 법이 없었다. 피차 오늘같이 이야기 나누는 것을 즐겨하지도 않았던 터였으므로, 대화부인이 정흠의 말을 들으며 존중하기를 다했다. 그런데 그 품은 뜻이 비록 무릎을 치며 탄복할 만한 충렬이었지만 마침내 복이 되기에는 먼 것을 헤아리니 슬프고 근심스러운 심정을 비길 데가 없었다. 이에 자리를 고쳐 앉으며 말했다.

"불민한 저를 대하여 평생의 품은 뜻을 갖추어 말씀하셨는데 이는 모두 충렬에서 비롯한 것입니다. 마땅히 우러러 감탄하며 옳다고 생각하지만 세상의 형편이 한결같지 못하고 예와 지금은 때가 다릅니다. 태평한 때라면 은나라 재상 이윤이 도를 펴서 태갑을 동궁으로 내쫓아 깨우친 것처럼 할 수 있겠지만, 세상 풍속이 말세인 시절에 이윤처럼 하다가는 왕망이나 동탁과 같은 흉악한 역도의 이름을 면하기 어렵습니다. 장구령이 당 현종에게 전 왕조의 흥망성쇠를 논한 〈천추금감록〉을 드리고, 한유가 당 헌종에게 부처의 사리를 숭배하는 행위를 비판하는 〈불골표〉를 올린 것은 충성과 절의입니다. 이는 역사에 빛날 대장부의 당당하게 밝은 덕과 아름다운 행실이었지만 천운이 돕지 않고 세상 형편이 매우 험해 능히 도를 펴지 못하고 임금의 잘못을 드러낼 뿐이었습니다. 장부가 행실을 닦아 처세하는 일을 말하자면, 한나라 건국공신 진평이 사직을 보호하고 당나라 재상 적인걸이 중종을 복위시킨 충성스럽고 어진 덕행을 따르지 못할 것이라면 차라리 누사덕의 관후함을 배우고 이필이 공후를 사양하고 베옷을 입고 산중으로 돌아간 것을 본받아야 할 것입니다. 목숨과 사명을 보전하면서도 충성스러운 신하가 되지 못할 것이 아닌데, 구태여 기름솥에 삶겨 죽으며 심장을 드러내고 죽어 부모님께서 낳아주신 신체를 훼손한 뒤에야 충렬을 나타냈다 하겠습니까? 양씨 집안 아들이 복록을 타고났다니 다행이지만 인웅이의 기질이 너무나 빼어나 조화에 넘친다고 하니 도리어 근심입니다. 그런데 명철하신 당신이 도리어 그런 것을 더 기뻐하실 것이라고는 생각지 못했습니다."

말을 마치고 얼굴색은 부드러웠지만 속마음은 서글펐으니 자연 근심스럽지 않을 수 없었다. 정흠의 산 같고 바다 같은 은정으로 그 대답이 어떠하며, 태양같이 열렬한 충성심으로 끝내 무사할지 다음 이야기를 읽어보며 황명과 사직의 안위며 왕진의 처사를 갖추어 살필 일이다.

이때에 정흠이 부인의 근심스러운 기색을 짐작하고 쓸쓸하게 웃으며 말했다.

"내가 부인에게 보답한 것이 없고 저버린 것이 많을 것이므로 인웅이를 얻어 부모를 영화롭게 하는 효도를 다하게 했으니, 부인은 딸아이의 아름다움과 인웅이의 남달리 빼어남을 의지하여 즐기시오. 어찌 다다르지 않은 근심과 걱정을 미리 하겠소? 내가 평생 굳게 지키던 것을 부인에게 말한 것이니 부인이 설사 미래사를 헤아릴지라도 나의 성정이 새로이 고칠 수 있는 것이 아님을 생각하고 나같이 의협심이 강한 기량을 가진 사람에게 구태여 누사덕의 관후함을 권하지 마시오. 부인에 대한 나의 믿음을 끝까지 저버리지 마시고 나의 천리마 같은 자식들을 보호하시는 것이 옳습니다."

말을 마치고 밤이 깊었음을 일컫고 부인을 붙들어 침상에 나아가니, 은정이 넘쳤지만 부인은 정흠의 말마다 구곡간장이 꺾이고 끊어져 슬프고 놀라운 심사를 견디지 못했다.

왕진과 대립하는 정흠

이때 황제가 특별히 조서를 내려 정흠의 벼슬을 예부시랑에서 돋우어 예부상서로 제수하니, 정흠이 재주는 미약한데 작위가 넘침을 일컬으며 굳이 사양했다. 그러나 황제가 끝내 허락하지 않으니 부득이 상서의 직을 수행하게 되었다.

이즈음 자연의 변화와 재앙이 매우 심해서 기강의 소흥산이 평지가 되고, 지진이 일어나 많은 언덕이 판판해지고, 남려와 협서 두 곳의 산이 무너져 인가 수백 호가 함몰되었다. 또 왕진의 집에서 불이 시작되어 남성전이 다 타서 재가 되고 이튿날 집터 위에 가시나무가 났는데 길이가 두어 자나 되었다. 예부상서·태학사 정흠이 표를 올려 이러한 재이의 변이 좋지 않은 징조임을 아뢰며 성대(聖代)의 다스림을 본받으시라고 갖추어 말씀드렸다. 충성된 말과 웅장한 문장과 굳센 필체가 더욱 빼어나니, 가의의 〈만언소〉와 제갈량의 〈출사표〉를 따를 만했다.

황제가 처음에는 정흠의 상소를 좇아 정사를 부지런히 했다. 이에 왕진이 정흠의 태양 같은 격정을 싫어하여 깊이 그를 해칠 뜻을 두었다. 그뿐만 아니라 북쪽 오랑캐가 난을 일으키는 것이 점점 심해지니 황제에게 친히 오랑캐를 정벌할 것을 권했다. 그럼에도 온 조정이 입을 다물고 있는 것은 조세창의 일을 생각했기 때문이다. 이때를 타 왕진이 정흠의 잘못을 자주 아뢰며 근거 없는 허망한 말을 끊임없이 지어내니, 흰 것을 검다 하며 곧은 것을 굽은 데 비기고 없는 죄와 하지 않은 말을 지어냈다. 당연한 이치로 주나라 성왕 같은 성군도 참언이 횡행하자 주공 같은 성인을 의심했으니, 황제가 비록 정흠을 총애하는 은혜가 높디높아도 간사하고 흉악하며 교활한 환관의 참언에 어찌 정흠을 의심하지 않을 수 있겠는가? 저 증자의 어머니도 증자가 사람을 죽였다는 말을 세 번 듣자 북을 던지고 베틀에서 일어나 아들을 의심했다. 얼마 지나지 않아서 문득 정흠을 총애하던 마음이 변하니, 정흠의 말은 한마디도 받아들이지 않고 왕진을 총애하는 것이 날로 더했다. 정흠이 황제의 뜻을 짐작하고 어찌할 수가 없었으나, 본심이 충직하니 어찌 입을 다물고 그만두겠는가? 날마다 황제의 마음을 거스르며 왕진을 없애라고 아뢰었는데, 의기가 북받쳐 몹시 분개하고 격렬하며 엄하고 곧은 것이 시간이 갈수록 더했다. 그러니 황제가 매우 불편하게 여기고 자주 얼굴색이 변하며 충간을 용납하지 않았다.

간언을 앞두고 가족과 이별하는 정흠

오래지 않아서 왕진이 또 황제에게 친정을 결단하라고 권하여 조정의 의논도 없이 택일하니, 온 조정이 경악하지 않을 수 없어서 신하들이 표문을 올려 극간을 했다. 또 정흠이 목숨을 걸고 다투고자 했으므로 잠깐 집으로 돌아와 부인과 딸의 얼굴을 보고 이별하면서 편안한 기색과 침착한 낯빛으로 대화부인에게 말했다.

"내 들으니, 공보문백의 어머니 경강이 문백의 처첩에게 말하기를 '계집을 사랑하면 계집이 그를 위해 죽고 벗을 사랑하면 벗이 그를 위해 죽는 것이니, 너희가 서러워하며 남편을 따라 죽으면 사람들이 내 아들을 두고 호색했다고 할까 두렵다.'라고 했다 하오. 이는 한갓 아들을 사랑해서 한 말일 뿐 아니라 곧 여자의 염치에 대해서 한 말입니다. 부인이 나의 믿음을 돌아보아 부질없이 뒤를 좇지 말고, 어린 인웅이가 자라기를 기다려 모자·모녀가 서로 의지하며 누대봉사를 받들어 무고하게 제사를 끊는 불효를 면하게 해주실 수 있겠소?"

다시 딸아이 기염을 어루만지며 잘 자라기를 이르니, 다 천추에 끝없는 영원한 헤어짐이었다. 이때 대화부인은 오장육부가 날카로운 칼에 찔리고 온몸을 천 개의 칼로 깎는 것 같아 그저 죽어서 모르고만 싶었다. 대화부인이 울부짖다 쓰러지니 정흠이 다시 정색하고 말했다.

"부부는 길하거나 흉하거나 즐거우나 근심스러우나 간에 한 몸과 같은데, 내가 슬퍼하지 않고 이렇게 마음이 편안하거늘 부인이 이런 행동으로 장부를 대하면 되겠소? 부인이 비록 규방의 아녀자이지만 식견이 드넓고 회포가 트였소. 조상들의 제사를 지내고 자녀를 기르는 것을 다 부인께 부탁하니, 만약 나의 뒤를 따른다면 내가 결단코 저승에서 서로 보지 않을 것이오. 딸아이를 양씨 집안에 시집보내고 인웅이를 길러 조씨네 딸을 맞이한 후 하늘이 정한 인연을 다하고 저승에 이른다면 내가 웃음을 머금고 기쁘게 덕을 칭송할 것입니다. 그러니 어찌 바삐 서둘러 죽기를 구하겠소?"

그러고는 부인의 대답을 재촉하니, 대화부인이 가슴이 답답하고 간장이 녹아내리는 것 같았지만 남편이 예를 중요하게 여기는 것을 알기 때문에 겨우 진정하여 부탁을 저버리지 않겠다고 대답했다. 정흠이 크게 기뻐하며 미간에 온화한 기색을 띠고 말했다.

"내가 부인과 부부가 된 지 수십 년이오. 부인의 덕행으로 족히 복록을 받을 만하되 내가 불인하여 부인의 성덕과 인의를 저버려서 마침내 남편의 시신을 두고 제나라 성이 무너지도록 울었던 기량식의 아내처럼 매우 원통하게 만들 것 같소. 내가 실로 부인을 저버리려고 하는 것이 아니니, 길이 슬픔을 꾹 참고 자식들을 보아 한목숨을 지탱한다면 훗날 어느 정도 보답을 받을 수 있을 것이오. 부인은 본디 단정하고 정중하니 어찌 나를 대하여 말을 꾸며 속임이 있겠습니까? 부인을 깊이 믿어 앞날이 좋기를 바라겠소."

말을 마치고 붓과 벼루를 내어 편지 한 통을 써서 태주에 보내고 또 한 장 글을 썼다. 두 아우가 돌아오는 날 서로 반기지 못할 것에 대해 써서 대화부인에게 전하며 아우들이 오거든 주라고 했다. 그러고는 태주 선릉을 향해 절한 후 부인과 제수들과 절하며 헤어지려고 할 즈음에 딸 기염이 부친의 소맷자락을 붙들고 외마디 비명을 지르더니 정신을 잃고 쓰러졌다. 정흠이 평소 딸아이를 사랑하는 것이 비할 데 없던 차에 눈앞에서 딸아이가 혼절하는 것을 보니 끔찍한 생각에 뼈마디가 저릴 지경이었다. 그러나 황제가 친정할 것을 정하여 조정이 물 끓듯 하는 때라 조정의 대신이 집에 있으면서 자질구레하게 사사로운 정을 펼 때가 아니었다. 어서 약상자를 가져오라고 하여 두 제수에게 전하며 말했다.

"안사람의 마음이 온전치 못해 아이를 구호하지 못할 것이니 두 제수가 맡아 보살펴 주십시오."

말을 마치고 팔을 들어 예를 행하고 개연히 밖으로 나가니, 걸음걸이가 아무렇지 않은 듯 평소와 다름이 없었다.

이때 대화부인의 심사는 다시 말할 것이 없거니와 소화부인과 서부인의 지극한 슬픔도 한 형제를 영결하게 된 것과 같았다. 그러나 대화부인 모녀를 내버려둘 수 없어서 슬픔을 억누르고 기염을 보살피며 대화부인을 위로했는데, '아주버님이 현명하고 통철하시니 하늘이 널리 은혜를 베푸실 것'이라고 하며 여러모로 위로했다. 대화부인은 남편과 이별하며 이미 남편의 죽음이라는 하늘이 무너지고 땅이 꺼지는 변이 있을 것을 헤아렸기 때문에 그 슬픔에 간장이 마디마디 끊어지고 온갖 고통이 덮쳐왔다. 그러니 두 동서의 위로하는 말을 들어도 다만 피를 뿜고 가슴을 두드릴 뿐이었다. 또 남편의 뒤를 좇고자 하나 자신의 기가 유약해서 시원하게 결단하지 못하고 한갓 혼백이 놀라고 마음이 찢어질 뿐이었다. 더구나 딸아이의 끝없는 고통을 참고 보기 어려우니, 마디마디 간과 위가 타들어 가 재가 되고 가슴이 꽉 막혔다.

정흠의 죽음

정흠이 부인과 두 제수를 이별하고 주저 없이 소매를 떨치고 대궐에 이르렀다. 온 조정의 국공·열후로부터 젊고 이름난 유자들까지 왕진의 당이 아닌 자들이 황제가 북쪽으로 친정하시는 일에 대해 간하는 표문을 어지러이 올렸다. 그런데 그 말뜻이 평범하여 절절함이 부족했다. 이에 정흠이 의기가 복받쳐 원통함이 더하므로 충심으로

부터 비롯하여 심혈을 뽑아 황제의 실덕을 아뢰며 왕진의 흉악하고 교활한 짓이 나라를 병들게 하고야 말 것을 일컬었다. 또 빨리 흉적 왕진의 머리를 북쪽 시장에 달아 인심을 진정하고 마선에게 강한 군사와 용맹한 장수를 보내어 그 죄를 물으라고 아뢰었다.

정흠의 표문이 용탑으로 올라갔는데, 황제가 바야흐로 불편한 마음이 가득하여 친정을 만류하는 여러 신하들에 대해 노여워하고 있었다. 그때에 정흠의 표문을 보니, 마음에 크게 맞지 않을 뿐 아니라 상소의 글이 지나치게 격렬하며 황제의 뜻을 꺾으려고 황제가 덕을 잃은 사실들을 세세하게 늘어놓은 것이었다. 즉 정사가 날로 망국의 임금을 본받으시고 삼대의 다스림은 일언반자도 본받지 못하심을 골똘하게 간하며, 왕진을 베지 않으시고 황제께서 친정하신다면 종사가 위태하여 이보다 더한 불행이 없다고 절절히 아뢴 것이다. 이때에 황제가 총애하는 것이 왕진보다 더한 자가 없었기 때문에, 그를 믿고 중하게 여기는 것이 고종이 부열을 믿고 문왕이 여상을 믿은 것과 같았다. 그런데 이렇듯이 왕진을 죽이라고 청하니, 어디 털끝만큼이나 효험을 보겠는가? 황제는 화가 가라앉지 않았으나 정흠을 평소에 우대하던 것이 보통이 아니었기 때문에 비록 천자의 위엄이라고 해도 내키는 대로 죄를 주지 못하고 다만 상소를 도로 내어주라고 했다. 그러나 정흠은 이어서 다섯 번 더 상소를 받들어 올리며 마음을 누그러뜨려 뜻을 바꾸고 왕진을 베라고 계속해서 청했다.

왕진이 정흠에 대해 이를 갈며 원망이 극에 달한 것이 조세창보다 더하여, 자기 무리에게 부탁하여 정흠을 죽이라고 하고 자신은 명을 기다리면서 갖가지로 황제의 심기를 돋우었다. 황제가 정흠을 매우 한스러워하고 왕진을 총애하여 왕진이 없으면 나라의 큰일이 잘못될까 깊이 우려하니, 정흠을 죽여 왕진을 위로하고 중신의 간언하는 표문을 막아 마음먹은 대로 친정하고자 했다. 그러므로 분노가 그치지 않아 즉시 위사를 시켜 정흠을 잡아오라 하고 황극전에 자리를 베풀어 대신들을 비롯한 여러 신하들을 불러모았다.

이때 하늘이 쓸쓸한 빛을 띠고 땅이 시름하고 해와 달이 빛을 잃고 산천이 슬퍼하니, 바로 충신열사가 억울하게 죽는 날인 줄 알 수 있었다. 위사가 정흠을 이끌어 황극전 뜰 아래 꿇렸다. 황제의 진노가 그치지 않은 터에 일개 죄수가 되어 손발과 머리에 형구를 차고 한 몸이 순식간에 위태로워져서 화와 복이 뒤바뀌어 전과 다른 사람이 된 것이다. 그런데도 고고하고 굽힐 줄 모르는 천성이라 지나치게 격렬했던 것을 조금도 뉘우치지 않고 차분하며 편안하고 밝디밝았다. 그 충성스럽고 신의 있는 모습은 환관을 몰아내 나라를 떠받치던 후한의 진번·두무와 같은 부류였다. 그렇지만 황제는 해와 같은 밝음을 뜬구름 같은 간신이 가리고 있어서 정흠을 죽여 왕진의 마음을 편하게 하고 친정하는 대사를 흩트리고 싶지 않았으므로 바로 극형을 내렸다. 왕진을 해하고자 하는 뜻을 물어 죄의 단서를 삼은 다음, 군신의 분수를 모르고 도리에 어긋나게 방자한 상소의 말이 매우 해괴한 것에 대해 죄를 물었다.

황제의 분노가 말씀을 통해 더해져 참형을 받았는데도 정흠은 얼굴빛이 변하지 않고 굽힐 줄 모르는 격렬한 기운이 한결같았다. 그리고 흉적 왕진을 위해 충신열사를 연달아 해친 것과 오늘 자신을 다스리는 죄목이 왕진의 극악함을 아뢴 것으로 으뜸 죄목을 삼은 것이 매우 옳지 않음을 아뢰고 친정하면 사직이 위태롭다는 것을 갖추어 말했는데, 모든 말에 두려움이 없었다. 그 뛰어난 의기가 실로 대낮의 밝은 해와 같이 떳떳한 대장부의 행동이라서 천지의 신령에 부끄러움이 없었던 것이다. 그러나 점점 황제의 분노를 더하니, 어찌 인두로 살을 지지는 포락의 형벌을 면하겠는가? 황제의 분노가 시시각각 정도를 더하여 포락의 형을 명하는 데 이르렀다.

이때 이빈·양선·광야·조정·서옥 등 한 무리의 대신들이 친정의 불가함에 대해 상소를 올려 간하다가 황제의 분노를 만나 고향으로 쫓겨나서, 친국에 참여한 사람이 반 이상 왕진의 당이었다. 이들은 황제의 뜻을 짐작하여 알고 왕진의 바람에 맞추어 정흠을 형벌로 죽이는 것이 옳다고 아뢰었다. 이 가운데 정흠을 아끼고 슬퍼하며 진심으로 그를 구하고자 하는 사람이 있어도 황제의 분노로 인해 좋은 결과를 얻지도 못하고 정흠의 화가 자신에게도 옮을까 두려워하여 감히 입을 열지 못했다. 그러다가 최후에 몇몇 대신이 정흠의 목숨을 빌고 포락의 형이 법에 과함을 간했다. 그러자 황제가 크게 화를 내며 말했다.

"다시 정흠을 구하는 자는 똑같이 역적을 처벌하는 법률로 다스리리라."

그리고는 그들의 관작을 빼앗고 문 밖으로 내쳤다. 이러하니 득실을 염려하는 비루한 사람이나 환관들과 의논을 함께하는 좀스러운 무리들이 무슨 말을 하겠는가? 각각 머리를 움츠리고 숨을 낮추어 정흠이 죽음에 이르는 것을 차마 보지 못하니, 정흠이 어찌 실낱같은 목숨을 보전하겠는가? 독한 형벌을 여러 차례 받고 다시 포락의 형을 당했지만 기개를 굽히지 않고 말마디가 강개하고 의리가 당당하여 황제가 실덕한 것과 살피지 못하심을 계속 아뢸 뿐, 독한 매질과 포락지형의 아픔을 괴로워하지 않았다. 구구하게 살기를 탐하지 않고 누누이 억울한 죽음에 굴하지 않으니, 실로 금이나 옥 같은 군자요 굳센 충성심과 절개를 가진 대장부였다. 그러나 이미 기운이 다하고 명줄이 목 위에 실낱같이 걸려서 장차 끊어지려 하니 말을 이룰 수가 없었다. 한 쌍 눈썹을 잠깐 찡그리며 두 눈을 천천히 감더니 문득 기절했는데, 얼굴빛이 변하지 않고 생기가 다하지 않았으니 정흠이 한창 나이에 기운이 좋았기 때문이다.

황제는 정흠이 기진하는 모습을 보았지만 그 직언이 강직하고 굽힐 줄 모르며 모질기가 짝이 없음을 알기 때문에 하옥하라고 했다. 정흠이 진시부터 중형을 당하고 다시 포락지형을 당하다 술시에 기절한 것이다. 그때에야 비로소 형을 멈추고 나졸들이 붙들어 바로 대리시 관아로 내려갔는데, 높고 낮은 구실아치들이 슬퍼하고 원망하는 것은 이상하지 않다고 하겠지만 여러 시정아치들까지 정흠을 위해 애통해하며 각각 자신의 몸으로 정흠의 목숨을 사고자 해도 그렇게 하지 못해 슬퍼했다. 어진 재상이 덕을 베푼 정치가 인심을 감복하게 한 까닭일 것이다. 무지하고 모진 하급 관리들도 정흠을 붙들어 그 다해가는 명을 이으려고 정성을 다해 다급하게 애를 태웠다. 하지만 정흠의 운명이 이미 다했으니 어찌 회생할 수 있겠는가? 밤새도록 고생하다 이튿날 사시 말에서 오시 초 사이에 한 그릇 피를 토하고 문득 세상을 떠나 홀쩍 하늘로 돌아갔다. 임종 때에도 다만 손으로 땅을 치며 흉적 왕진을 없애지 못해 나라가 위태한 것을 말하고,

황제가 북쪽 오랑캐의 욕을 면하지 못할 것을 절절하게 분해했다.

이때 왕진은 정흠의 목을 베지 못한 것을 통한하여 말을 지어냈다. 정흠이 죽을 때 이를 갈며 격분해서 하는 말이 다 도리에 어긋난 몹쓸 말들이었고 황제가 대가를 치를 것이라고 했다며, 마땅히 그 머리를 베어야 한다고 아뢰었다. 황제는 정흠이 죽었다는 것을 들었지만 아닌 게 아니라 그 시신을 가족들에게 내어줄 뜻이 없었고 그의 머리를 북쪽 저잣거리에 달고자 하니, 왕진의 기쁜 심사를 어디에 비하겠는가?

황제 앞에서 자결하려는 정기염

이때 평범한 선비들도 이에 다다르자 흉적 왕진의 해를 받아 죽을지언정 대궐 섬돌에서 피를 흘리며 간쟁했다. 그러나 황제의 분노를 더할 뿐이고 받아들여지지 않았는데, 이때 문득 대궐문에서 북소리가 진동하여 모두 놀랐다. 위사가 한 소녀를 인도하여 궁전 섬돌에 이르렀는데, 모두 보니 그 키가 8, 9세쯤 되어 보였다. 구름 같은 머리를 어지럽게 헝클어 화씨벽 같은 얼굴을 가렸지만 동정호에 가을 달이 떨어진 것 같았다. 궁궐 섬돌에 이마를 부딪치며 피를 흘리는데, 나란한 두 발이 한 떼의 구름 같은 머리털에 덮이고 허리는 가는 버들이 세찬 바람에 꺾어지는 듯했다. 그 모습이 세상없이 매우 아름다웠는데, 붉은 입술을 열어 하는 말이 천지에 다함없는 억울함에 대한 것이었다.

아비의 진실한 충성심이 해와 달에 비추어 보아도 분명히 사직을 보호하고 인륜을 밝히며 임금을 사랑하고 나라를 위하는 것이었기 때문에 간언하는 말에 큰 원한을 담아 상소를 올린 것이었고 그것이 남을 모함하는 말이 되어 목숨이 끊어지게 된 것이며, 아비가 형벌을 받아 통한을 품고 참혹하게 죽었으니 하늘을 불러 원망하며 딱하고 흉하며 억울하다고 아뢰는 것이요, 이미 죽었는데도 시신을 내어주라고 명하지 않으시어 포락과 독장에 삶을 마친 몸을 다시 벌하여 대역죄인과 같이 하려 하시는 것은 성스러운 황제께서 차마 못 하실 바라고 절절이 말했다. 그런 뒤에 품속에서 피로 쓴 표문을 올려 황제가 보기를 기다렸다. 그 만 가지 슬픔과 천 가지 원통함이 땅을 치고 아뢰어도 통하지 못하고 하늘을 부르짖어도 미치지 못했다. 너른 천지에 피눈물을 흘리니, 해와 달이 빛을 잃을 지경이나 마침내 하늘을 감동시키지 못해 아비를 형틀에서 돌아가시게 하고 감옥에 갇히는 욕을 벗어나게 하지 못했는데, 다시 주검을 벌하여 목을 베실 의논이 있다니 더욱 원망이 심해져서 혈표를 황제께 바치고 피눈물을 흘리며 땅에 이마를 찧었다. 억울한 소리와 마음 아픈 피눈물이 위로는 높은 하늘에 닿고 아래로는 땅속까지 통했다. 그러나 그 가운데도 법규가 있고 격식이 갖추어져 문명이 기운을 얻어 성인의 기품이 드러났다. 그러므로 기염이 배우지 않아도 아는 자질을 타고났음을 알 수 있었다.

한림학사 소천이 혈표를 받아 종종걸음으로 나아가 황제가 계신 곳 아래에 꿇어 엎드려 높은 소리로 읽었다. 이는 곧 벌을 받아 죽은 정흠의 일곱 살 어린 딸이 아비가 원통하게 죽은 것에 대한 슬픈 원망을 적은 글이었다. 문장이 세상에 뛰어나 먼저 눈앞에 광채가 현란하니, 왕희지의 스승이었던 명필가 위부인의 필체는 족히 우습게 여길 만했다. 일만 줄 진주를 드리우고 금자를 엮은 듯하고 구름 그림자가 모여드는 것 같을 뿐 아니라, 아비의 진실된 충심을 알리고 아비가 원통하게 벌을 받아 죽었음을 적었다. 그 글이 슬프고 애절하되 근원이 강하에 드리웠고, 격렬하며 준상하여 규방에서 지은 것이 아니었고 태사공 사마천의 운몽택[31]같이 드넓고 박람한 학문이나 한유가 갈고닦은 문장보다 나았다. 원통하고 슬퍼하되 구차함에서 벗어나고, 황제가 덕을 잃어 충량한 신하를 잔인하게 벌하신 것을 일컫지 않음이 없되 뜻이 원대하고 곡절이 명백하여 해와 달의 빛이 뜬구름에 가려서 이렇게 된 것임을 말했다. 아첨하는 도적 같은 신하가 시대마다 없지 않으므로 요순의 치세에도 네 흉적이 있었고 지금 환관의 잘못으로 어진 선비를 해한 것도 천고에 없는 변괴로되, 아비가 원통하게 죽은 것은 실로 금세에 드문 일이라고 아뢰며 시신도 즉시 내어주지 않으시는 것이 성덕에 큰 흠임을 일컬었다. 하늘이 낸 지극한 효자들은 예로부터 있어왔지만 7세 여자아이가 이와 같다는 것은 듣지 못한 바요, 글의 뜻이 정대하고 문리가 긴밀한 것은 성현의 도통을 이었으니, 그 슬프고 원통한 상소문을 한번 들으면 삼대에 걸친 원수나 100년 된 앙숙이라도 감동할 것이었다. 마음이 진나라 장사 오확처럼 사납고 백 균처럼 무거운 자라도 참혹하고 처절하여 눈물

---

31 운몽택(雲夢澤): 초나라의 7대 호수 중 하나.

이 떨어지지 않을 수 없을 것이었다.

소천이 지존한 위엄을 지닌 황제 앞에서 그 분노가 계속 더하는 때를 당해 비록 지은 죄가 없어도 벌벌 떨리고 등에 흐르는 땀이 옷을 적셨다. 그러니 감히 남을 위해 슬픈 빛을 나타내지 못했으나 혈표를 읽으면서 자연히 목이 메어 참혹함을 참지 못했다. 황극전 위아래에서 듣는 사람들 모두가 또한 슬픈 눈물을 흘렸다. 또 정기염이 꺾어지며 미어지는 듯 슬프게 울었는데, 아버지의 죽음에 대한 슬픔과 지극한 고통을 이기지 못하는 그 모습을 차마 볼 수 없었다. 그 어린 나이에 놀랄 뿐 아니라 그 행동을 기이하게 여기지 않는 이가 없었다. 황제가 정씨 집안 어린 딸의 슬프고 비참한 거동을 보고 성심에 처량함을 느꼈는데, 그 피로 쓴 상소문을 듣고 더욱 감동하고 안타까워서 정흠을 죽이게 한 것이 과도할 뿐 아니라 성덕에 크게 해가 되었다는 것을 깨닫고 뉘우치는 빛이 있었다. 이에 말씀을 내려 이렇게 물었다.

"너는 젖 먹을 나이를 겨우 면한 나이인데 무슨 사정을 안다고 하며, 누가 가르쳤기에 이런 대단한 행동을 두려워하지 않느냐? 상소문을 지어 주며 등문고를 울려 아비의 시신을 찾아오라고 지휘한 자를 바로 아뢰어라."

기염이 부친을 잃은 고통과 극심한 억울함을 품어 가슴이 마디마디 끊어지고 오장이 조각조각 잘리는 것 같아서 슬픈 원한이 하늘에 닿고 분한 고통은 땅에 사무쳤다. 그러는 가운데 이런 황제의 말씀을 들으니 더욱 억울하고 고통스러워 울면서 이마를 땅에 찧고 말했다.

"아비와 자식은 하늘이 정해준 관계라서 그 귀하며 중요한 것이 만물에 비할 것이 없으며, 사람이 금수와 다른 것은 삼강오륜이 있기 때문입니다. 제가 비록 어린 여자아이지만 나이 이미 일곱 살이 되었으니 아비가 원통하게 죽었는데 어찌 부모 잃은 고통과 지극한 슬픔을 알지 못하겠습니까? 흉적 왕진과 더불어 한 하늘을 이지 못할 것을 깨달았으니, 아비는 진실된 충렬지사였지만 간사한 무리가 모함하는 해를 잘못 만난 것입니다. 황제의 분노가 그치지 않아 목숨을 보전할 수 없어서 원통함을 안고 일찍 죽게 된 것도 천지에 지극히 억울하고 끝없이 원통하거늘, 황제의 밝음이 뜬구름에 가림을 면치 못하셔서 하늘의 해가 빛을 잃고 귀신의 재앙이 성행하여 흉적이 갈수록 방자한 것을 살피지 못하시고 누명을 쓰고 억울하게 죽은 시신도 온전히 내어주는 것을 허락하지 않으십니다. 제가 한갓 사사로운 마음에 슬픔이 망극할 뿐 아니라 성군의 해와 달 같은 덕이 점점 간신·흉적으로 인해 빛을 잃으시어 그 놀랄 만큼 참담하고 요사한 말을 순순히 받아들이신 것에 몹시 분개하여 궁궐의 북을 울려 아비의 시신이나 내어주시기를 빈 것입니다. 그런데 문득 저의 적은 나이를 의심하여 남이 지휘하여 시킨 것인가 물으시는군요. 천륜의 자애와 부녀의 정을 어떻게 다른 사람이 지휘하며 가르칠 수 있겠습니까? 제가 못나서 아비가 참혹한 죽음에 이른 것을 오히려 알지 못해, 제영이 대궐에 가서 아버지의 죄를 사하게 하고 목란이 아버지를 대신하여 수자리를 살았던 효를 본받지 못했습니다. 그러다 오늘날에야 비로소 아비가 원통하게 죽은 것을 듣고 시신이나 찾고자 폐하께 더러운 사정을 옮긴 것입니다. 그런데 뜻밖에 시킨 자를 물으시니 그 누구를 가리켜 대답하겠습니까? 한나라 문제 때에 순우의가 죄를 지어 형벌을 받았는데 그의 딸 제영이 아비의 목숨을 빌었습니다. 문제께서 불쌍히 여겨 그 죄를 사하셨으니 성군께서 효로써 세상을 다스리시는 근본을 삼기 때문입니다. 이제 저의 아비도 죄지은 것 없이 충간을 하다 죽임을 당한 하나라 용방이나 상나라 비간의 뒤를 이어 원통하게 죽음에 이르렀으니 그 시신을 내어주시기를 빈 것인데, 오히려 의심하시어 허락하지 않으시고 어린아이를 떠보고자 하시니 문제의 성덕과는 다르신 것을 알겠습니다."

목소리의 분함이 하늘에 사무칠 정도로 맹렬하니, 마치 쇠나 돌로 만든 악기 소리같이 금란전의 옥배를 울리고 깊은 골짜기에서 봉황이 우는 듯했다. 눈부신 위의와 엄숙한 법령에 무고한 자라도 움츠러들고 등에 흐르는 땀이 옷을 적실 정도인데, 기염은 아비를 잃은 지극한 고통을 이기지 못해 두려운 것을 알지 못하고 두 눈동자가 좌우를 살피는 바가 없었다. 오직 원망하는 소리가 하늘에 닿고 피눈물이 땅에 사무쳐 서둘러 아비를 따를 듯, 열렬하게 원수의 살점을 물어뜯을 듯 강직하고 매서운 기상이 아버지를 닮았다. 다만 해와 달 같은 광휘와 천지같이 드넓은 행동은 엄연하게 대현군자의 끝없는 도량과 덕스러운 위엄을 아울렀으니, 이른바 '열 아들이 효성스럽지 않다면 한 딸만 못하다.'라고 한 것으로 정기염 같은 위인을 논할 만했다. 그러니 정흠이 비록 열 아들을 두었다 한들 그 인물됨이 못났다면 어찌 정기염 한 사람에 미치겠는가? 황제가 얼굴색이 싹 변하면서 망연자실했는데, 이는 천자의 엄숙한 위의로 저 어린 소녀가 면전에서 불복하는 말을 들으니 스스로 부끄러운 생각이 들었기 때문이다. 한참 말없이 생각하더니 문득 기염을 타이르며 말했다.

"너는 어린 나이로 일이 되어가는 형편을 모르고 한갓 아비가 죄를 짓고 죽은 것이 원통하고 슬프다고 나라를 원망하고 왕진을 하늘을 같이할 수 없는 원수로 알고 있다. 그러나 너의 아비가 분수를 알지 못하고 도리에 어그러지고 오만하며 무도한 말을 한 죄악이 매우 크다. 그 죄악이 흉악한 역적의 무리와 다르지 않으니, 죽어서도 시신이 온전할 수 있겠냐? 하지만 너의 지극한 효심에 감동하여 목을 베어 효시하는 벌은 덜게 할 것이니, 짐을 한나라 문제만 못하다고 여기지 마라. 네 아비가 비록 죄로 죽었으나 너의 기특함은 진실로 천만대에 다시 있지 않으니, 짐이 조용히 여러 신하들과 의논하여 네 아비의 죄를 사하고 관작을 회복할 것이다. 모름지기 짐을 원망하지 말고 물러가 아비의 장례를 치르고 지극한 효를 다하라."

이렇게 말하고는 온유한 얼굴에 슬픈 빛을 띠었다. 즉시 정흠의 죄를 벗기고자 했지만 오히려 왕진이 분해할까 싶어서 정흠의 관작을 회복하지 못하고 다만 훗날 죄를 사할 뜻을 비쳤을 뿐이니, 황제의 마음이 병든 것을 알겠다. 기염이 피눈물을 흘리며 통곡하여 시신의 목을 베는 벌을 덜어주신 것을 깊이 감사드렸다. 그러나 원수의 고기를 물어뜯지 못한 것을 절절히 슬퍼하며 황제의 밝으심이 뜬구름에 가려진 것이 매우 안타까워 피눈물을 비같이 흘리면서 아뢰었다.

"아비가 일찍이 저를 가르치시기를 '백희가 불에 타 죽은 것이 비록 융통성이 없다고 할 수도 있지만 그 열절은 실로 푸른 소나무보다 푸르고 천 균보다 무거우니, 후세의 여자들이 배울 만하되 그에 미칠 만한 자는 다시 있지 않을 것 같다. 남녀칠세부동석이라고, 태어난 지 7년이면 규방의 여자는 낯을 가리는 예에 힘써야 한다. 부인은 규방 안에 고요하게 있는 것이 으뜸이니 옳건 그르건 간에 그 이름이

요란하게 알려질 것이 아니다.'라고 하시며 항상 경계하던 말이 규방의 법을 이루었습니다. 제가 비록 어리지만 나이 7세에 규방 여자의 도리를 차리고 아비의 말을 저버리지 않는 것이 옳겠지만, 원통하고 혹독한 재앙 같은 처벌 뒤에 다시 시신을 벌하고자 하신 것이 그지없이 원통하여 당돌하게 대궐의 북을 울리고 여러 가지 사정을 폐하께 알린 것입니다. 저의 죄는 죽어 마땅하올 뿐 아니라 아비가 살아 있을 때 능히 목숨을 빌지 못하고 죽은 후에 원수의 고기를 가져다 아비의 원통한 혼백을 위로하지 못하오니 그 불효가 말할 수 없이 큽니다. 또 규방 여자의 몸으로 수많은 군졸에 섞여 낯을 가리는 예를 잃었으니, 백희에 비하면 죄인이 될 뿐 아니라 아비가 경계하신 것을 저버렸습니다. 이 못나고 천한 행동이 죽어 마땅하오니, 스스로 죄를 다스려 단검에 놀란 혼이 될 것입니다."

말을 마치고 품속에서 세 치 비수를 꺼내어 옥 같은 손에 흰빛이 번득하더니 엉긴 기름덩이처럼 하얀 가슴에 붉은 피가 솟아나며 섬돌에 쓰러졌다. 그 빠르며 날랜 것이 유성이나 나는 살 같아서 미처 손을 놀려 구할 수 없었다. 그 자리에 있던 사람들이 모두 슬퍼하고 황제 역시 깜짝 놀라서 급하게 의녀들에게 구하라고 하며 여러 신하들을 돌아보고 말했다.

"정흠이 상소문에서 논한 말이 과격하여 벌을 받아 죽었으나 그 어린 딸이 기특하기가 목란이나 제영보다 더하므로 짐이 그 효성에 감동하지 않는다면 실로 효를 만민에게 권장하는 도리가 아니다. 어서 정흠의 시신을 내어보내되 특별 은사로 관작을 복구하고 모든 장례 절차를 재상의 예로 하여 효녀에게 지극한 슬픔을 더하지 마라. 그뿐 아니라 정흠 딸의 효를 기리는 정려문을 세워서 그 효성스러운 덕행을 후세가 알게 하라."

여러 신하들이 모두 엎드려 아뢰었다.

"성은이 크고 넓으시어 정씨 여아의 지극한 효성에 감동하시며 정흠의 혼백을 영화롭게 하시니 진실로 해골에까지 은택이 미친 것입니다. 정흠의 영혼이 이를 안다면 폐하의 높고 은혜로운 은택을 황공해하며 고맙게 여길 것입니다. 신들은 성상의 해와 달 같은 밝음이 정흠의 비참한 죽음을 돌아보시는 것을 기뻐하옵나니, 정씨 여아를 정표하신 것도 성군이 효로써 천하를 다스리신 것에 어긋나지 않은 것이라 하겠습니다."

황제가 다시 의녀들을 시켜 정기염을 데려다 궐 밖에 집을 잡아 구호하라고 하며 못내 염려하고 자주 생사를 물었다. 이는 천둥·벼락 같던 위엄을 따뜻한 봄날 같은 은혜와 덕택으로 바꾸게 된 것이니, 어린 여자아이가 얻지 못할 영광이었다.

정기염이 혈표를 올리게 된 사정

이전에 정씨 부중에서 정흠이 식구들과 이별할 때다. 대화부인과 기염의 심사가 세상이 아득하고 해와 달이 빛을 잃은 것 같음은 말할 것도 없고, 온 집안 상하가 저마다 마음이 흔들리고 혼백이 놀라서 능히 진정하지 못했다. 대화부인의 사촌동생 화준과 화현은 백부가 돌아가셔서 벼슬을 버리고 종형들과 같이 의양으로 돌아가 있었는데, 변방 오랑캐의 난이 극심하여 황제가 친정하고자 한다는 것을 듣고 비록 전임 간관이지만 도리상 아무 일 없는 듯 물러나 있을 수 없어서 빨리 경사로 올라왔다. 그런데 황제가 실덕하고 환관 왕진이 나라를 위험에 빠트려 현인과 군자가 화를 입고 열사와 충신들이 죄를 입어 조야가 물 끓는 듯한데 예부상서 정흠이 이미 황제의 심기를 건드려 목숨이 위태하게 되었다고 했다. 도헌 화준과 학사 화현이 이 말을 다 듣기도 전에 창자가 끊어져 뒤틀리는 것 같더니, 깜짝 놀란 나머지 말에서 떨어질 뻔했다. 시종들이 겨우 구호하여 조금 진정되니 화준이 화현을 돌아보며 눈물로 통곡했다.

"돌아가신 아버지와 백부께서 문계(정흠) 형을 보시던 날에 이름을 만세에 전할 간언하는 열사가 될 줄 아셔서 매우 애중하셨으나 천지신령의 조화를 갖추어 복록이 완전할 것으로는 생각지 않으시더니, 선친과 백부의 사람을 알아보는 밝은 식견으로 어찌 잘못 보셨겠는가? 이제 만백(정흠) 형뿐만이 아니라 모든 선비들이 다 죄를 입었으니, 형을 힘으로써 구하거나 말로써 살릴 길이 없구나. 하물며 이천공(정이)의 제사를 지내는 자손들은 복을 많이 누리지 못해 자주 화에 빠졌다. 문계 형의 아버지부터도 형벌을 받아 원통하게 일찍 돌아가셨으니, 그분의 뛰어남이 정태부(정한)보다 못하지 않다고 하되 원통한 누명을 쓰고 화를 받은 것이 지나치게 심하니, 귀신이 시기하고 조물이 꺼리는 것은 매우 빛나고 지극히 귀한 사람이다. 송청공【정흠의 아버지 정선의 별호】의 자질이 유달리 기이하여 한왕 고구가 모함하는 해를 받으니, 기이하고 희귀한 자질이 꼭 길한 것은 아니다. 조씨의 연성벽이 천하에 난을 일으키고, 벽해의 밝은 보배 구슬이 위국의 재앙이 되며, 사직묘의 높음이 양공의 다툼이 되고, 향기로운 풀의 꽃다움이 잡초의 무성함에 미치지 못하니, 사람이 만물과 다르지 않은 것이다. 그러나 명도선생(정호)의 후손은 각별히 복을 타고나 비록 수명을 오래 누린 사람은 없으나 나라의 신하가 되어 부귀가 완전한데 오직 이천선생(정이)의 후손은 부귀를 누린 자가 적으니, 두 사람이 덕을 쌓은 것이 차이가 없는데 후손에 다다라서 화복이 다른 것은 조물주가 부리는 조화(造化)가 조화(調和)롭지 않은 까닭이다. 우리는 문계 형과 더불어 동기의 의와 지기의 정을 아울러 피차에 한 형제 같은 뜻이 있으되, 이때에 형을 화에서 구하지 못하니 진실로 저버림이 많다. 뿐만 아니라 누님의 신세를 돌아보면 위로 부모님이 계시지 않고 아래로 아들이 없는데, 이제 남편을 잃는 슬픔까지 있다면 삼종지탁을 의논할 것이 없구나. 하물며 기질이 맑고 미약하시니 이런 딱한 아픔과 지극한 원통함을 견디어 버텨낼 길이 없을 것이다. 네가 먼저 가서 누님을 보고 어떻게든 위로하면 내가 수삼 일 있다가 만백 형의 결말을 보고 뒤쫓아 태운산으로 갈 것이다.”

화현이 울면서 알았다고 하고 태운산으로 갔다. 대화부인과 기염 소저는 아직 정흠의 참형을 알지 못했으나 필경 화를 면치 못할 것을 헤아려 창자가 마디마디 끊어지는 것 같고 오장이 부서지는 것 같으니, 그 참혹한 모습을 어디에 비하겠는가? 남매와 숙질이 오랫동안 멀리 떨어져 있다가 만나니 어찌 반갑지 않겠는가마는, 장차 닥칠 재앙을 슬퍼하여 가슴이 꽉 막혀 답답했다. 화현이 마음을 굳게 먹고 누님을 위로하고 기염을 어루만져 지나친 행동을 그만두라고 했으나 정흠의 몸이 형장 아래서 마치게 된 것은 드러내지 않았다. 원래 화준이 아우에게 당부하기를 '누님으로 하여금 문계 형이 형벌을 받아 죽게 된 것을 모르게 하라'고 한 이유는 왕진 때문이었다. 왕진이 매우 흉악하여 어진 열사들을 갖가지로 모함하는 악독한 짓을 그 처자식에게 옮겨, 간언하는 어진 선비들의 부인이 남편이 원통하게 죄에 빠진 것을 등문고를 울려 알리려고 하다가 도리어 왕진의 흉수를 만나 여자의 몸으로 역적의 죄를 쓰고 삼척법에 의해 목이 베였던 것이다. 그러니까 화준과 화현 형제가 왕진을 두려워한 것이 아니라 이때를 당하여 그 흉적을 거스르면 참혹한 화를 만날 것이기 때문에, 혹 누님이 남편의 원통한 죄를 벗기려고 하다가 이보다 더한 화를 부를까 염려하여 결말이 나기까지 부디 숨기려고 한 것이다. 그러나 이미 정흠이 참혹한 형벌을 받던 끝에 옥 안에서 억울하게 죽었는데 시체를 내어주지 않고 죽은 몸을 다시 벌하여 효시할 의논이 있으니, 화현이 이에 다다라서는 비록 참고자 해도 심담이 천만번 무너지고 찢어져서 가슴 아파하고 발을 구르며 정신을 수습하지 못하고 중헌에서 자주 기절했다.

소화부인(정염의 아내)이 사촌오빠 화현의 슬프고 놀란 기색을 보고 정흠이 죽음에서 벗어나지 못한 것을 알았다. 소화부인이 가만히 중헌으로 나와 화현을 보고 아주버님의 화란이 어느 곳에 미쳤는지 물어보았다. 화현이 슬프게 몇 번 부르짖더니 붉은 눈물을 줄줄 흘리며 말했다.

"너는 다시 묻지 마라. 내가 차마 이 변을 누님께 무엇이라고 고하겠느냐?"

말을 마치고 하늘을 부르며 거꾸러지니, 소화부인이 몹시 당황하여 좌우에서 모시고 있던 사람들로 하여금 화현을 구호하게 하고 다시 까닭을 물었다. 화현이 비로소 정흠이 참형을 받아 옥 안에서 명을 마쳤다는 것과 지금 목을 베어 효시할 의논이 있어서 시신도 내어주지 않는 것을 일렀다. 그러니 소화부인이 또한 가슴이 막혀 한갓 눈물만 줄줄 흘릴 뿐 말도 하지 못했다. 마침 기염이 외숙이 들어오지 않음을 의아하게 여겨 내루에서 중헌으로 통하는 청사에 잠깐 나왔다가 화현과 소화부인이 하는 말을 들었다. 온갖 고통이 가슴을 때리고 수만 가지 원망이 애를 끊었으며, 부친의 시신을 즉시 내어오지 못하는 것이 더욱 망극하고 원통했다. 이에 스스로 죽기를 각오하고 등문고를 울려 부친의 시신이나 찾아야겠다고 생각했다.

기염이 걸음걸음 급하게 뒷뜰로 돌아오는데, 하늘이 무너지고 땅이 갈라지며 해와 달이 캄캄한 듯했다. 걸음을 옮길 수 없어서 앞으로 엎어지고 뒤로 자빠지며 겨우 뒷뜰에 있는 처소에 다다르자 한번 아버지를 부르고 입으로 피를 토하며 거꾸러졌다. 유모 난경이 기염을 붙들어 구호하며 이렇게까지 된 까닭을 물었으나 일이 급했기 때문에 대답하지 못하고 파 밑동같이 희고 고운 손을 깨물어 혈표를 썼다. 그러고는 머리를 풀어 낯을 가리고 세 치 단검을 품속에 감춘 뒤 시녀 한 사람과 유모의 손을 이끌고 가는 한편, 심복 비자 한 사람을 머물게 하여 모친이 자기를 찾거든 일이 급하여 하직하지 못한 것을 아뢰라고 했다. 문을 나서 빠르게 내달리니 유모가 정신없이 따라가 기염을 업으며 성안까지 30리를 걸어갈 수 없을 것이라고 했다. 기염은 몸에 날개가 없음을 한스러워하며 뒤에서 밀고 앞에서 당기는 듯이 정신없이 서둘러 도성에 이르렀다. 상서 정흠이 원통하게 죽은 것을 서로 일러 슬퍼하기를 피붙이의 죽음같이 여길 뿐 아니라 환관이 죄악을 지어 어진 신하와 명예로운 재상을 낱낱이 없애는 것을 가만히 통한하지 않는 사람이 없었다. 기염은 천고에 다시 있지 않을 딱한 사정과 지극한 원망으로 한마디 울음을 내지 못하고 걸음걸음 급급히 대궐문에 다다라 북을 울렸다.

이미 황제가 감동하여 아비 시신을 내어줄 것을 허락했지만, 오히려 흉적 왕진의 뜻을 거스르지 못해 그 부친을 두고 죄악이 너무 커서 역적과 다름이 없다고 하는 것을 듣자 기염의 분함이 하늘을 찔렀다. 스스로 헤아리기를 부친이 원통하게 죽은 죄명을 벗기지 못한다면 더욱 사는 것이 죽는 것만 못하다는 것을 깨달았을 뿐 아니라 아직 7세 어린 나이지만 가정의 가르침과 타고난 예의를 깊이 생각하면 규방 여자의 몸으로 만인 군졸 가운데 섞인 것이 부끄럽고 괴로웠다. 또 의기에 북받치는 격렬한 성격이 아버지를 닮았으므로 화변이 이 지경인데 구차하게 살고자 아니 하여 서릿발 같은 세 치 비수로 가슴을 찌르니, 반드시 죽을 것이요 살기는 어려웠다. 하지만 밝은 하늘이 그 지극한 효성에 감동하고 하늘로부터 타고난 복록이 죽기에는 아직 멀었기 때문에 10세 전에 참화로 요절할 사람이 아니었다.

황제가 의녀들에게 힘써 구호하여 살리라고 이르고 해와 달 같은 밝음이 가려졌다가 다시 밝아지자 정흠을 죽인 것이 큰 실덕이었다는 것을 깨달아 정흠의 관작을 회복하고 초상을 치르는 데 있어 재상의 지위에 맞게 하라고 했다. 이는 굽었던 것이 펴지고 나아간 것이 돌아오는 하늘의 이치이다. 널리 은혜를 베푸는 하늘의 도가 비록 정흠의 가문에 미치지 못한 것 같기도 했지만 정흠의 하나 있는 딸이 남의 집 열 아들을 누를 정도이고 정인웅이 아직 강보에 있는 어린아이라 지금은 양부가 억울하게 죽은 것을 알지 못하고 하늘을 나무라며 원통함을 호소할 줄도 모르지만 훗날 반드시 문호를 높이고 후대를 빛내어 대대로 이어갈 것이었다. 하지만 송청공(정선)이 원통하게 죽은 것과 정흠이 억울하게 죄를 받아 죽은 일이 대를 이어 일어났으니 혀를 차며 탄식하고 슬퍼할 바이다.

이때 모든 의녀들이 기염을 데려다 궐 밖에 집을 잡아 구호했다.

(책임번역 전진아)

완월회맹연 권9

실패한 친정(親征)

정잠이 태주에서 정흠의 장례를 치르고
조세창이 마선으로부터 황제를 구하다

주검이 되어 돌아온 정흠

의녀들이 기염을 데려다 궐 밖에 집을 잡아 구호했는데, 그 집은 마침 도헌 화준이 머물던 곳이었다. 태의원에서 계속 약을 보내는 한편 기염의 생사를 묻는 환관의 발길이 이어졌다. 황제의 영광스러운 은혜와 성총이 이러한데 기염을 어찌 죄를 짓고 죽은 자의 자녀라 할 수 있겠는가? 비록 칼에 깊이 찔렸으나 다행히 빗겨 찔려서 명맥을 끊지는 않은 데다 의녀들의 의술이 전설적인 명의였던 화타나 편작과 같았고 태의원에서 보내준 약이 영지와 신이한 약초라서 효험이 있었다. 뿐만 아니라 화준의 의술이 신기한 데가 있어서 칼을 빼고 처방한 약이 증상에 딱 들어맞아 반나절이 지나자 회생하여 인사를 알 수 있게 되었다.

화준은 기염이 그 어린 나이에 한 행동이 어이없었고 정흠이 원통하고 처참하게 죽은 것에 대한 통한이 뼈에 사무쳐 가슴이 꽉 막혔는데, 기염의 위급한 상태를 돌보지 않을 수 없어서 스스로 마음을 너 그렇게 하려고 노력했다. 그런데 기염이 겨우 정신을 차리자 외숙의 옷깃을 붙들고 슬프게 울었다. 그 자지러지는 소리와 꺾어지는 설움을 차마 바로 볼 수 없어서 화준이 기염의 손을 잡고 한바탕 소리 높여 곡하고 크게 부르짖었다.

"한없이 멀고 푸른 하늘이시여! 어찌 충신열사를 이다지도 박하게 대하시며 우리 누님(대화부인)의 인자한 성덕으로 한 조각 복을 받음이 없고 재앙의 화를 입어 두렵고 슬픈 것이 어찌 이에 이르렀습니까? 아, 슬프도다! 기염아, 네 비록 가슴에 가득한 지극한 고통을 쌓아둘 곳이 없겠지만 누님이 지금 지아비를 잃은 고통만으로도 즉각 목숨이 다하실 것인데 또다시 자식을 잃은 설움으로 자하처럼 눈이 머는 고통을 더하고자 하느냐? 등문고를 울려서 형님의 시신을 온전히 나오게 한 것은 효도를 다한 것이지만 칼을 들어 목숨을 걸고 죽기를 새털같이 가볍게 여긴 것은 누님의 명을 재촉한 것이니 실로 불효가 가볍지 않구나. 성은이 죽은 시신에까지 더하시어 그 관작을 회복하시고 상 치르는 것을 재상의 예로 하라고 하시니, 원수의 고기를 먹지 못한 것이 한이지만 차마 어찌하겠느냐? 하늘이 정한 일이며 운명이니 오직 저 하늘이 돕지 않으심을 탄식할 뿐이다. 네가 가벼이 죽을 생각을 말고 스스로 몸을 보호하여 어머니와 서로 의지하여 살아가는 것이 돌아가신 형님의 간절한 부탁을 저버리지 않는 일이다. 누님으로 말하면 구태여 목숨을 끊는 것이 열절이 아니요, 너의 도리로 말해도 어머니를 모시고 돌아가신 형님의 제사를 끊지 않는 것이 완전한 성효가 될 것이라 생각한다."

기염이 땅을 치고 하늘을 부르짖으며 슬프게 몇 번 울부짖더니 다시 기운이 끊어졌다. 화준이 황망히 약물을 먹이며 구호하니, 한참 후에 정신을 수습하여 가슴을 두드리며 애통해했다. 유모 난경 또한 가슴을 두드리며 통곡하더니 말했다.

"소저여, 부모님이 낳고 기르신 은혜는 하늘같이 끝없습니다. 그 은혜를 갚는 것이 삼년상을 치르는 데 있거늘 어찌 한갓 애통함을 참지 못해 원통하게 돌아가신 노야의 초상을 치르는 범절을 돌아보지 않으시며 부인의 만 가지 원통함과 천 가지 슬픔을 위로하지 않으십니까?"

기염도 스스로 마음을 너그럽게 먹고 슬픈 마음을 억누르고자 했지만 하염없이 구곡간장이 마디마디 끊어지고 가슴이 꽉 막혀서 자연히 정신을 잃고 쓰러진 것이었다. 그런데 과연 유모의 말이 옳으니, 부친의 초상을 치르는 일과 모친의 슬픔을 위로하는 일을 하지 않을 수 없었다. 그래서 오직 피눈물을 뿌리며 외숙에게 자기를 태운산으로 보내달라고 청했다. 화준이 즉시 작은 가마를 얻어 난경에게 소저를 모시고 가라 하고 자기는 그 뒤를 따라 태운산으로 향했다. 황제는 기염이 살아난 것을 십분 기뻐하여 의녀 몇 명을 태운산까지 딸려 보내 그 상처가 나은 것을 보고 오라고 했다. 그러니 황제가 기염의 특별한 성효와 사람됨이 탁월한 것을 깊이 기이하게 여겼음을 알 수 있다.

정씨 집안의 지극한 슬픔이며, 흉적 왕진의 간사하고 흉악한 못된 짓이며, 황제가 친정할지 여부와 사직의 안위와 북쪽 오랑캐가 일으키는 난과 어사 조세창의 나라를 위하는 충성심이 앞으로 어떻게 펼

쳐질까?

이때 대화부인은 딸이 눈앞에 없는 것을 이상하게 여겨 곁에서 모시고 있던 사람들에게 딸을 부르라고 하니, 한 어린 계집종이 앞으로 나서며 말했다.

"소저께서 일이 급하여 미처 하직 인사를 드리지 못하시고 여차여차하게 혈표를 받들고 성안으로 가셨습니다."

대화부인이 그 말을 듣고 타들어 가는 마음이 낱낱이 끊어져 한바탕 길게 통곡하더니 피를 토하고 기절했다. 옆에 있던 사람들이 정신없이 구호했는데, 학사 화현이 이에 이르러서는 더 이상 속일 수 없어서 크게 울며 말했다.

"문계(정흠) 형이 충성심과 열절로 몸을 마치시니, 나라가 위태로운 것에 대한 한은 깊어도 그 혼백은 충신 비간의 뒤를 따를 것입니다. 멀고 푸른 저 하늘이 돌아가신 형님을 돕지 않았지만 그 보답은 자손들이 반드시 받을 것이요, 천자의 해와 같은 밝음이 다시 돌아온다면 죽은 사람이 다시 살아나지는 못해도 살아 있는 사람들이 원수 왕진의 고기를 씹을 것입니다. 이는 모두 하늘이 정한 운수이며 운명이니, 죽은 남편의 뒤를 따라 목숨을 끊는 것이 구태여 열녀 아니요 절부 아닙니다."

대화부인이 머리를 풀어 헤치고 발을 구르며 곡을 하고 하늘을 부르짖어 원망하면서 화현의 소매를 잡고 곡성으로 이어질 듯 끊어질 듯하다가 말했다.

"이 무슨 까닭이냐? 유유창천이 남편을 원통하게 죽게 하시고 어찌 어리석은 나의 남은 숨을 멸하지 않으시는 것이냐? 아, 내 남편이 무슨 잘못을 하며 무슨 죄를 지었겠느냐?"

　말을 마치고 슬프게 통곡했는데, 거칠고 간사한 종들도 정흠의 지극한 어진 덕을 뼈에 새겨 감사하는 까닭에 저마다 부르짖으며 슬퍼하는 것이 마치 자기 부모를 여읜 것 같았다. 화현은 대화부인이 기절하자 매우 걱정스러워 모두 울음을 그치게 하고 대화부인을 위로하여 말했다.

　"일이 이에 이르렀으니 누님께서는 지극한 슬픔을 누르시고 형의 시신이 나오기를 기다립시다. 시신이라도 무사히 나오면 이런 천만다행이 없을 것입니다."

　이렇듯 여러모로 위로하고 있었는데 홀연 대문 안 뜰이 떠들썩하며 정흠의 외사촌 유추밀이 정흠의 시신을 찾아 돌아왔다. 여러 사람들이 다투어 상여를 메고 여러 벗들이 뒤를 쫓아 태운산에 이르니, 늘어선 사람들이 하늘을 가리고 그들의 소리가 떠들썩했다. 저마다 정흠이 원통하게 죽은 것을 말하고 기염의 지극한 효성을 칭찬하며 슬퍼하고 근심하는 것이 자기 피붙이를 잃은 것과 다르지 않은 터라 시신을 붙들고 슬픔을 이기지 못했다. 그러니 그 친척들이나 집안 사람들이야 어찌 이를 것이 있겠는가? 화현이 시신을 받들어 고죽헌에 모시고 두 번 절하고 통곡하여 슬픈 소리가 처절하니, 그 곡성으로 동네 어귀까지 들썩였다.

　이윽고 화현 스스로 진정하여 유추밀을 돌아보고 시신이 무사히 나온 연고를 물으니, 유추밀이 기염의 혈표에 황제가 감동한 것과 자초지종을 말했다. 화현이 어린 여자아이가 어떻게 이런 행동을 하나 이상하게 여기면서도 타고난 기질로 보아 참담하게 요절하지는 않을 것을 헤아려 비록 칼에 찔려도 죽지는 않을 것이라고 생각했다. 그러나 대화부인에게는 이 일을 감추고 다만 기염의 지극한 효성에 황제가 감동하여 정흠의 관작을 회복하고 초상을 치르는 범절을 재상의 예로 하라고 하신 것을 전하여 부인의 슬프고 원망스러운 심사를 조금이나마 위로하고자 했다. 대화부인이 남편의 뒤를 좇고자 하나 남편의 부탁을 차마 저버릴 수 없었고 어린 딸의 외로움을 생각하지 않을 수 없어서 칼과 끈으로 명을 끊지 못하고 끝없이 슬프게 울부짖기만 하니 기력이 다해 초상을 치르기 어려웠다. 화현이 초조하고 딱한 마음을 이길 수가 없어서 여러모로 위로하기를 '정겸 등이 멀리 있고 정잠 등이 태주에 있어서 초상을 주장할 사람이 없는데 누님이 오로지 남편 잃은 슬픔만 알고 초상 치를 일을 돌아보지 않으면 대의에 옳지 않다'고 하며 마음을 권했다. 대화부인은 자신의 몸이 힘든 것을 알지 못했으나 온화한 기운이 사라지고 옥 같은 모습이 초췌해졌다. 부인의 식견으로 동생이 이와 같이 하는 것을 범연하게 알 바가 아니었지만 지극한 슬픔에 만 개의 검이 온몸을 써는 듯해 다른 일을 돌아볼 겨를이 없었다. 다만 화현의 위로하는 말이 피를 뿌리는 듯해 가슴을 두드리며 말했다.

"너는 내 목숨이 모질기가 극악한 것을 오히려 알지 못할 것이니, 너무 염려하지 말아라. 다만 초상 치르는 일을 온전히 하여 다른 한이나 없게 해라."

이렇게 이르며 딸의 소식을 몰라 더욱 걱정했다.

날이 저물자 화준이 기염을 데리고 이르러 먼저 정흠의 시상(屍牀)에 두 번 절했다. 기염이 시신의 얼굴에 덮어둔 수건을 들추고 아버지의 얼굴을 보고는 아버지를 슬프게 부르다가 갑자기 기절했다. 화준도 역시 애통하여 기운이 다할 듯하니, 화현이 정신없이 조카를 안고 형을 구하여 겨우 정신을 진정케 하고 내헌으로 들어가 모녀와 남매가 상봉했다. 하늘을 부르짖어 원망하는 울음에 피차 말을 이루지 못해 피눈물을 흘리며 통곡하지 않으면 갑자기 거꾸러지고 정신을 수습하면 하늘과 땅을 부르며 슬프게 곡할 뿐이니, 경상의 참담함을 차마 볼 수 없었다. 대화부인은 딸의 상처를 보고 더할 나위 없는 비참함을 차마 이기지 못했고, 기염은 모친이 숨 넘어가는 모습을 대하니 자신의 슬픔을 나는 대로 드러내지 못하고 억지로 누르려 애썼다. 이로부터 이렇게 모녀가 서로 의지하고 지탱하며 살게 되었다.

정흠의 초상

화준이 천만 비통함을 마음속 깊이 감추고 대화부인을 위로했으며 화현·유추밀 등과 더불어 초상 치를 절차를 상의했다. 정흠의 여러 친구들 중 화를 당하지 않은 사람은 다 일제히 이르러 지극한 정을 펴고자 하는 것이 동기보다 못하지 않았다. 그런데 홀로 장헌이 왕진에게 미움을 살까 두려워하여 돌아가신 태부 정한의 산처럼 높고 바다처럼 넓은 덕을 잊고 정흠 등과 더불어 어린 시절 죽마를 타고 푸른 매실을 던지며 놀던 깊은 정을 저버려, 정흠이 원통하게 죽은 것을 마음속 한편으로 슬퍼할지언정 초상 절차에 한 번도 오지 않았다. 이에 화준 형제와 당대의 이름 있는 선비들이 분노하고 놀라서 이를 갈며 그를 욕했다. 장헌은 전에 아침저녁으로 정씨 부중에 왕래할 때 쓰던 협문을 막아버리고, 또 주로 다니는 길이 정씨 부중의 문 앞을 지나는 까닭에 멀리 다른 길로 돌아서 다녔다. 그 이욕을 탐하는 비루한 행세가 이러했다.

황제가 이빈을 많이 의지하여 친정하는 데에 쫓아오게 했다. 이빈은 병을 앓은 끝인데도 황제의 실덕을 간하지 않을 수 없어서 상소를 올렸다가 옥에 갇혀 곤란을 당했으니, 그 몸이 편찮은 것은 묻지 않아도 알 것이었다. 그래도 정흠이 원통하게 죽은 것에 마음이 꺾어지고 미어지는 듯해 옥문을 나서자 마자 바로 정씨 부중으로 왔는데, 한림 양선과 어사 서옥 등 여러 선비들이 또한 이어서 태운산에 이르렀다. 정씨 부중 모든 사람들의 하늘에 사무치는 원한이 사람의 마음을 참혹하게 하니, 길 가던 사람이라도 눈물이 떨어지는 것을 참지 못할 것인데, 하물며 관중과 포숙아처럼 서로의 마음을 알아주고 한 형제·동기 같던 어린 시절 친구의 정이 오죽하겠는가? 이빈과 양선 등이 바삐 말에서 내려 정씨 부중의 문에 다다라서는 길게 실성한 듯 슬프게 울며 입으로 만백 두 자와 문계를 부르며 바삐 고죽헌으로 들어갔다.

여러 친구들이 장헌 한 사람 외에는 빠진 사람 없이 모여 화준 등과 더불어 정성으로 초상을 치르고 있었다. 바야흐로 수의와 자리를 점검하여 염습하고자 하니, 이빈과 양선 등이 재빨리 시신을 모신 곳으로 가서 시신을 덮은 천을 걷었다. 검은 선을 두른 흰 도포에 넓은 띠를 띠고 높은 관을 반듯하게 끈 매어 쓰고 긴 팔이 의젓한 모양을 하고 있었다. 또 짙은 눈썹과 단정한 얼굴이 완전히 살아 있는 것 같았다. 강산의 빼어난 기운과 오악의 움직임을 거두어 일월의 정기에 깨끗이 세수한 듯 푸른 구레나룻이 선명하여 젊음의 봄빛이 저물지 않았다. 서른은 넘었지만 마흔에는 미치지 못한 나이로, 실로 기운이 쇠하지 않아서 사해를 복종시킬 기상과 세상을 짊어질 뛰어난 재주가 있었는데, 헛되이 자리에서 쫓겨나 원통하게 죽었으며 한을 품고 절사했으니, 벗들의 가슴에 통분이 쌓여 두 눈에 피눈물이 흘렀다. 지기의 정이 형제보다 못하지 않고 대대로 맺어온 친분이 아교같이 끈끈해서, 어린 시절 푸른 매실을 가지고 놀던 일은 아침에 있었던 일 같고 죽마를 타고 놀던 일은 어제 저녁에 있었던 일 같았다. 슬픔이 구름 같고 억울함은 안개 같아서 양선 등이 정흠의 왼손을 잡고 이빈은 그 오른손을 잡아 큰 소리로 울며 정흠을 불렀다.

"만백이여, 문계여! 그대의 곧고 충성스러운 열절로 어찌 하루아침에 이렇게 아침 이슬과 같이 되었는가? 우리는 그대와 더불어 지기의 정이 친형제보다 못하지 않아서 어릴 때 푸른 매실과 죽마를 가지고 놀며 하루도 서로 따르지 않은 날이 없었고, 자라서는 걱정이건 즐거움이건 서로 나누며 환난을 함께 겪고자 했네. 그런데 이제 그대가 원통하게 죽었으니, 우리가 그대를 구하지 못하고 충렬과 신의를 좇지 못했구나. 해와 달 같은 천자의 빛이 뜬구름에 가려서 충성스럽고 어진 신하를 참벌하는데도, 위로는 임금이 실덕하신 것을 간하지 못하고 아래로는 오랜 벗을 저버렸네. 그대가 원통하게 죽었는데도 우리는 영화와 이익을 누리고 있으니, 훗날 저승에서 무슨 낯으로 서로 대하겠는가? 진실로 살아도 죽은 것만 못함을 알겠도다. 아, 만백이여! 슬프도다, 문계여! 그대가 명현의 후예로 조상의 도를 배우고 어진 가르침을 받아 여섯 가지 덕행이 빛나고 예악과 도의가 잘 갖추어졌지. 15세에 과거에 급제한 뒤 지금에 이르러 문명이 사해에 넉넉하고 덕이 선비들에게 나타나니 온 세상이 자네를 흠송했네. 영선대인 송청선생(정선)의 문덕과 재예로도 받지 못하신 하늘의 보답이 형의 형제에게는 온전할까 했더니, 누가 충간하는 곧은 의기 때문에 도리어 죄도 없이 억울하게 죽을 줄을 알았겠는가? 하늘이 무지하고 천지신명이 아득하여 착한 사람에게 복을 내리는 이치가 뒤집어진 것이라. 진실로 하늘을 향해 그대의 억울함과 복이 없는 이유를 묻고자 하나 저 하늘이 말이 없으니 한갓 천도(天道)의 괴이함을 한탄하고 슬퍼할 뿐이네. 그대의 하나 있는 딸이 남의 열 아들을 부러워하지 않을 것이지만 어찌 그대의 어진 인성으로 진나라 하동 태수 백도가 아들을 두지 못했던 안타까움이 있는 것인가? 지금 한 명의 아들을 두지 못하고 젖먹이로 후사를 이었지만 그 양아들이 아직 강보에 있어서 이 딱한 흉사를 알지 못하니, 훗날 장성하면 가문을 높일 것이라 해도 지금이야 후사가 처량하지 않을 수 있겠는가? 슬프고 슬프도다! 아, 문계여! 우리의 재주가 얕고 용렬한 것이 안타깝지만 개연히 충성스러운 진심에서 나라를 위하고 임금을 사랑하여 사직을 보호하고 인륜을 밝히고자 한 것이 어떻게 도리어 임금의 분노를 건드려 환관 왕진의 마음대로 되었는가? 오늘 그대를 보니 불과 삼사일 만에 어찌 말없이 누워 한 소리 어진 말로 우리를 가르침이 없는가? 만백이여, 듣고 있는가? 우리가 피차 자식들을 바꾸기로 혼약하여 인척의 두터운 인연을 맹세한 것이 쇠나 돌처럼 굳은데, 그대는 어찌 4, 5년 세월을 더 누리지 못하여 홀로될 아내와 어린 딸에게 만

번 맺힌 끝없는 원한과 천고에 없을 심한 고통을 끼치는가? 나는 자네가 준 금으로 된 물고기 장식을 잘 간수하여 훗날 혼인의 아름다운 인연을 이루어 조금도 자네 뜻을 저버리지 않을 것이네."

이렇듯 부르짖으며 원망하는 소리와 애통해하는 눈물이 위로는 구름 낀 하늘에 사무치고 아래로는 깊은 땅속까지 닿았다. 모두 말하자면 서어사·도학사 등 10여 인이 슬퍼하는 것은 동기를 잃은 것과 같았고, 화도헌·유추밀 등이 심하게 원통해하며 슬퍼하는 것은 더욱 비길 곳이 없었다. 이빈과 양선 등이 겨우 한스러운 곡을 그치고 정신을 수습하여 화준에게 정흠의 원통한 참사에 대해 말하고 초상을 치르는 제반 절차에 대해 물으며 같이 염하는 것을 보았다. 양선이 내당의 시비를 불러 기염의 상처를 묻고 잘 보호하라고 당부했는데, 마음속으로 참담하고 애석한 것이 아직 며느리가 아니지만 이미 얻은 며느리보다 더하니, 화현 등이 그 어진 신의에 감격했다.

이미 초상 치르는 예를 다하여 염하고 영결한 후 나흘째 되는 날 상복을 입으니, 정흠의 외가 사람들과 오랜 친구들과 친척들이 그를 위하여 원통해하고 슬퍼하는 것이 마치 따라 죽을 것같이 했다. 화준 등의 참담하고 슬픈 심사가 어찌 친형제보다 못하겠는가마는, 좋지 않은 일 가운데 더욱 망극한 것은 정씨 집안 형제들 중에 한 사람도 경사에 머물러 있는 자가 없다는 것이었다. 정겸과 정염은 남월과 강서에 있어서 이 딱한 흉변을 알지 못해 형제의 정과 특별한 우애를 베풀지 못하고, 정잠 형제는 태주에 있어서 아직 흉한 소식을 듣지 못했으니 지친의 정을 베풀지 못했다. 그 동생과 종형제들이 애절함을 펴지 못하니, 죽은 자로 하여금 슬픈 한을 머금게 하고 살아 있는 자로 하여금 만 번 맺힌 끝없는 원한과 천 번 슬퍼할 참담한 고통을 어찌 이기게 하겠는가?

이때 대화부인과 기염 소저가 하늘과 땅이 다할 정도의 지극한 원한을 마음속 깊이 담아두고 외로운 모녀가 자연히 서로 의지하게 되었다. 이미 성복을 지내고 아침저녁으로 제사를 받들며 세월이 갈수록 하늘을 부르짖는 아픔이 더할 나위 없으나, 이 또한 하늘이 살게 하신 것인 줄로 알았다. 소화부인과 서부인이 날이 오래될수록 아주버님이 억울하게 죽은 것이 매우 애통하고 대화부인 모녀의 위태한 것이 초조하여 낮부터 밤까지 대화부인 침소를 떠나지 않고 붙들어 위로하며 미음을 권하니, 넘치는 정성이 갈수록 더했다. 대화부인은 동서들이 이같이 하는 것에 감격하지 않은 것은 아니지만 미음을 목으로 넘기지 못하고 한 모금의 물도 가까이하지 않았다. 그러니 기염 또한 먹지 않고 자지 않으며 피를 토하고 울부짖을 뿐이었다.

태주에서 정잠이 흉한 소식을 듣고 매우 당황하여 밤낮으로 달려서 경사의 고택에 이르렀다. 미처 고죽헌에 들어가기도 전에 깊은 슬픔이 극에 달해 창자가 마디마디 끊어지고 오장이 부서지며 흐르는 눈물이 상복을 적셨다. 한 걸음에 세 번 엎어지니 종자가 붙들며 화준 등이 마주 나와 손을 잡고 통곡했다. 처절하게 슬픈 소리가 하늘을 깨뜨리고 산을 무너뜨리고 땅을 가르는 것 같으니, 신과 사람이 한가지로 느껴 울부짖는 듯 하늘과 땅에 사무치는 원한 맺힌 곡성으로 햇빛마저 어두워졌다. 정잠의 심담이 천만번 무너지고 찢어져 바삐 고죽헌에 들어가 보니, 소장이 붙어 있는 곳에 붉은 명정이 적막하고 묵향이 자욱한 곳에 검은 관이 놓여 있었다. 상탁에 수북하게 차린 다과는 한 가지 제물도 빠진 것이 없고, 억울하게 죽은 넋은 교의를 의지하여 흰 상자에 비겨 있었다. 정흠이 평소 남달리 친족과 벗들에게 정이 많았는데, 맏사촌형이 온 것을 안다면 어찌 반기는 말이 없겠는가마는, 잠잠히 아는지 모르는지 말이 없으니 저승이 멀지 않다면 어찌 이러하겠는가? 정잠이 이 경상을 당하여 혼과 넋이 다 날아가 갑자기 기절할 것만 같아서 빨리 정흠의 관을 안고 목 놓아 크게 울부짖었다.

"아아, 만백아! 네 어찌 이 지경이 되었느냐? 슬프고 슬프도다, 만백아! 너의 충성스러운 신의와 강개한 충직함이 어찌 도리어 이 화를 만나 죄도 없이 원통한 죽음을 당했느냐? 하늘이 정한 것이냐, 진실로 그런 것이냐, 이것이 옳은 것이냐? 내 아우는 타고난 자질이 어질고 효성스러우며 우애가 돈독하고 매우 강직해서 모든 행동이 눈부시게 빛나고 성품과 몸가짐이 모두 바른 사람이었다. 기개가 꼿꼿하여 은연중에 옛사람의 거동이 있고 세상 사람들처럼 악착같고 비굴한 태도가 없이 공자 제자 자고처럼 우직하고 성실했다. 또 세상일을 자세하고 분명하게 알아서 사문(斯文)의 기틀을 묵묵히 논하며 옳고 그름을 판단하여 충간을 자임하느라 스스로 알면서도 그 일을 범하여 화를 받은 것이다. 서른을 겨우 지나서 원통한 죽음에 기꺼이 나아가니, 충으로써 몸을 마친 것은 용방과 비간의 뒤를 따른 것이라 하겠지만 죽은 뒤의 일을 보자면 일컬으며 위로할 만한 일이 하나도 없다. 어진 덕을 지닌 내 아우에게 어찌 그 수명을 누리지 못하고 복을 받지 못한 것이 이 지경에 미쳤는가? 슬프고 슬프도다! 하늘이 지극히 공평하시고 사사로움이 없으시다면 어진 덕을 가진 내 아우에게 어찌 이런 화와 참혹한 벌을 내리시겠는가? 가문의 운이 망극한 것이냐, 때를 잘못 만난 것이냐? 알겠도다, 우리 가문이 자주 불행한 시절을 만나 숙부(정선)께서 흉악한 무리의 악독한 수단에 걸려 참화를 받으시어 춘추 스물넷을 지나지 못해 통한을 품고 원통하게 돌아가셨으니 하늘이 각박한 것이 아니겠는가? 그래도 숙부는 두 명의 아들을 두셨으니 후사가 빛났다 할 수 있겠지만, 아우는 저 강보의 어린아이에게 후사를 전하고 하나밖에 없는 어린 딸아이의 혼인도 미처 보지 못했구나. 저 남편을 잃은 만 번 맺힌 끝없는 원한과 천고에 없을 심한 고통을 무엇으로써 위로하겠는가? 아, 참혹하도다! 한식날 와서 열흘을 같이 지내고 돌아갈 때 그 말이 처절하고 슬프더니, 사람의 마음이 가장 영험한 까닭에 아우가 본디 오늘날을 모르지 않았기에 그런 것인데 이 못난 형은 그렇지 않다고 했지. 그러더니 한 달이 되지 못해 문득 한 장 글을 보내 죽음에 나아간다고 일렀으니, 내가 그 편지를 다 보기도 전에 혼백이 놀라 달아나고 심원이 마디마디 끊어졌다. 내 일찍 왔어도 어찌 아우를 재앙에서 건지며 또 어찌 천자의 분노를 늦추겠는가마는, 재앙에 나아가 영결하기 전에 얼굴을 보고 싶은 뜻이 급했네. 그러나 길이 멀어서 날아와 아우를 보지 못하고 한갓 편지를 붙들고 피를 흘리며 가슴을 두드린 지 하루가 못 되어 편지를 받은 바로 그날 갑자기 흉한 소식을 전하는 자가 있었으니 애통하여라! 생시인지 꿈인지 내 오히려 황당하여 헛소리인 것만 같아 경황이 없고 남들이 속이는 것 같아서 믿지 못했다. 날수를 헤아려보니 흉한 소식을 가지고 온 사람은 아우가 편지를 보낸 지 3일 후에 길을 떠났지만 도착은 같은 날에 한 것이었다. 아우는 이별의 편지를 쓰고 며칠 후에 죽었지만 나는 편지를 받은 날 죽었다는 소식을 함께 들으니 더욱 슬프고 원통했다. 그 가운데 어머님이 아우의 죽음을 들으시고 더더욱 슬퍼하시니 우리가 무슨 말로 위로할 수 있었겠는가? 아, 만백아! 강보를 면하지 못해서 숙부와 숙모께서 연달아 돌아가시니, 돌아가신 우리 아버님이 참혹하게 슬퍼하시고 불쌍하게 여기셔서 너를 넘치게 귀애하신 것이 진실로 우리보다 더하셨다. 뿐만 아니라 어머님이 너희들을 어릴 때 안아 기르시고 자라서 사랑하셨으니 친모자 사이보다 덜하지 않았고 아우 또한 항상 효성스러운 조카였지. 그랬던 아우가 지금은 끝없는 슬픔을 만들어 어머님으로 하여금 너 때문에 우시다가 눈물이 피가 되게 하느냐? 아, 만백아! 너의 명이 어이 그토록 박하고 궁한 것이냐? 네가 본디 우애가 돈독하고 탁월하여 나를 알기를 친형제와 조금도 다르지 않게 하더니, 내 이제 여기 왔는데도 아우가 어찌 한마디 반기는 말도 없느냐? 내 너를 위해 밤낮을 가리지 않고 정신없이 이른 정을 돌아보지 않는 것이냐? 진실로 이런 것을 안다면 이렇듯 잠자코 있을 수 있느냐? 아우야, 내가 온 것을 아느냐? 슬프도다! 수백(정겸)이 남월에서 돌아온들 형제 중 맏이를 잃어 외로운 그림자가 세상없이 슬픈 원한을 품고 스스로 죽어서 따르고자 할 것이니, 아우의 지극한 우애로 어찌 하나 있는 동생의 마음을 돌아보지 않는 것이 이 같으냐? 슬프도다! 이 형이 너에게 갚을 것이 없으나 다행히 네가 인웅이로 후사를 부탁한 일이 있으니 힘써 잘 길러서 원통하게 죽은 훗날을 빛내고 제수를 위로하며 기염이를 보호할 것이다. 너의 바람과 죽기 전에 보낸 편지에서 말한 바를 하나도 저버리지 않을 것이지만 어찌 뜻같이 되기를 바라겠느냐?"

이렇듯 백 번 부르고 만 번 가슴을 두드리며 슬프게 통곡하니, 원망하는 소리가 끊어지는 듯하더니 애통한 눈물이 피가 되어 갑자기 기운이 막혔다. 옆에 있던 사람들이 하늘을 부르짖어 애통해하며 차라리 죽어서 슬픔과 원통함을 잊고자 하니, 해가 기울도록 울음을 그치지 못했다. 이빈이 정잠의 손을 잡아 일으키며 말했다.

"만백이 재앙과 같은 벌을 받아 원통하게 죽었으니 어찌 죽어서 좇고자 하는 마음이 없겠습니까마는, 이 또한 하늘이 정한 것이요 운명이니 길흉화복을 사람의 힘으로 어떻게 할 수 있는 것이 아닙니다. 만백의 운명이 궁하고 험하지만 그 죽음이 간언하는 열사의 기풍을 다했으니 아름다운 이름이 만대에 전할 것입니다. 형은 무익하게 너무 슬퍼하지 마시지요."

정잠이 힘써 억지로 겨우 일어나니 이빈과 양선 등이 기염의 전후사를 말했다. 정잠이 겨우 몇 마디를 하고 내당으로 들어가 서로 조상하는데, 대화부인 모녀의 지극한 슬픔을 어디에 비하겠는가? 정잠이 기염을 어루만지며 눈물을 흘리고 말했다.

"아우가 진정한 충렬로 도리어 신상에 화를 받아 흉악한 무리에게 해를 당할 것은 돌아가신 아버님이 살아 계실 때 그윽이 염려하시던 일이지만, 어찌 흉악한 화가 이토록 빠를 줄 생각했겠습니까? 제수의 원통함은 말할 것도 없고 어머님이 이 일로 슬퍼하시는 것이 아버님을 잃은 슬픔에 더하시어 침식을 폐하셨습니다. 지난가을 후로 더욱 기력이 없으시다가 아우의 흉한 소식이 이른 뒤로부터 슬픔에 마음을 상하신 것이 매우 심하십니다. 게다가 죄 많은 제가 하직을 고할 때에 천만 당부하시는 말씀이, '조카의 영구를 챙기고 조카며느리를 데리고 고향으로 돌아와, 내가 살아 있을 때 기염이와 조카며느리를 만나보게 해달라'고 하셨으니, 참혹하게 슬퍼하시는 가운데 제수를 기다리시는 마음이 간절하십니다. 제수의 진실한 효심이 남다르시니 어머님을 의지하고 바라는 것이 고부의 정과 다르지 않으셨고 여러 가지 일의 형편이 여기에 홀로 머물지 못할 것이니, 고향으로 돌아가 서로 의지하여 세월을 보내는 것이 옳을까 합니다."

대화부인이 피눈물을 흘리며 울부짖을 뿐 말을 못 했다. 그러나 서부인이 소화부인과 같이 경사에 머물 뜻이 없다고 하며 고향으로 내려가자고 청했다. 그리고 이번 상사의 원통함과 인성 형제와 월염과 연교의 생존을 모르는 것이 처참하고 슬픈 것을 말하며 가만히 슬픈 마음을 드러내기 시작했다. 조세창이 형벌을 받아 만 리 위험한 땅에 유배 간 것에 다다라서는 정잠이 도리어 덤덤하게 말했다.

"세창이는 물이나 불에 빠져 있어도 목숨이 위태롭지는 않을 것입니다. 세창이가 참형을 받은 끝에 만 리나 떨어진 곳에 안치되었다는 것을 듣고 놀라기는 했지만 제가 당한 거듭된 고통과 눈앞의 화란으로 세창이의 유배를 생각할 겨를이 없었고 상무숙(상연)이 시골로 내쳐진 것 또한 염려하지 못했습니다."

정잠이 노복들에게 명하여 미음을 가져오라 하여 기염에게 권하고 어루만지며 말했다.

"내 비록 네 아비와 종형제간이지만 그 정이 친동기보다 더함이 있으니, 너는 내 딸이요 내 아들은 네 아비의 아들이란다. 너는 나를 보기를 아비와 다르게 하지 말아라."

그러고 나서 서부인을 돌아보고 말했다.

"누이는 성품이 찬찬하지 못해 잘 챙기지 못하니, 위태로운 제수를 잘 구호하지 못할까 싶구나. 밤낮으로 마음을 놓지 마라."

서부인이 전하기를 대화부인이 한 모금의 물도 가까이하지 않는다고 하며 탄식하여 말했다.

"제가 어리석고 둔하며 성정이 천박하여 형님의 지극한 슬픔을 위로할 도리가 없으니, 바삐 태주로 돌아가 고모(서태부인) 곁에 있으면서 형님을 구호하고자 합니다."

정잠이 대화부인에게 지극한 슬픔을 누르고 미음을 물리치지 말 것을 청하는데, 예도가 삼엄한 가운데도 너그럽고 인자함이 두텁고 매우 은혜로워서 어진 말씀과 덕 있는 거동이 사람의 마음을 감동시켰다. 그뿐만 아니라 정잠이 상례를 치르면서 지나치게 몸이 상해 목숨을 잃을 지경에 가까웠다. 온갖 슬픔과 가득 맺힌 참혹한 한으로 해와 달같이 훤하던 얼굴이 딴사람같이 바뀌어 흰 옥이 부서지며 맑은 얼음이 녹아내리는 듯 실로 위태하여 아침저녁으로 숨이 끊어질 것 같았다. 다만 그 일맥이 끊어지지 않아서 말을 통하고 세상사를 깨달아 괴로이 수많은 슬픔을 느끼고 있었으니, 한번 엎어지면 다시 일어나지 못할 듯해서 보고 있으면 지극히 두려웠다. 서부인과 소화부인이 그윽이 근심하고 더욱 놀라니, 대화부인이 이 가운데에서도 정잠이 위태한 것을 두려워하고 작은 일이라도 그에게 슬픈 마음을 더하지 않으려고 해서 이날부터 두어 술 미음을 먹게 되었다.

장헌의 문상

정잠이 외당으로 나와 화준 등과 더불어 의논하여 영구를 태주로 옮겨가기 위해 날을 정하고 옛집을 둘러보니, 마음이 새로이 찢어지는 것 같아서 정흠의 관을 어루만지며 피눈물로 울부짖었다. 그때 갑자기 화현이 분개한 소리로 말했다.

"제가 문계 형의 화변 후로 정신이 없어서 조금 전에 있었던 일도 잊어버리니, 배은망덕하고 이욕에 붙좇느라 근본 없이 괘씸하게 구는 장헌 놈의 소행을 즉시 전하지 못했군요."

그러고는 정잠을 이끌고 나와 장헌이 정씨 부중으로 통하는 협문을 막고 또 길을 돌아서 정씨 부중의 문앞을 지나가지 않는 것과 왕진에게 온갖 아첨을 하여 부귀를 도모하고 어진 사람이 망하는 것을 달게 여겨 조문하지 않는다고 전했다. 그러나 정잠은 구태여 분해하거나 놀라는 기색이 없이 묵묵하게 말을 하지 않았다. 화준이 또한 한스러워하는 말을 그치지 않으니 정잠이 천천히 말했다.

"여러분은 세속에서 벗어나 그 뜻이 아득하게 높은데, 사람을 책망하는 것에는 도리어 과도함이 있군요. 후백(장헌)의 인품은 기운이 약하여 본디 강인한 지조가 없습니다. 왕진의 미움을 받으면 만백 아우와 같은 화를 받을 것이 분명하여 그랬을 것입니다. 제 본디 외로운 인생이라서 위로는 부모님이 안 계시고 아래로는 형제도 없이 오로지 한 몸뿐이라서 천지간에 궁민을 벗어나지 못할 것인데, 다행히 일찍 과거에 급제한 것으로 발걸음이 궁궐에 드나들게 되어 작위가 청현에 이른 것입니다. 그런데 이러한 시절에 서툴게 과격한 의논을 하여 화망에 빠진 자를 붙드는 체했다가는 흉적 왕진의 독수를 벗어날 길이 없고 만일 화에 빠진다면 그를 구하려는 자가 한 사람도 없을 것이니, 죽는 것이 쉬파리가 스러지는 것과 일반이요 장씨의 후사가 엎어져 없어질 것을 어찌 위태롭게 여기지 않을 수 있겠습니까? 제 비록 충의로 절개를 세워서 죽는다고 해도 용방과 비간이 만대에 이름을 전한 것처럼 높은 이름을 얻지 못할 것이고, 부귀를 탐해도 궁하고 측은한 형세를 면하지 못하는 것입니다. 큰 허물을 삼아 꾸짖을 것이 아니니 다시 이르지 마시지요."

이빈이 탄식하며 말했다.

"형의 말이 진실로 저의 뜻과 같습니다. 친한 옛 벗들이 다 한가지로 후백을 죽일 놈 벼르듯 하지만 저는 후백을 책망하지 않습니다."

양선이 말했다.

"사람이 남의 잘못을 꾸짖는 것은 도리에 당연한 일입니다. 청계 형과 석보(이빈)는 장헌을 한낱 짐승으로 알아 책망하지 않는 것이니, 저는 장헌을 내버려두는 것이 우리가 그를 책망하는 것보다 못할까 합니다."

이빈이 말했다.

"무슨 일이 그렇겠습니까? 그를 내버려두고 시비하지 않는 것이 옳습니다."

이렇듯 이야기를 주고받다가 밤이 깊어지니 모두 침소로 가려고 했다. 정잠이 애통한 심회를 금하지 못하고 정흠의 관을 어루만지며 길게 부르짖고 저승이 아득히 먼 것을 일컬어 원통한 곡소리를 그치지 못하니, 이빈·양선·화준 등이 눈물을 흘리며 슬프게 울었다.

화현이 잠깐 뒷간에 가려고 나오다가 홀연 눈을 들어 보니 서쪽 담을 넘는 자가 있었다. 비록 얼굴을 보지 못했으나 눈치 빠른 사람이라 누구인지 벌써 알아채고는 놀라고 분함을 이기지 못해 곁에서 밑씻개를 들고 시중들고 있는 노복에게 '저 담을 넘어오는 놈을 이리이리 결박하여 완전히 속이라'고 했다. 이 노복 경산은 정흠의 심복이었다. 주군의 원통한 죽음을 하늘에 사무치도록 슬퍼하고 변고에 문상하지 않은 자에 대해 이를 갈며 미워하고 있었으니 어찌 화현의 명을 받들지 않겠는가? 나는 듯이 서쪽 담장 아래로 나아가 허리에 꽂았던 사슬을 내어 담을 넘는 자의 두 팔을 젖혀 물샐틈없이 꽁꽁 동여매고 두 눈에 불이 나도록 뺨과 몸을 마구 때리며 말했다.

"우리 댁이 재앙을 당해 변상을 만났으나 이 본디 당당한 제후의 가문이요 재상가이다. 문이 천만 개라도 오히려 순라군이 없지 않거늘, 네 어떤 당돌한 도적이기에 집안이 매우 어지러워 상하가 분주하고 경황없는 틈을 타 담을 넘을 생각을 냈느냐? 너는 결단코 하찮은 도적이 아니다. 내 이미 너를 잡았으니 어떻게 그 흉한 마음을 묻지 않겠느냐? 마땅히 태주 노야(정잠)께 고하고 너의 발가락을 뽑아가며 담을 넘어온 흉악한 의도를 알아내고야 말겠다."

경산은 말을 마치고 나서 그의 관을 벗기고 상투를 풀어 헤쳐 손에 감으며 일렀다.

"도적놈이 함부로 사대부가 쓰는 관을 어디 가 훔쳐서 대가리에 얹었느냐? 이런 놈이 뜻이 자라고 늘어나면 역적질도 어려워하지 않을 것이다."

이 담을 넘은 사람은 다른 이가 아니라 장헌이었다. 정잠이 왔다는 소식을 듣고 그 잘못된 마음에도 정잠을 찾아보지 않을 수 없었고 정흠의 관 옆에서 곡하지 않을 수 없어서 밤이 되자 구차하게 사람들 몰래 담을 넘은 것이다. 그런데도 마음이 두렵고 오그라들어 불안함에 식은땀이 등에 흥건했는데, 혹 왕진이 알게 될까 두려워서였다. 그런데 갑자기 끄집어 내리며 뺨을 때리고 이렇듯 욕하며 꾸짖는 말을 들으니, 이 분명히 다른 사람이 아니라 자신의 친구 정흠의 심복 노비 경산이었다. 마음속으로 매우 당황하고 왕진이 잡으러 보낸 사람인 듯해 정신이 아득하여 말을 못 하고 초주검이 되었다가 한참 후 소리를 낮춰 말했다.

"나는 어사 장헌이다. 네 어떤 놈이기에 감히 나를 이렇게 잘도 잡아매느냐?"

경산이 그를 꾸짖었다.

"밤이 어두워 달빛이 없으므로 네 얼굴을 보지 못하는데, 네 어떤 도적이기에 감히 장노야라고 하며 나를 속이고자 하느냐? 장상공이 전에는 우리 부중을 한집같이 왕래하시더니 대노야(정한)께서 별세하시고 두 상공(정잠과 정삼)이 고향으로 내려가신 후에는 구태여 자주 오시는 일이 없다가 우리 노야께서 화를 당하시자 협문을 막고 당신 집으로 가시어 문앞으로 다니는 데를 버리고 구불구불 좁은 길을 다니시며 지금은 우리 부중을 천만리나 에둘러 다니시는데, 무슨 일로 담을 넘어 오실 것이라고 네 문득 장상공이라고 하느냐? 내 우리 화상공(화현)과 태주 노야께 아뢰기 전에 네놈을 잡아 장씨 부중에 가서 장노야를 뵙고 흉적이 장공의 성명을 빙자한다고 고하여 각별 엄하게 다스리게 할 것이다."

말을 마치고는 장헌을 동여매어 끌고 장씨 부중으로 가려는 체했는데, 장헌은 왕진이 잡으러 보낸 것이 아니라 도리어 무던하게 여겼다. 하지만 정잠은 마지못해 한번 보아야 하고 정흠의 관 앞에서 곡하는 것도 안 할 수가 없었기 때문에 잠깐 정신을 수습하여, 경산이 왕진을 알 일이 없으니 자신이 누구인지 말해도 해롭지 않을 것이라고 생각하여 소리를 낮추어 말했다.

　"내 분명 장헌이다. 밤이 되어 이른 것은 지금 세상이 바야흐로 물 끓듯 해서이다. 내 본디 너의 노야와 형제 같은 사이라서 네 노야를 미워하는 자가 나를 해하지 않는다고 장담할 수 없어서 협문을 막고 지름길을 버리고 구불구불 에둘러 다니는 것이다. 천한 놈이 비록 무지하나 어찌 내 앞에서 각별히 명을 받던 노복이 나를 몰라보고 욕하고 꾸짖고 마구 때리기를 이같이 하느냐?"

　경산이 이에 다다라서는 계속 모르는 체할 수가 없어서 동료들에게 불을 가져오라 하여 한번 비추어 보고 황망하게 맨 것을 풀고 머리를 땅에 두드리며 죄를 청했다. 장헌은 분한 마음이 적지 않았지만 정씨 부중에 발을 딛고 오래 있는 것을 위태롭게 여겼다. 경산을 다스리다가 혹 말이 퍼져 여기에 왔던 것을 왕진에게 전하는 사람이 있을까 두려워서, 알고 범한 것이 아니요 전혀 모르고 한 일에 대해 죄를 묻지 않겠다고 하고 의관을 수습하며 정잠 있는 곳을 물었다. 경산은 고죽헌에서 통곡하시는 분이 정잠 노야라고 대답했다. 장헌은 매우 절박하면서도 정잠을 보는 것이 저승길을 밟는 것처럼 진정 싫었다. 그래도 인사를 차리지 않을 수도 없어서 뒤에서 누가 쫓아오기라도 하는 듯, 앞에서 누가 잡아당기기라도 하는 듯 정신없이 급하게 고죽헌에 달려 들어가 자기도 모르게 정잠의 손을 잡고 정흠의 영 궤 앞에서 울었다. 그러나 밤에 곡하는 소리가 길고 처량하여 멀리까 지 들리면 그 통곡하는 자가 누구인지를 물어 자기가 여기에 와서 정 흠의 관 앞에서 운 것을 왕진에게 이를까 두려워, 울음이 나오는 대 로 울지 못하고 부인네같이 가는 소리로 미약하게 울었다. 그런 가운 데에도 마음 한편에 정이 깊고 은혜가 두터운 것을 생각하니, 자연히 흐르는 눈물을 금하지 못하고 입 속으로 가만히 말했다.

"아, 문계(정흠)야! 자네가 이럴 줄 어찌 알았겠는가? 슬프구나, 만 백(정흠)아! 나 장후백이 그대를 염할 때에도 같이 보지 못한 슬픔이 지극하되 내 마음을 펼 수 있는 길이 없어 밤에 와서 관 옆에서 통곡 하니, 참혹하고 애통함이 죽기 전에는 변하지 않을 것이다."

그러고는 정잠과 더불어 청사에 나와 참변에 대해 말하되 말이 행 여라도 왕진에게 미치지 않게 했다. 태주의 서태부인 존후를 물으며 인성 등을 잃어버린 참혹함을 구태여 일컫지 않고 아까 넘어오던 서 쪽 담장을 자주 돌아보면서 어서 가고 싶어 했다. 화준과 양선이 그 거동을 보고 비위에 거슬려서 바로 보지 못했다. 이빈은 말해도 유익 하지 않을 것을 알지만 안타까움을 참지 못해 문득 손을 잡고 탄식하 며 말했다.

"후백(장헌)아! 자네 거동을 보니 실로 문계의 죽음이 영화롭고 자 네의 삶이 욕되다는 것을 알겠네. 내 문계를 생각하면 그와 나의 삶 과 죽음이 다른 것이 부끄럽고 그를 따르지 못한 것이 한스러웠는데, 오늘 자네를 대하니 문계가 원통하게 죽은 슬픔은 다 잊히는군. 우리 선생님께 학문을 배운 자가 100여 명인데 자네 한 사람이 이토록 마음을 잘못 먹고 수염 없는 도적의 위엄이 두려워 그를 엎드려 따르니, 이는 큰 도리와 불의를 생각하지 않는 것이네. 진실로 이 일에 대해 통곡하여 조상하고자 하네. 그런데 알지 못하겠군. 자네가 저 흉적을 섬기는 데 간과 피를 쏟아 다른 일에는 겨를이 없다가 혹시 훗날 왕진의 권세가 빙산처럼 녹아 없어지면 그 누구를 의지하고자 하는가? 자네의 관상이 지극히 복되니 영화와 복록이 무궁하겠지만, 배은망덕하고 무지하고 신의 없는 행동은 선비들이 큰 죄로 여길 것이고 만세에 욕된 이름이 전해지지 않을 수 없을 것이네. 비록 팽조처럼 오백 년을 장수하고 만석꾼의 부귀를 가졌어도 즐거움이 있겠는가? 모름지기 임금의 총애를 받는 신하들이 앞뒤로 어떻게 되었는지 잘 살펴서 모질고 비굴한 행동을 좀 그치게."

장헌이 다 듣기도 전에 얼굴색이 매우 좋지 않더니 눈알을 어지럽게 뒤룩이며 말했다.

"명공과 같은 사람들은 관직이 높고 위력이 거룩하여 위로는 황제를 억누를 정도이지만 나 같은 속세의 평범한 사람은 자연히 세상의 이익을 탐하고 이해를 돌아보아 득실을 걱정하는 것입니다. 사람이 다 한결같을 양이면 어찌 공자 문하의 70 제자가 다 공자 같지 못하며, 유하혜와 도척같이 한 형제가 어찌 현인과 도적이 되겠습니까? 제가 이미 붕당에서 버림당할 것을 감수하겠다고 작정을 했으니 명공은 더 이상 근심하지 마십시오."

이빈이 어이없어서 다시 말을 하지 않았다. 장헌이 정잠에게 태감 왕진의 엄한 위세가 나라 안팎을 기울이니, 저 같은 것은 혹 미움을 당할까 두려워 정흠을 염할 때 와서 보지 못했고 밤을 타 담을 넘어 이르렀다가 경산에게 참욕을 당한 바를 총총히 이르고, 급하게 돌아가야 한다며 정흠의 영구를 붙들어 먼 길에 무사히 득달하기를 청하고 팔을 들어 작별하고 서쪽 담장을 넘어 돌아갔다. 그 행동거지가 미친개 같아서 사람이라고 책망할 것이 없었다. 화현은 정흠의 화변으로 속이 다 타서 재가 되지 않을 수 없고 보는 것마다 통절함이 더하니 어떤 기괴한 일을 보아도 웃음이 나지 않았다. 그런데 조금 전 경산을 시켜 장헌을 결박하여 때리고 위협한 것을 생각하니, 장헌의 거동이 해괴망측하고 가소로워 장헌이 돌아간 후에 정잠을 보고 말했다.

"저는 청계와 석보(이빈)가 아니었다면 남의 집 담을 넘는 사람 같지 않은 자를 잡은 김에 머리털을 붙잡고 조리돌림이나 시원하게 해 볼 것인데, 청계와 석보가 놀라 거조가 괴이할 것이므로 경산의 손을 빌려 두어 번 뺨을 치고 말았으니 통분만 더합니다. 저 같은 사람은 평생 비위에 결벽증이 있어 저런 것을 바로 보지 못하겠는데, 형은 그것의 손을 잡고 어깨를 나란히 하여 마음을 닦고 선을 행하라고 이르는 것이 욕되지 않더이까?"

이빈은 장헌이 속은 것이 어이없어 미소 짓고 좌중은 시원하게 여겼으며 그 뺨이 부었던 것을 가장 고소해했다. 그런데 정잠은 경산이 알고 범한 죄가 가볍지 않다고 하며 화현의 명이 아니라 경산이 한 일이었다면 법률에 의해 처벌이 무거울 것이지만 이미 화현이 시킨 것이니 죄를 묻지 않겠다고 하고 끝내 장헌의 사람됨에 대해서는 시시비비를 가리려 하지 않았다.

태주에서 치르는 정흠의 장례

이렇듯 슬프고 원통한 가운데 사오일을 지내니 영구가 떠날 날이 되었다. 정잠이 세 제수와 여러 조카들을 보호하며 정흠의 관을 싣고 태주로 향하니, 대화부인과 기염의 지극한 슬픔은 다시 이를 것이 없었고 집을 지키는 비복들은 남겨져 떨어지는 슬픔이 있었다. 영구를 모시고 고향으로 내려가는 종들은 원통한 화를 당해 경사를 떠나는 홀로된 주인마님과 외로운 어린 소저를 모시며 슬프게 울부짖는 소리가 산천이라도 움직일 듯했고, 여러 친구들은 만사를 써서 영영 떠나는 사람에게 말을 남기고 강가에서 송별했다. 황제가 친정을 결정했고 그날이 가까워졌기 때문에 이빈·양선·유추밀·화준 등이 상여를 따라 태주로 가서 장지에서 장사 지내는 것을 볼 수 없었다. 그래서 모두 강가에서 송별하니, 지극히 비통한 마음이 더했다. 양선은 아들 양필광으로 하여금 정흠의 영궤에 계속 절하게 하고 정잠에게는 정혼한 일을 일러 '어린 며느리를 보호하는 것은 형님을 믿노라' 하며 정기염을 이미 얻은 며느리같이 여겼다. 화현 형제는 사사로운 일로 황제가 출정하는 데 안 나갈 수 없었기 때문에, 이에 누이와 이별하는 심사가 마디마디 끊어져 한갓 슬픔만 가득할 뿐이요 말을 이루지 못했다.

날이 늦어지므로 더 이상 출발을 늦출 수 없어서 부득이 피눈물을 뿌리며 헤어졌다. 정잠이 여러 사람들을 재촉하여 빨리 떠나는 가운데에도 변고를 만날까 두려워 드러나지 않게 방비한 것이 평범하지 않았는데, 인성 남매를 잃었을 때에 생각지 못한 변을 보았으므로 걱정이 매우 심했던 것이다. 그래서 도중에 기염의 상처가 다시 덧나 살지 못했다고 하고 기염을 의장 속에 감추어 수레를 타고 가게 하는 한편 제대로 관곽을 갖추어 소저의 영궤라고 했다. 그리고 정흠의 진짜 관은 밤에 믿을 만한 군관과 충성스러운 노복들에게 맡겨 수로로 가게 하고 가짜 관을 만들어 정흠의 시체를 담은 것이라고 하여 감쪽같이 행차하는 모습을 다 갖추었다. 정잠이 계교를 베풀어 행하는 것이 고요하고 주도면밀하여 사람들이 생각할 수 없는 것이었다.

흉적 왕진은 정흠의 어린 딸을 죽일 뜻이 있는 데다 정흠 시신의 머리를 베지도 못했는데 도리어 황제가 뉘우치며 슬퍼하는 것을 보니 분함을 이기지 못했다. 저 7세의 어린 여자아이를 죄로 얽어 해하는 것은 일이 되지 못하고 황제가 이미 기특히 여기니, 자기가 정씨를 미워하는 원한을 풀지 못할 것 같았다. 다만 그 정려문을 내려 기리고자 하는 것을 늦추기 위해 '조용히 예부에 명하시어 가문에 정표하시면 되고 아직은 나라에 큰일이 있으니 그런 미미한 일은 돌아볼 겨를이 없다'고 하면서 한편으로 건장한 갑옷 입은 군사 수백 명을 뽑아 빨리 정씨 부중의 수레를 따라가 정기염을 죽이고 정흠의 관을 빼앗아 불태우라고 했다.

군사들이 미처 정씨 부중의 행차를 범하지 못했을 때, 정기염이 죽었다며 일행이 위아래 없이 모두 슬프게 곡하고 가던 길을 멈추어 초상 기구를 차려 염습하고 입관했다는 것을 알게 되었다. 자신들의 수고를 허비하지 않고 스스로 죽은 것이 기뻤지만 왕진에게 돌아가서는 자기들이 해하여 그 목숨을 끊었노라고 하기로 했다. 다만 정흠의 관을 빼앗아 불태우고자 하여 마을의 인가가 드문 곳에서 밤을 지내는 때를 타 수백 명이 한꺼번에 소리치고 달려들어 옷을 넣은 관을 앗아갔다. 이때 정씨 일행들이 감히 다투지 못하는 것처럼 하므로 구 태여 사람을 상하게 하지 않았다. 군사들이 흩어진 후 또 말을 퍼뜨 려 정흠의 시신을 잃었다고 했다. 그러고는 일행이 모두 더욱 놀라서 어쩔 줄 모르고 허둥대는 척하니, 염탐하던 무리가 진실로 그런가 여 겨 다시 여정 중에 변을 만들지는 않았다. 다만 옷을 넣은 관을 가져 가 깊은 산속에서 불태우고 기뻐하며 경사로 돌아갔다. 정잠이 계교 로 큰 변을 막고 세 제수와 여러 조카들을 보호하여 쭉 무사히 행하 여 태주에 이르렀다.

정흠의 진짜 관을 옮기던 군관과 노복들은 수로로 행하여 정잠 일 행보다 며칠 더 빨리 태주에 이르러 별채에 정흠의 영연을 차렸다. 정삼이 뼈에 사무치게 괴로워하고 여러 부인들이 참담하게 슬퍼하는 것이 시간이 흐를수록 더욱 더했다. 정잠이 대화부인을 비롯한 제수 들과 여러 조카들과 더불어 서태부인을 뵈니, 서태부인이 대화부인 을 붙들고 기염을 안아 하늘을 욕하며 원통함을 부르짖고 우느라 기 운이 다할 듯했다. 온 집안이 지극히 슬프게 곡하여 먼 곳까지 들리 는 탄식이 걱정 어린 구름을 일으키고 흐르는 눈물이 내를 이루어 앉 은 자리에 고일 정도였다. 서태부인이 대화부인을 만났을 때 대화부 인이 혼절했는데, 대화부인이 흉변 후로 자주 이렇게 기절하곤 했다. 대화부인이 기운이 막혀 인사를 모르다가 한참 있다가 깨어나니, 서 태부인이 다시 울음을 참지 못하고 말했다.

"나의 질부야! 그대의 덕성으로 어찌 차마 흉변을 당하며, 우리 조 카처럼 충성스럽고 열렬하게 바른 도를 따르던 사람이 지금 화를 입어 죽으니 그 무슨 하늘의 뜻이며 이 무슨 일이냐? 내가 비록 저를 낳지 않았지만 그 정이 친모자간보다 못하지 않았는데, 이 딱한 슬픔과 지극한 원통함을 당하니 일마다 불행하고 한스럽구나. 저 푸른 하늘이 우리 조카를 원통하게 죽게 하고는 나의 쇠잔한 목숨은 없애지 않아 지극한 슬픔을 괴로이 서리담고 여러 세월을 견디게 하는 것은 어째서이냐?"

그러고는 기염을 안고 정흠을 부르짖으며 우니 붉은 눈물이 옷을 적셨다. 정잠 형제는 자신들이 매우 원통하고 슬픈 것도 참을 수 없었지만 서태부인이 지나치게 슬퍼하시는 것이 걱정되어 어쩔 줄 몰랐다. 그래서 여러모로 모친을 위로하고 기염의 효성이 남달리 빼어난 것을 말하며 정흠의 외동딸이 남들의 열 아들을 압두할 것이라고 일컫고 인웅이를 데려오라고 하여 대화부인께 보였다.

아이는 이미 돌이 지났는데, 태어나면서부터 빼어남이 사람이 생겨난 뒤로 제일이라 할 만해서 보통 사람보다 훨씬 뛰어났다. 태어나면서부터 세상 이치를 아는 생이지지(生而知之)의 기질이 성인의 품성이요, 타고난 성품이 신성한 것은 나면서부터 자신의 이름을 불렀던 제곡이나 세 살에 천수를 통했던 노자와 같이 기이했다. 그런 까닭에 정흠이 화를 입어 죽은 후로 문득 다른 사람이 가르쳐주지 않았는데도 즐거워하지 않고 자주 슬피 울고는 했다. 유모가 인웅 공자를 데려와 좌중에 놓으니, 빠르게 걸어 정잠 앞에 절하고 좌우를 둘러보아 경색이 참담함을 살피더니 문득 울려고 했다.

서태부인이 대화부인을 가리키며 인웅에게 말하기를 '이 곧 너의 모친이다.'라고 하고 손을 잡아 일으켜 앉히니, 아이가 영기 넘치는 눈을 들어 부인을 이윽히 바라보다가 무슨 마음이 있는 듯이 대화부인 무릎 위에 머리를 박고 한참 동안 얼굴을 들지 않았다. 처음 보는 서먹함이 없고 옥 같은 손을 들어 박속같이 흰 손가락으로 부인의 손을 어루만지니, 그 성품이 평범하지 않고 특이한 것이 만물 가운데 짝이 없을 것 같았다. 그 기질은 오로지 산의 영기와 물의 정수를 거두고 해와 달의 광명한 정화를 앗아 천지의 기맥을 타고났으니, 정인성의 기질에 견주어도 떨어지지 않았다. 대화부인이 비록 칼과 끈으로 자결하지 못했으나 끝없는 원망과 지극한 슬픔에 진실로 죽을 마음이 있고 생기가 없으니, 눈을 돌려 범사에 살필 것이 없고 귀를 기울여 듣고 싶은 것이 없었다. 그런데 오늘 어린 양아들을 보니 마음 가득 기이하여 다른 생각이 없고 아이를 귀중하게 여기는 뜻이 가득하니, 진실로 하늘이 시킨 정이요 신명이 맺어준 모자지간이었다. 어린아이가 비록 소교완의 품을 빌려 열 달 어미의 은혜를 받았으나 하늘이 뜻을 두신 바는 정흠과 대화부인의 아들이요 정잠과 소교완의 임종을 지킬 아들이 아니었기 때문에, 친모자간보다 더한 특별한 사랑이라고 생각지 않을 수 없었다. 이로부터 대화부인이 목숨을 부지할 수 있어서 남은 세월을 누리게 되었다.

이윽고 정잠 형제가 방 밖으로 나가니, 정잠의 부인 소교완과 정삼의 부인 화부인이 정당에 들어와 서태부인을 모시고 대화부인을 붙들고 끝없이 슬퍼했는데, 대화부인은 가슴이 막히지 않을 수 없어서 줄줄 피를 토하며 기절할 뿐이었다. 화부인이 통곡하며 사촌언니의 험하고 기박한 운명을 서러워하는 것이 뼈에 사무쳤다. 그러나 서태부인을 위해 마음을 넓게 먹어 참고 범사에 경중과 절도가 있는 까닭에 오히려 지나친 거동이 없었다. 소교완이 대화부인을 위해 슬퍼하는 것과 정흠이 화를 입어 돌아가신 것을 애통해하는 것이 뼈를 깎는 듯했는데, 드러나는 곡진한 정성이 우애하는 동기보다 더하고, 인웅을 정흠에게 보내는 것을 조금도 애달파하지 않는 것 같아서 언행과 행동거지가 볼수록 보통 사람들과 달랐다. 그러니 대화부인이 비록 총명하다 해도 소교완의 속마음을 깨닫지 못하고 그녀를 현명하고 지혜로운 부인으로만 알았다.

흐르는 세월이 살 가듯 하여 정흠의 장례일이 다다랐다. 비록 두 동생이 오기 전이었지만 흉적의 화가 미칠까 두려워 영구를 받들어 가까운 마을에 묻고 봉분을 쌓았다. 대화부인 모녀의 하늘에 사무치는 슬픔과 서태부인의 참혹한 슬픔은 말할 것도 없고, 정잠과 정삼의 형제를 잃은 슬픔과 세상에 없는 원통함이 초목을 시들게 했다. 사물도 이러하니 하물며 귀신과 사람이 서로 통하는 것이야 일러 무엇 하겠는가?

무덤에 안장하여 정성을 다한 뒤 신주를 받들어 집에 돌아와 아침저녁으로 제사를 올렸다. 소교완은 정흠의 제사에도 정성을 베풀어 태부 정한에게 올리는 아침저녁 제사에 버금가게 했으니, 대화부인이 직접 주관해도 이보다 나을 것이 없을 듯했다. 또 인웅을 유모와 함께 대화부인 침소에 두고 기염을 사랑하는 것이 지극하니, 오랜 시간 유심히 보아 허물을 잡고자 해도 그러기 어려워서 진실로 세상에 다시없는 사람인 것 같았다. 그러니 어찌 간웅이 아니겠는가? 그러나 정삼의 부인 화씨와 정염의 부인 소화씨는 소교완이 끝내 좋지 않을 사람임을 알았다. 또 서태부인은 소교완보다 둘째 며느리를 소중하게 여기는 마음이 더 컸지만 넓은 덕과 큰 도량으로 그런 마음을 평생 나타내지 않고 오직 두 며느리를 똑같이 사랑했다.

흉노의 포로가 된 황제

이때 왕진이 나라를 그르치고 어진 신하들을 해치는 것이 날로 더했으며, 황제의 총명을 가리고 성정을 병들게 하여 충신열사가 하나하나 죄인이 되어갔다. 요악한 소인배들이 일제히 때를 얻어 고개를 치켜들고 뽐내니, 조정의 정사가 한심하고 괴이하여 황제의 실덕은 날로 더해가고 소인배들의 무도한 행태가 나라를 좀 먹고 어지럽히는 것이 이만저만이 아니었다. 묘당은 날로 쓰러져 가고 중신들이 모인 기구는 날로 와해되어 기강이 해이해졌으며 황제의 강령이 통제력을 잃고 체통이 없었다. 이빈 등이 아침부터 저녁까지 충심으로 갈망하느라 옥폐에서 머리를 두드려 유혈이 솟아났는데, 황제가 조서를 내려 타이르니 눈물이 피가 되고 충성스러운 말이 진흙이 되었다. 그러니 어찌 털끝만큼이나 황제를 도와서 올바른 데로 이끌어 갈 수 있겠는가?

황제가 충신들의 직간을 배척하고 왕진의 흉독하고 요사스러운 말을 순순히 받아들여 친정을 결단했다. 황제가 거둥하면서 동생인 경왕에게 태감 김영보 등과 함께 황성을 지키게 하고 자신이 직접 군관과 사졸 50만여 명을 거느리고 기사년(1449) 1월 17일에 물밀듯 나아갔다. 그런데 왕진이 비록 황제를 끼고 열후를 평정하여 위엄이 흉악하고 드셨지만 장수들이 마음으로 복종하지 않고 저마다 원망을 품고 있었다. 여러 장수들이 왕진을 따르지 않으니, 군중의 기강이 해이한 것은 묻지 않아도 알 수 있었다.

거용관을 출발하여 선부에 이르러서는 연일 대풍이 서북쪽에서 불어오고 큰비가 종일 내렸으며, 토목보에 도착한 14일에는 우레가 사면을 에워쌌다. 영국공 장보와 학사 조정 등이 황제께 아뢰어 화친하는 것이 마땅하다고 했고 황제가 또 형세가 이롭지 않은 것을 보고 군사를 물리고자 하여 사신에게 글을 보내어 흉노의 마선에게 화친을 청하고자 했다. 왕진이 급히 그 명령을 수행하려 했는데 3, 4리를 못 가서 흉노의 군사들이 다시 사방으로 에워싸며 빠르게 따라와 명나라 진영을 향해 달려들어 죽이니, 주검이 들에 덮히고 피가 흘러 물이 막혔다. 황제가 직접 대군을 이끌고 막힌 것을 뚫다가 기운이 다해 일어나지 못하니, 흉노가 황제를 사로잡아 갔고 백관들 가운데 영국공 장보와 상서 광야와 학사 조정 등 수백 명이 전쟁터에서 생을 마쳤다. 그 아래로 수백 명이 앞서 행하여 맨몸으로 연달아 유곤에 도착하니, 보군 20만과 무기와 군수품이 오랑캐들의 것이 되었다. 예로부터 오랑캐가 중국에서 이익을 얻은 것이 이 같은 적이 없었다. 명나라 군사가 대패하여 황제가 흉노의 참욕을 면치 못하니 이제 와서 충성스러운 신하가 진심으로 올린 피어린 간언을 생각하여 실덕을 뉘우친다고 해도 어찌하겠는가? 이 이야기는 이미 역사 기록에 모두 갖추어져 있으니 그 대략을 적었다.

학사 이빈과 한림 양선이 황제를 호위하여 토목보에 이르기 전의 일이다. 이빈과 양선이 거용관에서 피를 흘리며 간쟁하여 어가를 돌리시라고 아뢰기를 아침부터 저녁에 이르도록 했으나 뜻을 얻지 못했다. 황제가 처음에는 눈을 감고 팔짱을 낀 채 오래 말씀이 없을 뿐이더니, 시간이 한나절이 흐르자 핍박하여 물러가라 하며 '임금도 모르고 무엄하다'고 엄하게 책망했다. 그러나 여러 신하들이 물러가지 않는 것을 보고 매우 화가 나서 하옥하라고 하니, 이빈과 양선 두 사람의 피눈물이 소매를 적시며 떨어져 내렸다. 양선이 이빈을 보고 애통해하며 말했다.

"슬프도다! 우리 스승님은 왜 살아 계실 때 저 수염 없는 흉적을 묘당에 두시어 나라가 장차 엎어지게 하시는 것인가?"

이빈이 탄식하며 말했다.

"하늘의 뜻이며 나라의 운수이다. 스승님께서 살아 계실 때 오늘을 모르신 것이 아니지만 능히 흉적을 물리치지 못하신 것이니, 이제 한 할 것이 없거니와 우리가 벼슬하는 신하가 되어 우리 황제께서 흉노의 참욕을 당하게 하니 무슨 면목으로 하늘에 떠 있는 해를 보겠는가? 이때를 당하니 만백(정흠)이 죽은 것이 더욱 쾌하고 우리가 살아 있는 것이 만 번 불쾌한 것이군. 나라를 걱정하는 충성심이 심혈에서 솟아나 눈물을 흘리며 간절히 간언해도 황제의 뜻을 얻지 못하고, 둥근 담 안에 손이 묶인 채 순순히 흉적의 모해를 입어 옥리를 보고 머리를 조아리고 관아의 노비만 보아도 마음이 뜨끔하니, 긴 날의 괴로움이 잠시 기름솥에 삶아지고 잠깐 사이에 심장을 뽑히는 것만 같지 못할 것이네. '선비라면 땅에 금을 그어 옥을 만들어도 들어가지 않고 나무를 깎아 형리를 삼아도 상대하지 마라.'라고 한 말에 크게 어긋나지 않겠는가? 우리가 오늘 옥에 나아가는 것이 또한 목숨을 부지하는 방법이 되어, 공후나 열후와 더불어 전쟁터에서 피 흘리지 못한 것이 더욱더 부끄럽지 않겠는가?"

말을 마치자 길게 탄식하고 옥에 나아가니, 충성에서 나온 분기를 참지 못하는 거동이 하늘을 깨뜨릴 듯했다. 이렇게 황제가 이빈과 양선 등을 석방하지 않고 대군을 거느려 흉노를 치고자 하다가 크게 패했기 때문에 이빈과 양선이 적의 공격을 당하지 않은 것이다.

황제가 흉노에게 잡혀서 마선의 성에 이르러 남쪽을 향해 무릎을 꿇고 앉아 있으니, 한 오랑캐가 와서 갑옷을 달라고 했다. 이에 황제가 주지 않자 그가 해칠 마음을 품어 황제가 위태하지 않을 수 없게 되었다. 그때 흉노 중에 관상을 보는 사람이 있어서 그를 말리며 말했다.

"이는 보통 사람이 아니니 경솔하게 해치지 마라."

그러고는 마선의 동생인 건간왕을 만나게 하니 황제가 물었다.

"네가 흉노 마선인가?"

건간왕이 매우 놀라서 달려가 마선을 보고 말했다.

"부하가 어떤 사람을 잡았는데 매우 기이합니다. 이 반드시 대명의 황제인가 합니다."

마선은 그가 황제라면 해하기를 더디 하지 못할 것이니, 중국 사람에게 보이면 황제인지 아닌지 알 것이라 하고 사로잡은 장졸에게 물으니 과연 황제라고 했다. 마선의 충신 내공이 춤추듯 칼을 휘두르며 말했다.

"이 칼로 저 명나라 황제를 벤다면 우리 군사들이 명나라를 정벌하는 수고 없이도 중원의 패권을 장악할 수 있을 것이니, 이는 하늘이 우리 군대로 하여금 통쾌하게 만리강산을 발아래 두게 하신 것입니다.”

그러고는 칼을 휘두르며 빨리 내달았다. 이때 건간왕 백안첨모애가 면전에서 크게 꾸짖으며 칼을 멈추라고 했는데, 마선이 내공에게 눈짓을 하여 빨리 해치우라고 했다. 내공의 마선을 위한 충성은 죽음도 돌아보지 않는 것이었고, 처음부터 마선에게 난을 일으키라고 권했기 때문에 명나라를 멸하는 일에 발분하여 끼니를 잊을 정도였다. 그러니 어찌 황제를 해하고자 하는 마음을 그치겠는가? 건강왕이 보는 데에서는 순순히 칼을 버리고 물러났으나 밖으로 나와서는 군사 100여 기를 거느리고 돌아가는 황제를 쫓아갔다. 가다 보니 황제가 노송 아래에 외로이 남쪽을 향해 가부좌를 틀고 앉아 있었는데, 환관은 한 사람도 따르는 이가 없으니, 외롭고 난처한 형세가 한 명의 군사가 손을 써도 벗어날 수 있는 길이 없어 보였다. 내공이 호탕하게 달려오다가 황제가 혼자 있는 것을 보고 껄껄 큰 소리로 웃으며 말했다.

“100여 기를 쓸 곳이 없을 뿐 아니라 나의 지용과 재략으로 혼자 있는 자에게 직접 칼을 쓰는 것은 쉬파리를 보고 장검을 뽑는 것과 같다. 말단 소졸이라도 충분히 당해내겠지만 근본을 생각하면 만승천자이니 내가 나서는 것이다. 비록 운수가 다해 곧 망할 나라라 해도 내가 번국의 장수로서 천자의 머리를 베는 것은 열 번 죽고 만 번 구해도 얻지 못할 기회이다. 내 당당히 한번 저 머리를 베어 우리 임금의 탑하에 바칠 것이다.”

말을 마치고 갑작스레 에워싸니 이때를 당해서는 항우의 강한 용력과 태종의 무용이라도 손을 놀릴 수 없을 것이었다. 황제는 용력이 당치 못할 것을 알았기 때문에 맥없이 죽게 된 것을 매우 슬퍼하며 당황하여 소리 지르고 말에 올라 피해 다니다가 지쳐 문득 땅에 엎어졌다. 오, 슬프도다! 황제가 부유하기로는 사해를 발아래 두고 귀하기로는 천자의 자리에 있으면서, 실덕하여 어진 신하를 멀리하고 소인배를 가까이하여 요망한 참소를 귀 기울여 듣더니, 상나라의 덕과 주나라의 정사를 본받지 못해 만승천자의 지존한 지위로 흉노의 참욕을 받아 더러운 병기가 용체를 핍박하기에 미쳤다. 슬프구나! 만세에 씻지 못할 통한비분은 이르지도 말고 적을 막을 자가 한 사람도 없으니 위태함이 코앞에 있었다.

황제를 위기에서 구하는 조세창

이때 홀연 남녘으로부터 네댓 군졸을 거느린 자가 급히 달려왔다. 그 모습이 당당하고 체격이 늠름하여 천지를 돌이키고 세상을 바꿀 수단이 있으며 태산을 끼고 북해를 뛰어넘을 기상이 있으니, 한 자루 칼로 흉노군의 머리를 풀 베듯 베고 큰 소리로 꾸짖었다. 만인이 놀라 쓰러질 위풍에 분노로 치솟은 머리털이 관을 뚫을 듯하고 눈자위가 찢어질 듯한 모습으로 얼핏하는 사이에 흉노군 30여 명의 머리를 베고 빠르게 들어오니, 흉노군이 한꺼번에 썩은 풀같이 물러났다. 그 사람이 흉노군 가운데 내공을 베지 못하고 다시 말에서 내려 기절한 황제에게 약물을 드려 구호하니, 한참 후에 회생했으나 오히려 정신을 수습하지 못하고 희미하게 눈을 들어 말했다.

"짐을 구하는 자는 어떤 사람이냐? 흉노는 무슨 까닭으로 짐의 목숨을 남기는 것이냐?"

그 사람이 백 번 고개를 숙여 절하고 일만 번 죽기를 청하니, 이 어떤 사람인 것인가?

이전에 후암공 어사 조세창이 형벌을 받다 남은 목숨으로 겨우 일신을 조섭하여 북해에 안치하라는 명을 받고 죄인이 되어 유배지로 갈 때이다. 조세창이 만 리 힘든 길에 참혹한 형벌을 겪은 몸으로 한낱 함거에 실려서 힘들게 유배지로 가면서 궁벽한 땅의 풍상에 오직 스스로 몸을 돌보기를 극진히 하여 부모님께 자식을 잃는 아픔을 끼치지 않으려고 했다. 자신의 몸을 보호하기를 여린 옥같이 하며 종일 행하여 숙소에 들어가면 낯선 풍경이 소슬한 때와 세월이 서글픈 밤에 문득 낙양을 바라보고 오래 회상하여 부모를 그리워하는 정이 하루하루 더했다. 또 임금을 사랑하고 나라를 위하는 진실한 마음으로 생각해 보면, 황제가 흉적 왕진 때문에 충렬지사에게 죄를 주어 죽이고 간악한 무리가 의기양양하게 뜻을 얻어서 억만창생이 끓는 물과 타는 불에 빠지고 종사가 위태하고 나라가 온통 어지러워진 것을 알 수 있었다. 애통하고 분개함이 하늘에 사무치니 자주 손을 들어 가슴을 치고 피를 뿌려 음식을 토했다. 온 마음이 나라 걱정에 골똘하여 미처 다른 일을 생각할 겨를이 없다가 고요하게 자기 평생을 생각하면 효에 힘을 다하고 충으로 목숨을 바쳐 충효를 완전하게 하고자 했는데, 지금 이때에는 두 가지 다 어긋난 것이었다. 황제는 자신을 미워하는 것이 죽이고 싶을 정도여서 참형을 받아 남은 목숨이 북쪽 변방 오랑캐 땅으로 내쳐지고, 가정에는 비상한 불효를 끼쳐 부모님 슬하를 적막하게 만들어 살아서 헤어지고 죽어서 이별하는 참담한 슬픔으로 아침저녁 피눈물을 뿌리시게 했기 때문이다. 의탁할 곳 없는 심사로 집현촌에서 아들 종자기를 잃고 울던 종옹이 아니로되 두 눈에 피가 솟아 정채를 잃고, 안연의 아버지 안로처럼 아들이 죽은 것은 아니지만 하나뿐인 아들을 만 리 위험한 땅에 보낸 슬픔에 가슴이 막히실 것이었다. 이런 생각을 하면 창자가 마디마디 끊어질 것 같아서 철석같은 장부의 마음이라도 정신이 없을 정도였고, 아침저녁으로 부모님의 안부를 살피던 때가 되면 먼 곳을 향한 지극한 효성으로 마음이 베이는 것 같으니 신과 정령이 감동할 바였다.

조세창이 하루는 한밤중에 하늘의 별을 올려다보며 나라의 길흉을 살피는데, 자기 집안을 주관하는 별을 보니 벌써 낙양을 떠나 고향으로 돌아간 것을 알게 되어 오히려 다행스러웠다. 가만히 생각해 보면 부친이 조부모님을 모시고 고향으로 돌아간 것이 간당의 해를 입어서였지만 안정한 곳에 방소를 정하여 계신 것이 다행이라 기뻤다. 그러나 벗어날 수 없는 생각은 황제가 실덕한 것에 대한 애석함이었다.

이렇게 애를 태우며 겨우 유배지에 별일 없이 도착했는데, 이 곧 오랑캐 땅이었다. 어리석은 백성들이 모여 있는 곳이요 오랑캐의 마을이라서 풍토가 괴이하고 풍속이 짐작하기 어려워 하루도 견딜 수 없었다. 하지만 조세창은 자신의 몸에 닥친 화액은 조금도 슬퍼하지 않았고, 늘 마음에 북받치는 것이 나라의 안위였다. 나라를 걱정하는 겨를에 태행산 구름을 바라보며 부모님을 생각하니, 노나라 술도 근심을 풀지 못하고 초나라 노래도 즐겁지 않았다. 《시경》〈척호〉 시의 '아버지를 그리워하네, 어머니를 그리워하네.'라는 구절을 읊으며 눈물을 비처럼 흘리니, 모습은 여위고 생각은 막혔다. 창자가 끊어지는 원한과 탄식으로 간장이 녹고 부모님을 그리워하다 눈이 멀지 않을 수 없으니, 이런 충효와 신의의 도를 어찌 변북 지방의 어리석은 백성들이 무릎을 치며 배워 익히지 않겠는가? 이로 말미암아 금수 같은 오랑캐들이 풍속을 고쳐 충효를 근본으로 삼고 우애하고 화목하며 이웃들끼리 서로 도왔다.

　조세창이 유배지에서 산 지 몇 달 만에 흉악하고 모진 인심이 크게 변해 문득 중원의 문화에 비길 정도이니, 덕행이 빛나면 오랑캐라도 푹 젖어든다는 것을 알 만했다. 하늘의 도는 충성스러운 신하가 억울하게 죽는 일이 없게 하고자 했으므로 형장에 상한 곳이 자연히 차차 나아 이미 다 회복했는데, 갑자기 마선이 폐물을 성대하게 차려 간절하게 글을 보냈다. 조세창이 분함을 이기지 못해 폐물을 울타리 안에 들이지 않고 사자를 꾸짖어 물리치니, 마선이 조세창의 거처를 남김없이 짓밟고자 했다. 그러자 내공이 간언했다.

　"황제를 없앤 후 만리강산을 발아래 두시는 날에는《시경》에 나오는 대로 온 천하가 왕의 땅이 아닌 곳이 없고 모든 백성이 왕의 신하가 아닌 자가 없을 것입니다. 조세창이 비록 충절을 굽히지 않으려고 하지만 전하께서 대위에 오르시면 곧 전하의 신하입니다. 주나라 곡식을 먹지 않겠다고 수양산에서 고사리를 캐던 백이·숙제가 만고의 뛰어난 절개이지만 초목도 또한 주나라 비와 이슬을 맞고 자란 것입니다. 한나라 이릉이 목숨을 아껴 천자의 은혜를 갚고자 하던 본의를 밝히지 못하고 거짓 항복한 것도 위률이 진짜 항복한 것과 다르지 않습니다. 조세창의 충렬이 실로 대단하나 명나라 황제를 위해, 옛 춘추시대 예양처럼 주군의 복수를 위해 자기 몸에 옻칠을 하여 문둥이가 되고 숯을 삼켜 벙어리가 된 채 북쪽 저자에서 구걸하게 된다면 전하가 죽이지 않으셔도 능히 살지 못할 것입니다. 그렇지 않다면 신 등과 어깨를 나란히 하여 머리를 깎고 우리 군사와 함께 전하를 모실 것입니다. 만일 조세창을 얻는다면 조씨의 연성벽이나 위혜왕의 밝게 빛나는 구슬보다 더 나을 것이니, 신이 비록 염파에 미치지 못하지만 인상여를 존경하여 하급 집사의 일을 하는 것을 평생 영화로 삼고 방연의 시기와 정소의 참언을 본받지 않을 것이오니, 원컨대 전하께서는 화를 잠깐 늦추시기 바랍니다."

마선이 과연 그 말을 따라 다시 조세창을 해치지 않았다.

이로부터 조세창이 목숨을 부지하게 되었는데, 황제가 친정하여 토목보에서 대패하고 열후와 국공이 반 넘게 전쟁터에서 목숨을 마친 것을 듣고 유배지의 울타리나 지키고 있을 수 없어서 서둘러 몇 명의 비복을 데리고 내달렸다. 그때 장정 네댓 명이 천리마와 장검을 가져와 조세창을 말에 올리고 따라가 죽기를 청했다. 조세창이 미처 대답하지 못하고 급급히 흉노의 영중으로 들어가 황제가 계신 곳을 찾다가 내공의 흉한 병기에 둘러싸인 것을 보고 정신이 아득하고 마음이 매우 급해서 몸을 바쳐 흉노의 군사를 물리친 것이다. 적군이 흩어지자 황제가 정신을 차리고 옥체를 수습했는데, 조세창이 비로소 머리를 조아려 백 번 절하고 죽을죄를 청했다.

황제가 경황없는 중에도 눈을 들어 보니, 이 문득 희미하게 전에 보던 사람 같았다. 이는 다른 이가 아니라 전일 흉적 왕진을 죽여 조정의 근심을 덜고자 천자의 뜻을 꺾던 급장유의 강직함과 장구령의 꼿꼿한 충성을 겸했으며 사마천의 학식을 압두하고 성대한 문명을 떨치며 봉각에 관끈을 드리우고 난대[32]에서 붓을 잡아 만세토록 역사에 이름을 전할 후암 조세창이었다. 그가 충성으로 열렬히 하는 직간을 큰 죄라 하여 조정의 뜰 아래에서 그 의관을 벗기고 입고 있던 조복을 빼앗아 머리를 베고자 하다가 한 가닥 목숨을 남겨 북쪽 변방으로 안치했던 것이다. 대수롭지 않은 자질이거나 범연한 위인이면 벌써 형장 아래 놀란 혼백이 하늘로 돌아갈 것이었고, 일신이 좋지 않으면 병든 몸이 되어 북방의 한갓 누추한 곳에 붙어사는 것이 괴롭고 슬퍼서 죽는 것만 못할 것이었다. 타고난 기질이 탁월하고 비상하여 참형에 헐은 곳이 쾌히 나았고 북방 풍토에 상한 데가 없어 옥 같은 모습과 빛나는 위엄이 이전과 다르지 않았다. 이는 태산이 높고 대해가 드넓어 흔들리지 않는 것과 같이 빼어나고 북해와 남명이 끝없이 넓은 것과 같았다. 또 가을 서리보다 서늘한 그 기상은 당 태종에게 간언을 일삼던 위징을 압도할 정도였다.

조세창이 죄를 사하는 명 없이 울타리 밖을 뛰쳐나와 황제를 구하게 되니, 두려워 벌벌 떨며 걱정스러운 모습으로 지존을 우러러 큰 죄를 지은 듯한 것이 조심조심 얼음을 밟으며 깊은 못을 임한 듯, 죽어 묻힐 곳을 생각하지 못하는 듯했다. 황제가 이때를 당해 천 번 뉘우치고 만 번 애달파하나 어찌 미치겠는가? 조정에 충신이 없지는 않았지만 오히려 은나라 태갑을 동궁으로 추방하여 그 잘못을 바로

---

32 난대(蘭臺): 역사를 기록하는 기관.

잡았던 재상 이윤에 비할 자는 없었다. 그러므로 황제가 잘못을 바로 잡지 못해 이 지경에 이르렀으니, 놀랍고 부끄러움을 이길 수 없어서 눈물이 솟아 옷을 적셨다. 한번 실덕하여 천자의 위엄을 참담하게 구기고 더러운 오랑캐의 병기에 죽을 뻔한 것을 뼈에 사무치게 애석해하다가 조세창이 절실한 충성심으로 옥체를 받들어 진정하게 하니, 황제가 한갓 반갑고 기뻐하는 것이 하늘로부터 떨어진 듯 여겼다. 그러나 조세창의 충렬을 볼수록 어진 신하들을 해치고 죽인 것이 더욱 부끄러워서 크게 뉘우치고 애석해하는 빛이 용안의 미간에 가을 물결처럼 서렸다. 황제가 조세창의 손을 잡고 계속 흐느끼며 탄식했다.

(책임번역 전진아)

완월회맹연 권10

조세창의 활약

조세창은 마선의 회유를 거부하고,
정겸과 정염은 임기를 마치고 돌아오다

노영에서 황제를 모시는 조세창

황제가 조세창의 손을 잡고 계속해서 흐느끼고 한숨을 쉬며 탄식했다.

"오늘 만대에 씻지 못할 참혹한 욕을 당한 것은 짐의 실덕이 스스로 이 화를 부른 것이다. 충성스럽고 어진 신하들을 살육하며 아첨하는 흉악한 무리를 총애하여 중용했으니, 짐이 몸을 마친들 누구를 원망하고 누구를 한스러워하겠는가? 그러나 이로부터 우리 명나라 황실이 엎어져 태조 고황제께서 오랑캐의 비린 티끌을 쓸어버리고 부지런히 힘써 얻으신 천하를 헛곳에 버리고 포로가 되어 오국성에서 죽은 송의 휘종과 흠종처럼 될 것 같아 막막하고 서글펐는데, 경이 어디로부터 이르러 짐의 급한 사정을 구하는 것인가? 전에 짐이 뜬구름에 가린 바 되어 경의 충간을 듣지 않고 도리어 북쪽으로 유배 보내 죄수를 만들고 그 나머지 충신들을 무수히 죄를 주어 죽였으니,

이제 외롭고 위태로운 짐을 좇을 사람이 없다. 그런데 경이 이렇게 나를 돌아보아 고인의 충심을 다하니, 짐의 마음이 목석이 아닌 다음에야 어찌 은혜에 감사하지 않으며 이전의 허물을 부끄러워하지 않겠는가? 경은 짐이 잘못한 허물을 버리고 군신이 새로이 은애를 맺어 크고 높은 산과 같이 굳은 믿음이 있게 하라."

조세창이 황제의 말씀이 몹시 딱하고 얼굴에 슬픈 기색이 간절한 것을 보고 충성스러운 마음이 낱낱이 부서지는 듯하여 그 말씀에 대답을 할 수 없었다. 다만 피가 흐르도록 머리를 땅에 두드리며 더없이 불충한 죄를 청할 뿐이었다. 황제가 조세창의 팔을 어루만지며 위로하고 말했다.

"짐은 덕이 얕고 밝지 못해 여지없이 경을 저버렸거늘 짐을 위한 경의 정성은 옛날 나라를 떠받치던 대들보 같은 신하들보다 더함이 많도다. 경은 어리석은 임금이 어둡고 덕 없는 것을 한스러워하지 않고 몸을 바쳐 짐을 구하니 가히 만고에 이름을 전할 것이다. 모름지기 당치도 않은 죄를 일컫지 말고 혹 짐이 이곳을 떠나 돌아가는 날이 있으면 일등공신이 될 것을 사양하지 말 것이며, 놀란 마음을 진정하고 몸을 편히 하여 짐의 참담한 부끄러움을 더하게 하지 말라."

이와 같이 위로하니 조세창이 감히 거스르지 못해 비로소 머리를 조아리고 은혜에 감사했다. 그 몸을 굽혀 절하고 숨죽여 삼가는 모습이 전에 황제를 모시던 때와 다름이 없었다. 이에 머리를 땅에 두드리며 눈물을 흘리고 말했다.

"신등이 더없이 불충하여 어린 나이에 폐하를 받들고 사직을 받들었습니다. 경연에서는 곁에서 모시고 옥당에서는 역사를 논했던 것이 성은이 높고 무거워서였는데, 조금도 왕좌를 보필하지 못하고 흉적 왕진을 제지하지 못해 용체가 이 지경에 미치시어 만대에 씻지 못할 참담한 욕을 당하시는데 더없이 불충한 신이 능히 해결하지 못했습니다. 또 폐하의 은사를 기다리지 못하고 방자하게 유배지의 가시 울타리 밖으로 뛰쳐나와 죽을죄를 기다리고 있었는데, 뜻밖에 성은이 호탕하시어 죄를 사하시고 오래 모실 것을 허락하시니 황공하고 외람됨을 이길 수 없습니다. 오늘 이전의 저는 부모님께서 낳아주신 것이고 오늘 이후의 저는 폐하께서 낳아주신 것입니다. 망극하고 높은 은혜를 몸이 부서지고 뼈가 가루가 되도록 정성을 다해도 갚지 못할까 합니다."

황제가 길게 탄식하며 말했다.

"흉적 왕진이 짐을 권하여 이에 이르게 하고 저는 난군(亂軍) 중에서 벗어나지 못하니, 그 죄를 생각하면 천만번 목을 베어 죽여도 오히려 부족할 것이다. 짐이 어둡고 덕이 없어서 억만창생이 끓는 물과 타는 불구덩이에 빠지고 영국공 장보 등 수백 인이 다 흉노의 해를 받았다. 항우는 힘이 산을 뽑을 만하고 기개가 세상을 덮을 만했지만 강동 팔천 자제가 흩어지자 강동으로 돌아가는 것을 부끄럽게 여겨 스스로 찔러 죽었거늘, 짐이 행여 하늘과 신령의 도움을 얻은들 무슨 면목으로 여러 신하들을 대하겠는가?"

황제가 계속 눈물을 흘리니 조세창이 더욱 애통해했다. 하지만 황제의 마음을 동요하지 않으려고 피눈물을 거두고 위로했다.

이미 날은 저물어 해가 서쪽 고개에 걸렸고 쓸쓸한 바람이 서늘하니, 근심 어린 구름은 그들을 위해 머무는 듯하고 늘어진 푸른 솔과 울창한 초목도 그들을 위해 슬퍼하는 듯했다. 황제가 이 경치를 대하여 더욱 슬퍼하는데 날이 어둡도록 한 그릇 좁쌀죽도 올릴 길이 없으니, 춘추시대 진 문공과 19년 망명 생활을 함께하며 고생한 개자추의 충성이라도 어찌할 수가 없을 것이었다. 조세창이 유배지에서 나올 때 따라온 종 맹탁과 육재 등이 각각 미숫가루를 두어 봉씩 가져온 것이 있어서 급히 깨끗한 물에 타 황제께 올리고 조세창은 또 황제가 권하여 잠깐 해갈하니, 그 계란을 포갠 것같이 위태로운 형세가 실로 참혹하다 할 것이었다.

한편, 내공이 군사 100여 기를 거느리고 명나라 황제를 핍박하고자 하다가 뜻밖에 조세창을 맞닥뜨리자 군사 30여 명을 잃고 쥐 숨듯 돌아가 마선을 보고 패한 연유를 고했다. 그러자 마선이 분에 넘치는 마음으로 조세창을 자신의 신하로 삼고자 하여 장차 생각하기 힘든 괘씸한 일을 행하고자 했다. 백안첨모애가 불가하다고 이르고 내공을 꾸짖어 물리치고 황제를 백안령[33]으로 모시겠다고 청했다. 이 백안첨모애는 마선의 아우로 흉노 중 충성스러운 의기를 가진 자였다. 자기 형의 흉심이 조세창을 볼모로 하지 못하면 큰 화가 황제에게 미칠까 두려워 이에 말했다.

"내 당당히 황제를 뵙고 조세창을 볼모로 머무르게 하라고 하겠습니다. 만일 듣지 않으면 그때 병기를 들어 해치면 될 것이지, 의논하지 않고 강제로 협박하는 것은 영웅의 넓은 뜻이 아닙니다."

---

33 백안령: 백안이 다스리는 영역, 백안의 진영.

이렇게 마선을 힘써 달래고 중신을 거느려 황제를 노영으로 맞아들였다. 황제가 노영으로 가는 것을 실로 위태롭게 여겨 내켜 하지 않으니 조세창이 아뢰었다.

"폐하께서 이미 오랑캐 땅에 이르신 후이니 영중에 들어가지 않으셔도 외롭고 위태로운 것은 한가지입니다. 차라리 영중으로 들어가서 찬 바람의 괴로움이나 면하시는 것이 마땅할까 하오며, 한때 국운이 불리하여 참담한 욕을 당하는 어려운 처지에 놓였지만 흉노가 마음대로 도리에 어긋나는 마음을 품지는 못할 것입니다. 일이 망극한 지경에 미쳤어도 근심을 물리치시고 도리어 마음을 편안하게 하시는 것이 폐하의 건강에 유익할까 합니다."

황제가 걱정으로 탄식하니 조세창이 이빈과 양선이 어디 있는지를 물었다. 황제가 거용관에서 하옥했다고 이르며 절절히 한탄하니 조세창이 아뢰었다.

"이빈과 양선에게 사명(詞命)을 내리셔서 서둘러 부르시는 것이 마땅할까 합니다."

황제가 길게 탄식하고 말했다.

"짐이 이빈과 양선 등을 대할 면목이 없거니와 누가 짐을 위해 거용관으로 갈 자가 있겠는가?"

조세창이 대답했다.

"사명을 내리시고 겸하여 명을 적은 패를 주시면 백안이 분명히 전해줄 것입니다."

황제가 허락하고 나서 영중에 들어가니 백안이 번신의 예를 다하고 받들어 모시는 것이 지극히 공손했다. 황제가 조금 마음을 놓고 조세창을 크고 높은 산과 같이 의지하고 믿을 곳으로 삼아, 앉을 때도 조세창을 붙들고 누울 때도 조세창의 무릎을 베고 누워 군신이 부자같이 되어서 황제가 조세창에게 하는 것이 효자를 슬하에 둔 것 같았다. 조세창이 나라를 위하고 임금을 사랑하는 충성으로 말하자면 전일에 굽힐 줄 모르던 직절은 말할 것도 없고 지금의 온순한 안색과 삼가는 정성은 문왕이 왕계를 모신 것이나 증자가 증석을 모신 것과 같았다. 군신 간의 엄함은 없는 것 같고 부자지간처럼 은애로웠지만 정대한 거동이 가을하늘처럼 높고 위엄 있어 말씀을 어기는 것이 없었다. 이 사람이 재주를 편다면 명나라 황실에 사사로움이 없고 왕자가가 어질게 종묘를 다스렸던 것을 따를 바이며, 병법을 꿰뚫어 아는 것은 한(漢)의 개국공신 장량·진평의 재주와《손자병법》의 수단을 이을 바여서 멀리서 바라보면 대해와 같은 드넓은 기상이었다. 또 자연스러운 모습에 여름날 해와 같은 두려움이 있어서 감히 쳐다볼 수 없었다. 백안이 황제의 위험을 구하기 위해 조세창을 잠깐 노영에 머물게 해달라고 청하고자 하나 감히 발설하지 못했다. 그러다가 황제가 노영 중에 들어오면서 이빈과 양선 등을 불러오라는 명을 내리자 거용관으로 떠나면서 조세창에게 물었다.

"이창계(이빈)와 양창명(양선)의 열절이 후암(조세창)에 미치겠습니까?"

조세창이 미소 짓고 말했다.

"저는 한낱 불충하고 무식한 사람입니다. 오직 밥 먹는 짐승이요 옷 입은 금수이니 어찌 이창계와 양창명을 우러러보겠습니까?"

백안이 또 말했다.

"그렇다면 황제를 보호하는 것도 창계와 창명이 더 낫겠습니까?"

조세창이 답했다.

"의논할 수 있는 바가 아닙니다."

백안이 다시 말하고자 하다가 그냥 거용관으로 갔다.

한편, 이빈·양선·화준·유추밀·화현·소운 등이 황제의 분노를 만나 거용관에서 하옥되어 있다가 황제가 노영에 잡혀갔다는 것을 듣고 충성심에 분을 이기지 못해 스스로 죽어서 그 일을 모르고자 했다. 그러다 백안이 이르러 황제가 죄를 사한다는 명을 전했다. 여러 사람들이 일시에 사명에 따라 노영에 들어가 황제를 뵙는데, 머리를 땅에 부딪치고 눈물을 흘리며 사죄를 청했다. 황제가 이빈과 양선 등의 직간을 물리친 까닭에 이렇듯 곤경에 처한 것이 실로 부끄러워서 눈물이 어의를 적실 뿐 말씀을 이루지 못하다가 천천히 탄식하며 말했다.

"주군이 어리석으면 신하가 욕되다는 말이 예로부터 있거니와 짐의 어리석음으로 충신을 죽이고 아첨하는 신하를 총애하여 중용하다 이 지경에 이르렀으니, 이제 경등을 대하여 부끄러움으로 낯이 달아오르고 말이 막히는지라. 지금 조경(조세창)이 전일의 잘못을 잘못으로 여기지 않고 위급한 재앙에서 짐을 구하여 경등을 대할 수 있게 해주었으니, 이는 모두 조경의 장렬한 충의 덕분이다. 그러나 영국공 장보 등이 동량지재인데도 전쟁 중에 시신도 거두지 못했으니 짐의 마음이 깎아내는 것처럼 아프다. 짐이 목숨이 모질어 죽지 못하고 포로로 잡혀 흉노의 해를 받은 진나라 민제나 오국성에서 몸을 마친 북송의 휘종과 흠종처럼 되니, 짐이 어리석고 덕 없는 것을 하늘이 벌하실 것이다. 그러니 우리 태조 고황제께서 부지런히 힘써 얻으신 천하를 어찌 지키며 사직의 위태함을 어찌 막겠는가? 모르겠구나, 경왕이 조정을 이끌어 만민을 평안하게 하며 종사를 엎지 않을 수 있겠는가?"

그러고는 가슴을 치며 눈물을 흘렸다. 이빈과 양선 등이 머리를 조아려 피눈물을 흘리며 불충에 대한 죄를 청했다. 또 일이 이에 미쳤으니 돌아갈 일을 계획하고 무익하게 마음을 상해서는 안 된다고 하며 마음을 가라앉히기를 청했다.

황제를 위해 볼모가 된 조세창

그때 문득 마선이 사신을 보내어 황제에게 고했다.

"변방 삼천 리 땅을 더 떼어서 주고 강직하고 명석한 인재 몇 명을 주시면 황제를 백안령으로 모셨다가 차차 명나라 수도로 돌아가시게 하겠습니다."

황제가 어이없어 한참 동안 답하지 못하고 신하들도 놀람을 이기지 못해 마선의 극악한 대죄를 일컬었다. 조세창이 붓을 잡아 글을 썼는데, 지면에 가득 죄를 따지는 말이 강인하고 엄하고 격렬하여 조금도 너그러운 구석이 없었다.

마선이 조세창의 글을 보고는 매우 화가 나서 말했다.

"명나라 황제가 비록 만승천자의 귀함이 있다고 해도 지금 눈앞의 형세는 새장의 앵무가 되어 우리 영중에 들어와 있으니 이는 이른바 솥 안으로 고기가 숨은 것이다. 그런데 감히 황제라고 하여 나를 평범한 무리로 대접하며 죄를 따지는 것이 이와 같으니, 이는 나를 좋게 보는 뜻이 아니다."

그러더니 크게 사나운 뜻을 내리려고 하자 백안첨모애가 간언했다.

"현백대왕(마선)은 노여움을 푸소서. 이 글을 보낸 것은 황제의 뜻이 아니라 모시고 있는 신하가 한 것입니다. 글이나 글씨가 조세창이 지은 것이니 대왕께서 위엄을 드러내고자 하시거든 조씨 한 사람을 벌하시고 황제를 해하지 마십시오."

마선이 웃으며 말했다.

"내가 당당히 하늘의 명을 받들어 사해팔황을 어루만지고자 하는데, 명나라 황제가 스스로 나아와 나에게 구함을 받았으니 하늘의 도를 따르는 자는 창성하고 거스르는 자는 망하는 것이다. 하늘이 이미 나를 명하여 만리강산의 주인을 삼고자 하시거늘 내가 고집스럽게 허유가 귀를 씻던 것을 본받아 명나라 황제를 돌려보내는 것이 천 번 생각해도 안 되고 만 번 생각해도 안 될 일이다. 하지만 아우의 간언이 충분히 어진 덕에 마땅하니, 어진 군자는 넓은 도량과 진실하고 큰 덕을 으뜸으로 삼는다. 한고조는 도를 지켜 의제(義帝)를 위해 상복을 입으니 천하가 그를 따랐고, 패왕은 무도했기 때문에 망한 것이다. 그러니 나도 하늘에 응하고 인정을 따를 따름이요 인정 없이 모진 짓은 피할 것이다. 아우는 명나라 황제를 모시고 백안령으로 가 있되 중국으로 돌려보내는 것은 내 말을 기다리라. 조세창이 조금이라도 여기에 머무는 것을 거역한다면 내가 저희 군신을 모두 육장(肉醬)을 만들 것이니, 황제가 돌아갈지 못 돌아갈지는 조세창에게 달렸음을 아느냐?"

백안이 절하고 명을 받들어 황제가 계신 곳에 나아가 양선 등을 보고 황제의 안위가 조세창에게 달려 있음을 말하며 진정으로 근심했다.

이때 이빈 등이 조세창을 만나니 반가운 정이 심혈로부터 나오되 지척에 황제가 있어 사사로운 정을 베풀지 못하고 피차 눈으로만 살아 있음을 하례했다. 그러나 국운이 이다지 망극한 것은 통곡하고 싶은 마음이었다. 황제를 사랑하고 나라를 걱정하는 마음을 형언할 수 없던 차에 백안이 전하는 말을 들으니, 눈앞의 형세가 장자방의 지모와 제갈공명의 지략에다 초패왕의 용력을 겸했어도 위태함을 면하기 어려운 것이었다. 그러나 백안령이 만리장성처럼 굳게 의지할 바도 아니요 태산처럼 믿음직스러운 것도 아니었지만 오히려 마선의 영중보다는 조금 낫다고 생각했다. 그래서 이빈이 조세창에게 말했다.

"자네가 참된 정성으로 몸을 바쳐 나라를 위해 발분하느라 끼니를 잊을 정도여서 목숨이 위태로울 지경이네. 그러나 이런 때를 당해 우리 임금이 잠시라도 마음을 편히 할 도리를 돌아보지 않을 수 없을 것이네. 자네는 혹시 한나라 소무가 선우의 신하 되기를 거부하고 북해 지역에 19년 동안 억류되어 한나라 사신의 부절을 지켰던 것처럼 할 수 있겠는가?"

조세창이 침착하게 대답했다.

"제가 더없이 불충하여 나라를 잘 이끌지 못하고 우리 임금이 만대에 씻지 못할 욕을 당하시되 목숨을 부지하여 살기를 도모하니, 주군이 욕을 당하면 그 신하가 죽는다고 한 것은 그 무엇을 이른 것이겠습니까? 진실로 부끄러운 가운데 흉적이 제가 나이 어리고 무지하며 불충하고 용렬하다는 것을 알아 양고기와 낙장(발효유)으로 욕을 더 하고자 합니다. 제가 소무의 절개를 본받기 어렵다면 정난의 변이 있을 때에 한영이 절개를 지켜 죽은 것을 취할 것입니다. 그러나 또 능히 죽지 못하는 것은 겁나서 죽으며 분해서 죽는 것은 노비의 일이기 때문입니다. 제가 비록 어리석고 못났지만 죽고 사는 것을 가볍게 하지 않고 죽을 도리에 맞지 않는다면 부디 살고자 합니다. 노영이 위태하나 죽을 곳이 아니요 마선이 흉악하나 사람을 마음대로 해치지 못할 것이니, 황제께서 백안령에 편안히 계신다면 제가 잠시 떨어져 있는 것이 무엇이 어렵겠습니까?"

이빈과 양선 두 사람이 무릎을 치며 감탄했다.

"후암은 진실로 평화로운 시대의 충신이요 어지러운 시대의 열사로다. 이름을 만대에 드리울 것이니, 성방(조정)이 가히 아들을 잘 두었다 할 만하다."

조세창이 문득 수려한 눈썹을 찡그리며 얼굴에 근심스럽고 두려운 빛을 띠더니 말했다.

"저희 집안의 가르침에 따르면, '누구를 섬긴들 임금이 아니며 누구를 다스린들 백성이 아니겠는가? 치세에도 나아가고 난세에도 나아간다.'라고 했으니, 임금이 허물이 있는데 목숨을 걸고 다투지 않으면 백성은 무엇을 부끄러워하겠습니까? 간언을 하지 않고 자기 이익을 더하고 임금의 허물을 보태는 것은 차마 못 할 짓입니다. 부모를 잊고 임금을 사랑하며 집안을 버리고 나라를 위하라고 들었는데, 못난 제가 능히 받들어 행하지 못했으니 불효하고 불충함이 이를 데 없습니다. 고모부와 양선 아저씨가 이렇게 과장하시어 저를 더 부끄럽게 만드시니 평소 친애하시던 뜻이 아니로군요."

이빈이 조세창의 손을 잡고 탄식했다.

"후암은 너무 겸손해하지 마라. 자네 아버지의 본뜻인즉 목숨을 다하여 나라를 위해 죽음으로써 절개를 지키고 싶지만 살아 계신 부모님을 차마 저버릴 수 없으니, 자신은 힘을 다하여 효를 행하고 아들은 목숨을 다하여 충성해야 한다고 생각했을 것이야. 그래서 천륜의정과 부자의 의를 끊어 자네가 사지에 나아가며 먼 변방에 유배 간것을 마음에 거리끼지 않는 것처럼 하고 정성을 다하여 부모님의 마음을 즐겁게 하려고 한 것이지. 아들을 기다리다 눈이 멀 것 같은 회포를 물리치고 부모를 즐겁게 하기 위해 색동옷을 입고 춤을 추며세월을 보내지만 그러는 가운데 후암을 생각하면 아홉 구비 애간장이 끊어지지 않을 수 없을 것이네. 또 아들을 아는 것은 아버지만 한자가 없다고 했네. 그대의 참된 충성심은 해나 달과 빛을 다툴 정도라는 것을 생각하여 스스로 자네 같은 아들을 둔 것을 기뻐할 것이니, 자네가 어찌 아버지의 가르침을 조금이라도 어그러뜨림이 있겠는가? 자네는 충분히 한나라 사신 중 절의를 지켰던 소무와 견줄 만하네. 하물며 충신은 반드시 효자 가문에서 구하라고 했네. 자네 아버지는 증자가 어버이의 뜻을 받들어 섬기고 동한의 황향이 홀아버지를 때에 맞춰 편하게 모셨던 것을 따르고, 자네의 뜨거운 충성심은고인과 나란히 할 만하니 우리 임금이 진실로 충성스럽고 어진 신하를 두셨다고 할 것이네."

조세창이 일어나 절하고 말했다.

"이런 말씀을 어찌 감히 감당하겠습니까?"

그러고 나서 백안에게 자기가 여기에 머물고 황제를 백안령에 모실 뜻을 이르니 백안이 크게 다행으로 여겼다. 그러나 황제는 더할 수 없는 비참함을 이기지 못하고 서늘한 눈물을 흘리며 말했다.

"짐을 위급함에서 구하여 끊어질 명을 이은 자는 조경(조세창) 한 사람인데, 짐이 조경의 높고 넓은 공덕을 조금도 표창하지 못했다. 그런데 오히려 사지에 밀어넣어 호랑이 굴에 던지고 어찌 차마 짐이 편하자고 백안령으로 가겠는가? 경등은 다시 좋은 도리를 생각하여 짐으로 하여금 충신을 해치는 허물을 면하게 하라."

조세창이 머리를 조아리고 울며 아뢰었다.

"미천한 제가 폐하를 위해 죽지 못한 것이 더없는 불충이거늘 소신을 이처럼 우대하시니 저의 옅은 복에 재앙이 겹칠까 두렵습니다. 엎드려 바라건대 폐하께서는 미천한 신하가 죽고 사는 것을 거리끼지 마시고 백안령에서 용체를 편안히 하십시오. 그러면 소신이 폐하의 높고 넓으신 복덕을 힘입어 비록 흉노의 영중에 있더라도 천방백계로 살기를 도모하여 다시 폐하를 곁에서 모시겠습니다."

이빈과 양선 등이 조세창의 위인이 재앙을 당하지는 않을 것이라고 하며 황제의 마음을 위로하고 백안령으로 가시기를 청했다. 황제가 정말 어쩔 수 없이 허락했다.

백안의 중재

백안이 즉시 돌아와 마선을 보고 전후사를 세세하게 전하니 마선이 말했다.

"조세창이 기꺼이 우리나라에 있지 않을 것이니, 아우가 다시 가 명나라 황제에게 조세창을 볼모로 삼고 백안령으로 가는 것을 글로 분명하게 써달라고 해서 일을 허망하게 만들지 마라."

백안이 그 흉악한 마음을 간언으로 돌리지 못할 줄을 헤아리고 마지못해 다시 황제를 뵙고 자초지종을 고했다. 황제가 말마다 애통해하니 화준 등이 말했다.

"일의 형편상 마선을 거스르지 못할 것이니, 글을 남겨 저의 뜻을 시원하게 하소서."

황제가 천만번 참으며 이빈에게 조세창을 노영에 볼모로 남기는 뜻을 글로 써서 주라고 했다. 이빈 역시 분했으나 황제를 잠깐이라도 위안하는 것을 으뜸으로 삼아 즉시 글을 써서 주고 백안령으로 모실 것을 이르니, 백안이 응낙하고 총총히 돌아가 마선에게 글을 전하며 말했다.

"명나라 황제가 조세창을 볼모로 하는 뜻을 글로 남겼으니 이제는 현백대왕이 바라시는 대로 다 되었습니다. 저는 황제를 모시고 본영으로 돌아갈 것이니 대왕은 더 이상 늦추지 마십시오."

마선이 웃으며 말했다.

"아우의 말을 좇아 명나라 황제를 무사히 돌려보내겠지만 그 여러 신하들 중에 조세창 한 사람만을 볼모로 하는 것이 가장 허술하도다. 이빈·양선·화준·소운·화현 중에 가장 어진 자가 누구이며, 조세창보다 나은 자는 누구인가? 내 이빈을 보니 가히 어질고 밝은 군자라고 할 만했다. 사람됨이 엄하되 온화하고 인정이 많되 도리에 맞고 매섭되 따뜻하고 정중하되 배려할 줄 알고 강하면서 어지니, 한갓 조세창이 서리 내리는 밤하늘 같고 여름 해같이 뛰어난 것 같은 정도가 아니다. 이빈의 기상을 말하자면 푸른 하늘의 밝은 해가 눈부시게 훤히 빛나는 것 같고, 그의 소회를 말하자면 거센 바람과 밝은 달이 일백 티끌을 쓸어버리는 것 같고, 도량을 말하자면 북해와 남명이 가없이 드넓어 넘실넘실 측량할 수 없고 휘저어도 탁해지지 않는 것과 같다. 가까이 다가가면 태양과 같아서 빛나는 모습은 성안에 온갖 꽃이 바야흐로 피어나서 10리에 부는 봄바람이 매우 향기로운 것과 같고, 빼어난 기질은 눈 쌓인 궁벽한 골짜기에 한 그루 소나무가 우뚝 서 있는 격이요 봉새가 천만 길 높이 날아 탁한 속세의 기운이 아닌 것과 같다. 과연 대현이니 송나라 휘종과 흠종 때 절사한 충렬공 이약수의 후손이라 평범한 자손들과 다른 것이다. 또 양선은 성품이 온화하고 무던하며 공손하고 검소하며 인정이 돈독하고 중후하며 모든 일에 주밀하고 신중한 것이 와룡선생과 장자방의 지혜를 겸하여 이름을 역사에 드리우고 위엄이 해내에 진동하던 양모의 아들이며 정문청(정한)의 문인이다. 이 두 사람을 빼앗아 우리 영중에 머무르게 하면 그 가치가 조나라의 연성벽과 위나라 혜왕의 밝은 구슬보다 나을까 한다. 아우의 뜻은 어떠하냐?"

백안이 이빈과 양선의 위인이 조세창보다 나음이 있고 못함이 없음을 모르지 않았지만 만일 이 두 사람을 마선에게 마저 빼앗기면 황제가 외롭고 위태로운 것이 더 말할 것이 없으므로 이에 소리 내어 웃고 말했다.

"현백대왕이 과연 알지 못하십니다. 저의 어리석은 생각으로는 이빈과 양선 등은 원숭이가 목욕하고 관을 쓰고 있는 격입니다. 조세창 같은 인물이 세간에 또 어찌 있겠습니까? 제가 왕래하며 보니 조세창이 이빈과 양선의 위에 앉아 모든 일을 주장하며 큰일을 능히 해내고 여러 사람들이 가만히 숨을 낮추고 조세창을 큰 가뭄 끝에 내리는 비나 국가의 주춧돌같이 여겨 천만 가지 일을 조세창의 지휘대로 좇으니, 그들이 정말 지식이 없다는 것을 알겠더이다. 이빈이나 양선 같은 부류를 구하고자 하시면 저의 영중에도 셀 수 없이 많습니다."

마선이 이빈과 양선의 위인이 용렬하고 우매하지 않은 것을 알았지만 백안의 말이 이 같았기 때문에 조세창 같은 자가 다시없을 것으로 여겨 그를 볼모로 삼은 것을 기뻐하며 백안에게 명나라 황제를 모시고 본영으로 가라고 했다.

백안이 하직하고 나와 황제를 모시고 백안령으로 향했다. 만승의 지존한 위엄이나 그 행차가 작은 나라의 국왕만도 못하니, 모시고 있던 여러 신하들이 통절함을 이기지 못했다. 조세창이 10리 밖에 나와 어가를 송별했는데, 진실한 충성심으로 황제가 파천하는 것을 슬퍼하여 피눈물을 흘리는 것이 붉은 꽃 같았다. 또 자신이 모시고 가지 못하고 마선에게 볼모로 잡혀 있는 야속함에 눈 같은 피부가 헐고 속마음이 베이는 것 같았다. 황제가 슬픈 마음에 눈물로 옷깃을 적시면서 조세창의 손을 잡고 천만 당부하기를, 보중하고 보중하여 군신이 산 낯으로 다시 만나고자 했다. 조세창이 절하여 머리를 조아리고 말씀을 받들겠다고 아뢰면서 용체 또한 만수무강하시기를 축원했다. 군신이 헤어지는 정이 부자간의 정보다 덜하지 않았다. 이빈과 양선 등 여러 신하들이 손을 잡아 슬퍼하는 것이 훗날 다시 모일 것을 기약하지 못할 듯하나, 이 신하들이 본디 신이한 능력이 뛰어나 대개 미래를 미리 알 수 있었으므로 서로 즐겁게 모이기를 일컬으며 황제의 마음을 위로했다. 날이 늦어지니 조세창이 황제를 우러러 백 번 절하고 물러났다. 황제와 이빈·양선 등 여러 신하들이 눈물을 흘리며 이별하고 고개를 돌리니 마음이 어두웠다.

조세창이 떠나는 어가를 오래 쳐다보다가 두 눈에서 피눈물이 솟아났다. 시름하는 하늘은 어둑어둑하고 근심하는 구름은 황제가 파월한 것과 충신의 비분한 회포가 슬퍼서 멈추어 가지 않았는데, 북쪽 변방의 바닷바람이 옷소매에 불고 백설은 흩날려 온 산과 들에 흰 깁을 펼친 듯했다. 옛날 태평한 시절에 금난전에서 조회하던 때를 살아서 다시 보기 어려우니, 명 황실이 중흥할 것을 기약하지 못할 것 같아서 충신의 머리카락이 슬픔과 분함으로 곤두서고 성난 눈이 찢어질 듯했다. 이를 갈며 속으로 마선을 갈아 만 조각 가루로 만들고 내공을 점점이 깎아 죽이고자 하나 또 어찌 뜻과 같이 되기가 쉽겠는가? 이미 어가는 떠나고 외진 곳에 멀리 떨어져 있으니 속절없이 속을 썩이며 길게 탄식할 뿐이었다.

내공의 머리를 베어버린 조세창

이때 마선이 명 황제가 백안령으로 향한 것을 듣고 조세창에게 와서 자신을 뵈라고 명했다. 조세창이 분함을 누르고 마선의 궁실로 갔는데, 큰 문을 막고 협문으로 들어가라고 하니 눈을 부릅뜨고 큰 소리로 꾸짖었다.

"내 비록 명나라 조정에서 낮은 관리이나 흉노가 나를 대접한다면 당당히 존중해야 하거늘 너희 임금이 하늘을 거슬러 도를 모르고 황제를 모시는 신하로서의 도리를 무너뜨려 버리는구나. 대국의 이름 있는 관리를 공경하지 않고 어찌 이렇듯 무례하여 당당히 들어가는 문을 막고 너희 쥐무리들이 출입하는 작은 문으로 들어가라 하느냐?"

말을 마치고 맹탁과 육재에게 큰 문을 박차 열라 하며 문지기를 꾸짖어 물리치고 바로 쳐들어갔더니, 문득 한 사람이 칼을 뽑아 앞을 막으며 거친 소리로 크게 말했다.

"조세창, 이 못된 놈아! 네 어찌 군신대의와 존비귀천을 알지 못하느냐? 너의 임금이 이미 너를 볼모로 하여 우리 임금의 신하를 삼았거늘 감히 임금이 출입하시는 문을 박차고 들어오느냐? 네가 그리하고 어깨 위에 머리를 보전할 수 있으며 일가가 큰 재앙을 면하겠느냐?"

그러고 나서 칼을 들어 치려 했다. 모르겠구나, 이 어떤 사람이며 조세창의 목숨이 어찌 되었을까?

어사 조세창을 해하고자 하는 사람은 흉노 마선의 심복 대장 내공이었다. 칼을 들어 급히 치는데, 조세창이 한번 보니 성난 머리카락이 곤두서고 화난 눈이 찢어질 듯했다. 조세창은 급히 허리에 찬 장검을 뽑아 막으며 큰 소리로 꾸짖었다.

"흉노 악적은 들으라. 네 머리 위에 하늘의 태양이 비추고 발아래 두터운 흙이 있거늘 흉악한 역적의 못된 짓을 행하여 마선과 더불어 황제의 조정에 난을 짓고 황제가 외로우신 때를 타 흉한 병기로 범하려고 했으니, 그 죄를 생각하면 천 번 베고 만 번 죽인다 해도 어찌 갚을 수 있겠느냐? 황제께서 나를 여기에 머무르게 하신 것은 너의 임금이 이역의 풍속으로 윤상을 어지럽히고 하늘을 거슬러 도리 없는 짓을 하니 나로 하여금 삼강오륜과 군신의 의리를 깨닫게 교화하라고 하신 것이거늘 감히 흉악한 말로 나의 귀를 더럽히고자 하느냐? 내 본디 문사라 무신의 일을 알지 못하지만 마지못해 네 머리를 베어 대흉극악의 죄를 밝히리라.”

말을 마치고 칼을 휘두르며 내공에게 달려들었다. 내공은 저의 강한 용력이 당대에 대적할 자가 없음을 자부했다. 그리고 조세창은 옥당의 선비로 한림원에 종사하여 나라의 대들보가 되는 문관으로서 명성을 떨치며 맑은 덕망이 혁혁하나 마침내 한림원에서 붓대를 들던 자로 무예에 익숙하지 못할 것이라고 생각하며 칼을 들어 조세창을 맞아 접전했다. 조세창은 진정으로 내공을 벨 뜻이 급하고 내공은 부디 조세창을 사로잡아 마선 앞에 가 온갖 위엄을 보이며 항복 받아 마선의 신하를 삼고자 했다. 그런데 뜻하지 않게 조세창의 무용이 절륜하며 뛰어나게 씩씩하고 굳셌다. 내공은 조세창을 사로잡을 뜻을 내지 못하고 조세창의 급한 칼을 피하려고 힘을 다하여 맞붙어 싸웠다. 두 장수의 용맹이 북해의 성난 용이 태산의 모진 범과 싸우는 듯하고 천지가 뒤바뀌고 사해가 뒤집어지는 것 같으니, 누가 누군지 분변할 수 없었다. 흉노의 군사가 저의 장군을 돕지 못해서 한창 당황하고 있는데 조세창이 크게 한소리를 지르며 검광이 비치는 곳에 내공의 머리가 땅에 굴렀다. 조세창이 그 머리를 왼손에 들고 칼로 배를 헤쳐 오장육부를 칼에 꿰어 오른손에 들고 바로 마선이 있는 곳으로 치고 들어가 큰 소리로 외쳤다.

"왕이 비록 북쪽 변방의 오랑캐라는 이름을 면하지 못하나 오히려 군왕으로서 황제의 조정에 신하의 예를 폐하지 않았거늘, 이 도적이 매우 흉악하여 하늘을 거스르는 무도한 못된 마음으로 왕을 그릇 인도하여 먼저 황제의 조정에 대해 난을 짓고 다음으로 황제가 외로우신 때를 타 이러이러하게 범하고자 했으니, 그 큰 죄가 천지에 가득차 천만번 베어 죽여도 충분하지 못할 것이다. 우리 황제께서 나를 여기에 머무르게 하신 것은 흉노의 풍속을 고치고 왕이 윤상을 무너뜨린 허물을 깨닫게 하려고 하신 것이다. 내 한림원에서 붓대를 희롱하던 문사로 무신의 일을 알지 못하지만 이 도적의 죄는 용서하지 못할 것이므로 머리와 내장을 가져와 왕에게 보이고 우리 황제께 보내어 전후의 일이 왕이 한 일이 아니요 이 도적의 죄임을 밝히고자 한다. 왕은 그것이 어떠한가?"

마선이 미처 말을 못 하고 있는데 호위하는 자가 조세창을 밀어내고자 했다. 조세창이 큰 소리로 꾸짖어 물리치니 위엄에서 바람이 일고 호령이 당당했다. 마치 가을날 서리 내리는 하늘이 차디차게 그늘을 지으며 햇빛이 희미하여 눈비가 날리는 듯하고 매서운 바람과 뇌우가 그치지 않는 것 같았다. 비록 좌우에 따르는 군장이 한 사람도 없었지만 그 엄숙한 호령과 당당한 모습을 감히 쳐다볼 수 없게 하는 것은 말할 것도 없고, 비록 담 큰 악당이라도 등에 흐르는 땀이 옷을 적실 것이었다. 이러므로 내공의 사졸이나 상장군이 놀라, 움직이지 않는 것을 보고도 감히 조세창을 범하지 못하니, 마선의 마음이야 말할 것이 있겠는가? 평소 내공에 대하여 말마다 나라를 지키는 믿음직한 신하라고 하며 총애하는 것이 모든 신하들 중 미칠 사람이 없었는데, 오늘 조세창에게 목이 달아났으니 비록 담 큰 악인이었지만 자기도 모르게 소리 지르며 목을 놓아 울었다. 이에 건간왕과 대동왕이 간언했다.

"옛날에 한신이 배로 한나라에 귀의하면서 나무꾼에게 길을 묻고 후환을 끊고자 하여 그 나무꾼을 죽였습니다. 이제 조세창이 대왕의 신하가 되고자 하는 뜻이 있으므로 짐짓 내공을 베어 공을 옛 주인에게 나타내고 우리 변북에서 거리낌 없이 내공보다 더한 무용을 자랑하고자 한 것이니, 대왕은 내공의 죽음을 슬퍼 마시고 조세창 얻은 것을 이 나라의 적지 않은 경사로 아십시오."

마선이 울음을 그치자 조세창이 분연히 정색하고 하는 말과 기운이 당당하고 열렬하며 엄숙했다. 흉노에 사신으로 갔다가 굴복하지 않은 한나라 소무의 곧은 절개와 흉노를 두려움에 떨게 한 한나라 무제 때의 장군 이광의 풍채가 있으니, 어떤 상황에도 변함없는 것은 소나무와 잣나무가 늘 푸른 것보다 더했고 굽히지 않는 꼿꼿함은 당태종의 충신 안고경이 살이 베이면서도 안녹산을 꾸짖고 악비가 등에 '정충보국' 네 글자를 새겼던 것과 같은 충성심을 가졌으니, 용방의 마음이요 비간의 생각이었다. 그러니 마선의 모진 성격과 악독한 마음으로 어찌 내공의 원수를 갚지 않겠는가? 좌우를 호령하여 조세창을 끌어 내리라 하며 한편으로 독하고 참혹한 형벌을 갖추어 조세창을 죽이라고 했다. 조세창이 비록 태산을 끼고 북해를 뛰어넘을 씩씩한 기세와 천지를 뒤집을 수단이 있어도 이때는 황제의 위태함을 대신하여 외로운 한 몸이 흉노의 영중에 떨어졌다가 내공의 목을 베었으니 이는 사나운 이리의 성질과 호랑이의 분노를 돋운 것이었다. 살고자 한다면 절개를 굽혀 굴복하고 몸을 낮추어 만세를 부르며 제왕을 뵙는 신하의 예절을 갖춰야 했다. 그러면 저 흉악한 마음이 기쁘고 기뻐서 흡족하게 정중한 대우를 하겠지만 조세창은 자신을 이미 죽은 목숨으로 생각했기 때문에 편안하게 안색이 변하지 않고 마선의 군신과 여러 병졸들을 호령하여 어지러이 달려들지 못하게 했다. 위풍이 당당하고 기상이 열렬하여 스스로 죽고자 하는 그 거동이 시위를 떠난 살과 같았다. 이때 대동왕과 건간왕이 조세창의 위인을 찬양하며 그 충성스러운 뜻에 감동하여 마선에게 간언했다.

"충렬지신을 불의로 핍박하지 마십시오."

마선이 내공의 원수를 갚으려는 뜻이 불같았는데 조세창이 혹 마음을 돌려 자기 신하가 된다면 나라의 생각지 못한 경사이므로 독한 형벌을 미루고 좌우를 돌아보아 조세창을 데려가 영천관에 머물게 하라고 했다. 영천관은 흉노가 황제의 조정을 섬길 때 황제가 사신을 보내면 이곳에서 맞아 국빈을 대접하는 잔치를 베풀었던 곳이었다. 그런데 황제의 조정을 배반하면서 영천관을 무너뜨려 방과 청사를 없애고 구덩이를 파서 함정을 만들었다. 위로는 하늘과 해를 보지 못하게 하고 아래로는 깊은 구렁을 만들어 '만분'이라고 했는데, 조세창의 굽힐 줄 모르는 절개를 밉게 여겨 일부러 이 만분에 넣어 못 견디게 괴롭히려는 것이었다. 조세창이 흉적의 생각을 모르지 않아서 흔쾌하게 웃고 말했다.

"왕의 도리라면 나를 맞아 궁전에서 먼저 잔치를 베풀어 상을 올린 후 영천관으로 돌려보내는 것이 마땅하거늘, 그대가 이미 무지하고 극악하여 군신 간의 의리도 깨닫지 못하니, 황제의 신하를 그 무엇같이 여기겠는가? 그대가 나를 알기를 한낱 어린아이같이 알아 오랑캐의 참혹하고 독한 형벌로 두렵게 만들고자 하는데, 내 스스로 죽어 흉적의 더러운 형벌을 당하지 않을 것이니, 이 한목숨 끊어진다면 만사가 뜬구름이다. 내 시신을 만 조각을 낸들 아프며 분함을 알겠는가? 진실로 나의 비린내 나는 피를 그대에게 뿌리는 즈음에는 그대 또한 평안하지 못할까 하니, 모름지기 못된 마음과 도리에 어긋난 말을 그칠 일이다. 영천관은 전부터 황제의 사신이 머물던 곳이니 왕의 신하들에게 나를 이끌라고 하지 않아도 내 스스로 나아갈 것이다."

만분에 갇힌 조세창

조세창이 말을 마치고 소매를 떨치고 일어나니 종자가 그를 모시고 영천관에 이르렀다. 그곳은 한 간 방과 한 귀퉁이 청사도 없이 곳곳이 빽빽한 담이라 완전히 중죄인을 가두는 누추한 옥이요 함정 같은 구렁이었다. 흉하고 참혹하며 누추한 것이 명나라 형옥인 대리시보다 열 배 더해서, 저승의 풍도지옥이라도 이렇지는 않을 것이었다. 조세창은 자신의 운명을 한탄했지만 또 자기가 이곳에 머물지 않으면 황제가 위태하실 것이니, 자신이 당하는 화액은 염려할 것이 없는 듯 구구하게 슬퍼하지 않았다. 한 조각 자리를 얻어 만분 안에 펼친 후 천천히 들어가니 맹탁과 육재가 통곡하며 쫓아 들어갔다. 조세창은 요란하게 구는 것을 금하고 고요히 앉아서 반드시 북경을 앞에 바라보고 행여라도 마선의 궁실 쪽을 향하는 일이 없었다.

다음 날 이른 아침에 먹을 밥을 들이는 것이 있어 보니 완전히 죄인을 먹이는 것이었다. 조세창이 밥그릇에 거친 푸성귀를 쓸어 담아 만분 밖으로 던지며 말했다.

"시절이 태평하고 사방의 오랑캐가 귀순하는 때라면 당당하게 황명을 받들어 동이·서융·남만·북적이 있는 곳이라도 한번 이르렀으면 그 연향하는 바를 물리칠 바가 아니로되, 국운이 불행하여 북쪽 변방 조그마한 오랑캐를 제어하지 못해 황제께서 노영에서 어려움을 당하시고 나는 만분에서 욕을 당하니 실로 사는 것이 죽는 것만 못하다. 또 마선의 신하가 아니니 오랑캐가 나를 죄수로 여겨서 주는 음식을 차마 어찌 가까이하겠는가? 네 돌아가 마선에게 일러라. 하늘 아래 황제의 영토가 아닌 곳이 없는데 북쪽 변방이 어찌 대명 땅이 아니며, 모든 땅의 백성이 황제의 신하가 아님이 없는데 북쪽의 흉노가 어찌 대명의 신하가 아니겠느냐? 이미 명나라 땅이요 명나라 신하이다. 내 또 대명의 신하이니 이 조밥과 거친 푸성귀는 다 대명의 비와 이슬에 젖은 것이라 물리칠 것이 아니지만 마선이 무도하게 하늘을 거슬러 흉하기가 극악하여 이미 군신의 의리를 무너뜨려 버렸으니 내가 마선과 더불어 같은 하늘을 일 수 없다. 스스로 수양산에서 굶어 죽은 백이·숙제를 본받을지언정 오랑캐 음식을 편안하게 먹을 수 없으니, 오늘부터 이곳에 밥과 국을 일절 보내지 말라고 하라."

사자가 두려워 움츠리고 즉시 돌아가 이대로 고하니 마선이 매우 화를 내며 말했다.

"나쁜 놈이 갈수록 모질고 못돼서 나를 이렇듯 욕하니 어찌 통해하지 않겠는가? 세속 말에 굶어 죽는 것은 작위를 잃는 것보다 어렵다고 했는데 이는 자신이 청한 것이다. 영천관은 헐어진 구렁뿐이라 고사리도 나기 어려우니, 제가 부귀하게 자라난 아이지만 죽기 전에 굶주림을 면하기 어려울 것이다. 어쨌든지 간에 음식을 주지 말고 그 거동을 아직 두고 보아 제가 이기나 내가 이기나 볼 것이다."

건간왕이 안 된다고 간하니 마선이 듣지 않고 일절 아는 체하지 않았다. 그러나 조세창이 벌써 뜻을 결정하여 마선이 비단옷과 좋은 음식으로 받들어도 가까이하지 않으려 했으므로 굶주림과 추위의 괴로움을 잊고 한결같은 충성과 열절이 소나무와 잣나무를 압도했다. 여러 날이 지나자 강개한 충분이 가슴에 가득 차서 때때로 기운이 올랐지만 그렇다고 또 어찌 굶주림이 없겠는가? 맹탁과 육재에게 명하여 쌓인 눈을 움켜다가, 자기가 전에 형을 받을 때 입었던 피 묻은 바지를 유배지에 올 때 벗지 못하고 지금까지 그저 입고 있었기 때문에, 피 묻은 곳에 흰 눈을 놓아 그 피를 빨아 삼켰다. 두 노복이 울며 비위 더욱 상하실 것이라고 말렸지만 조세창이 태연하게 말했다.

"이 피는 부모님께 받은 피니 먹으면 기운을 북돋는 것이 흉적의 화려하고 맛있는 음식보다 열 배는 나을 것이다. 어찌 비위가 상하겠느냐? 다만 너희들이 굶어 죽는 것은 안 되니, 만일 나를 위해 죽고 사는 것을 한 몸같이 하고자 하거든 나가서 음식을 구하여 요기하고 나중을 기다려라."

두 노복이 엎드려 울며 말했다.

"천한 저희들이 비록 불충하고 못났으나 어찌 노야께서 드시지 않는 음식을 스스로 구하여 배를 불릴 것이며, 또 어찌 나가 한가히 돌아다니겠습니까?"

조세창이 미간을 찡그리며 말했다.

"너희들이 내가 기운을 기른 것을 알지 못하고 어찌 나를 따라 굶어 죽고자 하느냐? 나는 실로 음식을 오래 먹지 않아도 쉽게 병이 나거나 죽지 않을 것이다. 그러나 너희들은 북쪽 변방 오랑캐 땅에서 심한 추위를 당하니, 찬 땅의 좋지 않은 집에서 여러 날 먹지 않으면 반드시 죽을 것이다. 나의 온갖 심사가 너희들을 염려할 겨를이 없으니, 너희들이 나를 우러러 죽고 사는 것을 결정하고자 한다면 아직 목숨을 부지하여 나로 하여금 너희들의 시신을 치우는 괴로움을 없게 하는 것이 충이니라."

두 비복이 비통함을 이기지 못해 어떤 대답도 할 수 없었다.

이때 대동왕이 마선이 포악하게도 조세창을 만분에 넣어 굶겨 죽이려는 것을 참담하게 여겨 마선이 모르게 음식을 갖추어 종에게 들려서 친히 이르러 조세창을 만나보았다. 반드시 굶주림과 추위에 지쳐 죽었을 것으로 알았는데 문득 보니 기운이 씩씩하여 가을하늘 같고 정신이 맑은 것이 가을 물보다 더해서 매서운 위의와 꼿꼿한 기상이 전에 내공을 베던 위풍과 다르지 않았다. 대동왕이 놀라서 그를 인정하고 이에 음식을 받들어 권하며 털가죽을 가져다 추위를 막으라고 했다. 조세창이 끝내 가까이하지 않고 모두 물리치니 대동왕이 어쩔 수 없이 육재 등에게 권했다. 그러나 두 노복도 또한 먹지 않으니, 조세창이 두 노복이 죽을까 걱정하여 재삼 먹으라고 명했다. 두 노복이 실로 주군이 먹지 않는 것이 목구멍으로 넘어가지 않았으나 주군이 돌아가시기 전에 저희가 죽어서 주군에게 괴로움을 끼칠까 두려워 어쩔 수 없이 음식을 먹었다. 이렇게 해서 두 노복은 목숨을 부지하게 된 것이다.

조세창에게 음식을 보내는 황제

한편, 이빈 등이 황제를 모시고 백안령에서 지내게 된 후 조세창이 반드시 마선의 음식을 받지 않아 굶주림을 면하기 어려울 줄 짐작하고 황제가 내리는 말린 생선과 미숫가루며 술을 차려 백안첨모애로 하여금 조세창에게 전하게 했다. 황제가 어찰을 내려 오랑캐 땅에서 목숨을 부지할 것을 당부하고 이빈 등이 각각 글을 써서 몸을 보전하여 다시 즐거이 만나기를 당부하니, 백안이 기꺼이 밤중에 순초군의 차림을 하고 만분으로 향했다.

이때 조세창은 바지의 피를 빨아 마시다가 핏자국이 다 없어지고 차가운 감옥 방에서 물 한 모금을 먹지 못한 지 3일이요 음식을 끊은 지 한 달이 다 되어갔다. 조세창이 혈기 왕성하고 단단한 것이 남다르기는 했지만 그 얼마나 힘들었겠는가? 기운이 거의 없고 정신이 아득하여 팔척장신을 누옥 가운데 한 겹 짚자리에 던지고 가만히 눈을 감고 있으니 만사가 뜬구름 같았다. 그러나 한 조각 충성심은 사나 죽으나 변하지 않아 자기의 충효를 펴지 못할까 한숨을 쉬며 탄식했다. 그러니 온갖 슬픔이 더욱더 심해져서 속절없이 눈물이 피가 되고 한숨이 바람을 일으켜 가슴에 타오르는 화를 더했다.

그때 문득 불빛이 비치는 곳에 다 떨어져 가는 널빤지 문을 열지 않고 담을 넘어 가시울타리를 뚫고 재빠르게 들어와 인사를 하는 사람이 있었다. 눈을 들어 살펴보니 이는 곧 백안이었다. 조세창이 일어나 답례하고 황제의 건강을 묻고 여러 신하들의 안부를 안 후 백안의 충의를 기리니, 백안이 극구 사양하고 어찰과 여러 신하들의 서찰을 가져왔다고 전했다. 조세창이 바쁘게 자리를 쓸고 흰 눈을 옮겨서 씻고 난 후 어찰을 받들어 보았다. 다 보기도 전에 성은이 뼈에 사무쳐 눈물이 옥 같고 꽃 같은 뺨에 비같이 흘렀다. 다 보고 나서 황제가 계신 백안령을 향해 백배사은하고 이어 여러 신하들의 서간을 열어 보니, 반가움과 슬픔을 이기지 못하나 황제께서 편안하신 것이 몹시 기뻐서 온갖 슬픔과 근심을 씻어냈다. 이에 술을 마시며 말린 생선을 안주하고 백안을 대하여 그 의기를 못내 기리고 감사했다. 조세창이 황제께 드릴 표문을 받들고 여러 신하들에게 답장을 써서 주니, 백안이 받아 돌아가면서 한 달에 한 번씩 오겠다고 이르고 몸을 보중하라고 당부했다. 조세창이 순순히 응답하며 또한 깊이 당부한 것은 황제께 생각지 못한 변이 생길 것을 방비하라는 것이었다. 이에 백안이 웃으며 말했다.

"염려하지 마십시오. 창계(이빈)와 창명(양선)이 있으니 태산같이 믿을 수 있습니다."

백안이 서둘러 본영으로 돌아와 표문과 답장을 올리니 황제가 조세창의 웅건한 글과 글씨를 보고 늠름한 사람을 대하듯 반겼다. 이빈 등이 답장을 보고 반가운 중 조세창이 온갖 고생 가운데서도 열절이 한결같으니 양선이 무릎을 치고 칭찬하여 말했다.

"성방(조정)은 진실로 아들을 잘 낳아 기특하게 가르쳤도다. 불행히 죽더라도 이름이 만대에 전할 것이니, 어찌 부귀공명으로 몸을 마친 것보다 낫지 않겠는가?"

이빈이 말했다.

"세창이 오래 살 복을 타고났지만 6, 7년 액운이 보통이 아니고 모두 국운에 달린 것이라 우리가 그가 살 방도를 걱정하지 않는다면 위태할 것입니다."

이후로 백안으로 하여금 한 달에 한 번씩 말린 생선과 미숫가루와 술을 보내게 했는데, 한 달 동안 먹을 것을 계산해서 부족하지 않게 했다. 이렇게 해서 드디어 조세창이 굶어 죽는 것을 면하고 육재와 맹탁 등이 대동왕의 은혜로 목숨을 부지하게 된 것이다.

경태제의 등극과 임지에서 돌아온 정겸과 정염

남월에 사신으로 간 정겸은 남월국에 나아가 삼강의 큰 뜻을 베풀며 인의예지로써 교화했다. 높은 풍의는 맑게 갠 가을하늘의 달이요, 격렬한 기운은 찬 서리가 날리고 뜨거운 태양이 드높은 듯 정대한 위의가 온몸을 두르고, 법에 맞는 언사는 계곡에 물이 흐르듯 하여 공자와 맹자의 말씀이라도 이에서 더하지는 못할 것이니, 깊은 덕과 큰 도는 하염없이 사람들의 마음을 감동하게 했다. 남월 왕이 비록 마선과 마음을 같이하여 황제를 배반했지만 승패를 보아 마선을 거스르고자 했는데, 정겸의 위덕으로 인해 크게 마음을 돌려 스스로 불충을 책하고 황제의 사신을 공경하여 엎드려 복종하고 따랐다. 황제의 조정을 부모같이 섬겨 자자손손 조공을 폐하지 않을 것이라고 하며 잘못을 뉘우쳐 전과 다른 사람이 되었다. 그러니 황제의 사신이 오래 머무는 것이 무익한 까닭에 수레를 돌이키는데, 남월 왕이 국경까지 나와 송별하며 눈물을 흘렸다. 다시 만날 기약이 없음을 슬퍼하니 정겸이 좋은 말로 작별하고 낙양을 향해 떠났다.

동기는 피로 맺어진 관계이니, 정겸이 정흠의 나쁜 소식을 몰랐지만 남월로 떠나올 때 심신이 처량하여 하릴없이 구곡간장이 꺾어지는 것 같았기 때문에 돌아가는 마음이 화살과 같았다. 만릿길을 배로 가는 것이 위험하다는 것을 모르지 않았지만 급한 마음을 참을 수가 없어서 큰 배 한 척을 잡아 수로로 갔는데 기특하게도 순풍을 만났다. 육로로는 150일의 일정인데 30일 만에 낙양에 다다랐다. 미처 형이 원통하게 죽은 것도 듣지 못했는데, 나랏일이 망극하게 된 것을 어찌 다 말할 것인가?

황제가 친정하다가 토목보에서 패하여 노영에 파월하시고 대궐의 조정에는 황제의 동생 경왕이 머물러 도성 백성들이 갈팡질팡 어쩔 줄 몰라 하는 것이 한 붓으로는 다 기록할 수 없을 지경이었다. 각로 우겸이 사직이 위태하고 민심이 어수선한 것을 진정시키고자 하여 태황태후께 일이 급한 것을 아뢰니 태후가 눈물을 흘리며 말했다.

"국운이 이와 같이 망극하니 비록 경왕을 세워도 황제가 위태로운 것이나 인심이 시끄러운 것은 마찬가지다. 나의 뜻은 왕진의 삼족을 멸하고 왕진과 더불어 친정을 청하던 소인배들의 머리를 베어 흉노에게 보내고 화친을 청하여 황제가 환국하기를 기다리는 것이 좋을까 한다."

그러나 우겸이 여러 관료들과 함께 일이 다급하고 사직이 위태하여 황제께서 돌아오시기를 기다리지 못할 것이라고 아뢰니 태후가 부득이 허락했다. 만조가 경왕을 받들어 보위에 나아가니 이 곧 경태제이다. 천하에 대사면령을 내리고 백성들을 진무하니 인심이 비로소 안정되어 곳곳에서 곡하는 소리가 그쳤다. 신황제가 조서를 내려, 왕진은 이미 전쟁터에서 골수도 남지 않았으므로 그 삼족을 흩어서 남은 잔당의 머리를 베고 국법으로 다스렸다. 이에 백성들이 왕진의 무리에게 이를 갈다가 매우 시원하게 여겼다.

상서 장헌은 왕진에게 아첨하여 벼슬이 육경에 올랐으나 실제로 흉사를 모의한 적은 없는 까닭에 간신히 죄를 면했다. 또 우겸의 큰 딸이 강원의 부인이었는데, 이 부인의 매우 억울한 일을 해결해 준 적이 있어서 우겸이 장헌을 은인으로 알아 본직 공부상서를 돋우어 예부상서에다 집금오를 더했다. 이렇게 되자 문청선생 정한의 제자 100여 명 중에 장헌 한 사람만 부귀와 복록이 극진했다.

상서 정겸이 강가에서 장헌의 이 일을 듣고 참을 수 없어서 실성통곡하니, 태운산 본부를 지키던 노복 등이 일시에 나와 정흠의 흉한 소식을 고하며 땅에 엎드려 통곡했다. 정겸이 만여 리 행역에 마음이 급해 밤이면 잠깐 눈을 붙이고 새벽이면 배를 저어 빨리 돌아오느라 각 읍에 들르는 일이 없어서 고국 소식을 아득히 몰랐다가 이러한 흉한 소식을 들으니, 지극하고 끝없는 슬픔이 세상에 비할 데가 없었다. 손을 들어 가슴을 치며 길게 형을 부르다가 기운이 막히고 옥 같은 얼굴이 찬 재같이 되었다. 종자가 급히 구호하여 약물을 드렸으나 반일이 되도록 정신을 차리지 못하니, 부사[34]는 정겸의 병세가 안 좋아 궐하에 복명하지 못한 죄를 청했다.

경태제가 본디 정씨 집안을 좋아하지 않았고 정잠 등이라면 죽여 버리고 싶어 했다. 하지만 나라가 어지러운데 처음부터 죄 없는 사람을 사사로운 혐의로 죽일 수 없었다. 또 각로 우겸은 한나라 때 명재상 병길 같은 덕스러운 그릇이 아니요 옹졸함이 있어서 정씨 집안을 매우 껄끄럽게 여겼다. 그런데 경태제가 부사의 상소에 비답하기를 '정사 정겸은 향리에 돌아가 병을 다스리고, 부사는 물러가 편히 쉰 후 입조하라'고 하니, 우겸이 매우 분노했다.

정겸이 석양에야 비로소 정신을 수습하니, 만 번 맺힌 지극한 원한과 천고에 없을 지극한 슬픔에 오장이 모두 무너지고 가슴이 마디마디 끊어져 망망하게 죽은 형을 따를 것 같더니 정신이 혼미하여 형을 대한 듯했다. 한 몸이 외롭고 외로워 짝 잃은 외그림자가 되었으며 피붙이가 드물어서 세상의 궁민이 되었으니 세상에 다시없는 지극한 슬픔이었다. 형을 부르는데 깨닫지 못하는 사이에 붉은 피가 입에서 솟아나니, 하급 관리와 노복 등이 초조하고 당황해하고 있었다. 그런데 경태제의 비답을 보니 한 가지 일이라도 바라는 대로 되어서 오히려 기뻐하며 다음 날 출발하여 태주로 내려가려고 했다. 정겸이 스스로 기운이 미치지 못할까 하여 한 그릇 쌀죽을 가져다 두어 번 마시고 가슴을 쳐 죽이 내려가게 했다. 그러나 이미 칼을 삼키고 돌을 머

---

34 부사(副使): 정사(正使)를 돕던 버금 사신.

금은 듯했으니 어찌 쌀죽이 순하게 내려갈 수 있겠는가? 붉은 피가
섞여 쏟아지고 정신을 잃고 거꾸러졌는데, 홀연 통곡하며 들어와 정
겸의 손을 잡고 말하는 사람이 있었다.

"수백(정겸)아! 이 누구이며, 이 무슨 일이냐? 머나먼 저 푸른 하늘
이 우리 가문에 독한 벌을 내리시는 것을 이렇게까지 할 줄 어찌 알
았겠느냐?"

이 사람이 누구인가?

이전에 강서 순무사 정염이 궐하에 하직하고 위의를 돌이켜 강서
에 이르렀다. 먼저 글로써 백성을 교화하니, 문장은 세상 재주의 8할
을 차지한다는 조식을 기울이고 필법은 산악을 거꾸러뜨려, 곽계의
고기가 말을 듣고 물러가며 남해의 신령이 글을 보고 춤출 것 같았
다. 백성들이 쉽사리 승복하여 일제히 나아오니 순무사가 술과 고기
를 갖추어 굶주린 백성들을 먹이고 나서 의리로 가르쳐 깨우치니, 말
씀이 높은 산에서 흘러내리는 물과 같아서 덕화가 젖어들었다. 백성
들이 머리를 땅에 조아리며 은덕을 칭송하고 즐기는 소리가 드높았
다. 관의 곡식 10만 석을 내어 백성들에게 나눠 주고 농업을 권장하
니, 농사가 대풍이고 도적이 바뀌어 양민이 되었다. 이에 순무사가
다시 학교를 세워 인의예지를 가르치고자 했다. 그런데 문득 정흠이
원통하게 참혹한 죽음을 당한 소식이 이르자 슬프게 부르짖으며 날
을 보냈다. 먹고 자지를 못하고 온갖 슬픔이 일어나니, 어찌 재종의
정이 동기보다 못함이 있겠는가? 그러나 몸이 중임을 맡고 있어서
마음대로 돌아가지 못하고 여러 달이 흘러가게 되었는데, 홀연 병이
들어 병세가 가볍지 않으므로 조정에 표를 올려 말미를 청했다. 황제

가 북행할 즈음이라 즉시 조서를 내려 향리로 돌아가라 하고 사사로
이 천거한 사람으로 정염을 대신하여 안무사를 시켰다. 이에 정염이
즉시 태주로 돌아오는데, 백성들이 그 떠남을 안타까워하며 멀리 나
와 송별했다.

정염이 강서를 떠나 여러 날 만에 태주에 이르러 숙질과 형제들과
서로 붙들고 슬프게 통곡하다 정흠의 영연에 임해서는 기운이 사라
져 거꾸러지지 않을 수 없었다. 정잠이 천만 마음을 누그러뜨려 정염
을 위로하며 정흠이 임종할 때 두 동생에게 남긴 글을 꺼내어 전했
다. 정염이 받아 보고 정흠을 면결[35]하지 못한 한이 죽기 전에는 잊
히지 않을 것이라 길게 통곡하며 계속 피눈물을 뿌렸다. 이후 정염은
기염과 인웅을 각별히 애중함이 친자녀보다 덜하지 않았으며, 대화
부인이 목숨을 부지할 도리를 지성으로 간청할 뿐 아니라 화목한 인
의와 서로 돕는 도리가 갈수록 한층 더했다.

나랏일에 나아가기를 권하는 서태부인

이때 상서 정잠과 처사 정삼이 북당의 홀어머니를 우러러 지극한
효성을 다했는데, 천만 지극한 슬픔을 억눌러 어머님께 자식을 잃은
슬픔을 더하지 않고자 해서 스스로 몸을 보전할 도리를 생각했다. 세

---

35 면결(面訣): 얼굴을 대하고 영결함.

월이 빠르게 흘러 얼핏 하는 사이에 선태부 정한의 삼년상을 마쳤다. 새롭게 일어나는 지극한 슬픔이 춘추시대 위나라 고시가 부모를 잃고 3년 동안 피눈물을 흘리고 한나라 한백유가 눈이 멀었던 것보다 더했다. 정잠 형제는 정신이 어둡고 기색이 끊어질 듯해 아침저녁으로 명을 부지하기 어려울 뿐 아니라 나랏일의 망극함이 충심에 차마 견딜 수 있는 것이 아니었다. 은나라 태갑의 허물을 고치던 이윤의 거리낌 없음과 주 문공이 성왕을 도와 나라를 위해 힘쓰던 것보다 더하여, 수려하던 수염은 나이 마흔이 채 안 되어 가을서리 같은 흰빛이 섞이려고 하며 푸른 구름같이 무성하던 귀밑머리는 흰 구름이 된 듯했다. 해와 달 같던 모습이 낱낱이 줄어들고 용과 호랑이 같던 기상이 서글프게도 쇠잔하니, 나날이 병세가 더 위태로워지고 근력이 더 없어졌다.

서태부인은 남편의 죽음이라는 하늘이 무너지고 땅이 꺼지는 것과 같은 변고를 당해서 그 슬픔에 창자가 마디마디 끊어질 지경이었다. 게다가 인성 등을 잃어버린 후 긴 세월 동안 살았는지 죽었는지를 까마득히 모르고, 정국공 상연이 황제의 분노를 만나 고향으로 돌아가서 정태요가 정한의 세 번째 기일에도 참여하지 못하니 살아서 이별하는 아득함이 죽어서 이별하는 것에 비길 만했다. 또 조세창이 참혹한 형벌을 받고 북쪽 변방에 유배 가니, 명염이 시부모를 모시고 여강으로 내려가서 서로 저승과 이승처럼 멀리 떨어지게 되었다. 그런데 정흠이 원통하게 죽게 된 것과 대화부인의 성도 무너뜨릴 만한 남편을 잃은 슬픔과 기염의 하늘과 땅에 가득한 슬픔이 범연한 사람이라도 슬퍼하지 않을 수 없거늘 하물며 서태부인의 심회를 말로 다 할 수 있겠는가? 밤낮으로 가슴을 치고 발을 구르며 슬퍼하여 모진 목숨이 다하지 않음을 한스러워하더니, 황제가 북쪽 오랑캐의 참욕을 받아 만승의 지존으로서 노영에서 곤경을 겪고 있다는 것을 들으니 망극함을 이기지 못하고 급히 두 아들의 처소로 나왔다. 이때 정잠 형제가 바야흐로 나라를 걱정하는 충심이 격절하여 가슴을 두드리며 눈물을 흘리고 문득 죽어서 국사의 망극함을 듣지 않고자 하더니, 인경이 할머니가 나오신다고 고했다. 천 번 만 번 마음을 억눌러 울음을 그치고 어머니를 맞으니, 서태부인이 탄식하고 눈물을 흘리며 말했다.

"종사가 불행하고 국운이 망극하여 황제께서 노영에 파천하셨다. 임금이 어리석으면 신하가 치욕을 당하고, 임금이 치욕을 당하면 신하는 그 치욕을 씻기 위해 죽는 것이 예로부터 당당한 일이다. 우리 아들 잠과 삼이 무익한 걱정만 요란하게 하고 돌아가신 아버지의 가르침을 좇아 나라에 이로운 신하가 될 것을 생각하지 않을 줄 내 어찌 알았겠느냐? 늙은 어미가 평생, 여자의 슬기가 남자보다 못하므로 아들을 바로잡고 손자를 세세하게 살피는 것을 분에 넘게 여겼다. 그래서 전국시대 제나라의 왕손가가 민왕을 잃은 일이나 유비의 책사인 서서가 어머니의 안위를 위해 조조에게 귀의한 것 같은 일이 있어도, 왕손가의 어머니가 민왕을 진정으로 섬기지 않았다고 아들을 책망한 것을 감히 따르지 못했고, 서서의 어머니가 만군 가운데서 조조를 꾸짖었던 매서운 절개는 더욱 바라지 못했다. 그러나 내가 너희에게 조용히라도 도리에 대해 몇 마디 해야만 죽어서도 부끄럽지 않을 것이다. 어미의 정으로써 아들을 만 리 위험한 곳으로 가라고 권하지는 못할 일이지만 돌아가신 아버지가 남기신 말씀을 헛되이 저버리고 싶지 않구나. 둘째 삼이는 늙은 어미와 처와 형수를 데리고 조상의 신주를 받들어 깊은 산골짜기에서 세상을 버리고 은신할 것을 생각하고, 첫째는 집을 버리고 부모를 떠나 나라를 위해 충성을 바치는 신하의 도리를 다하는 것이 좋을까 한다.”

정잠 형제가 엎드려 말씀을 듣고 나서 정잠이 절하고 대답했다.

“종사가 불행하며 국사가 망극한 것은 신하 된 자라면 살아서 참지 못할 분하고 원통한 일이니 어찌 다시 말할 바이겠습니까? 저희가 못나서 아버님의 충성과 절개를 잇지 못하고, 만승천자께서 흉노의 참욕을 받으시되 아버님의 유지를 받들어 용체를 붙들 것을 꾀하지 못하옵고 한갓 나랏일이 지극히 원통하고 슬픈 것을 참지 못할 뿐이었습니다. 이제 어머님의 말씀이 이처럼 밝은 별 같으시니, 어찌 반드시 그렇게 하지 않겠습니까? 마땅히 명대로 하겠지만 수백(정겸)이 아직 돌아오지 못했으니, 은백(정염)에게 경사에 올라가 수백이 오면 빨리 데려다가 세상을 피해 은신할 곳을 정한 뒤에 저는 노영으로 가겠습니다. 이런 때를 당하여 사사로운 일을 생각할 것이 아니지만 불초자인 저는 외로이 홀로되신 어머님을 생각하면 아직도 강보의 아이와 같은 마음이 없을 수 없습니다. 만 리에 끝없는 하직을 고할 것을 생각하면 깨닫지 못하는 사이에 심담이 무너지고 미어집니다. 하지만 스스로 위로하는 바는 황제께서 한때 실덕하신 것으로 송의 휘종과 흠종이 오국성에서 생을 마치신 것을 본받지 않으실 것이요, 제가 또 부모님의 훌륭한 가르침으로 위험한 곳에 가더라도 이 몸을 잘 부지하여 용체를 모시고 고국에 돌아온다면 다시 슬하에 절할 수 있을 것이니 효도하는 기쁨이 있을까 하는 것입니다."

서태부인이 정잠을 어루만지며 길게 탄식했다.

"예로부터 충신이 효자 되지 못한다 했거니와 내 아이는 작고 사사로운 정으로 심사를 상해서 충렬을 둘째 치고자 하니, 이는 실로 내가 믿던 바가 아니다. 동진의 명장 시안공 온교가 강동으로 떠나게 되었는데 그 어머니가 머물게 하려고 하자 붙든 옷자락을 끊고 떠난 뒤 다시 돌아보지 않았으니, 그 어머니에게 평생의 한이 되고 남들이 그를 효자라고 일컫지 않았다. 그러나 진 왕실에 마음을 다했으니 국가가 평안한 것이 온교의 힘에서 비롯한 것이 많았다. 그러니 후인들이 구태여 효라고 하지는 않아도, 장부의 행사라면 대범하게 큰일을 당하여 잔 곡절을 돌아볼 것이 아니다. 반표는 반백의 나이에 황성에 돌아왔는데, 하물며 우리 아들은 나이 마흔이 되지 못한 나이 아니냐? 모자의 정이 깊고 깊어 늙을수록 천륜 이상으로 더욱 특별해지는구나. 나는 낭패를 당해도 너를 의지할 것이니, 네가 비록 만 리를 떠나가 있어도 태산같이 바라고 장성(長城)같이 굳게 믿을 것이다. 너는 늙도록 강보의 아이 같은 마음으로 색동옷을 입고 춤추며 부모를 즐겁게 하는 일을 사양하지 않으면 늙은 어미도 그 효성에 감동하여 복되다 자부할 것이다. 그러면 홀어미의 외로움도 없고 남편과 아들을 모두 잃었던 경강처럼 의지가지없지도 않겠지."

정잠이 순순히 절하며 목소리를 부드럽게 하고 얼굴빛을 온화하게 하여 모친이 애통해하시는 것을 위로하느라 자기 마음에 가득한 헤아릴 수 없는 슬픔과 근심을 나타내지 않았다. 서태부인도 자신의 처참한 슬픔 때문에 두 아들의 혹심한 슬픔을 더하지 않고 정염을 재촉

하여 상경하게 했다. 정염이 집에 돌아온 지 열흘이 못 되었지만 정
겸을 데려오기 위해 빨리 출발하여 길에 오르니, 서태부인과 정잠 형
제가 갑작스러웠지만 어쩔 수 없이 정염과 헤어졌다.

정염과 함께 태주로 내려온 정겸

정씨 문중이 화려하던 시절에는 집에 있으면 아름다운 옷과 좋은
음식으로 지내고 나갈 때면 거마를 탔다. 하지만 나라가 망극하고 어
지러운 때를 당하여 털끝만큼이라도 호화롭게 할 뜻이 있겠는가? 이
에 정염은 거친 베로 지은 도포를 걸치고 한 명의 어린아이를 거느리
고 한 필 나귀를 채찍질하여 훌쩍 떠났다. 강남에 이르러서 반나절을
주인집에서 머물고 있을 즈음에 종자가 알리되, 남월국에 갔던 사신
의 행차가 벌써 강가에 다다라 정흠의 소식을 듣고 정겸이 절절하게
애통해하고 있다고 했다. 정염이 눈물을 한참 흘리다가 종자에게 사
람들의 이목이 사라지기를 기다려 알리라고 했다. 종자가 나가서 한
참 후에 돌아와 부사가 귀가하고 다만 정사의 심복 군관과 태운산 본
가를 지키는 노복 등이 있어서 정겸을 구호하고 있다고 알렸다.

정염이 비로소 들어가 정겸을 만나니, 같이 통곡하며 슬퍼한 것은
다시 말할 것이 없고 크게 울부짖다 정신을 잃고 기절할 뿐이었다.
정염이 십분 마음을 억누르고 정겸을 붙들어 울음을 진정하나 슬픔
을 비할 곳이 없으니, 장차 무슨 말을 하겠는가? 정겸이 겨우 정신을
수습하여 태주에 있는 집안사람들의 안부를 묻고 서태부인이 안녕

하신 것이 이 와중에도 다행스러워 침수와 음식을 어떻게 하시는지 더 자세히 물으니, 효자가 그 어머니를 위하는 것과 같았다. 이날 밤에 두 사람이 서로 대하여 목 놓아 울며 밤을 지내고, 새벽닭 소리가 나자 정염이 한 그릇 미음을 가져와 자기가 두어 번 마시고 정겸에게 권한 후 행차를 돌려 태주로 떠났다.

두 사람이 강가에서 목 놓아 통곡하는데 떨어지는 만여 줄 눈물이 점점이 피가 되지 않을 수 없었다. 한갓 사사로이 슬퍼할 뿐 아니라 충신이 나라를 위하는 마음으로 몸을 바쳐 황제가 노영에서 당하는 곤경을 대신하고자 했으나 그렇게 할 수 없었으니, 산 구름은 어둑하여 애도하는 마음을 돋우고 강바람은 소슬하여 찢어지는 슬픔을 더하는 것 같았다. 대낮에 해가 빛을 잃고 근심스러운 구름이 어둑하니, 닿는 곳마다 슬픔이라 눈을 들면 더욱 슬퍼졌다. 정염이 차츰 울음을 그치고 한숨을 쉬며 말했다.

"옛날에 서진이 망하고 동진이 서지 않았을 때, '바람 소리 거셀 때 거목이 강한 것을 알 수 있다'고 하며 사람들이 항상 눈물을 흘리고 있었으나 승상 왕도는 진 왕실을 다시 세울 수 있다며 이름난 충신들과 마음을 같이하여 서로 힘을 모았지. 또 변곤 부자는 동진의 군벌 소준이 난을 일으키자 죽음을 두려워하지 않고 충렬을 다했다. 그런데 지금 시대를 말해보자면, 충신열사들 중 벌써 간언하다 죽은 자가 많고 많지만 은나라 재상 이윤이 태갑을 깨우친 것과 주 문공이 성왕을 위해 힘쓴 것을 본받은 자가 있지 않네. 진나라 왕도와 같이 중흥을 도모할 재략이 또다시 있지 않으니, 황제께서 노영에서 곤경을 당하셔도 장차 슬퍼하고 근심할 자가 없구나. 우리 같은 사람은 헛되이 초나라 죄수가 슬프게 운 것을 본받을 뿐이요, 온 조정의 신하들은 용안이 바뀐 것을 슬퍼하지 않고 가짜 사직을 붙든다고 하며 만승옥 체가 노영에서 곤경에 처하신 것을 죽기로써 대신하고자 하는 사람이 없으니, 이 모두 남송 때 금나라와 화친하여 신하의 예를 취한 재상 진회와 같은 무리이다. 금나라에 맞서 결사 항전을 주장했던 이강과 왕무복이 다시 있은들 어찌하겠는가?"

정겸이 길게 한숨을 쉬고 말했다.

"이때를 당해서는 살아 있는 것이 죽는 것만 못하지만 간언하여 효험을 얻지 못하고 흉악하고 간사한 무리의 바람대로 부모가 낳아 길러주신 몸을 훼손하며 속절없이 죽는 것이 그 무슨 유익함이 있겠습니까? 우리 형님이 임금을 사랑하고 나라를 위하는 뜻을 위해 평소 죽기를 기약하던 터라, 사사로운 일을 너무 돌아보지 않아서 저로 하여금 세상에 홀로 남은 딱함과 원통함을 모두 당하게 하니, 평소의 지극한 우애가 어디 있습니까?"

말을 마치고 다시 애절하게 부르짖으며 우니, 근력이 거의 없어 먼 길을 가기가 어려웠다. 정염이 지극히 보호하여 겨우 태주 화류천에 다다르니, 집에 미처 닿지 못해서 정흠의 분묘가 먼저 보였다. 정염이 구태여 알려주지 않아도 정겸 스스로 짐작하고 마을 어귀에 이르러서는 목을 놓아 크게 곡하며 형을 부르고 땅에 굴렀다. 정염이 서둘러 구호하고 정잠 형제가 마중 나와 정흠의 묘 앞에서 서로 만나니, 정겸이 잠깐 정신을 차리고 목 놓아 울면서 말했다.

"아, 우리 형님의 정직함은 한유보다 낫고 충렬의 당당함은 급장유보다 더하신데, 무슨 죄로 이에 미쳤습니까? 슬프도다, 형님이시여!

제가 만 리를 배를 타고 오면서 돌아오는 마음이 살 같음은 모두 우리 형님이 반기시는 낯을 우러러 여러 달 떨어져 있던 회포를 펼까 했던 것이었는데, 경사에 이르러 나라의 망극한 변과 형님의 원통한 죽음을 들으니 간과 폐가 미어지고 가슴이 타올랐습니다. 궁궐에 가서 황제께 조회하지 못하고 우리 집에 가도 형님을 우러러 뵙지 못하니, 아 슬프도다! 이 뼈에 사무치는 고통과 슬픔을 차마 어찌 견딜 수 있겠습니까? 아득한 하늘이여, 푸르른 하늘이여! 이 무슨 변입니까? 불충한 나를 죽여 우리 형님을 대신하지 않으시고 어찌 도리어 충의 열사를 죽여 국가의 불행으로 삼으십니까?"

그러고 나서 백 번 부르고 천 번 땅을 치며 슬프게 부르짖고 통곡하니, 그 소리가 하늘을 깨뜨리고 산을 무너뜨리고 땅을 찢을 듯했다. 정잠이 더욱 원통함을 이기지 못해 같이 붙들고 만 번 슬프게 부르짖고 백 번 통곡하니, 슬픈 소리가 이어지지 못하고 희미한 기운이 정말 끊어질 듯했다. 정염이 정겸을 붙들어 달래고 정잠 형제를 위로하여 말했다.

"수백(정겸)을 대하니 심담이 돌이나 나무가 아닌데 어찌 견디겠습니까? 그러나 나라의 변과 망극함이 이루 말하기 어려우니 각각 보전할 계책을 생각해야 합니다. 슬픈 울음은 도리어 한가하고 느긋한 것이니, 숙모(서태부인)께서 당하신 지극한 슬픔과 그로 인해 간장이 마디마디 끊어진 것을 돌아본다면 두 형님과 수백이 슬픈 회포를 참고 얼굴빛을 기쁘게 하는 것이 마땅할까 합니다. 청컨대 울음을 그치시고 부중으로 돌아갑시다."

정겸이 우는 것을 마음대로 못 하여 백 개의 칼이 찌르는 듯 능히 말을 이루지 못했다. 정잠 형제는 정염의 말을 좇아 비통함을 참고 정겸을 이끌어 부중으로 돌아왔다.

서태부인이 정겸을 보고 말을 하지 못하고 원통한 비회를 참지 못해 목 놓아 크게 우니, 대화부인과 기염 소저가 하늘을 원망하며 절절히 슬퍼했다. 정겸이 급히 들어와 서태부인을 뵙고 대화부인께 조상했다. 그러고 나서 기염을 어루만지며 인웅을 안고 피를 뿜고 소리를 머금어 슬픔을 마음대로 드러내지 못했다. 그 만에 하나를 펴지 못하고 도리어 대화부인의 쓰러질 듯한 거동과 끊어질 듯한 기력이 매우 위태로운 것을 염려하여 겨우 몇 마디를 했다. 가운의 불행이 끝이 없고 흉한 참변이 대를 이어 일어난 것을 원통해하고, 조상들의 제사를 지낼 일과 기염 등을 보호하기 위해서라도 길이 보중하시어 돌아가신 형님이 선조를 받들던 효를 저버리지 마시라고 한 것이다. 또 서태부인의 손을 잡고 피부가 거칠어지고 얼굴 모습이 바뀌신 것을 바라보니 자기의 마음이 놀랍고 당황스럽다고 아뢰었다. 큰어머니와 조카 사이의 다정함이 모자지간보다 덜하지 않았는데, 서태부인이 또 정겸의 손을 잡고 흐르는 눈물을 뿌리며 말했다.

"내가 불행히도 오래 살아 사람으로서 감당하지 못할 참혹한 꼴을 보고 남편의 삼년상을 치르느라 가을날 시드는 초목처럼 되었어도 목숨이 모질어서 죽지 못하고 구차히 목숨을 부지하여 오늘에 이르렀다. 그러니 흠이를 위해 우는 눈물이 점점이 피가 되어 두 눈이 장차 어두워지지 않을 수 없겠구나. 목숨이 모진 것이 어찌 분하지 않겠느냐?"

정겸이 서태부인의 말씀을 들으니, 자신의 행동이 불효가 되지나 않을까 더욱 슬프고 두려워서 어쩔 줄 몰라 할 뿐이었다. 정겸의 대답과 정잠이 나라를 위해 집안을 버린 일과 정삼이 세상을 피해 은둔한 이야기는 다음에 나오니 살펴보라.

(책임번역 전진아)

현대역 **완월회맹연** 1 : 완월대의 약속

1판 1쇄 발행일 2022년 7월 11일

완월회맹연 번역연구모임

발행인 김학원
발행처 (주)휴머니스트출판그룹
출판등록 제313-2007-000007호(2007년 1월 5일)
주소 (03991) 서울시 마포구 동교로23길 76(연남동)
전화 02-335-4422 **팩스** 02-334-3427
저자·독자 서비스 humanist@humanistbooks.com
홈페이지 www.humanistbooks.com
유튜브 youtube.com/user/humanistma **포스트** post.naver.com/hmcv
페이스북 facebook.com/hmcv2001 **인스타그램** @humanist_insta

편집책임 문성환 **편집** 윤무재 **디자인** 박진영
용지 화인페이퍼 **인쇄** 청아디앤피 **제본** 민성사

ⓒ 완월회맹연 번역연구모임, 2022

ISBN 979-11-6080-423-2 04810
      979-11-6080-422-5 (세트)